Jojo Moyes est romancière et journaliste. Elle vit en Angleterre, dans l'Essex. Après avoir travaillé pendant dix ans à la rédaction de l'*Independent*, elle décide de se consacrer à l'écriture. Ses romans, traduits dans le monde entier, ont été salués unanimement par la critique et lui ont déjà valu de nombreuses récompenses littéraires. *Avant toi* a créé l'événement et marqué un tournant dans sa carrière d'écrivain. Ce best-seller a rencontré un succès retentissant et a été porté à l'écran, tout comme *La Dernière Lettre de son amant*. La prochaine adaptation au cinéma consacrera sa somptueuse épopée féminine, *Le vent nous portera*.

De la même autrice :

Avant toi
Après toi
Après tout

La Dernière Lettre de son amant
Jamais deux sans toi
Sous le même toit
Les Yeux de Sophie
Paris est à nous
Une douce odeur de pluie
Où tu iras j'irai
Les Fiancées du Pacifique
Le vent nous portera
Le bonheur n'attend pas
Nos cœurs à l'horizon
La Baie des baleines

CE LIVRE EST ÉGALEMENT DISPONIBLE
AU FORMAT NUMÉRIQUE

www.editions-hauteville.fr

Jojo Moyes

Où tu iras j'irai

Traduit de l'anglais (Grande-Bretagne) par Odile Carton

Hauteville

Hauteville est un label des éditions Bragelonne

Titre original : *The Horse Dancer*

Ce livre a fait l'objet d'une première publication
en langue anglaise chez Hodder & Stoughton,
une entreprise du groupe Hachette UK.

ISBN : 978-2-38122-118-2

Bragelonne – Hauteville
60-62, rue d'Hauteville – 75010 Paris

E-mail : info@editions-hauteville.fr
Site Internet : www.editions-hauteville.fr

À C, S, H et LEt à Mecca Harris

« Montre-moi ton cheval, et je te dirai qui tu es. »
Proverbe anglais

Prologue

D'abord, il ne vit que sa robe jaune, rayonnant dans la lumière déclinante, tel un fanal au fond de l'écurie. Il s'arrêta un instant, n'en croyant pas ses yeux. Puis elle tendit son bras pâle, l'élégante tête de Gerontius se pencha par-dessus la porte pour saisir la friandise qu'elle lui offrait, et il se remit en route d'un pas vif, courant presque, les pointes métalliques de ses bottes cliquetant sur les pavés humides.

— Tu es là !

— Henri !

Il passa les bras autour d'elle au moment où elle se retourna ; il l'embrassa, baissant la tête pour respirer la merveilleuse odeur de ses cheveux. Le soupir qui lui échappa sembla monter du fond de son âme.

— Je suis arrivée cet après-midi, dit-elle, le visage enfoui dans son épaule. J'ai à peine eu le temps de me changer. Je dois être affreuse… Mais je t'ai aperçu derrière le rideau depuis les gradins. Je tenais à te souhaiter bonne chance.

Ses mots étaient devenus confus, mais de toute façon il l'entendait à peine, bouleversé par sa seule présence, par la sensation de son corps dans ses bras après de si longs mois de séparation.

— Mais regarde-toi !

Elle fit un pas en arrière et balaya du regard son bicorne noir et son uniforme immaculé, avant de tendre la main pour chasser une poussière imaginaire de l'une de ses épaulettes dorées. Il remarqua avec reconnaissance la réticence avec laquelle elle retira sa main, et s'émerveilla de constater qu'il n'y avait aucune gêne entre eux, même après tout ce temps. Aucune minauderie chez elle. Elle était parfaitement candide. La fille de ses rêves, en chair et en os.

— Tu es magnifique, dit-elle.

— Je… Je ne peux pas rester. Nous sortons dans dix minutes.

— Je sais… Le Carrousel est tellement excitant. Nous avons regardé les motocyclistes et le défilé des tanks. Mais toi, Henri, toi et les chevaux, vous êtes le clou du spectacle. (Elle lança un regard derrière elle, vers la carrière.) Je crois que la France entière est venue pour te voir.

— Tu… as reçu les *billets** ?[1]

Ils se regardèrent en fronçant les sourcils. Malgré tous leurs efforts, la langue restait un obstacle.

— *Billets**… (Il secoua la tête, agacé.) La place. Les meilleures places.

Le visage de la jeune fille s'illumina, et son exaspération se dissipa.

— Oh, oui. Edith, sa mère et moi sommes au premier rang. Elles ont hâte de te voir monter. Je leur ai beaucoup parlé de toi. Nous logeons au château de Verrières. (Elle chuchotait à présent, même si personne ne risquait de les entendre.) C'est absolument grandiose. Les Wilkinson ont *énormément* d'argent. Bien plus que nous. C'était adorable de leur part de m'emmener.

Il la regardait parler, distrait par l'arc de Cupidon que dessinait sa lèvre supérieure. Elle était là… Il prit son visage dans ses mains gantées de chevreau blanc.

— Florence…, souffla-t-il avant de l'embrasser de nouveau.

---

* Les mots en italique suivis d'un astérisque sont en français dans le texte. (*NdT*)

La nuit était tombée, mais sa peau dégageait un enivrant parfum de soleil, comme si elle avait été créée pour émettre de la chaleur.

— Pas un jour ne passe sans que tu me manques. Avant, il n'y avait rien d'autre que le Cadre noir. Maintenant… Rien n'a de goût sans toi.

— Henri…

Elle lui caressa la joue, son corps pressé contre le sien. La tête lui tournait presque.

— Lachapelle !

Il fit volte-face. Debout près de la tête de son cheval, Didier Picart enfilait ses gants ; à côté de lui, un palefrenier préparait sa selle.

— Peut-être que si tu pensais autant à l'équitation qu'à ta pute anglaise, tu arriverais à quelque chose, hein ?

Florence ne parlait pas assez bien le français pour comprendre ses paroles, mais l'expression qui passa sur le visage de Picart était sans équivoque. Elle se rendit compte qu'il ne s'agissait pas d'un compliment, et cela n'échappa pas à Henri.

Il sentit monter en lui cette colère si familière et serra les mâchoires pour la contenir. Puis il regarda Florence en secouant la tête de dépit, pour lui faire comprendre à quel point il jugeait Picart stupide et insignifiant. Ce dernier s'était montré insultant et provocant avec lui depuis le voyage en Angleterre au cours duquel Henri et Florence s'étaient rencontrés. « Les Anglaises n'ont aucune classe ! », s'était exclamé Picart plus tard au mess. Henri avait deviné que sa remarque lui était destinée. Elles ne savaient pas s'habiller. Elles mangeaient comme des cochons dans une auge. Elles couchaient avec n'importe qui pour trois francs six sous, ou l'équivalent d'une pinte de cette bière infecte.

Il avait mis des semaines à comprendre que l'amertume de Picart n'avait pas grand-chose à voir avec Florence, mais était causée par sa fureur d'avoir été éclipsé au sein du Cadre noir, supplanté par le fils d'un fermier. Mais cela ne rendait pas ses paroles plus faciles à entendre.

La voix de Picart résonnait dans la cour :

— Il paraît qu'il y a des chambres à louer près du quai Lucien-Gautier. Un peu plus approprié qu'une écurie, *n'est-ce pas** ?

La main d'Henri se resserra autour de celle de Florence. Il s'efforça de parler calmement :

— Tu pourrais être le dernier homme sur terre, tu ne la mériterais pas, Picart.

— Tu ne sais donc pas, espèce de cul-terreux, que n'importe quelle pute couchera avec toi si tu y mets le prix ? rétorqua Picart avec un sourire narquois avant de glisser une botte impeccablement cirée dans son étrier et d'enfourcher son cheval.

Henri fit un pas vers lui, prêt à bondir, mais Florence le retint.

— Mon chéri… Écoute, je ferais mieux de regagner ma place, dit-elle en reculant. Tu dois te préparer.

Elle hésita, puis posa une main fine et blanche sur sa nuque et l'embrassa de nouveau. Il savait ce qu'elle essayait de faire : détourner ses pensées de Picart et de ses paroles venimeuses. Bien lui en prit : il lui était impossible de ressentir autre chose que de la joie quand les lèvres de Florence étaient sur les siennes. Elle sourit.

— *Bonne chance, écuyer**.

— *Écuyer** ? répéta-t-il, momentanément distrait, touché qu'en son absence elle ait pris la peine de chercher le mot employé à l'académie pour « cavalier ».

— J'apprends !

Une lueur espiègle pleine de promesses dans les yeux, elle lui souffla un baiser et s'en fut, sa belle Anglaise, longeant les box, ses talons claquant sur les pavés.

Le Carrousel, festival militaire annuel, marquait traditionnellement la fin d'une année d'entraînement pour les jeunes officiers de l'École de cavalerie de Saumur. Comme d'habitude, en ce week-end de juillet, la ville médiévale fourmillait de visiteurs, venus non seulement assister à la représentation des jeunes cavaliers, mais aussi aux traditionnelles parades de la cavalerie, aux acrobaties des motocyclistes et au défilé de chars, dont le blindage épais portait encore les cicatrices de la guerre.

On était en 1960. La vieille garde vacillait sous l'assaut de la culture populaire et de Johnny Hallyday, et un vent nouveau soufflait sur le pays, mais, à Saumur, on était peu enclin au changement. Point culminant du week-end du Carrousel, le spectacle annuel des vingt-deux cavaliers d'élite français que regroupait le Cadre noir – militaires pour certains, civils pour d'autres – rencontrait un franc succès. Les billets s'arrachaient en quelques jours, réservés par les gens du coin, ceux qui se sentaient pénétrés d'un sens de l'héritage de la France et, plus simplement, tous ceux qui avaient été intrigués par les affiches placardées dans toute la région de la Loire promettant « Majesté, mystère, chevaux défiant la gravité ».

Le Cadre noir avait été créé près de deux siècles et demi plus tôt, après que la cavalerie française avait été décimée au cours des guerres napoléoniennes. Dans une tentative de reconstruire ce qui autrefois avait été considéré comme une troupe de cavaliers d'excellence, une école fut fondée à Saumur, ville qui accueillait une académie d'équitation depuis le XVIe siècle. Là, un corps d'instructeurs issus des meilleures écoles d'équitation de Versailles, des Tuileries et de Saint-Germain avait été constitué, et chargé de transmettre la noble tradition de l'équitation académique à une nouvelle génération d'officiers, tâche dont il n'avait cessé de s'acquitter depuis.

Avec l'arrivée des chars d'assaut et de la guerre mécanisée, le Cadre noir avait dû faire face à la remise en question de l'utilité d'une organisation aussi obscure. Pourtant, pendant des décennies, aucun gouvernement n'avait osé dissoudre ce qui, entre-temps, était devenu une part du patrimoine de la France : les cavaliers dans leur uniforme noir étaient devenus emblématiques d'un pays qui, comme le suggéraient l'Académie française, la *grande cuisine** et la *haute couture**, saisissait l'importance de la tradition. Les cavaliers eux-mêmes, comprenant peut-être que la meilleure manière d'assurer leur survie était de se réinventer, avaient élargi leurs attributions : en plus de former des cavaliers, l'école ouvrait ses portes afin de révéler son savoir-faire rare et ses magnifiques chevaux au cours de représentations en France et à l'étranger.

Tel était le Cadre noir auquel appartenait Henri Lachapelle, et le spectacle de ce soir-là était le plus important de l'année. Il avait lieu au sein même de l'académie et était l'occasion de faire la démonstration de compétences durement acquises aux amis et à la famille. Dans l'air flottait une odeur de caramel, de vin et de pétards, ainsi que les effluves d'une foule dense. La place du Chardonnet, au cœur de l'École de cavalerie, encadrée par ses élégants bâtiments couleur miel, ne désemplissait pas. Les spectateurs étaient venus par milliers. L'atmosphère de fête foraine était accentuée par la chaleur de ce mois de juillet, l'air immobile de la fin de journée et l'impatience croissante des visiteurs. Des enfants couraient en tous sens, tirant des ballons ou brandissant des barbes à papa, tandis que leurs parents flânaient devant les stands où l'on vendait des moulins à vent en papier et du vin pétillant, ou marchaient bras dessus, bras dessous sur le grand pont avant d'envahir les terrasses des cafés de la rive nord. En même temps, un bourdonnement sourd chargé d'excitation montait du grand manège, la vaste carrière de sable où aurait lieu la représentation : certains avaient déjà pris place et attendaient, impatients, s'éventant et transpirant dans la lumière déclinante.

— *C'est parti* !*

En entendant le signal, Henri vérifia sa selle et sa bride, et demanda pour la énième fois au dresseur si son uniforme tombait bien. Puis il frotta le nez de Gerontius, son cheval, tout en admirant les minuscules nattes enrubannées que le palefrenier avait tressées le long de son encolure soyeuse, chuchotant des compliments et des encouragements dans ses oreilles aux poils élégamment toilettés. À dix-sept ans, Gerontius était âgé pour l'académie, et il partirait bientôt à la retraite. Depuis qu'Henri avait intégré le Cadre noir, trois ans auparavant, Gerontius était son cheval, et des liens puissants s'étaient tissés entre eux. Ici, entre les murs de l'ancienne école, il n'était pas inhabituel de voir de jeunes gens embrasser les naseaux de leur cheval et murmurer des mots doux qu'ils auraient été gênés d'adresser à une femme.

— *Vous êtes prêts* ?*

Le « Grand Dieu », écuyer en chef, traversait la carrière préparatoire, suivi d'une coterie de cavaliers, son uniforme à épaulettes dorées et son képi le désignant comme le doyen de l'école. Il alla se planter devant les jeunes cavaliers et leurs montures frémissantes.

— Comme vous le savez, ce moment est le point culminant de l'année. Cette cérémonie remonte à plus de cent trente ans, et les traditions de notre école puisent leurs racines dans la Grèce antique. Aujourd'hui, en ces temps de changement, les traditions ont la vie dure, et on s'en défait au profit de ce qui est gratuit ou facile. Au Cadre noir, il y a encore la place pour une élite. Nous n'avons pas cessé de cultiver l'excellence. Ce soir, vous êtes des ambassadeurs. Il vous incombe de montrer que la vraie grâce, la vraie beauté ne peut résulter que de la discipline, de la patience, de la compassion et de l'abnégation. (Il regarda autour de lui.) Notre art est de ceux, éphémères, qui n'existent que dans l'instant de la création. Faisons en sorte que les habitants de Saumur se sentent privilégiés d'assister à un tel spectacle.

Un murmure approbateur parcourut l'assistance, puis les cavaliers commencèrent à enfourcher leurs montures. Certains trituraient leur chapeau, d'autres frottaient d'invisibles taches sur leurs bottes, autant de petits gestes tendant à dissiper l'anxiété croissante.

— Lachapelle, vous êtes prêt ? Pas trop nerveux ?

— Non, monsieur.

Henri se redressa, sentant les yeux du vieil homme balayer son uniforme, à l'affût de la moindre imperfection. Il était conscient que, malgré son calme apparent, les gouttes de sueur qui roulaient de ses tempes à son col droit le trahissaient.

— Il n'y a pas de honte à sentir une petite montée d'adrénaline le jour de son premier Carrousel, le rassura son mentor en caressant l'encolure de Gerontius. Ce vieux maître saura vous guider. Rappelez-vous : vous réaliserez une capriole dans la démonstration de la deuxième équipe. Ensuite, vous monterez Phantasme pour la croupade. *D'accord** ?

— Oui, monsieur.

Henri savait que la décision de lui accorder une telle visibilité lors de la représentation annuelle avait divisé les maîtres écuyers, du fait de son attitude de ces derniers mois : les conflits, son indiscipline flagrante… Son palefrenier lui avait rapporté la conversation dans la sellerie : son insoumission avait failli lui coûter sa place au Cadre noir.

Il n'avait pas cherché à se défendre. Comment aurait-il pu expliquer le changement sismique qui s'était produit en lui ? Comment auraient-ils pu comprendre que, pour un jeune homme qui n'avait jamais entendu un mot affectueux ni reçu la moindre caresse, la voix, la gentillesse de Florence, ses seins, son odeur et ses cheveux s'étaient révélés non pas une distraction, mais une obsession bien plus puissante qu'un traité sur l'art de la cavalerie ?

Henri Lachapelle avait grandi dans un monde chaotique et désordonné dominé par son père, où le raffinement tenait dans une bouteille de vin bon marché et où toute velléité d'apprentissage était tournée en dérision. S'engager dans la cavalerie l'avait sauvé, et sa progression lui permit d'être recommandé pour l'un des rares postes du Cadre noir. Il lui sembla alors avoir atteint le sommet de ce qu'un homme pouvait attendre de la vie. À vingt-cinq ans, il s'était senti chez lui pour la première fois.

Il était prodigieusement doué. Après des années passées à la ferme, il avait acquis une résistance rare ; travailler dur ne lui faisait pas peur. Il obtenait des résultats étonnants, même avec des chevaux difficiles. Le bruit courait qu'il pourrait devenir *maître écuyer** et même, à des moments plus fantaisistes, Grand Dieu. Il était alors persuadé que la rigueur, la discipline, le plaisir et la récompense puisés dans l'apprentissage le combleraient jusqu'à la fin de ses jours.

Et puis Florence Jacobs de Clerkenwell, qui, bien que n'ayant jamais particulièrement aimé les chevaux, avait accepté une invitation pour assister au spectacle d'une école française d'équitation en Angleterre, avait tout anéanti : sa sérénité, sa résolution, sa patience… Plus tard dans son existence, fort de la perspective qui vient avec l'expérience, il aurait pu dire au jeune Henri qu'une telle passion était tout à fait prévisible, s'agissant d'un premier amour, que ces sentiments cataclysmiques finiraient par s'essouffler. Mais tout ce que savait alors Henri – jeune homme solitaire ayant peu d'amis susceptibles de lui dispenser de si sages conseils –, c'était que depuis l'instant où il avait remarqué cette jeune fille aux cheveux bruns, assise trois soirs de suite dans le public au bord de la carrière, yeux écarquillés, elle occupait toutes ses pensées. Il était allé à sa rencontre après sa prestation, s'était présenté, et, depuis, chaque minute passée sans elle était source de tourments ou lui donnait l'impression de séjourner au purgatoire. Et le reste, alors ?

Sa capacité de concentration se volatilisa quasiment du jour au lendemain. À son retour en France, il commença à remettre en question la doctrine, agacé par les infimes détails qu'il considérait désormais comme absurdes. Il accusa Devaux, l'un des maîtres écuyers les plus aguerris, de « croupir dans le passé ». Quand il manqua sa troisième session d'entraînement d'affilée et que le palefrenier lui expliqua qu'il risquait d'être renvoyé s'il persistait à se comporter ainsi, il comprit qu'il était temps de se ressaisir. Il étudia Xénophon, se remit au travail, fit profil bas, rassuré par les lettres de plus en plus fréquentes de Florence, sa promesse de venir lui rendre visite cet été-là. Et quelques mois plus tard, peut-être pour le récompenser, on lui avait confié le rôle clé dans le Carrousel : il réaliserait la croupade – une des figures équestres les plus difficiles –, remplaçant Picart et ajoutant l'insulte à ce que ce jeune homme privilégié avait déjà pu trouver déshonorant.

Le Grand Dieu montait son cheval, un robuste étalon portugais, auquel il fit faire deux pas élégants dans sa direction.

— Ne me décevez pas, Lachapelle. Faites en sorte que cette soirée soit un nouveau départ.

Henri hocha la tête, rendu muet par le trac. Il enfourcha son cheval, saisit les rênes, vérifia que son bicorne noir était bien droit sur sa tête rasée. De l'autre côté du rideau lui provenaient les murmures de la foule ponctués de « chut ! » agacés, puis l'orchestre joua quelques notes préliminaires. Alors le silence se fit dans les gradins, le genre de silence religieux dont sont capables un millier de spectateurs attentifs. Il entendit à peine le « Bonne chance » murmuré par ses compagnons tandis qu'il menait Gerontius à sa place, au milieu de la ligne d'une rectitude toute militaire formée par des chevaux chatoyants et enrubannés. Sa monture attendait avec impatience ses premières instructions, tandis que le lourd rideau rouge glissait, leur signifiant d'avancer sur la carrière illuminée.

En dépit du calme et de la tenue de ces vingt-deux cavaliers, ainsi que de l'élégance de leurs démonstrations publiques, la vie au sein du Cadre noir était physiquement et mentalement éprouvante. Jour après jour, Henri Lachapelle avait découvert toutes les nuances de l'épuisement, se retenant à maintes reprises de verser des larmes de frustration face aux corrections incessantes des maîtres écuyers et à son incapacité manifeste à persuader des chevaux aussi robustes que nerveux de réaliser des airs relevés à la hauteur de leurs exigences. Même s'il ne pouvait le prouver, il s'était senti victime d'un préjugé flagrant à l'encontre de ceux qui, comme lui, avaient intégré cette école d'élite par le biais de l'armée, plutôt que par celui des compétitions hippiques civiles, tels ces membres de la haute société française qui avaient toujours eu le double privilège de disposer de chevaux de qualité et de temps pour développer leur maîtrise de l'équitation. En théorie, tous étaient égaux au Cadre noir. Seules leurs compétences à cheval distinguaient les cavaliers. Mais Henri avait conscience que les racines de cet égalitarisme ne descendaient pas plus loin que leurs uniformes de serge.

Pourtant, lentement, avec constance, en s'entraînant de 6 heures du matin jusque tard dans la soirée, l'ouvrier agricole de Tours s'était forgé une excellente réputation grâce à sa persévérance et à son don pour communiquer avec les chevaux les plus rétifs. Henri Lachapelle, feraient observer les maîtres écuyers de dessous leurs képis, avait une « assiette détendue ». Il était *sympathique**. C'était pour cela que, en plus de son cher Gerontius, on lui avait attribué Phantasme, un jeune hongre gris explosif qui saisissait le moindre prétexte pour s'emballer. La décision de donner un tel rôle à Phantasme l'avait préoccupé toute la semaine, même s'il avait gardé son inquiétude pour lui. Mais, à présent, en s'avançant ainsi sous les yeux de la foule, porté par la belle musique des cordes et par le rythme régulier des pas de Gerontius, il se sentait, selon les mots de Xénophon, un « homme avec des ailes ». Devinant le regard admiratif de Florence sur lui, il songea brièvement que plus tard ses lèvres trouveraient sa peau. Son assiette se fit plus profonde, sa posture plus élégante, et la légèreté du contact donna de l'assurance au vieux cheval, qui, ravi, agita ses oreilles impeccablement toilettées vers l'avant.

Je suis fait pour ça, songea le jeune homme avec gratitude. *Tout ce dont j'ai besoin se trouve ici.*

Il vit les flammes des torches danser sur les vieux murs, entendit le martèlement rythmé des sabots tandis que les chevaux allaient et venaient harmonieusement autour de lui. Au petit galop, il fit le tour de la vaste carrière en formation, perdu dans l'instant, concentré sur sa monture qui se mouvait si magnifiquement, agitant ses sabots de telle façon qu'Henri eut envie de rire : le vieil étalon se pavanait.

— Redresse-toi, Lachapelle. Tu montes comme un paysan.

Henri cligna des yeux et vit Picart le dépasser, son épaule frôlant la sienne.

— Cesse donc de gigoter. Qu'est-ce qui t'arrive ? Ta pute t'a refilé la gale ? siffla-t-il.

Henri voulut répliquer, mais il ravala ses paroles en entendant le Grand Dieu crier : « Levade ! » En rang, les cavaliers firent lever leurs chevaux sur leurs postérieurs, salués par un tonnerre d'applaudissements. Comme les sabots des chevaux touchaient de nouveau le sol, Picart se détourna, mais sa voix n'en fut pas moins audible.

— Est-ce qu'elle baise aussi comme une paysanne ?

Henri se mordit la lèvre, s'efforçant de garder son calme afin de ne pas laisser sa colère se répandre dans ses reins et contaminer sa monture d'un naturel si doux. Pendant que le présentateur expliquait les détails techniques des figures exécutées par les cavaliers, il essaya de contrôler le flot de ses pensées et de laisser les mots glisser sur lui. Pour lui-même, il répéta les préceptes de Xénophon : « La colère sape une communication efficace avec votre cheval. » Il ne laisserait pas Picart gâcher cette soirée.

— *Mesdames et messieurs**, au centre de la carrière, vous allez voir M. de Cordon réaliser une levade. Voyez comme le cheval se lève en équilibre sur ses postérieurs, à un angle de quarante-cinq degrés.

Henri avait vaguement conscience du cheval noir qui se cabrait quelque part derrière lui, salué par un tonnerre d'applaudissements. Il se força à se concentrer, à retenir l'attention de Gerontius. Mais il ne cessait de penser au visage de Florence quand Picart avait crié ses obscénités, à l'inquiétude qui s'était lue sur ses traits. Et si elle comprenait mieux le français que ce qu'elle prétendait ?

— Maintenant, vous allez voir Gerontius, l'un de nos chevaux les plus âgés, réaliser une capriole. Il s'agit d'une des figures les plus difficiles, tant pour le cheval que pour le cavalier. Le cheval lève haut son avant-main et saute en détendant ses postérieurs, terminant un mètre au-dessus du sol.

Henri fit ralentir Gerontius, associant à la résistance dans ses mains une rapide pression de ses éperons dans ses flancs. Il sentit le cheval commencer à se balancer sous lui.

Je vais leur montrer, songea-t-il.

Le décor autour de lui disparut. Il ne resta que lui et le vieux cheval courageux, cette puissance qu'il maîtrisait. Puis, sur le cri « *Derrière* !* », il amena la main qui tenait la cravache vers la croupe du cheval, ses éperons dans son ventre, et Gerontius sauta, s'élevant haut dans les airs, lançant ses jambes arrière à l'horizontale derrière lui. Henri fut ramené à la réalité par le crépitement des flashs aveuglants, ainsi que par le vacarme assourdissant et stéréophonique des cris de ravissement et des applaudissements du public, avant de se diriger au petit galop vers le rideau rouge, emportant une vision fugitive de Florence, debout, applaudissant à tout rompre, le visage fendu d'un sourire fier.

« Bravo ! C'était réussi ! » Déjà, il glissait au bas de Gerontius en lui flattant l'épaule avant que le *dresseur** l'emmène. Au loin, il entendit vaguement des exclamations admiratives, puis un changement de rythme dans la musique jouée sur la carrière ; entre les pans du rideau rouge, il aperçut deux autres écuyers réalisant leurs figures à pied, tenant leurs chevaux au bout de longes.

— Phantasme est très nerveux.

Le palefrenier était apparu à ses côtés. Ses épais sourcils noirs froncés trahissaient son inquiétude. Il réprimanda le cheval gris qui tournait autour d'eux.

— Regarde-le, Henri.

— Tout ira bien, le rassura distraitement le jeune homme en soulevant son chapeau pour essuyer la sueur qui perlait sur son front.

Le palefrenier tendit les rênes aux cavaliers qui patientaient à côté de lui, avant de se tourner vers Henri et de lui ôter précautionneusement son bicorne. Cette figure se réalisait tête nue afin d'éviter d'être distrait par un chapeau qui glisse. Henri se sentit curieusement vulnérable.

Il regarda le cheval gris foncé entrer devant lui sur le manège en s'ébrouant, l'encolure déjà obscurcie par la sueur. Deux hommes l'encadraient au niveau des épaules.

— Vas-y. Maintenant. Vas-y.

D'un geste vif, le dresseur effleura le dos de sa veste, puis le poussa sur la piste. Trois écuyers entouraient le cheval, deux de chaque côté de la tête, le troisième au niveau de la croupe. Henri pénétra dans la lumière à grandes enjambées, regrettant soudain de ne pas se reposer, comme eux, sur le sentiment d'ancrage que transmettait la présence d'un cheval.

— *Bonne chance** !

Il eut le temps d'entendre les encouragements de son palefrenier avant que sa voix soit avalée par les applaudissements.

— *Mesdames et messieurs, voici la croupade**. Au XVIIIe siècle, on la pratiquait dans la cavalerie pour tester la capacité d'un cavalier à rester en selle. La maîtrise de telles figures peut requérir jusqu'à quatre ou cinq années d'entraînement. M. Lachapelle montera Phantasme sans rênes ni étriers. Ce saut, qui remonte à l'Antiquité grecque, est encore plus difficile pour le cavalier que pour sa monture. Disons qu'il s'agit d'une version plus élégante du rodéo.

Des rires en cascade accueillirent sa plaisanterie. À moitié aveuglé par les projecteurs, Henri jeta un coup d'œil à Phantasme, dont les yeux écarquillés roulaient dans un mélange de nervosité et de fureur contenue. Cheval naturellement indiscipliné, il n'aimait pas qu'on lui maintienne si fermement la tête, et il semblait que le brouhaha, les bruits et les odeurs du Carrousel avaient exacerbé sa mauvaise humeur.

Henri toucha l'épaule tendue de l'animal.

— Chhhhut, murmura-t-il. Tout va bien. Tout va bien.

Il entrevit les sourires fugaces de Duchamp et Varjus, debout près de la tête de Phantasme. Tous deux étaient des cavaliers expérimentés, prompts à réagir aux sautes d'humeur d'un cheval.

— Privilégie une assiette profonde, lui conseilla Varjus avec un grand sourire tout en lui faisant la courte échelle. *Un, deux, trois... hop**.

La tension irradiait du cheval.

C'est bien, se dit Henri tout en se redressant sur la selle. *L'adrénaline le fera sauter plus haut. Ce sera d'autant plus impressionnant pour la foule, pour le Grand Dieu.*

Le jeune homme s'efforça de respirer profondément. C'est à ce moment-là, alors qu'il ramenait ses mains dans le bas de son dos dans la position traditionnelle passive qui lui rappelait toujours désagréablement celle d'un captif, qu'Henri baissa les yeux et reconnut celui qui se tenait à la croupe de Phantasme.

— Et si tu nous montrais quel genre de cavalier tu es vraiment, Lachapelle ? lança Picart.

Henri n'eut pas le temps de répondre. Il allongea les jambes autant que possible et verrouilla ses mains gantées derrière lui. Il entendit le présentateur ajouter quelque chose et les « chut ! » du public dans l'expectative.

— *Attends**.

Varjus jeta un coup d'œil par-dessus son épaule. Le terre-à-terre se préparait sous lui.

— *Un, deux, derrière** !

Henri sentit le cheval préparer son impulsion, entendit le claquement de la cravache de Picart touchant sa croupe. Phantasme rua et détendit les postérieurs. Henri fut si violemment projeté en avant qu'il eut du mal à garder les mains nouées dans son dos. Le cheval se stabilisa, et le public applaudit.

— Pas mal, Lachapelle ! dit Varjus, plaqué contre le poitrail de Phantasme.

Et là, tout à coup, avant qu'il n'ait eu le temps de se préparer, il y eut un autre : « *Derrière* !* » Les postérieurs de Phantasme le projetèrent vers le haut et en avant, si bien que cette fois Henri dut ouvrir les bras pour conserver son équilibre.

— Pas si vite, Picart ! Tu vas le désarçonner.

Désorienté, Henri entendit la voix irritée de Varjus, le hennissement à peine contenu du cheval dont le dos se redressait sous lui.

— Deux secondes. Donne-moi deux secondes, marmonna-t-il en essayant de se stabiliser.

Mais, avant qu'il n'en ait eu le temps, il entendit un autre claquement sec. Le coup tomba durement, et cette fois la ruade du cheval fut violente ; Henri se sentit de nouveau projeté en avant, conscient de la distance abrupte, déconcertante entre son postérieur et la selle.

Phantasme se jetait sur le côté à présent, furieux, et les hommes luttaient pour lui immobiliser la tête. Varjus siffla quelque chose qu'Henri ne put saisir. Ils étaient près du rideau rouge. Henri aperçut Florence dans sa robe jaune, et lut le désarroi et l'inquiétude sur son visage. Puis : « *Enfin ! Derrière* !* » Avant qu'il n'ait pu se repositionner, il y eut un autre claquement retentissant derrière lui. Il fut de nouveau projeté en avant, le dos tordu, et Phantasme, hors de lui à force d'être cravaché, fondit en avant et sur le côté, au point qu'Henri finit par perdre l'équilibre. Il glissa sur la crinière tressée du cheval, puis à l'envers, tendant le bras vers son encolure alors que Phantasme ruait encore, avant de toucher le sol dans un grognement sonore.

Il resta étendu là, vaguement conscient de l'agitation sur la piste : les jurons de Varjus, les protestations de Picart et les éclats de rire du présentateur. Quand il décolla la tête du sable, il l'entendit expliquer :

— Et voilà. Une figure très difficile à réaliser. Vous aurez plus de chance l'année prochaine, monsieur Lachapelle ! Vous voyez, *mesdames et messieurs**, il faut parfois des années pour atteindre le niveau d'expertise des *maîtres écuyers**.

Henri entendit « *un, deux, trois** », et Varjus surgit à ses côtés, lui sifflant : « En selle, en selle. » En baissant les yeux, il s'aperçut que son uniforme noir impeccable était désormais couvert de sable. Puis il fut de nouveau sur le cheval, des mains sur ses jambes, ses pieds, et ils quittèrent la piste sous des applaudissements bienveillants, le son le plus douloureux qu'il ait jamais entendu.

Il était complètement engourdi par le choc. Devant lui, Varjus et Picart se disputaient à voix basse. Il parvenait à peine à les entendre par-dessus le sang qui cognait dans ses tempes.

— Qu'est-ce qui t'a pris ? s'exclama Varjus en secouant la tête. Personne n'est jamais tombé pendant la croupade. Tu nous as ridiculisés.

C'est alors qu'Henri comprit que Varjus s'adressait à Picart.

— Ce n'est pas ma faute si la seule chose que Lachapelle sache monter est une pute anglaise.

Henri glissa à terre et marcha vers Picart, les oreilles bourdonnantes. Il n'eut même pas conscience du premier coup de poing, seulement du craquement sonore quand ses jointures rencontrèrent les dents de l'autre, produisant un son d'une sécheresse presque satisfaisante, accompagné de la sensation physique que quelque chose avait été cassé, bien avant que la douleur suggère qu'il puisse s'agir de sa main. Les chevaux hennirent et s'écartèrent d'un bond. Des hommes se mirent à crier. Picart était étalé sur le sable, une paume plaquée sur le visage, les yeux écarquillés, sous le choc.

Puis il se remit péniblement sur ses pieds et se jeta sur Henri, lui donnant un coup de tête dans la poitrine qui lui coupa le souffle. L'assaut aurait sans doute pu abattre un homme plus imposant, et Henri ne mesurait qu'un mètre soixante-dix, mais il avait derrière lui une enfance où les raclées étaient monnaie courante, et six années dans la garde nationale. Il ne lui fallut pas plus de quelques secondes pour se retrouver à califourchon sur Picart. Ses poings s'abattirent sur le visage, les joues et le torse du jeune homme, déchargeant toute la rage contenue pendant les derniers mois.

Ses phalanges rencontrèrent quelque chose de dur et se fendirent. Son œil gauche se ferma après avoir reçu un coup brutal. Il avait du sable plein la bouche. Et puis des mains le tirèrent en arrière, et des éclats de voix retentirent.

— Picart ! Lachapelle !

Tandis qu'il se relevait, la vision d'abord trouble, puis plus nette, les oreilles toujours emplies de l'adagio des cordes de l'autre côté du rideau, il découvrit le Grand Dieu dressé devant lui, le visage rouge de colère.

— Qu'est-ce qui vous a pris ?

Henri secoua la tête, projetant autour de lui des gouttes de sang.

— Monsieur…, dit-il d'une voix haletante, s'apercevant soudain de son erreur.

— Le Carrousel ! siffla le Grand Dieu. La quintessence de la grâce et de la dignité. De la *discipline.* Où est passé votre self-control ? Tous les deux, vous nous avez couverts de honte. Retournez aux écuries. J'ai une représentation à terminer.

Il remonta sur son cheval pendant que Picart passait devant lui en titubant, un mouchoir pressé sur son visage blême. Henri le regarda partir. Lentement, il se rendit compte que, au-delà du rideau, la carrière était étrangement silencieuse. Les spectateurs avaient tout vu, comprit-il, horrifié.

— Deux voies. (Le Grand Dieu le toisait du haut de l'étalon portugais.) Deux voies, Lachapelle. Je vous avais prévenu. Vous avez fait votre choix.

— Je ne peux pas…, balbutia Henri.

Mais le Grand Dieu était déjà parti vers la lumière des projecteurs.

Chapitre premier

« Le cheval qui se cabre ainsi est quelque chose de si merveilleux qu'il fascine tous ceux qui le voient, jeunes ou vieux. »

Xénophon (v. 430-v. 350 av. J.-C.), *De l'art équestre.*

Août

Le train de 6 h 47 en direction de Liverpool Street avançait péniblement. Comment pouvait-il être aussi bondé à cette heure ? C'était insensé. Natasha Macauley s'assit, suffoquant déjà malgré la fraîcheur matinale, bre-douillant des excuses à une femme qui avait dû dégager un pan de sa veste pour lui libérer la place. L'homme en costume qui était monté derrière elle s'imposa entre deux passagers assis en face et ouvrit aussitôt son journal, sans se préoccuper ce faisant de sa voisine dont il cachait en partie le livre.

Ce n'était pas son itinéraire habituel pour aller au travail. Elle avait passé la nuit dans un hôtel à Cambridge après un séminaire juridique, dont elle revenait avec, dans la poche de sa veste, un nombre satisfaisant de cartes de solliciteurs et d'avocats. Tous l'avaient félicitée pour sa présentation, avant de proposer de se réunir et éventuellement de travailler ensemble. Mais le vin blanc bon marché qui avait coulé à flots lui causait des brûlures d'estomac, et elle regretta brièvement de ne pas avoir trouvé le temps de petit-déjeuner. Elle ne buvait pas souvent, et il lui avait été difficile de contrôler sa consommation quand son verre était continuellement rempli et qu'elle était distraite par la conversation.

Natasha serra le gobelet de polystyrène de café bouillant qu'elle tenait dans une main et baissa les yeux vers son agenda, se promettant de se libérer une demi-heure à un moment de la journée pour se vider la tête. Oui, un jour, son agenda comporterait une heure à la salle de sport. Un jour, elle prendrait une pause-déjeuner d'une heure. Un jour, elle écouterait enfin sa mère et « prendrait soin d'elle ».

Mais, pour l'instant, tel était le programme de la journée :

* 9h00 LA vs Santos, salle d'audience n° 7

* Divorce Persey. Évaluation psy de l'enfant ?

* Honoraires ! Vérif. avec Linda conditions aide juridictionnelle

* Fielding : où est la déposition du témoin ? Faxer aujourd'hui sans faute

Les pages des deux semaines suivantes étaient couvertes d'une implacable série de listes perpétuellement corrigées. La plupart de ses collègues chez Davison Briscoe étaient passés à des appareils électroniques – tablettes et autres smartphones – avec lesquels ils organisaient leur vie, mais elle préférait la simplicité du stylo et du papier, bien que Linda se plaigne de ce que son emploi du temps soit illisible.

Natasha but une gorgée de café, remarqua la date et grimaça, avant d'ajouter :

* Fleurs/excuses - anniv. maman

Le train poursuivait sa route vers Londres en grondant. Derrière les vitres, les plaines du Cambridgeshire cédèrent la place aux banlieues industrielles grises de la capitale. Natasha scrutait ses notes, s'efforçant de se concentrer.

En face d'elle étaient assis une femme qui ne semblait pas voir d'inconvénient à manger un hamburger dégoulinant de fromage pour le petit déjeuner et un adolescent dont l'expression parfaitement vide tranchait avec la puissance des pulsations émises par ses écouteurs. Il allait faire une chaleur impitoyable aujourd'hui : déjà elle s'infiltrait dans le wagon bondé, transmise et amplifiée par les corps.

Natasha ferma les yeux, regrettant de ne pas pouvoir dormir dans le train, puis les rouvrit en entendant la sonnerie de son portable. Elle fouilla dans son sac à main et le localisa entre sa trousse de maquillage et son portefeuille. Un texto s'afficha :

La collectivité locale s'est retournée dans l'affaire Watson. Audience 9 heures annulée. Ben

Depuis quatre ans, Natasha était l'unique avocate chez Davison Briscoe – ou plus exactement un hybride, à la fois solliciteur et avocat, ce qui s'était révélé utile dans sa spécialité – à représenter les enfants. Il était plus rassurant pour eux de comparaître au tribunal aux côtés de la femme dans le bureau de laquelle ils s'étaient déjà expliqués. Quant à Natasha, elle aimait avoir la possibilité de développer une relation avec ses clients, sans avoir à renoncer à l'aspect plus antagonique du métier d'avocat plaidant.

Merci. Je serai au bureau dans une demi-heure.

Elle pressa « Envoyer » avec un soupir de soulagement. Puis elle pesta en silence. Elle aurait pu prendre le temps de petit-déjeuner, tout compte fait. Elle s'apprêtait à ranger son téléphone quand il sonna de nouveau. C'était encore Ben, son stagiaire :

— Je voulais juste te rappeler que le rendez-vous avec la jeune Pakistanaise a été décalé à 10 h 30.

— Celle dont les parents veulent renverser la procédure de garde ?

À côté d'elle, une femme se racla la gorge avec insistance. Natasha leva les yeux et vit un panonceau « Téléphones portables interdits » sur la fenêtre. Elle rentra la tête dans les épaules et feuilleta son agenda.

— On a aussi les parents dans l'affaire d'enlèvement d'enfant à 14 heures. Tu peux préparer les papiers dont nous aurons besoin ? murmura-t-elle.

— C'est fait. Et j'ai acheté des croissants, ajouta Ben. Je suppose que tu n'as rien mangé ce matin.

Elle sautait systématiquement le petit déjeuner. Si un jour Davison Briscoe cessait de prendre des stagiaires, elle finirait probablement par mourir de faim.

— Aux amandes. Tes préférés.

— Ce léchage de bottes te mènera loin, Ben.

Natasha referma son téléphone. Elle venait de sortir le dossier de la fille quand son téléphone sonna de nouveau. Cette fois, elle entendit des claquements de langue désapprobateurs. Elle marmonna des excuses en évitant de croiser les regards des autres passagers.

— Natasha Macauley.

— C'est Linda. Je viens de recevoir un appel de Michael Harrington. Il a accepté de plaider dans le divorce Persey.

— Super.

Il y avait beaucoup d'argent en jeu, et la résolution du mode de garde serait délicate. Elle avait besoin d'une grosse pointure pour plaider la partie financière.

— Il souhaiterait s'entretenir avec toi cet après-midi. Tu es libre à 14 heures ?

Elle réfléchissait quand elle s'aperçut que sa voisine pestait dans sa barbe.

— Je crois que oui.

Elle se rappela que son agenda était rangé dans sa serviette.

— Oh. Non. Attends. J'ai un rendez-vous.

La femme lui tapota l'épaule. Natasha plaqua la main sur le micro de son téléphone.

— J'en ai pour deux secondes, dit-elle, plus sèchement qu'elle n'en avait eu l'intention. Je sais que les portables sont interdits dans cette voiture et je suis navrée, mais je ne peux pas interrompre cet appel.

Elle coinça l'appareil entre son oreille et son épaule le temps de remettre la main sur son agenda, puis fit volte-face, exaspérée, quand la femme lui tapota de nouveau l'épaule.

— J'ai dit deux secondes...

— Votre café est posé sur ma veste.

Baissant les yeux, Natasha vit la tasse en équilibre précaire sur l'ourlet de la veste couleur crème.

— Ah. Désolée. (Elle saisit la tasse.) Linda, pourrait-on trouver un autre moment dans l'après-midi ? J'ai sûrement un créneau quelque part.

— Ha !

Le gloussement de sa secrétaire tinta à ses oreilles après qu'elle eut refermé son téléphone. Elle barra sa comparution au tribunal dans son agenda, ajouta le rendez-vous avec Harrington et était sur le point de le ranger dans son sac quand elle eut l'œil attiré par les gros titres du journal en face d'elle. Elle se pencha pour vérifier qu'elle avait bien lu le nom dans le premier paragraphe de l'article, à tel point que l'homme qui tenait le journal le baissa et la regarda en fronçant les sourcils.

— Je suis désolée, s'excusa-t-elle, atterrée par ce qu'elle venait de lire. Pourrais-je... pourrais-je vous emprunter votre journal un instant pour y jeter un coup d'œil ?

L'homme fut trop déconcerté pour refuser. Elle prit le journal, le retourna et lut l'article deux fois, blême, avant de le rendre à son propriétaire.

— Merci, dit-elle faiblement.

L'adolescent au casque affichait un petit sourire narquois, ravi d'avoir assisté à un tel manquement à l'étiquette en vigueur entre passagers.

Sarah coupa le second carré de sandwich en diagonale, puis enveloppa soigneusement les deux portions dans du papier d'aluminium. Elle en rangea un au réfrigérateur et glissa l'autre dans son sac avec deux pommes. Elle nettoya le plan de travail avec un chiffon humide, puis passa la cuisine en revue en quête de miettes avant d'éteindre la radio. Papa détestait les miettes.

Tout en bas, le gémissement lointain du camion du laitier signalait qu'il quittait la cour intérieure. Le laitier ne voulait plus livrer le lait aux étages depuis que quelqu'un était parti avec son camion alors qu'il se trouvait au cinquième. Il déposait encore des bouteilles pour les vieilles dames de la résidence-autonomie d'en face, mais tous les autres devaient aller au supermarché, puis traîner leurs briques d'un litre à bord de bus bondés ou les transporter à pied dans des sacs de courses pleins à craquer. Si elle descendait à temps, il la laissait acheter une bouteille ; elle y arrivait presque tous les matins.

Elle consulta sa montre, puis vérifia que le liquide brun avait bien fini de passer dans le filtre en papier. Toutes les semaines, elle rappelait à Papa que le vrai café coûtait bien plus cher que l'instantané, mais il se contentait de hausser les épaules et de dire que parfois, à long terme, économiser faisait perdre de l'argent. Elle essuya le fond du mug puis remonta le couloir étroit, s'arrêtant devant sa chambre.

— Papa ?

Cela faisait longtemps qu'il n'était plus « grand-papa ».

Elle poussa la porte de l'épaule. La lumière matinale baignait la petite pièce, et pendant un instant on pouvait s'imaginer dans un cadre charmant : une plage ou un jardin à la campagne, au lieu d'une cité fatiguée des années 1960 dans l'est de Londres. De l'autre côté de son lit, sur un petit bureau en bois verni, s'alignaient ses brosses à cheveux et à vêtements devant une photographie de Nana. Il n'avait plus eu de lit double depuis sa mort. Il y avait plus de place dans la pièce avec un lit simple, disait-il. Sarah savait qu'il ne pouvait affronter le vide d'un grand lit.

— Café.

Le vieil homme se redressa et tâtonna sur la table de chevet en quête de ses lunettes.

— Tu pars maintenant ? Quelle heure est-il ?

— Il est 6 heures passées.

Il attrapa sa montre et consulta l'écran en plissant les yeux. Il paraissait curieusement vulnérable en pyjama, lui qui portait ses vêtements comme s'il s'agissait d'un uniforme. Papa était toujours impeccablement vêtu.

— Tu arriveras à attraper le bus de 6 h 10 ?

— Si je cours. Tes sandwichs sont au réfrigérateur.

— Dis à ce cowboy fou que je le paierai cet après-midi.

— Je le lui ai dit hier, Papa. Ça ne lui pose pas de problème.

— Et demande-lui de nous mettre des œufs de côté. Nous les prendrons demain.

Elle attrapa son bus, mais seulement parce qu'il avait une minute de retard. Hors d'haleine, elle bondit à bord, son sac dansant follement dans son dos. Elle présenta son passe, puis alla s'asseoir, salua d'un signe de tête la femme indienne assise tous les matins à la même place, avec son balai-serpillière et son seau.

— Magnifique, dit la femme tandis que le bus démarrait, passant devant le bureau de paris.

Sarah jeta un coup d'œil derrière elle, vers les rues crasseuses éclairées par la lumière délavée du matin.

—Oui, ça va être une belle journée, concéda-t-elle.

—Tu vas avoir chaud dans ces bottes, fit remarquer la femme.

Sarah tapota son sac.

—J'ai mes chaussures pour l'école là-dedans.

Elles échangèrent des sourires embarrassés, comme gênées, après des mois de silence, de s'en être autant dit. Sarah se cala contre le dossier de son siège et se tourna vers la fenêtre.

Le trajet jusque chez Cowboy John durait dix-sept minutes. Une heure plus tard, quand les routes vers l'est de la City étaient saturées de véhicules, cela prenait le triple de temps. En général, Sarah arrivait avant lui ; elle était la seule personne à qui il avait confié un jeu de clés. La plupart du temps, elle était en train de laisser sortir les poules quand il apparaissait, marchant de son pas nonchalant, la jambe raide, au bout de la ruelle. On l'entendait souvent chanter.

Sheba, le berger allemand, aboya en entendant Sarah tripoter le cadenas qui fermait le portail. Puis, la reconnaissant, la chienne s'assit et attendit, la queue battant à un rythme impatient. Sarah lui lança une friandise qu'elle avait gardée pour elle dans sa poche et pénétra dans la petite cour, refermant la grille derrière elle dans un claquement assourdi.

Autrefois, ce quartier de Londres était truffé d'écuries cachées au fond d'étroites ruelles pavées, derrière des portes de grange, sous des arches… C'était l'époque où les chevaux tiraient les chariots des brasseries, les charrettes de charbon et celles des chiffonniers, et où il n'était pas inhabituel de voir le cob bien-aimé de la famille ou un couple de bons trotteurs en balade au parc un samedi après-midi. Cowboy John était l'un des rares survivants. Il avait repris quatre arches du viaduc, abritant chacune trois ou quatre box et appentis, tout au bout d'une ruelle qui donnait sur la rue principale. Devant les voûtes, dans une cour pavée close par des murs, étaient entreposés des palettes, des poulaillers, des poubelles, une ou deux bennes, et la vieille voiture que Cowboy John vendait, ainsi qu'un brasero qui ne s'éteignait jamais. Toutes les vingt minutes environ, un train de banlieue passait en grondant au-dessus de leurs têtes, mais ni les humains ni les animaux n'y prêtaient attention. Les poulets picoraient, une chèvre prenait une bouchée hésitante de quelque chose qu'elle n'était pas censée manger, et, de ses yeux couleur ambre, Sheba surveillait avec méfiance le monde au-delà de la grille, prête à mordre toute personne ne figurant pas dans son registre d'invités.

En ce moment, il y avait douze chevaux en pension, parmi lesquels les jumeaux Clydesdale de Tony, conducteur de chariot à la retraite, les trotteurs à l'encolure fine et aux yeux hagards de Sal le Maltais et ses acolytes, organisateurs de paris, ainsi qu'un assortiment de poneys miteux appartenant à des gamins du quartier. Sarah se demandait toujours combien de personnes étaient au courant de leur présence ici, à part le gardien du parc qui les chassait régulièrement du terrain communal ; occasionnellement, ils recevaient des lettres adressées aux « Propriétaires de chevaux, arches de Sparepenny Lane », menaçant de poursuites judiciaires s'ils persistaient à occuper les lieux sans autorisation. Cowboy John éclatait de rire et jetait le courrier dans le brasero. « Pour ce que j'en sais, les chevaux étaient là avant nous », disait-il de sa voix traînante.

Il se proclamait membre fondateur des cowboys noirs de Philadelphie. Ce n'étaient pas de vrais cowboys, pas de ceux qui s'occupaient du bétail dans des ranchs, du moins. En Amérique, disait-il, il y avait des écuries comme la sienne en pleine ville, plus grandes, même, où les hommes pouvaient garder et faire courir leurs animaux, et où des gamins venaient apprendre à monter, ce qui constituait leur seule chance d'échapper au ghetto. Il était arrivé à Londres dans les années 1960, suivant une femme qui s'était révélée être une « sacrée enquiquineuse ». La ville lui avait plu, mais ses chevaux lui manquaient tant qu'il avait acheté un pur-sang au genou fracturé au marché de Southall et des écuries victoriennes presque à l'abandon à la ville. Apparemment, la municipalité n'avait cessé de s'en mordre les doigts depuis.

Désormais, Cowboy John était une institution ; ou une plaie, selon les points de vue. Les fonctionnaires de la mairie ne le portaient pas dans leur cœur ; ils émettaient un avertissement après l'autre, invoquant l'hygiène publique et la lutte contre les nuisibles, bien que John leur ait assuré qu'ils pourraient passer une nuit assis dans sa cour, couverts de sauce quatre fromages, sans voir l'ombre d'un rongeur ; il disposait en effet d'une cohorte de chats méchants. Les promoteurs immobiliers ne l'appréciaient guère plus, impatients de s'approprier le terrain et d'y implanter leurs immeubles : Cowboy John refusait de vendre. Mais la plupart des habitants du quartier n'y voyaient pas d'inconvénient. Certains passaient tous les jours faire un brin de causette ou acheter les produits frais qu'il proposait. Quant aux restaurants du coin, ils y trouvaient même leur compte : Ranjeet ou Neela du *Raj Palace* téléphonaient s'ils avaient besoin d'une poule, d'œufs ou d'une chèvre à l'occasion. Et puis il y avait quelques irréductibles, telle Sarah, qui y passait tout le temps où elle n'était pas à l'école. Avec ses écuries victoriennes soignées et ses tas chancelants de foin et de paille, c'était un refuge contre le bruit et le chaos incessants de la ville.

— T'as pas laissé sortir cette idiote d'oie ?

Elle jetait du foin aux poneys quand Cowboy John arriva. Il était coiffé de son Stetson – au cas où les gens n'auraient pas compris le message –, et ses joues creuses étaient brunies par l'effort de marcher et de fumer sous le soleil déjà chaud.

— Non. Elle n'arrête pas de me mordre les jambes.

— Les miennes aussi. J'vais voir si ce nouveau restaurant la veut. Nom d'un pétard, j'ai des marques tout autour des chevilles !

Tous deux s'arrêtèrent pour regarder le gros oiseau qu'il avait acheté sur un coup de tête au marché la semaine précédente.

— Sauce aux prunes ! aboya-t-il, et le volatile siffla en retour.

D'aussi loin qu'elle se souvienne, Sarah avait passé une grande partie de son enfance à Sparepenny Lane. Quand elle était toute petite, Papa l'asseyait sur les poneys Shetland hirsutes de Cowboy John, et Nana, l'air heureux, faisait claquer sa langue, feignant de désapprouver que Papa lui transmette sa passion pour les chevaux. Quand sa mère était partie pour la première fois, Papa l'avait amenée là afin qu'elle n'entende pas Nana pleurer ou, les rares fois où sa mère était rentrée, crier et la supplier de se ressaisir.

C'est à ce moment-là que Papa lui avait appris à monter à cheval, lui faisant parcourir les ruelles jusqu'à ce qu'elle maîtrise le trot enlevé. Papa méprisait la plupart des propriétaires de chez Cowboy John, leur reprochant d'abandonner leurs chevaux. Vivre en ville ne les dispensait pas de les promener tous les jours, disait-il. Il ne laissait jamais Sarah manger avant d'avoir nourri son cheval, ni prendre son bain avant d'avoir ciré ses bottes. Et puis, après la mort de Nana, Baucher, qu'ils appelaient Boo, était arrivé. Tous deux avaient eu besoin de quelque chose sur lequel se concentrer, une raison de quitter le foyer qui avait cessé d'en être un. Et Papa, conscient des dangers menaçant une jeune fille naïve entrant dans l'adolescence, décida qu'il lui fallait une échappatoire. Il commença à entraîner ensemble le jeune cheval à la robe cuivrée et sa petite-fille. Son enseignement allait bien au-delà de ce que les gamins du coin appelaient monter : sauter sur le dos d'un poney, parcourir les rues en trombe jusqu'aux marécages, bondir par-dessus les bancs des parcs, les paniers de fruits, n'importe quel obstacle susceptible de procurer un frisson. Papa lui faisait travailler sans relâche d'infimes détails : l'angle de son tibia au millimètre près, l'immobilité parfaite de ses mains. Il arrivait à Sarah de fondre en larmes, parce que, parfois, tout ce qu'elle souhaitait, c'était d'aller jouer avec les autres enfants. Mais il ne le lui permettait pas. Pas seulement parce qu'il voulait protéger les jambes de Boo des routes goudronnées : elle devait apprendre, disait-il, que, pour réussir quelque chose de magique, il n'y avait que le travail et la discipline.

Il parlait encore comme ça, Papa. C'était pour cette raison que John et les autres l'appelaient Capitaine. C'était censé être une blague, mais elle savait qu'ils se méfiaient aussi un peu de lui.

— Tu veux du thé ?

D'un geste, Cowboy John désigna sa bouilloire.

— Non. Je n'ai qu'une demi-heure pour monter. Il faut que j'arrive tôt à l'école aujourd'hui.

— Tu répètes toujours tes figures ?

— En fait, dit-elle avec une politesse exagérée, ce matin nous travaillerons notre appuyer, le changement de pied et un peu de piaffer. Ordres du Capitaine.

Elle caressa l'encolure soyeuse du cheval. Cowboy John réprima un éclat de rire.

— Faut lui reconnaître une chose, à ton grand-père. La prochaine fois que le cirque viendra, ils lui mangeront dans la main.

Dans le métier de Natasha, il n'était pas rare de voir reparaître au tribunal, après seulement quelques semaines, un enfant qu'on venait de représenter, à cause d'une nouvelle injonction pour comportement antisocial ou d'une peine de détention provisoire. Il arrivait que certains d'entre eux défraient la chronique. Néanmoins, elle fut surprise de lire son nom dans la presse, pas seulement à cause de la gravité de son délit, mais aussi parce qu'elle n'aurait jamais imaginé ça de lui. Jour après jour, les enfants venaient confier leur désespoir, raconter les mauvais traitements et la négligence dont ils étaient victimes. La plupart du temps, elle les écoutait sans broncher. Après dix ans, elle en avait tellement entendu que rares étaient ceux qui lui inspiraient plus qu'une liste de questions : est-ce qu'il remplit les critères ? A-t-elle signé les formulaires de demande d'aide juridictionnelle ? La défense sera-t-elle assez solide ? Fait-il un témoin crédible ? Comme les autres, Ali Ahmadi aurait dû disparaître dans les tréfonds de sa mémoire, son dossier classé par son équipe, un autre nom sur le calendrier des audiences destiné à être promptement oublié.

Il s'était présenté à son bureau deux mois auparavant. La détresse et la méfiance se lisaient dans ses yeux cernés, il était chaussé de vieilles baskets bon marché, portait une chemise trop grande pour lui. Il avait besoin d'urgence d'une injonction qui lui éviterait d'être renvoyé dans son pays où, d'après lui, il risquait la mort.

— Je ne suis pas spécialiste d'immigration, avait-elle objecté.

Ravi, son collègue qui se chargeait de ces dossiers, était absent, et ses futurs clients étaient désespérés.

— Je vous en prie, supplia la mère de sa famille d'accueil. Je vous connais, Natasha. Vous pouvez faire ça pour nous.

Deux ans plus tôt, l'avocate avait représenté un des enfants qu'elle avait accueillis.

Natasha avait parcouru son dossier, puis, levant les yeux vers le garçon, elle lui avait souri. Au bout d'un moment, il lui avait rendu son sourire. Pas un sourire confiant, mais conciliant. Comme si c'était ce qu'on attendait de lui. Pendant qu'elle survolait les notes et que la femme traduisait, il avait commencé à parler sur un ton de plus en plus pressant, ses mains illustrant les mots qu'elle ne comprenait pas.

Sa famille avait été accusée de dissidence. Son père avait disparu en rentrant de son travail, et sa mère avait été battue dans la rue avant de disparaître avec sa sœur. Terrifié, Ali avait gagné la frontière à pied en treize jours. Sans interrompre son récit, il se mit à pleurer en silence, clignant des yeux pour chasser ses larmes avec une gêne d'adolescent. Il serait tué s'il rentrait chez lui. Il avait quinze ans. C'était une histoire assez banale, en fait. Voyant Linda hésiter près de la porte, Natasha l'interpella :

— Peux-tu appeler le greffier ? Et voir si nous pouvons avoir la salle d'audience numéro quatre ?

Au moment de prendre congé, elle avait posé une main sur l'épaule du garçon, prenant alors conscience du fait qu'il était plus grand qu'elle ne l'avait imaginé. Il avait paru rétrécir en témoignant, comme si, à mesure qu'il livrait des bouts de son histoire, c'était des morceaux de lui-même qui étaient découpés.

— Je vais faire mon possible, dit-elle, mais je persiste à penser que vous devriez vous adresser à quelqu'un d'autre.

Elle avait obtenu l'injonction et oubliait déjà l'existence de son jeune client quand, alors qu'elle rassemblait ses papiers et les glissait dans sa serviette, prête à quitter le palais de justice, elle l'avait aperçu, blotti dans un coin de la salle, le corps secoué de sanglots silencieux. Légèrement décontenancée, elle avait détourné les yeux au moment de passer à côté de lui, mais soudain il s'était écarté de sa mère d'accueil, avait arraché une chaîne qui pendait à son cou et la lui avait mise dans la main sans la regarder. Elle avait protesté, lui expliquant que ce n'était pas nécessaire, mais il s'était contenté de rester là, la tête basse, le corps en point d'interrogation, les mains pressées autour des siennes, bien qu'un tel contact soit interdit par sa religion. Ce geste curieusement adulte l'avait marquée.

Et voilà que, deux nuits plus tôt, ces mains avaient apparemment perpétré une « attaque brutale et prolongée » sur une vendeuse dont on préservait encore l'anonymat, âgée de vingt-six ans, à son domicile.

La sonnerie de son téléphone retentit de nouveau, accueillie par des grognements désapprobateurs. S'excusant encore, Natasha se leva, rassembla ses affaires et traversa le wagon bondé, luttant pour conserver son équilibre alors que le train faisait une brusque embardée vers la gauche. Coinçant sa serviette sous son bras, elle tituba vers l'espace dépourvu de sièges, où elle dénicha un petit coin à côté de la fenêtre, aussi près que possible d'une voiture acceptant les portables. Elle lâcha ses sacs au moment où la personne qui l'appelait raccrochait et jura. Elle avait abandonné sa place pour rien. Elle s'apprêtait à glisser son téléphone dans sa poche quand elle vit le texto :

> Salut. J'ai besoin de passer prendre des affaires. Et de parler. Tu as un moment cette semaine ? Mac.

Mac. Elle regarda fixement le petit écran ; autour d'elle, le monde semblait s'être figé. *Mac.* Elle n'avait pas le choix. Elle répondit rapidement avant de fermer son téléphone.

> Pas de problème.

À une époque, ce coin de la City avait grouillé de cabinets d'avocats, entassés dans des immeubles tout droit sortis des romans de Dickens, leurs plaques dorées « et associés » promettant leurs services dans diverses spécialités : affaires, fiscalité, divorce... La plupart s'étaient depuis longtemps relocalisés à la périphérie de la City, dans de nouveaux immeubles de bureaux tout en vitres brillantes conçus par des architectes, et dont les occupants estimaient qu'ils reflétaient dignement leur ligne de pensée, résolument inscrite dans le XXIe siècle. Jusque-là, Davison Briscoe avait obstinément refusé de rejoindre cette tendance, et le bureau exigu, bourré de livres, qu'occupait Natasha dans l'immeuble géorgien branlant qui l'abritait, ainsi que cinq autres solliciteurs, ressemblait plus à une salle d'études à l'université qu'à une entreprise.

— Voilà le dossier que tu m'as demandé.

Ben, un jeune homme dégingandé et studieux dont les joues claires et résolument lisses démentaient ses vingt-cinq ans, posa la chemise fermée par un ruban rose sur son bureau.

— Tu n'as pas touché à tes croissants, fit-il remarquer.

— Désolée. (Elle passa en revue les papiers sur son bureau.) J'ai perdu l'appétit. Ben, rends-moi un service. Tu voudrais bien me retrouver le dossier d'Ali Ahmadi ? Réexamen en urgence d'une décision de justice. Ça remonte à deux mois environ.

Elle jeta un coup d'œil au journal qu'elle avait acheté en sortant de la gare, espérant vaguement découvrir qu'elle avait halluciné, peut-être à cause d'un manque de sommeil.

La porte de son bureau s'ouvrit, et Conor entra. Il portait la chemise à rayures bleues qu'elle lui avait offerte pour son anniversaire.

— Salut, Championne.

Il se pencha par-dessus le bureau et déposa un baiser léger sur ses lèvres.

— Comment ça s'est passé hier soir ?

— Bien, répondit-elle. Très bien. Tu nous as manqué.

— J'avais les garçons. Désolé, mais tu sais comment ça se passe. Tant que je n'aurai pas obtenu la garde alternée, je n'ose pas rater une seule soirée.

— Vous vous êtes bien amusés ?

— Une soirée de folie. Un DVD d'Harry Potter avec des *baked beans* sur du pain grillé. Je peux te dire qu'on a mis le feu. L'immense lit de l'hôtel ne t'a pas paru trop grand sans moi ?

Elle se laissa aller en arrière contre son dossier.

— Conor, aussi indispensable que tu me sois, à minuit je n'en pouvais tellement plus que j'aurais pu m'endormir sur un banc public.

Ben reparut et, avec un hochement de tête à l'intention de Conor, déposa le dossier devant elle.

— M. Ahmadi, annonça-t-il.

Conor scruta la couverture.

— Ahmadi ? L'affaire de renvoi dont tu t'es occupée il y a deux mois ? Pourquoi ressors-tu ce dossier ?

— Ben, tu veux bien aller me chercher un café ? Mais descends m'en acheter un, je ne veux pas du jus de chaussettes de Linda.

Conor lui lança un billet.

— Et pour moi. Double expresso. Noir.

— Tu vas te tuer, fit-elle observer.

— Mais au moins je le ferai efficacement. OK, ajouta-t-il, remarquant qu'elle attendait que Ben soit parti. Qu'est-ce qui se passe ?

— Ça.

Elle lui tendit le journal en pointant du doigt l'article. Il le lut rapidement.

— Ah. Ton client, là, dit-il. Oh, oui.

Elle ouvrit les bras et pressa brièvement son front contre son bureau. Puis elle tendit la main et cueillit un croissant aux amandes.

— Mon client. Là. Je me demande si je devrais le dire à Richard.

— Tu veux aller te confesser auprès de notre cher associé principal ? Oh, non, non, non ! Inutile, Championne !

— C'est un crime assez grave.

— … Que tu ne pouvais pas prédire. Laisse tomber, Natasha. Ça fait partie du boulot, chérie. Tu le sais.

— Bien sûr. C'est juste que c'est… tellement sinistre. Et il était… (Elle secoua la tête, laissant les souvenirs remonter à la surface.) Je ne sais pas. Je ne l'imaginais pas capable de ça.

— « Tu ne l'imaginais pas capable de ça », répéta Conor en riant.

Elle n'en revenait pas qu'il puisse prendre cette affaire à la légère.

— Eh bien, non. (Elle but une gorgée de café froid.) Je n'aime pas l'idée d'avoir contribué malgré moi à quelque chose d'aussi affreux, c'est tout. Je ne peux pas m'empêcher de me sentir responsable.

— Quoi ? Tu l'as forcé à attaquer cette fille ?

— Tu sais bien que non. Je l'ai suffisamment bien défendu pour lui permettre de rester dans le pays. C'est moi qui suis responsable de sa présence sur le territoire.

— Parce que personne d'autre n'aurait pu y parvenir, c'est ça ?

— Eh bien…

— Tu te prends trop la tête, Natasha. (Conor tapota le dossier du doigt.) Si Ravi avait été là, ça aurait été lui. Oublie. Passe à autre chose. On se retrouve toujours ce soir pour un verre ? L'*Archery*, ça te dit ? Ils y servent des tapas, maintenant, figure-toi.

Mais Natasha était bonne pour donner des conseils, pas pour en recevoir. Un peu plus tard ce jour-là, elle se surprit à ouvrir le dossier d'Ahmadi pour la deuxième fois, en quête d'indices, d'un détail quelconque expliquant que ce garçon, qui avait pleuré et lui avait pris les mains avec tant de douceur, ait pu être capable d'un acte d'une telle violence. Cela n'avait aucun sens.

— Ben ? J'aurais besoin d'un atlas.

— Un atlas ?

Vingt minutes plus tard, il lui en apportait un à la reliure en toile éraflée et au dos déchiqueté.

— Il est probablement dépassé. Il… euh… y est question de la Perse et de Bombay, précisa-t-il sur un ton d'excuse. Tu ferais probablement mieux de chercher ce dont tu as besoin sur Internet. Je peux m'en charger.

— Je suis technophobe, Ben, dit-elle en feuilletant l'ouvrage, tu le sais bien. J'ai besoin de le voir sur papier.

Presque sur un coup de tête, elle avait décidé de chercher d'où venait le garçon. Le nom de la ville était resté gravé dans son esprit.

C'est à ce moment-là, en examinant la carte, laissant glisser son doigt sur les toponymes, qu'elle s'aperçut qu'aucun travailleur social, aucun juriste, pas plus que sa mère d'accueil, n'avait posé à Ali Ahmadi la question évidente. Pourtant c'était là, sous ses yeux : comment avait-il pu parcourir mille cinq cents kilomètres en treize jours ?

Ce soir-là, au pub, Natasha s'en voulut de ne pas avoir été plus minutieuse. Elle raconta l'histoire à Conor, qui eut un éclat de rire bref et désabusé avant de hausser les épaules.

— Tu sais bien que ces gamins sont désespérés. Ils te diront tout ce qu'ils pensent que tu veux entendre.

Elle en voyait tous les jours – réfugiés, enfants « à problèmes », jeunes gens déplacés ou négligés, adolescents qui n'avaient jamais reçu un compliment ni une étreinte compatissante de leur vie, avec leurs visages aux traits prématurément durcis, déjà programmés pour survivre à n'importe quel prix – et se croyait capable de reconnaître ceux qui mentaient : les filles qui accusaient leurs parents de maltraitance parce qu'elles ne voulaient plus vivre chez eux ; les demandeurs d'asile qui juraient avoir onze ou douze ans, malgré la barbe naissante qui leur noircissait les joues. Elle était habituée à voir reparaître les mêmes jeunes délinquants, pris dans un cycle sans fin de mauvaise conduite et de supposé repentir. Mais elle avait été *émue* par Ahmadi.

Conor l'écouta avec plus d'attention.

— OK. Tu es sûre de ne pas te tromper sur l'endroit ?

— C'est transcrit dans sa déclaration.

Elle interpella un serveur qui passait et lui demanda de l'eau minérale.

— Et c'est vraiment impossible qu'il ait marché si loin ?

— En moins de deux semaines ? avait-elle demandé sur un ton sarcastique. Cent dix kilomètres par jour. J'ai calculé.

— Je ne comprends pas pourquoi tu te mets dans un tel état. Tu es protégée par le secret professionnel. Tu ne savais rien de tout ça au moment de le représenter, alors en quoi cela importe-t-il ? Tu n'es tenue ni de dire ni de faire quoi que ce soit. Bon sang, ça m'arrive tout le temps ! Je suis obligé de demander à la moitié de mes clients durant le premier entretien de se taire avant qu'ils ne me révèlent quelque chose que je ne suis pas censé entendre.

Mais si elle avait pris la peine de vérifier son histoire, voulut objecter Natasha, elle aurait peut-être deviné plus tôt qu'Ahmadi mentait. Elle aurait pu refuser le dossier, sous prétexte d'être « embarrassée ». Cela suffisait généralement à pousser quelqu'un à examiner les faits de plus près. Elle aurait pu sauver cette pauvre femme, cette vendeuse anonyme de vingt-six ans. Mais elle avait survolé les notes. Et elle avait laissé le garçon partir, lui permettant de disparaître dans les lézardes du paysage londonien, estimant qu'il faisait partie des « bons », de ceux qui ne réapparaîtraient jamais au tribunal.

S'il avait menti sur la façon dont il était arrivé en Angleterre, il pouvait avoir menti sur le reste.

Conor se laissa aller contre le dossier de son siège et but une longue gorgée de vin.

— Ah, oublie, Natasha. Un gamin désespéré a réussi à éviter de se faire renvoyer en enfer. Et quoi ? Tourne la page.

Même quand il défendait un dossier sensible, Conor ne se départait pas d'une expression optimiste trompeuse et, un grand sourire chaleureux plaqué sur le visage, distribuait les poignées de main comme si le fait qu'il gagne ou pas n'avait aucune espèce d'importance. Il tapota ses poches.

— Tu offres la prochaine tournée ? Il faut que je passe au distributeur.

Quand elle plongea la main dans son sac pour y attraper son portefeuille, ses doigts se prirent dans quelque chose. Elle sortit l'objet. C'était la petite amulette au bout de sa chaîne, le cheval en argent brossé qu'Ahmadi lui avait donné le jour où elle avait remporté son affaire. Elle avait eu l'intention de la lui renvoyer – il possédait trop peu de choses pour se défaire de quoi que ce soit –, mais avait rapidement oublié. À présent, elle y voyait un rappel de son manque de rigueur. Soudain lui revint en mémoire l'improbable vision de ce matin-là, une apparition surnaturelle dans l'environnement urbain.

— Conor… J'ai vu un truc de très étrange ce matin.

Le train était resté à l'arrêt durant un quart d'heure dans un tunnel avant la gare de Liverpool Street, juste assez longtemps pour que la température dans le wagon monte et que les passagers commencent à s'agiter sur leurs sièges, pendant qu'un murmure sourd de mécontentement se propageait dans toute la rame. Juste assez longtemps pour que Natasha, désormais protégée des coups de téléphone, laisse son regard se perdre dans la contemplation de la nuit noire qui régnait dans le tunnel, tout en songeant à son futur ex-mari.

Elle avait été légèrement déséquilibrée quand, dans un couinement aigu de métal surchauffé, le train avait redémarré, émergeant dans la lumière du jour. Elle ne pensait plus à Mac. Ni à Ali Ahmadi, qui s'était révélé si terriblement différent de la personne qu'il avait feint d'être.

Et c'est à cet instant qu'elle l'avait aperçue : une vision fugace, si invraisemblable que, même quand elle s'était tordu le cou pour regarder en arrière, elle avait douté d'avoir bien vu. Disparue en un éclair, avalée par les rues floues et les arrière-cours, les balcons crasseux et les cordes à linge.

Mais l'image ne l'avait pas quittée de la journée, même longtemps après que le train l'eut ramenée dans le centre brumeux de la City.

Dans une rue pavée paisible coincée entre deux rangées d'immeubles, et flanquée de camions et de voitures garés, elle avait vu une jeune fille se dresser, brandissant un long bâton au bout de son bras tendu, geste qui n'avait rien eu de menaçant, évoquant plutôt un signal.

Au-dessus d'elle, au milieu de la chaussée, dans un équilibre parfait révélant sa croupe lustrée et musclée, un énorme cheval se cabrait.

Natasha lâcha le pendentif en argent dans son sac, retenant à peine un frisson.

— Tu as entendu ce que j'ai dit ?

— Mmm ?

Conor lisait le journal, son attention déjà ailleurs. « Tourne la page », lui disait-il toujours. Comme si lui en était capable. Elle le regarda.

— Rien. Je vais nous chercher à boire.

Chapitre 2

« Faites en sorte que le poulain soit bon, accoutumé à la main de l'homme et affectueux à son égard [...] en général, cela lui est inculqué à la maison. »

Xénophon, *De l'art équestre.*

Boo n'était pas le genre de cheval qu'on trouvait communément dans les arrière-cours de l'est de Londres. Il n'était ni un cheval de trait aux pieds couverts de fanons, ni un ambleur pur-sang à l'encolure de cerf : le genre avait reculé rapidement au profit des trotteurs et du sulky. Les courses illégales avaient lieu sur la quatre-voies, remplissant les pages de livres des records officieux. De grosses liasses passaient de main en main pendant qu'on pariait sous le manteau. Il n'était pas de ces canassons bien élevés sortis d'une école d'équitation de Hyde Park, ni de ces poneys pie trapus, têtus, qui toléraient, avec plus ou moins de résignation, qu'on leur fasse grimper des escaliers, escalader des fûts de bière ou qu'on les pousse dans des ascenseurs afin que leurs propriétaires hilares puissent parcourir au petit galop les balcons de leurs immeubles.

Boo était un selle français à l'ossature puissante, aux jambes plus robustes et au dos plus fort que ceux de sa race. Il était athlétique, agile, et excellait au saut grâce à son dos court et compact. Il était doux, tolérant et amical comme un bon chien. La circulation dense le laissait imperturbable. Vif et malicieux, il avait besoin d'être stimulé et s'ennuyait facilement : Papa avait suspendu tant de ballons dans son box pour l'occuper que Cowboy John avait fini par marmonner que le Capitaine essayait de le faire sélectionner pour un championnat de basket.

Les autres gamins du collège de Sarah ou de sa cité cherchaient les émotions fortes dans des petits emballages en papier et au fond de sacs en plastique, quand ils ne faisaient pas déraper des voitures volées autour de terrains vagues de plus en plus petits ; à moins qu'ils ne passent des heures à s'habiller comme des célébrités, étudiant leurs magazines avec plus d'attention qu'ils n'en avaient jamais eu pour leurs manuels scolaires. Rien de tout cela n'intéressait Sarah. À peine avait-elle sellé Boo et respiré l'odeur familière du cheval chaud et du cuir propre qu'elle oubliait tout le reste.

Monter Boo l'emportait loin de l'ennui, de la crasse et de la déprime. Elle oubliait qu'elle était la fille la plus maigrichonne de sa classe, la seule qui n'ait pas vraiment de raisons de porter un soutien-gorge, la seule – avec Renee, la Turque à qui personne n'adressait la parole – à n'avoir ni portable ni ordinateur. Elle oubliait qu'elle n'avait que Papa.

Les jours de grande complicité, elle ressentait pour son cheval un respect et une admiration infinis, s'émerveillant de sa majesté, de sa puissance, consciente de ce qu'il accomplissait pour elle. Il ne faisait des écarts de conduite que quand elle le brusquait – préoccupée par un incident au collège, la soif ou la fatigue –, et la douceur qui irradiait de lui quand ils réussissaient une figure l'émouvait profondément. Boo lui appartenait, et il était unique au monde.

Aux gens qui n'y connaissaient rien aux chevaux, Papa disait qu'il était comme une Rolls-Royce à côté d'un tracteur : tout chez lui était délicatement calé, réactif, élégant. Il fallait s'adresser à lui avec bienveillance – les cris et les coups étaient à proscrire. Alors les conditions étaient réunies pour atteindre une communion des esprits. Elle demandait à Boo de se rassembler, et il s'exécutait, rapprochant son arrière-main de son centre de gravité, sa grande tête tombant sur son poitrail. Ses seules limites, affirmait Papa, étaient les limites de Sarah. Il disait aussi qu'il n'avait jamais connu de cheval plus gentil que Boo.

Il n'en avait pas toujours été ainsi : Sarah avait deux cicatrices en forme de lune sur le bras, là où il l'avait mordue ; et, à l'époque où ils l'avaient débourré, il avait plusieurs fois cassé la longe avant de filer à l'autre bout du parc, la queue haute, telle une bannière, pendant que les mères détalaient en criant avec leurs landaus et que Papa priait à haute voix pour qu'il ne percute pas une voiture. Chaque fois, Papa expliquait à Sarah que c'était sa faute, ce qui lui donnait envie de lui hurler dessus. Aujourd'hui, elle en savait un peu plus, et elle comprenait qu'il avait eu raison.

Les chevaux, peut-être plus que n'importe quelle autre créature domestiquée, étaient façonnés par l'homme. Qu'ils soient d'un tempérament naturellement craintif, peureux ou farouche, leurs réactions au monde qui les entourait étaient entièrement conditionnées par le traitement qu'ils recevaient. Un enfant vous donnerait une seconde chance, dans l'espoir d'être aimé. Un chien reviendrait vers vous servilement, même après avoir été battu. Un cheval ne vous laisserait plus jamais – ni vous ni personne – l'approcher. C'est pourquoi Papa n'élevait jamais la voix avec Boo. Il ne se mettait jamais en colère, ne perdait jamais patience, même quand Boo faisait preuve d'autant d'espièglerie et d'indiscipline qu'un adolescent.

À présent, Boo avait huit ans, il était adulte. Il était suffisamment éduqué pour avoir de bonnes manières, suffisamment agile pour que ses pas flottent, suffisamment élégant, si Papa avait vu juste sur ce point comme il semblait le faire pour tout le reste, pour emporter Sarah loin de cette ville chaotique et vers son avenir.

Cowboy John s'appuya sur son balai et regarda au-delà du portail vers le parc, où la jeune fille faisait aller le cheval au petit galop, traçant des cercles réguliers dans le coin près des arbres, ralentissant de temps à autre pour le féliciter ou le détendre. Elle ne portait pas sa bombe – l'un de ses rares actes de rébellion vis-à-vis de son grand-père, qui ne l'aurait jamais autorisée à monter tête nue –, et le soleil faisait briller ses cheveux aussi intensément que les sabots du cheval. Il vit le facteur passer non loin sur sa bicyclette et lui crier quelque chose au passage. Elle leva la main pour le saluer sans tourner la tête, concentrée.

C'était une brave gamine. Pas comme la plupart des adolescents qui faisaient faire la course à leurs chevaux dans les rues désertes jusqu'à ce que leurs sabots se fendent, puis les ramenaient à leur box où ils les abandonnaient, en sueur et surmenés, avant de rentrer chez eux, lui assurant que leur mère ou leur père passerait sans faute le lendemain pour payer le loyer. Ils se montraient insolents envers les adultes, dépensaient l'argent destiné à leurs repas en cigarettes, qu'il leur confisquait chaque fois qu'il les surprenait en train de fumer dans l'écurie.

— Je m'fiche de vos poumons comme de mon premier caleçon. Mais j'ai pas l'intention de regarder mes vieux camarades griller au barbecue, disait-il, généralement en tirant pensivement sur sa propre cigarette.

Le dernier paquet qu'il avait confisqué provenait d'un gosse qui n'avait pas plus de huit ans.

Sarah Lachapelle n'avait probablement jamais fumé de sa vie. Le Capitaine lui serrait la bride : interdiction de jouer dehors tard, de boire, de fumer ou de traîner dans la rue. La fille n'avait pas l'air de se rebiffer. Comme s'il l'avait dressée, elle aussi.

Pas comme sa mère.

Cowboy John souleva son chapeau et s'épongea le front. La chaleur de cette journée transperçait déjà le cuir vieilli qui lui collait à la peau.

Sal le Maltais lui avait assuré que, s'il reprenait le bail, le cheval du Capitaine serait en sécurité ici, tout comme ceux des locataires qui n'avaient pas d'arriérés. L'endroit demeurerait ce qu'il avait été ces quarante dernières années : une écurie.

— J'ai besoin d'une base, n'arrêtait-il pas de dire à John. C'est près de chez moi. Mes chevaux se sentent bien ici.

Il parlait comme s'ils avaient déjà conclu un marché. « Et cette vieille écurie délabrée serait une couverture parfaite pour tes activités commerciales, quoi que tu vendes et achètes », voulait lui rétorquer John. Mais ce n'étaient pas des choses à dire à un homme comme Sal. Surtout quand il offrait une telle somme.

La vérité, c'était que Cowboy John était fatigué. Il aimait assez l'idée de prendre sa retraite à la campagne, de troquer sa maison contre un petit cottage avec terrain où faire paître ses chevaux. La vie citadine se faisait de plus en plus rude, et lui plus vieux, fatigué de se battre contre la municipalité, fatigué de ramasser les bouteilles cassées que les poivrots jetaient par-dessus les grilles toutes les nuits pour que les animaux se blessent dessus. Il était fatigué de se battre contre des gamins qui refusaient de payer leur dû. Il avait de moins en moins de mal à s'imaginer assis sous un porche quelque part, contemplant l'horizon : une seule ligne de verdure.

Sal conserverait l'écurie. Et il parlait d'une coquette somme, le genre à permettre à John de réaliser ses rêves. Mais tout de même… Malgré l'argent, malgré l'attrait d'une vie paisible, du spectacle de ses vieux camarades fouettant de la queue dans l'herbe haute, une part de lui renâclait à l'idée de céder l'écurie à cet homme. Son instinct lui soufflait que les promesses de Sal valaient des clopinettes.

— *Joyeux anniversaire** !

Luttant pour dégager la clé de la serrure, Sarah pénétra dans l'appartement. Elle entendit la voix de son grand-père avant de le voir.

— *Merci** ! lança-t-elle en souriant.

Elle avait pensé qu'il aurait peut-être mis la table dans la cuisine et préparé un gâteau, comme il l'avait fait l'année précédente, mais, au lieu de ça, en traversant l'entrée, elle le trouva debout devant la télévision.

— *Voilà** ! Assieds-toi, assieds-toi, lui dit-il après l'avoir embrassée sur les deux joues.

Il portait sa plus belle cravate. Elle jeta un coup d'œil à la petite table de la cuisine.

— On ne dîne pas ?

— Pizza. Après. Tu choisis, dit-il en désignant un menu.

Commander à dîner était un privilège rare.

— Après quoi ?

Elle posa son sac et s'assit sur le canapé, tout excitée. Papa avait l'air tellement content, un sourire agitait la commissure de ses lèvres. Elle n'arrivait pas à se rappeler la dernière fois qu'elle l'avait vu ainsi. Depuis la mort de Nana, quatre ans auparavant, il s'était replié sur lui-même et n'avait refait surface qu'à l'arrivée de Boo. Elle savait qu'il l'aimait, mais son amour n'était pas de ceux qu'on voit à la télévision : il ne lui disait pas qu'il tenait à elle, ne lui demandait pas à quoi elle pensait. Il s'assurait qu'elle mange, se lave et fasse ses devoirs. Il lui enseignait des choses pratiques – gérer un budget, réparer des objets – et l'équitation. Entre eux deux, cela faisait longtemps qu'ils maîtrisaient le lave-linge, le ménage et les courses hebdomadaires les plus économiques possible. Si elle était triste, il posait une main sur son épaule, lui conseillant de relativiser. Si elle était agitée, il attendait qu'elle se calme. Si elle commettait un impair, il exprimait son mécontentement avec une certaine brusquerie, un regard désapprobateur. Bref, il lui arrivait peut-être de la traiter comme un cheval.

— D'abord, dit-il, nous allons regarder quelque chose.

Suivant son regard, elle découvrit le lecteur DVD qui n'était pas là le matin quand elle était partie.

— Tu m'as acheté un lecteur DVD ?

Elle s'agenouilla et fit courir son doigt sur la surface métallique brillante.

— Il n'est pas neuf, expliqua-t-il d'un ton d'excuse, mais il est *parfait**. Et il n'est pas volé. Je l'ai acheté dans une boutique de produits d'occasion.

— On peut regarder n'importe quoi ? s'exclama-t-elle.

Elle allait pouvoir louer des films comme les autres filles de son collège. Elle était toujours en retard de plusieurs années quand ses camarades parlaient de cinéma.

— Pas juste n'importe quoi. Nous allons voir un *spectacle**. Mais d'abord… (Il se tourna et attrapa une bouteille derrière lui, l'ouvrit avec un geste théâtral et les servit.) Quatorze ans, hein ? Assez grande pour un peu de vin.

Il hocha la tête en lui tendant son verre. Elle but une gorgée, réprimant une grimace en sentant le goût acide sur sa langue. Elle aurait préféré un Coca Light, mais ne voulut pas gâcher le moment en lui demandant cette faveur.

Visiblement satisfait, Papa remonta ses lunettes sur son nez, examina la télécommande, puis, avec un brin d'exubérance suggérant qu'il s'était entraîné plus tôt dans la journée, il pressa un bouton. L'écran de la télévision scintilla puis s'alluma, et Papa s'installa bien droit dans le canapé à côté d'elle. Il prit une gorgée de vin. Surprenant l'expression de plaisir tranquille sur le visage de son grand-père, Sarah se serra contre lui. La musique retentit, et un cheval blanc traversa l'écran en caracolant.

— C'est… ?

— Le Cadre noir, confirma-t-il. Maintenant, tu vas comprendre notre objectif.

Même les amateurs de chevaux avaient rarement entendu parler du Cadre noir, une organisation de cavaliers d'élite français créée au XIXe siècle. Elle existait toujours sous une forme que ses fondateurs n'auraient pas reniée, une académie où le débat pouvait tourner autour de l'angle exact des postérieurs du cheval exécutant des figures de croupade ou de levade, et où les cavaliers portaient le même uniforme noir depuis des générations. On n'y recrutait qu'un ou deux nouveaux membres par an. L'objectif n'était pas lucratif, et il ne s'agissait pas de transmettre son savoir-faire et ses connaissances aux masses, mais de s'inscrire dans une tradition d'excellence avec un degré de maîtrise qui échappait à la plupart des gens. Sachant cela, on serait en droit d'en remettre en question l'intérêt. Pourtant, une fois qu'on avait vu ces chevaux à l'œuvre, alignés dans une parfaite symétrie ou défiant la gravité dans des sauts stupéfiants, admiré leurs étranges pas dansants, l'exécution précise des ordres de leurs cavaliers, on ne pouvait qu'être muet d'admiration devant leur obéissance, leur beauté et leur époustouflante agilité. Et même si l'on n'aimait pas particulièrement les chevaux – ni les Français –, on pouvait se réjouir qu'une telle institution existe encore.

Sarah regarda le spectacle équestre en silence. Elle était ensorcelée. Elle voulait rejoindre Boo et reproduire ce qu'elle voyait. Il était capable de le faire, elle en était convaincue. Il était meilleur, plus fort que certains des chevaux qu'elle pouvait voir, il avait la même puissance : elle l'avait sentie assez souvent pour le savoir. Sarah était hypnotisée. Ses mains s'animaient tandis qu'elle désignait les chevaux à l'écran, les encourageant pendant qu'ils interprétaient les figures réalisées depuis l'Antiquité grecque.

Sa carrière consistait peut-être en un parc aux pelouses pelées, semées de détritus, au lieu d'un vaste palace dans un domaine historique, sa tenue se réduisait à un jean et un tee-shirt au lieu du bicorne et de la veste noire ornée de galons dorés du Cadre noir, mais elle savait ce qu'éprouvaient ces cavaliers. Elle devinait la bienveillance et l'enthousiasme sur leurs visages aux traits tendus par l'effort. Elle se sentait avec ces gens-là plus d'affinités qu'avec les filles de son école. Toutes les choses que Papa lui avait enseignées commençaient à s'imbriquer les unes dans les autres, trouvant leur place. Il lui expliqua qu'ils avaient des années de travail devant eux. Que la laisser essayer reviendrait à regarder Cowboy John se lancer dans un marathon, une cigarette au bec. Et à présent elle voyait ce vers quoi il tendait, son grand but : la capriole. La figure la plus complexe, la plus exigeante qu'un cheval puisse réaliser, décollant les antérieurs du sol dans une posture digne d'un danseur de ballet, montant comme s'il ne pesait rien, puis, une fois dressé, détendant les postérieurs en une ruade horizontale comme s'il échappait aux lois de la gravité. Magnifique. Incroyable. Éblouissant.

Sarah n'avait jamais vraiment été capable d'exprimer ses doutes quand Papa se mettait à parler de l'école française, intarissable : quelles chances avaient-ils vraiment d'intégrer une institution si prestigieuse ? En dépit de l'enthousiasme de son grand-père, elle n'avait jamais pu imaginer que sa vie chez Cowboy John et leurs entraînements dans le parc la mèneraient vers l'avenir qu'il lui avait décrit. En regardant les crédits défiler, elle comprit que le DVD avait eu l'effet inverse de celui désiré, lui confirmant simplement que Papa poursuivait un rêve inaccessible. Peu importait que son cheval soit bon. Comment quelqu'un pourrait-il réaliser un tel saut, passant d'une ruelle de Londres à la gloire raffinée du Cadre noir ?

Elle se sentit aussitôt coupable de nourrir de telles pensées. Ses yeux se posèrent sur son grand-père, et elle se demanda si l'expression de son visage la trahissait.

Il regardait fixement l'écran. C'est alors qu'elle vit une larme glisser le long de sa joue.

— Papa ? dit-elle.

Il serra les mâchoires et se reprit avant de dire doucement :

— Sarah. C'est comme ça que tu t'échappes.

Que je m'échappe d'où ?

Sa vie ne lui avait jamais autant déplu qu'à son grand-père, apparemment.

— C'est cela que je veux pour toi.

Elle avala sa salive avec difficulté. Il brandit le boîtier du DVD.

— J'ai une lettre de Jacques Varjus, mon vieil ami à Saumur. Il me dit qu'ils ont accepté deux femmes. Pendant des siècles, l'académie n'a pas recruté une seule femme, et maintenant oui. Tu n'as pas besoin de venir de l'armée. Tu dois seulement être excellente. C'est une chance, Sarah.

L'intensité dans sa voix la troubla légèrement.

— Tu as ce talent. Il te manque seulement la discipline. Je ne veux pas que tu gâches ta vie. Je ne veux pas te voir traîner avec ces *imbéciles** et finir dans quelques années comme ces filles qui tournent en rond avec leur landau.

Il gesticula vers la fenêtre et le parking au-delà.

— Mais je…

Il leva une main.

— Je n'ai rien d'autre à te donner. Seulement mon savoir. Mes efforts. (Il sourit, s'efforça d'adoucir sa voix.) Ma petite-fille en noir, hein ? *La fille du Cadre noir.*

Elle hocha la tête en silence. Son grand-père, qui n'exprimait jamais ses émotions, paraissait à présent vulnérable, plein de regrets, et cela lui fit un peu peur. C'était le vin, se rassura-t-elle, car il buvait rarement. Le vin les avait rendus sensibles. Tripotant son verre, elle évita de le regarder.

— Merci pour le cadeau. Je l'ai beaucoup aimé.

Il se concentra de nouveau sur elle, semblant reprendre le contrôle de ses émotions.

— *Non ! Un demi-cadeau**, dit-il. Tu veux connaître l'autre moitié ?

Elle lui décocha un grand sourire, soulagée.

— La pizza ?

— Pfff ! La pizza ! *Non, non, regarde**.

Il sortit une enveloppe et la lui tendit.

— Qu'est-ce que c'est ?

D'un mouvement du menton, il lui indiqua de l'ouvrir.

Elle s'exécuta, puis en examina le contenu. Ses mains s'immobilisèrent. Quatre billets. Deux pour un aller-retour en voiture et ferry. Deux pour une représentation du Cadre noir.

— De la part de Varjus. *En novembre**. Nous partons en vacances.

Ils n'étaient jamais partis à l'étranger, même pas du vivant de Nana.

— Nous allons en France ?

— Le moment est venu. Pour toi de voir, pour moi de rentrer. Mon ami Varjus est le Grand Dieu à présent. Tu sais ce que c'est ? Le cavalier le plus important, le plus expérimenté du Cadre noir. *Non**, de France.

Elle scrutait le fascicule, les cavaliers vêtus de noir, les chevaux à la robe brillante. Papa semblait plein d'une nouvelle ardeur.

— J'ai rempli les formulaires de demande de passeport. Il ne me manque plus qu'une photo de toi.

— Mais avec quoi tu as payé tout ça ?

— J'ai vendu deux, trois choses. *Des babioles**. Tu es contente ? C'est un bon anniversaire ?

C’est alors qu’elle remarqua qu’il ne portait pas sa montre. Nana lui avait offert une Longines pour leur mariage, si précieuse que, enfant, elle n’avait pas le droit d’y toucher. La question qu’elle voulut poser resta coincée dans sa gorge.

— Sarah ?

Elle avança d’un pas et se blottit dans ses bras, incapable de murmurer ses remerciements dans son vieux pull tout doux parce que les mots refusaient de sortir.

Chapitre 3

« Ne vous occupez jamais d'un cheval quand vous êtes aux prises avec la colère, l'impatience ou la peur. Presque toutes les émotions humaines sapent une communication efficace avec un cheval. »

Xénophon, *De l'art équestre.*

Les jours où elle était capable d'y réfléchir posément, Natasha songeait, avec une pointe d'ironie, que son mariage avait commencé avec sa main gauche et fini avec la droite. Elle s'étonnait encore que ses doigts aient pu précipiter un tel désastre, et pourtant…

Conor et elle ne s'étaient même pas encore embrassés quand Mac était parti, bien que les occasions n'aient pas manqué. Alors que sa relation avec Mac avait commencé à se détériorer, les plaisanteries de Conor et la prévenance dont il faisait preuve à son égard quand ils déjeunaient ensemble avaient procuré à Natasha une diversion bienvenue. Et il n'avait pas cherché à dissimuler ses sentiments pour elle.

— Tu as l'air complètement vidée, ma vieille. Terrible ! disait-il avec son charme habituel.

Il posait une main sur les siennes, et elle se dégageait automatiquement.

— Il faut que tu prennes ta vie en main.

— Pour finir comme toi ?

La brutalité de son divorce était devenue légendaire au bureau.

— Ah. Ce n'est qu'une douleur intense et débilitante. On s'y habitue.

Mais sa situation signifiait qu'il comprenait un peu ce qu'elle traversait. Ce qui était beaucoup, comparé à la plupart des gens.

Dans le monde de ses parents, seules des catastrophes telles que la mort, un drame ou des infidélités flagrantes et répétées anéantissaient les mariages. Ils finissaient parce que la douleur était devenue intolérable et les dommages collatéraux trop importants. Ils ne mouraient pas lentement, de négligence, comme celui de Natasha. À maintes reprises, les derniers mois, elle s'était demandé si elle était même mariée. Mac était en général absent, pas seulement émotionnellement, mais aussi physiquement, puisqu'il disparaissait de plus en plus fréquemment pour des missions à l'étranger. Quand il était là, le moindre échange anodin donnait lieu à des revendications amères et vengeresses. Tous deux redoutaient tant désormais de souffrir et d'être rejetés davantage qu'ils préféraient s'éviter.

— Il y a une facture de gaz à payer, disait-il.

— Es-tu en train de me demander de m'en occuper, ou bien de m'informer que tu t'en charges ?

— Je pensais juste que tu voudrais y jeter un coup d'œil.

— Pourquoi ? Parce que tu ne vis plus vraiment ici ? Tu veux une remise ?

— Ne sois pas ridicule, bon sang !

— Eh bien, alors paie-la au lieu de me suggérer de le faire. Oh, au fait, Katrina a encore appelé. Tu sais, Katrina, vingt et un ans, faux nichons... Celle qui t'appelle « Mackie ».

Elle faisait vibrer sa voix dans une imitation suave de celle du mannequin.

Là-dessus, il claquait invariablement une porte et disparaissait à l'autre bout de la maison.

Ils s'étaient rencontrés sept ans plus tôt dans un avion volant vers Barcelone. Elle voyageait avec des amis de la fac de droit pour célébrer l'inscription de l'un d'entre eux au barreau. Lui y retournait après y avoir séjourné quelques jours, s'étant rendu compte, de retour chez lui, qu'il avait oublié son appareil photo chez une amie. Elle aurait dû voir un avertissement dans cette situation emblématique du chaos qui régnait dans sa vie et de son manque de bon sens (DHL, il connaissait ?). Mais, à l'époque, elle n'avait songé qu'à sa chance de se retrouver assise à côté de cet homme si charmant avec ses cheveux en bataille et sa veste kaki, qui non seulement riait à ses plaisanteries mais en plus semblait vraiment intéressé par ce qu'elle faisait.

— Qu'est-ce que tu vas faire, alors ?

— Je vais travailler à la fois comme solliciteur et avocat plaidant, de façon à pouvoir représenter les clients qui viennent me consulter. Je suis spécialisée en droit des mineurs.

— Les enfants criminels ?

— Il s'agit surtout d'enfants placés. Je m'occupe aussi un peu de divorces ; j'essaie de défendre les intérêts de l'enfant. C'est un secteur en expansion avec la protection de l'enfance.

Elle essayait systématiquement de mettre en place des arrangements qui préserveraient au mieux les enfants blessés par le divorce de leurs parents, harcelait les autorités locales et les bureaux d'immigration pour qu'ils accordent un foyer temporaire aux mineurs à la dérive. Mais, pour chaque enfant désespéré, il y avait une tentative cynique d'obtenir l'asile, pour chaque placement en famille d'accueil un cycle déprimant d'abus et de restitution. Elle s'efforçait de ne pas y penser trop souvent. Elle était bonne dans son domaine et se persuadait que déjà les quelques vies pour lesquelles elle avait pu faire la différence suffisaient.

Mac avait tout de suite admiré son engagement. Il disait qu'elle avait de la substance, contrairement à la plupart des gens qu'il rencontrait dans son travail.

Une petite copine irascible l'attendait à l'aéroport de Barcelone. Elle lança des regards noirs à Natasha pendant que celle-ci prenait poliment congé. Six heures plus tard, il l'avait appelée sur son portable après avoir plaqué sa petite amie, pour lui demander s'il pourrait l'inviter à boire un verre à Londres. Elle ne devait pas culpabiliser pour l'autre, avait-il ajouté gaiement. Ce n'était pas sérieux. Rien dans la vie de Mac ne l'était jamais.

S'ils s'étaient mariés, c'était sur son initiative à elle : lui aurait pu se contenter de vivre en concubinage indéfiniment. Mais elle avait découvert, à son grand étonnement, qu'elle voulait se marier. Elle aspirait à ce sens de permanence, voulait ôter le point d'interrogation de leur relation. Il n'y avait pas eu de demande proprement dite.

— Si c'est si important pour toi, je le ferai, avait-il déclaré un après-midi, ses jambes mêlées aux siennes. Mais tu te charges de l'organisation.

Participant, mais depuis la ligne de touche. L'histoire de leur mariage. Au début, cela ne l'avait pas dérangée. Elle avait conscience d'être obsédée par le contrôle, comme disait Mac en plaisantant. Elle aimait l'ordre. C'était sa façon de garder la main sur sa vie frénétique, le résultat d'une enfance dans une maisonnée nombreuse et chaotique. Mac et elle comprenaient les faiblesses de l'autre et se taquinaient volontiers. Mais le bébé que ni l'un ni l'autre n'avaient pensé vouloir creusa entre eux un fossé qui devint bientôt un abîme.

Au moment de la fausse couche, Natasha ne se savait enceinte que depuis une semaine. Elle avait attribué son retard de règles au stress (elle jonglait alors avec deux affaires très délicates), et quand enfin elle s'en était aperçue, le nombre de jours ne laissait aucun doute. Mac s'était d'abord montré assez choqué par la nouvelle, ce dont elle ne lui avait pas tenu rigueur, ayant ressenti la même chose.

— Qu'est-ce qu'on fait ? lui avait-elle demandé, le test à la main, priant pour que sa réponse ne la fasse pas le détester.

Il s'était passé les doigts dans les cheveux.

— Aucune idée, Tash, avait-il dit. Quel que soit ton choix, je te suis.

Et puis, avant qu'ils n'aient eu le temps de décider quoi que ce soit, le petit paquet de cellules, le bébé en attente, avait pris sa propre décision et avait tiré sa révérence.

La peine qu'elle avait ressentie l'avait bouleversée.

Le soulagement auquel elle s'était attendue ne s'était pas manifesté. « L'année prochaine », avaient-ils décidé après qu'elle lui eut avoué sa douleur. « Nous prendrons des vacances et nous essaierons pour de vrai. » L'excitation leur fit légèrement tourner la tête. Mac décrocherait une série de vraies missions au lieu des boulots ponctuels dont il se contentait d'habitude. Elle chercherait un poste dans un cabinet reconnu, proposant des allocations et des congés maternité convenables.

Ensuite elle s'était vu offrir un emploi chez Davison Briscoe, et ils étaient convenus d'attendre encore un an. Et puis encore un, après qu'ils eurent acheté la maison d'Islington et que Mac eut commencé à la rénover. Cette année-là, deux choses se produisirent : la carrière de Mac se retrouva dans une impasse, et celle de Natasha décolla. Pendant plusieurs mois, ils se virent à peine. Quand ils passaient du temps ensemble, elle marchait sur des œufs, s'efforçant d'éviter que sa réussite à elle ne mette l'accent sur son échec à lui. Puis – peut-être plus par hasard que par quoi que ce soit d'aussi défini qu'une tentative – elle fut de nouveau enceinte.

Plus tard, beaucoup plus tard, il l'accusa de s'être fermée à lui bien avant le début de son histoire avec Conor Briscoe. Que pouvait-elle répondre ? Il avait raison, elle le savait, mais elle avait préféré garder sa douleur pour elle, et c'était son droit. De toute façon, que lui aurait-elle dit ? Trois bébés potentiels en quatre ans, dont aucun n'avait passé le stade du têtard. Le médecin lui avait assené qu'elle « remplissait les conditions requises » pour des analyses plus poussées, comme si elle avait réussi quelque chose. Mais elle n'avait pas voulu. Elle avait refusé que quiconque la touche. Elle ne voulait pas revisiter ces heures sombres, ni recevoir de preuves de ce qu'elle soupçonnait.

Et Mac, dont elle avait espéré qu'il se fraierait un chemin parmi sa colère et ses larmes, qu'il la prendrait dans ses bras et la rassurerait, avait tout simplement battu en retraite. C'était comme s'il ne pouvait faire face à sa douleur, ni à cette Natasha morveuse, en vrac, qui ne quitta pas son lit pendant une semaine et se mettait à pleurer chaque fois qu'elle voyait un bébé à la télévision.

Une fois qu'elle se fut ressaisie, elle se sentit trahie. Il n'avait pas été là quand elle avait eu besoin de lui. Il ne lui vint à l'esprit que lui aussi avait peut-être souffert que bien après. Et bien trop tard. À l'époque, tout ce qu'elle voyait, c'était qu'il choisissait de voyager, enchaînant les projets, et, quand elle se plaignait de ses absences, il criait qu'il ne pouvait pas gagner, qu'elle était toujours sur son dos pour une raison ou pour une autre. Leur vie sexuelle ne fut bientôt qu'un lointain souvenir. Natasha devint ultra-efficace, gérant tout avec une résolution glaciale tout en lui reprochant sa supposée nonchalance.

Pendant ce temps, des filles ne cessaient de téléphoner. Des voix coquettes aux accents slaves, d'insolentes adolescentes qui semblaient indignées quand il n'était pas là.

— Ces portfolios, c'est du boulot alimentaire, rien de plus, insistait-il. Tu sais bien que ce n'est pas mon truc.

Étant donné leur manque d'intimité, elle n'était pas convaincue. Et pendant tout ce temps il y avait eu Conor,

Conor et son brillant cerveau d'avocat, qui comprenait les déboires conjugaux depuis l'effondrement spectaculaire de son mariage.

— En ce qui me concerne, ça se résume à un petit problème d'infidélités en série. Seigneur, certaines femmes ne sont vraiment pas raisonnables…

Elle percevait sa tristesse derrière sa légèreté apparente. Sa douleur la touchait, la sienne y trouvait écho.

Ils avaient commencé à déjeuner ensemble, si régulièrement que leurs collègues s'en rendirent compte. Ensuite, ça avait été un verre de temps en temps après leur journée de travail. Où était le mal, si Mac n'était jamais là ? Il lui arrivait de sentir qu'elle était dans son droit. Mac était lui-même probablement en train de flirter au même moment, dans un décor ultraglamour. Mais quand un soir au pub Conor s'était penché par-dessus la table et avait effleuré ses lèvres des siennes, elle avait eu un mouvement de recul.

— Je suis toujours mariée, Conor, avait-elle objecté tout en se demandant pourquoi elle avait précisé « toujours », et consternée d'avoir eu autant envie de lui rendre son baiser.

— Ah. Tu ne peux pas en vouloir à une âme solitaire d'avoir essayé, avait-il répondu.

Le lendemain, il l'avait emmenée déjeuner. Il n'avait pas fallu longtemps pour qu'elle commence à compter sur lui. Elle ne culpabilisait pas. Apparemment, qu'elle soit aimable ou pas n'avait plus aucune importance pour Mac. Ils ne se disputaient même plus : leur vie commune s'était réduite à des séries de requêtes et de réponses polies, la colère mijotant sous la surface et éclatant de temps à autre ; alors il finissait par tourner les talons ou claquer une autre porte.

Leur fête, prévue depuis longtemps, devait marquer la fin des travaux réalisés par Mac dans la maison et clore l'ère des housses de protection et des plaques de plâtre jonchant le sol. Le résultat était aussi beau qu'ambitieux. À l'approche de la date, Natasha n'avait plus eu aucune envie d'organiser les festivités, estimant qu'ils n'avaient finalement pas grand-chose à célébrer. Mais annuler l'événement aurait été une déclaration de guerre, et elle s'en sentait incapable.

Ils avaient engagé un traiteur, et un groupe composé de quatre musiciens avait pris position dans le jardin. Pour n'importe quel spectateur, son mari et elle semblaient peut-être former le couple idéal, dans le décor créé par Mac, les photographes et mannequins aux silhouettes de gazelles se mêlant aux amis avocats de Natasha, leurs rires s'élevant par-delà les hauts murs de brique. Elle s'était rendu compte qu'elle aurait dû profiter de l'occasion pour élargir son réseau. Bien qu'encore légèrement ébahie de vivre dans une maison aussi grande et élégante, elle savait que ce n'était pas tous les jours qu'elle recevrait chez elle l'associé principal d'un grand cabinet d'avocats et un conseiller de la reine. Le champagne coulait à flots, les musiciens jouaient, le soleil londonien s'infiltrait sous la petite marquise dressée pour l'occasion dans le fond du jardin.

Le cadre était idyllique, et elle affreusement malheureuse.

Mac l'évita presque toute la journée. Debout au milieu d'un groupe de gens qu'elle ne connaissait pas, il lui tournait le dos et riait à gorge déployée. Toutes les femmes qu'il avait invitées semblaient mesurer au moins un mètre quatre-vingts, remarqua-t-elle avec amertume. Elles portaient toutes des vêtements sophistiqués qu'elles semblaient avoir combinés sans réfléchir, et qui leur donnaient beaucoup d'allure. N'ayant pas eu le temps de repasser la robe qu'elle avait prévu de porter, elle s'était rabattue sur une blouse et une jupe qui lui paraissaient désormais affreusement ringardes. Mac ne lui avait pas dit qu'elle était jolie. D'ailleurs, il ne lui faisait plus que rarement des compliments sur son apparence.

Debout en haut des marches en pierre d'York, elle resta un moment à l'observer. Était-il trop tard pour sauver leur couple ? Restait-il quelque chose à sauver ? Elle le vit alors se pencher vers une grande femme et lui murmurer à l'oreille un commentaire qui lui fit plisser les yeux et dessina un sourire espiègle sur les lèvres. Que disait-il ? Que disait-il ?

— Allons, lança une voix près d'elle. Tu es trop transparente. Viens, on va se chercher à boire.

Conor. Elle le laissa l'entraîner vers le fond du jardin, jouant des coudes pour s'ouvrir un chemin parmi les convives, un sourire plaqué sur le visage.

— Ça va ? demanda-t-il une fois qu'ils se furent réfugiés dans un coin de la marquise.

Elle secoua la tête en silence. Les yeux de Conor ne quittèrent pas les siens. Il ne fit aucune plaisanterie.

— Margarita, déclara-t-il. Le remède pour tous les maux connus.

Il demanda au barman d'en préparer quatre et, sans tenir compte de ses protestations, la força à en boire deux d'affilée.

— Oh, waouh ! s'exclama-t-elle quelques minutes plus tard en s'accrochant à son bras. Qu'as-tu fait, bon sang ?

— Je t'ai seulement aidée à te détendre un peu, répondit-il. Tu ne voulais quand même pas que tout le monde chuchote : « Mais c'est quoi, son problème ? » Tu sais comme les bruits courent vite dans ce genre de réunion.

— Conor, qu'as-tu fait ? (Elle gloussa.) Je sens les quarante pour cent d'alcool de la tequila…

— Natasha Margarita…, dit-il. Ça sonne bien. Allez, viens, circulons.

Elle sentit ses talons s'enfoncer dans l'herbe et se demanda si elle était suffisamment stable pour les en sortir. S'apercevant de sa situation délicate, Conor lui offrit son bras, qu'elle saisit avec gratitude. Ils rejoignirent un groupe d'avocats d'un cabinet avec lequel ils collaboraient régulièrement.

— Mélangeons-nous à ceux-là, murmura Conor. Tu savais que Daniel Hewitson s'était fait prendre dans un bordel le mois dernier ? Bon, maintenant, quoi que tu dises, évite : « Il paraît qu'on vous a surpris dans un bordel ? » (Il marqua une pause.) Mais avoue que tu ne peux plus penser à rien d'autre…

— Conor ! chuchota-t-elle, pendue à son bras.

— Ça va mieux ?

— Juste… Ne t'éloigne pas. Il se peut que j'aie besoin de m'appuyer sur toi.

— Quand tu veux, chérie.

Saluant joyeusement la compagnie, Conor les poussa dans le groupe.

Natasha ne suivait que vaguement la conversation autour d'elle. Les effets de la margarita semblèrent s'intensifier au fur et à mesure que l'alcool se répandait dans ses veines. Elle se fichait de tout désormais, seulement soulagée d'avoir Conor à ses côtés. Elle se concentra sur sa présence, s'assura de rire aux plaisanteries adéquates, hochant la tête et souriant aux gens autour d'elle. Ses talons s'enfoncèrent de nouveau et, sentant la tête lui tourner, elle se retint à lui. Le jardin était tellement bondé que cela sembla sans importance. Autour d'elle, les gens étaient pressés les uns contre les autres en petits groupes. Quand elle sentit la main de Conor dans son dos, cherchant la sienne, elle saisit son petit doigt et le serra, voulant lui transmettre sa gratitude. Il l'avait sauvée du ridicule. C'était un pas si facile à franchir, une avancée si naturelle ; quelques minutes passèrent avant qu'elle songe que la chaleur dans sa nuque n'était peut-être pas seulement due aux rayons du soleil.

Décrochant de la conversation, elle tourna la tête, juste assez pour voir Mac debout à quelques mètres de là. Il regardait fixement sa main. Déséquilibrée, écarlate, elle lâcha le doigt de Conor. Après coup, elle comprit qu'elle n'aurait pas pu avoir pire réaction, sa gêne trahissant sa culpabilité. Mais le mal était fait.

L'expression de Mac lui dit qu'il était parti. Peut-être cela faisait-il déjà longtemps.

— Tu devrais vraiment aller chez un vrai coiffeur, un jour, déclara Linda dans son dos.

Dans son économiseur d'écran, Natasha ne distingua que la moue réprobatrice de sa secrétaire. Le torchon du bureau sur les épaules de Natasha recueillait quelques mèches de cheveux blond foncé pendant qu'elle travaillait.

— Pas le temps. (Natasha se replongea dans sa lecture, lunettes au bout du nez, ses pieds en collants posés sur son bureau.) Il faut que je finisse de lire ces dossiers. Je dois être de retour au tribunal à 14 heures pour la conclusion et la clôture de l'audience.

— Mais tes mèches ont poussé. Il faut les retoucher.

— Tu ne peux pas t'en occuper ?

— Je n'ai pas fait de reflets depuis des lustres, alors pendant une pause-déjeuner... Tu gagnes suffisamment bien ta vie pour te faire coiffer correctement. Va donc voir un de ces coiffeurs pour célébrités...

Linda attrapa une boucle et la laissa tomber. Natasha réprima un petit rire.

— Mon pire cauchemar.

— Tu pourrais vraiment être jolie si tu faisais un effort.

— J'ai l'impression d'entendre ma mère. Il y a du thé de prêt ?

Elle parcourut rapidement la dernière page de ses notes, puis ferma le dossier et saisit le suivant dans la pile. Son téléphone bipa. Mac lui avait envoyé deux messages dans la matinée pour lui demander à quel moment il pouvait passer à la maison. Cela faisait presque dix jours qu'elle repoussait sa visite.

Désolée. Journée de demain trop chargée. Peut-être jeudi. Je te tiens au courant.

Elle venait à peine de reposer son téléphone quand il bipa de nouveau.

Une demi-heure. Mercredi soir.

Elle n'avait pas envie de se retrouver face à lui. Il se passait tellement de choses, là. Il s'était tenu à l'écart pendant un an. Un ou deux jours de plus n'allaient pas le tuer. Elle lui répondit :

Impossible de m'échapper. Réexamen d'une décision de justice. Désolée.

Mais, ce jour-là, il semblait à bout de patience :

J'ai besoin de mes affaires. Vendredi au plus tard. Je peux passer les chercher en ton absence. Merci de me prévenir si tu as changé les serrures.

Elle referma son téléphone et se ressaisit.

— De toute façon, Lin, dit-elle, pourquoi devrais-je aller voir un vrai coiffeur ? Tes coupes sont parfaites.

— Doucement avec les compliments, madame Macauley. Tiens, ça me fait penser : j'allais te demander si tu voulais reprendre ton nom de jeune fille. Auquel cas il faudra que je m'occupe de faire le changement sur tes cartes de visite et tes courriers.

— Pourquoi reprendrais-je mon nom de jeune fille ?

Linda haussa les épaules.

— Sais pas. C'est ton genre.

Natasha rentra la tête dans les épaules pour échapper à ses ciseaux, puis fit volte-face sur son siège.

— Mon genre ? C'est-à-dire ?

Nullement décontenancée, Linda répondit :

— Indépendante. Qui tient à ce que tout le monde le sache et s'en félicite.

Elle posa ses mains de chaque côté de la tête de Natasha et la tourna de façon qu'elle regarde devant elle.

— Indépendante…, répéta Natasha, pensive. Je ne suis même plus sûre que ce soit un compliment.

Ben entra à ce moment-là et déposa un autre dossier sur le bureau. Elle se pencha pour l'attraper, ce qui lui valut un juron dans son dos.

— Linda, est-ce que ce travailleur social a rappelé au sujet d'Ahmadi ?

Elle ne savait pas encore ce qu'elle allait lui demander, mais elle avait besoin d'indices : comment avait-elle pu se tromper à ce point sur ce garçon ? Quelqu'un d'autre avait-il compris que son histoire ne tenait pas debout ?

— Ahmadi… Le gamin dont parlent les journaux ? Celui que tu as défendu ? Il m'avait semblé reconnaître son nom. (Rien n'échappait à Linda.) Il a agressé quelqu'un, c'est ça ? Surprenant, vraiment. Il ne donnait pas cette impression.

Natasha n'avait pas envie d'en discuter devant son stagiaire.

— Ils ne donnent jamais cette impression. Allons, Linda, tu dois avoir fini, là. Il faut que je sois au tribunal dans vingt minutes et je n'ai même pas eu le temps d'avaler un sandwich.

— Comment ça s'est passé ?

Conor l'attendait devant le palais de justice. Elle se pencha et l'embrassa, ne se préoccupant plus des regards des autres avocats. Ils étaient officiellement ensemble, à présent. Deux personnes séparées, plus âgées, plus sages. Rien de scandaleux.

— Je les ai eus. Je savais que je les coincerais. Le manque de préparation de Pennington était affligeant.

— Ça, c'est ma nana. (Conor lui caressa la nuque.) Jolie coiffure. Dîner ?

— J'adorerais, mais j'ai une tonne de paperasse à lire pour demain. (Le voyant se rembrunir, elle lui prit le bras.) Mais un verre, très volontiers. Je t'ai à peine vu, cette semaine.

Ils parcoururent d'un pas vif Lincoln's Inn, relativement paisible, et rejoignirent la rue et la foule animée. Les rayons du soleil rebondissaient sur les pavés tandis qu'ils traversaient la chaussée pour gagner le bar en face, et Natasha ôta sa veste avant même d'y entrer.

— Je ne pourrai pas te voir ce week-end, annonça Conor. J'ai les garçons. Je préfère te prévenir.

Les fils de Conor avaient cinq et sept ans, et apparemment étaient beaucoup trop traumatisés et vulnérables pour être informés de l'existence de la nouvelle compagne de papa, même si leurs parents étaient divorcés depuis plus d'un an. Natasha s'efforça de ne rien laisser paraître de sa déception.

— Dommage, dit-elle d'un ton léger. J'avais réservé une table au *Wolseley.*

— Tu plaisantes ?

Elle essaya de sourire.

— Non. Ça va faire six mois que nous sommes ensemble, figure-toi.

— Et moi qui croyais que tu étais une pragmatique dépourvue de tout romantisme.

— Tu n'as pas le monopole des gestes attentionnés, tu sais, répliqua-t-elle avec coquetterie. Eh bien, je suppose que je n'ai plus qu'à trouver quelqu'un d'autre pour m'accompagner.

Cette possibilité ne parut pas l'inquiéter. Il leur commanda à boire, puis se tourna de nouveau vers elle.

— Elle part à Dublin pour le week-end. (Son ex-femme était toujours « elle ».) Donc je les ai du vendredi au lundi matin. Dieu sait comment je vais bien pouvoir les occuper. Ils veulent aller faire du patin à glace. Du patin à glace ! Tu y crois, toi ? Et il fait huit degrés dehors.

Tout en sirotant son vin, Natasha se demanda si se porter volontaire était judicieux, car s'il refusait sa présence une seconde fois, l'ambiance risquait fort de se dégrader. Feindre de ne pas envisager une seconde de l'accompagner était moins risqué et simplifiait la situation pour tout le monde.

— Je suis sûre que tu trouveras l'inspiration, répondit-elle prudemment.

— Et que penses-tu de lundi soir ? Je pourrais venir directement chez toi, si ça te va. Huilé et prêt à tout…

— Je suppose que je prendrai ce qu'on m'accorde, dit-elle en s'abstenant de glisser la moindre amertume dans ses mots.

Pourquoi refusait-il de lui présenter ses fils ? Parce qu'il considérait leur relation comme une transition et jugeait donc inutile qu'ils la connaissent ? Ou, pire, dégageait-elle une énergie tellement antimaternelle qu'il redoutait leur rencontre ? Natasha gérait des conflits toute la journée au palais de justice, et, après les événements de l'année précédente, elle n'avait aucune envie de s'en coltiner dans sa vie personnelle.

— Lundi, alors, acquiesça-t-elle en souriant.

Ils finirent leur vin en discutant de plusieurs problèmes relatifs au travail, et Conor lui fit quelques recommandations au sujet d'un juge qu'elle aurait à affronter la semaine suivante. Ils se séparèrent devant la porte du pub, et elle regagna son bureau où elle travailla encore une heure. Elle téléphona à sa mère, l'écouta énumérer les problèmes de santé de son père et essaya de la convaincre qu'elle avait une vie sociale quand sa mère entreprit de la soumettre à un interrogatoire. À 21 heures, elle ferma son bureau, sortit et héla un taxi.

Elle regarda les rues de Londres défiler, les couples émerger paresseusement des pubs et des restaurants en cette soirée de fin d'été. Le monde semblait rempli d'amoureux quand vous étiez seul. Peut-être aurait-elle dû passer la soirée avec Conor… Mais son travail était l'unique constante dans sa vie. Si elle le négligeait pour dîner avec lui, toute son existence aurait été vaine.

Tout à coup, elle fut submergée par une vague de tristesse et plongea la main dans son sac en quête d'un mouchoir. Ensuite, elle se força à lire encore un dossier pour le lendemain.

Allons, Natasha, ressaisis-toi, s'admonesta-t-elle en se demandant pourquoi elle se sentait soudain si vulnérable.

Elle ne tarda pas à trouver la réponse à cette question.

Elle referma la chemise et relut les textos qu'elle venait de recevoir. Elle inspira profondément, puis tapa :

> Mêmes serrures. Viens qd tu vx. Si c le soir, stp allume qq lumières et ferme les rideaux en partant.

Chapitre 4

« Le plus doux des sons est l'éloge. »

Xénophon, *De l'art équestre.*

Quand elle arriva, Ralph se tenait devant le portail. Elle lui lança un regard narquois, puis consulta sa montre. À douze ans, il se levait rarement avant midi. Le collège, affirmait Ralph, était optionnel. Il vivait principalement la nuit.

— Sal le Maltais organise une course, annonça le garçon en indiquant d'un geste le camion de l'autre côté de la rue.

Sal était en train d'enfiler sa veste tout en consultant son téléphone portable.

— Tu viens ?

— Où ?

— Sur l'autopont. Celui qui est près des terrains de foot. On y sera en vingt minutes. Allez ! Vincent m'a dit qu'il voulait bien nous emmener à l'arrière de son pick-up. (Il la regardait, interrogateur, une cigarette allumée coincée à la commissure des lèvres.) J'ai aidé Sal à préparer la jument. Elle est morte de trouille.

Sarah comprenait à présent pourquoi il y avait deux fois plus de véhicules que d'habitude sur Sparepenny Lane. Des hommes y grimpaient ou en descendaient, claquaient leurs portières. On les entendait murmurer dans le matin calme. Des moteurs vrombirent ; l'excitation électrisait l'atmosphère. Hésitante, Sarah jeta un coup d'œil à sa montre.

— Cowboy John est déjà arrivé, dit Ralph. Allez, viens. Ça va être marrant.

Elle aurait dû s'occuper de son cheval, mais Ralph était là, debout, plein d'espoir. Et elle était la seule de l'écurie à n'avoir jamais assisté à une course.

— Allez, viens ! Ce sera probablement la dernière de l'été.

Elle hésita encore une seconde, puis courut derrière lui vers le pick-up rouge, dont le moteur projetait déjà des gaz d'échappement dans l'air matinal immobile. Elle lança son sac à l'arrière, attrapa la main de Ralph, et se hissa sur un tas de cordes et de bâches. Vicente leur dit de s'accrocher, puis s'engagea dans la rue silencieuse derrière quatre autres véhicules, tous pleins d'hommes aux cheveux bruns, de la fumée de cigarette s'échappant par les vitres partiellement baissées.

— Il y a un gros pari contre les gitans à Picketts Lock, cria Ralph pour se faire entendre par-dessus le bruit du moteur.

Ils se baissèrent brièvement quand une voiture de police les dépassa.

— Quelle jument ?

— Il fait courir la grise.

— Celle qui a décroché le sulky ?

— Il en a un neuf, et de meilleures œillères. Il y a beaucoup d'argent en jeu, je te dis. Un sacré paquet.

Un grand sourire lui barra le visage tandis qu'il mimait une grosse liasse des deux mains.

— Ne dis pas à Papa que je suis venue, cria-t-elle.

Il tira une longue bouffée de sa cigarette, puis d'une pichenette jeta le mégot sur la chaussée. Certaines choses allaient sans dire.

Contrairement aux courses de lévriers ou aux matchs de foot du dimanche, les courses de trot attelé étaient des événements irréguliers et méconnus dans les annales sportives de l'est de la City. Pas d'hippodrome, pas de piste illuminée où faire concourir les meilleurs chevaux, pas de bookmaker réglementé pour offrir des mises faibles et alpaguer les parieurs. Au lieu de ça, plusieurs fois par an, les compétiteurs arrangeaient une rencontre dans un lieu désert disposant d'une longueur de goudron lisse dont ils étaient convenus au préalable.

Le fait que cette « piste » soit inévitablement une route publique ne constituait pas un obstacle à l'organisation de la course ; les pick-up de chaque camp se mêlaient simplement à la circulation peu après l'aube, quand l'affluence était faible. Ils manœuvraient les uns à côté des autres jusqu'à occuper les deux files de la voie rapide, puis, à l'endroit prévu, ralentissaient et s'arrêtaient, feux de détresse allumés de façon que tous les véhicules derrière eux soient forcés de s'immobiliser. Avant même que les autres automobilistes n'aient eu le temps de comprendre ce qui se passait, les chevaux concurrents étaient sur la route, attelés à leurs sulkys légers. La course se déroulait sur un kilomètre et demi de cris, de sueur, de jurons, dans un enchevêtrement de jambes et de cravaches. Les drivers tendaient le cou vers l'avant tout en pressant leurs chevaux, lancés à fond vers une ligne d'arrivée préétablie, marquée peut-être par un ruban tenu par deux gamins. En quelques minutes, le ruban était coupé, la course achevée, et les participants disparaissaient dans les rues transversales pour se féliciter, se disputer ou partager les gains. Quand la police arrivait, rien – mis à part peut-être un tas de crottin et quelques mégots de cigarettes – n'indiquait qu'elle avait eu lieu.

— Ici, c'est la piste préférée de Sal, dit Ralph. Du goudron tout neuf…

Il fit glisser sa botte sur la surface lisse d'un air approbateur. Ils avaient sauté du pick-up et se tenaient à présent sous l'autopont qui menait à la zone industrielle, regardant l'argent changer de mains à quelques mètres d'eux. Des hommes tatoués sortirent de mobile-homes tout juste visibles sous les pylônes et s'assirent devant leurs camions rutilants aux roues surdimensionnées, le portable collé à l'oreille, l'incontournable cigarette coincée entre leurs doigts épais et sales. Ils arrachaient des billets à d'énormes liasses, crachaient dans leurs paumes avant de se serrer la main, geste amical démenti par leurs yeux brillants et froids trahissant leur méfiance. Les hommes du Maltais, plus petits, plus élégants que les gitans, conduisaient des véhicules plus miteux, mais arboraient des tenues impeccables. Ils se tenaient d'un côté de la route, les gitans de l'autre. Adossé à une camionnette, Cowboy John tirait pensivement sur une cigarette roulée tout en désignant les chevaux et en échangeant des commentaires avec un homme assis sur le siège passager. Un garçon que Sarah ne reconnut pas montait un cheval noir à cru, les jambes poussées en avant, guidant l'animal au milieu puis hors des voitures à l'aide d'un licol.

Non loin de là, Sal le Maltais, une casquette enfoncée sur sa tête tondue, ajustait les boucles du harnais de son cheval, le réprimandant quand il s'agitait. Son large sourire révélait une dent en or. Il riait, se moquait de la monture de ses adversaires, imitant l'angle malheureux de ses jambes, l'étroitesse supposée de son poitrail.

— Ils le détestent, fit remarquer Ralph en allumant une autre cigarette. Il s'est fait prendre en compagnie de la bonne femme de quelqu'un l'année dernière. Ils en ont fait un vendeur.

— Un vendeur ?

Ralph la regarda comme si elle était stupide.

— S'il perd, il doit céder la jument.

— Est-ce que ça ne risque pas de mal tourner ? demanda Sarah.

Ralph cracha par terre.

— Nan. Les Pikey savent que la bande de Sal fait partie d'un gang. Et ils sont équipés, au cas où. Nous resterons dans le pick-up de Vicente, des fois qu'il nous faudrait partir rapidement.

Il rit. Il se délectait toujours de voir des ennuis se profiler.

Les hommes remontaient dans les camions, et Sarah frissonna, sans savoir si c'était de peur ou d'excitation. Au-dessus d'eux, des voitures passaient dans un bruit de tonnerre sur l'autopont, soutenu par des piliers de béton brut géants. La circulation de plus en plus dense annonçait le début de l'heure de pointe.

Quelqu'un siffla, un chien aboya. Ralph entraîna l'adolescente vers la bretelle d'accès. Trois camions firent demi-tour et repartirent par où ils étaient venus dans une formation convenue. Ils disparurent, prêts à rejoindre le flot des véhicules sur l'autopont, puis il n'y eut plus que les hommes debout sur la bretelle, et les chevaux, soufflant de la vapeur par leurs naseaux, tapotant délicatement la surface de la route de leurs sabots, tenus fermement au niveau de la tête par leurs dresseurs.

Derrière la jument grise, Sal se tapit sur son sulky rouge vif, les muscles des jambes bandés, les rênes pendant dans une main. Il jeta plusieurs coups d'œil par-dessus son épaule, guettant le signal. Sa présence était magnétique. Sarah se surprit à l'examiner, avec son grand sourire confiant, ses yeux qui semblaient tout savoir.

À côté d'elle, Ralph alluma une autre cigarette en murmurant :

— Oh, oui, oh, oui, oh, oui…

Désormais, tous les regards étaient tournés vers le flot de véhicules sur l'autopont. Les hommes échangeaient des commentaires en grommelant. Les voitures défilaient toujours.

— Je parie que Donny s'est fait contrôler par la police. Il a pas la putain de vignette.

Quelqu'un éclata de rire, faisant retomber la tension. Puis il y eut un cri et, au-dessus d'eux, ils aperçurent un des pick-up des gens du voyage, ses feux de détresse clignotant derrière les rails de sécurité.

— Allez-y ! cria quelqu'un. *Go !*

Alors, en un même mouvement fluide, les deux chevaux se lancèrent sur la bretelle d'accès, les roues des sulkys se touchant presque, les drivers voûtés en avant, leurs cravaches brandies tandis qu'ils pressaient les bêtes sur la portion de route déserte.

— Vas-y, Sal ! criait Ralph, au comble de l'excitation, d'une voix haut perchée. Allez !

Il attrapa Sarah par la manche et l'entraîna vers le pick-up de Vicente dont le moteur rugissait, prêt à suivre les chevaux qu'on ne voyait déjà presque plus. Il la poussa à bord, et, agrippée aux barres du pare-brise arrière, le vent dans les oreilles, elle entendit les klaxons des véhicules à l'arrêt, les crissements de pneus.

— C'est bon ! (Ralph hurlait.) Il est en tête !

Elle vit la jument grise, son trot trop rapide, anormal, une allure impossible. Elle voyait aussi la grimace du gitan, levant la main tenant sa cravache pour pousser son cheval à accélérer, l'entendit jurer quand son cheval partit brièvement au petit galop, provoquant un rugissement de protestation du Maltais.

— Vas-y, Sal ! Éclate-le !

Sarah sentit sa gorge se serrer face au spectacle de la courageuse petite jument dont chaque tendon était bandé sous l'effort qu'elle déployait pour conserver une telle vitesse au trot, ses sabots effleurant à peine la surface de la route.

Vas-y, l'encouragea-t-elle mentalement, craignant qu'elle ne perde et ne soit cédée aux gitans, perdue pour toujours dans un terrain vague semé de séneçon, en compagnie de cobs noir et blanc et de chariots de supermarché. Elle se sentit en communion silencieuse avec le petit cheval, luttant pour sa propre survie au milieu des cris, de la sueur et du bruit.

Vas-y.

Et puis, avec un cri de victoire, ce fut fini, les chevaux quittèrent l'autopont aussi vite qu'ils y étaient montés, les camions démarrant à fond de train derrière eux, les voitures forcées à l'arrêt bondissant furieusement en avant dans une mêlée confuse. Le pick-up de Vicente fit une embardée à gauche sur la bretelle, et les genoux et les bras de Sarah heurtèrent violemment les côtés du camion quand il passa sur un nid-de-poule. Son sac s'ouvrit et ses livres s'envolèrent, les pages battant dans le vent. Levant la tête, elle vit Sal sauter du sulky pendant que le petit cheval poursuivait sa route, une main brandie en signe de victoire, dans laquelle un collègue vint faire claquer la sienne pour l'accueillir. Ralph et elle rirent et s'agrippèrent l'un à l'autre, contaminés par la folie ambiante causée par la victoire de Sal.

La jument grise resterait au moins encore quelques semaines en sécurité chez Cowboy John.

— J'avais parié une livre ! cria Ralph, le visage rouge, agrippé à la veste de son uniforme scolaire. Viens ! Sal a dit que s'il gagnait il nous payait le petit déj à tous à l'écurie.

Papa était là quand elle revint après le collège. Plié en deux, il frottait les sabots de Boo qui brillaient comme un miroir. Sarah entendit sa respiration avant de le voir. La sueur avait dessiné un T dans le dos de sa chemise soigneusement repassée. Papa ne faisait rien autrement que parfaitement. Un reste de toutes ses années d'entraînement militaire.

Quand elle pénétra sous les arches, Cowboy John était appuyé contre la porte de l'écurie et buvait une tasse de thé.

On ne le voyait pas souvent s'agiter, pourtant l'endroit était toujours bien tenu.

—Voilà l'Écuyère, annonça-t-il.

Appuyé sur la croupe d'un cob blanc et noir à grosse tête, Ralph lui adressa un clin d'œil.

—Le bus avait du retard, annonça-t-elle en posant son sac sur une botte de foin.

—Elle a oublié son tutu, poursuivit Cowboy John.

—Tu as eu le résultat de ton interrogation de maths? demanda Papa.

—Douze sur vingt.

Sarah agita le livre, priant pour qu'il ne voie pas les traces de pneus et de poussière sur la couverture. Elle croisa le regard de Ralph, qui fut pris d'une soudaine quinte de toux.

—Je t'ai dit que Sal le Maltais avait vendu le cheval noir aujourd'hui, celui qu'il avait récupéré des Italiens de Northolt? demanda Cowboy John au Capitaine.

Son grand-père posa une main sur le poitrail de Boo, et le cheval recula docilement.

—L'ambleur? demanda-t-il.

Sal le Maltais ne cessait d'acheter et de vendre des trotteurs. Cowboy John hocha la tête.

—Le type est venu le chercher cet après-midi.

—Il aura de la chance s'il arrive à lui faire faire une balade, dit Ralph. Il court comme un cowboy aux jambes arquées chaussé de talons aiguilles.

—À l'entendre quand il l'a vendu, c'était Bucéphale. (Cowboy John mima le cheval secouant la tête.) Quand le cheval est sorti de son box, il avait l'air prêt pour le Kentucky Derby.

—Mais comment…, commença Sarah.

—Il lui a mis une bille dans l'oreille, l'interrompit Ralph.

Cowboy John frappa le garçon avec son chapeau.

—Tu espionnes mes conversations?

— Vous l'avez raconté à tous les gens qui sont passés ce matin, protesta Ralph.

— Ce cheval est sorti en piaffant comme un diable. Avec l'argent qu'il en a tiré, il en a acheté deux autres. Ils arrivent samedi. Deux bêtes de course.

Sarah savait que Papa désapprouvait ces vieux trucs des vendeurs. Il feignit de ne pas écouter. Ralph sortit un chewing-gum de sa bouche et le colla sur la porte de son box.

— Vous vous rappelez quand vous avez vendu le vieux palomino à cet Italien vers les marais ? Vous lui aviez mis un bout de gingembre dans le cul pour le réveiller un peu… ?

Cowboy John le menaça de nouveau avec son chapeau.

— Aucune idée de comment il est arrivé là ! protesta-t-il. Y avait rien à redire sur ce cheval. Rien. Ce sont que des calomnies de gosses. Vu le mal que tu dis de moi, tu as de la chance que je te laisse l'entrée libre. Tu devrais être à l'école. Nom d'un pétard ! Pourquoi tu vas jamais à l'école… ?

Il partit d'un pas raide vers le portail, marmonnant dans sa barbe, s'interrompant pour interpeller une femme d'âge moyen qui passait devant la grille.

— Madame Parry ! C'est bien vous que j'ai vue hier soir à la télévision ?

La femme continua à marcher. Il ôta son chapeau et l'agita pour attirer son attention, debout près du portail.

— C'était vous ! Je le savais !

Elle ralentit, tourna légèrement la tête, perplexe. Ralph grogna.

— Dans *Britain's Next Top Model* ! Là, vous voyez ? Vous souriez. Je savais que c'était vous. Vous voulez des œufs ? J'ai aussi de magnifiques avocats. Toute une corbeille, si vous voulez. Non ? Revenez donc vite, vous m'entendez ? Quand votre contrat avec *Vogue* se terminera. (Il revint vers les arches de la voie ferrée, un grand sourire plaqué sur le visage.) Cette Mme Parry du bureau de poste… elle est pas mal du tout, déclara-t-il d'un ton gourmand. Si elle avait vingt ans de moins…

— … elle vous aiderait avec votre déambulateur, l'interrompit Ralph.

Papa ne dit rien. Il avait repris le pansage, enchaînant des mouvements puissants et rapides, obligeant Boo à contracter ses muscles pour résister à la pression. Cowboy John reprit une gorgée de thé. Sarah adorait ces après-midi-là. Quand les chevaux se tenaient à moitié assoupis dans le soleil et que les hommes échangeaient des insultes bon enfant. Alors l'absence de Nana ne faisait pas l'effet d'une blessure béante. Elle se sentait chez elle.

— Fillette, j'arrête pas de reprendre ton grand-père. Faudra pas s'étonner s'il se retrouve jamais de petite amie. Regarde-moi ça !

Elle suivit son regard vers la main de Papa qui passait vivement la brosse sur le flanc luisant de Boo. Cowboy John tendit les paumes et les glissa rêveusement d'un côté tout en adressant un clin d'œil à l'adolescente.

— Moi, je te l'dis, Capitaine, les femmes aiment qu'on les traite avec *douceur*.

Papa lui lança un regard torve avant de se concentrer de nouveau sur sa tâche.

— Et moi qui croyais que les Français étaient des amants formidables, insista Cowboy John.

Papa haussa les épaules, frappant la brosse pour en ôter la poussière.

— John, si tu ne connais pas la différence entre aimer et panser, ce n'est pas étonnant que tes chevaux semblent si perturbés.

Les garçons s'esclaffèrent. Sarah esquissa un petit sourire narquois, même si elle savait qu'elle n'était pas censée comprendre la plaisanterie. Elle s'empressa de l'effacer quand Papa lui dit d'aller chercher sa bombe.

Le soleil était bas, plongeant vers le pont ferroviaire et l'autopont au-delà. C'était l'heure de pointe, et, autour du parc, des files de voitures attendaient, les conducteurs brièvement distraits par le spectacle qu'ils offraient sur la pelouse.

Sarah ne les remarqua pas. Papa se tenait près d'elle, les bras ouverts et tendus afin d'aider à construire l'énergie contenue qui propulserait Boo vers le haut.

—Assieds-toi droit, murmura-t-il. Tout part de l'assiette, Sarah. Garde les jambes actives, mais sois calme, calme… Monte-le depuis l'assiette, bien en selle, *comme ça**.

L'effort la faisait transpirer. Du coin de l'œil, à gauche, elle voyait la cravache de Papa, qui ne touchait jamais la jolie robe baie de Boo. Sentant la puissance monter sous elle, elle se tenait aussi immobile que possible, les jambes légèrement appuyées contre les flancs de Boo, le regard dirigé entre ses oreilles pointues.

—*Non**, dit-il encore. En avant. Laisse-le partir vers l'avant. Maintenant, essaie encore.

Ils travaillaient le piaffer depuis bientôt quarante minutes, et la chemise de son uniforme, trempée de sueur, lui collait au dos, le soleil tapait sur sa tête. En avant au trot, puis arrêt, puis trot encore, essayant de lui donner l'impulsion pour qu'il se mette à trotter sur place, la démarche rythmée qui servirait de point de départ à d'autres figures élaborées, dont Papa lui avait dit à maintes reprises qu'elle n'était pas assez bonne pour commencer à les travailler.

Quelques mois auparavant, après qu'elle l'eut supplié, il lui avait montré depuis le sol comment persuader Boo d'exécuter une levade, prenant appui sur ses postérieurs, comme pour cabrer, et elle mourait d'envie d'essayer les mouvements qui le feraient décoller : la courbette, la capriole. Mais Papa s'y opposait. Préparation, encore et encore.

Certainement pas de levade dans un parc public sous le regard curieux des badauds. Que croyait-elle faire ? Traiter Boo comme un cheval de cirque ? Elle savait qu'il avait raison, mais parfois c'était tellement ennuyeux... Comme d'être coincé indéfiniment dans les stalles de départ.

— Est-ce qu'on pourrait faire une pause ? J'ai tellement chaud...

— Comment vas-tu réussir si tu ne t'entraînes pas ? Non. *Continue**. Il est sur le point d'y arriver.

Elle fit la moue, manifestant silencieusement son mécontentement. Il ne servait à rien de se disputer avec Papa, mais il lui semblait qu'ils faisaient la même chose depuis des heures. Elle songea à la petite jument grise. Au moins, elle avait pu aller quelque part.

— Papa...

— Concentre-toi ! Cesse donc de parler et focalise-toi sur ton cheval.

Deux enfants passèrent en courant près d'eux. L'un cria :

— Allez, vas-y, cowboy !

Elle garda son regard fixé entre les oreilles de Boo. L'étroit interstice entre les deux luisait de sueur.

— Et en avant. Récompense-le.

Elle autorisa le cheval à avancer, puis l'interrompit de nouveau, essayant de le ramener en arrière en déplaçant son poids et en tirant très légèrement sur les rênes.

— *Non* !* Tu te penches encore en avant.

Elle s'effondra sur l'encolure de Boo et poussa un gémissement.

— Pas du tout !

— Tu envoies des messages contradictoires, insista Papa, visiblement contrarié. Comment veux-tu qu'il comprenne si tes jambes lui disent une chose et ta position sur la selle une autre ?

Elle se mordit la lèvre. À quoi bon tout ça ? avait-elle envie de crier. Je ne serai jamais à la hauteur de tes exigences. C'est stupide, voilà tout.

— Sarah. Concentre-toi.

— Je *suis* concentrée. Il a trop chaud et il est distrait. Il ne m'écoute plus.

— Il sait que tu ne m'écoutes pas. C'est pour ça qu'il ne t'écoute pas.

C'était toujours sa faute à elle. Jamais celle du cheval.

— Tu es assise *comme ça**. Tu lui apprends à ne pas écouter.

Elle avait trop chaud.

— Très bien, dit-elle en rassemblant les rênes dans une main avant de glisser à terre. Puisque je ne suis bonne à rien, fais-le, toi.

Debout sur le sol dur, elle resta sidérée par sa propre attitude de défi. Elle tenait rarement tête à Papa. Celui-ci lui lança un regard noir, et ses yeux brûlaient tant que, tel un chien en disgrâce, elle se surprit à baisser les siens vers ses pieds.

— *Je m'excuse**, dit-il d'un ton brusque.

Elle attendit, ne sachant pas ce qu'il allait faire. Mais il marcha d'un pas vif jusqu'à Boo et, grognant légèrement sous l'effort, plaça son pied dans l'étrier et se projeta vers le haut, abaissant doucement son corps sur le dos du cheval. Surpris par ce poids inconnu, Boo agita les oreilles en arrière. Papa ne dit rien à Sarah. Il croisa les étriers devant lui sur la selle, de façon que ses jambes pendent, relâchées. Puis, le dos incroyablement droit, les mains en apparence immobiles, il fit marcher Boo au pas une fois, dessinant un grand cercle, puis incita le cheval à l'action.

Sarah porta une main à son front pour se protéger des rayons du soleil qui l'aveuglaient et regarda son grand-père, un homme qu'elle n'avait jamais vu sur un cheval, donner des directives à sa monture par des mouvements presque imperceptibles. Boo, la bouche blanche d'écume, leva les jambes de plus en plus haut en restant sur place.

Sarah retint son souffle. Papa était comme l'homme du DVD. Il faisait tout avec une telle aisance. S'apercevant qu'elle avait serré les poings, elle les enfonça dans ses poches. Boo était tellement concentré à présent que la sueur ruisselait, brillante, sur son encolure musclée. Pourtant, son grand-père paraissait toujours complètement passif, tandis que les sabots de Boo frappaient en rythme la terre brune craquelée, comme pour une parade militaire.

Soudain, il passa à un mouvement de bascule : le petit trot à l'arrêt du terre-à-terre. Et enfin, comme surgi de nulle part, elle entendit un « Hop ! » et, tandis qu'elle reculait, Boo se dressa sur ses postérieurs, les antérieurs nettement pliés sous lui, les muscles de son arrière-train tremblant tandis qu'il luttait pour conserver son équilibre. Levade.

Quelqu'un cria : « Waouuuuh ! » depuis le trottoir, et Sarah entendit derrière elle plusieurs personnes murmurer avec inquiétude. Et puis il toucha de nouveau le sol. Papa balança une jambe par-dessus l'arrière de la selle et descendit de cheval. Seules quelques taches sombres sur sa chemise bleue trahissaient l'effort qu'il venait de fournir.

Il chuchota quelques mots au cheval en passant lentement une main sur son encolure, le remerciant, puis il tendit les rênes à sa petite-fille. Elle voulut lui demander comment il avait fait, pourquoi il ne montait plus. Mais il prit la parole avant qu'elle n'ait eu le temps de se décider.

— Il s'applique trop, dit-il d'un ton catégorique. Il est trop tendu. Nous devons revenir à l'étape précédente pour qu'il se préoccupe moins de son équilibre.

Un groupe de femmes assises dans l'herbe les observait à une distance respectueuse. Elles mangeaient des glaces à l'eau, leurs jupes retroussées au-dessus des genoux révélant des jambes bronzées.

— Encore ! cria quelqu'un.

Sarah était encore un peu sidérée par ce qu'elle venait de voir.

— Tu veux que je continue ? demanda-t-elle.

Papa passa une main sur l'encolure de Boo.

— Non, dit-il d'une voix douce. (Puis il se frotta le visage. Quand il abaissa sa main, elle était pleine de sueur.) Non. Il est fatigué.

Elle lâcha les rênes, et Boo étira l'encolure avec reconnaissance.

— Monte. Nous allons rentrer à pied, dit Papa.

— Il y a un camion de glaces, là-bas, dit-elle, pleine d'espoir, mais il ne parut pas l'entendre.

— Ne te fais pas trop de reproches, dit-il en marchant. Parfois... Parfois, j'en demande trop. Il est jeune... Tu es jeune...

Il lui toucha la main, et Sarah se rendit compte que c'était sa façon de reconnaître son erreur.

Ils firent le tour du parc une fois afin de permettre à Boo d'étirer et de relâcher ses muscles, puis s'engagèrent dans l'allée menant aux grilles du parc. Papa semblait perdu dans ses pensées, et Sarah ne savait pas quoi dire. Elle n'arrêtait pas de repenser à son grand-père à cheval. Elle avait eu l'impression de découvrir quelqu'un d'autre. Elle savait que Papa avait été l'un des plus jeunes cavaliers du Cadre noir. Sa grand-mère lui avait expliqué que seuls vingt-deux jeunes gens étaient autorisés à porter l'uniforme noir au galon doré qui les distinguait en tant que maîtres de leur art. La plupart avaient déjà représenté leur pays à l'étranger – en dressage, cross-country ou saut d'obstacles –, mais Papa y avait accédé par le parcours le plus difficile : il était monté en grade au sein de la cavalerie, jusqu'à ce que lui, le fils de fermier de Toulon, soit accepté, comme membre de l'élite, au sein de l'école classique.

La première fois qu'elle l'avait vu, avait raconté Nana à Sarah en contemplant une photo d'eux ensemble, elle l'avait trouvé si beau sur son cheval qu'il lui avait semblé que son cœur s'arrêtait et qu'elle avait craint de s'évanouir. Malgré son peu d'intérêt pour les chevaux, elle avait fait le trajet tous les jours pour le voir, assise au premier rang du public, abîmée dans la contemplation d'un homme lui-même perdu dans la concentration et l'amour de quelque chose qu'elle ne pouvait comprendre.

Voilà ce qu'avait vu Nana, songea Sarah, se rappelant comme il avait semblé simplement assis là, et la façon dont Boo avait compris, comme par télépathie, ce qui lui était demandé. De la pure magie.

Avec un signe de la tête et de la main au gardien posté à la grille, qui ne leur prêtait jamais attention, ils prirent le chemin du retour, les sabots de Boo cliquetant sur le goudron, ses jambes bougeant lourdement. Enfin, alors qu'ils traversaient la rue principale vers l'écurie, Papa rompit le silence.

— John m'a dit qu'il envisageait de vendre.

Il appelait toujours John par son prénom, plutôt que « le cowboy fou », si ses propos étaient sérieux.

— Mais où allons-nous mettre Boo ? demanda-t-elle.

— D'après lui, nous n'aurons pas à bouger. L'écurie doit être vendue et rester telle qu'elle est : une affaire florissante.

En général, il ne passait pas un mois sans que Cowboy John se voie proposer de l'argent pour céder l'écurie, parfois des sommes astronomiques qui le faisaient glousser tant elles lui paraissaient ridicules. Il avait toujours refusé, demandant à l'acheteur potentiel où il était censé mettre ses chevaux, ses chats et ses poules. Papa secoua la tête.

— Il dit que quelqu'un de proche est intéressé et que rien ne changera. Ça ne me plaît pas. (Il s'arrêta un instant pour s'essuyer le visage.) Nous avons les œufs, oui ?

— Je te l'ai déjà dit, Papa. Ils sont à l'écurie.

— C'est cette chaleur…, soupira-t-il.

Son col était trempé de sueur. En tout cas, c'était pire que quand il montait. Papa tendit le bras vers l'encolure de Boo, comme pour s'y appuyer, et passa la main dans sa crinière en lui murmurant des mots à l'oreille. Plus tard, en repensant à ce moment, elle se dit qu'elle aurait dû s'apercevoir que son humeur avait changé, surtout quand il avait omis de corriger Boo qui refusait de rester tranquille au bord du trottoir ; il insistait toujours pour qu'un cheval se tienne immobile et calme quand on lui disait de s'arrêter.

Deux camions passèrent devant eux, et le conducteur de l'un fit un geste grossier. Comme Papa lui tournait le dos, elle le lui rendit. Certains hommes croyaient que les filles montaient à cheval pour de mauvaises raisons. Ils traversèrent et s'engagèrent dans les rues plus tranquilles, où des noisetiers offraient une ombre bienvenue. Boo étira le cou, poussa son grand-père dans le dos, comme pour attirer son attention, mais Papa ne parut pas le sentir. Il se frotta de nouveau le visage, puis le bras.

— Omelette, ce soir, dit-il. *Omelette aux fines herbes**.

— C'est moi qui vais la faire, déclara Sarah.

Ils traversaient la rue qui menait à l'écurie, et elle leva une main pour remercier le chauffeur qui avait ralenti pour les laisser passer.

— Nous pourrions aussi préparer une salade. (Alors Papa lâcha la rêne qu'il avait tenue jusque-là.) Tu prends… œuf, dit-il en plissant les yeux.

— Quoi ?

Mais il ne l'écoutait pas.

— Le moment est venu de s'asseoir…

— Papa ?

Sarah jeta un coup d'œil à la voiture qui attendait. Ils étaient en plein milieu de la chaussée.

— Tous partis, murmura-t-il.

Elle ne comprenait pas ce qu'il faisait.

— Papa, s'écria-t-elle. Il faut qu'on traverse !

Boo s'agita. Il frappa les pavés de ses sabots, faisant jaillir des étincelles, puis projeta la tête vers l'arrière. Devant, le grand-père de Sarah commença à s'asseoir, comme s'il se recroquevillait sur un lit, son corps s'inclinant lentement sur le côté. Dans la voiture, le conducteur donna un coup de klaxon impatient, puis parut se rendre compte que quelque chose n'allait pas et se pencha, le nez contre le pare-brise. Tout sembla se passer au ralenti autour de Sarah. Elle glissa à bas du cheval, atterrissant avec légèreté sur ses pieds.

— Papa ! cria-t-elle, le tirant par le bras sans lâcher les rênes.

Les yeux du vieil homme se fermèrent, et il parut réfléchir intensément à quelque chose qui avait lieu tout au fond de sa tête, l'empêchant d'entendre les cris de sa petite-fille. Le visage de Papa s'était affaissé d'un côté, comme si quelqu'un tirait dessus, et cet étrange affaissement chez un homme qu'elle avait toujours connu droit et contenu l'effraya.

— Papa ! Lève-toi !

Près d'elle, Boo s'agita et tira sur les rênes.

— Y s'sent bien ? lança quelqu'un depuis le trottoir.

Non. Elle voyait bien que non. Puis, comme l'homme dans la voiture sortait de son véhicule et se précipitait au côté de son grand-père, elle agrippa le cheval hors de lui et hurla d'une voix rendue stridente par la peur :

— John ! John ! Viens m'aider !

Son dernier souvenir fut celui de Cowboy John courant vers elle sur ses jambes raides. Il avait abandonné son pas nonchalant habituel en comprenant la scène qui se déroulait devant lui et criait des mots qu'elle ne put distinguer.

L'agent d'entretien avançait lentement sur le linoléum, poussant devant lui sa polisseuse dont les deux brosses vrombissaient efficacement. Assis sur une chaise en plastique dure à côté de l'adolescente, Cowboy John consulta sa montre pour la énième fois. Cela ferait bientôt quatre heures qu'ils attendaient. Quatre heures, et une seule infirmière s'était arrêtée pour s'assurer que Sarah allait bien.

Il aurait dû être rentré à l'écurie depuis un bon moment. Les animaux allaient avoir faim, et il avait été obligé de fermer le portail à clé, si bien qu'il était fort probable que le lendemain il devrait supporter les reproches de Sal le Maltais et des gosses.

Mais il ne pouvait pas la laisser. Ce n'était qu'une gosse, bon sang! Elle se tenait assise sans bouger, les mains serrées sur ses genoux, son visage blême figé en un masque de concentration intense, comme si elle suppliait mentalement le vieil homme de se rétablir.

— Ça va? demanda-t-il. Tu veux que j'aille te chercher un café?

L'agent d'entretien passa lentement devant eux. Il s'autorisa un rapide coup d'œil au chapeau de Cowboy John, puis se dirigea lentement mais sûrement vers le service de cardiologie.

— Non, dit-elle, puis elle ajouta doucement: Merci.

— Il va s'en sortir, répéta-t-il pour la dixième fois. Ton grand-père est aussi coriace qu'une paire de vieilles bottes. Tu sais ça.

Elle hocha la tête sans grande conviction.

— Je parie que dans quelques minutes quelqu'un va venir nous annoncer qu'il est tiré d'affaire.

Une légère hésitation. Puis elle hocha de nouveau la tête.

Et ils attendirent, invisibles aux yeux des infirmières en blouse qui allaient et venaient d'un pas vif, écoutant les bips et le bourdonnement lointain des machines. John remuait sur son siège, cherchant une excuse pour se lever et se distraire. Il n'arrivait pas à effacer de son esprit l'image du visage de son vieil ami : l'éclat angoissé et furieux dans ses yeux, la mâchoire toujours rigide, clairement horrifié qu'une chose pareille l'abatte.

— Mademoiselle Lachapelle ?

Sarah était si profondément plongée dans ses pensées qu'elle sursauta quand le médecin l'appela.

— Oui, dit-elle. Est-ce qu'il va bien ?

— Vous êtes... de la famille ?

Les yeux du médecin étaient sur John à présent.

— C'est tout comme, dit celui-ci en se levant.

Le médecin jeta un coup d'œil vers le service de cardiologie.

— À strictement parler, je ne peux parler qu'à...

— Vous trouverez personne de plus qualifié que moi, dit lentement John. Le Capitaine a pas d'autre parent vivant. Seulement Sarah. Et moi, je suis son plus vieil ami.

Le médecin s'assit sur un siège près des leurs. Quand il reprit la parole, il s'adressa à Sarah.

— Ton grand-père a souffert d'une hémorragie cérébrale. Un accident vasculaire cérébral. Tu sais ce que c'est ?

Elle hocha la tête.

— À peu près.

— Il est stable, mais il est un peu confus. Il ne peut pas parler, ni rien faire tout seul.

— Mais il va s'en sortir ?

— Son état est stable, comme je l'ai dit. Les prochaines vingt-quatre heures seront déterminantes.

— Je peux le voir ?

Le médecin regarda John.

— Je crois que nous aimerions tous les deux être sûrs qu'il va bien, ajouta John d'un ton ferme.

— Il est branché à des machines. Vous allez peut-être avoir un choc.

— Elle est costaud. Comme son grand-père.

Le médecin consulta sa montre.

— D'accord. Venez avec moi.

Seigneur, le vieux Capitaine était dans un triste état. Il avait l'air d'avoir pris trente ans ; des tubes lui sortaient du nez, et son visage était gris et affaissé. Involontairement, John avait porté une main à sa bouche. Autour de lui, des machines dessinaient des lignes au néon, s'interpellant les unes les autres avec des bips doux et irréguliers.

— Elles servent à quoi ? demanda-t-il pour rompre le silence.

— Elles contrôlent son activité cardiaque, sa pression artérielle, ce genre de choses.

— Et il va bien ?

La réponse du médecin fut évasive et vide de sens.

— Comme je vous l'ai dit, les prochaines vingt-quatre heures sont cruciales. Vous avez bien fait d'appeler les secours immédiatement. Une prise en charge rapide est essentielle en cas d'attaque cérébrale.

Les deux hommes restèrent debout en silence pendant que Sarah s'approchait du lit et s'asseyait avec précaution sur la chaise à côté, comme si elle avait peur de déranger son grand-père.

— Tu peux lui parler, si tu veux, Sarah, dit doucement le médecin. Fais-lui savoir que tu es là.

Elle ne pleurait jamais. Pas une seule larme. Elle tendit sa main mince pour toucher celle du vieil homme et la tint pendant un moment. Mais elle garda les mâchoires verrouillées. La petite-fille de son grand-père.

— Il sait qu'elle est là, déclara John avant de passer de l'autre côté du rideau pour leur laisser un peu d'intimité.

Il faisait noir quand ils quittèrent l'hôpital. John avait attendu un moment dehors, faisant les cent pas devant l'entrée des urgences réservée aux ambulances, fumant, sans tenir compte des regards noirs des infirmières qui passaient devant.

— Chérie, avait-il lancé à l'une d'elles, vous devriez me remercier. Grâce à moi, vous êtes sûre d'avoir du boulot dans quelques années.

Il avait eu besoin de fumer. Le Capitaine avait toujours été fort, il avait toujours donné l'impression qu'il serait là, fier et inébranlable, solide comme un arbre, longtemps après que John serait parti ailleurs. Le voir là, gisant sans défense dans ce lit comme un bébé, avec des infirmières essuyant la bave coulant au coin de sa bouche… eh bien, ça l'avait sacrément secoué. Puis il l'avait vue debout devant les portes automatiques coulissantes, les mains enfoncées dans ses poches, les épaules voûtées. Elle ne l'avait pas remarqué tout de suite.

— Je suis là, avait-il dit, s'apercevant qu'elle n'avait pas de blouson. Prends ma veste. Tu vas attraper froid.

Elle avait secoué la tête, enfermée dans son chagrin.

— T'enrhumer n'apportera rien de bon au Capitaine, avait-il fait remarquer. Et puis après, il va me dire que j'ai pas pris soin de toi, et je vais me faire remonter les bretelles.

Elle avait levé les yeux vers lui.

— John, tu savais que mon grand-père savait monter… je veux dire, comme un pro ?

Brièvement décontenancé, John avait fait un pas en arrière avec une mimique étonnée.

— Monter ? Bien sûr que je le savais. Je suis pas sûr d'être d'accord avec toutes ces courbettes, mais, bon sang, oui, je le savais. Ton papi est un cavalier hors pair.

Elle avait essayé de sourire, mais il n'avait pas été dupe. Elle avait accepté la vieille veste en jean qu'il lui posa sur les épaules, et ils étaient partis comme ça, le vieux cowboy noir et la gamine, jusqu'à l'arrêt de bus.

Chapitre 5

« Pour évaluer un jeune cheval qui n'a pas encore été débourré, le seul critère, évidemment, est la morphologie, car aucun trait de caractère ne peut être détecté à ce stade. »

Xénophon, *De l'art équestre.*

Les lumières étaient allumées dans la maison. Elle regarda fixement les fenêtres en coupant le contact, essayant de se rappeler si elle avait bien éteint le matin. Elle ne laissait jamais les rideaux ouverts, afin d'éviter que tout le monde sache qu'il n'y avait personne. Mais il y avait quelqu'un.

— Oh, dit-elle en ouvrant la porte d'entrée. Tu étais censé venir il y a des semaines.

Elle avait parlé d'un ton peu amène, ce qui n'avait pas été son intention. Mac était debout dans le vestibule, chargé d'une brassée de papier photo.

— Désolé. J'ai eu un boulot de dingue. Des imprévus. J'ai laissé un message cet après-midi sur ton portable pour te prévenir que je passerais.

Elle chercha l'appareil dans son sac.

— Oh, dit-elle, toujours électrifiée par sa présence. Je ne l'ai pas reçu.

Ils étaient debout face à face. Mac, là, dans sa maison, dans *leur* maison. Sa coupe de cheveux avait légèrement changé ; il portait un tee-shirt qu'elle ne connaissait pas. Il semblait en meilleure forme, constata-t-elle avec un pincement au cœur, probablement d'avoir passé la majeure partie de l'année sans elle.

—J'avais besoin de récupérer du matériel, dit-il en agitant les bras derrière lui. Mais il n'est pas là où je pensais le trouver.

—J'ai rangé ton équipement ailleurs, expliqua-t-elle, songeant que cela aussi devait être désagréable à entendre, comme si elle avait été déterminée à effacer toute trace de lui. Tout est là-haut, dans le bureau.

—Ah. Je comprends mieux.

Il essaya de sourire.

—J'avais besoin de descendre certains de mes dossiers et…

Elle n'acheva pas sa phrase.

Et c'était trop douloureux d'avoir tes affaires sous le nez. Il m'est arrivé, en de très rares occasions, de devoir lutter contre l'envie pressante de les réduire en miettes avec un gros marteau.

Elle regretta de ne pas avoir eu l'opportunité de se préparer à cette rencontre. Elle avait travaillé tard, bu trop de café, même si elle savait que cela lui coûterait des heures de sommeil plus tard. Il ne restait pas grand-chose de son maquillage. Elle devait avoir une mine affreuse.

—Bon, alors je vais faire un saut là-haut. Je ne serai pas long.

—Non, non ! Prends ton temps. Je dois… Je dois aller acheter du lait, de toute façon. Cherche tranquillement.

« —Je suis désolée, avait-elle bredouillé. Mac, je suis désolée.

—Désolée de quoi ? avait-il demandé d'une voix si calme, si raisonnable. Tu viens de me dire qu'il ne s'est rien passé.

Il l'avait regardée sans comprendre.

— Tu crois vraiment que je pars à cause de lui, n'est-ce pas ? »

Elle l'entendit protester, mais elle était déjà dehors. Il cherchait seulement à se montrer poli. Il devait penser qu'elle rentrait tard parce qu'elle avait passé la soirée avec Conor. Mais il se garderait bien de faire la moindre remarque. Ça n'avait jamais été son style.

Elle se rendait rarement à ce supermarché, qui se trouvait dans la partie la plus malfamée de leur quartier ; c'était le genre d'endroit dont, de temps en temps, quelqu'un parvenait à s'enfuir sans payer avec son Caddie, sous les encouragements enthousiastes des autres clients. Mais elle s'était retrouvée dans sa voiture avant même de savoir ce qu'elle faisait, avait éteint son téléphone par peur ou entêtement. Elle avait juste eu besoin de sortir de la maison.

Debout dans le rayon des produits laitiers, elle tentait d'éviter un clochard qui marmonnait quelque chose aux yaourts glacés, tout en s'efforçant de mettre de l'ordre dans ses pensées et de se rappeler ce qu'elle faisait là.

Mac, le pire parti imaginable aux yeux de ses parents, l'énigmatique incapable qu'elle avait épousé, l'autre moitié cabossée d'une union qui avait bien failli les détruire tous les deux, était de retour.

Elle avait refusé de penser à lui pendant si longtemps, et il lui avait facilité la tâche. À certains moments, elle aurait même pu imaginer qu'il avait disparu de la surface de la planète. Durant leur dernière année de vie commune, il s'était absenté si souvent qu'elle aurait pu se croire célibataire. Quand il était là, elle se rendait compte qu'elle était tellement en colère contre tout que la solitude lui paraissait plus facile.

Prends tes affaires et pars, le supplia-t-elle mentalement, trouvant dans la situation un désagréable écho des jours sombres qu'elle venait à peine de laisser derrière elle. *Je n'ai aucune envie de me coltiner tout ça une fois de plus. Je ne veux même pas ressentir un centième de la douleur que j'ai endurée l'année dernière. Fais ce que tu as à faire et fous-moi la paix.*

Elle fut soudain tirée de ses pensées par des cris provenant de l'allée voisine menant aux caisses. Elle marcha jusqu'au bout des rangées de céréales d'où elle pensait pouvoir voir ce qui se passait.

Un homme noir énorme retenait une adolescente par le bras. Ses cheveux dissimulaient en partie son visage, mais Natasha estima qu'elle ne devait pas avoir plus de seize ans. Elle essayait de se dégager, mais l'homme n'avait manifestement aucune intention de relâcher sa prise impitoyable.

— Tout va bien ? demanda Natasha en émergeant de derrière les boîtes de flocons d'avoine. (Elle s'était adressée à la jeune fille ; la scène était dérangeante.) Je suis avocate.

C'est à ce moment qu'elle aperçut le badge de l'agent de sécurité.

— Eh bien, voilà. Tu vas en avoir besoin au trou, dit la caissière. Ça t'économisera un coup de téléphone.

— Je n'ai rien volé.

La jeune fille se débattit de plus belle. Son visage était pâle sous la lumière crue des néons, et la peur se lisait dans ses yeux exorbités.

— Mmm… Donc les bâtonnets de poisson ont simplement sauté du congélateur pour atterrir dans ton blouson ?

— Je les avais mis là le temps d'aller chercher les autres trucs dont j'avais besoin. Écoutez, s'il vous plaît, laissez-moi partir. Je vous jure que je n'avais pas l'intention de voler.

Elle était au bord des larmes. Nulle trace chez elle de la défiance volubile des gosses que Natasha recevait habituellement.

— Elle est passée devant moi comme si de rien n'était, dit la caissière. Faut pas me prendre pour une idiote.

— Peut-être pourrait-elle simplement payer la boîte et s'en aller, proposa Natasha.

— Elle ? (Le gros homme haussa les épaules.) Elle a pas d'argent.

— Ils n'en ont jamais, renchérit la femme.

— J'ai dû faire tomber mon porte-monnaie… (La fille balaya le sol du regard.) Je ne reviendrai pas, d'accord ? Laissez-moi juste chercher mon argent avant que quelqu'un d'autre le trouve.

— Combien coûtent-ils ? demanda Natasha en plongeant la main dans son sac.

— Les bâtonnets de poisson ?

La caissière haussa les sourcils. Natasha était fatiguée. Tout ce qu'elle voulait, c'était rentrer chez elle sans l'image en tête d'une fille en larmes malmenée par un agent de sécurité.

— Disons qu'il s'agit d'une erreur en toute bonne foi. Je vais payer.

Les deux employés la regardèrent comme si elles étaient de mèche dans l'arnaque, jusqu'à ce qu'elle brandisse un billet de cinq livres. Alors – après une seconde d'hésitation –, la caissière scanna les bâtonnets de poisson et tendit la monnaie à Natasha.

— Je ne veux plus jamais revoir ta petite face de voleuse ici, dit-elle en agitant un index taché de nicotine. Compris ?

La fille ne répondit rien. D'un haussement d'épaules, elle se dégagea de la prise du géant et fonça vers la sortie, la boîte de bâtonnets de poisson dans la main. La porte s'ouvrit automatiquement, la libérant, et elle disparut, avalée par la nuit.

La peau du vigile luisait sous les néons.

— Voyez-vous ça ! Même pas un merci.

— Elle volait, vous savez. Nous l'avons pincée la semaine dernière. Seulement, nous n'avons pas pu le prouver.

— Si ça peut vous consoler, c'est probablement le meilleur repas qu'elle fera cette semaine, dit Natasha.

Elle paya son lait, lança un coup d'œil au clochard qui se disputait à présent avec les paquets de lessive et sortit dans la rue obscure. Elle n'avait fait que quelques pas quand la fille surgit à ses côtés. Si elle n'avait pas été aussi préoccupée, elle aurait peut-être sursauté, redoutant une agression, mais la fille tendit une main ouverte.

— J'ai retrouvé une partie de mon argent, dit-elle. Je crois qu'il est tombé de ma poche.

Sur sa paume, Natasha distingua une pièce de cinquante pence et de la petite monnaie. Plus tard, elle se fit la réflexion qu'elle avait la main étonnamment calleuse pour une fille de son âge. Mais, ne tenant pas à s'impliquer davantage, elle se remit en route.

— Garde ton argent, dit-elle en ouvrant la portière de sa voiture. Ce n'est rien.

— Je ne volais pas, insista la fille.

Natasha se tourna vers elle.

— Tu t'achètes toujours de quoi dîner à 11 heures du soir ?

La fille haussa les épaules.

— Je suis allée voir quelqu'un à l'hôpital. Je viens juste de rentrer à la maison, et il n'y avait rien à manger.

— Où habites-tu ?

La fille était plus jeune que ce que Natasha avait d'abord cru. Elle n'avait probablement pas plus de treize ou quatorze ans.

— Sandown.

Natasha jeta un coup d'œil à la vaste cité monolithique, dont les tours étaient visibles même de la rue où elles se trouvaient. Sa réputation n'était plus à faire dans le quartier. Elle n'aurait pas su expliquer pourquoi elle le fit. Peut-être détesta-t-elle simplement l'apparence de cet endroit dans l'obscurité. Peut-être n'était-elle pas prête à rentrer retrouver Mac chez elle, ou, pire, à rentrer et à ne pas l'y trouver. Autour d'elle, la ville bouillonnait : des coups de klaxon retentissaient au loin ; au coin de la rue, deux hommes se disputaient vivement, le ton montait.

— Je ne te crois pas aussi dure que tu le parais à première vue, lui avait un jour dit Conor en baissant la voix. Je suis sûr qu'une Natasha Macauley très différente se cache là-dedans.

— Oh, je suis pleine de surprises ! avait-elle rétorqué.

Cet échange lui avait fait l'effet d'un défi.

Les deux hommes se battaient à présent, à coups de poing et de pied. L'énergie dans l'atmosphère se transforma, aspirée dans un vortex de violence. Quelques jurons retentirent, puis des bruits de pas tandis que des silhouettes masculines se ruaient vers eux. Natasha aperçut l'éclat d'une barre de fer.

— Tu ne devrais pas être dehors toute seule à cette heure, déclara-t-elle avant de retourner précipitamment à sa voiture. Viens, je vais te ramener chez toi.

La fille l'examina un moment – son tailleur, ses chaussures élégantes –, puis elle jeta un coup d'œil à la voiture. Peut-être jugea-t-elle que toute personne conduisant un véhicule aussi banal qu'une vieille Volvo ne risquait pas de l'enlever.

— Le verrou de la portière passager est cassé, si ça peut te rassurer…, précisa Natasha.

La fille soupira, comme si rien de ce qu'elle pouvait dire ou faire n'était susceptible d'avoir de l'importance, puis elle monta.

Natasha avait déjà commencé à regretter cette série de décisions inconsidérées avant de pénétrer dans le parking de la cité. Des jeunes gens traînaient en groupes amorphes ; certains s'éloignaient pour faire des roues arrière sur leur vélo, d'autres jetaient des mégots de cigarettes et se lançaient des insultes. Ils s'interrompirent brièvement, remarquant la voiture inconnue qui se garait sur un emplacement libre.

— Tu ne m'as pas dit ton nom, dit Natasha.

La fille hésita.

— Jane.

— Ça fait longtemps que tu vis ici ?

Elle hocha la tête.

— Ce n'est pas si mal, dit-elle doucement avant de se pencher pour ouvrir la portière.

Natasha voulait rentrer chez elle, retrouver la sécurité de son salon accueillant, la paix de sa maison confortable, où elle mettrait de la musique douce et se servirait un verre de vin. Son monde à elle. Une petite voix lui souffla de faire demi-tour et de s'éloigner. Les cités comme celle-ci étaient le domaine de ces jeunes, dont certains ne s'aventuraient que rarement à plus d'un kilomètre ou deux au-delà de leurs limites, et veillaient jalousement, avec un instinct de propriété presque sauvage, sur leur territoire. Natasha savait que sa voiture et son tailleur la désignaient comme appartenant à la classe moyenne, l'exposant dans un monde bien plus dur et brutal que celui qui commençait à quelques rues de là.

Mais alors elle regarda la fille pâle et mince à côté d'elle. Quel genre de personne la renverrait sans la raccompagner jusqu'à sa porte, s'assurant qu'elle était en sécurité ? Subrepticement, elle glissa son alliance dans la poche arrière de son pantalon, avec ses cartes de crédit. Si on lui volait son sac à main, elle ne perdrait qu'un peu de liquide.

— C'est bon, dit Jane en la regardant. Je les connais.

— Je te raccompagne, déclara Natasha de la voix détachée et professionnelle qu'elle employait avec tous ses jeunes clients.

Puis, voyant que la fille ne sautait pas de joie, elle ajouta :

— Ne t'inquiète pas. Je ne vais rien dire de ce qui s'est passé. Il est tard, et je veux juste m'assurer que tu rentres en sécurité chez toi.

— Jusqu'à la porte, c'est tout, acquiesça la fille.

Elles descendirent de la voiture, Natasha adoptant une posture légèrement plus droite et déterminée que d'habitude, ses talons claquant de manière autoritaire sur les trottoirs constellés de chewing-gums. Comme elles approchaient de la cage d'escalier, un garçon les dépassa sur son vélo. Natasha s'efforça de ne pas tressaillir. La fille ne leva pas les yeux.

— C'est la nouvelle nana de ton grand-père, hein, Sarah ?

Il tira sa capuche sur sa tête et s'éloigna en pédalant, hilare, son visage plongé dans l'ombre sous la lumière des lampadaires.

— Sarah ?

Les ascenseurs étaient hors service ; elles montèrent donc à pied trois volées de marches. La cage d'escalier était tristement familière : murs couverts de graffitis, odeur d'urine et boîtes de nourriture à emporter disséminées un peu partout, répandant encore des effluves de graisse rance ou de poisson. Le long d'un couloir, la musique pulsait par des fenêtres ouvertes, et en contrebas une alarme de voiture se déclencha. Il fallut une seconde à Natasha pour reconnaître qu'il ne s'agissait pas de la sienne.

— J'habite juste là, annonça Sarah en pointant une porte du doigt. Merci de m'avoir ramenée.

Après coup, Natasha se demanda pourquoi elle n'était pas partie à ce moment-là. Peut-être à cause du faux prénom. Peut-être parce que l'adolescente avait un peu trop envie de se débarrasser d'elle. En tout cas, elle continua d'avancer, suivant la fille qui pressait le pas. Puis elles atteignirent la porte, et l'adolescente s'arrêta. Quelque chose dans sa posture, une raideur sidérée, alerta Natasha qui comprit que la porte n'avait pas été ouverte par quelqu'un pour l'accueillir. Elle avait été forcée au pied-de-biche. Les éclats de bois près de la serrure pointaient vers l'appartement dont toutes les lumières étaient allumées.

Elles restèrent sans bouger quelques instants. Puis Natasha fit un pas en avant, bras tendu, et ouvrit grand la porte.

— Il y a quelqu'un ? lança-t-elle.

Qu'est-ce qu'elle croyait? Que les intrus lui répondraient en lui souhaitant la bienvenue? Elle jeta un coup d'œil à Sarah, qui avait plaqué une main sur sa bouche.

Qui qu'ils fussent, les visiteurs indésirables étaient partis depuis longtemps. La porte d'entrée s'ouvrait sur un petit vestibule, au bout duquel on voyait le salon, relativement en ordre, malgré l'absence flagrante sur le meuble où avait dû se trouver le téléviseur. Les portes des placards de la cuisine étaient béantes. Dans une chambre, Natasha remarqua les tiroirs d'un petit bureau ouverts, un cadre brisé au sol. C'est vers celui-ci que Sarah se dirigea en premier : elle le ramassa et débarrassa la photo des morceaux de verre cassé. On y voyait un couple ; le cliché devait dater des années 1960. Soudain, Sarah lui parut très jeune et petite.

— J'appelle la police, annonça Natasha qui sortit son portable de son sac et l'alluma.

Elle culpabilisa en voyant que Mac avait essayé de la joindre.

— Ça ne sert à rien, dit Sarah avec lassitude. Ils se foutent de ce qui peut arriver ici.

Elle commença à passer l'appartement en revue, disparaissant dans des pièces avant de reparaître. Natasha retourna dans l'entrée et verrouilla la porte avec la chaîne. En dessous, elle entendait toujours les jeunes gens. Elle essaya de ne pas s'inquiéter pour sa voiture.

— Que manque-t-il ? demanda-t-elle en suivant l'adolescente.

Ce n'était pas l'intérieur chaotique auquel elle s'était peut-être attendue. Elle découvrait un intérieur avec quelques objets de valeur, un foyer où l'ordre comptait.

— La télé, dit Sarah, la lèvre inférieure tremblante. Mon lecteur DVD. L'argent pour notre voyage.

Elle parut soudain se rappeler quelque chose et partit comme une flèche vers l'une des pièces. Natasha l'entendit ouvrir une porte et fouiller dans des affaires avant de reparaître.

— Ils ne l'ont pas trouvé, annonça-t-elle, et pendant un moment un petit sourire flotta sur ses lèvres. Le titre de retraite de Papa.

— Où sont tes parents, Sarah ?

— Ma mère n'habite pas ici. Il y a juste moi et Papa, mon grand-père, expliqua-t-elle d'un ton embarrassé.

— Où est-il ?

L'adolescente hésita.

— À l'hôpital.

— Qui s'occupe de toi, alors ?

Sarah ne répondit pas.

— Tu es seule depuis longtemps ?

— Deux semaines à peu près.

Natasha gémit intérieurement. Il se passait tellement de choses dans sa vie, et il avait fallu qu'elle se mêle des affaires de cette gosse. Elle aurait dû sortir du supermarché avec la bouteille de lait dont elle n'avait même pas besoin. Elle aurait dû rester chez elle et se disputer avec son ex-mari.

Elle composa le numéro de la maison.

— Bon sang, Tash, où es-tu, putain ? explosa Mac. Ça prend combien de temps d'acheter une bouteille de lait ?

— Mac, dit-elle prudemment, j'ai besoin que tu me retrouves quelque part. Apporte tes outils. Et ma sacoche, j'ai besoin de mon carnet d'adresses.

Mac avait mis quatre ans à rénover leur maison. C'était ce qui le rachetait aux yeux des parents de Natasha. Il s'était chargé de l'enduit, de la peinture, des travaux de menuiserie, bref d'à peu près tout, mis à part le toit et la maçonnerie. Il avait même participé à la réalisation des plans. Il était habile de ses mains, aussi adroit avec des outils électriques qu'avec son appareil photo. Natasha n'avait pas la fibre artistique, mais lui pouvait voir les choses bien avant qu'elles n'existent : la forme d'une pièce, la composition d'une vue ou d'une photo. C'était comme s'il avait dans la tête une photothèque de belles images attendant simplement d'être traduites dans la réalité.

Poser un nouveau verrou sur une porte, c'était dans ses cordes, déclara-t-il en sifflotant entre ses dents. Natasha n'avait pas mis longtemps à comprendre que payer un serrurier pour un dépannage en urgence était au-dessus des moyens de Sarah, qui se tourmentait encore au sujet de l'argent du voyage. Mac avait apporté une vieille serrure, qu'il avait mis à peine plus d'une demi-heure à installer.

— Crista ? C'est Natasha.

Face au silence perplexe à l'autre bout du fil, elle ajouta :

— Natasha Macauley.

— Natasha. Bonsoir. Ce n'est pas moi qui t'appelle d'habitude ?

— Je sais. C'est que je me trouve dans une situation un peu particulière. J'ai besoin d'un placement en urgence pour une adolescente.

Elle exposa son problème dans les grandes lignes.

— Nous n'avons rien, dit Crista. Absolument rien. Quatorze enfants non accompagnés en demande d'asile sont arrivés hier dans notre secteur, et toutes nos familles d'accueil sont complètes. J'ai passé la soirée au téléphone.

— Je…

— Et avant que tu ne déclenches la procédure d'urgence, sache que le seul endroit où je pourrais la caser pour la nuit serait le commissariat du coin. Du coup, si tu veux éviter de perdre ton temps et en faire gagner au juge, tu peux l'y emmener directement. La situation sera peut-être débloquée demain, mais honnêtement j'en doute.

Quand Natasha regagna le salon, Mac avait fini. Il avait apporté une bande de métal – Dieu seul savait où il entreposait tout ce bazar – et l'avait fixée sur l'encadrement de la porte.

— Ça empêchera que quelqu'un d'autre puisse entrer, expliqua-t-il en achevant de ranger ses outils.

Natasha lui adressa un sourire contrit, reconnaissante qu'il ait un tel sens pratique et qu'il n'ait pas prononcé un seul mot de reproche après s'être vu imposer cette séance de bricolage nocturne. À présent, assis à distance respectueuse de Sarah sur le canapé, il examinait ses photos encadrées, premier point de référence pour Mac quand il arrivait chez quelqu'un.

— Alors, c'est ton grand-père ?

— Il était capitaine autrefois, murmura Sarah, un mouchoir en papier roulé en boule dans la main.

— Cette photo est formidable, déclara-t-il. Tu ne trouves pas, Tash ? Regarde les muscles de ce cheval.

Son métier de photographe aidait à mettre les gens à l'aise. Rares étaient ceux avec qui il ne parvenait pas à établir facilement un premier contact. Natasha essaya d'avoir l'air impressionnée, tout en se demandant comment elle allait annoncer à Sarah qu'elle allait devoir dormir dans une cellule au commissariat.

— Tu as préparé un sac ? demanda-t-elle. Avec ton uniforme scolaire ?

Sarah tapota le fourre-tout à côté d'elle. Elle semblait inquiète, et Natasha dut se rappeler que la fille ne connaissait pas ces gens qui avaient soudain pris le contrôle de sa vie. Il était minuit et demi.

— Où t'emmenons-nous, alors, mademoiselle ? demanda Mac, mais la question s'adressait à Natasha.

Celle-ci prit une inspiration.

— C'est un peu compliqué, ce soir. Nous sommes obligés de la loger en urgence jusqu'à ce que nous trouvions quelque chose de plus approprié.

Mac et Sarah la regardaient d'un air interrogateur.

— J'ai appelé mes contacts et, malheureusement, il n'y a pas grand-chose de disponible. Il est tard, et il y a eu beaucoup de demandes…

— Où va-t-on, alors ? s'enquit Mac.

— Je crains que nous ne devions t'amener au commissariat. Rien à voir avec ce qui s'est passé ce soir, s'empressa de la rassurer Natasha en voyant Sarah blêmir. Seulement, aucune famille d'accueil n'est disponible. Aucun lit d'hôtel non plus. Ce ne sera que pour quelques heures, très probablement.

— Au commissariat ? répéta Mac, incrédule.

— Il n'y a rien d'autre.

— Mais tu dois bien avoir des contacts. Tu passes ta vie à faire ce genre de trucs, forcer les autorités à trouver des hébergements pour les mineurs.

— Et il arrive que certains finissent au poste de police. C'est temporaire, Mac. Crista m'a dit qu'elle essaierait de trouver un meilleur endroit demain matin. Elle nous y rejoindra.

Sarah secoua la tête.

— Je ne dormirai pas dans une cellule, dit-elle.

— Sarah, tu ne peux pas rester ici toute seule.

Je n'irai pas.

— Tash, c'est ridicule. Elle a quatorze ans. Elle ne peut pas passer la nuit dans une cellule.

— C'est notre seule option.

— Non, pas du tout. Je vous l'ai dit. Je serai très bien ici, protesta Sarah.

Il y eut un long silence. Natasha s'assit, essayant de réfléchir.

— Sarah, est-ce qu'il y aurait quelqu'un chez qui tu pourrais aller ? Une copine du collège ? Des membres de ta famille ?

— Non.

— Tu n'as pas un numéro où joindre ta mère ?

Le visage de l'adolescente se ferma.

— Elle est morte. Il n'y a que moi et Papa.

Natasha se tourna vers Mac, espérant qu'il comprendrait.

— Ce n'est pas si inhabituel, Mac. Ce ne sera que pour une nuit. Mais nous ne pouvons pas la laisser ici.

— Alors elle n'a qu'à venir chez nous.

Chez nous. Elle fut aussi désarçonnée par son usage du possessif que par son idée.

— Je ne vais pas laisser une fille de quatorze ans qui vient de se faire cambrioler passer la nuit au commissariat, dans une cellule en compagnie de Dieu sait qui, poursuivit-il.

— Elle y sera en sécurité, insista Natasha. Et il n'est pas question qu'elle partage une cellule avec qui que ce soit. Ils prendront soin d'elle.

— Peu importe, dit-il.

— Mac, je ne peux pas la ramener à la maison. C'est contraire à toute procédure, à n'importe quel conseil…

— J'emmerde la procédure, répliqua-t-il. Si la procédure ne voit aucun problème à abandonner une jeune fille dans une cellule plutôt que de la loger au chaud et en sécurité chez quelqu'un pour une nuit, eh bien, ta procédure ne vaut rien, putain !

Mac jurait rarement, ce qui donna à Natasha une idée de sa détermination.

— Mac, nous ne sommes pas une famille d'accueil agréée. Elle sera jugée vulnérable…

— J'ai un extrait de casier judiciaire récent. J'ai dû montrer patte blanche quand j'ai commencé à enseigner au lycée.

Enseigner ?

Il se tourna vers Sarah.

— Est-ce que tu te sentirais mieux chez… nous ? Nous pouvons appeler ton grand-père pour le prévenir.

L'adolescente regarda Natasha avant de se tourner de nouveau vers Mac.

— Je crois.

— Y a-t-il une autre raison procédurale qui l'empêcherait de passer la nuit à la maison ?

Il prononça « procédurale » sur un ton sarcastique, comme si Natasha s'amusait à compliquer les choses.

Mon boulot, voulut répondre Natasha. *Si la nouvelle se répandait parmi mes collègues que j'accueille des gamins abandonnés, mon jugement professionnel serait mis en doute. Et je ne connais pas cette fille. Je l'ai rencontrée en plein vol à l'étalage, et je ne suis toujours pas convaincue par son explication.*

Elle regarda fixement Sarah, essayant de ne pas penser à Ahmadi, un autre jeune qui lui avait paru désespéré, l'incitant à prendre un risque.

— Donnez-moi cinq minutes, dit-elle.

Elle alla s'enfermer dans la chambre de la fille et téléphona à Crista.

— Je n'ai pas le temps, dit Crista avant même que Natasha n'ait pu parler. Nous avons un problème dans l'un des foyers. Il faut que je passe chercher quelqu'un.

— Ce n'est pas ça, débita Natasha. Crista, je suis dans une situation délicate. La jeune fille refuse d'aller au commissariat. Mon… Mac n'aime pas non plus l'idée et il pense qu'elle devrait passer la nuit chez nous. Il a un casier judiciaire vierge dont il a reçu un extrait récemment.

Le silence au bout de la ligne s'éternisa.

— Crista ?

— OK… Vous êtes amis de la famille de cette fille ? Vous connaissez ses parents ? Est-ce qu'on peut dire qu'ils vous ont demandé de l'accueillir ?

— Pas exactement.

Il y eut un long silence.

— Mais vous la connaissez un peu ?

— Je ne l'avais jamais vue avant ce soir.

— Et cette situation… te convient ?

— Elle m'a l'air… (Natasha marqua une pause en se remémorant la scène au supermarché.)… d'une brave gosse. Capable. Mais il n'y a personne chez elle, et elle s'est fait cambrioler. C'est… difficile.

Elle percevait l'incrédulité dans le silence de Crista. Les deux femmes se connaissaient depuis près de quatre ans, et rien chez Natasha n'aurait pu suggérer qu'elle serait capable de prendre une initiative pareille.

— Bon, écoute, finit par dire Crista. Le meilleur conseil que je puisse te donner, c'est de ne jamais évoquer cette conversation. Qui n'a d'ailleurs pas eu lieu. Rien n'est enregistré pour l'instant. Si tu penses qu'elle est d'accord et qu'elle sera plus en sécurité avec vous, et si tu préfères éviter de passer la moitié de la nuit au poste, franchement, je n'ai pas besoin d'être au courant de son existence avant demain. Appelle-moi à ce moment-là.

Natasha referma son téléphone. La chambre de Sarah était étonnamment bien rangée et ordonnée pour celle d'une fille de son âge. Il y avait des photos de chevaux partout, des grands posters en couleurs offerts dans des magazines montrant des chevaux au galop, et quelques-unes, petites, où l'on voyait une fille, peut-être Sarah, en compagnie d'un cheval brun. En fond, les paysages montraient de vertes prairies et des plages infinies, incongrues à côté de la vue qui s'étendait au-delà de la fenêtre à double vitrage.

Fatiguée, elle ferma les yeux un moment, puis regagna le salon. Mac et Sarah se turent et la regardèrent. Natasha remarqua que les yeux de Sarah étaient cernés de bleu, creusés par l'épuisement et le choc.

— Tu vas passer la nuit chez nous, annonça-t-elle avec un sourire forcé. Demain matin, nous t'emmènerons voir un travailleur social.

Elle s'était endormie sans un murmure. Elle n'avait pas prononcé un mot de tout le trajet, comme si elle venait de saisir la précarité de sa situation, et Mac, comme s'il avait deviné, avait fait de son mieux pour plaisanter et la rassurer. Natasha eut du mal à reconnaître l'homme avec qui elle avait parlé dernièrement. Il était doux, prévenant, s'exprimait calmement. Elle trouva douloureux de le voir adresser le meilleur de lui-même à quelqu'un d'autre. C'était plus facile quand elle pouvait se raccrocher au souvenir de ses défauts.

Natasha conduisit en silence, troublée par les émotions contradictoires provoquées par la présence de Mac et de la jeune fille. Cette soirée devenait de plus en plus surréelle. Mac était si familier, et en même temps, même après si peu de temps, il lui semblait un étranger. Comme si sa place était ailleurs.

Elle avait oublié combien il pouvait être gentil avec les jeunes et les enfants parce que, à part ceux de sa sœur à elle, ils n'en avaient pas fréquenté beaucoup ensemble.

— Est-ce que la chambre d'amis est prête ? demanda Mac alors qu'elle reculait pour le laisser entrer.

— Il y a quelques cartons sur le lit.

Ses livres. Des choses qu'elle avait triées à l'époque où elle avait eu la force de s'atteler à cette tâche. Mac était si distrait qu'elle avait craint qu'il ne les mélange avec les siens.

— Je vais les mettre ailleurs. (Il désigna Sarah.) En attendant, tu pourrais peut-être lui proposer quelque chose à boire ?

— Je te fais un chocolat chaud ? demanda Natasha. Quelque chose à manger ?

Immédiatement, elle se sentit stupide. Elle avait l'air de la vieille tante qui n'a-aucune-idée-de-ce-qu'aiment-les-jeunes-de-nos-jours. Sarah secoua la tête. Elle jeta un coup d'œil par la porte ouverte du salon. Mac avait manifestement été interrompu au milieu d'une séance de tri de photos : des boîtes jonchaient le sol.

— Vous avez une jolie maison, dit l'adolescente.

Soudain, Natasha la vit avec les yeux d'un étranger : grande, somptueuse, meublée avec goût. Elle laissait deviner des revenus élevés, des objets choisis avec soin. Elle se demanda si la jeune fille pouvait voir les trous laissés par le récent départ d'un homme.

— Est-ce que je peux faire quelque chose pour toi avant que tu montes ? Veux-tu que je… repasse ton uniforme ?

— Non, merci, répondit Sarah en serrant davantage son sac contre elle.

— Je vais te conduire à l'étage, alors, dit Natasha. Il y a une salle de bains sur le palier que tu seras seule à utiliser.

— J'espère que ça ne te dérange pas, dit Mac tandis qu'elle redescendait sans bruit l'escalier. J'ai préparé le canapé-lit du bureau.

Elle s'y était un peu attendue. Elle pouvait difficilement le mettre dehors à une heure pareille, pas après tout ce qu'il avait fait. Quand même, la perspective d'une nuit sous le même toit lui parut curieusement dérangeante.

— Un verre de vin ? proposa-t-elle. Moi, j'en ai besoin.

Il poussa un long soupir.

— Oh, oui.

Elle servit deux verres et lui en tendit un. Il s'assit sur le canapé ; elle se débarrassa de ses chaussures du bout des pieds, puis replia les jambes sous elle dans le fauteuil. Il était 1 h 45 du matin.

— Il faudra que tu t'occupes de tout demain matin, Mac, dit-elle. Je dois être au palais à la première heure.

— Dis-moi seulement ce que je dois faire.

Elle se fit distraitement la remarque qu'il ne devait pas avoir de travail le lendemain, ou il ne le lui aurait pas proposé.

— Note-moi le nom de la personne que je dois appeler, et dis-moi où je dois déposer Sarah. Je vais peut-être la laisser dormir un peu avant. Elle a eu une soirée mouvementée.

— Nous aussi.

— Vilain choc pour elle, insista-t-il. Ça aurait été dur même pour un adulte.

— Elle a plutôt bien accusé le coup.

— Nous avons bien fait, dit-il en désignant l'escalier. Ça ne m'aurait pas paru correct de la laisser. Avec tout ça.

— Oui.

Ils burent leur vin en silence.

— Bon, et comment vas-tu ? finit-elle par demander quand ne pas poser la question finit par devenir absurde.

— Ça va. Tu as l'air en forme.

Elle haussa les sourcils.

— D'accord, fatiguée, mais en forme. Cette coiffure te va bien.

Elle dut faire un effort pour se retenir de porter la main à ses cheveux. Mac arrivait toujours à lui faire cet effet.

— Sur quoi travailles-tu ? demanda-t-elle pour changer de sujet.

— J'enseigne trois jours par semaine, et je fais de la pub le reste du temps. Des portraits. Un peu de voyage. Pas grand-chose, pour être honnête.

— Tu enseignes ? (Elle lutta pour effacer toute trace d'incrédulité dans sa voix.) Je croyais avoir mal entendu.

— Ça ne me dérange pas. Ça paie les factures.

Natasha digéra l'information. Pendant des années, il avait refusé de faire le moindre compromis. Quand les contrats dans la pub s'étaient faits plus rares, elle lui avait suggéré d'enseigner, et il avait rejeté dédaigneusement son idée. Il avait toujours refusé de se passer la corde au cou, de s'engager d'une façon qui l'empêcherait d'avoir des projets plus intéressants à court terme. Même si cela signifiait que sa contribution aux dépenses du ménage se réduisait généralement comme une peau de chagrin.

À présent, il était Mac le Mûr, Mac le Motivé. Elle eut la désagréable impression d'avoir été arnaquée.

—Ouais. Je suis un peu revenu du monde de la pub. Enseigner n'est pas aussi désagréable que je l'avais cru. Ils semblent m'apprécier.

Oh, surprise, songea Natasha.

—J'ai l'intention de continuer jusqu'à ce que je sache un peu mieux ce que je vais devenir. Le salaire n'est pas mirobolant.

Elle se raidit, se préparant à l'impact.

—Et…

—Et à un moment, Tash, il va falloir penser à ce qu'on fait de la maison.

Elle savait de quoi il parlait. Règlement financier définitif.

—C'est-à-dire?

—Je ne sais pas. Mais je ne peux pas continuer à vivre avec une valise indéfiniment. Ça va bientôt faire un an.

Elle plongea le regard au fond de son verre à vin.

Alors ça y est…, songea-t-elle.

Mais, quand elle releva les yeux vers lui, elle prit soin d'afficher une expression parfaitement neutre.

—Ça va?

Elle finit son verre.

—Tash?

—Je ne peux pas y penser maintenant, dit-elle d'un ton brusque. Je suis trop fatiguée.

—Bien sûr. Demain, peut-être.

— Je dois être au palais à la première heure. Je te l'ai dit.

— Je sais. Juste quand tu…

— Tu ne peux pas revenir comme ça d'un coup et me demander de but en blanc de vendre ma maison, dit-elle d'un ton sec.

— *Notre* maison, corrigea-t-il. Et toi, tu ne peux pas faire comme si ça sortait de nulle part.

— Ces six derniers mois, on m'aurait demandé dans quel pays tu étais, j'aurais été incapable de répondre.

— Tu aurais pu appeler ma sœur si tu avais eu besoin de me joindre. Mais ça t'a bien arrangée de prendre le temps de laisser la poussière retomber.

— Laisser la poussière retomber ? répéta-t-elle, incrédule.

Il soupira.

— Je ne veux pas provoquer une dispute, Tash. J'essaie juste de mettre les choses en ordre. C'est toi qui étais sans cesse sur mon dos pour que je sois plus organisé.

— J'en ai bien conscience. Mais je suis fatiguée. J'ai une grosse journée demain, donc, si tu n'y vois pas d'inconvénient, j'aimerais reporter le partage du patrimoine familial à un autre moment.

— Très bien. Mais, dans ce cas-là, sache qu'à partir de maintenant je vais être à Londres et que j'ai besoin d'un endroit où loger. À moins que tu n'aies une vraiment bonne raison à m'opposer, j'aimerais utiliser la chambre d'amis jusqu'à ce que nous ayons pris une décision.

Natasha se figea. Avait-elle bien entendu ?

— Tu veux t'installer ici ?

— Oui.

— Tu plaisantes ?

Il esquissa un petit sourire.

— Vivre avec moi était donc si affreux ?

— Mais nous ne sommes plus ensemble…

— Non. Mais la moitié de cette maison m'appartient, et j'ai besoin d'un toit au-dessus de ma tête.

— Mac, ça va être impossible.

— Je trouve ça parfaitement gérable. Ce n'est que pour quelques semaines, Tash. Je suis désolé d'employer les grands moyens, mais, si ça ne te plaît pas, je t'invite à te louer un appart toi-même. En ce qui me concerne, je t'ai laissé l'usage exclusif de la maison pendant près d'un an. Maintenant, j'ai droit à une contrepartie. (Il haussa les épaules.) Oh, allez. La maison est grande. Ce ne sera un cauchemar que si nous le voulons.

Il était d'une insouciance déconcertante. Heureux, presque.

Elle avait envie de l'insulter.

De lui lancer des objets à la tête.

De claquer la porte et de s'installer à l'hôtel. Mais il y avait une inconnue de quatorze ans chez elle, dont elle venait d'accepter de partager la responsabilité.

Sans un mot, elle quitta la pièce d'un pas raide et gagna la chambre qui ne semblait plus lui appartenir, se demandant s'il serait difficile pour un agent immobilier de vendre une maison dont le propriétaire s'était fait sauter le caisson.

Chapitre 6

« Il en va des chevaux comme des hommes : on obtient la guérison plus facilement quand la maladie est détectée à un stade précoce qu'une fois qu'elle est devenue chronique après avoir été mal soignée. »

Xénophon, *De l'art équestre.*

La fille sur la photo souriait de toutes ses dents à ses parents qui la tenaient chacun par une main, comme pour la soulever du sol. « Accueillir, disait l'affiche. Faites la différence. » Pas ses parents, donc. De toute façon, il n'y avait aucune ressemblance. Il s'agissait probablement de modèles payés pour incarner la famille idéale.

Soudain irritée par le sourire de l'enfant, Sarah changea de position sur le siège face au bureau de l'assistante sociale et tourna son regard vers la fenêtre, qui donnait sur les broussailles et les arbres du parc municipal. Il fallait qu'elle aille à Sparepenny Lane. Elle savait que Cowboy John s'occuperait de Boo ce matin s'il ne la voyait pas arriver, mais ce n'était pas la même chose. Boo avait besoin de sortir. Il ne devait pas interrompre son entraînement.

La femme avait terminé de prendre des notes.

— Bien… Sarah, nous disposons désormais de la plupart des informations te concernant, et nous allons mettre en place ta prise en charge et tâcher de te trouver un foyer temporaire jusqu'à ce que ton grand-père se sente mieux. Est-ce que ça te convient ?

La femme lui parlait comme si elle avait le même âge que l'enfant sur l'affiche. Elle finissait toutes ses phrases sur un ton interrogateur, comme si elle lui posait des questions quand il ne faisait aucun doute qu'elle ne lui demandait pas son avis.

— J'appartiens à l'équipe d'accueil et d'évaluation des services de l'aide à l'enfance, avait-elle expliqué. Voyons si nous trouvons une solution pour toi, d'accord ?

— Ça marche comment, exactement ? demanda Mac, assis à côté d'elle. Est-ce qu'il y a des familles… spécialisées dans l'accueil d'enfants pour de courtes périodes ?

— Nous disposons de nombreuses familles d'accueil. Certains jeunes – nos clients – ne seront hébergés qu'une seule nuit. D'autres parfois plusieurs années. Dans ton cas, Sarah, nous espérons que ce ne sera que pour une courte période.

— Jusqu'à ce que ton grand-père se rétablisse, c'est tout, ajouta Mac.

— Oui, acquiesça l'assistante sociale.

Il y avait quelque chose de nébuleux dans la réponse de la femme, songea Sarah.

— Il y a de nombreux jeunes dans des situations similaires à la tienne, Sarah. Des familles qui ont besoin d'un peu d'aide. Ne t'inquiète pas.

Pendant le petit déjeuner, Mac et sa femme ne s'étaient pas adressé la parole et n'avaient parlé qu'à elle. Elle se demanda s'ils s'étaient disputés, si ça avait un rapport avec elle. Elle ne se rappelait pas avoir jamais vu Papa et Nana en colère l'un contre l'autre. Nana plaisantait souvent à ce sujet, disant qu'elle aurait beau se fâcher contre Papa, il ne répondrait jamais. Quand son grand-père était en colère, il se taisait, le visage comme taillé dans la pierre. « J'ai l'impression de me disputer avec une statue », disait

Nana, malicieuse, à sa petite-fille, comme si c'était une plaisanterie entre elles.

Sentant les larmes lui piquer les yeux, Sarah serra les mâchoires, s'efforçant de les chasser. Elle regrettait déjà d'être partie avec Mac et Natasha. La nuit précédente, elle avait eu peur, mais à présent elle voyait que des gens qui ne la comprenaient pas étaient en train de prendre le contrôle de sa vie. La femme consulta un dossier.

— Je vois que tes grands-parents ont obtenu ta garde. Sais-tu où est ta mère, Sarah ?

Elle secoua la tête.

— Puis-je te demander à quand remonte la dernière fois que tu l'as vue ?

Sarah jeta un regard en coin à Mac. Papa et elle ne parlaient jamais de sa mère. Il lui semblait étrange de laver le linge sale de la famille devant des inconnus.

— Elle est morte. (Elle buta sur les mots, enrageant en silence de devoir dévoiler cette information.) Il y a quelques années.

Elle lut la compassion sur leurs visages. Ils ignoraient que sa mère ne lui avait jamais manqué, pas comme Nana. Sa mère n'avait jamais été un refuge, une étreinte chaleureuse, des bras dans lesquels se jeter, mais une ombre chaotique et imprévisible planant sur ses jeunes années. Les souvenirs que Sarah avait d'elle formaient comme une série d'images. Elle se rappelait avoir été traînée dans beaucoup de maisons différentes, où on la laissait s'endormir sur des canapés. Elle se souvenait du bourdonnement de la musique au loin, de disputes et d'une désagréable impression d'impermanence. Puis, quand elle était allée vivre chez Nana et Papa : l'ordre, la routine. L'amour.

La femme prenait des notes.

— Tu es sûre qu'il n'y a aucun ami chez qui tu pourrais loger ? Une autre famille ? demanda-t-elle d'une voix pleine d'espoir, comme si elle ne voulait pas s'occuper d'elle.

Mais Sarah devait bien admettre que personne de son entourage n'était susceptible de vouloir l'héberger plusieurs semaines d'affilée. Elle n'était pas populaire. Les quelques amis qu'elle avait vivaient dans des appartements aussi petits que le sien. Et, même si elle l'avait voulu, elle ne connaissait personne suffisamment bien pour oser demander.

— Il faut que je parte, souffla-t-elle à Mac.

— Je sais, dit-il. Ne t'inquiète pas, l'école sait que tu vas arriver en retard. Le plus important pour l'instant, c'est qu'on trouve une solution pour toi.

— Où est hospitalisé ton grand-père, déjà ? lui demanda la femme en souriant.

— À St Theresa. Ils vont le transférer, mais je ne sais pas quand.

— Nous allons nous informer et te tenir au courant. Nous mettrons en place un contact.

— Est-ce que je pourrai le voir tous les jours ? Comme je l'ai fait jusqu'à présent ?

— Je ne suis pas sûre. Cela dépend de l'endroit où tu seras placée.

— Comment ça ? demanda Mac. Ce ne sera pas près de chez elle ?

La femme soupira.

— Je crains que le système ne soit soumis à une énorme pression. Nous ne pouvons pas toujours garantir que le client sera aussi près de son ancien foyer que nous le souhaiterions. Mais nous ferons notre possible pour que Sarah voie son grand-père régulièrement, jusqu'à ce qu'il puisse rentrer chez lui.

Sarah entendait tous les énormes blancs entre les mots de la femme. Il y avait des trous là où il y aurait dû y avoir des certitudes. Elle se voyait déjà placée chez une famille Sourire lambda à des kilomètres de Papa. De Boo. Comment était-elle censée s'occuper de lui, s'il lui fallait des heures pour se rendre n'importe où ? Ça n'irait pas.

— Vous savez quoi ? dit-elle en regardant Mac. En fait, si quelqu'un pouvait juste m'aider un peu, je m'en sortirais très bien à la maison.

La femme sourit.

— Je suis désolée, Sarah, mais légalement nous ne sommes pas autorisés à te laisser seule.

— Mais je peux me débrouiller. Le problème, c'était le cambriolage. Il faut que je sois près de chez moi.

— Et nous allons faire notre possible pour qu'il en soit ainsi, dit la femme d'une voix douce. Maintenant, nous ferions mieux de t'emmener à l'école. L'assistante sociale responsable de toi te retrouvera à la fin des cours et, je l'espère, te conduira chez ta famille d'accueil.

— Je ne peux pas, dit Sarah d'un ton brusque. Il faut que j'aille quelque part après les cours.

— Si tu as une activité, nous pouvons mettre les choses au clair avec l'école. Je suis sûre qu'ils ne verront pas d'inconvénient à ce que tu manques une fois.

Sarah se demanda ce qu'elle pouvait leur confier. Que feraient-ils si elle leur parlait de Boo ?

— Bien. Sarah. Si nous pouvions aborder le thème religieux… Je ne te retiendrai plus très longtemps. Peux-tu me dire à quelle confession tu appartiens ?

La voix de la femme s'estompa, et Sarah se surprit à observer Mac à la dérobée. Cet endroit le mettait visiblement mal à l'aise. Il ne cessait de gigoter, comme s'il aurait préféré être n'importe où ailleurs. Eh bien, il savait ce qu'elle ressentait. Soudain elle le détesta, elle les détesta, lui et sa femme, de l'avoir mise dans ce pétrin. Si elle n'avait pas été sous le choc, la veille, elle aurait réparé la porte toute seule.

Cowboy John aurait pu l'aider. Et elle serait restée chez elle, gérant sa vie, voyant toujours Boo deux fois par jour, se débrouillant en attendant le retour de Papa.

— Sarah ? Église d'Angleterre ? Catholique ? Hindoue ? Musulmane ? Autre ?

— Hindoue, répondit-elle, rebelle.

Comme ils la regardaient, incrédules, elle répéta :

— Hindoue.

Elle faillit éclater de rire en voyant la femme l'écrire. Peut-être que si elle leur rendait la vie impossible, ils seraient obligés de la laisser rentrer chez elle.

— Et je suis strictement végétarienne, ajouta-t-elle.

L'expression de Mac lui apprit qu'il se rappelait parfaitement le sandwich au bacon qu'il lui avait préparé pour le petit déjeuner. Qu'il essaie donc de la contredire…

— D'accoooord.

La femme écrivait toujours.

— J'y suis presque. Monsieur Macauley, si vous avez besoin de partir, je peux prendre la suite.

— Et je suis claustrophobe. Je ne peux pas vivre dans un immeuble avec ascenseur.

Cette fois, l'expression de la femme se durcit. Sarah la soupçonna de ne pas être aussi bienveillante qu'elle voulait le laisser croire.

— Eh bien, dit-elle vivement, j'en parlerai avec ton école et ton médecin. Si tu leur as déjà fait part de cette phobie, ils me le confirmeront certainement.

Mac gribouillait quelque chose sur un papier.

— Ça va ? demanda-t-il à Sarah à voix basse.

— Super, dit-elle.

Il parut inquiet. Il savait qu'il lui avait gâché la vie, songea-t-elle. Il tendit à Sarah un bout de papier.

— Mes numéros, dit-il. Tu m'appelles si tu as le moindre problème, OK ? Je ferai mon possible pour t'aider. Je peux, n'est-ce pas ? ajouta-t-il à l'intention de la femme.

Elle lui sourit. Sarah avait remarqué que beaucoup de femmes souriaient à Mac.

— Bien sûr. Nous encourageons les clients à maintenir leurs habitudes autant que possible.

Mac se leva et lui tendit le dossier contenant des documents et des papiers personnels qu'il avait pris à l'appartement pour elle.

— Prends soin de toi, Sarah, dit-il. (Il s'attarda sur le seuil, comme s'il hésitait à partir.) J'espère que tu rentreras vite chez toi.

Sans un mot, Sarah donna un coup de pied dans une chaise. Ne rien faire et ne rien dire, était-elle en train de découvrir, était les seules choses qu'elle pouvait encore décider.

— Enfin ! J'ai cru que nous allions devoir appeler un concurrent.

— Désolé. J'ai été retardé.

Mac laissa glisser les sacs contenant ses appareils au sol. Il embrassa Louisa, la directrice artistique, qu'il connaissait déjà, puis se tourna vers la fille assise devant le miroir. Elle pianotait furieusement sur son portable sans prêter la moindre attention à la maquilleuse-coiffeuse qui s'agitait derrière elle et lui enroulait les cheveux sur d'énormes bigoudis en céramique.

— Salut, je suis Mac, se présenta-t-il en tendant la main.

— Oh, salut, dit-elle. Serena.

— Tu as une heure retard.

Maria tapota sa montre. Son jean tombait si bas sur ses hanches que c'en était presque indécent. Au-dessus, deux couches de tissu noir flottant étaient habilement nouées de façon à révéler un joli ventre ferme. Derrière elle, quelqu'un tripotait un lecteur CD.

— J'ai voulu te laisser plus de temps pour opérer ta magie, chérie.

Il l'embrassa sur la joue et glissa une main sur son dos nu.

— Je vais m'installer, d'accord ? Louisa, tu veux bien me rappeler le brief ?

Louisa exposa le genre de look et d'ambiance qu'ils voulaient pour les photos de cette jeune actrice, l'habilleuse hochant la tête, attentive. Mac hochait la tête aussi, l'air extrêmement concentré, bien que son esprit se soit envolé vers le service de l'aide à l'enfance. Il avait dévalé les marches du bâtiment déprimant quarante minutes auparavant, mais il n'éprouvait pas le moindre soulagement.

Dans le bureau de l'assistante sociale, Sarah avait paru affreusement malheureuse. Il l'avait vue se ratatiner à mesure qu'elle saisissait l'ampleur des bouleversements qui allaient affecter sa vie. Il avait un instant envisagé de demander à Tash que la fille reste avec eux, mais au moment de formuler la question, pendant qu'ils préparaient le petit déjeuner dans un silence de mort, il s'était rendu compte que c'était absurde. Tash avait clairement établi que sa crédibilité professionnelle était compromise par la présence de Sarah. En outre, le retour de Mac la mettait déjà à rude épreuve ; elle ne se sentait manifestement plus chez elle. Comment avait-il pu lui imposer d'accueillir une inconnue ?

— Beaucoup de rouge. De l'audace. Ces portraits doivent avoir la force d'une déclaration, Mac. Nous n'avons pas affaire à une de ces nouvelles starlettes, mais à une grande actrice de demain : la nouvelle Judi Dench, une version moins politique de Vanessa Redgrave.

Mac jeta un coup d'œil à Serena qui gloussait en lisant un texto, et étouffa un soupir. Il ne comptait plus les jeunes actrices exceptionnelles qu'il avait photographiées durant les dix dernières années. À peine deux avaient survécu au coup de publicité initial et décroché un rôle dans une sitcom.

—OK, elle est tout à toi.

Debout dans l'encadrement de la porte, un fin pinceau à maquillage entre les dents, Maria attachait les cheveux de la jeune femme de ses doigts agiles. L'habilleuse attrapait des tenues sur la longue tringle et les empilait sur son bras.

—J'emporte ça, dit-elle. Nous en avons pour dix minutes. Je vais juste vérifier le fond.

Louisa s'en fut. Maria marcha vers lui.

—J'allais demander pourquoi tu viens si tard, dit-elle avec son accent slave, mais ensuite j'ai compris que je m'en fiche.

Il passa un doigt dans la boucle de sa ceinture et l'attira contre lui. Ses cheveux sentaient la pomme, sa peau le maquillage et la laque, les crèmes et baumes dont elle venait de se servir.

—Si je te le disais, tu ne me croirais pas.

Elle ôta le pinceau.

—Tu étais encore en train de draguer des femmes.

—Des filles de quatorze ans, pour être exact.

La bouche de Maria était si proche à présent qu'il pouvait voir la minuscule tache de rousseur au coin de sa lèvre supérieure.

Ça m'étonne pas. Tu es homme dégoûtant.

—Je fais de mon mieux.

Elle l'embrassa, puis s'écarta.

—J'ai autre boulot après. Tu veux qu'on se retrouve ensuite ?

—Si on peut aller chez toi.

—Tu es chez ton ex-femme ?

—C'est aussi chez moi. Je te l'ai dit.

—Et elle ne voit pas l'inconvénient que tu te réinstalles ?

—Nous n'avons pas vraiment évoqué mon retour en ces termes.

Elle plissa les yeux.

— Je méfie. Quelle femme qui a l'estime de soi reprendre son ex-mari comme ça ? Quand mon ex, à Cracovie, a essayé de revenir, je l'ai menacé avec fusil de mon père.

Elle mima le geste. Mac réfléchit.

— C'est… une option, je suppose.

— Après coup, je me suis sentie mal. Il essayait juste de me rendre lecteur de CD.

Elle se détourna et s'éloigna vers la porte, cueillant au passage un grain de raisin esseulé dans une coupe de fruits.

— Heureusement que je l'ai raté.

Les vantaux de ce fichu portail coinçaient de nouveau. Cowboy John tirait dessus, essayant de les aligner, tout en se bagarrant avec le cadenas, quand il vit une silhouette familière courir vers lui, son sac rebondissant sur sa hanche.

— J'allais fermer, dit-il en rouvrant le cadenas. Je t'ai attendue toute la journée, hier. J'ai cru qu'il t'était arrivé quelque chose. Où étais-tu, fillette ?

Il toussa, produisant un son rauque.

— Ils m'ont envoyée à Holloway.

Sarah lâcha son sac sur les pavés et passa en trombe devant John, courant jusqu'au box de Boo. Il referma le portail et la suivit sur ses jambes raides. Le froid de l'automne s'infiltrait jusque dans ses os.

— Tu as été en prison ?

— Pas en prison, dit-elle en tirant avec impatience sur le verrou de la porte du box. Les services sociaux. Ils disent que je ne peux plus rester toute seule à la maison tant que Papa n'est pas là, et ils m'ont obligée à aller dans cette stupide famille, à Holloway. Ils croient que je suis allée voir Papa, c'était la seule façon pour moi de venir ici.

Elle se jeta contre l'encolure du cheval, et il perçut le frisson qui la parcourut, comme si elle libérait toute la tension accumulée dans la journée.

— Attends une minute. Attends. (Il alluma la lumière.) Rembobine un peu. Qu'est-ce qui se passe, nom d'un pétard ?

Elle se tourna face à lui, les yeux brillants.

— Notre appartement a été cambriolé mardi. Et cette femme qui m'a reconduite à la maison, cette avocate ou je ne sais quoi, elle m'a obligée à rester avec elle sous prétexte que je n'étais pas en sécurité chez nous. Ensuite, ils m'ont emmenée aux services sociaux, et maintenant je dois habiter chez des gens que je ne connais même pas jusqu'à ce que Papa aille mieux. Ils habitent à Holloway. J'ai mis une heure et quart en bus à venir ici.

— Mais de quoi y se mêlent ?

— Ça allait bien, reprit-elle, jusqu'au cambriolage.

— Ton grand-père est au courant ?

— Je ne sais pas. Je ne pourrai pas le voir avant demain. Ils ne savent pas pour Boo. Je ne veux rien leur dire, au cas où ils voudraient le mettre ailleurs aussi.

Cowboy John secoua la tête.

— T'inquiète pas, va. Y va nulle part.

— Je n'ai même pas l'argent pour te payer le loyer. Ils ont pris le titre de retraite de Papa, du coup je n'ai que de quoi me payer le bus et le déjeuner.

— Te bile pas. (Elle était tellement remontée qu'on aurait dit un mini-ouragan.) Je réglerai la question du loyer avec ton Papa quand il sera sur pied. Tu as l'argent pour sa nourriture ?

Elle enfonça la main dans sa poche, compta les espèces qu'elle en tira et les lui tendit.

— J'ai assez pour quatre balles de foin et deux sacs de nourriture. Mais je vais avoir besoin que tu le nourrisses. Et je ne sais même pas si je pourrai venir nettoyer.

— D'accord, d'accord. Je m'occuperai de son box pour toi, ou je demanderai à un des gars de s'en charger. Et le forgeron ? Tu sais qu'il vient mardi ?

— Oui, je sais. J'ai des économies. Je pourrais payer ce mois-ci avec. Mais je n'ai pas de quoi payer le loyer.

— Je t'ai dit, on oublie le loyer jusqu'à ce que le Capitaine soit d'attaque.

— Je te rembourserai.

Son ton suggérait qu'elle pensait qu'il ne la croirait pas. Il fit un pas en arrière.

— Je le sais. Tu me prends pour un idiot ? (D'un geste, il désigna les autres poneys.) Je laisserais pas un seul de ces rats d'égout manquer un jour de loyer, mais toi et ton Papa… Maintenant tu te calmes, tu t'occupes de ton cheval, on verra au jour le jour.

Sarah parut se détendre un peu. Elle attrapa une brosse et commença à panser l'animal, exécutant d'amples mouvements de bras le long de son flanc, méthodiquement, en rythme, ainsi que le faisait son grand-père, comme si elle trouvait du réconfort dans ce simple geste.

— Sarah… Je t'accueillerais bien chez moi, mais c'est petit. Et je vis seul depuis longtemps. Si j'avais une maison plus grande, ou une femme avec moi… Je ne suis pas sûr que ce soit un environnement recommandable pour une jeune fille.

Elle lui dit que ça n'avait pas d'importance. Il resta là un moment en silence.

— Ça t'embête pas de fermer si je m'en vais ? dit-il finalement.

Il voyait bien qu'elle n'avait pas l'intention de s'en aller de sitôt. Il s'appuya à la porte du box et fit basculer son chapeau en arrière afin de mieux la voir.

— Écoute, mon petit. Tu veux que je rende visite à ton grand-père demain, pour que tu puisses venir ici à la place ?

Elle se redressa.

— Tu ferais ça ? Je déteste l'idée qu'il reste seul deux jours.

— Pas de problème. Y sera content de savoir que Boo continue de faire ses numéros de cirque. Mais je dois lui dire quelque chose. Et, chérie, y faut que je t'en parle aussi.

Elle prit un air méfiant alors, prête à accuser un nouveau coup.

— J'envisage de vendre à Sal le Maltais.

L'adolescente écarquilla les yeux.

— Mais que…

— T'inquiète pas. Comme je vais le dire à ton grand-père, rien ne va changer. Moi, je pars pas tant que ma maison n'est pas vendue. Ce sera toujours moi qui ouvrirai le matin et qui ferai tourner la boutique.

— Tu pars où ?

Sarah avait passé les bras autour de l'encolure du cheval et se cramponnait à lui comme s'il avait besoin d'être rassuré.

— Je vais m'installer à la campagne. Quelque part au vert. Je pense que mes gars le méritent. (Du menton, il désigna ses chevaux. Il hésita. Puis il cueillit la cigarette à ses lèvres et cracha par terre.) Voir ce qui est arrivé à ton grand-père, Sarah, ça m'a secoué. Je ne suis plus tout jeune, et si je n'ai plus que quelques années devant moi, j'aimerais les passer dans un endroit paisible.

Elle le regardait toujours en silence.

— Sal le Maltais m'a promis que rien ne changerait, fillette, reprit-il. Il sait pour le Capitaine, il sait que c'est pas facile pour toi en ce moment. Il a dit que les choses resteraient comme elles sont.

Elle n'avait pas besoin de parler. Il le voyait sur son visage. Après ce qui venait de lui arriver, comment diable allait-elle avaler une chose pareille ?

— Merci pour votre ponctualité, Michael. Mme Persey sera là d'une minute à l'autre, et je souhaitais au préalable passer en revue certains documents avec vous.

Elle s'arrêta quand Ben entra, chargé d'une boîte de mouchoirs en papier et d'une bouteille de vin blanc frais.

— Nous n'avons pas l'habitude d'encourager les débordements d'émotion, expliqua-t-elle tandis que le jeune homme posait précautionneusement la bouteille sur son bureau, mais quand on a un client de ce calibre…

— … vous le laissez verser quelques larmes.

Natasha sourit.

— Et allégeons sa peine avec un verre de son chablis préféré.

— Dans ce coin de la ville, j'aurais cru qu'on se soignait à la Special Brew.

Avocat renommé, spécialiste du divorce, Michael Harrington dissimulait son esprit affûté derrière son charme et ses manières badines. Natasha n'oublierait jamais la première fois qu'elle l'avait vu plaider ; elle était alors stagiaire, et lui avocat de la partie adverse. Elle avait regretté de ne pas avoir de magnétophone afin de pouvoir imiter plus tard la légèreté trompeuse avec laquelle il avait entamé la défense de leur client.

— OK. (Elle jeta un coup d'œil à sa montre.) Pour résumer, marié douze ans, seconde épouse, une dispute au sujet de la rapidité avec laquelle elle et M. Persey se sont mis ensemble après le départ de sa première femme. Il y a exactement un an, elle l'a surpris avec la fille au pair. Rien que de très banal. Nous avons deux problèmes. Un, il n'y a pas d'accord sur le plan financier, au motif d'une déclaration des biens insuffisante. Deux, elle refuse de respecter le droit de visite au prétexte qu'il a été physiquement et psychologiquement violent avec elle durant leur vie commune, et a verbalement agressé leur fille de onze ans.

— Ça sent mauvais.

— Je ne vous le fais pas dire. Il n'est suggéré nulle part dans les rapports que cela se soit su au cours de leurs années de mariage. (Natasha feuilleta son dossier.) Elle soutient qu'elle a tout fait pour le cacher, ne voulant pas entacher sa réputation dans la communauté des affaires. Désormais, dit-elle, elle n'a plus rien à perdre. Mais il menace de revenir sur sa proposition d'accord financier depuis qu'elle lui nie le droit de visite.

» Inutile de vous dire que cette affaire va être très médiatisée, étant donné sa notoriété à lui. L'audience est prévue à la Cour royale de justice. La médiation a été un fiasco total. Par ailleurs, Mme Persey semble… Eh bien, elle semble très décidée à rendre publique sa version des faits. Je fais mon possible pour la dissuader de s'adresser à la presse.

Natasha se tut, joignant les extrémités de ses doigts.

— Vous ne tarderez pas à vous apercevoir, Michael, qu'elle n'est pas la cliente la plus facile à représenter.

Ben passa la tête par la porte.

— Elle est là.

Après un bref regard à sa collègue, Michael fut debout, mains tendues, prêt à accueillir Mme Persey.

Natasha avait vu de nombreuses femmes battues depuis qu'elle travaillait chez Davison Briscoe. Elle avait représenté des enfants dont les mères juraient que leur homme ne ferait pas de mal à une mouche, alors que des points de suture fleurissaient sur leurs pommettes et que des ecchymoses violettes s'étalaient sous leurs yeux. Elle avait vu des femmes rendues si timides par des années de violence conjugale qu'elles ne pouvaient parler que d'une voix à peine audible. Elle n'avait jamais rencontré quelqu'un comme Georgina Persey.

— Il recommence à me menacer ! (Elle avait posé les deux mains sur le bras de Natasha avant même que Ben ait fermé la porte du bureau, lui enfonçant ses ongles brillants dans la chair.) Il m'a téléphoné hier soir pour me dire que s'il ne voyait pas Lucy, il ferait en sorte que j'aie un accident.

Ses cheveux rebondissaient sur ses épaules en longues boucles soyeuses. Ses vêtements de créateur pendaient sur son corps sec, réduit à l'essentiel par des années d'exercice et de négation. Son visage parfaitement maquillé paraissait irrémédiablement figé en un rictus indigné. Quand elle parlait, tout l'air semblait être aspiré hors de la pièce.

— Je vous en prie, asseyez-vous, madame Persey. (Natasha lui offrit un siège, puis lui versa un verre de vin qu'elle lui tendit.) Puis-je vous présenter Michael Harrington ? Le conseiller de la reine dont nous avions parlé ? C'est lui qui vous représentera au tribunal.

Mme Persey ne sembla pas l'avoir entendue.

— Je lui ai dit que j'avais tout enregistré. Ses menaces. C'est faux, bien sûr, mais j'avais tellement peur. Je lui ai dit que s'il me faisait quoi que ce soit, je vous donnerais la cassette. Et vous savez ce qu'il a fait ? Il a ri. Et j'ai entendu cette salope rire aussi derrière lui. (Elle lança un regard suppliant à Michael Harrington.) Il a bloqué mes cartes de crédit. Avez-vous une idée de combien il est humiliant de voir votre carte refusée chez *Harvey Nichols* ? Il y avait des gens que je connaissais dans la queue derrière moi.

— Nous ferons notre possible pour obtenir un accord provisoire dans les prochains jours.

— Je veux une injonction d'éloignement. Je ne veux plus qu'il approche de la maison.

— Madame Persey, intervint Natasha, je vous ai expliqué que sans éléments matériels prouvant que votre fille et vous courez un risque qu'il vous fasse du mal, nous avons les mains liées.

— Il veut me rendre folle, maître. Il cherche à m'intimider afin de me faire passer pour une femme dérangée et que le juge me prenne ma fille.

En présence de l'avocat, elle ne s'adressait qu'à lui. Natasha comprit qu'elle était de ces femmes qui méprisaient les autres représentantes de leur sexe.

— Madame Persey. (Michael Harrington s'assit à côté d'elle.) D'après les documents que j'ai pu lire jusqu'à présent, je dois vous avertir que nous risquons beaucoup plus que vous ne perdiez du fait de votre non-respect des décisions de la cour que de n'importe quelle suggestion d'instabilité mentale.

— Je ne laisserai *jamais* ma fille entre ses mains, déclara-t-elle avec emphase. (Puis, se tournant vers Natasha comme si elle venait de remarquer sa présence, elle retroussa une manche et lui tendit son bras nu. Une longue cicatrice blanche remontait vers le coude.) Ça, c'est quand il m'a poussée dans l'escalier. Vous le croyez incapable de faire la même chose à Lucy ? Vous pensez raisonnable que je confie ma fille à cet individu ?

Michael examinait un document. Natasha se pencha en avant.

— Encore une fois, nous avons besoin de corroborer vos déclarations en ce qui concerne le risque encouru par Lucy. Vous m'avez dit qu'à une occasion la nounou avait vu votre mari vous frapper. Pourtant, il n'en est pas question dans sa déposition.

— C'était la nounou du Guatemala, pas la Polonaise.

— Pouvons-nous lui demander de faire une déclaration ?

— Comment le saurais-je ? Elle est repartie au Guatemala ! Bonne à rien. Il a fallu la renvoyer. (Elle but une gorgée de vin.) Je l'ai surprise en train d'essayer mes vêtements. Comme s'ils pouvaient lui aller ! Elle faisait bien une taille quarante.

Michael Harrington reboucha son stylo.

— Madame Persey, quelqu'un a-t-il été témoin d'un quelconque acte de violence à votre encontre ou à l'égard de votre fille ?

— Je vous l'ai dit ! Il est tellement malin ! Il agissait toujours derrière les portes closes. Il disait que personne ne me croirait.

Elle éclata en sanglots. Natasha croisa le regard de Michael et saisit la boîte de mouchoirs, qu'elle tendit à sa cliente.

— Je vais contacter la presse ! déclara Mme Persey en lui lançant un regard plein de défi. Je vais révéler au monde qui il est vraiment... qui ils sont, lui et sa pute.

— Je suggère que nous attendions encore un tout petit peu avant d'aller voir les médias, intervint Michael avec diplomatie. Cela ne nous attirera pas les faveurs du juge, et il est essentiel que nous paraissions irréprochables dans nos agissements.

— Vous en êtes sûr ?

Les deux avocats hochèrent la tête.

— Mais c'est tellement affreux ! dit-elle en pleurant bruyamment, le nez enfoui dans un mouchoir. Affreux.

— Prenez votre temps, madame Persey, dit Michael pendant qu'elle sanglotait.

Forcément, quand on facture trois cent cinquante livres de l'heure, on n'est pas pressé, songea Natasha en voyant l'heure tourner.

— À présent, reprenons depuis le début. Il est essentiel que nous abordions les choses correctement.

Natasha envoya un texto à Ben.

Rentre chez toi. Nous en avons pour un moment.
À demain.

Passer du temps avec des gens fortunés faisait un peu le même effet que lire des magazines de décoration, se dit Natasha en examinant les vêtements étalés sur son lit. Cela vous rendait insatisfait de votre sort. Après avoir observé cette femme à la peau parfaite, avec ses habits en soie et cachemire à la coupe exquise, ses minuscules chaussures de créateur, sa propre garde-robe lui paraissait soudain affreusement banale, et sa silhouette pourtant tout à fait acceptable sans grâce. Au moins, se rassura-t-elle en pliant son jean, elle avait mieux survécu à sa séparation que Georgina Persey. La femme avait continué sur le même ton pendant une heure, n'écoutant pas les conseils qui lui étaient prodigués, se contredisant elle-même dans un mélange confus de fureur, d'amertume et peut-être d'angoisse sincère. Quand elle partit, Michael Harrington lui-même était anéanti.

Debout près de son lit, Natasha sursauta en entendant la porte d'entrée s'ouvrir. Il y eut un bref silence, comme si Mac se demandait ce qu'il devait dire, puis elle l'entendit lancer un « Salut » hésitant depuis le vestibule.

Elle serra les mâchoires involontairement ; salut, chérie, je suis rentré, comme s'ils formaient de nouveau un couple heureux. Elle attendit un moment, puis cria : « Je suis en haut », en prenant garde que cela ne sonne pas comme une invitation.

Exaspérée, Natasha l'entendit monter quand même. Sa tête apparut dans l'ouverture de la porte, bientôt suivie par son corps.

— Je vais me commander à dîner. Tu veux quelque chose ?

— Non, répondit-elle. Je… Je sors.

— Tu pars, corrigea-t-il, ayant clairement remarqué la valise.

— Seulement pour le week-end.

Elle marcha jusqu'à sa commode et en sortit deux hauts pliés.

— Un endroit sympa ?

— Dans le Kent.

Elle avait hésité à lui parler du cottage qu'elle louait depuis son départ. Mais elle redoutait que, estimant qu'elle avait un autre endroit où vivre, il ne se sente encouragé à revendiquer ses droits sur la maison. Conor l'avait mise en garde et dissuadée de révéler quoi que ce soit à Mac, aussi gentil qu'il paraisse : « Ça se retourne toujours contre toi à la fin. »

— Tu as donc la maison pour toi ce week-end, ajouta-t-elle.

Elle disposa les vêtements dans la valise et se rendit dans la salle de bains attenante pour prendre sa crème hydratante et son maquillage.

Les mains profondément enfoncées dans les poches de son jean, Mac regardait autour de lui, mal à l'aise, comme pris d'assaut par les souvenirs des moments qu'ils avaient partagés dans cette chambre.

Elle s'aperçut qu'elle n'avait rien changé dans la pièce depuis qu'il était parti. C'était l'une des raisons, suspectait-elle, pour lesquelles Conor n'aimait pas rester dormir.

— Bon, dit-il. Je vais pouvoir faire la fête toute la nuit.

Elle fit volte-face.

— Je plaisante. Tu oublies ta brosse.

Elle hésita, puis la prit. Elle ne pouvait lui dire qu'elle en avait une au cottage. Mac se passa une main sur la nuque.

— Je suppose que tu passes le week-end avec Conor ?

Elle continua de ranger ses affaires dans sa valise en lui tournant le dos.

— Oui.

— Comment va-t-il ?

— Bien.

— Écoute. Si tu as besoin, dis-le-moi, je peux disparaître pour la soirée. Je ne veux marcher sur les pieds de personne. Ne te sens surtout pas obligée de partir.

— Ce n'est pas le cas… je veux dire, tu ne marches sur les pieds de personne, mentit-elle. Nous partons presque tous les week-ends.

— J'ai des endroits où aller. N'hésite pas.

Elle continua ses préparatifs. La présence de Mac la rendait de plus en plus mal à l'aise ; elle se sentait bizarrement envahie. La chambre était son sanctuaire, le seul endroit qui semblait encore lui appartenir depuis son retour. Le voir là était un rappel sinistre de l'époque où ils se laissaient joyeusement tomber sur le lit, des journées passées à regarder des DVD en mangeant des tartines brûlées… des nuits où, séparée de lui par vingt froids centimètres de matelas, elle restait allongée en se sentant la personne la plus seule au monde.

Baskets, bottes, jean. Brosse. Elle essaya de mettre de l'ordre dans ses pensées.

— Tu pars où dans le Kent ? demanda-t-il.

— Tu me fais quoi, là ? Le jeu des vingt questions ?

Ça lui avait échappé.

— J'essaie juste d'être poli, Tash. Nous nous évitons toute la journée. Nous devrions au moins être capables d'avoir une conversation, comme des gens civilisés. (Il poursuivit d'une voix calme.) Après tout, c'est moi qui me retrouve à saluer ma femme…

— Ex-femme.

— … presque ex-femme qui part en week-end avec son amant. Je trouve ça plutôt civilisé, pas toi ? Tu ne peux vraiment pas faire un petit effort ?

Elle aurait voulu lui dire qu'elle trouvait cela difficile, bien plus qu'elle ne s'y était attendue, mais cet aveu lui aurait donné l'impression de trop en révéler.

— Nous…, commença-t-elle. Dans un petit village proche de la frontière avec le Sussex.

Il fronça les sourcils, frottant le plancher verni du bout de sa chaussure.

— Bon. Tu ne m'auras plus longtemps dans les pattes. L'agence a appelé pour me dire qu'ils avaient réglé les derniers détails. La maison sera sur le marché demain.

Encore cette impression de recevoir un coup de poing dans le ventre. Le souffle coupé, elle se tenait debout au milieu de la pièce, une paire de bottes pendant au bout de son bras ballant.

— Nous étions d'accord, Tash, dit-il en voyant son expression.

— Arrête de m'appeler comme ça, rétorqua-t-elle d'un ton irrité. C'est Natasha.

— Je suis désolé. Si j'avais assez d'argent pour l'éviter, je ne le ferais pas. L'idée de vendre la maison ne m'enchante pas non plus. N'oublie pas le temps que je lui ai consacré.

Elle serra les bottes contre elle. Dehors, quelqu'un avait mis de la musique à plein volume, et les pulsations rebondissaient implacablement sur les façades des maisons mitoyennes.

— Mais peut-être que nous finirons par nous y faire, ajouta-t-il.

— J'en doute, dit-elle vivement. Mais puisqu'il faut en passer par là, finissons-en.

Elle fit glisser la fermeture Éclair de sa valise et, avec un bref sourire froid, Natasha passa devant son futur ex-mari et descendit l'escalier.

CHAPITRE 7

« Tout signal soudain ne manquera pas de déconcerter un cheval fougueux, de la même façon qu'un homme est déconcerté par une image, ou un son, ou toute autre expérience soudaine. »

Xénophon, *De l'art équestre.*

Octobre

Ils l'avaient encore changé de place, et Sarah mit vingt minutes à le localiser. Il était de nouveau au service de neurologie, dans l'unité réservée aux patients ayant souffert d'un AVC, où ils l'avaient gardé jusqu'à la semaine précédente quand une pneumonie l'avait renvoyé aux soins intensifs.

— Nous espérions qu'il aurait un peu plus récupéré à ce stade, expliqua l'infirmière en guidant Sarah jusqu'aux rideaux qui isolaient le lit de son grand-père. C'est la dysphagie, une difficulté à avaler. Pauvre garçon, il lutte un peu…

— Ce n'est pas un garçon, protesta sèchement Sarah. Il a soixante-quatorze ans.

L'infirmière ralentit, comme si elle s'apprêtait à dire quelque chose, puis elle repartit vivement, de telle façon que Sarah dut presser le pas pour ne pas se laisser distancer. Elle s'arrêta devant un rideau bleu à fleurs qu'elle tira afin de laisser passer l'adolescente.

Celle-ci approcha une chaise du lit, dont la partie supérieure avait été relevée de telle sorte que Papa soit à moitié assis. Le cœur de Sarah se serra à la vue de son menton grisé reposant mollement sur son torse. Elle n'avait jamais vu son grand-père avec plus qu'une barbe naissante de fin de journée, et savait que ce laisser-aller devait le faire souffrir.

Sans bruit, elle ouvrit le petit placard à côté de son lit afin de vérifier que ses affaires avaient bien été rapatriées. Il lui fallait souvent courir après les infirmières pour remettre la main dessus. Depuis son arrivée à l'hôpital, deux de ses pyjamas avaient disparu, ainsi qu'un savon neuf et un paquet de rasoirs qu'elle avait apportés. Elle passa l'étagère en revue et repéra, soulagée, sa trousse de toilette, une petite serviette et la photo de lui et Nana, qu'elle sortit et posa en haut du placard. Si elle la positionnait correctement, il pourrait la regarder toute la journée.

Elle jeta un coup d'œil à sa montre, essayant de calculer le temps dont elle disposait. Les Hewitt avaient des idées très arrêtées en matière d'horaires. Elle avait eu beau leur expliquer où elle allait, ils lui avaient demandé d'être rentrée à 16 heures au plus tard. Il était déjà presque 14 heures. Elle n'arriverait donc jamais à Sparepenny Lane à temps pour sortir Boo.

Elle toucha la main de son grand-père. Au contact de sa peau, sèche comme du papier, quelque chose en elle se contracta. Ces quatre semaines d'hospitalisation semblaient l'avoir vidé de sa substance, dépouillé de sa robustesse. Il était difficile de voir en lui celui qui avait monté un cheval cabré quelques semaines auparavant. Le renversement de leurs positions lui donnait le vertige, elle se sentait déracinée, il lui semblait que plus rien dans son monde n'avait de sens.

— Papa ?

Il ouvrit un œil et posa son regard vide sur la couverture. Elle se demanda s'il essayait de comprendre où il était. Puis il leva lentement la tête.

— Papa ?

Il affichait une expression neutre. Elle jeta un coup d'œil à l'étalage de médicaments sur le chariot à côté de lui. Il serait sous antibiotiques pendant quelques semaines, lui avaient dit les infirmières. Il ne fallait prendre aucun risque. Elle tendit le bras et lui mit ses lunettes.

— Je t'ai apporté un yaourt.

Depuis qu'on lui avait ôté le tube de la gorge, elle essayait presque à chaque visite d'apporter un aliment qu'il pourrait facilement avaler. Elle savait qu'il détestait la nourriture d'hôpital. Son regard s'adoucit, et elle vit qu'il la reconnaissait. Elle posa une main sur la sienne.

— À la cerise noire. Ceux que tu préfères.

Sa main se serra sous la sienne.

— Je voulais te dire aussi que le poil d'hiver de Boo commence à pousser, mais il va très bien. Nous avons beaucoup pratiqué la transition pas-petit galop hier, et il n'a pas accéléré une seule fois. J'ai augmenté un peu ses rations, vu que les nuits sont plus froides. Je lui donne une louche supplémentaire de betterave à sucre, c'est bien ?

Elle reçut en guise de réponse un hochement de tête à peine perceptible, mais cela lui suffit. Les choses étaient telles qu'elles devaient être : elle cherchant son approbation.

— J'irai le voir en sortant d'ici. Je me suis dit que je pourrais l'emmener jusqu'aux marais. Impossible d'aller au parc : on est samedi, il y a trop de monde. Mais il sera content de pouvoir se détendre.

Cette dernière partie était un mensonge, mais, ces temps-ci, Sarah enjolivait la réalité. Il était important que Papa n'ait que des choses agréables à penser pendant qu'il était allongé là sans pouvoir rien faire.

— Et la nouvelle famille chez qui j'habite est sympa. Beaucoup de nourriture, mais pas aussi bonne que ce que nous mangeons chez nous. Quand tu rentreras, je vais nous mitonner un délicieux ragoût de poisson avec plein d'ail, comme tu l'aimes.

Les doigts de son grand-père se tordirent sous sa main. C'était sa mauvaise main, celle qu'il avait du mal à soulever. Elle continua à bavarder, comme si parler de tout et de rien finirait par faire revenir un peu de normalité dans leurs vies.

— Tu veux de l'eau ? demanda-t-elle pour finir.

Elle tendit un gobelet en plastique. Il inclina légèrement la tête. Elle porta le gobelet à ses lèvres et inclina son menton de sa main libre, de façon que l'eau lui coule dans la bouche. Elle avait perdu sa réticence du début à accomplir ce genre de geste pour lui. Elle avait découvert que, si elle ne s'en chargeait pas, il y avait peu de chances que quelqu'un d'autre le fasse.

— *Temps**, articula-t-il.

Elle le regarda.

— Pain. *Chapeau**.

Il ferma les yeux, irrité.

— Tu veux que j'appelle l'infirmière ?

Un froncement de sourcils.

— Laisse-moi te redresser un peu.

Elle passa les bras dans son dos pour saisir l'oreiller, essayant de remonter son grand-père afin qu'il soit moins affaissé. Elle ajusta la position du lit d'un geste qui traduisait son expérience, puis arrangea le col de sa veste de pyjama autour de son cou afin de lui donner une apparence un peu plus digne.

— C'est mieux ?

Il hocha la tête. Il affichait une expression défaite.

— OK. Ne te laisse pas abattre, Papa. Le médecin dit que ça va venir, mais que ça peut être la dernière chose que tu récupères. Rappelle-toi. Et tu as été malade. Tous les médicaments que tu as pris n'ont pas dû aider. Ça a dû t'embrouiller l'esprit.

Une ombre contrariée lui voila le regard. Il avait horreur d'être traité comme un enfant. Et puis elle vit les yeux du vieil homme glisser vers son sac sur la table.

— Le yaourt. Tu veux le yaourt ?

Il soupira, et ses traits se détendirent sous l'effet du soulagement.

— *Chapeau**, répéta-t-il.

— OK, dit Sarah. *Chapeau**.

Elle sortit une petite cuillère de son sac et ôta le couvercle du pot.

Malgré la perspective acquise avec une année de distance, il était difficile d'identifier ce qui avait provoqué la fin de leur mariage. Peut-être était-il vain de chercher une cause dans ce genre de situation. Peut-être que tout ce que vous pouviez demander, c'était la vérité de deux personnes. Une vérité de tribunal ; pas absolue, seulement celle des points de vue, en fonction de qui argumentait le mieux. Mais, d'une façon ou d'une autre, tout s'était terminé bien avant qu'ils n'aient l'occasion d'en débattre.

Durant les journées qui avaient suivi le départ de Mac, Natasha s'était dit que c'était pour le mieux. Ils avaient des caractères fondamentalement différents. La colère qu'elle éprouvait en permanence l'avait vidée et transformée en quelqu'un qu'elle n'aimait pas, et il était clair que, la dernière année, ni l'un ni l'autre n'avait été heureux. S'ils avaient passé plus de temps ensemble, ils s'en seraient probablement rendu compte plus tôt. Voilà ce qu'elle s'était répété bien souvent.

Néanmoins, elle avait été incapable de rester assise seule dans la maison de Londres. Après tout, c'était, comme il avait l'habitude de le chanter, « The House That Mac Built », et il en avait imprégné le moindre centimètre carré. Dans toutes les pièces résonnait l'écho de ce qu'elle avait perdu : dans la cage d'escalier qu'il avait entièrement refaite et les marches qu'il avait dû monter à deux reprises, dans les espaces vides laissés par ses livres, CD, vêtements. Il avait entreposé la plupart de ses affaires dans un garde-meubles, et même ça, ça l'avait contrariée : l'idée que ces objets qu'ils avaient aimés, choisis ensemble, s'entassent dans un lieu impersonnel parce qu'il préférait les garder enfermés, inutiles, plutôt que de permettre que des bribes de lui puissent encore partager le quotidien de Natasha.

— Je viendrai chercher le reste d'ici une semaine ou deux, avait-il dit tandis qu'elle restait plantée dans l'entrée, comme enracinée.

Elle se rappelait la sensation des dalles froides sous ses pieds nus. Elle avait hoché la tête, comme si c'était la réaction appropriée. Puis, quand la porte s'était refermée derrière lui, elle s'était laissée glisser lentement contre le mur jusqu'au sol. Elle était restée assise là pendant un temps indéfini, sous le choc de ce qui venait de se produire.

Au cours des semaines qui suivirent, bien avant que sa famille et ses amis apprennent que son couple n'était plus, pendant les week-ends, tôt le matin ou tard le soir – chaque fois qu'il lui était impossible d'être au bureau et de se perdre dans le travail –, elle prenait sa voiture et conduisait. Elle parcourait les rues de la ville, les autoroutes surélevées, passait sous des ponts et sur des quatre-voies faiblement éclairées, ne s'arrêtant que pour faire le plein. Elle roulait en écoutant à la radio des émissions où les appels des auditeurs étaient censés lui rappeler que sa vie n'était pas si mal… en vain, curieusement. Elle écoutait des émissions politiques, des reportages et des feuilletons. Pas de musique, l'équivalent auditif d'une promenade au milieu d'un champ de mines : juste au moment où vous pensiez remonter la pente, une chanson vous pulvérisait sans prévenir. Oh, nous avons dansé sur celle-ci, passé celle-là lors d'un barbecue… Elle tripotait le bouton des stations tandis que les larmes ruisselaient sur ses joues. Mieux valait écouter les infos, secouer la tête d'un air réprobateur en entendant les gros titres et s'émerveiller devant des paysages fabuleux.

Son cerveau en mode veille gardait deux fonctions actives : écouter et conduire. Et puis, un samedi matin, elle s'était retrouvée dans le Kent. Sentant un tiraillement inattendu dans son estomac, elle s'était rendu compte qu'elle n'avait pas mangé depuis la veille. Elle avait alors aperçu un salon de thé à la devanture faussement ancienne, de ceux où l'on servait des clichés de l'Angleterre aux touristes. Après avoir mangé la moitié d'un petit pain beurré (cela faisait des semaines qu'elle devait se faire violence pour avaler quoi que ce soit), elle avait payé et était sortie marcher. C'était une matinée humide d'automne. En parcourant les ruelles du village, savourant les odeurs de fumée et de feuilles mortes, le goût âcre et amer des prunelles dans les haies, elle avait été surprise de se sentir un peu mieux.

C'est alors qu'elle était tombée sur la petite maison avec le panneau « À louer », à mi-chemin d'une voie qui semblait ne mener qu'à une ferme. Sans même prendre la peine d'en faire le tour, elle avait appelé l'agence et laissé un message disant que si la maison était toujours disponible, elle la louerait. L'argent ne faisait pas le bonheur, songea-t-elle plus tard, mais il vous permettait certainement d'aller vous lamenter dans des endroits agréables.

Conor se joignait à elle presque tous les week-ends qu'il ne passait pas avec ses fils. Il n'avait aucun sens pratique, à la différence de Mac, mais était heureux de lui tenir compagnie. Il lisait les journaux allongé sur le canapé, faisait un feu pour le simple plaisir de le regarder ensuite, ou l'aidait à préparer un repas en vitesse. Dès que le temps le permettait, il s'asseyait dehors et sirotait une bière pendant qu'elle taillait et élaguait, essayant de donner forme au jardin. Elle n'y connaissait pas grand-chose en plantes, mais découvrit rapidement qu'elle prenait plaisir à désherber ou effectuer d'autres petites tâches dans un jardin, ainsi distraite des innombrables misères de la vie urbaine et autres contrariétés émaillant son travail. Cela faisait presque un an qu'elle louait le cottage, et tous ses efforts et l'énergie investie dans le jardin avaient payé cet été : des plantes vivaces avaient surgi de la terre enrichie, des roses s'étaient épanouies, les pommiers avaient donné des fruits. La femme de la ferme au bout du chemin – qui, comme elle l'avait appris par la suite, n'était pas une ferme, mais une écurie – avait déposé des sacs de fumier devant la grille.

— Non, je ne veux rien, avait-elle dit de son ton un peu brusque. J'en suis inondée. Plus vous en entasserez sous vos rosiers, mieux ils se porteront.

La maison du Kent lui avait apporté un certain apaisement. Elle n'était chargée d'aucune histoire et requérait une attention pratique constante. Les week-ends où elle ne s'y rendait pas, Natasha tournait en rond.

À présent, elle avait une nouvelle raison d'éviter d'être à Londres.

Mac avait mis presque un an à emporter les affaires qu'il avait laissées.

— Alors... que faisaient les garçons ce week-end ?

— Pas très sûr. Je crois qu'elle les emmenait chez sa mère.

— Pas très sûr ? Ça ne te ressemble pas.

— Ouais... Disons qu'elle s'est montrée tellement acerbe quand je les ai déposés que je n'ai pas cherché à faire la conversation.

La bouche de Conor se tordit pendant qu'il parlait.

Natasha ne manquait jamais de s'étonner face aux manifestations physiques de la rancœur qui rongeait Conor chaque fois qu'il évoquait son ex-femme.

— Mais tu m'as dit que faire du patin leur avait plu, lui rappela-t-elle.

Ils étaient dans la voiture de sport spéciale crise de la quarantaine de Conor. Il leva les yeux vers le rétroviseur intérieur et changea de voie, puis poursuivit d'un ton plus léger :

— Ils ont adoré. Moi, j'ai dû avoir l'air d'une grand-mère, mais au bout de vingt minutes, ces deux-là filaient en arrière sur la glace comme deux bolides. Tu aurais de l'eau à portée de main ? Bon sang, je meurs de soif !

Elle plongea la main dans son sac et en sortit une petite bouteille dont elle dévissa le bouchon. Il la porta à ses lèvres et but.

— Est-ce que tu les as emmenés au restaurant dont je t'ai parlé ? Celui avec le magicien ?

— Oui, dit-il. Ils ont adoré. Désolé, j'ai complètement oublié de te le dire.

— Tu crois qu'ils aimeraient y retourner ?

— Pourquoi pas ? (Il but une autre longue gorgée.) Je les y emmènerai peut-être dimanche prochain. Je suis presque sûr qu'ils le passeront avec moi.

Natasha le regarda, puis saisit la bouteille qu'il lui tendait. Elle restait rarement dormir chez Conor ; elle n'avait jamais vu un intérieur aussi austère et impersonnel. À part deux photos de ses garçons, quelques jouets çà et là, une literie aux couleurs vives dans la seconde chambre, on aurait pu se croire dans une suite d'hôtel. Conor vivait dans un décor à l'esthétique monacale. Bien qu'il possède une machine à laver, son linge sale était emporté puis rapporté, prêt à être enfilé : il n'aimait pas voir des vêtements traîner, lui avait-il expliqué. Il ne cuisinait pas : à quoi bon, si les restaurants de son quartier s'acquittaient bien mieux de cette tâche ? La cuisine étincelait, inutile, nettoyée deux fois par semaine sans raison.

Elle le soupçonnait de s'indigner encore de sa nouvelle vie, voyant dans son refus de s'approprier son luxueux appartement une façon de dire qu'il n'avait pas l'intention de s'y éterniser. Il se détendait un peu dans le cottage du Kent : quand il préparait le feu, lançait un barbecue ou réorganisait le contenu d'une étagère, elle avait un aperçu de l'homme dévoué qu'il avait pu être.

— Tu sais... Je ne suis pas censé dire quoi que ce soit, mais si l'affaire Persey se passe bien, il se pourrait que Richard souhaite s'entretenir avec toi.

— À quel sujet ?

— Oh, allez ! Ne fais pas semblant...

Un petit sourire flottait sur ses lèvres.

— Il envisage de me nommer associée ?

— N'aie pas l'air si surprise. Tu nous as amené des clients ces derniers temps, et le dossier Persey élève notre profil. Je sais qu'il s'inquiétait de te voir te spécialiser de plus en plus en droit de la famille, mais il est surpris que ça paie aussi vite. Qu'est-ce que tu as de prévu la semaine prochaine ?

Elle s'efforça de se retenir de s'emballer, car ses pensées avaient volé dans des directions inattendues.

— Une autre réunion avec Harrington au sujet de Persey. Un enlèvement d'enfant. Oh, et un problème d'âge pour un jeune demandeur d'asile. Encore un dossier de Ravi. (Se souvenant qu'elle n'avait pas consulté son téléphone ce matin-là, elle le sortit de son sac.) Le gosse arrive sans papiers, affirme avoir quinze ans, les autorités locales soutiennent que non.

C'était un « section 17 » : les autorités seraient dans l'obligation de payer sa prise en charge. S'ils parvenaient à prouver qu'il était plus âgé, il serait transféré au Service national de soutien en matière d'asile. C'était toujours une question d'argent.

— Tu vas t'en charger ?

— Ça va être dur. C'est à nous de prouver qu'il est mineur. Mon seul espoir est de gagner sur la procédure, car aucun rapport n'a été effectué après que la question de l'âge a été soulevée. Je vais les affronter sur ce point.

La documentation sur l'enfant était chaotique, et de telles affaires étaient de plus en plus difficiles à remporter : la pression politique venue d'en haut était telle que la plupart des jeunes demandeurs d'asile étaient soit considérés comme adultes, soit simplement renvoyés chez eux.

— Tu as l'air d'avoir des doutes sur son âge.

— Je ne sais pas quoi penser. Il m'a paru imberbe, mais il pourrait mentir. Ils prétendent tous avoir quinze ans, ces temps-ci.

— Voilà une réflexion bien cynique, Championne. Ça ne te ressemble pas.

— Eh bien, c'est la vérité. À moins que le nombre de gamins au menton piquant ne soit en forte augmentation.

Elle sentait son regard sur elle.

— Tu n'as jamais rien dit à personne au sujet de ce gosse iranien, n'est-ce pas ? demanda Conor.

Elle leva les yeux vers lui, et il poursuivit :

— Celui dont tu n'arrêtais pas de me parler... M. Kilomètres. Qui ne venait pas de l'endroit dont il prétendait venir. Et n'allait pas là où il était censé aller.

— Ali Ahmadi ? Non.

— Même pas au travailleur social ?

Elle croisa les bras.

— Qu'est-ce que j'aurais dit ? Ça n'aurait servi à rien.

— Bien. Ça aurait vraiment pu te porter préjudice. Ton boulot ne consiste pas à juger les gens, mais à représenter tes clients au mieux à partir des informations dont tu disposes.

(Il la sonda du regard, se rendant compte que sa remarque avait pu paraître condescendante.) Il m'a juste semblé que tu avais pris son cas beaucoup trop à cœur. D'accord, le garçon n'aurait jamais pu marcher aussi vite, mais il n'essayait pas de te tromper personnellement.

— Je sais.

Néanmoins, elle l'avait pris personnellement : elle détestait qu'on lui mente. C'était pour ça qu'elle avait si longtemps culpabilisé vis-à-vis de Mac.

— Tu ne pouvais pas deviner ce qu'il allait faire.

— Je *sais*, dit-elle. Tu as raison. Mais… ça a quand même changé mon regard sur les autres. Maintenant, je lis les dossiers en cherchant les failles.

— Ce n'est pas ton travail d'examiner leurs histoires à la loupe.

— Peut-être, mais toujours est-il que ce qui attend ce gosse, c'est la cour d'assises. Et c'est en partie à cause de moi.

Conor secoua la tête.

— Tu es beaucoup trop dure avec toi-même. Tu n'as pas à rendre compte de la nature humaine. Bon sang, si je me mettais à éplucher les histoires de tous les gens que je représente, je n'aurais plus de boulot.

Elle dévissa le bouchon de la bouteille et but quelques gorgées.

— La plupart du temps, j'arrive à me convaincre que je travaille pour la bonne cause. Je pense être du bon côté de la loi. Je ne cherche pas à dire que ta position est répréhensible, mais ce travail ne nous a jamais intéressés pour les mêmes raisons.

— Tu veux dire l'argent, en ce qui me concerne.

— Exactement. (Elle rit.) Mais l'affaire Ahmadi… Eh bien, je suppose que oui, cela m'a rendue cynique, et c'est le contraire de ce que je veux être.

Conor sourit de toutes ses dents.

— Remets-toi, fillette. Pour échapper au cynisme, il aurait fallu travailler dans un hospice, pas dans un cabinet d'avocats.

Conor n'était pas un homme possessif. Il s'était même donné beaucoup de mal depuis le début de leur relation pour établir clairement qu'il n'était disposé à aucune forme d'engagement. Il ne jouait pas avec elle : il était là quand il avait dit qu'il viendrait, téléphonait quand il avait promis de le faire, tout en maintenant des murs invisibles autour de lui. Il n'exprimait aucun désir, aucun besoin. Il était affectueux sans jamais suggérer que cela signifiait quoi que ce soit. Elle n'avait donc eu aucune raison de croire que ses nouvelles dispositions domestiques pourraient poser un problème. Jusqu'à ce que, alors qu'ils déchargeaient sa voiture, elle l'informe de la situation.

— Ça fait une semaine qu'il est là ?

Conor posa sa valise.

— Depuis mardi.

— Et il ne t'est pas venu à l'esprit de me le dire ?

— Je t'ai à peine vu cette semaine. Et c'était difficile. Je n'allais pas te chuchoter en passant devant toi à la fin d'une audience : « Bonjour, chéri, mon ex-mari a réemménagé à la maison. »

— Tu aurais pu me téléphoner.

— Oui, mais je n'en ai pas eu envie. Je répète : ça m'a paru délicat.

— Oui, j'imagine.

Il ramassa sa valise et un sac de courses, puis entra dans la maison, le dos raide.

— Mais ça ne l'est pas, n'est-ce pas ? dit-elle en percevant la note piquante dans la voix de Conor.

— Je ne sais pas, Natasha. À toi de me le dire.

Sa voix était excessivement calme. Elle le suivit dans la cuisine. Elle avait laissé des fleurs sur l'évier le week-end précédent, et elles s'étaient flétries, leurs pétales bruns s'incurvant sur le bord du vase.

— Il n'a nulle part où aller, et la moitié de la maison lui appartient.

Conor se tourna pour lui faire face.

— Je pourrais être malade en phase terminale, fauché et lobotomisé, tu ne me verrais pas m'approcher à moins de dix mètres de mon ex et de sa maison.

— Eh bien, nous n'avons pas vécu la même chose que vous.

— Tu veux dire que vous n'avez pas divorcé. Je suis en train de rater un épisode, là ?

— Tu sais que nous allons le faire, Conor. C'est encore frais, voilà tout.

— Encore frais ? Ou toujours pas clair ?

Il avait commencé à vider le sac de courses avec une vigueur inutile. Bien qu'il lui tournât le dos, elle discernait la tension dans sa mâchoire.

— Tu es sérieux ?

— Tu viens de m'annoncer que ton pas-tout-à-fait-ex-mari vient de réemménager chez toi. Comment pourrais-je ne pas être sérieux ?

Natasha passa devant lui, hérissée.

— Bon sang, Conor ! Comme si ma vie n'était pas assez compliquée comme ça, merde ! Tu es la dernière personne que j'imaginais capable de jouer les machos possessifs.

— Qu'est-ce que c'est censé vouloir signifier ?

— Tu refuses de partir en vacances avec moi, et maintenant tu me fais une scène à cause de la façon dont mon ex et moi partageons nos biens ?

— Ce n'est pas la même chose.

— Non ? Tu ne veux même pas me présenter à tes enfants.

Il leva les mains.

— Je le savais. Je savais que tu les mêlerais à ça.

— Eh bien, si tu souhaites vraiment avoir cette conversation, oui. Comment crois-tu que je me sente quand tu te comportes comme si je n'existais pas ? Tu n'envisages même pas que je passe prendre un café quand ils sont là.

— Ils sont encore sous le choc. Leur existence a été complètement bouleversée. Leur mère et moi pouvons à peine nous parler. Leur présenter leur maman numéro deux peut difficilement aider, si ?

— Pourquoi devrais-je être leur maman numéro deux ? Ne puis-je pas simplement être ton amie ?

— Tu crois que les enfants sont idiots ? Ils comprendront vite ce qui se passe.

Elle criait à présent :

— Eh bien, et alors ? Si nous sommes ensemble, je vais bien finir par devenir une composante dans leurs vies. À moins que ce ne soit moi qui sois en train de rater un épisode ?

— Bien sûr que non. Et, oui, nous sommes ensemble. Mais qu'est-ce qui presse, putain ?

Il reprit sur un ton moins virulent :

— Tu ne comprends pas les enfants, Natasha. C'est impossible quand on n'en a pas. Ils… Ils doivent passer en premier. Ils sont encore tellement sensibles. Tellement tristes de tout ce qui s'est passé. Je dois les protéger.

Elle le regarda fixement.

— Ah, bien sûr, je ne peux pas comprendre… Étant stérile, forcément…

— Oh, merde ! Natasha, ne le prends pas comme ça…

— Va te faire voir, siffla-t-elle.

Elle monta l'escalier quatre à quatre et s'enferma dans la salle de bains.

Les naseaux du cheval ressemblaient à des soucoupes, tellement dilatés qu'elle distinguait la chair rose au-delà du velours noir. Les yeux écarquillés, il agitait les oreilles d'avant en arrière, contrôlant constamment ce qui se passait derrière lui, ses jambes minces imitant un two-step élaboré.

Sal le Maltais descendit du sulky, marcha jusqu'à la tête du cheval et fit glisser sa paume sur son encolure luisante de sueur.

— Qu'en penses-tu, Vicente ? Je vais gagner de l'argent avec celui-là ?

Il commença à détacher le sulky du harnais et d'un geste signifia à son neveu de faire de même de l'autre côté.

— Il va surtout t'en coûter, si tu veux mon avis. Il a une démarche bizarre. Je n'aime pas ses jambes.

— Ce cheval a remporté quatorze courses sur quinze. Il a de meilleures jambes que toi. C'est l'équivalent équin d'un top model.

— Si tu le dis.

— Tu es incapable de distinguer un trotteur d'un ambleur. Ce cheval est bon, je le sens. Ralph ? Tu peux laver les jambes de mon cheval au jet pour moi ?

Ralph bondit pour prendre le cheval, qui, libéré du petit chariot, se mit à tourner gracieusement autour de l'écurie, forçant le garçon à empoigner ses rênes.

Sarah se faufila devant eux, après avoir refermé le portail derrière elle. Cowboy John n'avait pas l'air d'être là, et elle se sentait toujours un peu mal à l'aise en compagnie des hommes de Sal le Maltais. Il n'allait nulle part sans s'entourer d'une clique. Apparemment, il y avait une Mme Sal, tout comme la plupart de ses hommes avaient des femmes, mais d'après Cowboy John, pour autant qu'il sache, elle ne sortait jamais de leur fichue maison.

— Je crois qu'il la garde enfermée depuis vingt ans. Elle est juste bonne à faire la popote, le ménage et… (Il s'était tu, avait redressé son chapeau.) Peu importe.

Elle sentit leurs regards braqués sur elle quand elle se fraya un chemin jusqu'au box de Boo. Heureusement, ils furent bientôt distraits par le spectacle de Ralph bataillant pour asperger les jambes de l'animal nerveux. Sarah avait toujours pitié des trotteurs et des ambleurs : membres fins, yeux de biche, ils étaient déchargés dans l'écurie, épuisés, et montés implacablement jusqu'à ce que leurs jambes cèdent ou que Sal cesse de s'intéresser à eux, avant de disparaître purement et simplement. Papa désapprouvait les courses sur route qu'on leur faisait disputer, les punitions violentes infligées à ceux qui avaient montré de la peur ou désobéi. Il y avait des échanges de regards silencieux quand Sal se mettait en colère et en rouait un de coups. Mais personne ne lui disait jamais rien, personne n'osait.

Boo hennit doucement quand elle entra dans l'écurie, passant déjà la tête par-dessus la porte du box dans l'espoir d'obtenir une gourmandise. Elle lui donna un bonbon à la menthe et posa la main sur son encolure, respirant son odeur douce, le laissant renifler ses poches en quête d'une autre gâterie, puis elle entreprit de lui changer son eau et de nettoyer la paille de sa litière.

Malgré l'aide de Cowboy John, s'occuper de Boo devenait de plus en plus difficile. Les Hewitt, dont le foyer impeccable n'avait jamais accueilli ne serait-ce qu'un poisson rouge, avaient commencé à manifester leur frustration face à ses retards systématiques. Elle n'avait aucune explication à leur offrir (elle avait rapidement épuisé sa réserve de bus en retard, heures de retenue et visites en urgence à son grand-père, et savait qu'ils ne la croyaient plus). Elle endurait leurs sermons sur l'importance de toujours leur dire où elle était et les dangers qu'il y avait à disparaître plusieurs heures d'affilée. Alors – si elle les soupçonnait de vraiment la contrôler – elle séchait les cours le lendemain. Le collège ne semblait pas avoir encore signalé ses absences, mais elle se savait en sursis. Néanmoins, avait-elle le choix ? Parfois, c'était le seul moyen pour elle de se rendre à l'écurie pour le nourrir.

Elle sortait Boo de son box et le promenait avec une longe en corde sur Sparepenny Lane, restant sur le trottoir pour éviter les voitures. Elle lui parlait doucement quand son trop-plein d'énergie lui faisait faire des écarts ou regimber devant un panneau de signalisation. Cela n'avait rien de surprenant : Boo aimait travailler, et il avait besoin d'exercice physique et mental.

— Il est trop intelligent. Ça lui fera du tort, disait Cowboy John quand, une fois de plus, Boo avait défait le verrou supérieur de son box.

— Trop intelligent pour toi, rétorquait Papa.

— Et pour le Big Top ? Il est assez malin ?

Sarah se tenait en haut de la ruelle, paisible à présent dans le jour déclinant, s'efforçant de ne pas penser combien Papa lui avait paru fragile ce jour-là. Que pouvait-on ressentir quand, digne et fort, on se retrouvait soudain faible et dépendant ? Il était difficile, quand on le voyait comme ça, d'imaginer qu'il renterait chez eux pour reprendre leur ancienne vie. Mais elle devait se cramponner à cet espoir.

Elle refit l'aller-retour une fois avec le cheval, s'excusant de manquer de temps, comme s'il pouvait comprendre. Il secoua la tête, ses oreilles dressées et son trot léger comme une requête silencieuse dans l'espoir d'aller plus vite, plus loin. Quand elle rebroussa chemin en direction du portail, il laissa retomber légèrement sa tête, comme déçu, et elle fut submergée par la culpabilité. Sal le Maltais et ses amis se tenaient au fond de la petite cour, bavardant et fumant. Alors qu'elle poussait le portail pour l'ouvrir, elle vit Ralph qui traînait près d'eux. Le garçon idolâtrait Sal le Maltais. Quand celui-ci lui lançait une cigarette, Ralph rosissait littéralement de plaisir.

En ouvrant l'appentis où elle stockait son fourrage, elle sentit son cœur se serrer. Il restait quatre paquets de foin, moins d'une demi-botte. Elle avait été tellement occupée cette semaine-là qu'elle avait oublié d'en redemander à Cowboy John, dont la réserve était sous clé.

Elle plongea les mains dans ses poches en quête de monnaie avec laquelle elle pourrait peut-être en acheter un peu à Ralph. Quarante-six pence et sa carte de bus.

Elle entendit un bruit derrière elle. Sal ouvrait son appentis en sifflotant. Par la porte ouverte elle vit les bottes de foin soigneusement empilées, les sacs de nourriture de bonne qualité pour ses chevaux. Elle n'avait jamais vu autant de bon fourrage. Alors qu'elle restait là, perdue dans sa contemplation, il se retourna brusquement, et elle rougit de s'être fait surprendre en train de regarder.

Il jeta un coup d'œil derrière elle, vers sa réserve.

— Y te reste pas grand-chose, hein ?

D'abord, elle ne répondit pas et s'occupa en ouvrant un filet à foin. Sal émit un bruit de succion avec ses dents.

— On dirait que ton appentis est vide.

— Ça va, dit-elle.

Sal le Maltais laissa la porte se refermer derrière lui et fit un pas vers elle. À voir sa chemise immaculée, on n'aurait jamais imaginé qu'il s'était trouvé près d'un cheval, et ses dents en or scintillaient quand il ouvrait la bouche.

— T'as assez de foin ?

Elle croisa son regard, puis détourna les yeux.

— John allait… m'en avancer.

— John a des choses à régler. Y rentrera pas avant demain. Donc t'as un problème.

— J'en ai assez.

Elle empila les quatre paquets entre ses bras, puis se redressa et voulut passer devant lui, mais il resta planté au milieu de son chemin, de telle sorte que, sans lui barrer le passage, il occupait suffisamment de place pour qu'elle doive lui demander de se décaler.

— Tu as un beau cheval.

— Je sais.

— Tu peux pas nourrir une bête pareille avec la paille qui sert pour sa litière.

— C'est seulement jusqu'à demain.

Il saisit la cigarette qu'il avait à la bouche et tira un morceau de foin du paquet que Sarah portait. Puis il appuya la braise dessus et le regarda se réduire en une mèche noircie.

— Bon à brûler. Rien d'autre. Ton grand-père est toujours malade, hein ?

Elle hocha le menton. Un train passa en grondant au-dessus de leurs têtes, mais elle ne le quitta pas des yeux.

— Je veux pas que tu donnes cette merde à manger à ton cheval. Allez, pose.

Il replanta sa cigarette entre ses lèvres, marcha vers son appentis et en sortit une balle de foin. Le fourrage était encore légèrement vert et répandait un doux parfum de prairie. Sal la porta sans effort, la balançant par la ficelle, jusqu'à la réserve de l'adolescente et déposa son chargement dans un coin. Alors qu'elle restait debout contre le mur, il repartit puis revint avec une seconde balle. Ensuite il saisit un grand sac de nourriture de première qualité et, avec un grognement, le balança par la porte.

— Voilà, dit-il. Avec ça, tu en as pour un moment.

— Je ne peux pas, murmura-t-elle. Je n'ai pas d'argent.

Il semblait lire en elle comme dans un livre.

— Tu me paieras quand t'auras l'argent, OK ? Si je dois diriger cette écurie, je veux pas voir un bon cheval perdre la forme à cause d'une mauvaise alimentation. (Il donna un coup de talon dans les quatre paquets de foin.) Fiche-moi ça dans le brasero.

— Mais…

— Tu le prends quand c'est John qui te le donne, non ?

Ses yeux étaient rivés sur elle. Elle hocha la tête à contrecœur.

— Alors accepte-le quand c'est moi. Maintenant, j'ai à faire.

Il tourna les talons et s'éloigna. Il y avait quelque chose de légèrement arrogant dans sa façon de se mouvoir. Sarah le regarda rejoindre sa clique, puis se baissa pour humer le parfum des nouvelles balles. Le foin était de meilleure qualité que celui auquel elle était habituée. Si Papa avait été là, il ne l'aurait pas autorisée à l'accepter. Mais c'était tout le problème.

Elle jeta un coup d'œil à sa montre et tressaillit. Elle était attendue chez les Hewitt dans quatorze minutes : quatorze minutes pour faire un trajet en bus de cinquante-cinq minutes avec un changement. Elle coupa la ficelle de la balle et prit une brassée de foin, avant de filer rejoindre Boo qui l'attendait.

Le silence d'une maison londonienne recelait une curieuse intensité, observa Natasha en refermant la porte derrière elle, tandis que son appel résonnait puis se perdait dans le vide. Sans qu'elle sache très bien pourquoi, le calme qui régnait dans sa rue et s'immisçait dans le vestibule désert lui procurait une impression de vacuité beaucoup plus forte que dans son cottage à la campagne. À moins que cette impression ne soit due à la possibilité que quelqu'un s'y trouve.

Natasha enjamba les sacoches à appareils photo qui jonchaient le sol et pénétra dans le salon. Elle poussa un petit soupir résigné à la vue des lampes empilées dans un coin et alla consulter le répondeur. Le voyant rouge allumé en continu indiquait qu'elle n'avait pas de message.

Elle huma l'air, cherchant à déceler une odeur de vin ou de fumée de cigarette, n'importe quel indice suggérant qu'il avait eu de la visite, mais ne remarqua rien. Les creux dans les coussins du canapé laissaient imaginer une soirée devant la télévision ; elle les saisit un par un, les tapotant avant de les remettre soigneusement en place, se sentant aussitôt vaguement irritée par son geste.

Elle regagna l'entrée, ramassa son sac et monta l'escalier. L'écho de ses pas lui procura un sentiment de malaise, l'impression d'être une étrangère dans sa propre maison.

Après un début acrimonieux, Conor et elle avaient réussi à sauver leur week-end, mais elle savait qu'ils étaient tous deux choqués par la violence de leur dispute, par le spectre soudain de sentiments qu'ils avaient tous deux cherché à nier. Secrètement, elle se réjouissait que la présence de Mac dans la maison contrarie Conor, mais cette satisfaction était tempérée par un certain ressentiment. Il revendiquait un droit de regard sur sa vie à elle sans offrir de lui faire davantage de place dans la sienne.

— Tu vas rencontrer les enfants, Championne, avait-il lancé au moment de la déposer chez elle. Je te le promets. Laisse-moi juste un peu plus de temps, d'accord ?

Il n'avait pas demandé à entrer.

Elle laissa tomber son sac sur son lit et défit la fermeture. Elle allait faire une machine, puis repasserait devant la télé les chemisiers qu'elle portait pour aller travailler. Ensuite, elle s'assiérait à son bureau et préparerait les papiers dont elle aurait besoin au tribunal le lendemain, s'assurant de ne rien oublier. Un dimanche soir comme les autres.

Natasha resta debout, immobile, un long moment, comme paralysée par la nouvelle atmosphère. Mac avait beau ne pas être là, elle sentait sa présence partout dans la maison, comme s'il était venu réclamer son dû.

— Tu ferais mieux de vérifier qu'il n'emporte pas des livres, des tableaux, et qu'il ne les met pas en lieu sûr, avait dit Conor. Lui donner libre accès dans le cadre d'un divorce équivaut à lui signer un chèque en blanc.

Mais l'idée de perdre des affaires ne lui faisait ni chaud ni froid, à supposer que Mac soit capable de resquiller, ce dont elle doutait. Elle était désorientée par sa présence, par l'air autour de lui.

Elle s'aperçut qu'elle était toujours en colère contre lui, qu'elle lui en voulait encore de ne pas avoir été là quand elle avait eu besoin de lui, et d'être revenu perturber son existence alors qu'elle commençait à peine à se reconstruire. Typique de Mac, de débouler comme ça sans se soucier des conséquences. Elle lui reprochait la tournure qu'avait prise son week-end, même si sa raison lui soufflait qu'il n'y était pour rien. Elle lui reprochait de l'avoir forcée à quitter sa maison. Surtout, à tout cela, il semblait indifférent : il entrait comme il l'avait toujours fait, avec son sourire charmeur et son aisance habituelle, comme si rien ne pouvait l'atteindre. Comme si leur mariage n'avait émis qu'une petite lueur sur son radar émotionnel.

Presque sans s'en rendre compte, Natasha traversa le palier et marcha jusqu'à la chambre d'amis. Elle cria de nouveau son nom, puis poussa la porte avec hésitation. Elle prit note du lit défait, des tas de vêtements sales dans un coin près du panier à linge, de la légère odeur de marijuana.

Pas si amendé, finalement. Elle hésita sur le seuil, puis se surprit à marcher doucement dans la pièce jusqu'à la salle de bains attenante. Son rasoir était dans un verre, avec un tube de dentifrice et une brosse à dents. Le tapis de bain était de travers sur le sol carrelé, et elle dut se retenir de le redresser. Mais le désordre était paradoxalement rassurant : un écho de l'homme qu'elle connaissait. Chaotique. Imparfait.

C'est pour cela que nous divorçons, se rappela-t-elle, presque attendrie, reconnaissante d'être ainsi réconfortée.

Elle s'apprêtait à ressortir quand elle aperçut le pot sur l'étagère de verre au bout de la baignoire, à l'intérieur d'une boîte ivoire et or d'allure onéreuse : une crème hydratante féminine. À côté, un paquet de lingettes démaquillantes. Quelque chose en elle se refroidit et se solidifia. Puis, clignant des yeux, ses pieds se mouvant sans plus de précaution, Natasha tourna les talons et quitta prestement la chambre d'amis.

Chapitre 8

« La majesté des hommes se révèle dans l'élégance avec laquelle ils traitent les animaux. »

Xénophon, *De l'art équestre.*

La moquette dans le bureau du directeur était d'un bleu profond, somptueux, et si épaisse et douce qu'aucun élève qui s'y trouvait convoqué ne pouvait s'empêcher de se demander ce que cela ferait d'ôter chaussures et chaussettes pour y enfouir ses orteils nus. Peut-être cela expliquait-il la distraction de nombre des visiteurs récalcitrants de M. Phipps, plutôt qu'un taux particulièrement élevé de TDAH parmi la population de l'école.

Sarah n'était pas distraite par la moquette, mais par le fait que cela faisait quarante-huit heures qu'elle n'avait pas été à l'écurie.

— C'est la quatrième fois du trimestre que tu manques ton cours d'anglais, Sarah. C'était ta matière forte.

M. Phipps examina les papiers devant lui. Sarah se tordit nerveusement les mains.

— Je sais que tu traverses une période difficile, mais tu ne ratais jamais aucun cours avant. Est-ce que tu as des difficultés pour venir ? Ta famille d'accueil ne t'aide pas ?

Elle ne pouvait lui avouer la vérité : qu'elle avait dit aux Hewitt qu'elle avait perdu sa carte de bus et que l'argent qu'ils lui avaient donné pour payer ses trajets avait servi à payer la litière de Boo.

— Ils ont l'obligation de s'assurer que tu arrives à l'école, Sarah. Donc, s'ils ne t'aident pas pour tes trajets le matin, il faut nous le dire.

— Ils m'aident.

— Alors pourquoi ces absences ?

— Je… je me suis emmêlé les pinceaux entre les différentes lignes de bus. J'ai raté le mien.

Boo avait commencé à réagir aux récents changements. Ce matin-là, il avait failli s'enfuir de son box ; ensuite, il avait fait un écart alors qu'une femme passait près de lui avec une poussette et avait foncé sur la chaussée, faisant piler un taxi. Sarah s'était plantée devant le capot et avait crié sur le chauffeur qui s'était mis à klaxonner furieusement. Une fois dans le parc, Boo avait rué, puis, buté, il avait refusé de suivre ses instructions, la mâchoire serrée sur le mors.

Elle n'avait pu contenir sa colère et sa frustration, ce qu'elle avait bien entendu regretté après coup quand ils rentrèrent, en nage et malheureux.

— Dans ce genre de cas de figure, la collectivité locale octroie un budget pour un minicab. Nous ferons ce qu'il faut, Sarah, si vraiment le transport est un problème. (Il joignit le bout de ses doigts.) Mais je crois que tu ne me dis pas tout. Je vois que tu as manqué deux fois ton cours de géographie du jeudi après-midi, et trois cours d'éducation physique le vendredi après-midi. Peux-tu m'expliquer comment c'est arrivé ?

Elle baissa les yeux. Quelqu'un possédant une moquette aussi moelleuse ne pouvait comprendre une vie comme la sienne.

— Je suis allée voir mon grand-père, marmonna-t-elle.

— Il est toujours hospitalisé, n'est-ce pas ?

Elle hocha la tête. Même Papa s'était fâché en la voyant arriver le vendredi. Il avait levé les yeux vers l'horloge au mur et grommelé :

— Mal. *Après**.

Elle n'avait eu aucune peine à interpréter ses grognements. Il lui avait interdit de revenir à cette heure-là. Mais il ne comprenait pas. Il ne savait pas qu'elle passait la moitié de ses journées à sillonner le nord-est de Londres, sautillant d'un pied sur l'autre aux arrêts de bus ou courant dans les ruelles, essayant d'aller à l'écurie et d'en revenir à temps pour respecter les horaires qu'on lui imposait.

— Est-ce que ton grand-père va mieux ?

L'expression du directeur s'était adoucie. Une autre élève aurait fondu en larmes, songea Sarah ; tout le monde savait que M. Phipps ne supportait pas de voir les filles pleurer.

— Un peu, répondit-elle.

— Tu traverses une période éprouvante. Je comprends parfaitement. Mais tu devrais considérer le collège comme une constante dans ta vie, un repère sur lequel compter. Si tu te noies dans les difficultés, Sarah, parle-nous. À moi, à tes professeurs. Tout le monde ici désire que tu réussisses. (Il se laissa aller en arrière contre son dossier.) Ce que tu ne peux pas faire, c'est manquer des cours pour aller voir ton grand-père chaque fois que l'envie t'en prend. Tu vas bientôt devoir penser aux examens, et cette période est cruciale dans ta scolarité. Il y a quelques matières qui te posent des problèmes, n'est-ce pas ? Alors tu dois continuer d'assister à tous les cours de telle sorte que, quoi qu'il se passe en ce moment dans ta vie, tu quittes cet établissement armée d'une solide éducation.

Elle hocha la tête sans croiser son regard.

— Je veux constater une amélioration, Sarah. Une nette amélioration. Tu crois que tu peux y arriver ?

Cowboy John était là la dernière fois. Il était allé voir Papa, et la première chose qu'il lui avait dite quand il avait franchi le portail, c'était qu'il la dispensait de payer le loyer. Il en informerait Sal le Maltais, et elle serait quitte. Il faudrait juste qu'elle recommence à payer quand Sal prendrait la suite. Elle voyait bien à son expression qu'il s'était attendu à ce qu'elle soit soulagée. Au lieu de ça, elle avait blêmi. Elle savait ce que cela signifiait : il ne croyait plus Papa capable de rembourser sa dette. Il ne croyait plus que Papa rentrerait à la maison.

— Je ne veux plus te voir sécher les cours, Sarah. D'accord ?

Elle leva le visage vers M. Phipps.

— Oui, dit-elle en se demandant s'il pouvait lire dans ses pensées.

Natasha sursauta en le découvrant dans la cuisine. Il était 6 h 45. Quand ils vivaient ensemble, il ouvrait rarement l'œil avant 10 heures.

— J'ai un boulot dans le Hertfordshire. Un shooting publicitaire. Maquillage, coiffure, la totale. J'ai une bonne heure et demie de trajet.

Mac dégageait un léger parfum de shampoing et de mousse à raser, comme s'il s'était déjà douché. Elle n'avait rien entendu, songea-t-elle tout en préparant son petit déjeuner pour dissimuler sa surprise.

— J'espère que ça ne t'ennuie pas, j'ai pris le dernier sachet de thé. (D'une main, il agita un morceau de pain grillé. Il lisait le journal de Natasha.) J'en rachèterai tout à l'heure. Tu bois toujours du café ?

Elle referma la porte du placard.

— Je suppose qu'il faudra bien, dit-elle.

— Oh. Tu te souviens, je t'avais dit que je m'absenterais quelques jours à partir de jeudi ? Eh bien, le boulot est tombé à l'eau, donc finalement je serai là. Ça ne te pose pas de problème ?

— Aucun.

Il avait renversé du lait sur le plan de travail.

— Tu veux ça ? (D'un geste, il désigna le journal.) Désolé. Je n'avais pas l'intention de m'imposer.

Elle secoua la tête, essayant de décider où s'asseoir. Si elle s'installait en face de lui, leurs pieds risquaient de se toucher. Perpendiculairement, elle aurait l'air de vouloir se rapprocher de lui. Incapable de trancher, Natasha resta debout appuyée au comptoir, son bol de céréales dans la main.

— Je garde les pages « actualités sportives ». Je te laisse le reste. Des nouvelles de l'agent immobilier ? J'ai oublié de te demander hier soir.

— Il y a deux couples qui viennent ce week-end. À propos, j'apprécierais que tu évites de fumer de l'herbe dans la maison.

— Ça ne te dérangeait pas, autrefois.

— Eh bien, si, en fait. Je ne le disais pas, voilà tout. Mais ce n'est pas la question. Si des gens viennent visiter la maison, il me paraît préférable qu'elle ne sente pas comme un coffee shop d'Amsterdam.

— C'est noté.

— Et l'agent a un jeu de clés, donc tu n'es pas obligé d'être là.

Il décala sa chaise de façon à pouvoir mieux la regarder.

— *Je* ne suis pas obligé d'être là ? Tu pars encore ?

— Oui.

— Ça fait beaucoup d'escapades de fin de semaine. Où vas-tu, cette fois ?

— C'est vraiment important ?

Il leva les mains, paumes ouvertes.

— Je fais juste la conversation, Tash.

— Je retourne dans le Kent.

— Sympa. Tu dois aimer. Conor a une maison là-bas, c'est ça ?

— Quelque chose comme ça.

— Il ne vient pas souvent ici, pas vrai ?

— Je me demande pourquoi.

Elle se concentra sur ses céréales.

— Tu me surprends. Il n'avait pas l'air de se formaliser quand nous étions toujours ensemble… OK… OK…, ajouta-t-il en la voyant relever la tête d'un coup. Je sais. Année Zéro. Nous ne sommes pas censés parler de ce qui s'est passé.

Natasha ferma les yeux et prit une profonde inspiration. Il était trop tôt pour avoir cette conversation.

— Bien sûr que nous pouvons en parler, Mac. Je pense juste que la vie sera plus facile si nous évitons les commentaires sarcastiques au sujet de ce qui a pu se passer dans notre couple. Ou ne pas se passer, conclut-elle sur un ton qui en disait long.

— Moi, ça ne me pose aucun problème. Je te l'ai dit, s'il veut venir, je peux me faire rare. Nous pouvons établir des soirées fixes, si tu veux. Je te laisse la maison les mardis, tu me laisses la maison les mercredis, quelque chose dans le genre.

Puis il s'abîma dans la lecture de son journal et ajouta :

— Nous pouvons être modernes.

Elle tendit le bras pour attraper son café.

— La situation sera probablement réglée bien avant que nous n'ayons besoin de planifier des soirées « chacun en couple ».

Chacun en couple. Elle percevait intensément l'existence de la femme invisible ; elle savait qu'elle venait les week-ends où elle s'absentait, même si Natasha ne se glissait plus dans la salle de bains de la chambre d'amis pour s'en assurer. Elle avait parfois l'impression de détecter son parfum dans l'air. À d'autres moments, c'était simplement le comportement de Mac. Il était serein, détendu, comme autrefois après une journée passée ensemble au lit.

Tu as pris ton pied tout le week-end dans notre *maison*, songeait-elle, avant de se reprocher de telles pensées.

Les céréales étaient devenues pâteuses dans sa bouche. Elle avala sa bouchée et poussa le bol vers le lave-vaisselle.

— Ça va ?

— Bien.

— Encore bien. Tu ne trouves pas ça trop dur ?

Elle avait parfois l'impression qu'il la testait. Comme s'il attendait qu'elle dise que la situation lui était insupportable et qu'elle parte. Malgré ses sentiments, Conor l'avait mise en garde : « Ne pars pas. » À peine aurait-elle franchi le seuil, elle perdrait l'avantage moral et légal. Après avoir investi tant de temps et d'efforts dans la maison, Mac ne souhaitait peut-être pas la quitter autant qu'il le prétendait.

— C'est lui qui veut vendre la maison, avait-elle protesté.

— C'est ce qu'il veut te faire croire, avait rétorqué Conor.

Conor décelait des motivations cachées dans presque n'importe quel comportement. Il considérait la présence de Mac comme celle d'un occupant ennemi. « Ne cède pas d'un pouce. Ne recule pas. Ne le laisse pas connaître tes plans. »

— Absolument pas, répondit-elle vivement.

— Super. (Sa voix s'adoucit.) Je me suis un peu inquiété, avant de revenir.

Vraiment ? Mac donnait l'impression que rien ne l'inquiétait. Ça, au moins, ça n'avait pas changé.

— Eh bien, encore une fois, ne te fais pas de souci pour moi.

Il la regardait fixement.

— Quoi ? demanda-t-elle.

— Rien ne change, pas vrai, Tash ?

— Qu'est-ce que tu veux dire ?

Il l'examina un instant, un sourire absent sur les lèvres.

— Tu gardes toujours tout pour toi.

Leurs yeux se rencontrèrent. Il détourna le regard le premier et but une gorgée de thé.

— Oh, au fait, j'ai lavé du linge hier soir, et il y avait des trucs à toi dans le panier, donc je m'en suis occupé aussi.

— Quels trucs ?

— Euh… un tee-shirt bleu. Et des sous-vêtements, principalement. (Il finit sa tasse.) De la lingerie, je dirais. (Il tourna une page du journal.) Tu es passée au niveau au-dessus depuis notre séparation, j'ai remarqué…

Natasha sentit son visage s'enflammer.

— Ne t'inquiète pas, poursuivit-il, j'ai programmé un cycle de lavage délicat. Je m'y connais. Il se pourrait même que j'aie mis le programme lavage à la main.

— Arrête, dit-elle. Arrête…

Elle se sentait affreusement mise à nu. L'idée qu'il…

— J'essayais juste d'aider.

— Non. Non, pas du tout. Tu… Tu es…

Elle saisit la poignée de sa sacoche et le poussa pour partir. Sur le seuil, elle fit volte-face.

— Ne touche pas à mes sous-vêtements, d'accord ? Ne touche pas à mes vêtements. Ne touche pas à mes affaires. C'est déjà assez désagréable de t'avoir ici sans qu'en plus tu fouilles dans mes petites culottes.

— Oh, remets-toi. Tu crois que je n'ai pas d'autre manière de prendre mon pied qu'en tripotant ton linge sale ? Bon sang, j'essayais seulement de te rendre service…

— Eh bien, dorénavant, abstiens-toi, d'accord ?

Il referma le journal en donnant un grand coup sur la table.

— Ne t'inquiète pas. Je ne m'approcherai plus de tes culottes à l'avenir. De toute façon, je ne le faisais déjà pas beaucoup autrefois, si je me souviens bien.

— Oh, c'est charmant, dit-elle. Vraiment, vraiment charmant.

— Désolé, je…

Il poussa un long soupir. Ils restèrent un moment perdus dans la contemplation du carrelage, puis ils levèrent les yeux, et leurs regards se croisèrent. Mac haussa les sourcils.

— Je laverai mon linge séparément à l'avenir, d'accord ?

— Parfait, dit-elle avant de refermer la porte derrière elle d'un geste sec.

Sarah se pencha au ras de l'encolure du cheval, les orteils coincés dans les étriers. Le vent lui tirait des larmes qui cheminaient horizontalement depuis le coin de ses yeux vers ses tempes. Elle allait si vite à présent que tout son corps lui faisait mal : ses mains qui agrippaient les rênes, plaquées sur son garrot, son ventre qu'elle contractait pour se maintenir en place face aux forces unies du vent et de la gravité, ses jambes serrées sur les flancs du cheval. Elle haletait, les bras pressés contre l'encolure de Boo tandis qu'il galopait, le bruit de tonnerre produit par ses sabots martelant le sol lui emplissant les oreilles. Elle ne voulait pas l'arrêter. Cela faisait des semaines qu'il en avait besoin, et les marais étaient assez vastes et plats pour qu'elle le laisse courir jusqu'à ce qu'il soit fatigué.

— Vas-y, lui chuchota-t-elle. Vas-y.

Les mots volèrent en arrière dans sa gorge. Boo ne l'aurait pas entendue même si elle avait crié ; il était perdu dans un monde à lui, purement physique, son instinct le poussant à savourer cette liberté, à autoriser ses muscles raides à se détendre, ses jambes à voler au-dessus du sol accidenté, ses poumons à se contracter, mobilisés par le pur effort de maintenir une telle vitesse. Elle comprenait. Elle en avait besoin aussi. Au loin, des pylônes d'acier hérissaient la ligne d'horizon, reliés les uns aux autres par des câbles qui suivaient une délicate progression jusque vers la ville. Au-delà, sur une fine bande qui traversait les marais, surélevée sur des piliers de béton, des véhicules circulaient en une procession sans fin.

Des klaxons retentirent au loin, peut-être à son intention, elle ne pouvait se concentrer assez longtemps pour le dire. Boo avançait plus vite que les voitures et camions pris dans les bouchons de l'heure de pointe, et l'excitation que cela lui procurait menaçait de se transformer en peur, tandis qu'elle se demandait si elle parviendrait à l'arrêter. Elle n'avait jamais été si loin avec lui avant, ne l'avait jamais laissé courir aussi vite. Il fit une embardée pour éviter un vieux cadre de bicyclette abandonné dans l'herbe haute, et l'écart faillit la désarçonner ; alors qu'elle luttait pour conserver son équilibre, elle sentait ses hanches puissantes rouler tandis qu'il accélérait encore, au point que sa vision se brouilla et son souffle se bloqua dans sa poitrine. Elle souleva la tête, repoussant les mèches de sa crinière qui lui fouettaient le visage, essayant d'évaluer la distance qui lui restait. Elle tira légèrement sur les rênes, s'apercevant qu'elle n'avait plus beaucoup de forces pour le retenir s'il décidait de lui résister. Quelque part au fond d'elle, elle s'en moquait : ce serait tellement plus simple de continuer. De remonter à toute vitesse ce remblai herbeux, directement jusqu'à l'autoroute, zigzaguant entre les voitures, ses sabots projetant des étincelles. Ils sauteraient par-dessus les véhicules, par-dessus les barrières. Ils voleraient sous les pylônes, laissant les entrepôts et les parkings derrière eux, et continueraient jusqu'à atteindre la campagne. Juste elle et son cheval, galopant dans l'herbe haute vers un futur sans nuages.

Mais une part de Boo appartenait toujours à Papa. Sentant la tension croissante dans les rênes, il ralentit docilement, agitant ses oreilles d'avant en arrière, comme s'il essayait de définir s'il avait bien reçu son message. Sarah s'autorisa à se rasseoir sur la selle, son corps se redressant lentement, confirmant sa consigne de ralentir. De faire ce qu'elle demandait. De revenir dans leur monde.

À une quinzaine de mètres de la quatre-voies, Boo diminua l'allure jusqu'à se mettre au pas, ses flancs écumants se soulevant après l'effort, son souffle s'échappant de ses naseaux évasés en expirations courtes et bruyantes.

Sarah resta assise sans bouger, mesurant en plissant les yeux la distance qu'ils avaient parcourue. Le vent ne lui fouettait plus le visage, mais des larmes dévalaient le long de ses joues.

Ruth, l'assistante sociale, attendait devant la grille de l'école. Sarah était en train de chercher de la monnaie au fond de son sac à dos quand elle l'aperçut. Elle se tenait légèrement en retrait, sa petite voiture rouge pimpante garée de l'autre côté de la rue, comme si elle voulait éviter de se faire remarquer. Tous les gamins la lorgnèrent en passant la grille. Sarah se dirigea vers elle avec réticence. Ruth n'aurait pas attiré davantage l'attention si elle avait porté un tabard barré de l'inscription « assistante sociale » en lettres jaune fluo. Ils se ressemblaient tous, comme les policiers en civil.

— Sarah ?

Son cœur manqua un battement quand elle saisit la signification possible de sa présence. Ruth dut s'en rendre compte, car, alors que Sarah s'empressait de la rejoindre, elle lui dit :

— Il n'est rien arrivé à ton grand-père, ne t'inquiète pas.

Poussant un profond soupir de soulagement, Sarah la suivit jusqu'à sa voiture en traînant les pieds. Elle ouvrit la portière côté passager et monta. Elle avait prévu d'aller voir Papa ce soir. Elle se demanda distraitement si elle pourrait persuader Ruth de l'y conduire. C'est à ce moment-là qu'elle remarqua les deux sacs noirs sur la banquette arrière. Sur le dessus de l'un, entrouvert, elle reconnut son bas de survêtement. Après cinq semaines et deux déménagements, elle savait ce que ces sacs signifiaient.

— Je vais quelque part ?

— Sarah, je crains que les Hewitt n'en aient eu assez. (Ruth fit démarrer le moteur.) Ce n'est pas toi – ils te trouvent adorable –, mais la responsabilité de quelqu'un qui passe son temps à disparaître leur semble trop lourde. C'est la même chose qu'avec les MacIver. Ils ont peur qu'il ne t'arrive quelque chose.

— Il ne va rien m'arriver, protesta Sarah, une pointe de mépris dans la voix.

— Ils se font également du souci au collège. Ils m'ont dit que tu avais séché des cours. Est-ce que tu veux me dire ce qui se passe ?

— Il ne se passe rien.

— Est-ce que ça a à voir avec un garçon ? Un homme ? Ça fait beaucoup de temps durant lequel personne n'a su où tu étais, Sarah. Ne crois pas que c'est passé inaperçu. Entre les Hewitt et le collège, nous avons fait le compte.

— Non. Il n'y a pas de garçon. Ni d'homme.

— Alors de quoi s'agit-il ?

Sarah frotta ses pieds sur le tapis de sol. Elle aurait aimé que Ruth démarre au lieu de rester devant le collège : tout le monde pouvait les voir dans la voiture en passant la grille. Mais elle attendait une réponse.

— Je voulais voir mon grand-père.

— Mais ce n'est pas tout, n'est-ce pas ? Je suis allée à l'hôpital mardi après que l'école m'a appelée pour me prévenir que tu avais disparu. J'ai voulu passer t'y chercher, mais tu n'y avais pas été ce jour-là. Où étais-tu ?

Sarah regarda ses paumes couvertes des ampoules laissées par les rênes. Ils allaient tout découvrir. Elle le savait. Elle pensa à Boo, aux sensations qu'elle éprouvait quand elle le montait, le sentiment fugitif de liberté qui s'emparait d'elle tandis qu'ils galopaient vers un futur différent. Par réflexe, elle plongea la main dans son sac pour vérifier qu'elle avait toujours les clés de l'écurie.

— Tu dois m'aider, Sarah. Je suis à court d'options pour toi. Tu es passée par deux familles d'accueil en cinq semaines. C'étaient des gens bien, gentils. Tu veux finir en foyer ? Parce que je peux te placer dans un centre dont on s'assurera que tu ne sortes pas. On peut t'imposer un couvre-feu, ou charger quelqu'un de t'accompagner et de te ramener de l'école tous les jours. C'est ça que tu veux, Sarah ?

L'adolescente glissa la main au fond de son sac et en sortit un bout de papier. « Si tu as besoin de quoi que ce soit, avait-il dit. N'importe quoi. »

— Mac, dit-elle en levant le visage vers celui de Ruth. Je veux retourner chez Mac.

Dix personnes. Six visites. Et pas une seule offre. L'agent immobilier avait expliqué, contrit :

— Ce sont les taux d'intérêt. Ça rend les gens nerveux. Ils mettent deux fois plus de temps à se décider.

— Mais nous avons besoin de vendre cette maison.

Natasha s'était surprise elle-même. Elle n'avait jamais voulu la vendre... jusqu'à ce que Mac revienne s'y installer.

— Alors je ne peux que vous suggérer de baisser votre prix. N'importe quel bien se vend s'il est suffisamment bon marché. Oh, et si je peux me permettre, mettre un peu d'ordre dans la chambre d'amis ne serait pas du luxe. Il n'est pas souhaitable que les acheteurs potentiels doivent enjamber des... euh... sous-vêtements masculins pour accéder à la salle de bains.

Allongée dans la baignoire, Natasha se demanda de combien il conviendrait qu'ils baissent leur prix pour arriver à vendre la maison. Il fallait que ce soit suffisant pour attirer des acheteurs, mais, si c'était trop, elle se sentirait dupée. C'était une très belle maison dans une rue agréable. Ce quartier de

Londres prenait de la valeur – tout le monde le disait –, et il lui faudrait assez pour s'acheter un logement ailleurs. À l'idée qu'il lui faudrait retourner vivre en appartement, Natasha sentit planer au-dessus d'elle un nuage de tristesse. À trente-cinq ans, vous vous attendiez à avoir posé les fondations de votre vie : à avoir rencontré votre partenaire, vous être installé dans une maison que vous aimiez, avoir lancé votre carrière. Peut-être avoir eu un bébé ou deux. Son ventre résolument plat était tout juste visible sous la carte flottante en relief que formait la mousse. Un sur quatre. Pas brillant, au fond. Et depuis l'épisode avec Ahmadi, elle n'était même pas sûre de pouvoir tout miser sur sa carrière.

— Natasha ?

Elle se redressa dans l'eau et vérifia qu'elle avait bien fermé la porte de la salle de bains à clé.

— Je suis là, lança-t-elle.

S'il vous plaît, faites qu'il n'ait ramené personne.

Elle entendit le son mat de paquets qu'on dépose sur le sol, le bruit de ses pas sur les marches. Son équipement encombrait régulièrement l'entrée – des tas de projecteurs, sacs à appareil photo en toile, parapluies en aluminium –, si bien qu'elle serait bientôt forcée de les enjamber comme si elle traversait une rivière sur des pierres de gué chaque fois qu'elle voudrait entrer ou sortir de la maison.

— Je suis dans mon bain, précisa-t-elle.

L'entendant s'arrêter devant la porte, elle se sentit étrangement gênée. Elle le voyait presque, en jean et tee-shirt, se passer une main sur la tête.

— Je rentre du supermarché, dit-il. J'ai fait le plein. C'est dans la cuisine. Sachets de thé et tout…

Super, pensa-t-elle. *Tu veux une médaille ?*

— Et j'ai appelé l'agent immobilier. Il m'a dit que les derniers visiteurs pourraient encore faire une offre. Ça ne fait que deux jours qu'ils sont venus.

— Mais non, Mac. Quand un endroit te plaît, tu fais une offre sur-le-champ. Tu sais comment ça marche.

Elle entendit qu'il recevait un texto. Quand il reprit la parole, il parut distrait, comme occupé à répondre. Il n'avait jamais été capable de faire deux choses à la fois. Elle s'enfonça davantage dans son bain, laissant les bulles monter jusqu'à son menton, et la voix de Mac lui parvint assourdie.

— En tout cas, quelqu'un vient mercredi prochain. Qui vivra verra.

Ils avaient visité cette maison ensemble. Mac était venu directement d'une séance photo, son appareil pendu à son cou. Elle l'avait traité de frimeur, mais il avait pris des photos des pièces, et plus tard, en les revoyant, ils avaient été emballés par la lumière, l'espace. Ils avaient fait une offre le lendemain matin.

— J'ai reçu un autre appel…

Il parlait d'une voix hésitante, cette fois. Natasha s'essuya les yeux.

— Quoi ?

Elle se redressa.

— Des services sociaux. La gamine qui a passé la nuit chez nous…

— Oui ? Quoi ?

— Ils m'ont demandé si nous envisagerions de l'accueillir quelques semaines. Apparemment, son placement actuel ne fonctionne pas. (Il marqua une pause.) Elle a demandé à venir chez nous.

Le regard méfiant de la fille sur son assiette au petit déjeuner. Son expression choquée quand elle avait découvert la porte de son appartement forcée.

— Mais nous ne la connaissons pas…

— Elle leur a dit que nous étions des amis de sa famille. Je n'ai pas eu envie de la contredire. Mais je suppose que ça n'a pas d'importance. J'ai répondu que ça ne serait sans doute pas possible.

Natasha sortit de la baignoire.

— Pourquoi ?

Il ne répondit pas immédiatement. Elle l'entendit se rapprocher de la porte.

— Il m'a semblé que tu étais… réticente, l'autre jour. Je ne savais pas si tu voudrais avoir une inconnue dans la maison, vu le contexte. Je leur ai dit que tu avais trop de travail.

— Nous ne savons rien d'elle.

— Exact.

Natasha s'enveloppa dans une serviette blanche moelleuse et s'assit sur le bord de la baignoire.

— Qu'en penses-tu ? lança-t-elle en regardant la porte.

— Ça ne me dérangerait pas, si ça peut la dépanner quelques semaines. Jusqu'à ce qu'on vende la maison. Elle avait l'air d'une brave gosse.

Elle pouvait l'entendre dans sa voix. Il serait aussi soulagé qu'elle. Une diversion bienvenue. Une trêve forcée.

Elle repensa au paquet de bâtonnets de poisson volé. La fille avait juré qu'elle les aurait payés.

Allez, s'admonesta-t-elle. *Tous ces gamins ne sont pas à l'affût d'un mauvais coup. Elle a peut-être juste besoin qu'on lui donne une chance.*

— Tash ?

Ce serait peut-être sa seule occasion de vivre quelque chose qui s'apparentait à la parentalité.

— Je ne vois pas d'inconvénient à l'accueillir quelques semaines, dit-elle. Seulement, il faudra que tu organises ton travail en fonction d'elle, parce que j'ai une grosse affaire en cours et que je ne pourrai pas me libérer beaucoup de temps.

— Je crois que c'est faisable.

— Je ne sais pas… C'est beaucoup de responsabilités, Mac. Il faudrait que tu prennes ton rôle au sérieux, que tu arrêtes les cigarettes louches, que tu boives moins. Plus question d'aller et venir quand ça te chante. Ça implique un certain nombre de changements dans ton style de vie. En fait, je ne sais pas si tu…

— Je les appelle, l'interrompit-il, le bruit de ses pas s'éloignant vers l'escalier. Je vais leur demander ce qu'on doit faire ensuite.

CHAPITRE 9

« Il convient d'abord de comprendre que la fougue chez un cheval est l'équivalent de la colère chez l'homme. »

Xénophon, *De l'art équestre.*

Elle entendit Sarah descendre avant de la voir. Ses pas étaient d'une légèreté trompeuse, comme si elle voulait passer inaperçue. Mais, pour Natasha, encore extrêmement sensible à la présence d'autres personnes chez elle, cela suffit à lui faire lever le nez de ses dossiers ; elle travaillait à la table de la cuisine, ayant perdu son bureau lors de la répartition des couchages décidée par Mac. Elle se cambra contre le dossier de sa chaise pour jeter un coup d'œil par l'embrasure de la porte.

— Tu sors ?

Sarah fit volte-face dans l'entrée. Apparemment, elle avait l'intention de filer en douce. Elle portait un blouson et une écharpe en laine rayée.

— Je n'en ai pas pour longtemps, dit-elle.

— Où vas-tu ? demanda Natasha en s'efforçant d'avoir l'air désinvolte.

— Voir un ami.

Natasha se leva.

— Tu veux que je te conduise ?

— Non… merci.

— Bon, mais je devrais peut-être aller te chercher, maintenant que la nuit tombe plus tôt… ? Ça ne me dérange pas du tout.

— Non, merci. Je peux prendre le bus, répondit Sarah avec un sourire guère convaincant.

Et avant que Natasha n'ait pu ajouter quoi que ce soit, elle était partie. Natasha se retrouva à contempler la porte d'entrée, son stylo pendant mollement au bout de ses doigts.

Cela faisait dix jours que Sarah vivait avec eux, et, après l'acclimatation des premières quarante-huit heures, durant lesquelles l'adolescente avait à peine ouvert la bouche et s'était terrée dans sa chambre si Natasha était à la maison, tous trois avaient fini par accorder leur rythme de vie. Natasha préparait le petit déjeuner (elle était généralement la première levée), et Mac déposait Sarah au collège, suivant les conseils de l'assistante sociale. C'est lui qui se chargeait des heures qui suivaient la fin des cours, puis, selon l'heure à laquelle Natasha rentrait, Sarah et Mac, ou les trois ensemble dînaient dans une imitation de vie de famille. Natasha trouva gênant, au début, de partager ses repas avec Mac. La conversation était poussive, hésitante. Mais il bavardait avec Sarah, et même si celle-ci se contentait souvent de réponses laconiques, ils avaient au moins fini par poser des bases un peu plus solides, leur permettant même parfois de passer un moment agréable. La vie de Sarah, ses petits besoins, même sa méfiance butée, alimentaient leurs conversations.

Le collège avait appelé à deux reprises pour signaler qu'elle avait manqué des cours. Sarah avait soutenu mordicus qu'elle s'était trompée dans son emploi du temps. Ou, une fois, qu'elle était là et que son professeur l'avait confondue avec une autre élève. Ruth les avait prévenus que la jeune fille ne respectait pas toujours les horaires qu'on lui fixait.

— Il est arrivé plusieurs fois qu'elle ne soit pas là où elle était censée être, avait affirmé l'assistante sociale.

Natasha avait eu l'impression qu'on ne leur disait pas tout.

— Est-ce que ce n'est pas précisément le mystère de l'adolescence ? avait objecté Mac gaiement. Pour ma part, je n'étais jamais là où j'étais censé être.

— Je pense seulement qu'il conviendrait de ne pas lui donner trop de liberté, avait poursuivi Ruth en s'adressant directement à Natasha. Au dire de tous, son grand-père était plutôt strict, et elle semble répondre à ce manque de stabilité en multipliant les sorties de route. Elle a séché pas mal de cours et semble peu disposée à parler de ce qu'elle fait quand elle disparaît. Je n'insinue pas qu'elle sera un problème pour vous, s'était-elle empressée d'ajouter. Je dis seulement qu'elle semble être une adolescente qui a besoin de repères, et que si vous parvenez à négocier des règles en ce qui concerne ses sorties – où et quand elle s'absente –, tout le monde y gagnera. Le fait qu'elle ait demandé à être hébergée chez vous joue en votre faveur. Nous avons observé que les jeunes gens s'en sortent beaucoup mieux dans un environnement qu'ils ont choisi. Je suis sûre que ce sera le cas ici.

Natasha n'avait pas eu le temps de se sentir flattée par sa remarque. Depuis que Sarah avait trouvé ses marques, elle semblait vouloir passer le moins de temps possible avec elle. Au dîner, elle s'exprimait par monosyllabes, restait enfermée dans sa chambre le plus clair de son temps et s'absentait si souvent que, parfois, ils n'avaient même pas l'impression d'accueillir quelqu'un.

Au cours de leur premier dîner ensemble, Mac avait dit :

— OK. Nous n'avons jamais eu d'hôte de ton âge auparavant. Comment vois-tu les choses ?

Il s'était montré enjoué, détendu. Natasha était restée près du four, grattant de la pizza brûlée sur la plaque de cuisson, feignant de ne pas écouter.

— En général, je vais chez des amis après les cours, avait dit Sarah prudemment.

Mac avait haussé les épaules.

— D'accord. Disons deux fois par semaine pour commencer. Je pense que tu devrais rentrer directement les autres jours, et nous regarderons tes devoirs ensemble. Même si je doute d'être capable de t'aider à les faire.

— J'ai l'habitude d'aller et venir à ma guise.

— Et nous n'avons pas l'habitude d'avoir quelqu'un ici, donc nous aurons besoin d'un peu de temps pour nous adapter, Sarah. Je suis sûr que nous pourrons bientôt te donner un jeu de clés, mais pour l'instant, il faut qu'on s'apprivoise. D'accord ?

L'adolescente avait haussé les épaules.

— D'accord.

Natasha avait cru que, pour Mac, l'accueillir servirait seulement d'écran de fumée afin de dissimuler le malaise créé par leur cohabitation. Mais il se révéla très impliqué dans la prise en charge de Sarah. Il avait arrêté de fumer et ne buvait qu'un verre de vin ou une bière le soir. Il avait passé en revue les livres de cuisine de façon à pouvoir préparer les repas quand Natasha n'était pas à la maison. Il semblait savoir instinctivement comment parler à Sarah, ce qu'elle aimerait manger ou regarder à la télévision. De temps en temps, elle souriait à l'une de ses remarques, et il lui était arrivé de lui raconter un peu sa journée en rentrant du collège. Natasha s'efforçait de trouver le ton juste, mais elle avait souvent l'impression de s'adresser à un client.

— Tu as besoin de quelque chose ? Qu'est-ce que tu manges en général au déjeuner les jours d'école ?

Ses questions étaient maladroites et semblaient inquisitrices. D'ailleurs, Sarah arborait une expression méfiante durant ces échanges.

Sarah avait refusé qu'elle l'aide à décorer la chambre d'amis. Elle avait souri poliment quand Natasha lui avait montré la nouvelle housse de couette qu'elle avait achetée, les produits de toilette qu'elle avait rangés dans la salle de bains. Elle avait gentiment décliné la proposition de Natasha d'aller acheter ensemble des posters et photos à accrocher pour égayer les murs. Natasha s'y était glissée un après-midi où la jeune fille était en cours, espérant comprendre un peu qui elle était, ce dont elle pourrait avoir besoin, mais ses quelques effets personnels lui avaient fourni peu d'éléments : des vêtements bon marché achetés en grande surface, sans rien qui les distingue vraiment de ceux des autres adolescentes, une photo d'elle entourée de deux personnes âgées, probablement ses grands-parents, des livres sur les chevaux et son uniforme scolaire. Curieusement, malgré sa propreté, ses chaussures étaient souvent couvertes de boue, et ses jeans comportaient des traces de saleté et dégageaient une odeur âcre que Natasha ne parvenait pas à identifier. Quand elle avait essayé d'aborder le sujet un soir, Sarah avait rougi et dit qu'elle avait accompagné une amie promener son chien au parc.

— Ce n'est pas grave. Elle finira par s'ouvrir, avait dit Mac après que Sarah eut disparu dans sa chambre. Mets-toi à sa place. Sa vie a été complètement bouleversée ces deux derniers mois. Tout doit lui paraître étrange.

« Elle n'est pas la seule », avait eu envie de répliquer Natasha. Mais elle avait rassemblé ses dossiers et était partie travailler dans la cuisine avec l'impression, de plus en plus fréquente dernièrement, d'être une intruse dans sa propre maison.

— … donc je n'irai pas dans le Kent ce week-end.

— Tu accueilles une gamine avec Mac ? avait répété Conor, sidéré.

— Ne te braque pas. Nous la dépannons plus que nous ne l'accueillons. Nos routes se sont croisées par hasard, et elle loge à la maison jusqu'à ce que son grand-père sorte de l'hôpital. Ça… ça facilite les choses, figure-toi. L'ambiance est moins tendue.

Conor ne voyait pas d'un bon œil cette situation.

— Est-ce qu'il y a quelque chose qui m'échappe, Championne ? avait-il demandé en faisant courir ses doigts sur sa serviette en cuir. D'abord il réemménage, ensuite vous accueillez une gamine ensemble. Et maintenant tu ne peux pas passer le week-end au cottage avec moi parce que vous jouez les familles Ricoré.

Elle était restée très calme.

— C'est son premier week-end à la maison. L'assistante sociale passe faire une visite vendredi soir pour être sûre qu'elle est bien installée, et je ne peux pas me permettre de disparaître alors qu'elle vient à peine d'arriver.

— Donc vous jouez les familles Ricoré.

— Conor, la situation était impossible. Je crois que Mac trouvait ça aussi dur que moi. Avoir une troisième personne dans la maison nous évite de nous regarder en chiens de faïence.

— Tu m'en vois ravi, mais j'ai du mal à voir les choses comme ça. Quand on a des enfants, on…

— Nous n'*avons* pas d'enfant ! Nous hébergeons une adolescente qui a sa vie, ses occupations. Et elle s'absente très souvent.

— Alors quel intérêt ? Je croyais que sa présence servait à faire diversion.

Seigneur, comme elle détestait se disputer avec un avocat.

— Ne déforme pas mes paroles. Elle a demandé à rester avec nous, et Mac et moi y avons vu l'occasion de rendre un peu moins pénible une situation domestique difficile. Et d'aider une gamine dans le pétrin.

— Comme c'est généreux de votre part !

Elle avait fait le tour de son bureau pour aller se percher sur son siège à côté de lui et avait repris en baissant la voix.

— Si tu rencontrais un chouette gosse qui avait besoin d'un toit pour quelques semaines – quelqu'un dont la vie pourrait changer pour le mieux –, tu refuserais de l'aider ? (Elle le tenait.) Tu es père. Imagine qu'il s'agisse d'un de tes garçons. N'espérerais-tu pas que des gens bien intentionnés acceptent de l'accueillir ? (Elle avait cherché son regard.) Quand nous vendrons la maison, elle sera rentrée chez elle, et chacun pourra reprendre sa route. Tout le monde y gagne.

Elle avait tendu le bras pour lui prendre la main, mais il s'était dégagé, avait pivoté la tête sur le côté.

— Bien sûr. Je vois bien. Mais explique-moi tout de même une chose. (Il s'était penché en avant.) Comment avez-vous décrit votre arrangement aux autorités ? Parce que ça doit forcément leur paraître étrange… Deux personnes qui se sont à peine vues pendant un an, qui, au dire de tous, ne s'apprécient même pas, se proposent soudain d'accueillir une âme en peine…

Elle avait pris une profonde inspiration.

— Oh. Oh, je le savais…

— Non, Conor, c'est…

— Vous ne leur avez rien dit, c'est ça ? Ils vous croient ensemble. À toutes fins utiles, vous êtes un couple marié comme les autres, avait-il conclu d'un ton acerbe.

— Cela ne servait à rien de le préciser. Et tu sais très bien que, professionnellement, je n'ai jamais changé mon nom.

— Comme c'est commode…

— Je n'ai jamais eu l'occasion de le dire à tout le monde, avait-elle protesté. Il ne faut pas chercher plus loin. Au travail, les gens me connaissent sous le nom Macauley. Je n'ai pas su quoi faire.

— Et maintenant, M. et Mme Macauley adoptent une petite fille. Eh bien, tout s'arrange à merveille pour toi, non ? Vous voilà de nouveau une famille.

— Nous ne l'adoptons pas. C'est une adolescente qui a besoin d'un toit pendant quelques semaines. Allons, Conor. Ne commence pas à imaginer des choses qui n'existent pas.

Mais il semblait voir pléthore de motifs, subterfuges et tromperies. Cela faisait plusieurs jours qu'il se montrait cassant avec elle, invoquant des engagements antérieurs quand elle lui avait proposé de sortir ou l'évitant carrément.

Ça lui passera, s'était dit Natasha.

Elle consulta son portable qui lui indiquait pour la énième fois de la journée qu'elle n'avait reçu aucun appel, hormis du bureau.

Le travail, songea-t-elle. *Concentre-toi sur ton travail.*

La maison était silencieuse. Elle serait sienne exclusivement encore deux heures. Elle laissa tomber sa tête dans ses mains et ferma les yeux. Puis elle la releva et, prenant sa respiration comme quelqu'un qui émergerait de l'eau, elle appela son bureau et laissa un message sur le répondeur.

« Ben, quand tu écouteras ce message, pourrais-tu mettre la main sur toutes les déclarations de l'expert judiciaire dans l'affaire Nottingham ? J'en aurai besoin sur mon bureau en arrivant demain. Et préviens-moi dès que tu as des nouvelles de l'audience 3. Je pense que la municipalité dans l'affaire Thompson va faire appel. »

Ça avait recommencé. Trois balles de foin frais étaient empilées contre le mur de son box, répandant le léger parfum des prairies en été. Sur le côté était appuyé un sac de nourriture scellé. Sarah n'avait rien payé de tout ça. La main sur le cadenas froid, elle contempla le spectacle qui l'avait accueillie deux fois au cours des deux dernières semaines, prise d'un mélange désagréable de gratitude à l'idée que Boo ait de quoi manger et d'inquiétude étant donné l'identité du donateur.

L'automne s'était glissé au-dessus des écuries, les nuits s'étaient refroidies et les chevaux étaient devenus insatiables. Sarah jeta un coup d'œil dehors, en direction du brasero dans lequel Cowboy John était en train de jeter plusieurs enveloppes en papier kraft tout en parlant à son chien. Il avait été occupé à nettoyer la remise en brique qu'il appelait son bureau, brûlant plusieurs années de courrier officiel jamais ouvert. Elle lui avait demandé du foin, mais il lui avait répondu sur un ton d'excuse qu'il avait tout vendu à Sal, mis à part ce dont il avait besoin pour ses propres chevaux.

Sarah remplit un filet, puis rejoignit le box de Boo en traînant les pieds. Elle remplit d'eau ses seaux et nettoya sa litière, s'interrompant de temps à autre pour passer ses doigts gelés sous les couvertures de son cheval, où sa peau était douce et chaude, ou l'écouter mâcher en rythme.

Elle avait cru que vivre chez les Macauley lui faciliterait les choses, ce qui était le cas dans une certaine mesure. La maison était agréable. Elle était située plus près du collège et de l'écurie. Mais l'argent restait un problème. Sans Papa pour payer le loyer de l'écurie, elle luttait pour s'en sortir. Natasha insistait pour lui préparer des sandwichs au lieu de lui donner de l'argent pour s'acheter de quoi déjeuner, et ils avaient remplacé sa carte de bus, si bien qu'elle ne pouvait pas leur demander d'argent pour payer les trajets. Ils lui donnaient de l'argent de poche tous les week-ends, ce qu'aucune des autres familles d'accueil n'avait fait, mais cela ne couvrait pas les frais de Boo.

Elle n'aimait pas penser à combien s'élevait sa dette à présent. Même sans compter le foin.

Elle songea au bocal qu'elle avait vu dans la chambre de Natasha. Celle-ci ne devait pas avoir la moindre idée de la quantité de pièces de une livre qu'il contenait. En franchissant le seuil de la pièce, Sarah était restée pétrifiée, calculant qu'il devait bien y en avoir des centaines, mélangées à de la petite monnaie. Natasha Macauley signait des chèques sans regarder le montant. Elle avait laissé un relevé de compte sur la table de la cuisine où il figurait qu'elle avait dépensé presque deux mille livres le mois précédent, même si Sarah n'avait pas eu le courage de regarder ce qu'elle avait payé avec. L'avocate semblait avoir tellement d'argent qu'elle se fichait des pièces qu'elle jetait dans le bocal. Très probablement, elle ne voulait simplement pas qu'elles déforment les poches de ses tailleurs. Sarah savait ce que Papa dirait au sujet de filles qui prennent de l'argent qui ne leur appartient pas. Mais elle se surprenait de plus en plus souvent à lui rétorquer mentalement :

Et alors ? Tu n'es pas là. Explique-moi comment je suis censée garder notre cheval jusqu'à ce que tu rentres à la maison autrement ?

— Sarah.

Elle sursauta. Cowboy John avait disparu, et Sheba n'avait pas aboyé comme elle le faisait d'habitude quand quelqu'un entrait.

— Vous m'avez fait peur.

Elle recula contre la porte de son box, le cadenas encore dans la main. Sal le Maltais se tenait derrière elle. La nuit était tombée, et elle ne distinguait pas son visage.

— Je passais dans le coin et j'ai vu que le portail était ouvert, dit-il. Je voulais juste vérifier que tout allait bien.

— Tout va très bien, dit-elle en se tournant et en bataillant avec la clé. Je m'apprêtais à rentrer chez moi.

— Tu fermes tout pour John ?

— J'ai toujours eu un jeu de clés. Je l'aide quand il a besoin de partir tôt. Je… Ça ne m'ennuie pas de continuer quand vous prendrez la suite.

— Quand je prendrai la suite ? (La dent en or scintilla.) Mon chou, cet endroit m'appartient. Depuis une semaine déjà. (Il s'appuya contre le chambranle.) Mais pas de problème, garde tes clés. Ça peut servir.

Sarah scruta le sol, cherchant son sac à dos, heureuse que l'éclairage du lampadaire qui clignotait sur le trottoir ne soit pas assez fort pour permettre à Sal de la voir rougir.

— Tu vas où ?

— Je rentre.

— Ton grand-père est sorti de l'hôpital ?

— Non, répondit-elle. Je... Je loge chez quelqu'un.

— Il fait noir. Pas prudent pour une jeune fille de se balader toute seule à cette heure.

— Ça va, dit-elle en hissant son sac sur son épaule. Vraiment.

— Tu veux que je te ramène ? Je suis pas pressé.

Elle ne pouvait toujours pas distinguer son visage. Il sentait le tabac ; pas les cigarettes, quelque chose de fort et de doux.

— Je ne préfère pas.

Elle fit mine de passer devant lui, mais il ne bougea pas. Ce devait être un jeu pour lui : mettre les gens mal à l'aise. Elle se demanda si ses hommes étaient quelque part ailleurs dans la cour et se moquaient d'elle.

— Tu as bien trouvé le foin ?

— Merci. Désolée. Je voulais vous le dire.

Elle plongea une main dans sa poche et en sortit l'argent qu'elle avait compté le matin.

— Voilà pour les deux derniers lots.

Elle lui tendit l'argent, tressaillant légèrement quand les doigts de Sal effleurèrent sa main. Il le leva pour l'examiner à la lumière. Puis il rit.

— Mon chou, qu'est-ce que tu me paies, là ?

— Le foin. Et la nourriture. Pour deux semaines.

— Ça couvre même pas deux balles. C'est du bon matos que je te donne.

— Deux livres par balle. C'est ce que je payais John.

— Ce foin est bien meilleur que le sien. Des balles à cinq livres chacune. Je t'ai dit que je donnerais le meilleur à ton cheval. Tu me dois trois fois cette somme.

Elle le regarda fixement. Il n'avait pas l'air de plaisanter.

— Je n'ai pas autant, chuchota-t-elle.

Sheba gémissait contre ses jambes.

— C'est un problème. (Il hocha la tête pensivement.) C'est un problème, parce qu'il y a aussi les arriérés de loyer.

— Les arriérés de loyer ?

— D'après les registres de Cowboy John, ça fait six semaines que t'as pas payé.

— Mais John m'a dit qu'il nous dispensait de payer le loyer en retard. À cause de mon grand-père.

Sal le Maltais alluma une cigarette.

— Sa promesse, mon chou, pas la mienne. En ce qui me concerne, j'ai acheté une affaire qui marche, et dans le livre des comptes il y a un gros déficit à côté de ton nom. Je fais pas la charité. Y me faut le loyer.

— Je vais parler à John. Je…

— Cet endroit lui appartient plus, Sarah. C'est à moi que tu dois cet argent.

Sarah se mit à additionner les six semaines de loyer, en ajoutant la somme qu'il lui disait qu'elle devait pour la nourriture. Le total lui donna le tournis.

— Je… Je vais avoir besoin d'un peu de temps pour trouver cet argent.

— Eh bien… (Sal le Maltais fit un pas en arrière afin de la laisser passer, puis se mit à marcher vers le portail.) Pour l'instant, pas de problème. Je vais nulle part, Sarah. Tu vois comment tu règles ça et tu viens me voir.

En sortant de la salle d'audience, elle vit Linda qui gravissait quatre à quatre les marches de pierre. Natasha se détourna de l'avocat solliciteur avec qui elle s'entretenait, et son assistante lui fourra un papier dans la main, avant de lui glisser, le souffle court :

— Il faut que tu rappelles cette femme. Elle dit qu'une certaine Sarah a séché les cours une fois de plus.

— Quoi ?

Elle avait la tête encore pleine de l'affaire qu'elle venait de défendre.

— Elle a appelé à 10 heures, mais je n'ai pas voulu t'interrompre, expliqua Linda en désignant du menton la porte de la salle d'audience, avant de répéter, voyant que Natasha ne semblait pas comprendre le message : « Sarah ne s'est pas présentée au collège ce matin. » Apparemment, tu es censée savoir ce que ça signifie. C'est une cliente ? J'ai essayé de deviner de qui elle parlait...

Natasha jeta un coup d'œil à sa montre. Il était midi moins le quart.

— Est-ce que tu as appelé Mac ?

— Mac ? répéta Linda. Mac ton ex ? Pourquoi l'aurais-je appelé ?

Natasha fouilla dans son sac en quête de son portable.

— Ne t'inquiète pas. Je t'expliquerai plus tard.

Son téléphone à la main, elle s'éloigna à grandes enjambées dans le couloir, dépassant de petits groupes d'avocats accompagnés de leurs clients jusqu'à ce qu'elle eût trouvé un coin tranquille.

— Natasha ?

Il parut surpris de son appel. Derrière lui, elle entendit des rires et de la musique, comme s'il était à une fête.

— Le collège a appelé. Elle a encore séché.

— Qui ? Sarah ? (Il écarta un instant le combiné pour demander à quelqu'un de parler moins fort.) Mais je l'ai déposée à 8 h 45…

— Tu l'as vue franchir la grille ?

Un silence.

— Maintenant que tu le dis, non. Elle m'a fait un signe de la main. Bon sang, je ne pensais pas qu'il faudrait la suivre à la trace !

— Ils m'ont appelée deux fois. Légalement, nous sommes censés déclarer sa disparition après deux heures. Il va falloir que tu t'en occupes, Mac. J'ai à peine une heure devant moi, après quoi je serai coincée en audience tout l'après-midi. Vu comment ça s'est passé ce matin, je ne serai pas sortie avant 16 heures.

— Merde ! Je suis en plein milieu d'un shooting et, après, j'ai une autre mission dans le sud de Londres.

Elle l'entendit réfléchir. Il émettait toujours un petit grognement quand il se creusait les méninges.

— OK. Toi, tu appelles l'école pour vérifier qu'elle n'est pas réapparue entre-temps. Moi, je vais à la maison pour m'assurer qu'elle n'y est pas et je t'appelle.

Sarah n'était ni au collège ni chez eux, et elle n'était pas à l'hôpital non plus. Mac appela Natasha alors qu'elle avalait un sandwich à toute vitesse en faisant les cent pas dans son bureau. Il lui demanda d'attendre jusqu'au soir avant de rappeler l'assistante sociale.

— Parlons d'abord avec Sarah.

— Et s'il lui était arrivé quelque chose ? La dernière fois, c'était seulement un cours. Là, elle a manqué toute la matinée. Mac, il faut que nous appelions l'assistante sociale.

— Elle a quatorze ans. Elle est simplement en train de s'éclater, probablement pétée au cidre, assise sur un pas de porte quelque part avec ses copains.

— Oh, me voilà rassurée.

— Elle va revenir. De toute façon, elle n'abandonnera jamais son grand-père.

Natasha n'était pas aussi confiante. Cet après-midi-là, elle eut du mal à rester concentrée. En lançant un coup d'œil vers sa cliente, Lindsay, douze ans, assise, l'air renfrogné, entre son tuteur et l'assistante sociale qui assistait à la dernière audience dans le cadre d'une demande de placement, elle revit le petit visage de Sarah, son expression indéchiffrable quand elle avait essayé de quitter la maison à pas de loup. Il se passait quelque chose dont ils ignoraient tout, songeait Natasha, nerveuse. Elle oscillait entre l'inquiétude à l'idée que l'adolescente soit vraiment en détresse, et l'angoisse persistante face à la possibilité de s'être attiré un paquet de contrariétés dans son existence jusque-là sans histoires.

— Tes notes, souffla Ben en se glissant sur le siège à côté d'elle. Tu les avais laissées sur la chaise dehors.

— Seigneur ! Merci.

J'aurais vraiment dû réfléchir davantage avant d'accepter, se dit-elle en écoutant l'avocat représentant la collectivité locale. *J'étais tellement perturbée à la perspective de cohabiter avec Mac que je n'ai pas envisagé une seconde que la situation pourrait devenir encore plus compliquée.*

— Maître Macauley, avez-vous quelque chose à ajouter ? demanda le juge.

Elle ne maîtrisait pas ce dossier. Elle sentait sa concentration habituelle s'étioler.

— Non, monsieur le président. Ce sera tout.

— Je croyais que tu avais l'intention d'invoquer le rapport du psychiatre, chuchota Ben.

Zut !

Elle se leva brusquement.

— Veuillez m'excuser, monsieur le président. En fait, je souhaiterais attirer votre attention sur un point…

Mac était assis à la table de la cuisine quand elle rentra. Elle laissa tomber sa serviette contre le réfrigérateur et dénoua son écharpe.

— Toujours rien ? demanda-t-elle.

— Non, pas depuis que tu as quitté le boulot.

— La nuit tombe. On lui laisse encore combien de temps avant d'appeler quelqu'un ?

Un nœud d'angoisse s'était formé dans son estomac lors du premier coup de fil de Mac, et n'avait cessé de grandir depuis. Elle s'était imaginé à plusieurs reprises la conversation avec l'assistante sociale. Les autorités les jugeraient stupides ou, pire, inconscients. La seule chose qu'on leur avait demandé de faire était de s'assurer qu'elle se rendait au collège. Les travailleurs sociaux désapprouveraient leur négligence. Les compétences professionnelles de Natasha seraient peut-être remises en question. Et puis, sous ces préoccupations, la petite voix terrifiante, celle qu'elle avait essayé de noyer dans la raison, le bon sens, un autre coup de fil à Mac.

Et si, cette fois, quelque chose lui était vraiment arrivé ? Je n'ai aucune expérience dans ce domaine. Les vrais parents ont eu des années pour s'habituer à ce genre d'angoisse.

— Accordons-lui une demi-heure de plus, proposa Mac. Ça lui laisse jusqu'à 18 heures. Là, on estimera qu'elle a franchi la ligne rouge.

Natasha s'assit en face de lui et accepta le verre de vin qu'il venait de lui verser. Il ne souriait plus. L'expression détendue qu'il affichait plus tôt avait disparu, remplacée par un masque hermétique, crispé.

— Tu es arrivé à temps pour ton deuxième boulot ?

Il secoua la tête.

— J'ai préféré aller attendre devant le collège à l'heure de la sortie, au cas où elle aurait été là. (Il soupira et but une gorgée de vin.) De toute façon, je n'avais pas la tête à ça. Ce n'est pas grave. Ils m'ont autorisé à décaler la séance à demain.

Leurs regards se croisèrent brièvement.

À condition qu'elle soit rentrée d'ici là.

— J'ai été nulle au tribunal aujourd'hui, confia-t-elle à son tour. Impossible de me concentrer sur mon dossier.

— Ça ne te ressemble pas.

— Non, dit-elle.

Elle avait perdu, et, à l'expression de Ben, elle avait eu la confirmation que c'était sa faute.

— Les gosses, hein ? ironisa tristement Mac.

Ils sursautèrent en entendant retentir la sonnette.

— J'y vais, dit Mac en reculant sa chaise.

Natasha resta assise à siroter son vin et l'écouta ouvrir la porte d'entrée. Il marmonna quelque chose d'inintelligible, puis elle entendit ses pas revenant du vestibule. Derrière lui, le visage à moitié mangé par son écharpe, l'air froid du soir imprégnant encore ses vêtements, se tenait Sarah.

— Bienvenue, dit Mac en se tournant vers elle. On était justement en train de se demander si tu avais changé d'hôtel.

Ses yeux, à peine visibles, passaient de l'un à l'autre tandis qu'elle essayait d'évaluer l'ampleur du pétrin dans lequel elle se trouvait.

— Ça t'ennuierait de nous dire où tu étais ?

Mac s'était exprimé d'un ton léger, mais Natasha perçut son exaspération.

Sarah baissa légèrement son écharpe.

— Je suis sortie avec une copine.

— Pas ce soir, rectifia Mac. Je veux dire toute la journée. Quand tu étais censée être en cours.

Elle donna un coup de pied dans un objet invisible par terre.

— Je me suis sentie mal.

— Et…

— Et je suis partie marcher. Pour me vider la tête.

Natasha ne tint plus.

— Pendant neuf heures ? Tu es partie marcher pendant neuf heures pour te vider la tête ? Est-ce que tu as la moindre idée des problèmes que tu as causés ?

— Natasha…

— Non ! (Elle balaya l'avertissement de Mac d'un revers de main.) J'ai perdu une affaire au tribunal aujourd'hui parce que j'étais trop occupée à me demander où tu étais. L'école nous a appelés toutes les heures. Mac a dû annuler un travail important. Alors la moindre des choses, c'est de nous dire où tu étais.

Sarah remonta son écharpe, les yeux rivés au sol.

— Nous sommes légalement responsables de toi, Sarah. Nous devons nous assurer que tu vas en cours et que tu rentres ensuite à la maison. C'est la loi. Est-ce que tu comprends ?

L'adolescente hocha la tête.

— Alors où étais-tu ?

Un long silence inconfortable s'installa. Finalement, l'adolescente haussa les épaules.

— Tu veux finir en foyer ? Parce que c'est la quatrième fois que tu disparais en quatre jours. Si tu recommences et que l'école signale ton absence à l'assistante sociale avant de nous appeler, tu finiras en foyer avec couvre-feu. Tu sais ce que ça veut dire ? (Natasha avait haussé la voix.) Ça signifie que tu seras enfermée.

— Tash…

— Ça ne dépendra pas de nous, Mac. Ils décideront que nous ne sommes pas capables de nous occuper d'elle, et s'ils estiment qu'elle risque encore de disparaître, ils engageront une procédure judiciaire en vue d'un placement en foyer.

Au-dessus de l'écharpe, les yeux de la fille étaient ronds comme des billes.

— C'est ça que tu veux ?

Sarah secoua lentement la tête.

— Allons, dit Mac, calmons-nous. Sarah, nous voulons seulement que tu respectes les règles, d'accord ? Nous avons besoin de savoir où tu es.

— J'ai quatorze ans, lança-t-elle d'une voix douce mais pleine de défi.

— Et tu nous as été confiée, répliqua Natasha. C'est toi qui as demandé à venir ici, Sarah. Alors tu dois respecter nos règles.

— Je suis désolée.

Son expression démentait ses propos.

— Demain, dit-elle, Mac te conduira avant l'appel et te laissera à ton professeur. Et l'un de nous deux t'attendra à la sortie. Et on fera comme ça jusqu'à ce que tu nous aies prouvé que nous pouvons te faire confiance pour être là où tu es supposée être.

Mac se leva, marcha jusqu'à un placard dont il sortit un paquet de pâtes.

— OK, restons-en là pour ce soir en partant du principe que ça n'arrivera plus. Sarah, enlève ton manteau et viens t'asseoir. Tu dois avoir faim. Je vais nous préparer quelque chose à manger.

Mais Sarah tourna les talons et sortit de la cuisine. Ils l'entendirent monter l'escalier d'un pas lourd et claquer la porte de sa chambre derrière elle.

Il y eut un silence.

— Voilà une conversation productive…

Mac soupira.

— Donne-lui une chance. Elle traverse une sale période.

Natasha avala une gorgée de vin, poussa un long soupir, puis le regarda.

— Dois-je en conclure que ce n'est pas le bon moment pour te dire que de l'argent a disparu du pot dans ma chambre ? (Elle n'était pas sûre qu'il l'ait entendue.) Pas mal, en fait.

Je viens de remarquer que le niveau avait baissé. Et je me rappelle y avoir mis quatre pièces d'une livre l'autre soir. Hier, elles n'y étaient plus.

Il continua de verser des pâtes dans le bol de la balance.

— Oh non…, soupira-t-elle.

— Je n'ai rien voulu dire, commença-t-il, mais je me souviens d'avoir sorti un billet de cinq livres de la poche de mon jean et de l'avoir laissé sur la table basse l'autre soir en me disant que je le reprendrais le lendemain. Quand je suis descendu le matin, il n'y était plus. (Il alla fermer sans bruit la porte de la cuisine.) Tu crois qu'elle se drogue ?

— Je ne sais pas. Il ne me semble pas l'avoir jamais vue défoncée.

— Non… Effectivement…

— Ce ne sont pas les vêtements.

C'était l'une des choses que Natasha avait presque trouvées attachantes : Sarah semblait absolument indifférente à la mode et à la presse people, et elle ne passait pas plus de dix minutes dans la salle de bains le matin.

— Je ne crois pas qu'elle ait de téléphone. Et elle ne sent pas la cigarette.

— Il se passe quelque chose.

Natasha se mit à examiner son verre.

— Mac, dit-elle. Il faut que je t'avoue un truc. Quand je l'ai rencontrée la première fois, elle venait de se faire surprendre en train de voler dans un supermarché.

Il arrêta ce qu'il était en train de faire.

— C'était juste une boîte de poisson pané. Je suis tombée sur elle entre deux rayons. Elle a juré qu'elle avait eu l'intention de payer.

Je me suis encore fait avoir. Je croyais faire une bonne action. L'incarnation de la classe moyenne libérale, stupide, bourrée de culpabilité. Je suis complètement dépassée.

— Je suis désolée. J'aurais dû te le dire.

Il secoua la tête. Elle comprit, reconnaissante, qu'il ne lui ferait aucun reproche.

— Tu crois que nous…, commença-t-elle avec hésitation, … que nous avons…

Mais Mac l'interrompit.

— Demain, je ne peux pas, lança-t-il en versant enfin les pâtes dans l'eau bouillante, mais donne-moi un ou deux jours, et je vais la suivre. Pour comprendre ce qu'elle mijote. Au moins, nous connaîtrons le fin mot de cette histoire.

Chapitre 10

« Quelle fougue et quel courage ; quelle fierté dans son maintien : un spectacle à la fois merveilleux et terrifiant. »

Xénophon, *De l'art équestre.*

Pendant deux jours, Sarah fut un modèle d'obéissance. Dissimulant son ressentiment, elle laissa Mac l'accompagner en cours et l'attendit comme convenu à la sortie, traînant les pieds devant l'école jusqu'à ce qu'il vienne la chercher. Mais la beauté des adolescents, songea Mac, c'était qu'ils se croyaient toujours plus malins que tout le monde. Et Sarah ne fit pas exception à la règle.

Le troisième jour, au moment de la déposer, il lui annonça qu'il n'avait pas le temps de l'accompagner à l'intérieur : est-ce qu'elle pouvait entrer seule ? Il décela l'étincelle fugace dans ses yeux, aussitôt dissimulée, puis la salua d'un geste et s'éloigna en appuyant sur l'accélérateur, feignant d'être pressé, avant de faire le tour du pâté de maisons. Il arrêta la voiture devant des garages, compta jusqu'à vingt, puis regagna lentement la grand-rue. Passant devant l'établissement, il vit que les élèves affluaient encore, franchissant les grilles, leurs sacs pendant sur une épaule, s'interpellant ou s'agglutinant autour de téléphones portables. Et, effectivement, il retrouva Sarah : elle remontait à contre-courant, marchant d'un pas rapide vers l'arrêt de bus.

Mac pria pour qu'elle ne se retourne pas, mais elle était déjà trop concentrée sur son escapade.

Bon sang, Sarah ! Pourquoi es-tu si déterminée à saboter ton avenir ?

Il la regarda sauter dans un bus, enregistrant le numéro de la ligne et sa destination. Ce n'était pas la direction de l'hôpital. L'assistante sociale l'avait emmenée voir son grand-père la semaine précédente et avait mentionné où il se trouvait. Mac avait promis de l'y accompagner ce week-end-là et avait noté l'adresse. Mais alors, où allait-elle ?

De sa voiture, derrière le bus, il ne pouvait pas la surveiller à l'intérieur, mais il la verrait forcément en descendre. Pour plus de discrétion, il laissa deux voitures s'intercaler entre lui et sa cible, sûr que le bus ne le sèmerait pas dans la circulation de l'heure de pointe.

Pourvu que ce soit un garçon, songea-t-il en tripotant les boutons de sa radio.

Si c'était le cas, ils pourraient l'inviter, leur parler à tous les deux. Un garçon serait gérable, programmable dans son emploi du temps. Les drogues, non.

Faites que ce ne soit pas la drogue.

Durant vingt minutes, ils avancèrent péniblement à travers Londres en direction de la City. S'immobilisant à chaque arrêt du bus, il s'attira des protestations féroces de la part de conducteurs de camionnettes qui lui criaient d'avancer, ainsi que des gestes grossiers de femmes élégantes, qui auraient pu s'abstenir. Quand les choses se compliquèrent, il se rangea quelques secondes le temps de laisser les gens passer, se demandant de combien de contraventions il allait écoper à force de circuler dans la file des bus. Mais il était allé trop loin désormais pour se permettre de la perdre de vue. Il commença à pleuvoir au moment où il atteignait les abords du Square Mile. Il devint difficile de repérer Sarah dans son uniforme sombre, parmi les employés de la City en costume et parapluie qui grimpaient dans le bus ou en descendaient. La fréquentation de plus en plus dense de ce quartier de Londres lui compliquait terriblement la tâche. À plusieurs reprises, il se demanda s'il l'avait déjà manquée, mais il ne renonça pas pour autant.

Enfin, quand les tours de verre du quartier d'affaires cédèrent la place à des bâtiments et immeubles plus sinistres, il l'aperçut. Elle bondit du bus, passa derrière en courant et sauta sur l'îlot séparateur au milieu de la chaussée. Mac retint son souffle : si elle tournait la tête vers la droite, elle le verrait. Mais elle était attentive à la circulation et aux voitures qui arrivaient dans l'autre sens. Soudain, elle lâcha la balustrade et traversa en courant. Avant que Mac ne comprenne qu'il se dirigeait désormais dans la mauvaise direction, elle disparut dans une rue transversale.

— Merde ! s'exclama-t-il. Merde, merde, merde.

Il extirpa sa voiture de derrière le bus, brandissant un bras par la fenêtre dans un geste d'excuse quand le véhicule derrière lui pila dans un crissement de pneus et passa au feu orange au carrefour, ce qui lui valut un coup dans la portière de la part d'une piétonne outrée.

— Désolé, désolé, bredouilla-t-il.

Il accéléra autant qu'il put vers le rond-point, qu'il prit à toute allure, puis remonta la rue principale dans l'autre sens, scrutant la foule, jusqu'à arriver devant la ruelle transversale où elle s'était engouffrée. Au moment où il mettait son clignotant, il s'aperçut que la voie était en sens unique : le mauvais sens pour lui. Mac hésita une seconde, puis s'y engouffra à toute vitesse, priant pour avoir le temps d'atteindre la rue suivante avant que quelqu'un n'arrive.

— Je sais… je sais…, cria-t-il au conducteur du vélomoteur qui roulait vers lui en lui hurlant des obscénités sous son casque.

Au carrefour, il n'y avait rien. Pas une voiture, pas un piéton. Juste une enfilade de bâtiments victoriens aux façades noircies, l'entrée d'un parking et un immeuble. Sur sa gauche, il aperçut la grand-rue, un café et un petit restaurant indien servant des plats à emporter. Sur un coup de tête, il tourna à droite et avança doucement sur les pavés, scrutant les rues transversales en quête d'une gamine en uniforme. Rien. Elle semblait s'être volatilisée.

Mac ralentit et se gara. Il resta là un moment, se maudissant. La maudissant.

Mais qu'est-ce que je fous, bon sang ? Je traque une collégienne que je connais à peine à travers Londres, et pour quoi ?

Dans quelques semaines, de toute façon, elle serait partie. Si elle voulait foutre sa vie en l'air avec des mecs ou des drogues, qu'est-ce que ça pouvait bien lui faire ? Son grand-père finirait par rentrer chez eux, remettrait sa petite-fille dans le droit chemin, et tous reprendraient le cours de leurs vies.

Son téléphone sonna, et il s'aperçut que sa conduite fantasque avait projeté ses affaires hors de ses poches. Il tâtonna quelques instants par terre sous le siège passager avant de mettre la main sur son portable.

— Mac ?

C'était Maria.

— Salut, dit-il.

— Ne te fatigue pas : tu avais l'intention de me téléphoner, mais tu es coincé sous un gros meuble, c'est ça ? lança-t-elle d'une voix douloureuse. (Il ne le prit pas personnellement, c'était le ton qu'elle employait quand la couleur de son thé ne lui plaisait pas.) Tu devais m'appeler pour qu'on déjeune ensemble.

— Zut ! Désolé, mon chou, j'ai été retenu. Je ne vais pas me libérer à temps.

— C'est à cause boulot ?

— Pas exactement.

Il se laissa aller contre le dossier de son siège et se passa la main sur le crâne.

— Encore ton ex. Vous deux faites l'amour comme des fous toute la nuit, et tu n'as plus d'énergie pour moi, dit-elle en riant.

— Ça n'a rien à voir avec Natasha.

— En Pologne, Natasha est prénom populaire pour prostituées. Tu sais ça ?

— Je le lui dirai. Je suis sûr qu'elle sera ravie de l'apprendre.

Maria cria quelque chose à quelqu'un, puis parla de nouveau dans le combiné.

— Dommage pour toi. Tu ne vas pas me voir pendant deux semaines.

— Ah bon ?

Était-ce Sarah, là-bas, au bout de la rue étroite ? Il se pencha, mais quand la fille se retourna, il vit qu'elle poussait un landau.

— J'ai mission super top dans les Caraïbes. Je t'ai dit.

— C'est vrai.

— Pour *Elle* Espagne. Devine qui est le photographe.

— Maria, tu sais bien que je confonds tous les photographes de mode.

— Sevi. Tout le monde connaît Sevi.

Il fallait qu'il appelle Tash pour lui dire qu'il l'avait perdue. Ils décideraient alors s'il convenait ou non d'avertir l'assistante sociale.

— Il fait la couv' de *Marie Claire* ce mois-ci.

Peut-être pourrait-il appeler le collège pour dire qu'elle avait un rendez-vous. Ensuite, il la forcerait à lui avouer où elle était allée.

— *Marie Claire* ! répéta Maria avec emphase.

— Le marchand de journaux a dû égarer mon exemplaire…

— Tu es vraiment pathétique. Tu fais beaucoup mauvaises blagues.

— Maria, mon chou, dit-il, il faut que j'y aille. Je dois passer un coup de fil.

— Est-ce que tu deviens homosexuel ?

— Pas aujourd'hui, non, mais je vais y réfléchir.

— Ma sœur a marié un homosexuel. Je t'ai dit ?

Il n'écoutait plus. Plus haut dans la rue, un grand cheval brun venait de franchir un portail grillagé. L'animal sursauta légèrement devant une poubelle, puis fit un écart en descendant sur la chaussée pavée, ses sabots martelant la surface dure. Il se dirigeait vers Mac, qui plissa les yeux, car à l'intérieur de l'habitacle, les vitres se couvraient de buée. Mais l'identité du cavalier ne faisait aucun doute. Mac resta pétrifié, sous le choc.

— Maria, il faut que j'y aille. Appelle-moi d'où que tu sois et nous arrangerons quelque chose.

Il fourra le téléphone dans sa poche, puis, une fois que le cheval se fut éloigné d'au moins cinq mètres, il ouvrit silencieusement sa portière et sortit de la voiture. Sarah s'était attaché les cheveux ; son corps svelte était perché, léger, sur l'imposante monture, le sweat-shirt de son collège clairement visible. Le cheval fit une nouvelle embardée, mais elle ne bougea pas. Mac la vit se pencher pour caresser l'encolure de l'animal, comme pour le rassurer.

Mac referma la portière et marcha rapidement jusqu'au coffre. Sans quitter des yeux la fille sur le cheval, il sortit son Leica, puis il verrouilla les portières et leur emboîta le pas. Sarah était assise calmement, apparemment indifférente au chaos de la ville. En les voyant tourner au coin, il comprit qu'elle se dirigeait vers le parc.

Il réfléchit un moment, puis saisit son téléphone et composa le numéro, s'abritant dans le renfoncement d'une porte de façon que sa voix ne soit pas emportée par le vent.

— Je suis bien au secrétariat des élèves ? Bonjour… Je suis le tuteur de Sarah Lachapelle. J'appelle pour signaler qu'elle a un rendez-vous chez le médecin ce matin et qu'elle sera absente. Oui, je suis vraiment désolé... Je sais que j'aurais dû appeler plus tôt...

Jusqu'à ce que Papa tombe malade, presque la moitié du dressage de Boo se faisait depuis le sol. Papa le travaillait à la longe et se tenait derrière lui, l'encourageant à comprendre ses instructions en fonction des différentes pressions de sa main et des rênes, à rectifier sa position, à ramener davantage son arrière-main sous lui, à se pencher vers la gauche ou vers la droite. Sarah se positionnait au niveau de sa tête ou de son épaule, renforçant les indications de son grand-père d'une douce pression de la main ou de la voix, parfois d'un léger effleurement de cravache. De cette façon, expliquait Papa, Boo pouvait apprendre sans avoir en plus à subir son manque d'équilibre à elle. Papa semblait toujours suggérer qu'elle était un handicap, que sa présence compliquait les choses pour Boo. Elle ne le prenait plus personnellement depuis longtemps.

Il avait eu un cheval appelé Gerontius, qui avait été travaillé à la longe pendant trois ans avant que quelqu'un soit autorisé à le monter. Ce n'est pas un substitut au dressage, lui expliquait Papa. C'est la base du dressage. Tous les « airs relevés », les sauts d'école, découlaient de ces fondements incontournables.

C'était bien joli, tout ça, songeait Sarah à présent, mais elle avait besoin de monter. Assise, elle autorisa Boo à se détendre un peu, le grondant quand il sursautait à cause d'un lampadaire, d'un cône de signalisation ou d'une grille d'évacuation, obstacles qui ne l'auraient même pas fait cligner des yeux six semaines auparavant. Elle n'avait pas pu venir pendant deux jours : deux jours durant lesquels on lui avait peut-être donné à manger et à boire, mais il n'était pas sorti de son box. Pour un cheval d'une telle intelligence et forme physique, cela revenait à de la torture, et elle savait qu'elle allait probablement le payer.

La pluie s'était intensifiée, et Sarah leva un bras pour signifier aux voitures de les laisser traverser. Boo avait aperçu l'herbe, et la jeune fille sentit le regain d'énergie de son cheval. La pluie aurait sûrement vidé le parc, et elle aurait la place de travailler sans être interrompue. Mais le cheval était excité, peut-être trop. Après son emprisonnement, ses sabots réagiraient à cette surface élastique comme à une décharge électrique.

Écoute-moi, lui dit-elle de ses hanches, de ses jambes, de ses mains. Néanmoins, savoir qu'une telle puissance attendait simplement d'être libérée avait quelque chose d'exaltant.

Levade, souffla une petite voix dans sa tête.

Papa lui avait interdit d'essayer, sous prétexte que c'était une figure trop ambitieuse. La levade exigeait du cheval qu'il passe tout son poids sur ses postérieurs en conservant un angle de trente-cinq degrés. C'était une épreuve de force et d'équilibre, une transition vers les plus grands défis du dressage traditionnel.

Mais Papa l'avait fait. Elle l'avait fait depuis le sol. Elle savait que Boo en était capable.

Sarah respira l'air humide et s'essuya le visage. Elle fit trotter Boo en petits cercles, le faisant passer à l'arrêt, puis repartir, le forçant à se concentrer sur elle, créant une carrière invisible entre les poubelles du parc, les bollards et le côté le plus long de l'aire de jeux des enfants. Quand elle fut sûre qu'il s'était échauffé, elle le lança au petit galop, d'abord d'une rêne, puis de l'autre, se remémorant les instructions de son grand-père : assiette profonde, mains immobiles, jambes légèrement en arrière, prise plus ferme sur la rêne extérieure. Quelques minutes plus tard, elle était ailleurs, emportée loin de la frustration que lui inspirait son quotidien régenté par des étrangers, des dettes qu'elle avait accumulées, de la vision de son grand-père prostré, malheureux, dans un lit qui sentait le vieux et l'odeur chimique du pin. Il n'y avait plus que Boo et elle, à l'abri de tout le reste, travaillant jusqu'à ce que leurs corps dégagent de la vapeur sous la bruine. Elle le ramena au pas et relâcha sa prise sur les rênes, l'autorisant à se détendre. Il ne sursautait plus aux bruits de la rue ni au passage des bus à impériale : travailler dur l'avait calmé, l'avait ancré dans le sol.

Papa serait content de lui aujourd'hui, songea-t-elle en faisant courir sa main sur son encolure mouillée.

Levade. Serait-ce donc un péché de le tester un peu ? Papa n'en saurait rien… Elle inspira profondément et reprit les rênes, engageant Boo dans un trot lent qu'elle restreignit peu à peu jusqu'à ce qu'il soit en piaffer, levant ses sabots en rythme, sur place. Elle redressa le dos, essayant de se rappeler les instructions de Papa. Les pieds postérieurs doivent se placer sous le centre de gravité du cheval, les jarrets s'enfoncer presque dans le sol. Sarah se cambra légèrement, l'encourageant des jambes, orientant son énergie, le retenant d'une infime pression sur les rênes. Elle fit claquer sa langue, et il se tendit, attentif à ses instructions, agitant les oreilles. Il ne pouvait pas le faire, comprit-elle. Elle avait besoin de quelqu'un d'autre pour le guider depuis le sol. Et puis elle sentit sa croupe s'affaisser sous elle et, l'espace d'un instant, elle paniqua un peu, craignant que cela ne les déséquilibre tous les deux, mais soudain son avant-main s'éleva devant elle, et elle se pencha en avant pour l'aider, le sentant trembler tandis qu'il essayait de maintenir la posture. Là, ils vacillèrent, défiant la gravité, Sarah observant le parc depuis un point de vue nouveau, plus haut.

Et puis il redescendit. Prise au dépourvu, Sarah s'effondra sur son encolure, et il se lança en avant, ruant une fois, deux, avec exubérance, et elle dut lutter pour rester en selle.

Sarah poussa sur ses mains pour se redresser et éclata de rire. Elle sentit une immense joie monter en elle et donna une petite tape sur l'encolure du cheval, le félicitant, essayant de lui communiquer le sentiment de sa propre magnificence. Elle se pencha et passa les bras autour de son cou.

— Tu es un cheval intelligent, très intelligent, murmura-t-elle en regardant les oreilles de Boo s'agiter, attentives à son approbation.

— Impressionnant, lança une voix derrière elle.

Sarah se retourna sur sa selle, le cœur battant.

Le blouson de Mac était noir tant il était trempé.

— Je peux ? dit-il avant de s'avancer d'un pas nonchalant pour venir caresser l'encolure de Boo. Il a chaud, fit-il remarquer en reculant sa main, frottant les bouts de ses doigts ensemble.

Elle était incapable de parler. Ses pensées semblèrent se dissoudre dans une vague d'effroi.

— Tu as fini ? On rentre ? demanda Mac en désignant Sparepenny Lane d'un geste.

Elle hocha la tête, serrant les rênes entre ses doigts. Elle réfléchit à toute allure. Elle pourrait partir maintenant. Il lui suffisait de donner l'ordre à Boo de s'élancer, et tous deux traverseraient le parc, voleraient à travers les marais. Elle serait à des kilomètres avant qu'il puisse penser à la rattraper. Mais elle n'avait rien. Nulle part où aller.

Elle regagna lentement l'écurie. Boo laissait sa tête pendre, manifestement exténué par leur séance de travail intense. Elle-même avait adopté une posture défaite. Elle étudia le dos de Mac pendant qu'il marchait, incapable d'interpréter son comportement.

Elle s'arrêta devant le portail. Cowboy John sortit de sa remise et alla ouvrir.

— T'as pris la douche, l'écuyère ? T'es trempée.

Il donna une petite tape au cheval quand il passa devant lui, puis aperçut Mac qui hésitait derrière elle.

— Je peux vous aider, jeune homme ? Vous voulez des œufs, des fruits ? J'ai reçu de superbes avocats aujourd'hui. Je peux vous préparer une corbeille pour seulement trois livres.

Mac dévisageait Cowboy John comme s'il n'avait jamais rien vu de tel. Peut-être parce que John portait son chapeau de cowboy le plus miteux, un foulard rouge et un blouson fluo oublié par un terrassier l'année précédente. Mais plus probablement à cause de l'énorme joint coincé entre ses dents jaunes.

— Des avocats ? répéta Mac, qui s'était ressaisi. Ça a l'air bon.

— Mieux que ça, mon gars. Ceux-là sont mûrs à point. Leur peau est prête à se fendre, la chair à être transformée en guacamole. Vous voulez toucher ? Pétard, on vous fera pas de meilleure proposition aujourd'hui ! conclut-il avec un gloussement grivois.

Mac franchit le portail derrière Sarah.

— Je vous suis, dit-il.

Sarah ramena le cheval à son box. Elle le débarrassa de la selle et de la bride, qu'elle essuya avant de les ranger soigneusement dans son appentis, puis elle commença à nettoyer. À l'autre extrémité de l'écurie, elle vit Cowboy John présenter ses fruits et ses légumes à Mac. Celui-ci hochait la tête. Il ne cessait de jeter des coups d'œil autour de lui, comme pour tout enregistrer, tout en posant des questions. Elle vit John désigner les différents chevaux, ses poules, le bureau. Mac l'écoutait avec un intérêt visible. Finalement, alors qu'elle changeait l'eau du seau de Boo, John et Mac s'avancèrent d'un pas nonchalant sous la voûte du viaduc et s'approchèrent du box. Il pleuvait encore plus fort, et l'eau ruisselait dans la pente, entre les pavés.

— T’as fini, l’écuyère ?

Elle hocha la tête, debout près du cheval.

— T’as disparu deux jours. T’as eu du mal à venir ? Le vieux Boo a bien encore failli se faire la malle, ce matin.

Elle jeta un coup d’œil à Mac, puis baissa les yeux vers le sol.

— Quelque chose comme ça, bredouilla-t-elle.

— T’es allée voir ton grand-père ?

Elle secoua la tête. Horrifiée, elle s’aperçut qu’elle était sur le point de fondre en larmes.

— Nous y allons maintenant, intervint Mac.

Elle releva la tête d’un coup.

— Ça te va ? lui demanda-t-il.

— Vous connaissez la gamine ?

Cowboy John fit un pas en arrière, mimant la stupéfaction, puis désigna le cageot de fruits de Mac.

— Vous connaissez Sarah ? Mon vieux, y fallait le dire. Je vous aurais jamais vendu cette camelote si j’avais su que vous étiez un ami de Sarah.

Mac haussa un sourcil.

— Je ne peux pas vous vendre ça, expliqua John. Venez dans mon bureau, je vous donnerai de la bonne marchandise. Je garde ça dehors pour les passants. Sarah, salue ton grand-père pour moi. Dis-lui que je passerai samedi. Donne-lui ça.

Il lui lança quelques bananes.

Au moment où Mac s’éloignait pour suivre John dans son bureau, Sarah eut juste le temps de voir un petit sourire sur ses lèvres.

Ses vêtements étaient toujours mouillés quand elle monta dans la voiture. Sous l’essuie-glace battait une contravention ; Mac la décolla du pare-brise. C’est en se penchant pour la jeter dans la boîte à gants qu’il remarqua qu’elle tremblait de tous ses membres.

— Tu as besoin d'enfiler quelque chose de sec. Il y a un pull sur la banquette arrière. Mets-le par-dessus ton uniforme.

Elle obéit. Mac fit démarrer la voiture et rejoignit le flot de la circulation, réfléchissant à toute allure à ce qu'il pourrait bien dire.

— Alors c'était ça… Les absences. Les disparitions.

Il ne parla pas de l'argent.

Elle hocha imperceptiblement la tête.

Mac mit le clignotant et tourna à gauche.

— Eh bien… On peut dire que tu es pleine de surprises. (Il se sentait rassuré. Sarah était juste une gamine passionnée de poney, même si le sien était un peu surdimensionné.) Qu'est-ce que tu faisais, là-bas ? Cette espèce de saut…

Elle marmonna quelque chose d'inintelligible, puis répéta, plus fort :

— Une levade.

— Mais encore ?

— Une figure de la haute école. C'est du dressage.

— Du dressage ? Comme quand on fait courir les chevaux en cercles ?

Elle sourit du bout des lèvres.

— Un truc comme ça.

— Et le cheval est à toi ?

— À moi et à Papa.

— Il est plutôt malin. Je n'y connais rien en chevaux, mais il a l'air incroyable. Comment as-tu fini avec un cheval pareil ?

Elle l'examina pendant un moment, comme pour évaluer la quantité d'informations qu'elle pouvait lui confier.

— Papa l'a acheté en France. C'est un selle français. C'est la race qu'ils utilisent dans l'académie d'équitation où Papa s'est entraîné. (Elle marqua une pause.) Mon grand-père sait tout ce qu'il y a à savoir en matière d'équitation.

— Tout ce qu'il y a à savoir…, murmura Mac. Tu fais ça depuis longtemps ?

— Depuis toujours, dit-elle.

Elle disparaissait dans le pull de Mac ; elle en avait tiré les manches par-dessus ses mains et avait rentré les genoux dessous. On aurait dit une pelote de laine sur la défensive.

— Nous étions censés aller en France pour les voir. Avant qu'il tombe malade.

Mac la revit traverser la rue entre les bus et les camions, puis complètement absorbée tandis qu'elle dessinait des cercles d'empreintes de sabots.

Bon sang, qu'est-ce qu'on s'est mis sur les bras ? se demanda-t-il.

— Il voulait qu'on s'offre une folie, risqua-t-elle. Pour lui et moi. Des vacances. Je ne suis jamais partie à l'étranger. (Elle tripotait les manches du pull.) Je ne voulais rater ça pour rien au monde. Papa non plus.

— Eh bien…, commença Mac en jetant un coup d'œil dans le rétroviseur intérieur. Beaucoup de gens repoussent leurs vacances quand quelqu'un tombe malade. Je suis sûr que si tu expliques à l'agence de voyages ce qui est arrivé à ton grand-père, vous pourrez reporter à plus tard votre séjour en France. (Il la regarda se ronger les ongles.) Nous les appellerons tout à l'heure. Je t'aiderai, si tu veux.

Elle lui adressa un autre sourire prudent.

Deux fois en une journée, songea-t-il. *Peut-être qu'on arrivera à quelque chose, finalement.*

Il se pencha et alluma le GPS.

— OK. L'hôpital. Et montons le chauffage. Il ne faudrait pas que ton grand-père te voie trempée jusqu'aux os.

Mac était aussi calé en matière de santé qu'en chevaux, mais il ne faisait aucun doute que, quoi que veuille croire Sarah, M. Lachapelle n'était pas près de partir en vacances, ni de rentrer chez lui. Le vieil homme gisait sur son lit, soutenu par des oreillers, le teint bilieux du vrai malade, et ne se réveilla pas quand ils entrèrent dans sa chambre. Il finit par ouvrir les yeux quand Sarah lui prit la main. Mac resta près de la porte, mal à l'aise, avec le sentiment d'être de trop.

— Papa…, souffla la jeune fille.

Les yeux du vieil homme se rivèrent immédiatement sur elle, et un voile se leva quand il reconnut sa petite-fille. Il lui adressa un sourire oblique.

— Désolée de ne pas avoir pu venir ces deux derniers jours. C'était compliqué.

Le vieillard secoua la tête et pressa légèrement sa main. Elle vit son regard glisser vers Mac.

— C'est Mac. Une des personnes qui s'occupent de moi.

Mac sentit qu'il l'examinait attentivement. Malgré sa fragilité, le vieil homme le scrutait avec une acuité singulière, comme s'il le scannait à la recherche d'indices.

— Il est… Il est très gentil, Papa. Sa femme aussi, dit Sarah.

Mac la vit rougir, comme si, déterminée à rassurer son grand-père, elle s'était exposée plus qu'elle ne l'avait voulu.

— Ravi de vous rencontrer, monsieur Lachapelle. (Mac avança et prit la main du vieil homme.) *Enchanté**.

Un autre petit sourire oblique. Et un plus large de Sarah.

— Vous ne m'aviez pas dit que vous parliez français.

— Par respect pour ton grand-père, je n'irais pas jusqu'à prétendre ça.

Il s'assit sur la chaise de l'autre côté du lit. Sarah ouvrit le petit placard, vérifia le contenu de sa trousse de toilette et réarrangea les photos.

Gêné par le silence, Mac reprit la parole, conscient de s'exprimer d'une voix un peu trop forte.

— J'ai regardé votre petite-fille monter à cheval. Elle est incroyablement douée.

Les yeux du vieil homme glissèrent de nouveau vers Sarah.

— Je suis sortie ce matin.

— Bien, dit-il lentement, sa voix grinçant comme une vieille charnière.

Cette fois, le sourire de Sarah fut instantané et illumina son visage.

— Bien ! répéta-t-elle, comme pour confirmer ce qu'il venait de dire.

— Bien, dit encore le vieil homme, et tous trois se regardèrent en hochant la tête, satisfaits.

Mac sentit que c'était une percée importante dans la conversation.

— Il s'est vraiment appliqué, Papa. Il pleuvait, et tu sais comme il déteste travailler sous la pluie. Pourtant, il a réussi à rester concentré. Sa bouche était très décontractée, et il écoutait, il écoutait vraiment.

Sarah montait à présent, le dos droit, les mains devant elle. Le vieillard buvait ses paroles, comme s'il voulait absorber le moindre détail.

— Tu aurais été content. Vraiment.

— Je n'avais jamais rien vu de tel, renchérit Mac. Je n'y connais rien en chevaux, monsieur Lachapelle, mais quand je l'ai vu se dresser sur ses jambes arrière, j'en ai eu le souffle coupé.

Le silence tomba d'un coup. Le vieil homme tourna lentement son visage vers sa petite-fille. Il ne souriait plus.

Mac balbutia :

— C'était magnifique…

Sarah était rouge comme une pivoine. Son grand-père ne la quittait pas des yeux.

— Levade, chuchota-t-elle, d'une voix chargée de culpabilité. Désolée.

Le vieil homme fit « non » de la tête, lentement.

— Il débordait d'énergie. Il fallait que je lui donne à faire quelque chose de nouveau pour conserver son attention. Il avait besoin d'un défi.

Plus elle protestait, plus le vieil homme secouait furieusement la tête en silence.

— *Gourmande**. *Pas gourmande**, dit-il. Petit. Encore.

Mac s'efforça de comprendre ce qu'il disait, jusqu'à ce qu'il s'aperçoive que les paroles de M. Lachapelle n'avaient aucun sens. Il se rappelait vaguement que les personnes ayant eu un AVC pouvaient ensuite dire un mot pour un autre.

— Le. *Avant**. *Non**. Cheval. Cheval.

Manifestement frustré de ne pouvoir s'exprimer, il serra les dents et se détourna.

Mac était mortifié. Sarah se rongeait les ongles. Le vieil homme affichait une expression de fureur contenue. Tout était sa faute, songea Mac. Il essaya de faire comme s'il n'était pas là, mais, finalement, il souleva son appareil photo, qui pendait toujours à son cou, et le tendit.

— Euh… Monsieur Lachapelle ? J'ai pris quelques photos de Sarah en train de travailler. Je me demandais… Est-ce que vous voulez les voir ?

Il se pencha au-dessus du lit et fit défiler les images numériques. Quand enfin il en trouva une qui ne risquait pas de réveiller la fureur du vieil homme, il l'agrandit. Sarah posa les lunettes de son grand-père sur son nez.

M. Lachapelle l'examina et, pendant un instant, il parut s'éloigner d'eux. Puis il se tourna vers Sarah et ferma les yeux, comme dans un effort de concentration intense.

— Bouche, articula-t-il enfin en agitant les doigts.

Sarah examina la photo.

— Oui, approuva-t-elle. Là, il me résistait. Mais il ne l'a fait qu'au début, Papa. Dès que je lui ai fait engager les postérieurs, il s'est détendu.

Le vieil homme hocha la tête, manifestement satisfait, et Mac put de nouveau respirer.

— Est-ce que vous en avez d'autres ? D'un peu plus tard ? demanda Sarah.

Mac les fit défiler, puis tendit l'appareil à Sarah.

— En fait, j'ai des coups de fil à passer, dit-il. Je vous laisse tranquilles. Tiens, Sarah. Tu peux passer d'une photo à l'autre comme ceci. Ensuite agrandis-les avec ce bouton, vous verrez mieux. Je te retrouve en bas dans une demi-heure. (Il tendit sa main au vieil homme.) Monsieur Lachapelle, ce fut un plaisir.

— Capitaine, dit Sarah. Tout le monde l'appelle Capitaine.

— Capitaine, dit Mac. J'espère vous revoir bientôt. Je vous promets que nous prendrons soin de votre petite-fille jusqu'à ce que vous rentriez chez vous.

Dieu seul sait quand cela arrivera, songea-t-il en quittant la pièce.

— Tu plaisantes.

— Pas du tout. Tu veux voir ?

Il lui tendit l'impression qu'il avait tirée en arrivant à la maison. Natasha plongea la main dans son sac et en sortit des lunettes qu'elle chaussa avant d'examiner le cliché.

Je ne l'avais jamais vue utiliser des lunettes, se dit-il.

— Ce n'était pas une histoire de drogues, conclut-il en la voyant incapable de parler.

Elle hocha la tête.

— C'est vrai. (Elle ôta ses lunettes et le regarda.) Mais un *cheval* ? (Elle lui rendit le tirage.) Qu'est-ce qu'on est censés faire d'un cheval, bon sang ?

— Pour autant que je sache, rien. Il lui appartient, elle s'en occupe, point.

— Mais… Tout ce temps… C'est là qu'elle était ?

— Je ne l'ai pas interrogée au sujet de l'argent, mais je suppose que c'est à ça qu'il a servi.

— Comment une gamine de Sandown se retrouve-t-elle avec un cheval ?

— Elle le garde sous la voûte d'un viaduc, poursuivit Mac. (Dans sa tête dansaient encore les images de cette écurie au cœur de la ville.) Apparemment, ça a un rapport avec son grand-père. Il est dresseur de chevaux ou quelque chose comme ça. Et je ne te parle pas d'un vulgaire poney à la Thelwell. Cet animal a l'air tout droit sorti d'un tableau de Stubbs. Il est plutôt vif. Elle fait tous ces numéros de dressage avec lui. Ils font des figures dans les airs…

— Seigneur ! (Le regard de Natasha se perdit au loin.) Et si elle se blessait ?

— Pour ce que j'ai vu, elle maîtrise parfaitement la situation.

— Mais nous n'y connaissons rien en chevaux. Et l'assistante sociale ne nous a rien dit.

— L'assistante sociale n'est pas au courant. Sarah ne veut pas qu'ils sachent. Elle a peur qu'ils lui prennent son cheval. Tu crois qu'elle a raison ?

Natasha haussa les épaules.

— Je n'en ai aucune idée. Je doute qu'il y ait un précédent.

— Elle m'a fait promettre de ne rien dire à personne.

Elle le regarda, sidérée.

— Nous ne pouvons pas promettre une chose pareille !

— Eh bien, moi, je l'ai fait. Et elle a promis qu'elle ne sécherait plus aucun cours. Ça m'a semblé un excellent marché.

Il avait déposé Sarah au collège à l'heure du déjeuner, après lui avoir gribouillé un mot d'excuse qui faisait de lui son complice, ce dont elle n'était pas revenue.

— C'est la première et la dernière fois, l'avait-il prévenue, conscient de cet excès d'indulgence. On réglera ça quand tu rentreras. Entendu ?

Elle avait hoché la tête. Elle ne l'avait pas remercié, nota Mac, avant de rire de sa réaction en s'éloignant en voiture. Voilà qu'il pensait comme un parent. Combien de fois avait-il entendu ses amis se plaindre de l'ingratitude de leurs enfants ?

Natasha s'assit. Elle avait dit quelque chose au sujet d'un dossier délicat, un cas d'abus extra- et interfamilial, comme s'il pouvait comprendre ce dont elle parlait. Il s'aperçut alors, avec une pointe de culpabilité, que pendant des années il lui avait rarement prêté attention quand elle évoquait son travail.

— Écoute, Tash, c'est une bonne nouvelle. Cela signifie qu'elle ne se drogue pas. Qu'il n'y a pas de mec louche derrière ses disparitions répétées. C'est juste une ado obsédée par les chevaux. Il me semble que nous pouvons gérer ça.

— Effectivement, ça a l'air facile, présenté comme ça, soupira-t-elle avec un soupçon d'amertume. Mais nous avons un problème, Mac. Elle ne peut pas s'occuper de ce cheval toute seule. C'est pour ça qu'elle a séché l'école. Tu m'as dit que c'était son grand-père qui s'en chargeait jusque-là. Qui va s'en occuper pendant qu'elle va en cours ? Toi ?

Il lâcha un petit rire.

— Impossible. Je n'y connais absolument rien en chevaux.

— Et moi encore moins. Y a-t-il quelqu'un qui pourrait s'en charger à sa place ?

Mac repensa au vieil Américain et à ses cigarettes illégales.

— Je ne crois pas. Ouais, je vois ce que tu veux dire, soupira-t-il. C'est pas simple…

Ils gardèrent le silence un moment.

— OK, lança Natasha en évitant son regard. J'ai une idée.

CHAPITRE 11

« Familiarisez-le avec toutes sortes d'environnements et toutes sortes de bruits. Chaque fois que le poulain est effrayé par quelque chose, il convient de lui apprendre, non pas en le contraignant, mais en l'apaisant, qu'il n'y a rien à craindre. »

Xénophon, *De l'art équestre*.

Elle aurait dû se douter, songea Natasha après coup, que l'idée du Kent serait un désastre. Sarah s'était farouchement opposée à sa proposition de déplacer son cheval.

— Non. Il doit rester ici, où je peux garder un œil sur lui, avait-elle assené.

— Il sera en sécurité à la ferme Howe. Mme Carter est une cavalière chevronnée.

— Elle ne le connaît pas. Il sera entouré de gens qui ne le connaissent pas.

— Je suis sûre que Mme Carter en sait encore plus que toi sur les chevaux.

— Mais elle ne sait rien sur *lui*.

Natasha avait trouvé curieux que cette gamine qui n'avait pratiquement pas ouvert la bouche pendant des jours hausse désormais le ton avec un tel aplomb.

— Sarah, tu n'as pas le temps de tout faire. Tu l'as dit toi-même. Et si tu veux qu'on respecte notre part du marché et qu'on n'informe pas les services sociaux de l'existence de ton cheval, tu dois accepter que, ton grand-père ne pouvant pas s'en charger pour le moment, il nous faille trouver une autre solution. À la ferme Howe, il y aura quelqu'un pour s'occuper de lui pendant la semaine. Le week-end, nous irons là-bas, et tu pourras passer toute la journée avec lui.

— Non, répondit Sarah, bras croisés, mâchoire contractée. Pas question que je le laisse dans un endroit que je ne connais pas.

— Mais tu vas le découvrir. Et ce n'est qu'une mesure provisoire. En outre, il me semble que c'est un environnement plus professionnel que celui où il se trouve actuellement.

La réponse de Sarah fusa.

— Il est heureux là où il est. (Elle jeta un regard noir à Natasha.) Vous ne savez rien de lui. Il est heureux à Sparepenny Lane.

Natasha dut faire un effort pour garder son calme.

— Mais ça ne marche pas, si ? Tant qu'on ne sait pas quand ton grand-père pourra rentrer chez lui, on ne peut pas continuer de fonctionner comme ça. Tu ne peux pas continuer à fonctionner comme ça.

— Vous ne me le prendrez pas.

— Inutile de dramatiser, Sarah. Personne ne te prend ton cheval.

— Vois ça comme des vacances pour lui.

Affalé sur le canapé, Mac mangeait une pomme. Il était chez lui aussi, ne cessait de se rappeler Natasha.

— Il pourra passer sa journée à trotter dans une prairie. C'est forcément mieux que d'être coincé sous un viaduc, non ?

Avec son regard calculateur d'avocate, Natasha vit que Mac la tenait. Pendant un instant, Sarah parut faiblir.

— Je doute qu'il ait eu souvent l'occasion de se la couler douce dans un pré, si ?

Mac visa la poubelle et jeta son trognon, qui atteignit sa cible avec un bruit sourd métallique.

— Je le laisse parfois paître au bout de sa longe, objecta Sarah, sur la défensive.

— Mais ce n'est pas la même chose que d'avoir la liberté de courir où bon lui semble, si ?

— Il n'est jamais monté dans un fourgon.

— Il apprendra.

— Et il…

— En fait, Sarah, même si ça ne m'enchante pas particulièrement d'être celle qui dicte la loi, ici, on ne te demande pas ton avis, l'interrompit Natasha d'un ton ferme. Tu n'as pas le temps de t'occuper de lui et d'étudier. Mac et moi n'en savons pas assez sur les chevaux pour t'aider. Nous sommes heureux de payer pour qu'il reste en pension à la ferme Howe, et, une fois ton grand-père sur pied, nous paierons son transport de retour, et tu pourras continuer comme tu l'as fait jusqu'ici. Maintenant, si vous voulez bien m'excuser, il faut que j'aille travailler.

Au moment de quitter le salon, elle hésita. Mac avait paru soudain mal à l'aise en l'entendant mentionner le grand-père de Sarah, comme s'il savait quelque chose qu'elle ignorait. Elle sentit la brûlure que laissa le regard furieux de Sarah dans son dos longtemps après être sortie de la pièce.

Le voyage fut traumatisant. Ils avaient fait appel à une entreprise de Newmarket spécialisée dans le transport de chevaux pour emmener Boo un samedi. L'énorme camion avait eu du mal à remonter Sparepenny Lane, raconta Mac à Natasha plus tard, et le chauffeur avait paru perplexe en découvrant l'adresse de l'écurie, et plus encore en découvrant les lieux.

— Il était habitué aux écuries de courses, expliqua Mac. Des endroits grandioses.

— Ça ne m'étonne pas, vu la facture, rétorqua Natasha.

Le cheval, déjà effrayé par quelque imperceptible changement dans l'atmosphère, refusa de monter dans le camion. Sarah argumenta, supplia, demanda à tout le monde de rester à distance, et essaya à de nombreuses reprises de lui faire franchir la rampe. Mais Boo s'arrêta, fit marche arrière et se cabra plusieurs fois, faisant bondir en arrière la petite foule de passants tandis qu'il reculait en martelant ses sabots sur les pavés. Des badauds s'amassaient sur le trottoir pour observer la scène, si bien que le cheval devenait de plus en plus nerveux. Il transpirait, les yeux exorbités, presque incontrôlable. Des garçons étaient passés devant à scooter, les conducteurs des véhicules bloqués par le camion klaxonnaient impatiemment. Debout devant le portail, une cigarette aux lèvres, Cowboy John inclina son chapeau en arrière et secoua la tête, comme vaguement affligé par ce spectacle.

Deux fois, Sarah cria aux badauds de passer leur chemin, de dégager, jusqu'à ce que le conducteur du camion et son assistant lui annoncent qu'ils n'avaient pas tout leur temps. Par la force, s'aidant d'une longue corde en nylon, ils forcèrent le cheval à entrer dans le camion, où on l'entendit hennir et frapper les parois de ses sabots, même après que le camion eut commencé à s'éloigner doucement en direction de la rue principale.

Sarah ne fut pas autorisée à faire le trajet avec eux : « Question d'assurance, désolé ! » Quand Mac la persuada de monter en voiture avec lui, elle était blême, et il s'aperçut que ses paumes saignaient.

Elle ne lui adressa pas la parole de tout le trajet.

Tout cela, Mac le raconta à Natasha quand il l'appela de son portable durant une brève pause sur l'autoroute. Elle était partie avant eux dans sa voiture pour préparer la maison. Du moins était-ce ce qu'elle avait prétexté. En réalité, elle voulait éradiquer toute trace de Conor et, plus important, se préparer à ce qu'elle ressentait comme une invasion du dernier espace dans sa vie qui n'appartienne encore qu'à elle.

Le cottage ne comportait que deux chambres. Sarah prendrait la chambre d'amis, et Mac dormirait sur le canapé. Natasha se sentait cernée, prise au piège. Elle craignait que, une fois Mac reparti, cette maison aussi ne soit polluée par son mariage raté. Ce lieu vierge de tout souvenir, de toute trace de lui, en retiendrait désormais un écho indésirable. Comment diable en était-elle arrivée là ? Comment avait-elle si complètement sacrifié son indépendance, sa tranquillité d'esprit et peut-être même sa relation amoureuse ? Conor l'évitait ostensiblement au bureau, se déclarant occupé chaque fois qu'il répondait par erreur à l'un de ses appels. Elle lui avait envoyé un texto le matin même, furieuse de la façon dont il se comportait :

Ce n'est pas parce que ta femme t'a maltraité que tu peux arbitrairement m'accuser de la même chose.

Elle l'avait envoyé avant que le bon sens n'ait eu le temps de l'en dissuader.

Je ne mérite pas d'être traitée comme ça, Conor.

Elle avait refermé son portable d'un coup sec et attendu sa réponse, assise dans la cuisine silencieuse. Mais il n'y en avait pas eu, et elle s'était sentie encore plus mal.

Natasha sortit dans le jardin. Elle eut immédiatement la chair de poule. L'hiver approchait. Elle avait tondu la pelouse deux semaines auparavant, mais les baisses de température en avaient ralenti la pousse, si bien qu'elle semblait encore plane et verdoyante. Elle avait ratissé les feuilles, taillé les arbustes qu'elle avait pu identifier et planté de longues rangées de bulbes là où prospéraient autrefois les broussailles. Au-dessus des parterres se dressaient des rangées de physalis, leurs petites lanternes orange séchées brillant dans l'air gris automnal. Les dernières roses s'épanouissaient courageusement au-dessus de massifs grêles. Là où autrefois régnaient l'abandon et la nature sauvage, elle avait réussi à créer une certaine beauté.

Natasha inspira profondément et croisa les bras pour se réchauffer en se disant qu'elle n'avait pas eu le choix. Avec un peu de chance, Mac n'aurait plus jamais besoin de revenir. Elle emmènerait Sarah les week-ends – bien que, manifestement, la jeune fille aurait voulu passer tout son temps avec son cheval –, et Conor n'aurait jamais à savoir que Mac avait mis les pieds dans la maison. Peut-être qu'un jour Conor et Sarah pourraient s'entendre. Il comprenait les enfants, après tout. Il savait comment leur parler. Contrairement à elle.

Natasha fit lentement le tour des plates-bandes, regardant le cuir mouillé de ses chaussures foncer à vue d'œil. Elle regrettait de se sentir si déstabilisée par la présence de Sarah dans sa vie. Toutes leurs conversations semblaient biaisées, comme si elle était incapable de trouver le ton juste. Pendant ce temps, Mac traitait l'adolescente avec l'aisance désinvolte d'un grand frère. Quand ils échangeaient une plaisanterie qu'ils étaient seuls à comprendre ou qu'ils parlaient de son grand-père, Natasha se sentait exclue.

Sarah ne l'aimait pas, songea-t-elle. Elle répondait à la moindre question comme si elle subissait l'inquisition, et considérait Natasha avec une méfiance à peine dissimulée. Quand Mac lui avait dit que Sarah refusait de lui parler dans la voiture, elle avait presque ressenti de la joie. « Ce n'est pas que moi ! avait-elle voulu crier. Il lui arrive aussi de se fermer avec toi ! »

Pour être honnête, Sarah devait sentir que Natasha ne lui faisait pas confiance. Oui, l'argent avait dû servir à l'entretien du cheval. Non, apparemment, l'adolescente n'avait consommé ni alcool ni drogue. Mais, d'une certaine façon, Sarah lui semblait trop secrète, comme si elle leur cachait encore quelque chose.

Elle ne pouvait s'en ouvrir à Mac : comment oserait-elle, après lui avoir caché l'existence de la maison du Kent pendant des semaines ? Chaque fois qu'elle exprimait un doute, il répondait que Sarah avait tellement souffert qu'elle était obligée de rester sur ses gardes. Son ton suggérait que Natasha était en tort du fait de son incapacité à comprendre.

« Fantastique, avait envie de répliquer Natasha. Je ne comprends peut-être rien, mais j'héberge mon ex-mari et une adolescente hostile, et je paie la pension d'un fichu cheval. Que vous faut-il de plus ? »

Il la rappela à 12 h 45.

— Tu voudrais bien nous rejoindre à l'écurie ? Tu connais cette femme, n'est-ce pas ?

— Je viens de servir le déjeuner, protesta-t-elle en lorgnant les petits pains frais et la casserole de soupe sur la cuisinière.

— Tu veux bien venir le dire au cheval ? Il est sorti du camion comme un boulet de canon et a manqué de tuer quelqu'un. Oh, Seigneur ! Sarah est en train de hurler sur ta voisine. Je ferais mieux d'y aller.

Natasha attrapa son manteau et descendit le chemin en courant. Quand elle arriva sur place, Mac tentait d'apaiser Mme Carter dont la bouche était pincée en une ligne sévère et désapprobatrice.

— Elle est un peu énervée, s'excusait-il. Elle s'est fait un sang d'encre pour son cheval. Elle ne pensait pas ce qu'elle a dit.

— Toute personne laissant un cheval en pension ici doit respecter mes règles, assena Mme Carter.

— Mais moi, je ne veux pas le laisser en pension ici, intervint Sarah de derrière la porte du box.

De temps à autre, la tête d'un cheval apparaissait à côté d'elle, avant de disparaître nerveusement dans l'obscurité. À l'intérieur du box, Natasha entendait le bruit de planches de bois se fendant.

— S'il passe à travers ce mur, je vous ferai payer la réparation, lui annonça Mme Carter.

— C'est parce que vous lui avez fait peur !

— Sarah, je t'en prie, intervint Mac. Bien entendu, nous vous dédommagerons en cas de dégâts.

Nous ? songea Natasha.

Deux hommes attendaient près du fourgon. L'un d'eux lança :

— Quelqu'un peut venir régler ? Il faut qu'on y aille.

Natasha se dirigea vers eux tout en cherchant son portefeuille dans la poche de son manteau.

— Pas de tout repos…, fit remarquer un des deux hommes.

— Je crains de ne pas savoir grand-chose en matière de chevaux, dit-elle.

— Je ne parlais pas du cheval, rétorqua-t-il.

Elle se retourna et vit Sarah sortir du box. La dispute entre l'adolescente et Mme Carter semblait s'intensifier.

— Ça fait quarante ans que je m'occupe de chevaux, jeune fille, et je ne tolérerai pas ce genre de comportement dans mon écurie, ni une telle impolitesse à mon égard.

— Vous ne lui avez laissé aucune chance, criait Sarah. Il n'était jamais sorti de son écurie avant. Il était mort de peur.

— Ce cheval devait descendre du camion. Il risquait de se blesser.

— Vous auriez dû me laisser faire.

— Sarah, l'interpella de nouveau Mac. Allons. Essayons de nous calmer. Nous vous rembourserons les dégâts, répéta-t-il.

— Je ne veux pas que cette femme s'approche de lui, lança Sarah à Mac.

Mme Carter se tourna vers Natasha.

— Vous m'aviez assuré que le cheval se portait bien. Vous m'aviez assuré que la *demoiselle* se portait bien.

Sarah ouvrit la bouche, mais Mac la devança.

— Il était très tranquille dans l'autre écurie, dit-il. Je l'ai vu. Il était calme.

— Calme ? répéta Mme Carter.

— Il se porte très bien en présence de gens qui savent comment traiter les chevaux, maugréa Sarah en frappant le sol du pied.

— Jeune fille, laissez-moi vous dire une chose. Je…

— Une semaine, l'interrompit Natasha. S'il vous plaît. Gardez-le une semaine. Si au bout de ce délai vous le jugez vraiment ingérable, j'enverrai quelqu'un le rechercher. (Elle regarda Sarah.) Et il nous faudra tout repenser…

Le camion s'éloignait dans l'allée. Natasha songea à la soupe qui devait être en train de refroidir dans la casserole dans sa cuisine.

— Je vous en prie, madame Carter. Sarah est manifestement à cran, tout comme son cheval. Et nous ne pouvons pas l'emmener aujourd'hui. Logistiquement, ce serait impossible à organiser.

Mme Carter soupira. Elle lança un regard furibond à Sarah qui, plaquée contre la porte du box, essayait encore de calmer son cheval.

— Je ne peux pas garantir une mise au paddock quotidienne.

— Ce n'est pas grave, dit Natasha, qui n'avait aucune idée de ce dont elle parlait.

— Et il faudra qu'elle l'installe dans le bâtiment au coin, à l'écart des autres.

Là-dessus, Mme Carter tourna les talons et s'éloigna en tapant des pieds vers son bureau.

— Super. C'est réglé, dit Mac avec un grand sourire, comme si ç'avait été couru d'avance. Je meurs de faim. Allez, Sarah. Laissons-le se calmer et allons déjeuner. Tu pourras revenir tout de suite après le repas.

Sarah avala sa soupe en un temps record et passa l'après-midi à l'écurie. Mac suggéra qu'ils la laissent tranquille. C'était une brave gosse. Mme Carter finirait sans doute par s'en rendre compte si on les laissait se débrouiller. Elles aimaient toutes les deux les chevaux. Elles ne tarderaient pas à trouver un terrain d'entente.

Natasha lui enviait son optimisme.

Après le départ de Sarah, ils restèrent assis dans la cuisine. Mac avait repoussé sa chaise, et son regard balaya la photo de ses parents accrochée autrefois au mur du bureau de leur maison à Londres, ainsi que quelques éléments de vaisselle qu'elle avait apportés.

— Nous ne sommes pas chez Conor, n'est-ce pas ? demanda-t-il tandis qu'elle débarrassait les assiettes.

Elle le vit à travers ses yeux : un intérieur féminin. Elle ne faisait ni dans les fanfreluches ni dans les imprimés fleuris, mais il y avait un certain soin dans la disposition des objets, une délicatesse dans les tons et les agencements qui trahissaient le sexe de son principal occupant.

— Je n'ai pas acheté cette maison, si c'est ce que tu cherches à savoir. Je la loue, c'est tout.

— Je ne cherche rien à savoir. Je suis juste… (Il pivota sur sa chaise, observant le salon par l'embrasure de la porte.) … un peu surpris.

Ne sachant pas quoi dire, elle se tut.

— Et c'est ici que tu viens tous les week-ends.

— Presque tous les week-ends.

Elle se sentit soudain si embarrassée qu'elle craignit de lâcher les assiettes.

— Je ne t'avais jamais imaginée en rat des champs.

— Et moi, je ne m'étais jamais imaginée divorcée. Mais tout arrive !

— Entre toi et Sarah, la vie est pleine de surprises.

— Eh bien, je ne m'étais pas exactement attendue à te voir apparaître sur le pas de ma porte non plus.

Elle fit couler l'eau dans l'évier, soulagée d'avoir quelque chose à faire. C'était si bizarre de l'avoir là, comme s'il était devenu un étranger. Parfois, elle avait du mal à croire qu'ils avaient un jour été ensemble. Il semblait changé, lointain, et elle avait conscience que bien peu de choses dans sa vie avaient avancé.

— Merci, dit-il, rompant le silence.

Elle se prépara à encaisser un sarcasme.

— De quoi ?

— De nous avoir laissés venir ici. Je vois bien que ce n'est pas facile pour toi.

Il n'y avait pas la moindre trace d'ironie dans sa voix. Ses yeux bruns étaient sincères. Cela l'effraya au plus haut point.

— Ce n'est rien.

— Dans ce cas, le moment est peut-être bien choisi pour t'avouer que tout ce temps j'avais un pied-à-terre à Notting Hill ? (Il éclata de rire avant qu'elle ne fasse volte-face.) Je plaisante ! s'exclama-t-il. Tash, je plaisante.

— Hilarant, marmonna-t-elle d'un ton dédaigneux, avant de se demander pourquoi elle souriait.

— Elle finira par se calmer, tu sais, dit-il après un silence.

Elle s'immobilisa. Ainsi, il l'avait remarqué aussi.

Il se leva et vint se placer devant l'évier à côté d'elle. Elle garda les yeux baissés sur la vaisselle.

— Je crois… Rien n'a vraiment d'importance pour elle, à part son grand-père et ce cheval. Étant donné tout ce qui lui est arrivé, elle doit être terrifiée à l'idée de le perdre aussi. Ce qui explique probablement ses réactions excessives. Elle n'est pas très difficile à lire.

Il lui tendit une cuillère égarée.

Pour toi, peut-être, songea-t-elle.

Mais elle ne pouvait l'admettre à voix haute.

— J'ai agrandi quelques épreuves, dit-il en se rasseyant. Elles sont dans ma voiture. Si je prépare un thé, tu voudras bien y jeter un coup d'œil ?

Elle pouvait difficilement refuser. Elle se retint de tressaillir quand il se mit à fouiller dans les placards et les tiroirs en quête de tasses et de cuillères. À le voir préparer le thé à la place de Conor, elle eut l'impression de commettre une infidélité.

Ils allèrent s'asseoir au salon. Mac prit place dans le fauteuil préféré de Conor, elle dans le canapé en face. Mac passa en revue des photos dans une chemise transparente.

— Cet endroit, où elle le garde… On se croirait à l'époque victorienne, en faisant abstraction de la voiture et autres détails anachroniques. Ce vieux, là… (Il désignait un Noir plus tout jeune coiffé d'un chapeau de cowboy cabossé.) … m'a dit qu'il restait quelques écuries comme la sienne dans l'East End. Il y en avait davantage, mais les promoteurs les ont rasées.

Natasha examina l'écurie exiguë, le brasero rougeoyant et les poulets en liberté en essayant de la remettre dans son contexte géographique. Elle y voyait un mélange de *Steptoe and Son* et de quelque chose de caché, de magique, le vestige d'une ère révolue. Il y avait des poules, des chèvres, des chevaux gigantesques et des gamins maigrichons. Au-dessus, se découpant derrière une imposante pile de palettes, un train brillant et aérodynamique passait, ses occupants inconscients de la scène qui se déroulait en contrebas. C'était de là que venait Sarah. C'était son monde. Comment un tel endroit s'intégrait-il dans cette époque moderne ? Comment une fille comme Sarah s'y adaptait-elle ?

— Qu'est-ce que tu en penses ?

Elle leva les yeux des tirages et rencontra le regard de Mac. Il voulait vraiment savoir.

— Je n'avais jamais rien vu de tel, ça, c'est sûr.

Elle eut l'œil attiré par une autre image, celle d'un cheval en train de se cabrer, une silhouette menue et familière agrippée à son dos. Par une percée dans les nuages, le soleil illuminait la tête du cheval, créant une juxtaposition éthérée avec la rue crasseuse dans le fond. Natasha eut un choc en s'apercevant qu'elle avait déjà vu cette image auparavant, depuis un train en marche.

— Mais tu aimes ? (Mac avait parlé plus fort.) Parce que je pensais en faire un projet. J'envisage de les montrer au directeur de cette galerie près de Waterloo, tu te rappelles ? Celle où j'avais fait cette expo il y a trois, quatre ans ? Je lui en ai parlé, et il m'a demandé de les lui apporter. (Il se pencha, positionnant ses grandes mains sur le cliché qu'elle tenait.) Je me disais que je pourrais recadrer celle-ci, comme ça. Qu'est-ce que tu en penses ?

Il avait réalisé cette série en argentique, pas en numérique, lui expliqua-t-il. Il s'était servi de son vieux Leica, et il y avait là à peu près un dixième des images des planches-contacts. Même s'il l'avait voulu, il n'aurait pu prendre une mauvaise photo dans cet endroit. Où qu'il pose les yeux, il y avait un cliché cadré qui n'attendait qu'à être pris. Cette écurie ne tarderait pas à être un monde perdu. C'est ce que lui avait expliqué le cowboy. D'après John, sur les trente d'origine, il en restait cinq. Mac envisageait d'aller voir les autres. Peut-être pourrait-il en faire une série. Il était volubile, enthousiaste.

Elle ne l'avait pas entendu parler ainsi de son travail depuis des années.

Il finit par s'interrompre.

— Je t'ennuie, dit-il avec un sourire d'excuse en rassemblant les clichés.

— Non, répondit-elle en lui tendant ceux qu'elle tenait sur les genoux. Vraiment. Ils sont formidables. Je crois que ce sont tes photos les plus réussies.

Il releva soudain la tête.

— Vraiment. Elles sont magnifiques. Même si mon avis ne vaut pas grand-chose.

Son visage se fendit d'un large sourire.

— Après tout, tu es la femme…

— … qui a pris toute une pellicule sans enlever le cache. Je sais.

Ils eurent un petit rire gêné. Dans le silence qui s'ensuivit, elle tambourina des doigts sur sa cuisse.

— Enfin bref, conclut-il en se levant. Nous lui avons accordé une heure et demie. Nous ferions mieux d'aller voir quels problèmes Grand National a causés au bout de la route.

Elle redressa la pile de magazines sur la table, avec la curieuse impression d'avoir perdu quelque chose. Elle était incapable de croiser son regard.

— Oui. Oui, je suppose que ce serait sage.

Ils redescendirent le chemin en direction de la ferme Howe, emmitouflés pour braver le froid, Natasha mal à l'aise et empruntée dans son manteau en laine bleu. Alors qu'ils marchaient, leurs coudes se touchèrent, et elle s'écarta.

Elle avait entendu des gens décrire leurs ex comme leurs meilleurs amis. Comment était-ce possible ? Comment pouvait-on passer si facilement de la passion – qu'elle soit amour ou haine – au genre de familiarité où l'on se prenait le bras ? Elle se souvenait de moments où elle avait tellement détesté Mac qu'elle aurait voulu le tuer, d'autres où elle avait eu tellement envie de lui qu'elle avait cru qu'elle en mourrait. Comment toute cette énergie pouvait-elle être transformée en quelque chose d'aussi neutre, d'aussi *gris* qu'une amitié ? Comment avait-il pu lui-même se séparer de tout ça sans en garder une cicatrice visible ? Elle savait que la fin de leur mariage demeurait un sujet sensible et que la souffrance qu'elle en ressentait transparaissait dans ses gestes, dans les réponses affectées qu'elle lui faisait, ses accès de colère. Pourtant, il avançait, insouciant, tel un navire sur des eaux éternellement calmes. Natasha enfouit le menton plus profondément dans son écharpe et pressa un peu le pas, comme si elle était impatiente d'arriver, priant pour ne rien laisser paraître de sa confusion.

On était loin de l'écurie citadine exiguë des photos de Mac. Autour d'une cour intérieure pittoresque en briques rouges, des femmes d'âge moyen et des adolescentes aux cuisses minces revêtues de jodhpurs de toutes les couleurs de l'arc-en-ciel bavardaient au son d'un minuscule transistor tout en pansant des chevaux et en balayant les écuries. Des bribes de leurs conversations volèrent jusqu'aux deux visiteurs.

— Il ne ramène jamais assez les postérieurs sur le sable. C'est comme si son arrière-main se verrouillait.

— Je faisais une serpentine à trois boucles avec un changement de pied au milieu…

— Jennifer lui mettait de la paille d'orge, jusqu'à ce qu'il commence à tousser. Ça lui coûte une fortune en litière…

Les chevaux attendaient patiemment à côté de montoirs ou, curieux, passaient le nez par-dessus la porte de leur box, communiant en silence avec les autres. C'était un monde fermé, aux usages et langage étrangers, dont les habitants étaient liés par une passion à laquelle elle se sentait extérieure. Mac observait la scène avec intérêt, sans cesser d'agiter les mains, qui pendaient le long de son corps, comme si elles étaient perdues sans un appareil photo à tenir.

Le cheval de Sarah n'était pas dans son box, dont la porte était grande ouverte. Mme Carter sortit de son bureau.

— Je crains de m'en repentir, mais je lui ai dit qu'elle pouvait utiliser le manège une demi-heure. Il me semblait plus sage de laisser l'animal se reposer, mais elle a déclaré qu'il se calmerait plus vite en travaillant. (La tension dans sa mâchoire ne laissait aucun doute sur son opinion.) Plutôt têtue, non ?

— Son grand-père s'y connaît assez. Il lui a à peu près tout enseigné.

— Pas les bonnes manières, en tout cas, objecta Mme Carter en reniflant. Je ferais mieux d'aller voir, histoire de m'assurer qu'elle ne bousille pas le sable.

Natasha croisa le regard de Mac et s'aperçut qu'elle avait dangereusement envie de glousser.

Ils suivirent Mme Carter, dont la démarche était cassée par une légère claudication, en essayant de ne pas se prendre les pieds dans son Jack Russell, et arrivèrent devant le manège. Debout au milieu de la piste sablonneuse, Sarah tenait le cheval par deux longues rênes. Trottant autour d'elle, l'animal changea de direction une fois, puis une autre, obéissant à d'invisibles instructions, puis ralentit jusqu'à faire du trot sur place. L'adolescente alla se poster près de sa cuisse, presque pressée contre lui. Natasha se rappela que le seul endroit où l'on n'était pas censé se tenir était directement derrière le cheval.

Les mains dans les poches, elle observa la scène en silence. Le cheval trottait si lentement à présent qu'il semblait presque flotter, les genoux hauts, la démarche légèrement balancée. Elle percevait l'intense concentration de l'animal, en miroir de celle de la jeune fille. Les flancs de l'animal tremblaient, sa tête descendit tandis qu'il soulevait et abaissait ses sabots en suivant un rythme inaudible. Soudain il repartit, galopant en un cercle serré autour de Sarah qui murmurait de nouveau.

— C'est comme une chorégraphie équestre, dit Mac, près d'elle. (Son visage disparaissait derrière son appareil photo tandis qu'il enchaînait les clichés.) Je l'ai déjà vue faire cette espèce de trot sur place… Je ne me souviens plus du nom.

— Un piaffer, dit Mme Carter.

Debout près de la barrière, elle suivait la scène attentivement sans un mot.

— Elle est douée, non ? dit Mac en baissant son appareil.

— Ce cheval est talentueux, concéda-t-elle.

— Elle veut faire du dressage avec lui. Quelque chose comme ça. Des genres de figures de ballet. Des airs, euh… je ne sais plus.

— Des airs relevés ?

— Oui, ça doit être ça.

Mme Carter secoua la tête.

— Vous avez dû mal comprendre. Elle ne peut pas avoir réalisé des airs relevés. Pas à son âge. C'est la chasse gardée des académies européennes.

Mac réfléchit un instant.

— Elle a incontestablement employé le mot « dressage ».

— Eh bien, il faut d'abord qu'elle prépare les niveaux de base d'équitation : galops 1, 2, 3… Si elle est bonne, elle peut espérer monter rapidement à des niveaux intermédiaires, mais elle n'ira nulle part si elle ne fait pas concourir son cheval.

Elle semblait si sûre d'elle que Natasha ressentit un élan de compassion envers Sarah. Elle n'était pas certaine de comprendre ce qu'elle voyait, mais il ne faisait aucun doute que la jeune fille était complètement absorbée dans sa tâche, concentrée sur les mouvements du cheval. Sa colère s'était dissipée. Sarah dégageait une impression d'assurance, de calme. L'amour de ce qu'elle faisait transparaissait dans cet échange silencieux et consentant avec l'animal à ses côtés.

La voilà, songea Natasha. *Ta grande passion.*

— Vous ne l'avez pas encore vue monter, disait Mac, comme pour défendre Sarah. Elle est fantastique.

— N'importe qui peut sembler doué sur un cheval à peu près valable.

— Mais elle est juste assise là… Même quand il se cabre comme ça…

Il imita la position d'un cheval se baissant sur ses postérieurs.

Mme Carter écarquilla les yeux.

— On ne doit encourager un cheval à se cabrer sous aucun prétexte, dit-elle d'un ton ferme. Il risque de se blesser en tombant en arrière, voire de se tuer. Avec son cavalier.

Mac ouvrit la bouche pour parler, puis poussa un long soupir et la referma.

Ils avaient terminé. Sarah se retourna et guida Boo vers le portail. Il marchait la tête basse et semblait détendu. Il lui donna un petit coup de nez dans le dos quand elle s'approcha d'eux.

— Il se plaît, ici ! annonça-t-elle, semblant soudain se détendre. Toute son action change. Il trouve que ça rebondit. (Elle avait un grand sourire aux lèvres.) Il n'avait jamais été dans un manège.

— Ah bon ? Mais où le travailles-tu habituellement ? demanda Mme Carter en lui ouvrant le portail pour les laisser sortir.

Natasha recula nerveusement de quelques pas.

— Au parc, principalement. Il n'y a pas vraiment d'autre endroit.

— Dans un parc ?

— J'ai délimité une zone près de l'aire de jeux.

— Tu ne peux pas travailler dans un parc. En été, le sol est trop dur et, en hiver, tu peux abîmer ses tendons si ça devient boueux. Tu vas lui briser les jambes si tu ne fais pas attention.

Une pointe de réprimande perça dans la voix de Mme Carter, et Natasha vit Sarah se hérisser.

— Je ne suis pas stupide, rétorqua-t-elle. Je ne le travaille que quand le sol est praticable.

Le bref sourire triomphant avait disparu.

C'est comme ça, avec les enfants, songea Natasha. *Un mot de travers au mauvais moment, et tout est à refaire.*

Sarah ne sourirait probablement plus à Mme Carter de sitôt.

— Eh bien, ramène-le à son box, maintenant. Celui à l'arrière, comme convenu.

Sarah s'arrêta.

— Mais il va se sentir seul là-bas. Il est habitué à être en compagnie d'autres chevaux.

— Il les entendra, dit fermement Mme Carter. Il est trop grand pour l'autre box. De plus, il faut que j'envoie Brian réparer les trous qu'il a faits dans le mur.

— Fais ce que dit Mme Carter, lui enjoignit Mac. Allez. Il a l'air content maintenant.

L'adolescente lui adressa un regard docile mais amer. Natasha mit un moment à comprendre pourquoi ce regard la troubla autant, jusqu'à ce qu'elle identifie ce qu'elle avait également perçu dans l'expression de Sarah : de la confiance. La jeune fille emmena le cheval dans son nouveau box.

— Bien. J'ai besoin que vous remplissiez quelques formulaires, annonça Mme Carter en les entraînant vers le bureau. Il me faudrait un chèque pour l'acompte, et puis pour les réparations, si vous n'y voyez pas d'inconvénient.

Elle pressa le pas, son chien trottinant derrière elle. Elle posa une main sur le bras de Mac – toutes les femmes le faisaient dès qu'elles en avaient l'occasion – et ajouta :

— Vous savez, ce n'est pas un mauvais cheval. Le mieux que vous puissiez faire pour lui, monsieur Macauley, dit-elle d'une voix douce, c'est de lui trouver une nouvelle maison. Un endroit où il puisse exploiter tout son potentiel.

Il y eut un bref silence.

— Je crois, dit Mac, que je préférerais m'assurer que cela arrive à sa propriétaire.

Sarah disparut dans sa chambre sitôt arrivée au cottage. Natasha passa un moment à chercher des serviettes propres et à ranger l'armoire à linge. Ce n'est qu'en redescendant qu'elle pensa à consulter son téléphone qu'elle avait laissé sur la table.

Elle avait un appel manqué de Conor et un message de l'agent immobilier.

Les Freeman ont fait 1 offre pr votre maison. Merci de ns app. dès que possible.

Mac était dehors, occupé à choisir des bûches sur le tas de bois. Elle l'observa un moment tandis que, penché, il séparait avec aisance les bûches sèches, puis regagna la cuisine pour téléphoner. D'après l'agent, l'offre était « raisonnable », seulement deux mille livres en dessous du prix qu'ils demandaient. Les acheteurs ne revendant pas de bien, l'affaire pouvait être conclue rapidement.

— Je vous recommande d'accepter, étant donné l'état du marché.

— Je vais en parler à mon… Je vous rappelle. Merci, dit-elle avant de raccrocher.

— Je suis surpris que tu n'aies pas les muscles de Schwarzenegger à force de trimballer tout ça.

Chargé d'un panier à bois plein, Mac tituba en franchissant la porte, qui semblait trop grande pour la petite maison. Il le laissa tomber avec fracas près de la cheminée, projetant une pluie d'éclats de bois et de poussière sur le sol.

— C'est parce que, en général, je ne ramène que deux ou trois bûches à la fois, pas le panier entier.

Il s'essuya les mains sur son jean.

— Je prépare un feu, alors ? Une bonne flambée serait agréable. Il commence à faire froid dehors.

Il mima un frisson, et de petits bouts d'écorce tombèrent de son blouson. Le froid avait rosi la pointe de ses oreilles.

Elle s'étonna de le voir si détendu, sur le point de faire un feu sur ce qui devait certainement sembler le territoire d'un autre homme. Il disposa les bûches sur du petit bois, puis s'accroupit pour allumer le journal en dessous, soufflant jusqu'à être sûr que les premières flammes léchant les bûches avaient pris.

— Nous avons reçu une offre pour la maison, annonça alors Natasha en brandissant son téléphone. Deux mille de moins, mais ils peuvent acheter sur-le-champ. D'après l'agence, nous devrions accepter.

Il soutint son regard une fraction de seconde, puis se tourna de nouveau vers le feu.

— Ça me paraît bien, déclara-t-il en ajoutant une bûche dans l'âtre. Si ça te convient.

Plus tard, elle se dit que, dans un film, c'est à ce moment-là qu'elle aurait dit quelque chose. Le point de non-retour, où les sentiments, les actes prenaient une impulsion propre. Mais elle eut beau se creuser la tête, elle fut incapable de trouver les mots.

— Il faudra qu'on prévienne Sarah, fit-elle remarquer, au cas… au cas où ça irait vite et où nous devrions lui trouver un autre hébergement.

— Chaque chose en son temps.

Il ne détourna pas les yeux du feu.

— Bon, dans ce cas je vais les rappeler, conclut-elle en repartant vers la cuisine, sentant à travers ses chaussettes le froid monter du carrelage.

Mac demanda s'il pouvait cuisiner. Il sortit du coffre de sa voiture une boîte d'ingrédients qu'il couvrit d'un torchon en leur interdisant d'entrer dans la cuisine tant que le dîner ne serait pas prêt. Natasha, un peu désarmée face aux nouvelles capacités culinaires de son ex-mari, s'aperçut que, encore une fois, au lieu de la ravir, la perspective d'une attention inhabituelle de sa part la déstabilisait. Pourquoi avait-il fallu qu'il se transforme en M. Parfait après leur rupture ? Il était plus beau, prenait visiblement plus soin de lui et s'était trouvé un métier d'adulte. Il n'avait rien perdu de son charme. En comparaison, sa vie à elle avait stagné. Mais c'est tout ce dont elle avait été capable pour continuer à aller de l'avant. Elle se sentit curieusement rassurée quand la nourriture arriva sur la table.

— C'est… euh… mexicain, dit-il avec une pointe d'excuse dans la voix.

Natasha et Sarah examinèrent le tas brun et grumeleux dans le bol bleu, les tacos encore dans leur paquet. Des bandes composées d'une substance non identifiable reposaient sur une pellicule d'huile visqueuse, se mêlant à une sorte de magma rouge. Leurs yeux se rencontrèrent au-dessus de la table, et elles furent secouées par un fou rire.

— OK… Donc je ne suis pas encore tout à fait au point sur la cuisson, soupira Mac. Désolé. Le bœuf est peut-être un peu trop cuit.

— C'est quoi, ça ? demanda Sarah en pointant du doigt le mont boueux.

Cela ressemblait, songea Natasha en essayant de garder son sérieux, à quelque chose que son cheval aurait pu laisser derrière lui.

— Des *frijoles refritos*, dit Mac. Tu n'en as jamais mangé ?

L'adolescente secoua la tête, l'air un peu méfiant, comme s'il s'agissait peut-être d'une farce.

— C'est meilleur que ça en a l'air. Vraiment.

Il attendit, les observant.

— Oh, d'accord. Allons chercher un truc à emporter.

— Ça n'existe pas ici, Mac, l'informa Natasha. Nous sommes à la campagne. Écoutez, ajouta-t-elle en ouvrant le paquet de tacos. Si nous noyons tout ça dans la crème et le fromage, ça devrait être mangeable. Après tout, c'est le principe de la cuisine mexicaine, non ?

Après le dîner, Sarah alla prendre un bain, puis redescendit pour dire que, s'ils n'y voyaient pas d'inconvénient, elle irait se coucher. Elle tenait coincé sous son bras un vieux livre de poche.

— Il est à peine 21 h 30 ! s'exclama Mac, les pieds sur le panier de bois, dans le petit salon. Quel genre d'adolescente es-tu ?

— Le genre fatigué, j'imagine, dit Natasha. Tu as eu une journée chargée.

— Qu'est-ce que tu lis ?

Sarah attrapa le livre sous son bras. Il était couvert d'un papier rouge maintenu par du scotch.

— C'est à mon grand-père, dit-elle.

Puis, comme ils semblaient attendre autre chose, elle ajouta :

— Xénophon.

— Tu lis les classiques ?

Natasha ne put dissimuler sa surprise.

— C'est un livre sur l'art équestre. Papa le lisait souvent, donc j'ai pensé que ça m'aiderait peut-être.

— Les Grecs peuvent t'enseigner l'équitation ?

Elle tendit le volume à Mac, qui examina la page de titre.

— Rien ne change beaucoup, dit-elle. Vous connaissez les chevaux blancs de Vienne ?

Même Natasha connaissait ces étalons blancs et lustrés. Elle avait toujours cru qu'il s'agissait seulement d'une attraction touristique décorative, comme les Beefeaters de la Tour de Londres.

— Leurs cavaliers travaillent encore à partir du traité rédigé par La Guérinière en 1735. Capriole, croupade, courbette… Les airs, c'est-à-dire les figures, n'ont pas changé depuis qu'elles ont été réalisées devant le Roi-Soleil.

— Nombre de principes du droit remontent aussi à des temps anciens, fit remarquer Natasha. Je suis impressionnée par ton intérêt pour les classiques. As-tu lu *L'Iliade* ? J'en ai un exemplaire en haut. Ça te plairait peut…

Mais Sarah secouait déjà la tête.

— Je veux juste… Je veux juste faire travailler Boo. Pendant que Papa n'est pas là.

— Dis-moi, Sarah. (Mac se pencha pour attraper un taco et se le mit dans la bouche.) Ça sert à quoi, tout ça ?

— Quoi ?

— Tout ce peaufinage. Cette histoire d'être sûre que tes pieds sont exactement au bon endroit. Que ton cheval bouge ses jambes exactement par ici ou par là. Que sa tête s'incline exactement *comme ça*. Je veux dire, je comprends l'intérêt des courses ou du saut d'obstacles, mais je t'ai observée dans le parc, répétant indéfiniment les mêmes mouvements. Quel est l'intérêt ?

Sarah ouvrit de grands yeux, sidérée par sa question hérétique.

— Quel est l'*intérêt* ?

— De reproduire ces petits mouvements de façon si obsessionnelle. Je vois bien que c'est joli, mais je ne comprends pas où tu veux en venir. D'ailleurs, la moitié du temps, je ne comprends même pas ce que tu essaies de faire.

Elle s'était lavé les cheveux, qui, humides, retenaient encore les sillons minuscules et réguliers des dents du peigne. Elle le regarda sans ciller.

— Pourquoi continuez-vous de prendre des photos ?

Le visage de Mac se fendit d'un grand sourire ravi.

— Parce qu'il y en a toujours une meilleure à prendre.

Elle haussa les épaules.

— Et moi, je pourrai toujours faire mieux. *Nous* pourrons toujours faire mieux, lui et moi. L'intérêt, c'est d'essayer d'atteindre le stade de la parfaite communication. Et un petit mouvement de votre doigt sur une rêne ou une imperceptible modification de votre centre de gravité permet parfois d'y arriver. C'est chaque fois différent, parce qu'il peut être de bonne humeur et moi fatiguée, ou le sol peut être plus mou. Ce n'est pas seulement une question de technique. Il s'agit de deux esprits, de deux cœurs… qui essaient de trouver un équilibre. L'intérêt, c'est ce qui passe entre nous.

Mac se tourna vers Natasha et haussa un sourcil.

— Je crois que ça, on comprend.

— Mais quand Boo comprend, poursuivit Sarah, quand on y arrive ensemble, il n'y a pas de sensation comparable. (Son regard se perdit au loin, et ses mains se refermèrent inconsciemment sur des rênes imaginaires devant elle.) Un cheval peut accomplir des prouesses, si vous trouvez la bonne façon de le lui demander. C'est ça, l'intérêt : essayer de libérer son écoute, de libérer ses capacités… et ensuite il fait des merveilles. Et, encore plus, de faire en sorte que cela vienne de lui. Parce qu'il devient alors une meilleure version de lui-même.

Il y eut un bref silence. Sarah parut soudain gênée, comme si elle en avait trop révélé.

— Enfin, conclut-elle. Il serait mieux à la maison.

— Allez, tu le récupéreras vite, dit Mac gaiement, après ces petites vacances. Et nous ne serons plus qu'un mauvais souvenir. Une anecdote à raconter à tes amis.

— Je doute, poursuivit Sarah, comme si elle n'avait pas entendu, qu'il soit très heureux en mon absence durant la semaine.

Natasha sentit l'impatience monter en elle.

— Nous en avons déjà discuté. Même s'il était à Londres, tu ne pourrais pas le voir. Au moins, ici, tu peux être sûre que quelqu'un s'occupe de lui. Allons, Sarah…

Elle n'avait pas eu l'intention de paraître irritée, mais elle était épuisée.

Sarah se détourna pour partir, mais fit volte-face sur le seuil :

— Vous vendez votre maison ? Je vous ai entendus parler pendant que j'étais dans mon bain, ajouta-t-elle.

La maison était trop petite pour garder des secrets. Natasha jeta un regard à Mac, qui laissa échapper un long soupir.

— Oui, dit-il. Oui, nous la vendons.

— Vous allez vous installer où ?

Il lança la boîte d'allumettes vers le plafond et la rattrapa.

— Eh bien, moi, j'emménagerai probablement quelque part dans Islington. Natasha, je ne sais pas très bien, mais ne t'inquiète pas. Ce n'est pas pour tout de suite, tu auras retrouvé ton grand-père d'ici là.

Elle hésita sur le seuil.

— Vous n'êtes plus ensemble, n'est-ce pas ?

C'était une observation plus qu'une question.

— Non, répondit Mac. Nous restons ensemble seulement pour le bien-être des enfants. C'est toi, au fait. (Il lança le livre à Sarah, qui l'attrapa.) Écoute, ne t'inquiète pas pour nous, dit-il en percevant sa gêne. Nous sommes bons amis, et nous sommes heureux de rester ensemble jusqu'à ce que tout soit réglé. N'est-ce pas, Tash ?

— Oui, acquiesça celle-ci d'une voix rauque.

Sarah la regardait, et elle eut l'impression que l'adolescente lisait en elle comme dans un livre ouvert, devinait son malaise.

— Je me débrouille pour le petit déjeuner, annonça Sarah en coinçant le livre sous son bras. J'aimerais aller à l'écurie le plus tôt possible, si vous n'y voyez pas d'inconvénient.

Et elle s'en fut, montant les marches grinçantes pour rejoindre son lit.

La première nuit que Mac et Natasha avaient passée dans leur maison de Londres, ils avaient dormi sur un matelas posé à même le sol poussiéreux. Pendant le déménagement, les boulons qui tenaient ensemble les deux parties de leur sommier avaient disparu et, épuisés après une journée à défaire des cartons, ils avaient posé le matelas devant le radiateur dans le salon et s'étaient emmitouflés dans une couette. Elle se revoyait, étendue dans ses bras, sous les fenêtres nues donnant sur la rue sombre, un avion traversant le ciel nocturne au loin. Ils étaient entourés de piles vacillantes de cartons dont certains resteraient à vider pendant des mois, du papier peint de quelqu'un d'autre, avec l'étrange impression de dormir dans une maison qui leur appartenait mais n'était pas encore la leur. Tous les deux, campant dans cet espace, ajoutaient à ce sentiment d'altérité, d'irréalité. Elle était restée allongée là, le cœur battant, incapable d'imaginer l'avenir, se demandant ce que cette maison deviendrait, mais savourant cet instant de perfection, de joie – une joie qu'elle soupçonnait déjà d'être fugace –, de tous les possibles.

Sentant le poids du bras de Mac sur son corps, le vaste espace de la vieille maison autour d'eux, il lui avait semblé qu'ensemble ils pourraient réussir n'importe quoi. Comme si c'était le point de départ de quelque chose d'aussi infini que le ciel qu'elle contemplait. Elle s'était tournée pour le regarder, cet homme magnifique et amoureux, avait laissé ses doigts fins caresser son visage endormi, déposant des baisers sur sa peau jusqu'à ce qu'il se réveille lentement et que, avec un murmure teinté de surprise et de plaisir, il l'attire contre lui.

Natasha se servit un grand verre de vin. Elle gardait les yeux rivés sur la télévision, sans avoir la moindre idée de ce qu'elle regardait. Elle se sentait curieusement vulnérable, quand elle s'aperçut que les larmes lui piquaient les yeux. Elle se détourna de Mac en battant furieusement des paupières, puis but une longue gorgée de vin.

— Eh, souffla Mac.

Elle ne pouvait se retourner. Elle n'avait jamais su pleurer discrètement. Son nez devait déjà rougeoyer comme un fanal. Elle l'entendit se lever et traverser la petite pièce pour fermer la porte, puis se rasseoir et éteindre la télévision. Elle le maudit en silence.

— Ça ne va pas ?

— Tout va bien, ne t'en fais pas, répondit-elle vivement.

— Ça n'a pas l'air.

— Mais si, je t'assure.

Elle leva de nouveau son verre.

— Elle t'a contrariée ?

Natasha poussa sur sa main pour se redresser.

— Non… (Ça n'allait pas suffire.) Je suppose que je trouve toute cette histoire de cheval un peu éprouvante. En fait, vivre sous le même toit qu'une adolescente n'est pas une mince affaire.

Il hocha la tête.

— Ça n'a pas été simple, hein ?

Il lui sourit.

Arrête d'être si gentil, songea-t-elle. *Ne fais pas ça.* Elle se mordit la lèvre.

— Est-ce que c'est à cause de la maison ?

Elle se força à afficher une expression détachée.

— Oh… Je me doutais que ça serait un peu bizarre.

— Je ne suis pas dans mon assiette non plus, dit-il. J'adore cette maison.

Ils restèrent assis un moment en silence à contempler le feu. Dehors, la nuit noire qui s'était déployée sur la campagne enveloppait désormais le cottage, étouffant les bruits et la lumière.

— Tout ce travail, quand même, reprit-elle. Toutes ces années à concevoir, décorer et imaginer. J'ai du mal à réaliser que tout va disparaître. Je ne peux pas m'empêcher de repenser à ce à quoi elle ressemblait quand on est arrivés, quand ce n'était qu'une masure à retaper.

— J'ai encore les photos, admit-il. Un cliché de toi en train de défoncer le mur du fond, couverte de poussière et armée de ta masse…

— C'est tellement étrange d'imaginer quelqu'un d'autre dedans. Ils ne sauront rien des rampes d'escalier récupérées et se demanderont pourquoi nous avons mis cette fenêtre ronde dans la salle de bains…

Mac semblait soudain ne plus savoir quoi dire.

— Tout ce travail. Et puis plus rien. On passe à autre chose, c'est tout. (Elle avait conscience que le vin lui déliait la langue plus qu'elle n'aurait voulu, mais elle était incapable de se taire.) C'est comme… de laisser un morceau de son âme derrière soi.

Le regard de Mac croisa le sien, et elle dut détourner les yeux. Dans l'âtre, une bûche glissa, projetant des étincelles dans le conduit.

— Je ne crois pas, dit-elle presque pour elle-même, que je pourrais remettre toute cette énergie dans un autre endroit.

Derrière les craquements secs du feu, elle entendit Sarah ouvrir et refermer un tiroir à l'étage.

— Je suis désolé, Tash.

Il hésita, puis se pencha et lui prit la main. Elle contempla leurs doigts entrelacés. La sensation étrange et pourtant familière de sa peau contre la sienne lui coupa le souffle.

Elle se dégagea, les joues rouges.

— C'est pour ça que je ne bois pas souvent, déclara-t-elle avant de se lever. La journée a été longue. Et je suppose qu'il est inévitable d'éprouver cela quand on vend un endroit où l'on a vécu longtemps. Mais c'est juste une maison, n'est-ce pas ?

Mac ne laissa rien paraître de ce qu'il ressentait.

— Bien sûr, dit-il. C'est juste une maison.

Chapitre 12

« Les dieux ont accordé à l'homme le don d'enseigner à ses semblables leur devoir par le moyen de la parole et de la raison, mais le cheval n'est pas ouvert à l'instruction par la parole et la raison. »

Xénophon, *De l'art équestre.*

En dépit de son épuisement, Natasha dormit par intermittence. Le silence de la campagne lui parut oppressant, la proximité de Mac et Sarah trop perceptible dans l'exiguïté du petit cottage. Elle entendait, en bas, les gémissements du canapé quand il bougeait, le trottinement précautionneux des pieds nus de Sarah quand elle se rendit aux toilettes. Elle crut même les entendre respirer et se demanda si cela signifiait que Mac entendait tous ses mouvements à elle aussi. Elle s'endormait, puis émergeait de courts rêves entrecoupés où elle se disputait avec lui, ou revenait à elle après des espèces d'hallucinations où des inconnus envahissaient sa maison, jusqu'à ce qu'enfin, alors que l'aube bleue et le soleil couleur pêche se levaient au-dessus de la ligne des arbres au loin, elle s'autorise à garder les yeux ouverts. Une sorte de paix l'envahit. Allongée dans son lit, elle regarda le plafond s'illuminer, puis se leva et enfila une robe de chambre.

Elle ne penserait pas à Mac. Il était ridicule de se laisser atteindre à ce point-là par la vente d'une maison. Et le fait qu'elle soit obsédée par ce qu'elle avait ressenti quand leurs mains s'étaient trouvées était sans conteste un signe de folie.

Elle était ivre et avait baissé la garde. Dieu seul savait ce qu'aurait dit Conor s'il l'avait vue.

Elle regarda l'heure – 6 h 15 –, puis tendit l'oreille, guettant le ronronnement sourd qui lui indiquerait le réveil de la chaudière. Elle regarda fixement la porte de sa chambre, comme si elle avait eu le pouvoir de voir à travers, jusque dans la chambre où Sarah dormait, de l'autre côté du palier.

J'ai été égoïste, songea-t-elle. *Elle n'est pas stupide, elle perçoit mon malaise. Qu'est-ce qu'on ressent quand on a tant perdu et qu'on se retrouve à dépendre d'inconnus ?*

L'argent, son âge, ses origines sociales donnaient à Natasha des choix qui ne s'offriraient peut-être jamais à Sarah. Les semaines à venir, elle ferait preuve de bienveillance, elle tenterait de dompter sa réserve et sa méfiance. Elle ferait en sorte que ce court séjour soit bénéfique à Sarah. Un petit geste, mais qui comptait. Si elle se concentrait sur Sarah, elle serait peut-être moins distraite par la présence de Mac. Elle parviendrait peut-être à s'empêcher de se remettre dans la situation de la veille au soir.

Du café, décida-t-elle. Elle allait préparer du café et savourer une heure de paix.

Elle ouvrit la porte de sa chambre aussi discrètement que possible et sortit sur le palier. Celle de la chambre d'amis était entrouverte, et Natasha la regarda fixement pendant un moment avant, sur un coup de tête, de la pousser doucement. C'était ce que les mères faisaient, non ? Partout dans le monde, des mères poussaient des portes de chambre pour contempler leurs enfants endormis. Peut-être pourrait-elle éprouver ce qu'elles ressentaient. Un tout petit peu. D'une certaine manière, il était plus facile d'essayer de ressentir quelque chose quand la jeune fille dormait.

Elle fut interrompue par la sonnerie stridente du téléphone et recula sa main. Un coup de fil à une heure si matinale n'était jamais de bon augure.

Pas papa et maman, pria-t-elle une divinité invisible. *Pas mes sœurs. Je vous en supplie.*

Mais la voix à l'autre bout de la ligne n'appartenait à personne de sa famille.

— Madame Macauley ?

— Oui ?

Mac se réveillait. Elle le regarda s'étirer sur le sofa.

— C'est Mme Carter, des écuries. Je suis navrée de vous appeler si tôt, mais nous avons un problème. Il semblerait que votre cheval ait pris la fuite.

— Mais comment a-t-il pu sortir de son box ?

Mac s'assit en se frottant les yeux. Il portait un vieux tee-shirt informe, usé jusqu'à la corde.

— Elle m'a dit qu'il arrivait que les chevaux comprennent comment faire jouer les verrous. Une histoire de coups contre la porte et de sauts. Je n'écoutais pas vraiment.

Mon Dieu, songeait-elle. *Qu'allons-nous dire à Sarah ? Elle va piquer une crise. Et elle nous accusera de l'avoir forcée à l'amener ici.*

— Qu'est-ce qu'on fait ?

— Le mari de Mme Carter est parti en quad sillonner les champs des environs. Elle partait en 4 x 4. Elle m'a demandé d'aller chercher un licol et de sortir la voiture. Elle craint qu'il ne soit allé jusqu'à la quatre-voies. Il peut très bien avoir passé la nuit dehors.

Natasha frissonna et serra ses bras autour d'elle.

— Mac, il va falloir qu'on la réveille et qu'on lui annonce la nouvelle.

Il se frotta le visage. À son expression, elle sut qu'il redoutait ce moment autant qu'elle.

— Attends, dit-il en enfilant un pull. Inutile de la faire paniquer si son cheval est juste parti se promener dans le champ voisin. Elle était tellement épuisée hier soir qu'avec un peu de chance on pourra le retrouver avant son réveil.

Une fine couche de givre recouvrait le sol quand ils remontèrent le chemin en voiture, les pneus crissant sur le goudron argenté. Ils roulèrent lentement, fenêtres ouvertes, scrutant les alentours dans l'espoir de voir un grand cheval brun. Chaque ombre mouvante dans les taillis au loin, chaque trace dans le sol gelé suggérait une présence récente. Natasha essaya de se représenter une carte mentale des routes environnantes, s'efforçant d'anticiper les intentions d'un animal qu'elle n'avait jamais ne serait-ce que caressé.

— C'est sans espoir, dit Mac pour la énième fois. On voit à peine au-delà des haies, et le bruit du moteur couvre tous les autres. Sortons.

Ils garèrent la voiture en haut du village. Natasha se souvint d'un endroit près de l'église d'où l'on pouvait voir presque toute la vallée. Les jumelles de Conor restèrent dans sa poche. Elle n'était pas sûre d'être capable de distinguer le cheval de Sarah parmi d'autres dans un champ.

Il faisait jour à présent, mais le froid de la nuit régnait encore, et Natasha était frigorifiée. Elle avait attrapé un manteau en sortant, mais il faisait à peine plus de zéro degré, et le tee-shirt qu'elle portait en dessous ne suffisait pas.

Debout sur un caveau, Mac regardait au-delà du cimetière, plissant les yeux dans le soleil bas. Quand elle lui passa les jumelles, il vit qu'elle tenait les bras serrés autour de son buste.

— Ça va ?

— J'ai froid. Nous sommes partis un peu vite.

Et si Sarah se réveillait ? songea-t-elle soudain. *Et si elle avait déjà découvert la disparition de son cheval ?*

— Tiens.

Mac ôta son écharpe et la lui tendit.

— Mais c'est toi qui vas avoir froid maintenant.

— Je ne le sens pas. Tu sais bien.

Elle la prit et se l'enroula autour du cou. L'étoffe contenait encore la chaleur de sa peau et était tellement imprégnée de son odeur que la tête lui tourna un instant. Elle dissimula son trouble en s'éloignant de quelques pas vers un échalier. Elle connaissait si bien son odeur, la légère touche d'herbe et d'agrumes. Sa masculinité propre. C'était du masochisme… Elle retira l'écharpe et, après s'être assurée qu'il ne la regardait pas, la fourra dans sa poche et remonta son col.

— Je ne le vois pas, dit Mac en baissant les jumelles. C'est sans espoir. Il peut être n'importe où. Derrière une haie. Dans une forêt. À mi-chemin de Londres… nous ne savons même pas depuis combien de temps il est parti.

— C'est notre faute, n'est-ce pas ? demanda Natasha en croisant les bras.

— Nous essayions juste d'aider.

— Ouais. On peut dire que c'est une réussite.

Elle donna un coup de pied dans le sol, regardant les cristaux de givre disparaître sur ses chaussures.

Il sauta de son perchoir avec agilité et posa une main sur son épaule.

— Ne t'accable pas de reproches. Nous avons fait de notre mieux.

Ils se regardèrent, et ses mots résonnèrent autour d'eux.

— Rentrons. (Il passa devant elle et marcha vers la voiture.) Mme Carter l'a peut-être retrouvé entre-temps.

Ni l'un ni l'autre n'y croyait. Son instinct lui soufflait que, en ce qui concernait Sarah, il n'y avait pas de happy end sans complications.

Ils n'échangèrent pas un mot durant le bref trajet de retour. Si Mac avait remarqué qu'elle ne portait plus son écharpe, il ne dit rien. La maison était silencieuse, noyée dans l'obscurité, quand ils entrèrent, heureux de retrouver sa chaleur.

—Je vais mettre de l'eau à chauffer.

Natasha se débarrassa de son manteau et resta debout près du fourneau, ses doigts rougis posés sur la surface chaude.

—Qu'est-ce qu'on va lui dire ?

—La vérité. Bon sang, Mac, peut-être qu'elle n'a pas fermé le verrou ! Si ça se trouve, c'est sa faute.

—À mon avis, elle est plutôt rigoureuse, répliqua-t-il en faisant courir une main sur son menton pas rasé. Ça ne va pas être facile.

Natasha sortit deux tasses et commença à préparer le café, vaguement consciente des allées et venues de Mac dans la pièce voisine. Finalement, il alla se planter devant la fenêtre et tira les rideaux. Du coin de l'œil, elle vit la pièce se remplir d'une lumière grise, illuminant les restes de la veille, les fonds de vin vinaigré dans les verres et l'âtre plein de cendres.

Un café, songea-t-elle. *Ensuite, j'appelle Mme Carter et je réveille Sarah.*

—Tash.

Instinctivement, ses mâchoires se crispèrent. Quand allait-il cesser de l'appeler ainsi ?

—Tash ?

—Quoi ?

—Tu ferais bien de venir.

—Pourquoi ?

—Regarde par la fenêtre. Celle qui donne sur le côté de la maison.

Elle trottina jusqu'à lui, lui tendit une tasse et regarda dehors. Devant elle, ce qui avait été un rectangle net de pelouse était désormais une étendue chaotique de boue et de gazon labouré. Les petites lanternes chinoises des physalis avaient disparu, et les tiges des dernières fleurs téméraires étaient brisées, écrasées dans la terre humide. Du côté de la clôture séparant le jardin des champs, les canisses en saule soigneusement dressées avaient été abattues et gisaient à présent en tas près du pommier. Les pots de fleurs disposés sur les dalles de la terrasse avaient été réduits en miettes. C'était un champ de bataille, une scène de crime. Son jardin si joli, si soigné, semblait avoir été la victime d'un bulldozer.

Natasha essaya de mesurer l'ampleur de la dévastation, retenant son souffle tandis que son regard incrédule se rapprochait de la vitre embuée.

Tout juste visible sur la gauche de la terrasse, non loin de là, elle distingua une silhouette endormie allongée sur un banc du jardin. Elle était enveloppée dans son manteau et couverte des restes boueux de ce qui avait été un jour la meilleure couette d'hiver de Natasha. À quelques pas de sa main, gigantesque dans le petit jardin, cherchant avec détermination les quelques pommes qui pendaient aux branches nues, de petits nuages de vapeur lui sortant des naseaux, se dressait un grand cheval brun.

Chapitre 13

« Pour diriger un cheval, vous devez d'abord regarder dans la direction où vous voulez aller. »

Xénophon, *De l'art équestre*.

Sarah prit place à l'étage du bus et compta l'argent qu'elle avait dans sa poche pour la quatrième fois. Assez pour deux semaines de loyer, cinq balles et un sac de nourriture ; assez pour tenir quinze jours supplémentaires. Mais certainement pas assez pour calmer Sal le Maltais. Il était 15 h 15. Il arrivait rarement à l'écurie avant 16 h 30. Elle confierait l'argent à Cowboy John ou le glisserait sous la porte du bureau avec un mot, et, avec de la chance, elle serait partie avant d'avoir eu à subir une conversation avec lui sur le sujet. Depuis son retour, Sal avait mentionné à deux reprises les arriérés. Les deux fois, elle avait promis de trouver l'argent, sans bien savoir comment elle s'y prendrait.

En tout cas, elle était soulagée d'être de retour. Boo avait été renvoyé à Sparepenny Lane moins d'une semaine après qu'on l'eut emmené. Mac et Natasha n'avaient pas vraiment eu leur mot à dire : la femme des écuries était folle de rage, furieuse d'avoir passé deux heures à sillonner les environs en voiture dans le noir, accusant Sarah d'être irresponsable et stupide : savait-elle qu'il y avait des buissons d'if, des troènes et une demi-douzaine d'autres plantes dans ce jardin qui auraient pu empoisonner l'animal ? Même Mac avait renoncé à la défendre. Natasha et lui s'étaient comportés comme si elle était une sorte de criminelle, tout ça parce que Boo avait un peu esquinté le gazon. Et elle n'avait jamais vu Mac aussi fermé. Pas en colère exactement. Il affichait cette expression qui précède un profond soupir de résignation.

Sans se départir de son air déçu, il les avait raccompagnés, elle et Boo, jusqu'à l'écurie. Les mains enfoncées dans les poches, il lui avait dit que Natasha tenait beaucoup à son petit jardin, que ce n'était pas parce qu'elle n'extériorisait pas ses émotions qu'elle n'en avait pas. Tout le monde possédait quelque chose de précieux qu'il souhaitait protéger, Sarah entre tous devrait le comprendre.

Elle s'était sentie mal en voyant Natasha pleurer dans le vestibule. Elle n'avait pas anticipé la maladresse de Boo dans le jardin. Elle n'y avait vu qu'un endroit où il serait enfermé et en sécurité. Près d'elle. Mac n'en dit pas beaucoup plus, mais les silences qui ponctuaient ses phrases la mirent mal à l'aise. Il conclut en suggérant qu'il serait peut-être sage qu'elle et Natasha se laissent de l'espace.

Personne ne l'autorisa à dire ce qu'elle pensait, à savoir qu'ils ne pouvaient pas tout lui mettre sur le dos. Elle leur avait expliqué des milliers de fois qu'elle ne pouvait être séparée de Boo. Il était impensable qu'elle le laisse dans un endroit inconnu, ses hennissements désespérés se perdant au-dessus des champs noirs. L'ironie, dans tout ça, c'était qu'elle avait choisi de rester près de la maison pour qu'ils ne s'inquiètent pas pour elle.

L'atmosphère plombée avait perduré quelques jours après leur retour à Londres. Elle voyait bien que Natasha était encore fâchée. Parfois, elle les entendait chuchoter après avoir doucement refermé les portes, comme si elle ne devinerait pas qu'ils parlaient d'elle. Après, quand il la croisait, Mac prenait soin d'afficher une bonne humeur exagérée, l'appelait l'écuyère, comme Cowboy John, faisant comme si de rien n'était. Elle avait eu peur, un moment, qu'ils ne lui demandent de s'en aller. Mais la vie reprit son cours, en quelque sorte. Désormais, elle se levait aux aurores et se rendait à l'écurie avant l'école. Les premiers jours, Mac s'était même réveillé assez tôt pour l'y conduire en voiture. Il avait pris des photos de l'écurie, de Boo et de Cowboy John, et puis il avait eu beaucoup de travail pour ses cours et il n'était plus venu.

La veille au soir, il l'avait appelée dans la cuisine (Natasha était au bureau, où elle passait le plus clair de son temps) et lui avait tendu une enveloppe.

— John m'a dit de combien tu avais besoin. À partir de maintenant, nous paierons la pension de Boo, mais il faudra que tu t'occupes de son box. Et si nous apprenons que tu as séché des cours ou que tu n'étais pas là où tu étais censée être, nous l'enverrons ailleurs. Ça te paraît honnête ?

Elle avait hoché la tête, palpant les billets à travers la fine enveloppe blanche ; c'était ça ou l'ouvrir en l'arrachant. Quand elle leva les yeux, Mac la regardait.

— Et tu crois qu'avec ça la monnaie qui traîne dans la maison cessera de disparaître ?

Elle avait rougi.

— Je suppose, marmonna-t-elle.

Elle ne pouvait pas lui parler de l'argent qu'elle devait à Sal, pas tant qu'ils étaient tous les deux énervés contre elle et alors que Mac venait de l'accuser de vol.

Elle essaya de voir le bon côté des choses. Mac et Natasha n'étaient pas si mal. Son cheval était avec elle. La vie était comme elle devait être ; autant que possible, du moins, avec Papa à l'hôpital. Pourtant, parfois, assise dans le bus le matin, elle se rappelait la façon dont Boo avait regardé le sable du manège, comment il avait semblé presque flotter, ravi d'avoir l'occasion d'être à son meilleur niveau. Elle se rappelait son cheval loin des gaz d'échappement, du vacarme de la ville et des trains vrombissants, galopant en cercles dans le pré vert tendre, sa belle tête dressée, comme s'il se remplissait les yeux des horizons lointains, la queue haute telle une bannière.

— Alors ? Comment ça se passe ?

Ruth Taylor accepta la tasse de thé qu'on lui offrait et se laissa aller contre les coussins du somptueux canapé beige. Son travail ne l'amenait pas souvent à être reçue dans ce genre de salon, songea-t-elle en balayant du regard les œuvres d'art aux murs, les lattes brillantes du vieux parquet en chêne restauré. Et elle appréciait de boire une tasse de thé sans avoir à s'inquiéter de la provenance du mug.

— Tout va bien ?

Elle sortit le dossier de Sarah Lachapelle de son sac, notant au passage qu'elle avait encore quatre visites à faire cet après-midi-là. Aucun canapé beige moelleux dans le lot. Deux entretiens de contrôle avec des demandeurs d'asile dans un B & B minable sur Fernley Road, un garçon qui jurait que son beau-père le battait et une mère adolescente accro au crack à Sandown.

L'homme et la femme échangèrent un regard lourd de sens, puis l'homme prit la parole.

— Tout va bien. Très bien.

— Son installation se passe bien ? Ça fait… quoi… quatre semaines, maintenant ?

— Quatre semaines et trois jours, précisa la femme.

Arrivée juste après Ruth, Mme Macauley était perchée au bord de son fauteuil, sa serviette à ses pieds, et consultait discrètement sa montre comme si elle attendait la permission de repartir en vitesse.

— Et le collège ? Des absences injustifiées ?

Autre échange de regards.

— Nous avons eu quelques problèmes au départ, répondit M. Macauley, mais nous pensons les avoir résolus. Il semblerait que nous soyons parvenus à trouver un arrangement.

— Vous lui avez imposé des limites, comme nous l'avions suggéré.

— Oui, dit-il. Je crois que nous nous comprenons tous un peu mieux.

Oh, mais qu'il était mignon. Tout à fait son genre, avec ses cheveux en bataille et ses yeux pétillants. Non, se réprimanda Ruth. Ne pas s'autoriser à voir les clients ainsi. Encore moins quand leur femme était assise à côté.

— Elle est en bonne santé, poursuivit-il. Elle mange bien, fait ses devoirs. Elle a ses occupations. (Il se tourna vers son épouse.) Je ne sais pas quoi dire de plus, vraiment.

— Sarah va bien, renchérit vivement celle-ci.

— Ne vous inquiétez pas. Je ne suis pas ici pour vous juger ou évaluer vos capacités de parents. (Elle leur sourit.) Ceci est un placement informel – une prise en charge par des proches, comme on dit –, et nous n'intervenons pas en profondeur. J'ai déjà parlé avec Sarah, qui se dit heureuse ici. Mais j'ai pensé que, étant donné son histoire récente, je ferais aussi bien de passer pour voir comment ça allait.

— Comme je vous l'ai dit, tout va bien, vraiment. Le collège n'a signalé aucun problème. Elle ne nous empêche pas de dormir en mettant sa musique à fond. Seulement six ou sept partenaires sexuels. Pas trop de substances stupéfiantes. Je plaisante, ajouta-t-il en croisant le regard noir de sa femme.

Ruth baissa les yeux sur son dossier.

— Quelles sont les dernières nouvelles de son grand-père ? Je suis désolée, je sais que j'aurais dû appeler moi-même, mais nous avons été débordés au service.

— Il se rétablit doucement, dit M. Macauley. Mais je ne suis pas expert en la matière.

Ruth regretta d'avoir mis sa jupe marron. Elle lui faisait des jambes courtaudes.

— Oh, oui. Je me rappelle, maintenant. Un AVC, c'est ça ? Mmm. Il ne récupère pas aussi vite qu'ils le souhaiteraient.

Ça ne vous dérange pas qu'elle reste plus longtemps que prévu ? Je sais qu'à l'origine nous avions parlé d'une quinzaine de jours...

Ils échangèrent un nouveau regard.

— À strictement parler, au-delà de six semaines, vous devez vous soumettre à une révision, peut-être envisager de demander une mise sous tutelle spéciale, qui vous donnerait des responsabilités parentales.

— Il y a une possible complication, dit Mme Macauley. Nous sommes sur le point de vendre la maison. En fait, nous avons accepté une offre.

— Et aurez-vous la place d'accueillir Sarah dans votre nouveau logement ?

Cette fois, ils ne se regardèrent pas.

L'homme parla en premier.

— Je n'en suis pas encore sûr.

— Vous voulez qu'elle retourne en famille d'accueil ? Qu'elle repasse sous notre autorité ?

S'il vous plaît, ne me dites pas oui, les pria Ruth silencieusement. *J'ai une liste de demandes de prise en charge en attente longue comme le bras. Et, croyez-moi, peu de foyers ressemblent à celui-ci.*

— Nous essayons de trouver une solution. Seulement, nous n'avons pas encore décidé où nous allons, n'est-ce pas, Tash ? En tout cas, elle peut rester ici quelques semaines de plus.

Quelques semaines de plus. Tout pouvait arriver en quelques semaines. Ruth se détendit un peu.

— Espérons qu'elle sera de nouveau auprès de son grand-père d'ici là. (Elle sourit et balaya le salon du regard.) C'est une maison ravissante. J'imagine que vous regrettez d'avoir à quitter les lieux.

Ni l'un ni l'autre ne répondit. Elle posa les mains sur ses dossiers et se pencha en avant.

— Et comment allez-vous, tous les deux ? Quand on n'a pas l'habitude de vivre avec des adolescents, on peut trouver cela singulièrement éprouvant.

Elle s'adressa à Mme Macauley, qui avait moins pris la parole.

— Ça va, déclara M. Macauley.

— Madame Macauley ?

La femme réfléchit avant de parler. Ruth baissa les yeux vers le formulaire qu'elle tenait et nota qu'elle était avocate. Pas de surprise ici.

— Ça a été plus fatigant que ce à quoi je m'attendais, dit-elle prudemment. Mais, encore une fois, je ne sais pas très bien à quoi je m'attendais…

— Des problèmes en particulier ?

Elle réfléchit à nouveau.

— Non, finit-elle par répondre. Je crois que c'est essentiellement une autre façon de voir les choses.

— Les adolescents sont à prendre avec des pincettes.

M. Macauley esquissa un grand sourire.

— C'est le moins qu'on puisse dire !

— Ils représentent des défis bien à eux. Mais le collège dit qu'elle est beaucoup plus paisible.

— C'est une enfant agréable. Elle est vive.

— Peut-être que si vous envisagiez d'accueillir d'autres enfants, vous seriez plus heureux avec des plus jeunes. Est-ce que vous pourriez envisager de devenir parents d'accueil ? (Inutile de mettre l'accent sur les avantages financiers, songea Ruth. Ces deux-là ne donnaient pas l'impression de connaître des difficultés économiques.) Il y a vraiment un énorme manque dans ce domaine, ajouta-t-elle. Beaucoup d'enfants dans le besoin.

— Je le sais bien, dit Mme Macauley d'une voix basse.

Ruth vit alors son mari lui caresser légèrement la main du dos de la sienne. Un geste doux. Attentionné. Curieusement, elle se mit à rougir.

— Nous y réfléchirons, éluda-t-il. Pour l'instant, nous prenons chaque jour comme il vient.

Un message dépassait sous la porte de son cagibi. Elle ouvrit le battant, ramassa la feuille et la déplia, puis déchiffra le gribouillage inconnu.

Salut l'écuyère,
Désolé de pas pouvoir te le dire personnellement, mais je dois rentrer dare-dare aux États-Unis. Ma sœur Arlene est malade et, vu qu'elle a pas d'autre famille (la pauvre femme a fait fuir trois maris), faut que j'aille voir si ça va.
Sal le Maltais a des clés et il va nourrir mes bêtes, mais ouvre l'œil pour moi, OK?
Dis au Capitaine que je suis vraiment désolé de pas lui rendre visite à l'hôpital ce week-end, mais je serai de retour d'ici une semaine ou deux. Je lui rapporterai du Jimmy Beam, si j'arrive à pas me faire choper par ces nazies d'infirmières.

CJ

Sarah replia soigneusement la feuille et la glissa dans sa poche, surprise d'être aussi secouée par le départ de John. Elle savait qu'il avait une sœur en Amérique – il plaisantait souvent au sujet de sa laideur –, mais les rares fois où il était parti lui rendre visite, c'était Papa qui l'avait remplacé. À présent, en leur absence, l'écurie semblait à la dérive. Mais ce ne serait pas long. Bientôt, tout rentrerait dans l'ordre.

Il commença à pleuvoir, et les pavés devinrent collants là où personne n'avait pris la peine de balayer les fétus de paille et la nourriture renversée. Elle accrocha son manteau à la patère et enfila le vieux pardessus de Papa, celui qu'il mettait pour protéger ses vêtements. Sachant d'instinct que l'activité apaiserait son angoisse, elle vérifia que Sheba avait de l'eau dans sa gamelle, puis alla s'occuper des chevaux, redressant les couvertures qui avaient glissé, s'assurant que les portes des box étaient bien fermées. Elle nettoya celui de Boo, changea son foin et son eau, contrôla ses sabots, chassa les poules et une nouvelle chèvre qu'elle n'avait jamais vue dans les parages, puis s'arrêta pour bavarder un instant avec Ranjeet, du *Raj Palace*, venu acheter des œufs. Enfin, elle regagna sa réserve pour remettre ses chaussures.

Elle s'apprêtait à verrouiller le cadenas quand elle se rappela l'argent dans l'enveloppe. Elle plongea une main dans sa poche… et sursauta quand des doigts se refermèrent doucement sur sa nuque. Elle fit volte-face, prête à frapper.

— Qu'est-ce que t'as ? Tu crois que je suis un fou venu t'enlever ?

Sal le Maltais semblait trouver cela très drôle. La dent en or scintillait dans le coin de sa bouche, à peine visible dans la pénombre, tandis qu'il agitait un index devant elle.

Elle frissonna et se passa une main dans le cou.

— Tu me laisses une lettre d'amour, l'écuyère ?

Il lui prit l'enveloppe, une cigarette allumée dans son autre main, les pieds écartés fermement plantés dans le sol, comme pour indiquer que cet endroit lui appartenait. L'odeur d'after-shave et de tabac éclipsait le subtil parfum sucré du foin et du fourrage.

— Tu sais que tu peux toujours venir me parler.

— Argent, dit-elle, gênée par la façon dont sa voix s'était brisée. C'est votre argent.

— Ah.

Il saisit l'enveloppe, et ses doigts effleurèrent ceux de Sarah au passage.

— Il faut que j'y aille, ajouta-t-elle en ramassant son sac.

Il l'arrêta en levant la main, paume ouverte.

Il ouvrit l'enveloppe et jeta un coup d'œil à l'intérieur. Puis il fronça les sourcils et la lui tendit.

— C'est quoi, ça ?

— Mon loyer. Deux semaines, plus le foin et la nourriture.

Dehors, la pluie avait forci. Sheba entra furtivement derrière eux, son pelage hirsute orné de perles de pluie brillantes. Sous les voûtes du viaduc, un des chevaux hennit en traînant ses sabots sur le sol en béton.

— Et ?

Il la regarda avec l'air d'attendre quelque chose. Il souriait, mais son expression était menaçante.

Elle avala sa salive.

— Je ne l'ai pas.

— Les arriérés ?

— Pas encore.

Sal le Maltais siffla entre ses dents et secoua la tête.

— Tu sais, tu as eu de la chance que je te garde ce box. Il y a deux semaines, tu arrives et tu emmènes le cheval sans prévenir. Tu crois que c'est des manières, ça ?

— Ce n'était pas ma…

— J'aurais pu louer ce box à vingt autres personnes et je l'ai pas fait. Ensuite, tu réapparais avec lui comme si de rien n'était. Et pas même un merci.

— Mais, comme je l'ai dit, ce n'est pas ma faute. C'était…

— Mon chou, je me fiche bien de savoir à qui c'était la faute. Qu'est-ce qui me dit que tu vas pas disparaître à la première occase ? Avec tout le fric que tu me dois ? Tu as les clés. Pour ce que j'en sais, tu pourrais très bien prendre ton cheval demain et te barrer à Tombouctou.

Il avait fait un pas en avant, de telle sorte que Sarah se retrouva à contempler le col de sa chemise.

Elle s'aperçut qu'elle ne pourrait déglutir sans faire un bruit vraiment évident.

—Je ne vais pas partir, dit-elle doucement. Je paie toujours mes dettes. Papa paie toujours ses dettes. John le sait.

Nous n'avions jamais eu de dette avant tout ça, songea-t-elle.

—Mais John n'est pas là. Ton grand-père non plus. Et ces écuries m'appartiennent.

Elle n'avait rien à répondre.

Un train passa en grondant sur le viaduc, et les lumières des wagons éclairèrent brièvement la petite écurie ; un millier de personnes rentraient chez elles, s'apprêtant à retrouver leurs petites vies confortables. Sal dressa la tête comme s'il pensait à quelque chose, puis il fit un autre pas vers elle. Il était encore plus près : trop. Sarah retint son souffle.

Sal baissa la voix.

—Ton grand-père est malade, Sarah.

—Je le sais, chuchota-t-elle.

—Ton grand-père est très malade, d'après John. Alors dis-moi une chose : comment comptes-tu me payer ce que tu me dois ?

Il s'exprimait d'une voix douce, mélodieuse, comme s'il chantait, comme si cela atténuerait la menace sous-jacente. Il était si proche à présent qu'elle sentait le parfum musqué de son after-shave, le cuir de sa veste, ainsi qu'une autre odeur, masculine et inconnue.

Elle essaya de garder les yeux baissés. De sombres rumeurs couraient sur Sal le Maltais. Il ne fallait pas le provoquer. Il avait fait de la prison, avait des amis peu recommandables et trempait dans des affaires au sujet desquelles il valait mieux ne pas poser de questions.

—Alors ?

—Je vous ai dit…

—Tu m'as dit que dalle ! Je te croyais partie pour de bon. Maintenant, j'ai besoin de savoir quand je vais être payé.

(Son regard brûlant ne quittait pas celui de Sarah.) Faut qu'on règle le problème, Sarah.

Elle cligna des yeux, essayant de calmer sa respiration.

— Faut qu'on trouve un moyen pour que tu me rembourses.

« Vous ne comprenez pas que c'est mon vœu le plus cher, à moi aussi ? », avait-elle envie de lui rétorquer. Cette dette était suspendue au-dessus de sa tête comme une épée de Damoclès, lui tordant les tripes. L'angoisse pesait sur chacun de ses trajets vers l'écurie, si bien que voir son cheval la réconfortait de moins en moins. Pourtant, elle n'avait personne à qui se confier. Sal le Maltais était le seul à pouvoir la débarrasser de ce fardeau.

— Je pourrais nettoyer les écuries, proposa-t-elle.

— J'ai déjà des gars qui s'en chargent.

— Alors je pourrais m'occuper de l'écurie le week-end, murmura-t-elle.

— Mais moi, ça me sert à rien, dit-il. Que tu vendes des œufs ou que tu balaies trois brins de paille me rapporte pas un rond. Tu piges, ça ? Le concept de valeur ?

L'adolescente hocha le menton.

— Je suis un homme d'affaires. Cela dit, je me suis adapté à ton traitement de faveur. J'ai essayé d'être compréhensif. Si ç'avait pas été toi, ça fait longtemps que j'aurais perdu patience, ajouta-t-il en secouant la tête.

Il jeta un coup d'œil derrière lui, vers l'autre extrémité de la voûte, là où la pluie dévalait les pavés en direction des grilles, les faisant briller à la lumière des lampadaires. Un instant, elle crut qu'il allait partir. Qu'ils allaient en rester là. Mais il se tourna de nouveau vers elle.

Sans rien dire, il fit un autre pas en avant, si bien qu'elle se retrouva plaquée contre la porte de son box. Puis il leva une main et cueillit doucement une brindille de foin dans ses cheveux, qu'il tint devant elle avant de s'en débarrasser d'une pichenette de ses doigts forts et calleux.

Sarah s'efforça de regarder droit devant elle, sans se dérober. Le visage de Sal le Maltais se fendit d'un large sourire, ses yeux lui indiquant que tout allait bien, qu'il comprenait. Puis, alors qu'elle essayait de lui rendre son sourire, il posa une main sur son sein droit, faisant lentement glisser le pouce sur le téton. Il la caressa si légèrement, avec une assurance si désinvolte qu'elle ne comprit pas tout de suite ce qu'il faisait.

— C'est pas forcément une question d'argent, Sarah, souffla-t-il.

Puis, avec un sourire fugace, il ôta sa main avant qu'elle n'ait eu le temps de lever la sienne pour protester.

La peau lui brûlait là où la main de Sal avait laissé son empreinte. Ses joues s'embrasèrent. L'air était coincé dans sa gorge.

— Te voilà bien grande, tout à coup, mon chou, dit-il en empochant l'enveloppe et en secouant les doigts, comme s'il avait touché quelque chose de chaud. Y a toujours une porte de sortie pour les jolies filles. Tout ce que tu as à faire, c'est en parler à Sal.

Là-dessus, il s'en fut en sifflotant, franchit le portail tandis que Sarah restait là sans bouger, tétanisée, son sac pendant mollement au bout de son bras.

— Je sors, ce soir.

Ils avaient enfin refermé la porte d'entrée derrière Ruth. En partant, elle avait adressé à Mac un de ces sourires charmeurs que lui réservaient toujours les femmes, et, malgré elle, Natasha s'était sentie irritée. Elle remercia le ciel d'avoir prévu une soirée avec sa sœur.

— D'accord. De toute façon, j'ai promis à Sarah de l'emmener à l'hôpital après les cours. Mais demain, c'est moi qui sors, si ça te va ?

Il ne précisa pas où.

— OK. (Natasha fit un pas en avant, mais Mac ne bougea pas, lui barrant le passage.) J'ai une réunion, Mac, et je suis déjà en retard.

Il portait un jean qu'elle adorait autrefois. Un indigo profond au tissu doux, décoloré au niveau des poches qu'il s'obstinait toujours à remplir malgré ses supplications. Elle se rappela un week-end en vadrouille plusieurs années auparavant : appuyée contre lui, le vent lui mordant les oreilles, elle avait enfoncé les mains profondément dans ses poches arrière.

— Je t'ai acheté quelque chose, dit-il. (Il attrapa un sac derrière lui et le lui tendit ; il était rempli d'un assortiment de bulbes.) Ce n'est qu'un début, je sais, mais tu étais si triste…

Elle le lui prit des mains, et le sac filet lui laissa des petits bouts de terre sur les doigts.

— Je t'aiderai le week-end prochain, si tu veux. Je peux au moins réparer la clôture.

— Ça finira par repousser. (Elle leva les yeux vers lui et sourit.) Mais merci.

Lui vint soudain à l'esprit une image de Mac riant et bavardant, sa ceinture porte-outils à la taille, pendant qu'elle remplaçait ses plantes perdues. « Est-ce bien sage ? Nos trajectoires ne sont-elles pas déjà un peu trop entrelacées ? » voulut-elle demander.

Ils restèrent un instant debout dans l'entrée, chacun perdu dans ses pensées. Quand Mac prit la parole, il fut évident que leurs esprits avaient pris des directions différentes.

— Nous n'en avons pas vraiment parlé, Tash, mais qu'est-ce qu'on va faire si le vieux monsieur ne se remet pas ?

(Il s'adossa à la porte, lui bloquant la sortie.) Il ne va pas bien, tu sais. Je ne le vois pas sortir de l'hôpital de sitôt.

Natasha prit une profonde inspiration.

— Alors elle doit devenir le problème de quelqu'un d'autre.

— Le *problème* de quelqu'un d'autre ?

— D'accord… Disons la responsabilité de quelqu'un d'autre.

— Et le cheval ?

Elle revit l'animal dévastant sa terrasse, laissant derrière lui un sillage de débris. Ce jour-là, il avait cessé d'incarner la grâce et la beauté à ses yeux.

— Mac, le jour où on quittera cette maison, on cessera d'être une famille. On n'est plus en mesure de lui offrir un foyer, avec ou sans cheval. Ton travail n'est pas compatible avec une tutelle à plein-temps, et le mien non plus. Déjà, aujourd'hui, on doit faire des pieds et des mains pour se rendre disponibles.

— Donc, on la laisse tomber.

— C'est le système qui la laisse tomber. Il manque de la flexibilité ou des ressources nécessaires à la prise en charge d'une adolescente dans sa situation. (Voyant son air dépité, elle s'efforça de parler moins durement.) Écoute, ils arriveront peut-être à placer le cheval temporairement dans un refuge jusqu'à ce qu'ils trouvent un nouveau foyer pour Sarah, peut-être à la campagne, si elle tient tellement à le garder. Ça pourrait mieux fonctionner pour elle.

— J'en doute.

— Eh bien, je peux toujours demander autour de moi. Étudier les options. Discrètement.

Il ne s'écartait toujours pas de la porte. La montre de Natasha indiquait qu'elle allait être en retard.

— Tu veux qu'elle parte ?

— Je n'ai jamais dit ça.

— Mais… tu n'as pas l'air de l'apprécier.

— Bien sûr que si.

— Je ne t'ai jamais entendue dire quoi que ce soit de gentil la concernant.

Elle fouilla dans son sac pour dissimuler le rouge qui lui était monté aux joues.

— Que suis-je censée faire ? Ne me colle pas le rôle de la méchante, Mac. C'était une inconnue. Je lui ai offert un toit, et j'ai accessoirement menti aux services sociaux au sujet de notre relation pour pouvoir l'accueillir. J'ai payé des centaines de livres pour faire conduire son cheval dans le Kent et le faire revenir à Londres. Mon jardin a été saccagé…

— Ce n'est pas ce que je dis.

— Alors qu'est-ce que tu dis ? Qu'on devrait faire amie-amie en échangeant des astuces de maquillage ? J'ai essayé, d'accord ? J'ai essayé de l'emmener faire du shopping. Je lui ai proposé de décorer sa chambre. J'ai essayé de faire la conversation. Tu n'as jamais envisagé le fait qu'elle puisse tout simplement ne pas m'aimer ?

— C'est une *gamine*.

— Et alors ? Ça la rend incapable d'avoir des atomes crochus avec quelqu'un ?

— Non. Je veux dire que c'est le travail de l'adulte de surmonter ça.

— Je vois. Donc, maintenant, tu es expert en matière d'éducation…

— Non. J'essaie juste de rester humain.

Ils se défièrent du regard.

Elle déposa les bulbes sur la table de l'entrée et ramassa sa serviette, les joues écarlates.

— Ce doit être si agréable d'être toi, Mac. Tout le monde t'aime. Bon sang, même l'assistante sociale te dévorait des yeux ! Visiblement, ton charme opère aussi sur Sarah, et c'est tant mieux pour vous. (Elle attrapa son téléphone.) Mais ne m'attaque pas sous prétexte que je ne lui fais pas le même effet, d'accord ? Je fais de mon mieux. Je renonce à mon foyer. J'ai saboté ma relation amoureuse rien qu'en vous ayant tous les deux ici, à jouer les putains de familles Ricoré. Chaque journée qui passe est une lutte. Je fais de mon mieux, merde !

— Tash…

— Et cesse de m'appeler Tash.

Elle le poussa pour passer, ouvrit la porte d'entrée à la volée et dévala les marches du perron. La voix de Mac se perdit dans les battements de son cœur, et elle se demanda pourquoi elle avait soudain les larmes aux yeux.

— OK. Tu es bonne pour l'hôpital psychiatrique. (Jo ôta ses gants en caoutchouc et marcha jusqu'à la table de la cuisine où Natasha sirotait un verre de vin.) Mac ? Ton ex-mari Mac ?

— Justement ! Officiellement, il n'est pas encore mon ex, donc il a encore un droit sur la maison.

— Alors tu devrais déménager. C'est complètement fou. Regarde-toi. Tu es une loque.

Dottie, la cadette de Jo, entra dans la cuisine en mâchouillant un os en caoutchouc du chien.

— Non, mon chou, tu vas avoir des parasites. (Jo l'ôta de la bouche de l'enfant, le remplaçant par un morceau d'abricot sec sans laisser à Dottie le temps de protester.) Papa et maman sont au courant ?

— Bien sûr que non. C'est seulement pour quelques semaines.

— Tu ne peux pas vivre sous le même toit que lui. Installe-toi à l'hôtel. Rappelle-toi votre séparation. Tu étais à ramasser à la petite cuillère. Ça ne va pas t'aider à tourner la page, si ? Bon sang, Tash, tu n'as commencé à reprendre ta vie en main que cet été… Au lit, vous deux ! cria-t-elle en entendant des éclats de voix dans le salon. Il faudrait vraiment que j'aille la coucher aussi, celle-là. Ça t'ennuie si je te laisse une minute, le temps de la mettre au lit ? Il est 19 h 45.

— Pas de problème ! dit Natasha.

Elle se sentit secrètement soulagée quand l'adorable Dottie, avec son visage rebondi barbouillé de confiture et son odeur de talc, fut emmenée hors de la cuisine. Les aînés, d'une certaine manière, avaient perdu leurs airs de bébés et ressemblaient à des gens. Dottie était un rappel douloureux de quelque chose qu'elle aurait dû avoir. L'écho d'une absence avec laquelle elle ne s'était pas encore réconciliée.

— Dis bonne nuit à tata Tash.

Natasha se prépara à recevoir un baiser et se força à afficher un air désinvolte.

— Non, répliqua l'enfant en enfouissant son visage dans les jambes de sa mère.

— Dottie, ce n'est pas gentil : dis bonne nuit à…

— Ce n'est pas grave. Vraiment. (Natasha agita la main.) Elle est fatiguée.

Natasha savait que sa sœur verrait dans sa réponse sèche un autre signe de son manque d'instinct maternel.

— Donne-moi cinq minutes pour lui lire une histoire.

Jo a pris du poids, remarqua Natasha en la regardant hisser l'enfant sur sa hanche avec une aisance qui trahissait des années de pratique. Elle se plaignait constamment de ne pas avoir de temps, du fait que ses grossesses avaient ruiné sa silhouette, tout en trempant des petits gâteaux dans sa tasse de thé. « Glycémie, expliquait-elle toujours. Ça m'empêche de crier autant à l'heure du thé. »

Pendant longtemps, Natasha avait évité la maison de sa sœur. À l'époque de ses fausses couches (elle n'avait informé sa famille que d'une seule), le foyer bruyant de Jo, avec sa peinture à doigts, son plâtre effrité et ses jouets en plastique lui rappelait trop les bébés qu'elle avait perdus. Elle s'était détestée de ne pas être assez stoïque pour surmonter l'envie que ces trois enfants suscitaient chez elle, mais il avait été plus facile de feindre d'être débordée. Depuis qu'elle s'était présentée à la faculté de droit, sa famille la considérait comme un bourreau de travail. C'était la fille douée pour les études. Quand elle expliquait qu'elle avait trop de boulot pour assister à un repas de famille, qu'elle devait préparer tel ou tel dossier, elle savait qu'elle leur manquerait et que son absence serait signalée par un commentaire indulgent, peut-être avec un certain regret de la part de sa mère de voir sa fille incapable de consacrer son énergie à des aspects plus importants de la vie.

Ils n'avaient pas osé mentionner sa vie personnelle depuis le départ de Mac. « Au moins, tu as ton travail », avaient-ils dit dans les rares occasions où elle s'était jointe à ces repas, se rassurant eux-mêmes avec cette idée que, de toute façon, elle menait la vie dont elle avait toujours rêvé.

Jo revint dix minutes plus tard. Elle lança le bout d'abricot dans l'évier et s'attacha les cheveux en queue-de-cheval.

— Je meurs d'envie d'aller chez le coiffeur. J'avais rendez-vous la semaine dernière, mais Theo est tombé malade. Ils m'ont fait payer la moitié de la coupe. Quel culot ! (Elle s'assit et but une longue gorgée de vin blanc.) Mmm. Ça fait du bien. Succulent. Bon. Je vais laisser les autres jouer un peu, sinon je n'arriverai jamais à te parler.

— Et toi, ça va ? demanda Natasha qui soupçonnait sa sœur de la trouver souvent égocentrique (comme toutes les femmes célibataires sans enfant d'un certain âge. C'était ce qu'elle entendait dire tout le temps). David ?

— Deux semaines aux Seychelles et un peu de chirurgie esthétique ne nuiraient pas au résultat. Oh, et du sexe ! Je ne me souviens plus du tout à quoi ça ressemble. (Elle étouffa un petit éclat de rire.) Enfin bref. Toi. Tu ne me racontes jamais rien. Allez, crache le morceau.

Natasha songea que sa vie était devenue cette petite bulle intense et étrange. La normalité, c'était ici. Son existence n'avait plus rien de normal.

— Je croyais que ce serait l'affaire d'une quinzaine de jours, dit-elle. Je ne voyais pas l'intérêt d'en parler.

— Je suis sérieuse, Tash. Déménage. Je te proposerais volontiers une chambre ici, mais nous te rendrions folle en cinq minutes. (Jo but une autre gorgée de vin.) L'argent n'est pas un problème. Va donc t'installer dans un joli hôtel avec un spa. Offre-toi un massage et une manucure tous les soirs après le boulot. Tu te rembourseras sur la vente de la maison. C'est lui qui te met à la porte. Il ne manque pas d'air.

— Je ne peux pas.

Natasha gribouillait avec un des crayons des enfants.

— Bien sûr que si. Seigneur, moi, je sauterais sur l'occasion ! Le paradis.

— Non, je ne peux pas. (Natasha soupira, résignée à affronter la suite.) Je me suis plus ou moins engagée à m'occuper de quelqu'un. Une ado.

Après coup, Natasha regretta un peu d'avoir si peu vu sa sœur les deux dernières années parce que, contre toute attente, Jo avait merveilleusement bien réagi. Elle lui avait fait répéter deux fois son histoire, puis, tandis que Natasha s'exécutait, d'une voix hésitante et embarrassée, elle s'était levée de sa chaise, avait fait le tour de la table et avait étreint sa petite sœur de toutes ses forces, laissant des empreintes de farine sur son tailleur anthracite.

— Oh, là, là, Tash, c'est merveilleux ! C'est vraiment formidable de faire ça. Si seulement il y avait plus de gens comme toi. Je trouve ça fantastique. (Jo se rassit, les yeux brillants.) Elle est comment ?

— Eh bien, justement. Ça ne se passe pas exactement comme prévu. Elle et moi, ça n'a pas l'air de coller.

— C'est une ado.

— Oui. Mais elle s'entend bien avec Mac.

— Même Saddam Hussein se serait bien entendu avec Mac. Il est dans la séduction quatre-vingt-dix-sept pour cent du temps.

— J'ai essayé, Jo. Mais le courant ne passe pas, et on se tape sur les nerfs. C'est très différent de ce à quoi je m'attendais…

Jo se pencha vers la porte, peut-être pour vérifier que ses enfants ne pouvaient pas entendre leur conversation.

— Je vais être honnête. À peine Katrin a-t-elle eu treize ans, elle s'est transformée en peste. C'est comme si mon adorable bébé avait disparu pour être remplacé par ce monstre dopé aux hormones. Elle me regarde avec un tel dégoût, comme si j'étais physiquement repoussante. Tout ce que je dis l'agace.

— Katrin ?

— Tu ne l'as pas beaucoup vue récemment. Elle jure comme un charretier. Elle répond systématiquement. Elle nous pique de l'argent, même si David feint de ne pas s'en rendre compte. Elle ment à tout bout de champ. Elle est membre fondatrice du club des salopes précoces. Je peux le dire parce que je suis sa mère et que je l'adore. En outre, je sais que l'ancienne Katrin est toujours là, à l'intérieur, et je suis sûre qu'elle émergera de nouveau un jour ; sinon, je l'aurais étranglée il y a des mois.

Natasha n'avait jamais entendu sa sœur parler de manière aussi froide de ses enfants. Ce qui lui fit se demander à quel point elle avait idéalisé la maternité, refusant d'en considérer une bonne part, pour se concentrer sur la version rose et floue dont elle avait l'impression que le destin l'avait privée. Ce qui lui fit se demander aussi si elle n'avait pas été trop dure avec Sarah.

— Ce n'est pas toi. Et il semble qu'elle en ait bavé récemment. Contente-toi d'être là pour elle.

— Je ne suis pas comme toi. Je ne sais pas faire ça.

— N'importe quoi. Tu es formidable : tout ce travail que tu fais avec les enfants défavorisés…

— Mais ce sont des clients. Là, c'est différent. Je lutte… Et il y a autre chose. Je me suis laissé berner par un garçon que j'ai défendu. Il a prétendu avoir fait ce terrible voyage, et ensuite j'ai découvert qu'il m'avait menti. Depuis, je doute terriblement de ma capacité à voir si on me mène en bateau.

— Tu crois qu'elle te mène en bateau ?

— J'ai l'impression qu'elle ne me raconte pas tout.

Jo secoua la tête.

— Elle a quatorze ans. Ce ne sera pas la dernière fois qu'elle gardera des choses pour elle : chagrin d'amour, harcèlement scolaire, problèmes de poids, amitié trahie par une petite garce au collège. Ils ne nous racontent pas ces trucs-là. Ils ont peur d'être jugés ou de se faire gronder. (Elle rit.) Ou, pire, que nous nous en mêlions et essayions d'arranger la situation.

Natasha regarda sa sœur. Comment savait-elle tout ça ?

— Écoute. Je doute qu'elle te dissimule quoi que ce soit d'important. Elle cache sûrement une pauvre petite âme effrayée qui serait probablement heureuse de se confier à quelqu'un. Emmène-la déjeuner en tête à tête. Non… pas déjeuner. (Elle se mordit un ongle.) Trop de pression. Allez faire quelque chose ensemble. Une activité que tu aimes. Rien de trop compliqué. Peut-être que tu la verras se détendre un peu. (Elle tapota le bras de Natasha.) Vas-y. Au moins, ça te permettra d'oublier un peu ce con qui se tape l'incruste dans ta maison. Et souviens-toi que, rien qu'en l'accueillant chez toi, tu fais quelque chose de merveilleux.

— Ce n'est pas grand-chose.

— Ça n'en reste pas moins merveilleux. Bon. Et maintenant, si tu veux bien, je vais aller coucher ces deux terreurs.

« Et Mac ? voulut demander Natasha. Comment je fais pour me sentir mieux vis-à-vis de Mac ? » Mais sa sœur avait disparu.

Le vieil homme prit la fourchette à Sarah de sa bonne main et porta lentement les morceaux de mangue à sa bouche, qu'il mâcha en silence avec une intense satisfaction. Mac en avait acheté une en chemin dans un supermarché, déjà épluchée et découpée, et Sarah piquait chaque petit morceau avant de lui rendre la fourchette en plastique blanc, épargnant sa dignité en le laissant se nourrir seul.

Mac attendit qu'ils aient fini, que le Capitaine se soit soigneusement essuyé les lèvres avec une serviette en papier, pour sortir la chemise.

— J'ai une surprise pour vous, Capitaine, dit-il.

Le vieil homme tourna la tête vers lui. Il semblait plus guilleret ce jour-là, ses réponses plus alertes, son expression un peu moins confuse. Il avait demandé de l'eau à deux reprises, assez clairement, et avait dit « chérie » en voyant Sarah.

Mac tira une chaise de l'autre côté du lit et l'ouvrit de façon que son contenu soit clairement visible.

— Nous avons décidé de décorer votre chambre.

Avant que le Capitaine n'ait pu laisser paraître sa perplexité, Mac sortit le premier cliché, un agrandissement en noir et blanc, format A4, de Sarah et son cheval exécutant au parc un trot stationnaire appelé piaffer. Le vieil homme l'examina, puis se tourna vers sa petite-fille :

— Bien, lui dit-il.

— Il a bien travaillé ce jour-là, confirma-t-elle. Il m'écoutait vraiment. Il s'est donné du mal. Chaque figure…

— Petite manifestation de beauté, articula son grand-père avec application.

Bouleversée par cette profusion de mots, Sarah grimpa sur le lit et se glissa à côté de lui. Elle appuya sa tête contre la manche de son pyjama.

Mac, essayant de ne pas regarder, sortit un autre tirage.

— Je crois que celui-ci était…

— Épaule en dedans, annonça Sarah.

— *Je ne peux pas voir**, protesta le vieil homme.

Il attendit patiemment que Sarah place ses lunettes sur son nez, puis d'un geste indiqua à Mac de rapprocher la photo. Mac en présenta une autre à côté. D'un hochement de tête, le Capitaine exprima son approbation.

— Elles sont toutes pour votre chambre, dit Mac en plongeant la main dans sa poche dont il sortit un sachet de Patafix.

Il commença à coller les photos autour du lit, couvrant lentement la surface vert pâle du mur sur laquelle on avait accroché une reproduction d'aquarelle des années 1980 et un écriteau à l'intention des visiteurs : « Merci de vous laver les mains ». Il disposa deux photos de plus au bout du lit du Capitaine.

Celui-ci observa soigneusement chaque cliché, les scrutant comme pour s'imprégner du moindre détail. Il les contemplerait toute la journée, devina Mac.

Quand, pendant le trajet vers l'hôpital, il avait expliqué à Sarah ce qu'il avait préparé, elle avait regardé les photos dans un silence sidéré.

— C'est bien ? avait demandé Mac, inquiet de son manque de réaction. Je n'en ai tiré aucune où tu faisais les figures que tu n'es pas censée faire : Boo debout sur les jambes de derrière, etc.

Elle lui avait souri, mais c'était un sourire triste.

— Merci, avait-elle dit.

Il comprit à son ton qu'elle n'avait pas l'habitude qu'on fasse preuve de générosité à son égard.

— … Et j'ai gardé le meilleur pour la fin.

Mac déballa celle qu'il avait fait encadrer. Même Sarah ne la connaissait pas. Le cadre était une de ces simples structures en bois léger bon marché montées sur un carton, mais, derrière le verre poli, le portrait de la jeune fille, la joue pressée contre celle de son cheval, était lumineux et suffisamment net pour que le vieil homme en distingue le moindre détail. Mac avait capturé sa vulnérabilité, l'étrangeté d'un visage qui n'avait pas encore tout à fait décidé s'il allait être beau, appuyé dans une sorte de communion éthérée contre la tête du cheval, d'une finesse et d'une délicatesse dignes d'un tableau de Stubbs. Le monochrome et la haute résolution donnaient aux deux visages une gravité, un mystère que n'aurait pas pu rendre un tirage en couleurs. Mac savait que c'était un de ses plus beaux clichés. Il l'avait su presque aussitôt qu'il l'avait pris. Quand il avait vu le tirage terminé, son cœur avait manqué un battement.

— Baucher, dit le Capitaine, sans quitter la photo du regard. Sarah.

Il prononçait « Sarah » à la française.

— J'adore cette photo, déclara Mac. Je l'ai prise un matin de la semaine dernière, juste avant qu'on reparte de l'écurie. Elle ne savait même pas que je la photographiais. J'aime la façon dont la lumière du visage de Sarah se déplace vers celui du cheval. La façon dont ils ont tous les deux les yeux mi-clos, comme s'ils étaient ailleurs, ensemble, dans leurs têtes.

Le directeur de la galerie avait pensé la même chose et avait annoncé à Mac qu'il voulait exposer son travail. Il l'adorait. Un pan de Londres en train de disparaître. Des échos des enfants cavaliers de Dublin. Mais en mieux. Mac avait écarquillé les yeux en entendant les prix qu'il suggérait pour chaque cliché.

— Ils apparaîtront peut-être dans une exposition au printemps, si vous n'y voyez pas d'inconvénient, mais ces tirages sont pour vous. Je me suis dit que vous seriez heureux d'avoir quelque chose à regarder…

Un long silence s'installa. Mac n'était pas souvent en proie à l'incertitude, mais à cet instant il en sentit le frisson.

C'est trop, se dit-il. *Je ne fais que lui rappeler ce qu'il a perdu. Il a peur que j'exploite sa petite-fille.*

Qui était-il, après tout, pour débarquer ici et jouer les grands seigneurs, envahissant l'espace du vieil homme, décidant ce que celui-ci devrait passer ses journées à regarder? Couvrir les murs avec ces photos – un monde dont il ne pouvait plus profiter – ne revenait-il pas à lui rappeler son immobilité?

Mac fit un pas vers le mur.

— Je veux dire, si c'est trop, je peux…

Le vieil homme lui faisait signe, lui indiquant de s'approcher. Comme Mac se penchait, il prit sa main entre les siennes et la serra. Ses yeux étaient humides.

— *Merci**, chuchota-t-il d'une voix rauque. *Merci, monsieur**.

Mac avala sa salive avec difficulté.

— Je vous en prie, dit-il en forçant un sourire désinvolte sur ses lèvres. Je vous en ferai d'autres la semaine prochaine.

Ce n'est qu'à ce moment qu'il remarqua Sarah. Contrairement à son habitude, elle avait à peine ouvert la bouche de la soirée. Elle était toujours appuyée contre son grand-père, une main serrée autour de son bras, comme si elle ne voulait plus le lâcher. Elle avait les yeux fermés et le visage détourné. Une larme solitaire coulait sur sa joue, illuminée par le néon au plafond. Elle était une incarnation saisissante de la tristesse.

Elle était toujours si indépendante, si pragmatique, si obsédée par son cheval que parfois Mac oubliait combien elle devait se sentir perdue. Combien son grand-père, avec qui elle avait passé son enfance, devait lui manquer. Gêné, il rangea la Patafix dans son sac.

— Bien, dit-il. On se retrouve en bas, Sarah, si ça te va. Dans un quart d'heure ?

Il posa le cadre sur le lit et quitta la pièce, hanté par la dernière image du vieil homme, sa main tremblante montant vers les cheveux de sa petite-fille qui avait enfoui son visage dans son épaule pour essayer de dissimuler ses larmes.

Chapitre 14

« Loin de moi l'idée que, pour ne pas avoir pu tenir tous ces rôles à la perfection, un animal doive être immédiatement rejeté, puisque nombreux sont les chevaux qui échoueront d'abord, non par inaptitude, mais par manque d'expérience. »

Xénophon, *De l'art équestre*.

Quelques années plus tôt, quand Mac et Natasha s'étaient installés dans le quartier, celui-ci leur avait été décrit, avec optimisme, comme « prometteur ». Si tel était le cas, avait-elle pensé à l'époque, il faudrait être patient. La rue dans laquelle était située leur maison était uniformément miteuse. La plupart des habitations n'avaient pas vu de peinture fraîche depuis cinq, peut-être dix ans. Dehors, sur la chaussée sans marquage au sol, de vieilles épaves sans roues rouillaient, juchées sur des briques, pendant que de jeunes familles allaient et venaient dans des breaks cabossés.

Les maisons, avec leurs façades victoriennes en stuc craquelé et écaillé, se dressaient en retrait derrière de petits jardins, dotés peut-être d'une haie de troènes famélique, d'une moto couverte d'une bâche, ou de quelques poubelles aux couvercles dépareillés et enfoncés. Natasha s'arrêtait souvent pour bavarder avec ses voisins : M. Tomkins, le vieux peintre antillais, Mavis et ses chats, la famille du logement social avec ses huit enfants aux dents du bonheur. C'étaient tous des gens sympathiques, qui parlaient de la pluie et du beau temps, demandaient où en était Mac dans les travaux de la maison, si elle avait des informations au sujet du projet de cartes de stationnement pour les résidents ou du centre bouddhiste qui avait ouvert sur la grand-rue. Si on pouvait parler de rues où l'on se sentait encore appartenir à une communauté dans la capitale, celle-ci en était une.

À présent, M. Tomkins était parti, Mavis était enterrée depuis longtemps, et l'association qui gérait le logement social avait vendu ses intérêts. Ses occupants avaient été relogés Dieu seul savait où. Presque toutes les maisons avaient été peintes en blanc immaculé, leurs fissures soigneusement colmatées, leurs portes arborant des teintes d'un goût exquis de chez Farrow & Ball. Des ifs ou des lauriers taillés flanquaient les perrons, et la moitié des petits jardins avaient été soigneusement pavés pour accueillir les voitures de leurs propriétaires, ou cernés de fer forgé brillant et hostile. Devant s'alignaient d'énormes 4 x 4 ou de rutilants breaks Mercedes. Des cadres stressés se saluaient d'un bref hochement de tête en entrant ou sortant de la station de métro voisine, le montant de leurs emprunts immobiliers garantissant qu'ils n'aient plus jamais le temps de s'attarder pour bavarder.

C'était une rue cossue, se débarrassant de ses quelques vieux habitants restants dans un profond soulagement, leurs fenêtres à la peinture écaillée et leurs voilages tels des vestiges de temps anciens.

Financièrement, Natasha savait qu'elle avait bénéficié de ce processus d'embourgeoisement, mais instinctivement elle ressentait un vif malaise face à la polarisation de son monde. C'était désormais une rue cossue, une de ces petites oasis de la classe moyenne ambitieuse, entourées de cités qui conspiraient pour paraître plus sombres, plus dures, plus menaçantes, habitées par des gens qui avaient de moins en moins de chance d'échapper à leur sort.

Les deux univers ne se rencontraient plus, sauf dans la criminalité (le dernier vol de voiture ou cambriolage, un sac à main arraché à la supérette), l'emploi (tout le monde avait une femme de ménage ou une nounou, bien sûr) ou certains contextes formels (Natasha, représentant un gamin de douze ans dont les parents alcooliques ne voulaient plus sous leur toit).

C'est à cela que Natasha pensait en arrivant en voiture dans la cité de Sandown, passant devant les véhicules brûlés et les lampadaires clignotants. Sarah était assise à côté d'elle, agrippée à ses clés. Elle n'avait pas dit un mot depuis qu'elles avaient quitté l'hôpital, et Natasha, encore choquée par ce qu'elle avait vu, n'avait pas cherché à l'y encourager. Rien n'aurait pu confirmer davantage l'ampleur et l'imprudence de leur initiative que la vue du vieil homme, de son cou frêle soutenu par des oreillers, un côté de son visage légèrement affaissé.

— Il y est presque, avait dit gaiement l'infirmière. On revient de loin, pas vrai, Henry ?

— Henri, avait grogné Sarah. Ça se prononce Henri. Il est français.

L'infirmière avait quitté la pièce en haussant les sourcils à l'intention de Natasha.

— Combien de temps pensez-vous qu'il devra rester encore ici ?

Natasha s'était précipitée sur les traces de la femme pendant que Sarah saluait son grand-père. L'infirmière l'avait regardée comme si elle était légèrement retardée.

— Il a eu un AVC, expliqua-t-elle. Difficile de répondre à cette question.

— Mais vous devriez pouvoir me donner une estimation. Des jours ? Des semaines ? Des mois ? Nous veillons sur sa petite-fille, et il nous serait utile d'avoir un ordre d'idée.

L'infirmière jeta un coup d'œil vers la chambre. Sarah était en train de remonter les draps en parlant au vieil homme qui la regardait sans ciller.

— Il faut vraiment que vous vous adressiez au médecin qui le suit, mais je peux vous assurer que ce n'est pas une question de jours. Et je ne parierais pas sur des semaines non plus. Il a eu un AVC sévère et va avoir besoin d'encore beaucoup de rééducation.

— Est-ce qu'une jeune fille pourrait prendre en charge ses soins ?

L'infirmière fit la grimace.

— Une gamine de son âge ? Non. Nous le déconseillerions fortement. Ce serait une responsabilité bien trop lourde pour une enfant. M. Lachapelle souffre encore d'hémiparésie (c'est une faiblesse d'un côté). Il a besoin d'aide pour se laver, pour aller aux toilettes. Il faut empêcher l'apparition d'escarres, et les troubles du langage n'ont pas complètement disparu. Il a deux séances de physiothérapie par jour. Mais il arrive à manger seul, maintenant.

— Va-t-il rester ici ?

— Notre service offre des soins continus. Je ne pense pas qu'il soit judicieux de le placer dans une maison de retraite médicalisée, pas tant qu'il fait des progrès en tout cas. (Elle regarda sa montre.) Je suis désolée, il faut que j'y aille. Mais il progresse. Je crois que les photos ont aidé, curieusement. Elles lui ont donné quelque chose sur quoi se concentrer. Toute l'équipe les adore.

Natasha se retourna vers la petite pièce dont les murs étaient couverts des œuvres de Mac. L'autre Mac, encore, charmant les infirmières, aidant le malade, même absent.

Elles pénétrèrent dans la vaste cité et roulèrent jusqu'au parking du bâtiment Helmsley House. Il s'était mis à pleuvoir, et quelques-uns des jeunes gens que Natasha avait vus le soir où elle avait fait la connaissance de Sarah s'étaient réfugiés sous leurs capuches et se jetaient des allumettes. Ils la regardèrent sortir de sa Volvo cabossée, mais furent distraits par la sonnerie d'un téléphone.

— Qu'est-ce que tu veux aller chercher, déjà ? demanda Natasha en suivant Sarah dans la cage d'escalier froide et humide.

La pluie sifflait autour d'elles, se déversant par des gouttières cassées, tournoyant dans des canalisations bouchées par des paquets de chips et des chewing-gums.

— Juste quelques livres, répondit Sarah, avant d'ajouter quelque chose d'inintelligible.

Elles suivirent la galerie, déverrouillèrent la porte et la refermèrent prestement derrière elles, Natasha bénissant la barre en métal que Mac avait installée sur le montant. Il faisait froid dans l'appartement. La dernière fois que Sarah était venue remontait à plusieurs semaines, en compagnie de Ruth, l'assistante sociale. Elles avaient éteint le chauffage et pris d'autres affaires pour Sarah.

Celle-ci avait disparu dans sa chambre. Natasha l'attendit dans le salon. La pièce était ordonnée, mais emplie de cet air glacial typique d'un logement inhabité depuis quelque temps. Toutes les photographies avaient été emportées, installées soit dans la chambre de Sarah chez eux, soit à l'hôpital, et les murs étaient nus et hostiles.

Elle entendit le bruit de tiroirs qu'on ouvrait et refermait, et la fermeture Éclair d'un fourre-tout. Il ne faisait aucun doute que Sarah ne reviendrait jamais ici. Même si le vieil homme se rétablissait, il serait incapable de monter ces escaliers. Cette pensée la découragea. Sarah s'en rendait-elle compte ? C'était une fille intelligente. Que pensait-elle qu'il allait lui arriver ?

Elle aperçut une photographie oubliée sur le mur de l'entrée. On y voyait Sarah, âgée de trois ou quatre ans, dans les bras d'une femme aux cheveux gris dont le sourire rappelait celui de Sarah. Celle-ci était comme n'importe quel enfant : en sécurité, soutenue par sa famille, ses yeux clairs limpides ne portant pas la moindre trace de peur ni d'incertitude. Quelques années plus tard, elle se retrouvait à dépendre de la bonne volonté d'inconnus.

Natasha plongea son visage dans ses mains. C'était le revers du rôle de parent : la responsabilité entière, totale, du bonheur de quelqu'un d'autre.

— Bon, eh bien, moi, j'irais bien manger un morceau, lança Natasha alors qu'elles remontaient en voiture, chassant les gouttes d'eau sur leurs manches. Ça te dit, une pizza ?

Sarah lui jeta un regard en coin, et Natasha s'aperçut, honteuse, que l'adolescente était surprise par la désinvolture de son invitation. Même si Sarah était indubitablement une enfant indépendante, elle avait paru se replier sur elle-même ces derniers jours, demandant à manger seule dans sa chambre à deux reprises, communiquant à peine, tenant même Mac à distance, lui qui avait pourtant toujours eu le don de la faire rire jusque-là.

Natasha repensa à ce que sa sœur lui avait dit. Il lui incombait de faire quelque chose, au moins d'essayer.

— Allez, je n'ai pas envie de cuisiner, et l'après-midi a été long. Je connais un endroit sympa au bout de la grand-rue.

Elle s'efforça d'avoir l'air gaie, détendue. Bon sang, elle aurait tellement apprécié que Sarah exprime un peu d'enthousiasme, voire de contentement ! Combien de fois était-elle sortie dîner dans son ancienne vie, pour l'amour du ciel ?

— Leurs pizzas ne sont pas mauvaises du tout, ajouta-t-elle.

Sarah serra son fourre-tout sur ses genoux.

— D'accord, dit-elle.

Le restaurant n'était qu'à moitié plein ; on les conduisit à une table près de la fenêtre. Natasha commanda du pain à l'ail et deux Coca, tandis que Sarah contemplait la rue animée, plongée dans l'obscurité, son fourre-tout rangé soigneusement sous sa chaise. Elle commanda une pizza jambon-ananas qu'elle toucha à peine, cueillant des morceaux de fruit si lentement que Natasha se demanda si elle n'était pas en train de basculer dans l'anorexie.

— Alors, dit-elle quand le silence entre elles devint inconfortable, tu t'es toujours intéressée aux chevaux ?

Sarah hocha la tête en poussant un morceau de mozzarella autour de son assiette.

— C'est ton grand-père qui t'a initiée ?

— Oui.

Sarah haussa juste assez les sourcils pour signifier à quel point sa question lui paraissait stupide.

— D'où est-il, en France ?

— Il est originaire de Toulon, mais ensuite il a vécu à Saumur. À l'académie.

Natasha persista :

— Comment en est-il venu à vivre ici ?

— Il est tombé amoureux de ma grand-mère. Elle était anglaise. C'est pour ça qu'il a arrêté de monter.

— Waouh ! (Natasha s'imagina la campagne française, l'arrivée dans une cité comme Sandown.) Et qu'a-t-il fait quand il est arrivé ici ?

— Il a travaillé dans les chemins de fer.

— Ça a dû être dur pour lui. Quitter les chevaux. La France. Toute sa vie.

— Il l'aimait.

Aux oreilles de Natasha, la réponse de Sarah avait sonné presque comme un reproche. Les choses étaient-elles donc si simples ? Si vous aimiez autant quelqu'un, votre environnement devait-il devenir sans importance, les sacrifices réalisés disparaître dans votre passé ? Il ne faisait aucun doute que les chevaux étaient la passion du vieil homme, une passion qui ne s'était pas éteinte en dépit de l'exil qu'il s'était imposé. Mais comment avait-il fait face à une telle perte ?

Elle se rappela le portrait de la grand-mère de Sarah, une femme comblée en amour. Son visage n'exprimait que du contentement, malgré la perte de sa fille, la mère de Sarah. Natasha songea aux chamailleries mesquines, à l'accumulation implacable de rancune toxique qui avaient conduit à la fin de son propre mariage. Sa génération était-elle simplement fondamentalement incapable de maintenir l'amour à une échelle aussi épique ?

— Où avez-vous rencontré Mac ?

La fourchette de Natasha s'immobilisa devant sa bouche. Elle la reposa sur son assiette.

— Dans un avion.

— Il vous a plu tout de suite ?

Natasha réfléchit un instant.

— Oui, répondit-elle. C'est… C'est quelqu'un de facile à aimer.

Sarah sembla accepter sa réponse.

Toi aussi, il t'a charmée, songea Natasha avec un brin de tristesse.

— C'est vous qui l'avez quitté, ou l'inverse ?

Natasha but une gorgée de Coca.

— Eh bien, disons que ça n'a pas été si simple…

— Donc c'est lui qui vous a quittée.

— Si tu me demandes qui a quitté la maison, oui, c'est lui. Mais à l'époque nous aurions tous les deux été d'accord sur le fait que nous avions besoin de prendre nos distances.

— Est-ce que vous avez envie de vous remettre ensemble ?

Natasha se sentit rougir.

— Il n'en est pas vraiment question. Pourquoi ?

Sarah arracha un minuscule morceau de croûte de sa pizza et la mit dans sa bouche. Elle le mâcha, l'avala, puis déclara :

— Ma grand-mère m'a un jour dit qu'elle espérait que mon grand-père mourrait avant elle. Pas parce qu'elle ne l'aimait pas, mais parce qu'elle ne savait pas comment il s'en sortirait sans elle. Elle pensait qu'elle se débrouillerait mieux que lui.

— Mais lui et toi, vous avez tenu bon ensemble.

— Il n'est pas aussi heureux que quand elle était en vie. Nana parvenait toujours à le faire rire, expliqua-t-elle, pensive. Moi, je n'en suis pas capable. Surtout pas là où il est. Il déteste.

— L'hôpital ?

Sarah hocha la tête.

— Cela doit être dur pour lui, fit prudemment remarquer Natasha.

— Il aurait préféré mourir.

Les couverts de Natasha s'immobilisèrent. Les mots de Sarah contenaient certainement une part de vérité, aussi difficile à accepter qu'elle fût. Pour quelqu'un qui avait passé toute sa vie dehors à exercer son corps, se retrouver coincé à l'intérieur de soi, nourri, changé comme un bébé, devait être insupportable.

Elle s'efforça de garder une voix calme.

— Il va se remettre, dit-elle doucement. L'infirmière a constaté ses progrès.

Peut-être ne l'avait-elle pas entendue, ou peut-être n'y croyait-elle pas, mais elle croisa en silence son couteau et sa fourchette sur son assiette pour signifier qu'elle avait fini, contrairement à ce qu'affirmait la pizza presque intacte en dessous.

— Vous pensez qu'il sera rentré à temps pour Noël ? demanda-t-elle.

Natasha attrapa sa serviette, cherchant à gagner du temps, mais cette brève hésitation ne dut pas échapper à Sarah.

— Je serais bien en peine de le dire. Je ne suis pas spécialiste.

Sarah se mordilla la langue, le regard perdu dehors.

— Je suis désolée, Sarah, dit Natasha.

La jeune fille était si pâle. Elle avait peut-être maigri. Natasha hésita à lui prendre la main.

— Ce doit être affreusement difficile pour toi, ajouta-t-elle.

— J'ai besoin d'argent.

— Pardon ?

— J'ai besoin d'acheter des affaires à Papa. Des cadeaux de Noël. Un nouveau pyjama et d'autres trucs.

Déstabilisée par le changement de sujet, Natasha se mit un autre morceau de pizza dans la bouche et mastiqua.

— De quoi a-t-il besoin ? demanda-t-elle après avoir avalé. Je peux passer faire des courses demain en allant au bureau, si tu veux.

— Je peux m'en charger, si vous me donnez de l'argent.

— Tu n'auras pas le temps, Sarah. Tout ton temps libre est occupé par tes devoirs et Boo.

— Je peux y aller à l'heure du déjeuner.

— Ça n'a pas de sens. Tu n'es pas autorisée à quitter l'établissement à cette heure-là. Je ne vois pas à quel autre moment tu pourrais le faire.

— C'est parce que j'ai pris de la monnaie dans le pot, c'est ça ?

— Non. Je ne veux simplement pas que tu manques davantage de…

— Je suis désolée, d'accord ? Je suis désolée pour ça. C'était quand je ne pouvais pas vous parler de Boo. Je vous rembourserai.

— Ce n'est vraiment pas nécessaire.

— Alors laissez-moi acheter des affaires à Papa. C'est moi qui dois choisir, insista-t-elle. Je sais ce qu'il aime. (Elle haussa la voix pour couvrir le tintement des couverts.) Ils n'arrêtent pas de lui voler ses affaires de toilette et ses vêtements, et je ne peux rien acheter moi-même parce que les services sociaux ont pris ses livrets d'épargne. Je ne vous demanderais pas si je n'y étais pas obligée.

Natasha s'essuya la bouche avec sa serviette.

— Alors allons-y ensemble samedi. Nous achèterons tout ce qui lui manque, et je te déposerai ensuite à l'écurie.

Les yeux de Sarah trahirent ce qu'elle pensait de cette solution.

Pourquoi tenait-elle tant à y aller seule ? se demanda Natasha. Se pouvait-il que le pyjama soit un prétexte et que l'argent soit destiné à autre chose ? Ou bien était-ce simplement que la perspective d'une autre sortie avec Natasha lui déplaisait ? Natasha se sentait épuisée. Sarah était de nouveau perdue dans la contemplation de la rue, comme au début.

— Tu veux un dessert ? De la glace ?

Sarah secoua la tête sans même la regarder.

— Je vais payer, dit Natasha avec lassitude. Après, nous ferions mieux d'y aller, je n'ai pas prévenu Mac que nous ne dînions pas à la maison.

Elle ne lui faisait pas confiance. Sarah se maudit d'avoir pris de l'argent dans le pot rempli de monnaie de Natasha. Si elle s'était abstenue, elle aurait pu en prendre à présent qu'elle en avait vraiment besoin.

Elle posa le pied sur son fourre-tout pour s'assurer de sa présence. Les services sociaux avaient pris le titre de retraite et les livrets d'épargne de Papa pour payer le loyer, mais ils n'étaient pas au courant de l'existence de ses obligations d'État. Si elle pouvait les encaisser et éviter encore un peu Sal le Maltais, elle pourrait peut-être le rembourser. Elle le revoyait, sentait sa main sur son sein, entendait les mots qu'il lui avait chuchotés à l'oreille… Elle frissonna.

Il lui fallait cet argent. Elle songea au reste des affaires qu'elle avait emportées : un vieux bibelot en verre, qu'elle avait soigneusement enveloppé dans un pull et qu'elle espérait pouvoir vendre dans une brocante, ses CD, que quelqu'un lui achèterait peut-être au collège. Quelque chose.

N'importe quoi.

— Seigneur, dit Natasha. Il est 22 h 15. Je ne m'étais pas rendu compte qu'il était si tard.

Elle sortit son portefeuille pour payer l'addition. Elle glissa sa carte dans le lecteur de carte bancaire mobile et tapa son code tout en bavardant avec le serveur.

2340.

Facile à mémoriser.

Sarah ferma les yeux, tressaillant en songeant à ce que Papa dirait s'il connaissait ses pensées.

Rien ne pouvait excuser le vol, disait-il quand un des garçons d'en bas était embarqué dans une voiture de police pour la quatrième fois de la semaine. En volant un objet, tu ne gagnais rien. En fait, tu étais même diminué par cet acte. Papa ne croyait même pas au crédit. Il n'avait jamais possédé quoi que ce soit qu'il ne pouvait pas payer.

Mais, tandis qu'elle marchait vers la voiture, suivant Natasha dont les talons claquaient vivement sur le trottoir mouillé, ces quatre chiffres se mirent à battre la mesure dans sa tête, s'imprimant dans un recoin sombre de son esprit.

Il lui avait promis de la déposer chez elle. Il lui demanda de l'attendre deux minutes sur les marches pendant qu'il filait chercher ses clés de voiture dans la maison. Il remarqua que la lumière était allumée dans la chambre de Sarah. La voiture de Natasha n'était pas là. Elle l'avait prévenu qu'elle travaillerait peut-être tard ce soir-là, mais il fut surpris qu'elle ait laissé Sarah seule si longtemps. Il fouillait ses poches en quête de la clé de la maison, debout en haut des marches du perron, quand soudain Maria apparut derrière lui et plaqua son long corps sinueux contre le sien.

— Allons à l'intérieur.

— Non.

— Tu as une dette envers moi. C'est le pire film que j'aie jamais vu. Tu me dois une heure et demie de ma vie.

— Accordé. Mais pas ici.

Elle fronça les sourcils exagérément.

— Mais tu me manques. Ça fait plus d'une semaine ! Je te montrerai les endroits où ma peau est blanche, proposa-t-elle en tirant sur la ceinture de son jean taille basse pour révéler son ventre bronzé en dessous. Ils sont très, très petits, ajouta-t-elle d'une voix voilée. Tu vas devoir regarder de très, très près.

Maria était magnifique, une fille sans prise de tête, et elle le désirait. Il la soupçonnait de ne pas l'aimer, ni même de tenir à lui, et il ne l'en appréciait que davantage. Il avait besoin de cette désinvolture, de la certitude que, quoi qu'il fasse, il ne pourrait pas la blesser.

— Mon chou, ce n'est pas possible.

— Je viens le week-end. Pourquoi pas maintenant ?

Il jeta un coup d'œil au bout de la rue.

— Parce que mon ex va bientôt rentrer et que ce n'est pas juste.

Elle s'écarta de lui.

— Ce n'est pas juste pour moi. Grrr ! Pourquoi tu laisses cette misérable femme diriger ta vie ? Tu as dit qu'elle a un copain, non ?

— Oui.

— Elle couche avec lui ?

— Je ne sais pas, marmonna-t-il, mal à l'aise. Je suppose.

— Bien sûr que oui. (Elle posa une main sur son torse.) Plein de sexe avec cet affreux vieillard. Deux horribles gens tristes ensemble. Alors comment tu sais qu'elle n'est pas avec lui maintenant ?

Il essaya de se rappeler ce que lui avait dit Natasha le matin, si elle sortait ce soir. Il guettait un score au cricket et ne lui avait pas prêté attention.

— Je n'en sais rien.

Le visage de Maria se fendit d'un grand sourire.

— Elle est en train de faire du sexe avec lui maintenant. Du sexe d'horribles personnes tristes. Et elle rit en pensant à son ex-mari qui n'ose pas faire du sexe avec sa magnifique copine dans sa propre maison au cas où l'idée la dérangerait.

Elle lui sourit malicieusement, se délectant de son malaise.

— Quelle vilaine femme tu es…

— Oh, je peux être bien pire.

— Je n'en doute pas.

— Alors viens. Fais-moi entrer en cachette dans ta chambre. On baise vite fait, et je m'en vais. Comme des ados. Enfin, toi. Pour moi, pas grande différence.

Elle lui passa les bras autour de la taille, glissa les mains dans les poches arrière de son pantalon et l'attira contre elle.

Il jeta un coup d'œil à sa montre. Il ne pouvait pas garantir que Sarah dormirait.

— Bon, écoute, allons chez toi.

— Mes deux cousines dorment chez moi. Et mon oncle Luca. C'est peuplé comme Piccadilly Circus. Avec *bigos*.

— *Bigos* ?

— C'est… ragoût de chou.

— Eh bien, c'est excitant.

— Mac… (La voix de Maria devint un murmure rauque.) Mac… J'aime ta maison. (Elle enroula ses doigts dans ses cheveux.) J'aime ta chambre. J'aime ton lit…

Il essaya de s'en tenir à sa résolution.

— Je suis sûr que je pourrais en venir à aimer le *bigos*.

Elle plissa les yeux et lui adressa un sourire félin.

— Tu sais ce que ce mot veut dire ? En traduction ?

— Je n'ai pas mon dictionnaire polonais-français sur moi…

— *Ennui*, lui chuchota-t-elle en effleurant son oreille de ses lèvres. C'est mot pour *ennui*.

Sarah devait être endormie. Et même si ce n'était pas le cas, était-ce si grave que ça ? Elle passait généralement toutes ses soirées dans sa chambre, de toute façon.

Ils lui avaient laissé la petite télévision portable, étant donné qu'elle ne voulait jamais regarder le même programme qu'eux. À moins qu'elle ne veuille tout simplement pas être avec eux.

Maria recula légèrement. Elle baissa les yeux, puis chercha son regard.

— Essaie donc de dire que je t'ai pas manqué…, fit-elle observer.

Natasha était probablement chez Conor, se dit-il en emportant Maria, gloussant, à l'intérieur. Et Maria était une femme à la capacité d'attention très courte. Une vieille phrase lui vint soudain à l'esprit, tandis qu'il tentait d'ignorer la petite voix qui le mettait en garde. Il était question d'un cheval donné et de dents…

— Les lumières sont allumées. Mac doit être rentré, lança Natasha, comme si elle ne trouvait rien d'autre à dire.

Sarah remarqua sa bouche pincée, qui disparaissait presque en une fine ligne.

Natasha sortit la clé du contact et attrapa son sac à main rangé derrière son siège. Son mouvement répandit une touche légère de son parfum de luxe dans l'habitacle.

— Tu as besoin d'aide avec ton sac ?

Comme si elle était une enfant.

— Non, dit Sarah. Merci.

Elle ne pouvait lâcher le fourre-tout. À plusieurs moments de la soirée, il lui avait semblé que s'y accrocher avait été la seule chose qui lui avait permis de rester debout.

— Il va falloir que tu prennes le bus demain matin, poursuivit Natasha en fermant la voiture. Mac m'a envoyé un texto tout à l'heure pour me prévenir qu'il commençait tôt. Quant à moi, j'ai malheureusement une réunion. Ça ira ?

— Oui.

— Et nous choisirons de jolies choses pour ton grand-père. Je serais heureuse de les payer, Sarah.

Natasha ouvrit la porte d'entrée et se tourna pour lui faire face en la refermant. Elle affichait son expression bienveillante, celle qu'elle utilisait probablement avec ses clients. Il faisait chaud dans la maison, et Sarah s'empressa d'ôter son manteau.

— Ce n'est pas un problème de confiance, Sarah. Vraiment. Si je n'avais pas confiance en toi, je ne t'accueillerais pas chez moi. Je pense seulement que ce serait mieux que nous fassions des courses ensemble samedi. Nous irons où tu veux. Nous pourrions aller en taxi jusqu'à *Selfridges*. Qu'en dis-tu ?

Sarah haussa les épaules. Elle n'avait pas besoin de regarder Natasha pour savoir qu'elle était exaspérée.

— Écoute, il est tard. Tu ferais mieux de monter, nous en reparlerons demain matin.

Elles se retournèrent en entendant des bruits dans la cuisine. Natasha marcha vers la porte tout en ôtant son écharpe.

— Mac ? Je disais justement à Sarah que…

Elle s'arrêta net en voyant sortir de la pièce une grande femme blonde, vêtue en tout et pour tout d'un tee-shirt d'homme et d'une culotte, deux verres de vin dans les mains. Elle avait le genre de cheveux qu'on voit dans les publicités pour shampoing, d'une finesse et d'un brillant invraisemblables, et des jambes interminables légèrement hâlées. Ses ongles de pieds vernis de rose ressemblaient à de petits coquillages.

— Vous devez être Natasha. (Elle sourit, cala maladroitement les verres dans sa main gauche et tendit la droite.) Je suis Maria.

Son grand sourire n'avait rien d'amical. Il était teinté d'une vague ironie. Sarah se tenait derrière Natasha, fascinée, tandis que la main de Maria restait tendue dans l'air.

Natasha semblait avoir avalé sa langue.

— Mac m'a tellement parlé de vous, dit la blonde en baissant la main sans paraître le moins du monde offensée. J'allais préparer le thé, mais vous n'avez pas de lait de soja, non ? Les produits laitiers sont tellement mauvais pour la peau. (Son regard s'attarda un instant de trop sur le visage de Natasha.) Excusez-moi. Je dois remonter. On m'attend…

Sans se départir de son sourire éblouissant, elle passa devant Natasha et s'en fut, ses seins se balançant librement sous le tee-shirt, une légère odeur musquée flottant dans son sillage.

Natasha resta tétanisée.

Sarah observa la scène, la bouche entrouverte. Natasha était pâle, et ses jointures avaient blanchi sur la poignée de sa serviette. En voyant son expression, Sarah se dit qu'elle devait ressembler à ça quand elle se retenait de pleurer.

Au bout d'un moment, Sarah fit un pas hésitant en avant.

— Vous voulez que je prépare du thé ? (Il fallait dire quelque chose. C'était affreux de voir quelqu'un endurer ça.) Moi, j'aime bien le lait normal, ajouta-t-elle d'une petite voix.

Mais c'était comme si Natasha avait oublié sa présence. Elle releva la tête, ouvrant grand les yeux, et se fit violence pour sourire.

— C'est… adorable. Mais non merci, Sarah.

Elle semblait ne pas savoir comment réagir.

Sarah serra son sac contre elle. Elle avait envie d'aller se cacher dans sa chambre, mais elle craignait, en montant, d'avoir l'air de prendre parti, et elle n'était pas sûre de savoir ce qu'elle ressentait vis-à-vis de la scène qui venait de se passer.

— Tu sais… (Natasha porta une main à sa joue. Elle avait repris des couleurs et était même assez rose à présent.) Tu sais, je crois que je vais peut-être…

Elles entendirent une porte s'ouvrir et un éclat de rire. Mac dévalait l'escalier, les mains sur les rampes. Il portait un jean, mais était torse nu.

— Tash. (Il s'arrêta à mi-chemin.) Je suis désolé. Je croyais que tu étais… Je croyais que Sarah était…

Natasha le regarda fixement. Sarah songea qu'elle paraissait soudain très fatiguée.

— La grande classe, Mac, dit-elle d'une voix éteinte.

Elle resta ainsi encore un moment, hocha la tête pensivement, puis pivota sur ses talons et sortit de la maison en claquant la porte derrière elle.

Chapitre 15

« Car ce qu'un cheval fait sous la contrainte [...] il le fait sans comprendre. Soumis à un tel traitement, le cheval ainsi que l'homme créeront plus de laideur que d'élégance. »

Xénophon, *De l'art équestre.*

Sarah était allongée sur le lit, les genoux remontés contre sa poitrine et les bras noués autour. La couette en plumes d'oie reposait légèrement sur son corps incurvé, créant un nid douillet, un cocon qu'elle prétendait ne jamais devoir quitter. Les draps en coton égyptien sentaient toujours le délicieux parfum de linge dont se servait la femme de ménage en repassant ; Sarah reconnut la lavande et le romarin. À travers les rideaux en soie grise épaisse doublée d'un voilage filtrait une douce lumière qui lui épargnait un réveil trop brutal. Mais au fur et à mesure que la chambre, avec sa commode ancienne, son énorme miroir vénitien et son petit lustre de verre, s'éclaira, elle sentit son humeur s'assombrir.

Elle contemplait le mur, concentrée sur sa respiration. Même si vous n'y pensiez pas, votre souffle entrait et sortait de votre corps. Peu importait ce que vous faisiez – courir, monter à cheval, lire, dormir –, il continuait simplement d'entrer et sortir, vous maintenant en vie. Dès que vous y pensiez un peu trop, cela n'allait plus de soi. Vos poumons attendaient que vous fassiez le nécessaire pour leur donner un peu d'air. Calant à chaque pensée désagréable, ou quand votre estomac se nouait sous l'effet de la peur.

Impossible de l'éviter, désormais. Vendredi. Il serait là, comme toujours. Il serait là le week-end. Il ne se satisferait pas de ce qu'elle avait pu rassembler jusqu'à présent. Elle ferma les yeux, chassant ses pensées, inspirant et expirant de nouveau.

Papa était probablement réveillé à cette heure. Il avait toujours été un lève-tôt. Contemplait-il le mur, lui aussi ? Attendant que la lumière du jour dévoile les photos du cheval et de la petite-fille qu'il aimait ? Se voyait-il montant des chevaux perdus qu'il avait connus, silencieux, concentré tandis qu'ils traversaient au galop une vaste carrière ? Ou gisait-il dans un demi-sommeil induit par les médicaments, un filet de bave aux lèvres qu'essuierait d'un geste impatient une des infirmières intérimaires qui lui parlaient comme s'il était non seulement trop vieux pour comprendre, mais aussi trop stupide ? Sarah serra encore plus fort ses genoux contre son torse, et un frisson lui échappa.

La veille au soir, Papa avait tenu sa main entre ses doigts tremblants. Sa peau évoquait le papier, son ancienne odeur désormais remplacée par un effluve âcre mêlé au parfum du désinfectant. Il n'était plus lui-même. Chaque fois qu'elle le voyait, quoi qu'ils puissent dire au sujet de son rétablissement, elle le trouvait un peu plus distant, un peu plus désespéré, comme si les fragments qui composaient Papa, le Capitaine, le mari bien-aimé de Nana, se fissuraient davantage à chaque respiration. Parfois, elle avait l'impression de comprendre exactement ce qu'il ressentait.

À trois kilomètres de là, Natasha fut réveillée par l'eau qui coulait dans la salle de bains de son voisin et, à moitié endormie, réfléchit à l'égoïsme des gens qui jugeaient acceptable de mettre le volume de leur télévision à fond même à 6 h 15 du matin. Comment pouvait-on avoir besoin d'écouter la télévision dans sa baignoire ? Il n'y avait donc nulle part où l'on pouvait rester assis en silence ?

Flash info, 6 h 30. Elle arriva même à distinguer l'heure à travers les murs, fins comme du papier à cigarette. Elle se redressa en poussant sur ses mains, sentit les premiers élancements annonçant une grosse migraine, et lutta pour se rappeler où elle était, tandis que la vague et persistante sensation d'un événement à moitié oublié suggérait déjà l'existence d'un problème plus important. Un nuage noir glissait lentement dans sa direction. Et voilà : le dessus-de-lit inconnu. Son sac à main accroché au dossier d'une chaise. Une moquette beige à motifs. Une bouteille de vin rouge presque vide.

La soirée de la veille lui revint, et elle se laissa aller contre les oreillers de l'hôtel en fermant les yeux. La façon dont cette femme l'avait regardée, comme si elle était une aberration. Son expression moqueuse qui renvoyait à des secrets dévoilés, un passé tourné en dérision. Comment avait-il pu faire ça ? Elle s'essuya les yeux. Et puis, pourquoi pas ? Pourquoi lui infliger ça, sinon pour marquer leur séparation définitive ? Que pouvait-elle attendre de lui ? Tellement d'images : Mac, du temps où ils étaient ensemble, entouré de femmes qui ne la considéraient au mieux que comme un obstacle. Mac, un homme qui faisait tourner les têtes, toujours un degré plus haut qu'elle sur l'échelle de l'attraction humaine, ce dont les femmes avaient parfaitement conscience. Et elles n'avaient jamais manqué une occasion de le lui rappeler. Au début, elle n'y avait pas attaché d'importance ; à l'époque où il ne dirigeait le faisceau de son charme que sur elle, où elle se sentait adorée, indispensable à sa vie, désirée. Elle avait pu lui dire, à des soirées, « Va donc flirter », et lire dans ses yeux, quand leurs regards se croisaient plus tard, que les autres femmes ne l'intéressaient pas.

Et puis, après chaque fausse couche, sa confiance en sa féminité s'était affaiblie. Elle se surprenait à évaluer la fertilité des autres femmes, se comparant toujours défavorablement. À ses yeux, elles semblaient toutes fécondes, mûres. Jeunes. Elle avait commencé à se sentir vieille. Desséchée de l'intérieur. Et lui, il était là, les ensorcelant toutes, peut-être déjà en train de planifier une nouvelle relation avec une partenaire plus jeune, plus belle. Une femme qui lui donnerait des enfants. Comment s'attendre à ce qu'il reste avec elle désormais ? Il se mettait en colère quand elle lui tenait ces propos. À la fin, il lui avait semblé plus simple de ne rien dire. Conor avait été le premier homme à lui faire prendre conscience que c'était Mac qui était passé à côté de sa chance.

Mac ne lui appartenait pas. Il était tout à fait possible qu'il ne lui ait jamais appartenu. Ça n'avait été qu'une nouvelle illusion provoquée par cette deuxième vie commune, cette proximité artificielle où les avaient poussés les circonstances.

Natasha s'extirpa de son lit et marcha d'un pas lourd jusqu'à la salle de bains, où elle ouvrit les robinets. Ensuite, elle regagna la chambre et alluma la télévision. À plein volume.

La capacité de Sarah à marcher sans faire le moindre bruit aurait couvert de honte un éclaireur indien. Durant les dernières semaines, il était arrivé à plusieurs reprises qu'elle apparaisse sans prévenir derrière lui sur les marches ou à ses côtés dans la cuisine. C'était comme si elle avait décidé d'être aussi discrète que possible, de ne pas prendre de place, de ne produire aucun bruit susceptible de troubler la paix de la maison. En temps normal, le léger craquement provoqué par une adolescente descendant l'escalier ne l'aurait pas réveillé. Mais Mac ne dormait plus depuis des heures.

La veille au soir, Maria était partie peu avant 23 heures, une bonne demi-heure après le départ de Natasha. Il n'avait pas jugé utile de la suivre : il n'avait aucune idée d'où elle était allée ni de ce qu'il lui aurait dit s'il l'avait trouvée.

Maria avait émis un petit ricanement plein de dédain quand il était remonté et s'était laissé tomber lourdement sur le lit en refusant le verre de vin qu'elle lui tendait.

— Elle est énervée à cause du vin ? Je lui rachèterai une bouteille. C'est seulement du vin de supermarché, après tout. (Elle but une gorgée.) En Pologne, c'est très impoli d'être aussi inhospitalier.

Maria savait bien que cela n'avait rien à voir avec le vin et, pendant un instant, Mac ressentit une profonde aversion à son égard. Elle s'était montrée délibérément cruelle et avait savouré la situation.

— Je crois que tu ferais mieux d'y aller, avait-il dit.

— Qu'est-ce que ça peut te faire, de toute façon ? s'exclama-t-elle en remontant son jean, se déhanchant avec ostentation. Tu l'as même pas vue pendant un an. Vous divorcez dans quelques semaines. C'est ce que tu dis.

Il était incapable de répondre à sa question. Parce qu'il ne voulait pas blesser Natasha ? Parce que, quand il s'était réinstallé dans la maison, il avait pensé, bêtement optimiste, qu'ils pourraient peut-être, d'une façon ou d'une autre, devenir amis ? Qu'une fois qu'ils en auraient fini avec le gâchis et le traumatisme du divorce, cette femme si drôle, sarcastique et brillante pourrait peut-être encore faire partie de sa vie ?

Il se leva, alla s'asperger le visage d'eau froide, enfila son jean et descendit au rez-de-chaussée. Sarah était dans la cuisine, son uniforme du collège impeccablement repassé, en train de se préparer un sandwich.

— Désolé, s'excusa-t-il d'une voix endormie. J'aurais dû te préparer de quoi déjeuner.

Il passa une main sur son menton piquant en se demandant s'il avait le temps de se raser.

— Natasha s'en occupe en général, dit Sarah.

— Je sais. Je crois que je n'avais pas les idées claires hier soir. Tu vas à l'écurie ? (Il jeta un coup d'œil à la pendule.) Tu vas être juste.

— Ça ira.

— Je te conduirais volontiers, mais…

— Je n'ai pas besoin que vous me conduisiez, l'interrompit-elle.

— Tu veux une pomme pour Boo ?

Il plongea la main dans le plat de fruits et lui en lança une, s'attendant à ce que la main de Sarah jaillisse et attrape le fruit. C'était devenu une espèce d'habitude entre eux. Mais elle fit un pas de côté et laissa la pomme atterrir avec un bruit mat sur le carrelage en pierre calcaire.

Il la ramassa et scruta le dos mince, raide, la posture volontairement droite.

— Tu es fâchée ?

— Pas mes affaires, marmonna-t-elle en rangeant soigneusement ses sandwichs dans son sac à dos.

Mac saisit la bouilloire et la remplit.

— Je suis désolé pour hier.

— Ce n'est pas à moi que vous devez faire des excuses.

Elle enfilait son manteau.

— Je ne savais pas qu'elle rentrait.

— Mais c'est sa maison.

— *Notre* maison.

— Peu importe, dit-elle en haussant les épaules. Encore une fois, ce ne sont pas mes affaires.

Il se prépara un café, stupéfait de constater à quel point une gamine de quatorze ans pouvait déstabiliser un homme adulte. Il savait que Natasha serait en colère. Il ne s'était pas attendu à subir l'opprobre de Sarah.

— Est-ce que je pourrais avoir un peu d'argent ?

Elle se tenait derrière lui, prête à partir.

— Bien sûr, acquiesça-t-il, heureux de faire quelque chose, n'importe quoi, susceptible d'alléger cette atmosphère pesante. Il te faut combien ?

Il commença à fouiller au fond de ses poches.

— Cinquante ? osa-t-elle.

Il chercha parmi les pièces dans sa paume.

— Tiens, lui dit-il en lui tendant une pièce argentée.

— Cinquante *pence* ?

— Tu voulais cinquante livres ? Très drôle. Écoute, je dois aller bosser ce matin. Je tirerai de l'argent cet après-midi. En attendant, voilà un billet de dix. Sors donc. Va manger un hamburger avec tes copains tout à l'heure.

Cela ne lui fit pas aussi plaisir qu'il l'avait espéré. Mais il préférait ne pas avoir à se préoccuper de préparer à dîner ce soir-là et jugeait plus prudent que Sarah ne soit pas dans les parages.

Il devait parler à Natasha. Mais il n'avait aucune idée de ce qu'il lui dirait quand il se retrouverait en face d'elle.

Tous les mémoires judiciaires reçus par l'avocat – mis à part ceux portant sur des affaires de l'État – sont fermés par un ruban rose. Cet anachronisme n'est pas seulement une question d'ordre et ne renvoie pas à quelque obscure méthode de classement. Le ruban symbolise la capacité de l'avocat à rester détaché émotionnellement de l'affaire qu'il défend. Les avocats sont spécifiquement tenus à l'indépendance et l'objectivité. Quand on noue de nouveau le ruban, le mémoire est renvoyé. L'avocat laisse l'affaire derrière lui.

Cela dit, il était plus facile de rester objectif devant certains dossiers que d'autres, songea Natasha, assise en face de Michael Harrington. Ils s'étaient réunis dans son bureau à lui pour discuter du divorce des Persey, dont le procès était sur le point de commencer.

— Vous avez l'air fatiguée, Natasha, dit-il avant d'appeler sa stagiaire. J'espère que ce ne sont pas les détails de ce dossier qui vous tiennent éveillée.

— Pas du tout.

— Il serait bon de nous entretenir avec Mme Persey demain matin. Je vois que nous attendons également les déclarations des comptables juridiques. Pouvez-vous les convoquer à cette réunion ? J'aimerais aussi finir de déterminer la répartition des témoins entre vous et moi.

Il la regardait fixement, et elle se demanda combien de temps elle était restée en contemplation de ses papiers.

— Natasha ? Vous allez bien ?

— Oui.

— Pourrez-vous être là ?

Elle jeta un coup d'œil à son agenda ; la journée était déjà affreusement chargée.

— Je m'arrangerai.

— Bien. Parfait. Je crois que c'est tout pour aujourd'hui. (Il se leva, et elle rassembla ses affaires.) Non, non, je ne vous signifiais pas de partir. Avez-vous quelques minutes ? Le temps d'un verre rapide ?

Elle repensa à la soirée de la veille.

— J'accepte volontiers un thé, dit-elle avant de se rasseoir. Merci.

— Bien.

Sa stagiaire passa la tête par la porte.

— Beth, pourriez-vous nous préparer deux tasses de thé, s'il vous plaît ? Du sucre ?... Pas de sucre non plus. Merci.

Il changea brusquement de sujet, évoquant ses enfants désormais adultes, la redécouverte de sa passion pour la voile. Ils parlèrent d'un avocat de leur connaissance qui avait été mêlé à un scandale lié à des octrois abusifs d'aide juridictionnelle.

— En fait, dit-il, cela fait un certain temps que je souhaitais m'entretenir avec vous. Nous avons essayé de restructurer les choses ici, de modifier l'équilibre entre nos services. Et il est probable que nous aurons bientôt un poste à pourvoir.

Elle attendit.

— J'ai suivi votre carrière avec intérêt. J'ai aimé votre travail dans l'affaire Richmond *vs* Turner et le dossier que vous avez monté pour l'enlèvement des triplés. De nombreux avocats auxquels j'ai parlé ont mentionné votre nom, et ils n'ont que des compliments à faire à votre sujet.

— Merci.

— S'il y avait un poste vacant, seriez-vous intéressée ?

Natasha était prise de court. À l'époque où elle était en formation, Harrington Levinson était considéré comme le cabinet moderne, progressiste par excellence, et avait une réputation redoutable. À présent, Michael Harrington, son fondateur, la sollicitait activement.

— Je suis très flattée, dit-elle.

La stagiaire entra avec le thé. Ils attendirent qu'elle ait refermé la porte derrière elle.

— Il faut que je vous dise qu'il y a une possibilité que je sois nommée associée dans mon cabinet actuel.

— Je ne suis pas sûr que cela vous convienne. Vous savez que de nombreux solliciteurs travaillant aussi comme avocats plaidants, comme vous, choisissent désormais de se consacrer uniquement à cette seconde activité ? dit-il. Les tremplins sont en place. Et nous serions heureux de vous avoir à l'essai. Vous pourriez être à la barre dans moins de deux ans.

Elle essaya de digérer toutes ces informations et leurs implications. Elle laisserait derrière elle le chaos de son travail de solliciteur et adopterait la position plus distante de l'avocat plaidant. Elle ne serait plus impliquée quotidiennement dans la vie de ses clients. Depuis Ali Ahmadi, elle ne savait plus si cela comptait.

— Michael, c'est un gros changement, évidemment, dit-elle en pensant à Conor. Je vais avoir besoin d'y réfléchir.

Il gribouilla quelques chiffres sur une feuille de papier qu'il lui tendit.

— Mes numéros. N'essayez pas de passer par mes secrétaires pour me joindre, elles montent la garde comme des mastiffs. Surtout, tenez-moi au courant. Posez-moi toutes les questions qui vous viennent à l'esprit : rémunération, formation, locaux... N'hésitez pas.

— Auriez-vous besoin de références ?

— Je sais tout ce que j'ai besoin de savoir sur vous, répondit-il avec un sourire. Où allez-vous maintenant ? Une autre réunion ?

Elle regarda le ruban rose en se forçant à se rappeler ce qu'il était censé représenter.

— Quelque chose comme ça, éluda-t-elle avant de poser sa tasse et sa soucoupe sur le bureau. Je vous appelle, Michael. Merci. Je vais réfléchir sérieusement à votre proposition.

Peu de détails la distinguaient des autres pavillons modernes aux façades plates en affreuses briques marron. Seules les sonnettes à l'entrée indiquaient que ces petites maisons étaient divisées en appartements encore plus petits. Mais sur le trottoir, battant encore tristement dans le vent, un morceau de ruban de signalisation recroquevillé sous une haie de troènes racontait sa propre histoire. Ses couleurs contrastées donnaient une idée de la gravité de ce qui s'était passé à l'intérieur.

Natasha resta debout au milieu du trottoir, les yeux levés vers les fenêtres aveugles habillées de voilages. Où était la vendeuse de vingt-six ans, maintenant ? Ici, jetant des coups d'œil furtifs derrière ses rideaux, ou encore à l'hôpital ? Était-elle trop effrayée pour rentrer chez elle ? S'était-elle interrogée sur les événements qui avaient conduit le jeune homme jusqu'à elle ?

Qu'est-ce qui avait poussé Ali Ahmadi à choisir cette adresse en particulier ? Comment son voyage épique depuis l'autre bout du monde avait-il fini par six pas jusqu'à cette porte d'entrée précisément ? Comment une seule petite omission de sa part, de la part de quelqu'un d'autre, avait-elle pu mener à un tel drame ?

Une vieille dame passa devant elle en poussant un chariot de courses en toile écossaise. Natasha fit un pas de côté en essayant de sourire, mais la femme la regarda à peine de ses yeux chassieux, et poursuivit sa route solitaire et déterminée.

Natasha sentit une boule se former dans sa gorge. Peut-être n'était-elle pas venue en quête d'indices. Peut-être s'agissait-il d'offrir ses excuses muettes.

J'aurais dû me renseigner davantage sur lui, dit-elle en silence à la femme. *Si j'avais vérifié le nom de la ville, la distance qu'il prétendait avoir parcourue, j'aurais peut-être pu tout éviter. En ne faisant rien pour l'aider, j'aurais pu te sauver toi.*

La sonnerie de son portable retentit.

— Tu n'as pas oublié ton rendez-vous de 16 h 15 ? Je pensais que tu serais revenue à cette heure-ci.

C'était Ben.

— Décale-le, répondit-elle.

Debout près de sa voiture, elle observait deux filles côte à côte avec des poussettes sur le trottoir d'en face. Les jeunes mamans discutaient au téléphone, apparemment indifférentes à leurs bébés et à la présence de l'autre.

— Quoi ?

— Annule-le. Je ne repasserai pas au bureau aujourd'hui.

Il y eut un long silence.

— Qu'est-ce que je dis à Linda ? Tu ne te sens pas bien ?

— Non, je ne suis pas très en forme. Je rentre chez moi. Dis-lui que je suis vraiment désolée. Repousse le rendez-vous plus tard dans la semaine. C'est Stephen Hart. Il comprendra.

Ce n'est qu'après avoir raccroché qu'elle se rappela que rentrer chez elle n'était plus une option.

Jessica Arnold avait eu vingt-trois petits copains : quatorze élèves de sa promo, quatre de celle du dessus et les autres hors du lycée, dans Sandown et les cités alentour. Ses petits copains actuels étaient des hommes plus âgés qui l'attendaient devant l'école dans des voitures tunées au moteur trafiqué qui s'éloignaient en rugissant, musique à fond, à peine avait-elle grimpé à l'intérieur. Elle avait couché avec la plupart ; et ce n'était pas une fanfaronnade, contrairement aux « expériences » dont se vantaient certains élèves, et sa libido débordante était commentée avec force détails sur les murs des toilettes et confirmée par les boîtes de pilules vides qu'on avait vues tomber de son sac, et par les visages des types dans les voitures. Ils n'avaient pas l'air du genre à se satisfaire d'un long baiser sur un banc dans un parc. Jessica arborait fièrement les suçons dans son cou. C'était l'attitude qu'elle devait adopter, revendiquer que c'était son choix, que c'était ce qu'elle voulait, sous peine de n'être qu'une salope.

Si Jessica se situait à une extrémité du spectre de l'activité sexuelle des élèves de troisième, Sarah se cachait à l'autre, en compagnie de Debbie Dermott, qui avait de grosses lunettes et un appareil dentaire, et Saleema, qui devait porter une burqa en dehors de l'école et n'adressait jamais la parole aux garçons ; alors les embrasser… Ce n'est pas que Sarah était laide, seulement elle n'intéressait pas vraiment les garçons.

Ceux qu'elle connaissait ne s'intéresseraient pas aux progrès constants de Boo, qui passait désormais des exigences de la basse école à celles plus dures de la haute école. Ils n'auraient aucune envie de l'accompagner à l'écurie puis de rentrer avec elle en bus. Ils feraient des remarques stupides au sujet de l'odeur des box, crieraient et rendraient les chevaux nerveux, fumeraient près du foin… Ils ne comprendraient pas sa passion.

Elle ne l'avait jamais avoué à Papa, mais parfois, dans les rares moments où, tard le soir, le chagrin la submergeait, quand elle se sentait bouleversée et que son corps semblait empli d'un sentiment de perte indicible, elle s'imaginait au Cadre noir. Elle serait la meilleure cavalière qu'ils aient jamais vue. Il y aurait un jeune et beau capitaine, dans son uniforme à épaulettes dorées. Il serait excellent cavalier et la comprendrait parfaitement. Il ne conduirait pas de voiture sans assurance, couverte d'autocollants, ne se vanterait pas de sa dernière interpellation pour comportement antisocial ou vol, et ne lui imposerait pas de baisers baveux au goût de kebab et de sauce chili. Ce serait une histoire d'amour chaste autour des chevaux, avec une inconnue fondamentale, à laquelle le sac de Jessica et les graffitis ne faisaient qu'allusion.

Voilà ce qu'elle avait toujours imaginé quand elle visualisait son avenir, aussi clairement qu'elle avait vu celui de Boo. Mais elle avait récolté sept livres et quinze pence de la vente de ses CD et de quelques bibelots, les dix livres de Mac et un certificat de premium bond qu'elle ne pourrait encaisser en moins de trois semaines, et seulement après que son grand-père l'eut signé…

Cette inconnue semblait devoir lui être expliquée plus tôt qu'elle ne l'avait pensé.

— Il faut que je vous parle.

— Tu as mon argent ?

— C'est de ça que je veux vous parler.

— Alors crache le morceau.

Du menton, elle indiqua ses hommes, de l'autre côté de la cour.

— Pas avec eux là-bas.

Il était en train de ranger ses brosses de pansage, toutes brillantes, immaculées, comme si elles n'avaient jamais vu de poussière sur un cheval. Il mit la dernière à sa place et leva les yeux vers elle, soudain intéressé.

— Qu'est-ce que tu veux, l'écuyère ?

Elle baissa la voix, tordant la sangle de son sac autour de son poignet gauche.

— Je voulais savoir, dit-elle doucement, combien vous me décompteriez si…

Il ne répondit pas tout de suite. Il ne sourit pas. Il ne manifesta aucune surprise, aucun plaisir. Il ne partit pas non plus, comme elle l'avait espéré, d'un rire tonitruant en lui disant qu'il plaisantait, pour quel genre de type le prenait-elle donc ?

Il hocha imperceptiblement la tête, pensif, puis lui jeta un coup d'œil et tourna les talons. Il se dirigea vers ses hommes, qui se tenaient debout autour du brasero, l'air froid transformant leur souffle en nuages qui se mêlaient à la fumée de leurs cigarettes. Il gesticula à leur intention, marmonnant quelque chose qu'elle n'entendit pas. Ils haussèrent les épaules, tapotèrent leurs poches pour vérifier qu'ils avaient leurs clés et leur tabac, lancèrent de vieux bouts de papier dans le feu. Ralph la regarda depuis l'autre extrémité de la cour, comme s'il corrigeait l'idée qu'il s'était faite d'elle. Peut-être n'était-ce que de la jalousie parce qu'elle avait attiré l'attention de Sal, mais elle le soupçonnait de la voir autrement désormais. Elle n'était plus la petite-fille du Capitaine, une pote avec qui partager une aventure de temps à autre, juste quelqu'un à échanger, sans valeur. Il partit sans un regard pour elle.

Elle marcha jusqu'au box de Boo et entra. Elle tripota sa couverture et pressa le front contre sa peau chaude en quête de réconfort. Il balança sa grande tête vers elle, cherchant à savoir ce qu'elle faisait, et elle caressa son visage, suivant son ossature sous la peau fine du bout de ses doigts.

Par la porte entrouverte, elle vit Sal traverser la cour d'un pas leste, une cigarette coincée légèrement entre l'index et le majeur. Il salua, cria quelques mots en maltais à ses hommes qui franchissaient le portail. Puis, quand la dernière voiture se fut éloignée, il referma les battants et y passa la lourde chaîne. Il faisait sombre à présent, et Sheba allait et venait devant le grillage, attendant peut-être le retour de Cowboy John.

Ensuite, il se dirigea vers le box de Boo, sifflotant avec insouciance.

— Bon, dit-elle, essayant de paraître coriace, quand il se planta sur le seuil.

Elle essayait d'imiter les filles de Sandown, celles qu'elle entendait interpeller les garçons à bicyclette. Dures. Nonchalantes. Comme si rien ne pouvait les atteindre.

— Comment ça marcherait ? demanda-t-elle.

Ignorant sa question, il tira sur sa cigarette, puis entra dans le box dont il referma la porte. Boo ne s'intéressait plus à elle et était retourné à son foin qu'il mâchait imperturbablement derrière elle. Le box n'était plus éclairé que par la lumière du lampadaire devant l'écurie. Elle distinguait mal le visage de Sal, mais la lueur du dehors teintait son corps d'un orange fantomatique.

— Enlève ton haut.

Il dit cela avec la même désinvolture que s'il lui avait demandé d'aller fermer le portail à clé.

— Quoi ?

— Enlève ton haut. Je veux te voir.

Il tira de nouveau sur sa cigarette, les yeux plantés dans les siens.

Elle le regarda fixement.

Pas maintenant, songea-t-elle. *Je ne suis pas prête pour ça. Je voulais juste négocier.*

— Mais…

— Si tu ne veux pas régler cette affaire… (Il fit mine de se détourner, le visage fermé.) Tu joues juste à des jeux de gamins. Tu m'as laissé croire que je pouvais te prendre au sérieux.

Il attrapa entre le pouce et l'index la cigarette qui pendait à ses lèvres, et la jeta sur le béton. La braise brilla brièvement avant que l'humidité du sol l'éteigne. Puis elle vit l'expression dure sur son visage, et elle réfléchit à toute allure.

Avant de savoir ce qu'elle faisait, elle tira son sweat-shirt par-dessus sa tête. Privée de la protection de sa doublure laineuse, elle sentit l'air froid lui lécher la peau, soufflant par la porte et enfonçant ses doigts glacés dans sa chair chaude.

Il se tourna. Elle ne pouvait voir ses yeux, mais elle les sentit sur elle, détaillant, mesurant, l'évaluant ; apparemment, ce n'était pas à elle de décider de sa valeur. Elle se sentit envahie par son regard, comme s'il pouvait voir à travers sa peau nue directement la chair à vif en dessous.

Ce sera bientôt fini, se dit-elle, se forçant à se tenir droite, dans une attitude presque défiante. *Et je ne lui devrai plus rien. Tout ira bien.*

— Et ta brassière.

Il parla lentement, mais c'était un ordre. La voix de quelqu'un habitué à obtenir toujours ce qu'il veut.

Elle vérifia qu'elle avait bien entendu.

— Mais qu'est-ce que vous voulez… ? protesta-t-elle. Vous n'avez pas dit…

— Tu me dictes ce que je dois faire maintenant ? Tu crois que c'est toi qui décides des termes du contrat ?

Son ton s'était durci.

Elle tremblait, les bras couverts de chair de poule.

Elle ferma les yeux. Son cœur battait si fort qu'elle entendait à peine ce qu'il disait.

— Enlève-la.

Elle avala sa salive avec difficulté, puis passa les mains dans son dos, serrant les mâchoires pour empêcher ses dents de claquer, de peur ou de froid, elle n'était pas sûre. Sans ouvrir les yeux, elle ôta son soutien-gorge. C'était un sous-vêtement bon marché, au tissu fin, légèrement trop grand. Papa s'achetait des chaussettes au même moment, et elle s'était sentie tellement gênée à l'idée qu'il remarque son achat dans le grand magasin qu'elle s'était empressée de payer sans l'essayer. Sal le lui arracha des mains et le laissa tomber par terre à côté d'elle. Elle était nue jusqu'à la taille. Ses tétons se dressèrent, réagissant à la morsure de l'air froid. Elle l'entendit inspirer un grand coup, compta ses pas tandis qu'il s'approchait, et elle comprit qu'elle avait basculé dans un abysse dont elle n'avait pas soupçonné l'existence.

Elle ne pouvait ni ouvrir les yeux ni respirer. Elle resta immobile telle une statue, s'extrayant de son corps de façon que ce ne soit pas elle, Sarah, debout à demi-nue dans le box, avec le nouveau cheval de Sal qui soufflait sous la voûte voisine, le chien qui aboyait dehors et la voix d'un passant dans la rue. Ce n'était pas elle qui subissait l'assaut de la main chaude, sèche de cet homme qui glissait à présent sur sa peau froide, tandis qu'il projetait son haleine tiède sur son visage et murmurait des obscénités à son oreille. L'odeur étrangère et curieuse dans ses narines, la douleur dans sa hanche, là où mordait la boucle de la ceinture de cet homme qui la poussait contre le mur de pierre glacé. Le monde réel s'estompa jusqu'à ce qu'il ne reste que lui, ses paroles, et ses mains insistantes et implacables contre lesquelles elle ne pouvait lutter. Ce n'était pas elle. Pas elle. Qu'était-il arrivé à Sarah, de toute façon ? Ce n'était plus sa vie, sa famille, son avenir. Elle n'avait plus son mot à dire sur rien. Alors quelle différence cela faisait-il si cet homme prétendait à présent prendre possession d'elle en pétrissant, explorant, haletant, centimètre par centimètre. Elle était hypnotisée, absente, comme morte à l'intérieur.

Ce n'étaient pas ses mains qu'il saisissait et guidait vers lui, pendant que ses dents serrées retenaient sa peur.

Ce n'est rien, se répétait-elle mentalement. *Un mauvais moment à passer, et après ce sera fini.*

Elle entendit le bruit d'une fermeture Éclair, la respiration laborieuse de Sal, de plus en plus rapide, rauque. Elle entendit les mots et songea, faiblement : *Vraiment ?* Ensuite, elle sentit sous ses doigts la toile rêche de son jean, puis quelque chose de doux et chaud, mais rigide. Quelque chose qu'elle savait d'instinct qu'elle ne devrait pas toucher.

Et puis elle ne put se retenir. Elle se dégagea vivement au moment où ses doigts forts à lui se plaquaient autour des siens avec insistance pour replacer sa main autour de la chair chaude. Sal ne suggérait pas, il imposait. Mais il avait déclenché une réaction chez elle, il l'avait libérée. Un cri lui échappa, et soudain elle le repoussa, le frappa, cria : « Laissez-moi ! Laissez-moi ! » Boo tressaillit et fit un bond de côté, ses sabots s'écrasant sur les murs du box. Et puis, attrapant son sac, elle se sauva, bondit hors du box froid et humide, courant vers le portail qu'elle ouvrit à la volée, puis se précipita sur le trottoir vers les lumières brillantes de la grand-rue à l'heure de pointe tout en renfilant son sweat-shirt.

— Je me demandais si tu serais là. (Conor se tenait devant elle, une bière à la main.) Richard voulait te parler, cet après-midi. Je me suis excusé pour toi.

Comme elle ne disait rien, il ajouta :

— Et Linda s'est fait un sang d'encre.

Elle s'adossa à la banquette.

— Linda se préoccupe bien trop de la vie des autres. Tu peux le constater toi-même : je vais bien.

Conor balaya du regard les verres vides devant elle. Il ôta son manteau et se glissa sur la banquette en face d'elle.

C'était l'heure de sortie des bureaux, et le pub se remplissait. Il but une gorgée de sa bière.

— J'ai téléphoné chez toi, mais ta jeune protégée venait d'arriver et elle ne savait pas où tu étais.

Natasha but une autre gorgée. Si vous en buviez suffisamment, le vin blanc finissait par avoir le goût d'un jus de raisin acide.

— Je ne vis plus à la maison.

Il la regarda.

— OK, Natasha. Qu'est-ce qui se passe ?

— Oh, ça t'intéresse maintenant ?

— Écoute, je vois bien que quelque chose ne va pas. Tu n'as pas raté un seul rendez-vous en cinq ans, et soudain tu prends ton après-midi sans aucune raison apparente.

Il n'ajouta pas : « Et tu es ivre. » Ce n'était pas nécessaire.

— Brillant, Holmes ! rétorqua-t-elle d'une voix basse et mesurée.

Elle venait de s'apercevoir qu'en fait elle adorait le chardonnay, même si c'était ringard. Comment cela avait-il pu lui échapper jusqu'à présent ?

— Je suis allée voir la maison de la femme qu'Ali Ahmadi a attaquée.

— Qu'est-ce qui t'est passé par la tête ?

— Je n'en sais rien.

— Je croyais que tu avais tiré un trait sur cette affaire. Pourquoi tu t'en préoccupes encore ?

Elle cligna des yeux.

— Parce que ça me travaille toujours. Je n'arrête pas de penser à elle. Et à *lui*.

Deux mains brunes et fines serrées en un geste de supplication. Autour du cou d'une femme.

— C'est ridicule, Natasha. Tu ne… Ton comportement n'a aucun sens.

— Ah. Ce doit être parce que je suis soûle.

— OK. Je vais te mettre dans un taxi qui te ramènera chez toi. Allez, viens, Championne.

Il lui prit la main, mais elle se libéra.

— Je ne rentre pas chez moi.

— Pourquoi ?

— Parce que je loge à l'hôtel.

Il la regarda comme on le ferait d'une bombe sur le point d'exploser.

— Tu loges à l'hôtel.

— Le *Holiday Inn*.

— Puis-je te demander pourquoi ?

« Non », eut-elle envie de crier. « Non, parce que tu as disparu de ma vie à la première difficulté. Non, parce que tu m'as ignorée et que je me suis sentie comme une merde pendant des semaines. Non, parce que tu t'es comporté comme si mon bonheur ne te concernait pas. »

— C'était plus simple comme ça.

Elle entendit sa question silencieuse. Pourquoi n'était-il pas parti, lui ? C'était plus simple comme ça, d'accord ? Tu avais raison. C'est devenu trop compliqué à la maison. Je me suis trompée en croyant que je pourrais faire face. Alors, t'es content ?

Il ne dit rien. Elle avala sa salive avec difficulté et s'efforça de se concentrer sur les verres devant elle, mais ils ne cessaient de danser comme pour venir à sa rencontre. Elle les regarda en fronçant les sourcils jusqu'à ce qu'ils retombent docilement, à peu près alignés.

Enfin, elle abandonna les verres et leva les yeux vers lui. Il la regardait avec bienveillance. La tristesse se lisait sur son visage.

— Oh, Championne. Je suis désolé. (Il se leva et contourna la table pour la rejoindre, s'assit à ses côtés et soupira.) Je suis vraiment désolé.

— Ne t'inquiète pas. C'était ridicule d'essayer. Je devais être folle.

— Eh bien, oui, c'est sûr. (Il passa un bras autour de ses épaules et l'étreignit. Elle s'appuya contre lui avec une certaine réticence, sans se laisser aller dans ses bras.) Je suis désolé, murmura-t-il dans ses cheveux. Je ne suis qu'un imbécile jaloux. Je n'ai jamais voulu te rendre malheureuse.

— Menteur.

— D'accord. Je n'ai jamais voulu te voir heureuse avec lui. Mais je n'ai jamais voulu… ça.

— Je vais bien.

— Évidemment. Et moi pas. Et je ne peux m'en prendre qu'à moi-même. (Il se pencha, prit le visage de Natasha dans ses mains et le tourna vers le sien.) Viens chez moi.

— Quoi ?

— Tu m'as bien entendu.

Elle se dégagea de son étreinte.

— Conor, dit-elle. Je ne sais pas. Ma vie est sens dessus dessous. J'ai sauté au fond d'un trou et je n'ai aucune idée de comment je vais m'y prendre pour en sortir.

— Moi, j'ai une idée. (Il écarta une mèche de cheveux de Natasha qui lui tombait devant les yeux.) Viens chez moi.

— Je te l'ai dit. J'ai…

— T'installer. (Il marqua une pause.) Vivre, si tu veux.

Elle ne bougea pas, n'étant pas sûre d'avoir bien compris.

— Laisse Mac se débrouiller avec tout ça, poursuivit-il. C'est lui qui t'a mise dans cette situation. Toi, viens… Viens vivre avec moi.

— Tu n'as pas à faire ça.

— Je le sais. Mais, crois-moi, je n'ai pensé à rien d'autre ces deux dernières semaines. Je vous ai imaginés tous les deux en train de dîner, de bavarder, de… de faire Dieu sait quoi, conclut-il en se passant une main sur le visage. D'ailleurs, ne me dis rien, si vous l'avez fait, je ne veux pas le savoir. Mais ça m'a fait réfléchir. Lançons-nous, tout simplement.

— « Lançons-nous », répéta-t-elle. Ah, quel indécrottable romantique...

Il l'avait dit. Il lui avait offert ce dont elle rêvait depuis des mois, même si elle n'avait pas voulu se l'avouer. Peut-être était-ce le choc de la soirée de la veille, ou l'intensité des dernières semaines, mais elle ne savait pas quoi répondre.

— C'est un grand pas, Conor. Nous sommes tous les deux...

— ... en chantier. Deux chantiers assortis.

— C'est si tentant, quand on t'entend...

— Je suis sincère, Natasha. (Il hésita.) Je t'aime.

Elle vida son verre.

— Je ne sais pas. Ça tombe un peu comme un cheveu sur la soupe. Tu me prends de court.

— Tu préfères rester au *Holiday Inn*. Je savais bien que ce rond-point te faisait de l'effet.

Il parlait un peu trop vite à présent, son rire était cassant.

Dans un élan de tendresse, elle lui prit la main.

— Je viens ce soir, dit-elle en se laissant aller contre lui et envelopper par ses bras.

Elle ferma les yeux quand il appuya son menton sur son épaule, ignorant les regards appuyés de leurs voisins de table.

— Chaque chose en son temps.

Chapitre 16

« Quand il se trouve à proximité de l'ennemi, il doit garder son cheval bien en main. Ainsi, il pourra faire le plus grand mal à l'ennemi, sans être blessé lui-même. »

Xénophon, *De l'art équestre.*

Ce devait bien être la quinzième fois qu'il essayait de la joindre. Chaque fois il était tombé sur son répondeur. À son bureau, on lui répondait systématiquement qu'elle était « au tribunal ». Comme on ne lui demandait plus de s'identifier, il la soupçonnait d'avoir passé la consigne de filtrer ses appels. Il avait cessé de laisser des messages, donnant juste son nom et le sien. Cela faisait longtemps qu'il avait oublié ce qu'il voulait dire.

Il se servit un autre café, maudissant le pot de Natasha qui, aussi précautionneusement qu'il le dirigeât, versait toujours à côté. Il se rappela soudain la splendide machine à café italienne qu'ils avaient reçue à leur mariage et qui attendait dans un garde-meuble de l'ouest de Londres. Il lui semblait stupide à présent d'avoir été si déterminé à prendre ce qu'il considérait comme sien, même si cela impliquait que personne ne puisse en profiter. Il fit le vœu de lui donner la machine. Il ne s'en était pas servi une seule fois en un an. Elle ne lui manquerait certainement pas. Il s'était fait plusieurs promesses de ce genre durant les derniers jours.

À l'étage, Sarah dormait. Elle était montée directement dans sa chambre le vendredi soir, avait refusé de boire et de manger, et n'avait pas prononcé un mot. Depuis, elle s'était montrée si évasive, fuyant son regard, ne sortant pas de sa chambre, qu'il en avait conclu qu'elle lui en voulait encore. Étrange, franchement, qu'elle se révèle soudain si loyale envers Natasha. Il avait été tenté de frapper à sa porte pour lui remettre les pendules à l'heure, lui expliquer qu'*en fait*, à strictement parler, c'était Natasha qui avait été infidèle en premier. Mais, alors qu'il hésitait, il se rendit compte à quel point il serait ridicule d'aller faire la leçon à une gamine de quatorze ans afin de justifier ses actes.

La veille, elle s'était déclarée malade et avait passé la journée enfermée dans sa chambre. Elle n'avait vraiment pas l'air dans son assiette, et, avec son teint d'une pâleur presque translucide, elle n'avait pas eu à insister beaucoup pour qu'il accepte de la laisser rater les cours.

À 6 h 20, un jour et deux nuits après le départ de Natasha, il entendit une clé dans la serrure. Natasha ouvrit et referma doucement la porte, ôta ses chaussures qu'elle laissa sur le paillasson et traversa l'entrée en collants. Elle portait le même tailleur que le soir où elle avait disparu, mais avec un tee-shirt en dessous.

Son tee-shirt à lui, probablement, songea Mac.

Ils se regardèrent.

— Je file travailler, annonça-t-elle. Je suis juste venue me changer et prendre mon chargeur de téléphone.

Son visage pâle n'était pas maquillé, et elle avait les cheveux encore légèrement emmêlés du réveil. Elle semblait épuisée.

— J'ai essayé de t'appeler. Plein de fois.

Elle agita son téléphone.

— Mort. Comme je l'ai dit, il me faut mon chargeur.

Elle commença à monter les marches.

— Natasha, s'il te plaît, attends cinq minutes. Il faut vraiment qu'on parle.

— Je n'ai pas le temps aujourd'hui. Je dois être au bureau dans moins d'une heure.

— Mais nous devons parler. Tu rentres ici ce soir ?

Elle s'immobilisa au milieu de l'escalier.

— Je rentrerai tard. Et il faudra que je travaille.

— Tu m'en veux toujours ? Pour Maria ?

Elle secoua la tête sans conviction.

Il gravit les marches quatre à quatre, passant devant elle de façon à la surplomber.

— Oh, allez ! Ce n'est pas comme si tu n'avais pas de copain, bon sang…

— Mais je ne l'ai jamais amené ici et je ne t'ai jamais humilié, rétorqua-t-elle. Écoute, ce n'est pas le moment…

— Non, comme d'habitude. Mais, au point où on en est, en quoi la présence de Maria t'a-t-elle humiliée ? Nous ne sommes pas ensemble. Tu ne t'es jamais cachée d'avoir un petit ami. Finalement, qu'est-ce qui s'est passé, au juste ? Tu l'as rencontrée, c'est tout. Écoute, je ne suis pas en train de dire que c'était très délicat de ma part, mais c'était une erreur de bonne foi. Je te croyais sortie. Je ne l'aurais jamais invitée si j'avais su…

Elle détournait obstinément le regard.

— Tash ?

Quand enfin elle releva la tête, ses yeux étaient froids. Elle semblait curieusement vaincue.

— Je n'y arrive pas, Mac, d'accord ? Tu as gagné. Garde la maison jusqu'à ce qu'elle soit vendue. Invite qui tu veux. Ça n'a plus d'importance.

— Qu'est-ce qui n'a plus d'importance ?

— Je crois seulement que ça vaudrait mieux pour tout le monde que nous arrêtions cette mascarade maintenant.

Mac ouvrit les bras de façon à l'empêcher de passer.

— Eh ! Attends une minute ! Quoi ? Tu pars ? Et comment c'est censé marcher ? Qu'est-ce qu'on fait avec Sarah ? Tu sais bien que je ne peux pas m'occuper d'elle tout seul.

— Je partirai dès que l'assistante sociale lui aura trouvé un nouveau placement. De toute façon, elle aurait dû partir d'ici quelques semaines. Nous ne faisons qu'avancer la date.

— Tu ne peux pas lui accorder un délai supplémentaire ? Deux semaines ?

Elle prononça ces mots comme si elle les avait répétés :

— Tu sais aussi bien que moi que son grand-père ne se remettra pas. Elle a besoin de s'installer dans une famille stable qui pourra s'occuper d'elle convenablement. Un foyer où elle ne servira pas de tampon entre deux adultes apparemment incapables d'interagir avec maturité.

— C'est comme ça que tu vois les choses ?

— Tu as une autre version à me proposer ?

Elle monta une marche, le forçant à reculer pour ne pas avoir à la toucher. Saisissant apparemment son avantage, elle en gravit une de plus.

— Et le cheval ?

— Crois-le ou pas, Mac, le cheval ne figure pas en haut de ma liste des priorités pour le moment.

— Donc tu l'abandonnes… comme ça ?

— Je t'interdis, dit Natasha. Je t'interdis de te servir d'elle. C'est entre toi et moi. Quelle que soit la manière dont nous avons pu nous comporter devant elle ou d'autres, ça allait forcément mal se terminer, Mac, et tu le sais. (Ses jointures étaient blanches tant elle serrait la rampe.) Je n'ai pensé à rien d'autre depuis que je suis partie. Nous n'aurions jamais dû lui offrir un foyer alors que ça n'en a jamais été un. C'était injuste de notre part de prétendre le contraire.

— C'est ton opinion…

— Non, c'est un fait. Il est temps pour nous de faire preuve d'honnêteté, vis-à-vis d'elle et de nous-mêmes.

Maintenant, si tu veux bien m'excuser, il faut vraiment que je me change.

Elle le poussa pour passer devant lui et grimpa les dernières marches jusqu'à l'étage.

— Tash.

Elle l'ignora.

— *Tash* ! Ne terminons pas là-dessus. (Il tendit une main vers elle.) Allez, j'ai commis une erreur.

Quand elle se tourna vers lui, son visage reflétait un mélange de colère, de ressentiment et de tristesse.

— Et comment sommes-nous censés terminer, alors, Mac ?

— Je ne sais pas. Mais je déteste ce qui est en train de se passer. Je te déteste… comme ça. Je pensais simplement que…

— Quoi ? Que nous nous saluerions en agitant joyeusement les bras avant de nous éloigner chacun de notre côté dans le soleil couchant ?

— Je ne…

— Divorcer est brutal, Mac. Et tu sais quoi ? Il arrivera que des gens ne t'aiment pas. Il arrivera que ton charme légendaire n'opère pas. Et…

— Tash…

Elle poussa un long soupir tremblant.

— Et je… je ne suis plus capable de vivre comme ça près de toi.

Dehors, une voiture se gara, la musique à un volume inapproprié à une heure aussi matinale. Ils étaient à quelques centimètres l'un de l'autre sur les marches, incapables de bouger. Mac savait qu'il aurait dû redescendre, mais ses pieds étaient comme cloués au sol. Il sentait émaner d'elle un parfum léger, une odeur qu'il ne reconnaissait plus comme la sienne. Il voyait sa main, toujours agrippée à la rampe, comme pour ne pas s'effondrer.

— Tu veux savoir le pire, dans tout ça ?

Il attendit, prêt à encaisser le prochain coup.

— Tu veux savoir ce que je ne supporte vraiment pas ?

Il lui était impossible de parler.

— C'est comme… Ça fait aussi mal que la première fois que tu es parti.

La voix de Natasha se brisa. Puis elle gagna sa chambre d'un pas lourd.

Plus haut, Sarah s'était écartée de la rampe et précipitée dans sa chambre. Les mots de Natasha vibraient à ses oreilles. Tout s'écroulait. Natasha partait, et elle devrait partir aussi. « Nous n'aurions jamais dû lui offrir un foyer. » Elle n'avait pas entendu tout ce qu'ils s'étaient dit, mais ça oui. Elle observa son reflet dans le miroir. Elle portait son plus gros pull et des collants en laine sous son jean. Malgré cela, elle était frigorifiée. Ruth l'attendrait-elle à la sortie du collège, avec ses affaires dans des sacs noirs posés sur la banquette arrière, pour l'emmener ailleurs ? Ils n'avaient même pas eu le courage de lui en parler.

Sarah s'assit par terre près du lit et s'enfonça les poings dans les yeux pour s'empêcher de pleurer. Toute la journée de la veille, elle avait senti les mains de Sal sur sa peau, entendu ses mots répugnants. Elle s'était frottée et badigeonnée avec les savons et lotions onéreuses de Natasha, essayant d'effacer son odeur, la traînée invisible laissée par sa bouche. Elle avait tremblé en songeant à qui pourrait tomber sur son soutien-gorge, abandonné dans le box de Boo. Sans qu'elle puisse se l'expliquer, l'image de son sous-vêtement gisant dans la paille la bouleversait plus que tout.

Dans la chambre voisine, elle entendit le chuintement des tiroirs qu'on ouvrait et fermait, le léger cliquetis de la porte du placard encastré.

Il faudrait qu'elle parle à Papa. Elle sécherait les cours ce matin : après être allée à l'écurie, elle irait à l'hôpital et lui dirait qu'elle avait besoin qu'il rentre à la maison ; il *fallait* qu'il rentre. Elle s'occuperait de lui, quoi qu'ils en pensent. Il n'y avait pas d'autre moyen. Si Sal apprenait que Papa était de retour, il la laisserait tranquille.

Natasha frappa à sa porte.

— Sarah ?

Elle se dépêcha de grimper sur son lit et se força à adopter une expression neutre.

— Bonjour, dit-elle.

Natasha avait des plaques rouges sur le visage, et le teint blême à cause du manque de sommeil.

— Juste pour te dire que je suis un peu débordée pour le moment, et je renterai sûrement tard ce soir, mais peut-être pourrons-nous avoir une conversation ?

Elle hocha la tête.

Une conversation. Quelques mots avant que je te jette à la décharge.

Natasha la regarda attentivement.

— Tout va bien ?

— Oui, mentit Sarah.

— Bien. Alors, comme je le disais, ce soir, on se retrouve tous les trois. Appelle-moi si tu as le moindre problème. Tu as mon numéro.

Quand elle partit, Sarah entendit un objet percuter la porte d'entrée. Dix minutes plus tard, quand elle se glissa en bas, elle trouva une chaussure de Mac sur le sol.

Le 4x4 de Sal était garé devant l'écurie, flambant neuf, tape-à-l'œil. En le voyant, Sarah sentit son estomac se nouer ; instinctivement, elle croisa les bras. Après une profonde inspiration, elle resserra le col de son manteau autour de son cou et franchit le portail.

Il était à l'autre bout de la cour en train de parler à Ralph et deux de ses copains ; ils se réchauffaient les mains au-dessus du brasero et buvaient du café dans des gobelets en polystyrène. L'apercevant, Ralph s'empressa de se donner une contenance en caressant un cheval de Sal. Elle espérait que son attitude fuyante ne signifiait pas qu'il n'avait pas nourri Boo pour elle la veille. Elle avait préféré ne pas venir, estimant plus prudent de laisser à Sal le temps de se calmer.

Ça n'avait pas été la seule raison, mais peut-être n'aurait-elle pas dû s'inquiéter : Sal ne leva pas les yeux, bien qu'il ait dû l'entendre refermer la grille. Elle pria pour qu'il n'ait pas remarqué qu'il s'agissait d'elle. Peut-être avait-il décidé qu'il valait mieux faire comme si rien ne s'était passé l'autre soir. Peut-être même était-il gêné, quoique, au fond d'elle, elle doutât que Sal ait jamais ressenti de l'embarras.

Elle entra dans son appentis et troqua ses chaussures contre ses bottes d'équitation, parfaitement consciente des messes basses à l'autre bout de l'écurie. *S'il te plaît, ne viens pas par ici.* Les doigts tremblants, elle défit maladroitement les boutons de son manteau pour se changer, et sortit avant même qu'il n'ait pu la rejoindre. Elle prépara la ration matinale de Boo dans un seau, remplit un filet à foin et, le hissant sur son épaule, marcha prestement vers son box, tête baissée, décidée à ne croiser aucun regard.

Elle mit un moment à s'apercevoir que la porte était ouverte. Elle lâcha le filet à foin.

Boo n'était pas là. Par l'embrasure, elle vit que la litière de paille était encore parsemée de crottin. Elle regarda plus loin dans l'écurie. Pourquoi avait-il été changé de box ?

Elle parcourut l'écurie du regard. Plusieurs têtes apparurent au-dessus des portes des différents box : pie, alezan… Pas de Boo. Il lui sembla qu'une main l'agrippait à la gorge, et elle sentit la panique monter dans sa poitrine.

Elle se précipita vers Sal et ses hommes, l'angoisse prenant le pas sur l'appréhension.

— Où est Boo ?

Elle s'efforça de parler d'une voix calme.

— Boo qui ? lança Sal sans prendre la peine de se retourner.

Un des types ricana de manière déplaisante.

— Où est-il ? Vous l'avez changé de place ?

— Y a un chat coincé quelque part ? J'entends un bruit désagréable, dit Sal en portant une main à son oreille. Comme un miaulement.

Elle contourna le petit groupe et alla se planter devant lui afin de l'obliger à la regarder. Elle haletait, la panique se répandant en elle comme les gouttes de sueur froide qui perlaient sur sa peau.

— Où est-il ? Où l'avez-vous mis ? Sal, ce n'est pas drôle.

— Tu me vois rire ?

Elle agrippa la manche de son manteau. Il se dégagea d'une secousse.

— Où est mon cheval ? demanda-t-elle.

— Ton cheval ?

— Oui, mon cheval.

— J'ai vendu *mon* cheval, si c'est bien lui que tu cherches.

Elle secoua légèrement la tête et fronça les sourcils.

— De quoi est-ce que vous parlez ?

Il plongea la main dans sa poche et en sortit un petit carnet relié de cuir, l'ouvrit et le brandit devant elle pour qu'elle puisse voir.

— Huit semaines de loyer, tu me devais. Huit semaines. Plus le foin et la nourriture. Les termes de ton contrat stipulent que si tu paies pas pendant huit semaines, ton cheval m'appartient. Je l'ai vendu pour payer les factures.

Les bruits de la rue furent soudain noyés par un sifflement dans ses oreilles. Devant elle, le sol parut pencher dangereusement, tel le pont d'un navire en haute mer. Elle attendit le mot de la fin, espérant qu'il dénierait ce que l'expression de son visage confirmait.

— J'ai vendu ton cheval, Sarah, au cas où tu pigerais pas.

— Vous… vous ne pouvez pas le vendre ! Vous n'avez aucun droit ! Quel contrat ? De quoi est-ce que vous parlez ?

— Tout le monde a une copie des termes et conditions du contrat de pension. La tienne est dans ton appentis. Tu l'as peut-être pas remarquée. J'agis légalement en tant que propriétaire de l'écurie.

Ses yeux noirs évoquaient deux flaques d'eau fétide et saumâtre. Ils la transperçaient comme si elle n'était rien. Elle jeta un regard à Ralph qui donna un coup de pied dans un pavé descellé. C'était donc vrai. La gêne du garçon ne laissait plus de doute.

Elle se tourna de nouveau vers Sal, réfléchissant à toute vitesse.

— Écoutez, dit-elle. Je suis désolée pour l'argent. Désolée pour tout. Je le trouverai. Vous l'aurez demain. Mais laissez-moi le récupérer. Je ferai tout ce que vous voudrez.

Elle se fichait que les autres l'entendent, désormais. Elle ferait ce que Sal lui dirait. Elle volerait l'argent aux Macauley. N'importe quoi.

— Tu comprends toujours pas ? (Le ton de Sal était dur, désagréable.) Je l'ai vendu, Sarah. Même si je voulais le récupérer, je pourrais pas.

— Qui ? À qui l'avez-vous vendu ? Où est-il ?

Elle l'agrippait des deux mains, à présent. Il s'arracha à son emprise.

— Pas mon problème. Je te suggère d'honorer tes engagements financiers la prochaine fois. (Il plongea une main dans sa poche.) Ah oui. J'ai pas pu en tirer un bon prix. Mauvais caractère. Comme sa propriétaire. (Il se tourna vers ses hommes, attendant l'incontournable éclat de rire pour poursuivre.) Voilà ce qui te reste après avoir payé ta dette. (Alors qu'elle restait plantée là, sidérée, il tira cinq billets de vingt livres d'une liasse et les lui tendit.) Nous voilà quittes, l'écuyère. Et maintenant, va te trouver un autre poney pour tes acrobaties.

Aux légers sourires qui flottaient sur la bouche des hommes de Sal, elle devina qu'il ne lui révélerait jamais à qui il avait vendu Boo. Elle l'avait contrarié, et il s'était vengé.

Ses jambes ne la soutenaient plus. Elle tituba jusqu'à l'appentis et s'écroula sur une balle de foin. Elle contempla ses mains tremblantes et laissa échapper un gémissement sourd. Dans le coin derrière la porte, une feuille blanche tapée à la machine, avec les supposés termes et conditions du contrat de pension, luisait, menaçante, dans la pénombre.

Elle laissa tomber sa tête sur ses genoux et les serra, imaginant son cheval, effrayé, chargé dans un camion, passant dans un tunnel, les yeux écarquillés, la tête rejetée en arrière. À un million de kilomètres de là déjà. Elle claquait des dents. Elle leva la tête et, par l'entrebâillement de la porte, vit les hommes parler puis éclater de rire. « Boo-hou », hurla l'un d'eux, moqueur, avant de jeter sa cigarette et de l'écraser sous le talon de sa botte. Ralph lança un regard furtif vers la porte de l'appentis, l'apercevant peut-être, recroquevillée dans l'ombre. Puis, à son tour, il détourna les yeux.

— Beau travail, déclara Harrington alors qu'ils sortaient de la salle d'audience numéro quatre. Vous avez admirablement démonté la déclaration du témoin. Très subtil.

Natasha tendit ses papiers à Ben et ôta sa perruque. Elle avait chaud, le corps vibrant encore sous l'effet de l'adrénaline, et son cuir chevelu la démangeait. Elle tira les deux épingles de ses cheveux et les glissa dans sa poche.

— La journée de demain ne sera pas aussi simple, dit-elle.

Ben se débattit un instant avec le tas de dossiers qu'il tenait dans ses bras, puis lui en tendit un.

— Voici les rapports des autres comptables que nous attendions. Je ne crois pas qu'ils contiennent grand-chose de nouveau, mais on ne sait jamais.

— Je les lirai ce soir.

Conor apparut dans le couloir. Il lui adressa un clin d'œil, et elle attendit que Ben soit en grande conversation avec Harrington pour le rejoindre.

— Comment ça s'est passé ? lui demanda-t-il en l'embrassant sur la joue.

— Oh, pas mal. Harrington a ni plus ni moins anéanti leurs revendications financières.

— C'est pour ça qu'on le paie. Tu veux repasser au bureau d'abord ?

Elle regarda Ben.

— Non, j'ai tous les papiers dont j'ai besoin. Allons-y.

Il lui prit le bras, un geste possessif dont il n'était pas coutumier.

— C'est toujours bon pour toi, ce soir ?

L'image de Mac dans l'escalier lui revint soudain à l'esprit. « En quoi la présence de Maria t'a-t-elle humiliée ? Nous ne sommes pas ensemble. Tu ne t'es jamais cachée d'avoir un petit ami. » Elle enfila son manteau.

— Je ne peux pas rester. J'ai promis à Sarah que nous aurions une discussion sur l'avenir. Mais un grand bain dans ta baignoire avec un verre de vin avant me fera le plus grand bien.

Il s'arrêta.

— Eh bien, pour le verre de vin, c'est comme si c'était fait, mais pour le bain, il faudra attendre.

Elle le regarda, perplexe.

— J'ai invité les garçons. Je me suis dit que tu pourrais les rencontrer.

— Ce soir ? s'exclama-t-elle, incapable de dissimuler sa consternation.

— Nous avons assez attendu. Leur mère est d'accord. Je pensais que ça te ferait plaisir.

— Mais… (Elle soupira.) Je suis en plein milieu d'un gros procès, Conor. J'aurais préféré les rencontrer à un moment où j'aurais été moins préoccupée.

Il balaya sa réserve.

— Tu n'as rien à faire, Championne. Seulement sourire et être toi-même : charmante. Ta présence suffit. Et puis, tiens, prends donc un bain. Nous ferons les fous dans le salon en t'attendant.

Elle esquissa un petit sourire.

— Nous t'accorderons une certaine liberté, avant de te forcer à te mettre à quatre pattes pour jouer aux chevaux.

Le mot la fit tressaillir, mais Conor souriait, apparemment tout à cette vision d'eux quatre dans son salon. Natasha songea à Sarah, à la conversation qui les attendait et à ce qu'elle impliquerait pour elle. Mais déjà Conor l'entraînait vers la porte.

— Et c'est moi qui cuisine, petite veinarde. Qu'est-ce que tu dirais de bâtonnets de poisson sur du pain de mie arrosés de ketchup ?

Elle ne pouvait même pas lire les mots sur le devant du bus. Assise sous l'abri depuis presque une heure, elle regardait défiler les bus qui, dans un crissement de freins, déversaient un chargement de passagers sur le trottoir et avalaient le suivant, leurs feux stop brillant dans la nuit. Elle ne distinguait rien, la vue brouillée par les larmes, les doigts et les orteils engourdis par le froid. Paralysée, elle aurait été incapable de décider quel bus prendre, même si elle avait pu définir leurs destinations.

Tout était perdu. Papa ne reviendrait pas. Boo avait disparu. Elle n'avait plus de maison, pas de famille. Assise sur le banc en plastique froid, elle serrait son manteau autour d'elle sans prêter attention aux regards indifférents des passants qui arrivaient, attendaient puis partaient poursuivre leurs vies.

Il prononça son nom deux fois avant qu'elle l'entende, tant elle était enfermée dans sa douleur.

— Sarah ?

Ralph se tenait devant elle, une cigarette coincée à la commissure des lèvres.

— Ça va ?

Incapable de parler, elle s'étonna néanmoins qu'il puisse poser cette question.

Il se blottit dans un coin de façon à être dissimulé par l'abribus et les gens qui faisaient la queue.

— J'suis désolé, d'accord ? J'y suis pour rien.

Elle ne pouvait toujours pas parler. D'ailleurs, elle n'était pas sûre de reparler un jour.

— Il l'a vendu hier. Il a dit que tu lui devais un paquet de thune, Sarah. J'ai essayé, mais tu sais comment il est… J'sais pas c'que tu lui as fait, mais il était furax.

Elle avait entendu qu'ils envoyaient des chevaux à l'étranger, entassés dans des camions, sans eau ni nourriture. Certains étaient si faibles qu'ils ne tenaient debout que grâce aux corps serrés autour d'eux. Une larme solitaire dévala sa joue.

— Enfin bref. (Il cracha bruyamment sur le trottoir, ce qui lui valut un regard noir de la femme à côté de lui.) Si j'te dis quelque chose, tu dois promettre de pas répéter que je te l'ai dit, OK ?

Elle leva lentement les yeux.

— Parce que si tu sais quelque chose, y saura forcément que ça vient de moi, non ? Donc à l'écurie, dans la rue ou n'importe où, j'vais continuer à t'ignorer. J'ferai comme si j'te connaissais pas, compris ?

Elle hocha la tête. Une lueur d'espoir scintilla en elle.

Il lui jeta un coup d'œil, puis regarda derrière lui et tira longuement sur sa cigarette. Quand il exhala, la fumée se mélangea aux nuages formés par sa respiration.

— Il est à Stepney. Derrière le vendeur de voitures d'occase. C'est les Pikey qui l'ont. Sal va faire courir la jument grise contre lui après-demain. Lui et le trotteur bai.

— Mais Boo ne peut pas tirer un sulky. Et il n'a jamais été attelé de sa vie.

Ralph parut gêné.

— Ben, maintenant, oui. Sal l'a attelé à son deux-roues et l'a conduit là-bas avant le petit déjeuner. (Il haussa les épaules.) Apparemment, il est plutôt bon. Pas rapide comme la jument grise, mais il a fait aucun écart.

Tout ce travail aux longues rênes, songea distraitement Sarah. *Il a dû obéir à tout ce que lui a dit Sal.*

— Où vont-ils courir ?

— Comme d'habitude. Sur l'autopont. Vers 6 h 30.

— Qu'est-ce que je peux faire ? Comment je peux le récupérer ?

— Ça m'regarde pas. J't'en ai déjà trop dit.

Il se redressa, prêt à partir, mais elle le retint par le poignet.

— Ralph, s'il te plaît, aide-moi. (Elle réfléchissait à toute allure.) S'il te plaît.

Il secoua la tête.

— Je n'y arriverai pas toute seule, insista-t-elle.

Elle réfléchit encore, son autre main formant un poing dans sa poche, pendant que Ralph tirait sur sa cigarette en feignant d'ignorer qu'elle le touchait.

— Faut que j'y aille, finit-il par marmonner. On m'attend.

— Écoute, dit-elle. Retrouve-moi quelque part après la course, quelque part où Sal ne pourra pas te voir. Derrière l'usine de meubles. Avec la selle et la bride de Boo. (Elle plongea la main dans sa poche, en sortit les clés de l'écurie et les pressa contre lui.) Tiens. Tu peux les prendre bien avant que Sal arrive.

— Pour quoi faire ?

— Pour le monter.

— Quoi ? Tu vas y aller, le harnacher et partir avec ? S'il vous plaît, m'sieur, j'pourrais avoir mon cheval ?

— Retrouve-moi là-bas, Ralph.

— Nan. Qu'est-ce que j'y gagne, moi ? Si Sal découvre que j'ai quelque chose à voir avec ça, y me cassera la figure.

Sans lâcher son poignet, elle baissa la voix afin que les autres passagers ne puissent l'entendre.

— Une carte bleue dorée.

Il éclata de rire.

— Genre.

— Et le code. Je te promets, Ralph. C'est quelqu'un qui a plein d'argent. Tu pourras tirer un paquet avant qu'ils la bloquent. Peut-être plusieurs milliers de livres.

Il scruta son visage, puis libéra son bras.

— T'as pas intérêt à me raconter des salades.

— Tu dois me promettre que tu seras là. Pas de harnachement, pas de carte.

Il jeta un autre coup d'œil par-dessus son épaule, puis cracha dans sa main et la lui tendit.

— Vendredi matin près de l'usine de meubles. Si à 7 heures t'es pas là, je me casse.

Liam donna de petits coups de fourchette dans ses pâtes et fit la grimace.

— On dirait des crottes de nez, grommela-t-il.

— Ça ne ressemble pas à des crottes de nez, fit remarquer Conor d'une voix calme. Joseph, s'il te plaît, arrête de donner des coups de pied dans la table, chéri. Tu vas renverser tous les verres.

— Et ça a un goût de crottes de nez, insista Liam en jetant un regard en coin à Natasha.

— C'est du pesto. Ta mère dit que tu en manges tout le temps.

— Je n'aime pas ce pesto, décréta Joseph en repoussant son assiette vigoureusement.

Si Natasha ne l'avait pas rattrapé, son verre de jus de fruits se serait renversé dans ses pâtes à elle.

Les garçons avaient refusé de manger le poisson pané de papa. Ils voulaient aller à la pizzeria. Cela faisait trois quarts d'heure qu'ils étaient assis, et Conor et elle avaient à peine pu échanger un mot entre eux pour commander à boire.

— Joseph, tu peux te tenir droit, s'il te plaît ? Je sais que tu ne t'assieds pas comme ça à la maison.

— Mais on n'est pas à la maison.

— Nous sommes dans un restaurant, souligna Conor. Donc c'est encore plus important de s'asseoir correctement.

— Mais je n'aime pas ces chaises. J'ai les fesses qui glissent.

Natasha regarda Conor redresser son cadet sur la chaise à côté de la sienne pour la énième fois, et s'émerveilla de son expression de patience résignée. Dîner avec ses fils s'apparentait à diriger un banc de poissons tout en jouant les intermédiaires entre les potentats de deux factions ennemies dans les Balkans. Chaque fois qu'une crise était réglée, une autre éclatait, sur le pain à l'ail, ou les serviettes, ou les chaises apparemment trop glissantes pour le postérieur d'une personne de petite taille. Ils ne s'étaient adressés qu'à leur père. Ils n'avaient ni pris acte de sa présence ni cherché à l'inclure dans la conversation.

Leur mère leur avait-elle donné des instructions ? Les avait-elle chargés de récolter des informations sur la petite amie de papa ? Détestaient-ils déjà Natasha avant de la rencontrer ?

Sentant le regard de Liam sur elle, elle s'efforça de sourire tout en pensant au temps qu'elle aurait pu passer à relire ses dossiers pour le lendemain.

— Alors, lança-t-elle en s'essuyant la bouche avec sa serviette. Est-ce que vous aimez *Thomas et ses amis* ? Mon neveu l'adore.

— Non, répondit Liam avec dédain. C'est pour les bébés.

— Mais il y a des super décors de train pour les grands, avec les personnages de Thomas. J'en ai vu.

Ils la gratifièrent d'un regard vide.

— Qu'est-ce que vous aimez, alors ? demanda-t-elle vaillamment. Quels sont vos passe-temps ?

— Vous aimez faire du vélo, hein, les garçons ? intervint Conor. Et jouer avec vos consoles.

— Joseph a cassé ma PlayStation, geignit Liam. Et maman dit qu'on n'a pas assez d'argent pour la faire réparer.

— C'est pas vrai, protesta Joseph avant de marmonner, l'air sombre : Espèce de vieille crotte.

— Maman dit que nous n'avons pas d'argent. Pas d'argent du tout pour faire des trucs rigolos.

— Eh bien, ce n'est pas vrai, répliqua Conor. Je donne beaucoup d'argent à votre mère. Et s'il y a des choses dont vous avez besoin, il faut me le dire. Vous savez bien que je ferai tout ce que je peux.

— Maman dit que tu nous donnes le *cric* minimum.

— Je veux une Nintendo, annonça Liam. Tout le monde en a une à l'école.

— J'en doute.

La voix de Conor commençait à trahir une certaine impatience.

— Si, c'est vrai.

— Mes neveux et nièces n'ont pas le droit de jouer à l'ordinateur, risqua Natasha. Ils s'amusent beaucoup quand même.

— Eh bien, alors ils sont stupides.

Elle inspira profondément et prit une fourchetée de pâtes.

— Allez, les garçons. Racontons à Natasha ce que nous faisons pour nous amuser. Parfois, nous allons faire du vélo à Richmond Park, non ? Nous aimons bien faire du vélo.

— Non, le contredit Joseph. Tu m'as grondé parce que je n'allais pas assez vite.

— Je ne t'ai pas grondé, Joe. Je voulais juste que tu restes là où je pouvais te voir.

— Mais tes roues sont super grandes et les miennes sont toutes petites.

— Et nous aimons faire du patin à glace, enchaîna Conor.

— Tu as dit que c'était une arnaque ! objecta Liam.

— Effectivement, je trouve que c'est un peu cher. (Conor coula un regard vers Natasha.) Mais nous nous sommes quand même bien amusés, non ?

— Maman et toi, vous n'arrêtez pas de vous plaindre à cause de l'argent, dit Joseph d'un ton lugubre.

Natasha avait perdu le peu qui lui restait d'appétit. Elle plia sa serviette et la posa à côté de son assiette.

— Les garçons, dit-elle en attrapant sa veste, ça a été un plaisir de vous rencontrer, mais je crains de devoir partir.

— Déjà ?

Conor posa une main sur son bras.

— Il est presque 20 heures, et tu sais que j'ai une grosse journée demain.

— J'ai pensé que, ce soir, tu pourrais peut-être nous donner la priorité.

— Conor…

— Je les ramène à la maison dans une demi-heure. Ce n'est pas grand-chose, bon sang !

Natasha baissa la voix.

— Écoute, mets-toi un peu à la place de Sarah. C'est une enfant, et elle s'apprête à changer de famille pour la quatrième fois en quelques mois. Après, je serai disponible pour voir tes fils pour toujours. (Elle tendit discrètement le bras pour lui toucher la main, consciente du regard des garçons sur elle.) Et mieux vaut peut-être ne pas trop prolonger cette première rencontre. Je vais apprendre à connaître tes fils, Conor, mais d'abord je dois mettre de l'ordre dans ma vie en pagaille. Je l'ai accueillie. Je ne peux pas me contenter de disparaître.

— Certainement.

Son ton était sec. Il retourna à sa nourriture pendant qu'elle décrochait son sac du dossier de sa chaise, puis ajouta d'un ton désinvolte :

— Mac sera là ?

— Je n'en ai aucune idée.

— Non. Bien sûr que non.

Longtemps avant de devenir photographe, Mac avait usé d'une stratégie dans la vie qui, si elle n'annonçait pas sa carrière, suggérait peut-être déjà une certaine prédisposition. Quand une situation devenait trop inconfortable ou bouleversante et qu'il voulait se protéger, il baissait le volume de ses pensées et observait la scène avec recul, comme s'il composait une photo. Les émotions crues se trouvaient filtrées par cet objectif mental, réduites à une magnifique mise en scène, une rencontre extraordinaire entre la lumière et les lignes. À vingt-trois ans, cela lui avait permis de contempler le corps de son père dans son cercueil, le visage familier trop figé, trop froid, comme déserté depuis longtemps. Il l'avait cadré, avait observé d'un œil distant la façon dont la mort avait relâché ses muscles, effacé sur ses traits les vieilles tensions, ainsi que les expressions de toute une vie. Il se souvint d'avoir regardé ainsi Natasha alitée après sa deuxième fausse couche, roulée en boule sous la couette, prenant sans le vouloir une position fœtale rappelant ce qu'elle avait perdu. Elle s'était déjà détournée de lui, déjà refermée sur elle-même. Il avait senti l'écho de son vide en lui, jusqu'à ce que ce soit presque insupportable, et s'était alors concentré sur la manière dont la lumière jouait dans les plis du couvre-lit, sur la délicatesse de ses mèches de cheveux, sur la brume du petit matin.

Et il y recourait encore à présent, tandis qu'il observait les deux femmes assises devant lui, l'adulte, perchée bien droite sur le canapé, vêtue de son tailleur, expliquant à la plus jeune pourquoi elle-même quitterait la maison le lendemain matin pour ne plus revenir, et pourquoi la jeune fille devrait en fin de compte emménager dans un autre foyer plus approprié.

Sarah ne cria pas, n'implora pas, comme il l'avait craint. Elle se contenta de regarder Natasha parler et hocha la tête sans poser de questions. Peut-être avait-elle anticipé ce moment dès son arrivée. Peut-être s'était-il bercé de faux espoirs en imaginant qu'ils parviendraient peut-être à faire en sorte que ça marche.

Mais c'était vers Natasha que son œil retournait sans cesse. Là, se découpant sur les coussins clairs du canapé, le dos raide, posée, c'était comme si une tempête était passée sur elle, laissant dans son sillage des cieux, sinon bleus, du moins cléments ; des cieux sous lesquels vous preniez la mesure de la terrible distance qui vous séparait d'elle.

Elle a abandonné, comprit-il. *Quoi que j'aie fait l'autre soir, je l'ai libérée.*

Cette pensée fut accompagnée d'une douleur inattendue, et il s'aperçut que, depuis sa position en retrait, c'était lui le plus ému des trois : il était le seul à retenir des larmes.

— Nous trouverons une solution, Sarah, s'entendit-il dire alors que le silence s'installait dans la pièce. Je paierai le loyer de ton cheval s'il le faut. Nous n'allons pas te laisser tomber comme ça.

Enfin, Natasha se leva.

— Bien, dit-elle en le regardant droit dans les yeux pour la première fois. Tout est clair. Tout le monde sait ce qui se passe. Est-ce que vous voyez un inconvénient tous les deux à ce que j'aille préparer mes affaires ?

Mac regarda partir cette petite femme de trente-cinq ans, au visage à peine maquillé, aux cheveux un peu aplatis et emmêlés ; pas un mannequin, ni une styliste. Ni une incarnation de la beauté classique. Par pudeur, peut-être, Sarah garda les yeux baissés sur le sac à main de Natasha.

— Ça va ? lui dit-il.

À l'étage, ils entendaient claquer les talons de Natasha tandis qu'elle allait et venait entre sa chambre et le placard-séchoir.

— Oui, répondit calmement Sarah. En fait, j'ai un peu faim.

Il se donna une tape sur le côté de la tête et se força à sourire.

— Le dîner. Je savais bien que j'avais oublié quelque chose. Je vais nous préparer à manger. Tu viens ?

— Je vous rejoins dans une minute.

C'est comme si elle avait deviné qu'il avait besoin d'être seul un moment. C'est du moins ce qu'il crut alors. Plus tard, il découvrit qu'elle pensait à tout autre chose.

Chapitre 17

« Dans les moments de danger, le maître confie sa vie à son cheval. »

Xénophon, *De l'art équestre.*

Sarah se tenait derrière un fourgon, à une centaine de mètres de l'intersection entre les deux autoponts, indifférente aux petits nuages de buée que sa respiration produisait dans l'air froid devant sa bouche. Elle était là depuis une demi-heure, suffisamment longtemps pour que ses orteils soient déjà complètement engourdis, et son blouson trempé sous le crachin persistant de ce petit matin glacial. Elle se tenait sous les lampadaires qui éclairaient cette portion de route désolée, là où les marais se fondaient dans la ville sous le réseau de pylônes qui suivait l'inévitable marche vers l'urbanisation.

Elle avait presque perdu espoir quand elle vit les premiers camions arriver. Elle changea de position, essayant de soulager son dos du poids de son sac sans jamais quitter des yeux les véhicules déversant leurs passagers sur la bretelle d'accès. Même de sa cachette, elle pouvait voir les hommes de Sal taper dans leurs mains pour se réchauffer, riant et échangeant des cigarettes, ainsi que les spectateurs qui sortaient des camions derrière eux. C'était une grosse course, plus importante que la dernière à laquelle elle avait assisté. La bretelle d'accès sous le pont se remplit rapidement d'une file de véhicules, une petite foule s'en déversant. L'atmosphère était joyeuse, électrique, malgré l'heure matinale et la morosité du décor. La course s'achèverait ici, là où commencerait la sienne. Alors qu'elle observait tous ces hommes et les véhicules, elle s'aperçut qu'elle tremblait. Elle plongea une main dans sa poche et referma les doigts sur les bords rassurants de la carte en plastique.

Il était 6 h 35.

Elle essaya de bouger les orteils dans ses bottes en se demandant s'il était possible de courir quand on ne sentait plus ses pieds. Les hommes se tenaient en petits groupes, certains munis de parapluies aux couleurs vives, bavardant comme si ce rendez-vous matinal n'avait pour objet que de s'échanger les dernières nouvelles. Elle avait demandé à trois reprises à Ralph s'il était sûr de ce qu'il disait, et chaque fois il avait juré que oui. Mais pouvait-elle lui faire confiance ? Leur amitié pouvait-elle prendre le pas sur son adoration pour Sal le Maltais ? S'agissait-il d'un piège ? Elle ne cessait de repenser à la façon dont il s'était détourné d'elle à l'écurie. Ralph vivait en suivant ses propres règles : singulières et égoïstes. Donc peu fiables. Mais elle était obligée de lui faire confiance : elle n'avait pas d'autre solution.

Son estomac gronda. Il était presque 6 h 40. Ils auraient déjà dû être arrivés depuis longtemps. Il avait dû y avoir un changement de programme. C'était une autre course. Boo ne viendrait pas, songea-t-elle, et son cœur se serra. Elle était incapable d'imaginer ce qu'elle ferait dans ce cas. Elle n'avait pas de plan de secours. Quand elle avait quitté le domicile des Macauley, elle savait que c'était pour toujours. Cette porte de sortie était définitivement condamnée. Elle pensa brièvement à Mac et Natasha, probablement levés à cette heure. Combien de temps leur faudrait-il avant de s'apercevoir de ce qu'elle avait fait ?

Une voiture passa devant elle au pas, et le conducteur lui jeta un regard curieux derrière les essuie-glaces. Elle feignit de chercher quelque chose dans sa poche, essayant d'avoir l'air d'une personne normale commençant une journée normale.

Il était 6 h 41.

Le vent porta une voix familière jusqu'à elle.

— Ces marais, là-bas, ont plus de vert que vous, les gars. Arrêtez de parler et allongez la thune.

Cowboy John remontait d'un pas nonchalant la file de camionnettes, son vieux chapeau luisant sous la pluie, la main tendue tandis qu'il saluait les autres. De là où elle était, elle distinguait juste le petit point brillant de la braise de sa cigarette.

— Tu es venu directement de l'aéroport ? On dirait que le décalage horaire t'empêche de penser droit, cowboy.

— T'inquiète donc pas pour moi. Préoccupe-toi plutôt des jambes de ce cheval. J'ai vu des chiens à trois pattes courir plus vite que ton canasson.

Il y eut un éclat de rire.

— Y sont déjà partis ? Sal m'a envoyé un message pour me dire que vous commenciez à 6 h 30. J'devrais être au lit, mais je suis complètement chamboulé à cause du décalage.

— Ça a commencé près de Old Axe. Ils devraient arriver d'une minute à l'autre.

Sarah leva la tête brusquement en entendant un coup de klaxon et un cri.

Comme sur un signal, le silence s'abattit sur le pont ; on n'entendit plus un seul bourdonnement de moteur. Un vide sembla se créer dans l'atmosphère ; les hommes s'immobilisèrent, attendant la confirmation de ce que le silence annonçait, puis ils se précipitèrent pour remonter la bretelle mouillée en courant. Au loin se détacha d'abord un petit point, puis une forme distincte : il était là, trottant à fond sur le pont au-dessus d'eux, coincé entre les brancards d'un sulky bleu ciel, sa tête anxieusement dressée tandis que, sur le siège derrière lui, le driver au cou épais et aux cheveux poivre et sel tirait fort sur les rênes. La jument grise, un peu plus loin, trottait vivement tandis que Sal se penchait pour aboyer des insultes.

Sarah ne pouvait détacher les yeux de son cheval, son corps puissant, musclé, piégé dans le harnais, et elle eut du mal à distinguer ses sabots quand il passa devant elle à toute allure sur le sol dur. Il portait des œillères, ce qui lui donna l'air aveugle, vulnérable, comme pris en otage. Ils s'éloignèrent sur la quatre-voies vers la bretelle de sortie, brièvement dissimulée par l'intersection, puis revinrent en dessinant une boucle fluide vers le petit attroupement, tandis que, au-dessus d'eux, la circulation reprenait sur le pont. Les hommes à pied descendirent la bretelle à leur rencontre, et Sarah retourna se cacher derrière le fourgon blanc en retenant son souffle. Elle regarda les deux chevaux revenir sur la bretelle puis ralentir sous les énormes piliers de béton. Des acclamations retentirent, puis Sarah entendit des exclamations, des portières qu'on claquait et une voix qui s'éleva pour protester. Boo fit demi-tour, ne sachant pas s'il devait s'arrêter, et sa tête fut tirée en arrière, si brutalement qu'il faillit tomber accroupi.

Sarah entendit la voix de Cowboy John.

— Nom d'un pétard, qu'est-ce qu'y fait là, celui-là ?

Et si elle échouait ? Si tout allait de travers ? Elle sentit son souffle se coincer dans sa gorge, puis quitter ses poumons contractés dans un long frisson.

Réfléchis. Évalue la situation.

Elle avait occupé ses insomnies à lire les conseils dispensés par Xénophon aux soldats de la cavalerie, et une phrase lui revenait à présent : « Avoir une estimation de la position de l'ennemi à l'avance, et d'aussi loin que possible, ne peut manquer d'être utile. »

Elle piétina derrière le fourgon blanc, les yeux rivés sur le cheval.

Je suis là, Boo, lui dit-elle, et elle se prépara à agir.

Mac entendit la douche de Natasha se mettre en marche. La soupçonnant de s'être levée affreusement tôt, il regarda son réveil et grimaça en y trouvant la confirmation. Il resta un moment allongé sur le dos, vaguement conscient d'avoir quelque chose à faire. Puis la mémoire lui revint. Elle partait. Tout était fini. Terminé.

Il s'assit dans son lit. De l'autre côté du couloir, l'eau coulait toujours, le léger gémissement de la ventilation produisant comme un déchant distant et hésitant. Elle chercherait à partir le plus discrètement possible.

— Je reviendrai faire un tri avant le déménagement, lui avait-elle dit la veille au soir après que Sarah fut montée se coucher. Et je peux parler à l'assistante sociale, si tu préfères. Mais je ne vis plus ici à partir de maintenant.

Elle s'était exprimée sans le regarder, ou à peine, feignant d'être occupée à trier des livres sur des étagères.

— Tu n'es pas obligée de faire ça, Tash, avait-il répondu doucement.

Elle avait balayé ses paroles d'un revers de main.

— Je suis sur un gros dossier, Mac. C'est probablement le procès le plus délicat de ma carrière. Je dois rester concentrée.

Aucune trace de rancœur ni de colère dans sa voix. C'était la Natasha qu'il avait détestée : cette version fermée, inaccessible de sa femme. Celle dont le calme, les manières faussement agréables évoquaient toutes les erreurs qu'il avait apparemment commises durant leur mariage.

La sonnette retentit, stridente et envahissante. Le facteur ? À cette heure ? Natasha ne devait pas l'avoir entendue à cause du bruit de la douche. Avec un soupir, il enfila un tee-shirt et descendit l'escalier.

Conor se tenait sur le seuil. Mac remarqua le costume élégant, le menton rasé de près. Il songea, et ce n'était pas la première fois, que cet homme lui inspirait une profonde antipathie.

— Mac, salua Conor d'une voix égale.

— Conor.

Pas question de lui faciliter la tâche. Il attendit sans bouger.

— Je suis venu récupérer Natasha.

Récupérer Natasha. Comme si elle était un objet qu'il lui avait prêté. Mac hésita, puis recula pour le laisser entrer, chaque pas de Conor au-delà du seuil décuplant son amertume. Conor s'aventura dans la maison comme s'il la revendiquait, tourna à gauche dans le salon et s'assit sur le canapé avec la confiance détendue de la familiarité, puis il ouvrit son journal d'un geste sec.

Mac se mordit la lèvre.

— Excuse-moi si je ne reste pas te faire la conversation, dit-il. Je vais prévenir ma femme de ton arrivée.

Tandis qu'il gravissait les marches, il sentit monter en lui une colère brûlante. Conor était assis sur le canapé qu'il avait choisi, payé, et attendait d'emmener sa femme. Mais, tout en reconnaissant le grondement de protestation primitif de l'homme des cavernes, une autre part de lui répondit avec l'image de Maria à moitié nue, un verre de vin dans chaque main. Son ravissement discret face à la douleur de Natasha.

La douche s'était tue. Il frappa à la porte de la chambre et attendit. Ne recevant aucune réponse, il frappa de nouveau et ouvrit avec hésitation.

— Tash ?

Il vit son reflet avant de la voir, elle. Elle se tenait debout devant le miroir, enveloppée dans une serviette. De l'eau gouttait de ses cheveux mouillés sur ses épaules nues. Elle tressaillit en l'apercevant et porta par réflexe une main à sa gorge. Il interpréta ce geste défensif comme un reproche supplémentaire à son encontre.

— Désolé, j'ai frappé.

Il y avait des sacs béants à moitié pleins dans toute la pièce.

La voilà prête à prendre la fuite, songea-t-il.

— Je n'ai pas entendu, j'avais la tête ailleurs. C'est ce procès...

— Conor est là.

Elle écarquilla les yeux.

— Je ne l'attendais pas.

— Eh bien, il est venu te *récupérer* et attend en bas, expliqua-t-il d'un ton légèrement sarcastique.

— Oh, dit-elle.

Elle attrapa sa robe de chambre sur le lit et l'enfila. Se penchant en avant, elle entreprit de se sécher les cheveux à l'aide d'une serviette.

— Dis-lui..., commença-t-elle. Non, en fait, ne t'inquiète pas.

Il laissa courir sa main sur le bord d'une valise ouverte. Il ne reconnaissait pas la plupart des vêtements qu'elle contenait.

— Alors c'est fini, dit-il. Tu t'en vas.

— Ouais. Comme toi l'année dernière, lâcha-t-elle vivement en se redressant pour se coiffer. Sarah est réveillée ?

— Sais pas.

— Avec tout ce qui s'est passé hier, j'ai oublié de te dire : on doit signer un formulaire d'autorisation pour une sortie scolaire.

— Je m'en occuperai.

Elle étendit son tailleur sur le lit et tint un chemisier, puis un autre, devant la veste bleu marine. Du temps de leur mariage, elle lui demandait son avis, et, après l'avoir entendu, choisissait presque systématiquement autre chose. Les premières années, ça avait été une plaisanterie entre eux.

Il croisa les bras.

— Bon, et... où dois-je faire suivre ton courrier ?

— Ce ne sera pas nécessaire. Je passerai régulièrement. Appelle-moi s'il y a quelque chose dont nous devons discuter. Que veux-tu faire au sujet des services sociaux ? Tu veux que je les appelle ce soir en sortant du palais de justice ?

— Non. J'aimerais parler à Sarah d'abord. Voir quand ce serait… (Il ne put dire « le mieux ». Rien n'allait être le mieux pour elle.) Tash…

Elle lui tournait le dos.

— Oui ?

— Je déteste ce qui est en train de se passer, dit-il. Je sais que les choses se sont un peu compliquées, mais je ne vois pas pourquoi ça devrait finir comme ça.

— Nous avons déjà eu cette discussion, Mac.

— Non, c'est faux. Nous avons vécu ensemble ici pendant deux mois et nous n'avons pas eu une seule vraie conversation. Nous n'avons jamais parlé de ce qui s'est passé entre nous, ni de ce qui…

Il se retourna brutalement. Conor se tenait sur le seuil de la chambre.

— J'ai pensé que tu aurais peut-être besoin d'aide avec tes sacs.

Il sentait l'after-shave, remarqua Mac. Qui mettait de l'after-shave à une heure pareille ?

— Tu emportes tout ce qu'il y a sur le lit, Natasha ?

Elle s'apprêtait à répondre, mais Mac intervint :

— Si ça ne t'ennuie pas, je préférerais que tu attendes en bas, dit-il en allant se planter devant Conor.

— Je suis venu chercher les sacs de Natasha.

— Tu es dans ma chambre, et je suis en train de te demander de t'abstenir.

— Je ne crois pas, à strictement parler…

Mac se braqua.

— Écoute, mon vieux, dit-il, entendant l'hostilité à peine contenue dans sa voix. Cette maison m'appartient pour moitié, et je te demande poliment de sortir de ma chambre – *notre* chambre – et d'attendre en bas pour que je puisse finir ma conversation avec celle qui, en théorie du moins, est encore ma femme. Si tu n'y vois pas d'inconvénient.

Natasha avait arrêté de se brosser les cheveux. Elle regarda les deux hommes tour à tour, puis adressa un petit signe de tête discret à Conor.

— Je vais baisser les sièges arrière de la voiture, conclut celui-ci avant de sortir en balançant ostensiblement ses clés dans sa main.

La pièce était tout à fait silencieuse, à présent. Dans la salle de bains, l'aération s'éteignit avec un déclic.

Mac sentit les battements de son cœur se calmer peu à peu.

— Bon, eh bien, c'est tout, alors.

Il essaya de sourire, mais le résultat ne fut guère convaincant. Il se sentit idiot.

Elle affichait une expression indéchiffrable.

— Oui, dit-elle, la mâchoire contractée, avant de recommencer à s'activer. Il faut que je finisse de me préparer, Mac, si ça ne t'ennuie pas. Mais appelle-moi ce soir quand vous aurez défini la suite des événements avec Sarah.

Elle attrapa son tailleur et disparut dans la salle de bains.

Deux trotteurs avaient participé à cette course, la jument de Sal et Boo. On ne s'attendait pas à ce que Boo gagne, l'avait prévenue Ralph. Beaucoup d'argent avait été misé contre lui, malgré sa beauté, et effectivement il était arrivé dernier.

Depuis son poste d'observation derrière le fourgon, Sarah regarda le jockey sauter du sulky, agripper une rêne et frapper violemment Boo. L'animal fit un bond de côté, la douleur le faisant rejeter la tête en arrière. Sarah laissa échapper un gémissement de protestation, et ses pieds l'entraînèrent vers lui sans qu'elle s'en rende compte. Puis elle se reprit, s'accroupit, ferma les yeux de toutes ses forces et se força à se concentrer et à se retenir d'agir inconsidérément. À cent mètres de là, un des hommes de Sal tenait la jument en sueur par une rêne, la main en coupe autour de la flamme de son briquet tandis qu'il essayait d'allumer sa cigarette.

— Je te jure, Sal, tu lui as donné des drôles de vitamines, à ce cheval, dit-il en rangeant le briquet dans sa poche.

— C'est pas mon cheval qui est parti au galop là-haut.

— Effrayé par le vent. De ce côté, on l'avait en pleine face.

— Comme j'te l'ai dit, Terry, mon gars, cette course est *finie.*

Boo s'agitait, gêné par le poids du sulky, redoutant un autre coup. L'homme l'attacha grossièrement au rétroviseur latéral de son camion en grondant contre lui, et leva une main menaçante en s'éloignant. Mentalement, Sarah vida un chargeur dans le dos de ce sale type, et le frappa comme il avait frappé Boo. Elle n'avait jamais ressenti une telle rage. Se forçant à respirer, elle aperçut Cowboy John, non loin de là, qui discutait vivement avec Sal. L'eau dégoulinant de son chapeau, il regardait Boo et secouait la tête. Sal haussa les épaules et alluma une autre cigarette. John posa une main sur son épaule, essaya de l'attirer à l'écart de la foule, mais, juste au moment où il se détournait, quelqu'un appela Sal, et il rejoignit le cercle des hommes où l'argent était compté.

Sarah était calme à présent. Elle observait la scène avec la concentration du chasseur, l'esprit stratégique de Xénophon, tout en avançant doucement, dissimulée par les voitures stationnées et les énormes piliers qui soutenaient l'intersection des deux ponts. Elle n'était plus qu'à quelques pas de Boo, suffisamment proche pour voir la sueur sur son encolure, sa peau noircie par la pluie, et pour estimer le nombre de sangles qui le rattachaient à la petite voiture à deux roues.

Ne m'appelle pas, le supplia-t-elle mentalement.

Les hommes se disputaient à côté de la jument grise. Sal soutenait bruyamment qu'il avait remporté la course et que Boo lui revenait, un autre homme protestait : le cheval de Sal était parti au galop deux, trois fois. Il devrait être disqualifié. Sa proposition fut accueillie par des murmures de contestation, d'autres d'approbation.

— Faut partir, maintenant, cria quelqu'un avec un accent irlandais. On rentre au bercail. Les poulets vont pas tarder.

Sarah s'était glissée derrière Boo et vit le cheval tendre le cou pour voir de qui il s'agissait, entravé par son harnais et ses œillères.

— Shhhh, lui dit-elle en passant une main sur son flanc agité par sa respiration haletante.

Elle le vit remuer ses oreilles d'avant en arrière en signe de reconnaissance. Après un coup d'œil vers les hommes, elle fit glisser les barres dans le harnais, ses doigts détachant agilement les boucles.

Les voix se turent d'un coup, et elle se jeta en arrière derrière le pilier, le cœur battant la chamade. Puis elles retentirent de nouveau, fortes ; la tension montait entre les hommes. Sarah lança un coup d'œil dans leur direction. D'épaisses liasses de billets étaient partagées, disputées, claquées dans des paumes. Elle sut que c'était sa chance : ils ne détourneraient pas les yeux tant qu'ils seraient occupés à compter l'argent.

Elle ne disposait plus que de quelques secondes. Ses doigts tremblaient sur les sangles, l'adrénaline faisant cogner le sang à ses tempes, noyant le grondement de la circulation au-dessus d'eux.

Je vais te sortir de là, Boo. Trois sangles. Deux sangles. Plus qu'une. Elle marmonnait.

Allez.

Elle se débattait avec la dernière, ses doigts glissant sur le cuir mouillé, quand elle l'entendit : le cri qu'elle avait redouté.

— Eh ! Toi !

Le gros homme, celui dont le cou était plus large que la tête, marchait vers elle à grands pas, menaçant.

— Eh ! Qu'est-ce que tu fais ?

Boo dansait de côté, contaminé par son anxiété, et elle lui siffla de ne pas bouger.

Allez, pensa-t-elle tout bas en luttant pour défaire la boucle.

Les autres hommes jetèrent un coup d'œil derrière eux, comprenant que quelque chose clochait, que la fille n'était pas des leurs. Elle vit la confusion de John, l'expression choquée sur le visage de Sal quand il la reconnut.

Allez.

L'homme se mit à courir. La dernière boucle ne cédait pas. Sarah tira violemment sur la sangle et l'ouvrit, haletant bruyamment. Et puis, alors que l'homme n'était plus qu'à quelques pas, les barres du sulky tombèrent dans un fracas métallique. Boo était libre. Agrippant une mèche de sa crinière, elle détacha la corde du mors et sauta sur son dos, comme projetée en l'air par la peur.

— Allez ! cria-t-elle en serrant les jambes sur ses flancs, et le grand cheval bondit en avant sur la route transversale, comme s'il n'avait attendu que ce moment, ses muscles se rassemblant sous elle avec une telle puissance qu'elle dut enrouler ses doigts autour de sa crinière pour ne pas tomber.

Alors ce fut le chaos. Elle entendit des cris, le rugissement de moteurs qui s'emballaient. Se plaquant sur son encolure, elle cria, prise de panique : « Allez ! » Puis elle tira maladroitement sur la rêne gauche, la trop longue rêne de conduite qui pendait déjà près de ses jambes. Elle le dirigea vers la bretelle, la petite route qui montait jusqu'au pont, et en trois, quatre foulées elle fut dessus, entendit les crissements des pneus, les klaxons tandis qu'elle traversait deux files de la quatre-voies.

Elle galopait le long du pont autoroutier, haut au-dessus de la ville, fonçant entre les voitures, à peine consciente des embardées que les conducteurs étaient obligés de faire pour les éviter. Elle ne voyait que les marais au loin, n'entendait que le bourdonnement de son sang à ses oreilles, ne pensait à rien d'autre qu'à ses poursuivants. Elle savait où aller. Elle avait répété cette séquence une grande partie de la nuit, vérifiant plusieurs fois son itinéraire d'évasion. C'est alors qu'elle la vit, venant déjà à sa rencontre : la sortie à gauche, obstruée par des véhicules à l'arrêt, à une centaine de mètres devant elle. Elle savait que, quand elle l'aurait atteinte et aurait tourné vers la zone industrielle, ils ne pourraient plus la rattraper.

C'est à ce moment-là qu'une petite berline bleue bifurqua brusquement sur la bande d'arrêt d'urgence, son conducteur ayant changé de file au dernier moment, ne s'attendant pas à ce qu'un cheval arrive au galop derrière lui. Elle retint un cri, essayant d'évaluer la vitesse de Boo, voyant que, avec les voitures là, les files de véhicules dans les deux voies, elle était bloquée. Elle regarda de l'autre côté de la deux-voies. Si elle sautait par-dessus la glissière de sécurité, elle atterrirait au milieu du flot de véhicules arrivant d'en face. Il n'y avait pas d'échappatoire. Jetant un coup d'œil sous son bras derrière elle, elle vit le 4 x 4 rouge de Sal et l'entendit klaxonner tandis qu'il s'ouvrait un chemin entre les voitures. Si elle restait sur la rampe, il la rattraperait. En avalant sa salive, elle sentit le goût métallique de la peur.

Elle regarda la voiture vers laquelle elle volait toujours, suppliant mentalement son conducteur de libérer le chemin. Elle n'avait guère le choix.

Pardonne-moi, Papa, dit-elle en silence et, saisissant à pleines mains la crinière de Boo, elle le poussa en avant, visant le capot de la voiture.

Boo, perplexe face à ce qu'on lui demandait de faire, hésita, puis accepta la pression des jambes de Sarah sur ses flancs en guise de réponse, entendit ses paroles d'encouragement, et soudain il fut dans les airs, son dos puissant s'étirant sous elle tandis qu'il bondissait par-dessus la voiture. Et elle était Xénophon entendant les bruits de la bataille sous elle, se fiant de tout son corps et de toute son âme au courage de l'animal qui la portait. Elle était toute-puissante, protégée, douée. Elle incarnait la rage et la gloire, n'aspirant qu'à survivre. Le monde s'immobilisa autour d'elle. Un cri silencieux lui échappa. Elle ferma les yeux, les rouvrit, ne vit rien d'autre que le ciel, les voitures qui s'écartaient sur son chemin, et puis, avec un grognement à l'impact, ils furent au sol, Boo titubant sur la surface glissante, elle tombant à moitié de son encolure, lâchant prise, se rattrapant frénétiquement aux trop longues rênes, à sa crinière, n'importe quoi qui lui permettrait de rester sur lui.

Boo galopait de nouveau sur la route, ses sabots martelant le sol à une vitesse folle, et, rugissant dans l'effort, elle tendit le bras gauche, saisit le harnais et se hissa de nouveau sur son dos. Ils furent bientôt hors d'atteinte, plongeant enfin dans la rue transversale qui menait au canal, tandis que le vacarme de la circulation bloquée, les coups de klaxon incrédules s'estompaient progressivement derrière eux.

— Qui est votre premier témoin ?

Natasha envoya un autre message à Ben pour lui demander de vérifier encore une fois qu'il avait bien les papiers dont elle aurait besoin ce matin et de l'attendre comme convenu devant le tribunal dans une demi-heure. Elle était dans un café avec Conor.

— Le psychologue pour enfant. Il est des nôtres. Nous allons un peu effrayer le mari en suggérant que nous pourrions confirmer les allégations de maltraitance, pendant que, dans les coulisses, Harrington et le solliciteur travaillent

Mme P. pour la convaincre d'accepter en échange un meilleur arrangement financier.

Je ne suis pas complètement stupide, répondit Ben.
Laisse-moi en juger, rétorqua-t-elle.

— La femme obtiendra gain de cause, dit Conor amèrement. Elle n'aura plus jamais besoin de lever le petit doigt, et un père irréprochable verra son nom traîné dans la boue. Je ne t'aurais jamais crue capable de ce genre de coup bas.

Elle lui donna un coup de coude.

— Allons, Conor, c'est un divorce. Tu ferais exactement la même chose à ma place. (Elle plissa les yeux et observa son reflet dans le miroir sur le mur d'en face.) Ça va, mes cheveux ? Harrington pense que la presse sera là aujourd'hui.

— Oui, ça va.

Elle ne pouvait se permettre de commettre la moindre erreur. Il était vital non seulement de gagner ce procès, mais également d'en faire une vitrine pour Michael Harrington. Elle gardait son offre à l'esprit, accessible en pensée, un petit cadeau qu'elle se faisait dans les moments où elle se sentait dépassée par le chaos qui caractérisait le reste de son existence. Serait-il si terrible de franchir le fossé ? Elle apprécierait certainement d'échapper au contact quotidien avec les clients. Elle songea à Ali Ahmadi. Si elle passait chez Harrington Levinson, il était peu probable qu'elle commette de nouveau une telle erreur.

Elle n'avait pas mentionné l'offre à Conor. Elle n'aimait pas admettre la raison de cette omission.

Il effleura son pied du sien.

— Je n'ai pas grand-chose ce matin, donc j'irai déposer tes affaires à la maison après t'avoir amenée au tribunal.

Sa proposition la surprit.

— Tu es sûr ?

— Ouais. Attention, je n'ai pas dit que je déferais tes valises. Ne t'attends pas à ce que je me transforme tout de suite en homme au foyer.

— Merci, Conor.

— De rien, Championne. Encore une fois, j'ai un peu de temps.

— Je voulais dire de m'accueillir chez toi.

Il examina ses chaussures, puis leva les yeux vers elle, une expression un peu étrange sur le visage.

— Pourquoi dis-tu ça ? Tu n'es pas une invitée. (Il fronça les sourcils.) Es-tu en train de me suggérer que ce n'est que temporaire ? Que je te dépanne ?

— Ne dis pas de bêtises. Mais, pour être honnête, je ne sais pas combien de temps je vais rester. Je n'ai pas eu l'occasion de réfléchir à tout ça. Je ne suis pas sûre qu'il soit judicieux que je passe directement…

— … de Charybde à Scylla.

— Je n'ai pas dit ça. Mais, comme tu l'as justement fait remarquer, nous sommes tous les deux en piteux état.

— En piteux état, mais assortis. Maître, veuillez vérifier les faits que vous avancez.

Natasha s'aperçut qu'elle était arrivée en tête de la file.

— Oh. Pardon. Un déca latte écrémé, s'il vous plaît.

— Connu également sous le nom de « À quoi bon », plaisanta Conor.

La serveuse lui sourit faiblement, comme si elle avait déjà entendu ce jeu de mots une bonne centaine de fois aujourd'hui.

— Un double macchiato pour moi.

— Laisse-moi en finir avec ce procès, Conor. Je ne peux penser à rien d'autre pour le moment.

Elle attendit qu'il réagisse, mais, comme il gardait le silence, elle plongea la main dans son sac.

— C'est ma tournée, annonça-t-elle avec une gaieté déterminée. C'est le moins que je puisse faire, sachant que tu as sauté ton petit déjeuner pour moi. Tu veux un muffin ?

Elle saisit son portefeuille.

Elle ne le voyait nulle part. Elle s'engouffra dans la cour de la fabrique de meubles, puis tourna au coin, là où les camionnettes de livraison dissimulaient le parking aux yeux du public. Elle haletait, la pluie coulait sur son visage si bien qu'elle devait constamment s'essuyer les yeux pour y voir quelque chose. Elle mit pied à terre. Boo transpirait, secoué par les événements des deux derniers jours, refroidi par la forte averse qui se déversait à présent, et elle dut tirer sur les rênes pour le faire marcher derrière elle.

— Ralph ? appela-t-elle, sa voix se noyant dans le crépitement de la pluie.

Pas de réponse. Devant elle, avec ses fenêtres vides, le bâtiment administratif semblait la toiser avec indifférence. Les volets de l'usine étaient encore baissés. Aucun employé n'arriverait avant une demi-heure.

Elle s'avança, jeta un coup d'œil derrière un fourgon garé là.

— Ralph ?

Rien.

Elle s'essuya le visage, sentant sa confiance vaciller, l'adrénaline qui avait pris le contrôle de son corps pendant la dernière demi-heure refluant peu à peu. Il ne restait qu'une fille debout dans un parking, attendant que son monde s'écroule.

Il ne viendrait pas. Évidemment. Elle avait été tellement naïve d'y croire. D'ailleurs, il pouvait même avoir révélé à Sal où ils étaient censés se retrouver. Elle resta sans bouger une minute, constatant que si les hommes de Sal apparaissaient derrière elle, elle se serait coincée elle-même dans un cul-de-sac.

Elle s'efforça de contenir la panique qui montait en elle et de penser stratégiquement. Pourrait-elle mettre son plan à exécution sans selle ? Et avec cette stupide bride à œillères ? La réponse était simple : elle n'avait pas le choix. Elle ne pouvait pas courir le risque d'attendre plus longtemps ici que quelqu'un la découvre. Elle prit les rênes dans sa main gauche et se prépara à sauter sur le dos de Boo.

— Pas la peine de crier, l'écuyère. (Ralph sortit du renfoncement d'une porte et la rejoignit d'un pas nonchalant en remontant sa capuche.) Putain ! dit-il en regardant le cheval.

Elle se précipita vers lui en traînant un Boo réticent derrière elle.

— Tu l'as apportée ? demanda-t-elle.

Il l'arrêta d'un geste.

— Le plastique d'abord.

— Je ne vais pas t'arnaquer, Ralph.

Elle plongea la main dans sa poche et en sortit une liasse de billets.

— Où est la carte ?

— Je n'ai pas pu l'avoir, mais voilà vingt livres.

— Va te faire voir ! Tu me prends pour un imbécile ?

— Cinquante.

— Je me ferais plus en vendant la selle. Cent cinquante.

— Cent. C'est tout ce que j'ai.

Il tendit sa main ouverte. Elle y déposa l'argent en comptant les billets. L'argent de Sal. Elle était heureuse de s'en débarrasser.

— Où est la selle ?

Comptant à son tour, il désigna sans un mot le renfoncement de porte où il l'avait attendue. Elle lui demanda de tenir Boo pendant qu'elle le préparait, la respiration encore agitée alors qu'elle tirait sur la sangle. Ensuite elle ôta la bride à œillères, la jeta par-dessus le mur dans le terrain vague derrière et mit la sienne à Boo.

— Tu sais quoi, meuf ? (Ralph fourra l'argent dans la poche de son jean.) T'as des couilles.

Sarah glissa son pied dans l'étrier et sauta sur le dos de son cheval. Boo fit quelques pas en arrière, impatient de se remettre en route.

— Tu l'emmènes où ? Sal va pas te lâcher, tu sais. Oublie Stepney ou les écuries de Whitechapel. Essaie plutôt au sud du fleuve.

— Pas dans le coin. Écoute, Ralph. J'ai besoin que tu me rendes un dernier service.

— Ah non. (Il secoua la tête.) J'en ai déjà fait beaucoup trop pour toi, l'écuyère.

— Va à l'hôpital St Theresa. Dis à mon grand-père… Dis-lui que Boo et moi sommes partis faire le voyage que nous devions faire ensemble. Il saura de quoi je parle. Dis-lui que je l'appellerai.

— Pourquoi je devrais t'aider ? Déjà que je me suis levé à 6 h 15 ce matin. Ce genre de trucs devraient être interdits par la loi…

— S'il te plaît, Ralph. C'est vraiment important.

Il tapota sa poche et s'éloigna d'un pas tranquille.

— Peut-être, dit-il, ses pieds de gamin flottant dans ses chaussures de sport trop grandes. C'est que je suis un homme occupé…

— Je ne peux pas parler maintenant, Natasha. Je suis sur le point de sortir.

Mac lâcha son sac photo sur le sol de l'entrée.

— Ma carte bleue, Mac. Est-ce que tu la vois sur la table basse où j'avais posé mon sac à main hier ?

Mac ravala sa réponse : elle avait quitté la maison, elle n'avait pas à lui demander de courir après le contenu de son sac. Il passa la tête dans le salon.

— Non. Il n'y a rien.

Il y eut un bref silence. Il entendit derrière elle des conversations assourdies et des bruits de couverts.

— Merde ! lâcha-t-elle.

Mac haussa un sourcil. Natasha jurait rarement.

— Qu'est-ce qui ne va pas ?

— Sarah est là ?

— Non. J'ai regardé. Elle a dû sortir avant nous.

— Elle m'a pris ma carte bleue.

— Quoi ?

— Tu as bien entendu.

Il leva les yeux au ciel.

— Tu en as encore après elle. Tu l'as probablement laissée quelque part.

— Non, Mac. Je viens d'ouvrir mon sac et de me rendre compte qu'une de mes cartes a disparu.

— Comment tu peux être sûre que c'est elle ?

— Eh bien, il y a peu de chances que ce soit toi, si ? Je te dis que c'est elle qui l'a prise.

— Mais elle ne connaît pas le code.

Il entendit une conversation étouffée, puis Natasha reprit le combiné.

— Bon sang, il faut que je parte au palais de justice ! Je ne peux pas me permettre d'être en retard. Mac, pourrais-tu…

— J'irai la chercher à la sortie de ses cours et je lui parlerai.

— J'hésite à faire opposition.

— Attends un peu… Elle ne va pas vider ton compte à la cantine. Laisse-moi lui parler d'abord. Si c'est elle qui l'a, je suis certain qu'elle ne pensait pas à mal.

— Ah oui ? Après m'avoir volé ma carte bleue ?

— Écoute, nous ne sommes sûrs de rien. Parlons-lui, d'accord ? Tu ne m'as pas dit qu'elle voulait acheter des affaires à son grand-père ?

Il y eut un long silence.

— Oui, effectivement, mais ça ne change rien au fait que me voler ma carte bleue est inacceptable.

Il voulut protester, mais elle enchaîna :

— Tu sais quoi, Mac ? Ces gosses en ont peut-être bavé, mais ce ne sont pas toujours les victimes.

Il raccrocha et resta debout un moment dans l'entrée. Irrité par le commentaire de Natasha, il s'était efforcé de ravaler sa réponse instinctive. Il ne se rappelait pas l'avoir jamais entendue parler de façon aussi cynique de ses clients. Cela lui déplaisait.

Il s'apprêtait à attraper la sangle de son sac photo quand il repensa au calme étrange qu'avait affiché Sarah la veille au soir, la façon dont elle avait choisi de rester dans le salon pendant qu'il allait préparer le dîner. Il avait cru qu'elle faisait preuve de tact. Il le croyait toujours.

Il hésita dans l'entrée encore un moment, puis monta lentement les marches et poussa la porte de la chambre de Sarah.

Il était impossible de pénétrer dans la chambre d'une adolescente sans se faire l'effet d'un voyeur sordide. Mac s'aperçut qu'il avait rangé ses mains dans ses poches par réflexe, redoutant de toucher quelque chose. Il n'était pas sûr de ce qu'il cherchait ; il savait seulement qu'il voulait se rassurer en constatant que tout était en ordre. Peut-être connaissait-il cette gamine, après tout. Il ouvrit le placard et poussa un soupir de soulagement. Ses vêtements étaient là, ses jeans, ses chaussures. Son lit était fait avec soin. Il était sur le point de quitter la pièce quand il se retourna.

La photo encadrée de son grand-père avait disparu. Tout comme le livre de cet auteur grec sur l'équitation qu'elle lisait. Il regarda fixement l'endroit de la table de nuit où se trouvaient habituellement les deux objets, puis gagna la salle de bains. Pas de brosse à dents. Pas de brosse à cheveux. Pas de savon. Et là, accroché au radiateur, son uniforme du collège. Le seul qu'elle avait.

Mac dévala les marches et attrapa son téléphone.

— Tash ? dit-il avant de jurer entre ses dents. Oui, je sais qu'elle a une audience. Pouvez-vous lui passer un message pour moi ? C'est urgent. Dites-lui… Dites-lui que nous avons un problème.

Chapitre 18

« Il me semble que, si je deviens cavalier, je serai un homme avec des ailes. »

Xénophon, *Cyropédie* (IV, 3, 15).

La pluie avait cessé. Sarah trottait à vive allure le long des interminables accotements herbeux en direction des Royal Docks et de l'aéroport de Londres. La robe de Boo s'éclaircissait au fur et à mesure qu'elle séchait. Il s'était calmé, rassuré par la sensation familière de Sarah sur son dos, sa voix, mais le cœur de l'adolescente battait encore trop vite dans sa poitrine, et elle avait mal au cou à force de regarder par-dessus son épaule.

Les espaces étaient plus vastes ici, le ciel un aplat gris s'étendant à l'infini au-dessus d'eux sans aucun bâtiment pour l'interrompre. Elle et Boo pouvaient se déplacer plus vite, mais ils étaient exposés, et, consciente de leur visibilité, elle continuait d'avancer en restant près des accotements d'où elle pourrait facilement s'échapper et changer de direction si nécessaire. Elle vérifia qu'aucune voiture n'arrivait et traversa une route goudronnée, le claquement des sabots de Boo rebondissant dans l'espace vide. Quand ils atteignirent l'herbe, elle le lança au galop, sautant par-dessus les fossés d'écoulement.

Le nuage gris s'élevait, et soudain, devant elle, elle vit l'aéroport. Elle avait envisagé d'emprunter les ponts de Londres, mais redoutait qu'ils ne soient trop fréquentés : une fille perchée sur un cheval attirerait l'attention. Elle s'était donc dirigée vers l'est, traversant les gigantesques lotissements au style soviétique de Newham et Beckton, puis les plaines au nord de Woolwich, laissant les tours brillantes de Canary Wharf disparaître derrière elle.

On arrivait à la fin de l'heure de pointe, et les flots continus de voitures, l'implacable ruée automobile vers la City étaient moins denses. De temps en temps, une voiture la doublait, se précipitant peut-être par un raccourci vers le tunnel de Blackwall ou l'île aux Chiens, mais aucun conducteur ne lui prêta attention ; ni l'homme mangeant un sandwich, ni un autre pressé dont le bolide laissa dans son sillage les pulsations d'une musique à plein volume. Elle avait relevé la capuche de son coupe-vent, qui dissimulait son visage. Avec ses entrepôts et ses alignements d'hôtels bon marché coincés entre des quatre-voies, c'était le genre d'endroit où l'on ne s'arrêtait que par nécessité, uniquement peuplé par des cadres intermédiaires ou des représentants de commerce.

Boo était fatigué. Elle ralentit et passa au pas afin de le laisser reprendre son souffle, consultant les panneaux de signalisation. Un pub crasseux se dressait, solitaire, au milieu d'un terrain à l'abandon couvert d'herbe grise, avec quelques maisons fatiguées non loin. Un peu au-delà s'élevaient des rangées d'immeubles d'habitation récents. Encore derrière, elle aperçut l'éclat terne de la Tamise, dont la surface illuminée formait des bandes changeantes là où le soleil perçait les nuages, et, au bout d'une route mal goudronnée, encadré de bâtiments en béton, le terminal de ferries. Elle ralentit, jeta un coup d'œil par-dessus son épaule, puis dirigea son cheval vers lui.

— Monsieur Elsworth, auriez-vous l'obligeance de décliner vos nom et prénoms à l'intention de la cour ?

— Je m'appelle Peter Graham Elsworth.

— Merci. Et pouvez-vous indiquer votre profession à la cour ?

— Je dirige un cabinet de psychothérapie et de conseil spécialisé dans la prise en charge des enfants, particulièrement ceux ayant subi une forme de traumatisme.

— Vous exercez depuis plus de trente ans et êtes considéré comme un des experts les plus importants dans ce domaine, n'est-ce pas ?

Elsworth se redressa légèrement.

— J'ai publié des articles validés par des pairs dans plusieurs journaux académiques, oui.

Natasha baissa les yeux sur ses notes. Derrière elle, Mme Persey agitait nerveusement un pied délicatement chaussé, laissant échapper de petits soupirs contrariés.

— Monsieur Elsworth, diriez-vous que les enfants font face à un même traumatisme de la même manière ?

— Non. Ils peuvent y faire face d'autant de manières que le ferait un adulte.

— Donc il n'y a pas de réponse standard à une expérience traumatisante.

— C'est exact.

— On peut donc dire que certains enfants peuvent réagir ouvertement face à un événement traumatisant, par exemple en pleurant, en se confiant à des amis ou des adultes, alors que d'autres, qui ont enduré des expériences également traumatisantes, ne laisseront presque rien paraître ?

Elsworth réfléchit un moment.

— Cela dépendrait du développement de ces enfants et de leurs relations avec leur entourage, ainsi que de la nature de l'événement traumatisant.

— S'ils sentaient, par exemple, qu'ils risqueraient de contrarier un parent en révélant que quelque chose de mal leur était arrivé, pourraient-ils préférer le garder pour eux ?

Sa perruque, à laquelle elle ne s'était pas encore habituée, commençait à la démanger. Elle dut se faire violence pour ne pas se gratter derrière la tête.

— Mon expérience m'a effectivement amené à le constater.

M. Persey la regardait fixement. C'était un homme de haute taille, large d'épaules, aux joues rebondies et au teint qui suggérait trois séjours au soleil par an. Il avait un regard fixe et perçant qui, dans d'autres circonstances, aurait mis Natasha mal à l'aise. Il n'était pas difficile de comprendre pourquoi Mme Persey était aussi agitée et hystérique.

— Avez-vous également été amené à constater que, dans le cas où les parents étaient impliqués, parents, disons, qui auraient été en conflit, un enfant puisse dissimuler les signes de traumatisme s'il craignait que cela ne provoque davantage de tensions dans le couple ?

— C'est un phénomène psychologique bien connu. L'enfant essaie de protéger le parent s'il croit que parler pourrait lui causer davantage de problèmes.

— Même dans le cas où ce parent serait à l'origine du traumatisme ?

— Objection. (L'avocat plaidant de M. Persey avait bondi sur ses pieds.) Monsieur le président, nous avons déjà établi qu'il n'y avait aucune preuve que M. Persey ait jamais maltraité sa fille, et poursuivre ce genre d'interrogatoire, dans un registre de langage aussi émotionnel, induit gravement en erreur.

Natasha se tourna vers le juge.

— Monsieur le président, je cherche seulement à établir que, dans de tels cas, l'absence de matériel évident, ou de preuves physiques, ou même de témoignage verbal de la part de l'enfant, ne signifie aucunement qu'un tel traumatisme ne s'est pas produit.

L'avocat plaidant de M. Persey, Me Simpson, une grosse pointure au ton geignard, émit un petit ricanement.

— Alors on pourrait aussi parfaitement soutenir qu'une femme dénonçant une relation violente devrait être dispensée de montrer ses contusions. Mais, dans l'affaire qui nous intéresse, même l'enfant concernée ne prétend pas qu'il y ait eu mauvais traitement.

Il appartenait à cette catégorie de plaidants qui considéraient indigne d'eux de se défendre face à un avocat solliciteur. Les avocats comme elle faisaient encore l'objet d'une quantité surprenante de préjugés.

— Monsieur le président, si vous me permettez de continuer, je chercherai à montrer que les enfants constituent un cas exceptionnel précisément pour cette raison. Il est très probable qu'ils dissimulent un traumatisme plutôt que de le dénoncer, afin de protéger leur entourage.

Le juge ne leva pas la tête.

— Poursuivez, maître.

Elle était de nouveau penchée sur ses notes quand Ben lui fourra un papier dans la main. « Appeler Mac urgent », était-il écrit. Prise de court, elle se tourna vers lui.

— Que veut-il ? chuchota-t-elle.

— Aucune idée. Il a seulement dit qu'il était extrêmement important que tu le rappelles.

Il était hors de question qu'elle le fasse maintenant.

— Maître ? Souhaitez-vous poursuivre ?

— Oui, monsieur le président. (D'un geste, elle chassa discrètement Ben.) Monsieur Elsworth, serait-il… concevable, d'après vous, qu'un enfant qui craindrait l'un de ses parents pourrait ou voudrait le dissimuler à l'autre parent ?

— Monsieur le président…

— J'autorise la question, maître Simpson. Maître Macauley, veillez à ne pas vous éloigner du sujet.

Elsworth jeta un coup d'œil au juge.

— Cela dépend de leur âge et des circonstances, bien sûr, mais oui, c'est concevable.

— L'âge et les circonstances. Qu'entendez-vous par là ?

— Eh bien, parmi les jeunes clients que j'ai pu voir, il arrive souvent que plus l'enfant est jeune, moins il parvienne à dissimuler un événement traumatisant. Celui-ci tend à se manifester – même si l'enfant est incapable d'exprimer sa détresse – dans d'autres comportements : énurésie, troubles obsessionnels compulsifs, et même accès d'agressivité inhabituels.

— Et, selon vous, à quel âge un enfant est-il capable de dissimuler sa détresse… efficacement au point de ne présenter aucun des symptômes que vous venez de décrire ?

— Cela dépend de chacun, mais j'ai rencontré des enfants de sept ou huit ans qui étaient capables de refouler ce qui leur arrivait.

— Même des expériences profondément traumatisantes ?

— Dans certains cas, oui.

— Donc ce ne serait pas impossible dans le cas d'un enfant de dix ans.

— Non, certainement pas.

— Monsieur Elsworth, avez-vous entendu parler du syndrome d'aliénation parentale ?

— Oui.

— Il s'agit, je cite, d'un « trouble dans lequel les enfants sont excessivement préoccupés par la dépréciation et/ou la critique d'un parent. En d'autres termes, un dénigrement qui n'est pas justifié et/ou exagéré ». D'après vous, s'agit-il d'une définition adéquate ?

— Je ne suis pas un expert, mais, oui, cela me semble une définition adéquate.

— Monsieur Elsworth, vous êtes, comme vous le dites, un universitaire estimé par ses pairs dont le travail a été publié dans des revues de psychologie de premier plan pendant de nombreuses années. Croyez-vous en l'existence clinique du syndrome d'aliénation parentale ?

— Non. Mais je ne crois pas que ce soit une question appro...

— D'accord. Laissez-moi reformuler ma question. Pouvez-vous me dire combien d'enfants vous avez traités ?

— En général ? À mon cabinet ? Au fil des années, eh bien, plusieurs milliers probablement. Je dirais environ deux mille.

— Et est-ce que l'un de vos jeunes clients a jamais présenté ce que vous entendez par syndrome d'aliénation parentale ?

— J'ai traité de nombreux enfants persuadés de penser du mal d'un parent, et même beaucoup qui ont développé vis-à-vis d'un parent de l'animosité ayant pu durer plusieurs années. J'ai traité de nombreux enfants profondément affectés par le divorce de leurs parents. Mais je ne saurais dire que je considère de tels états psychologiques comme la preuve d'un syndrome. Je crois que ce serait surestimer le cas.

Natasha laissa la réponse du psychologue faire son effet avant de poursuivre.

— Monsieur Elsworth, savez-vous quelque chose au sujet du nombre de signalements abusifs pour maltraitance et abus sexuel d'enfants dans le cadre de divorces ou de demandes de garde alternée ?

— Je sais que récemment de nombreux articles ont été écrits sur le sujet, oui.

— Des articles validés par des pairs ? Par des universitaires respectés ? Pouvez-vous nous donner une idée des dernières conclusions au sujet de la quantité de ces signalements s'étant révélés faux ?

— Je crois que le dernier article, en 2005, montrait qu'il y avait une très faible proportion de signalements abusifs dans ces cas-là. Il me semble qu'un échantillon d'études effectuées cette année-là indiquait que le taux de fausses allégations dans le contexte de la garde des enfants se situait entre un et sept virgule six pour cent.

— Entre un et sept virgule six pour cent. (Natasha hocha la tête pensivement.) Donc plus de quatre-vingt-dix pour cent seraient des allégations de mauvais traitements valides. Est-ce que cela reflète votre propre expérience ?

Il marqua une pause.

— D'après mon expérience, maître, les cas de mauvais traitements à l'encontre des enfants sont loin d'être tous signalés, que ce soit pendant ou en dehors des situations de divorce ou de demande de garde.

Natasha aperçut le grand sourire satisfait de Michael Harrington. Elle eut du mal à contenir le sien.

— Pas d'autre question, monsieur le président.

Dans ce sens, du nord au sud, le ferry de Woolwich était vide. Des bancs s'alignaient, leurs sièges délaissés, sur le *Ernest Bevin*. Leurs occupants en costume avaient débarqué quelques minutes plus tôt sur l'autre rive pour rejoindre le Dockland Light Railway. En le regardant se ranger le long du quai, Sarah avait hésité, puis elle avait entraîné Boo sur la passerelle et l'avait conduit sur le pont réservé aux véhicules, loin du cockpit. Boo regarda autour de lui et s'agita un peu sur la surface huileuse quand les moteurs commencèrent à vibrer, mais il ne parut pas spécialement perturbé par cet étrange mode de transport. Il n'y avait pas de camion ni de voiture à bord, juste elle, Boo et le pont vide. Elle jeta encore un coup d'œil derrière elle, pressant mentalement le ferry d'appareiller, priant pour ne pas apercevoir le pick-up. Sa raison lui soufflait qu'il y avait peu de chances qu'ils aient pu l'avoir suivie, mais la peur s'était emparée d'elle, se répandant jusque dans ses os. Elle voyait le 4 x 4 partout, spectral, surgissant au coin de chaque rue, garé devant elle. Une menace omniprésente.

Alors qu'elle se tenait debout là, les rênes de Boo tendues dans la main, le conducteur émergea du cockpit. C'était un homme de haute taille, légèrement voûté, avec une barbe poivre et sel. Il resta un instant immobile, comme pour s'assurer de ce qu'il voyait, puis marcha lentement vers elle. Sarah resserra sa prise sur les rênes de Boo et se prépara à l'affrontement. Mais, comme il s'approchait, elle se rendit compte qu'il souriait.

— Ça doit être le premier cheval que je vois ici en trente ans, déclara-t-il. (Il s'arrêta à quelques pas de Boo, secouant la tête.) Mon père travaillait sur le ferry dans les années 1930 et 1940. Il se rappelait l'époque où presque tous les véhicules étaient des voitures à cheval. Je peux le caresser ?

Les jambes presque coupées par le soulagement, Sarah hocha la tête sans rien dire.

— Une brave bête, on dirait. (L'homme passa la main sur l'encolure de Boo.) Magnifique. Autrefois, c'était les chevaux tout en haut, les hommes en bas devant. (Il pointa l'endroit du doigt.) Bien sûr, c'était avant cette série de ferries. (Il désigna l'énorme pont jaune et blanc qui s'arc-boutait au-dessus du navire.) C'est un bon cheval, non ? Y se tient bien ?

— Oui, murmura Sarah. Très.

— Comment s'appelle-t-il ?

Elle hésita.

— Baucher, répondit-elle. D'après un fameux cavalier français, expliqua-t-elle sans trop savoir pourquoi.

— Un nom grandiose, hein ? (L'homme frotta le front de Boo.) Un nom grandiose pour un gars grandiose. J'ai une carte postale où on voit les vieux chevaux de fiacre. Ça date d'y a des années. Attends, et je te la montrerai une fois qu'on sera en route.

— Combien ? demanda-t-elle à brûle-pourpoint. Pour lui, je veux dire. Combien doit-on payer ?

Il eut l'air surpris.

— T'as rien à payer, ma petite. Oh, non. Personne a rien payé pour faire la traversée sur ce ferry depuis 1889. (Il gloussa.) Plus ou moins l'époque où j'ai commencé...

Il regagna le cockpit d'un pas raide et disparut à l'intérieur.

Le ferry vibra, puis s'éloigna en douceur de la rive nord de la Tamise, fendant les eaux troubles et tourbillonnantes. Sarah resta seule sur le pont au côté de son cheval et, inspirant l'air humide, laissa son regard se perdre plus bas sur la portion désolée du fleuve, vers les grues qui surplombaient les rives, les capuches brillantes de la barrière de la Tamise, et les hangars bleus et argentés de la raffinerie de sucre Tate.

Soudain, elle s'aperçut qu'elle avait faim, libérée de l'angoisse qui lui avait noué l'estomac pendant les douze dernières heures. Elle fit glisser son sac de son dos, l'ouvrit et en sortit un biscuit. Elle en cassa un morceau et le tendit à Boo, dont les lèvres veloutées poussèrent son blouson avec insistance jusqu'à ce qu'elle cède et lui en donne un autre bout.

Elle se tenait debout, avec son cheval, au milieu d'un fleuve, dans un arrière-pays étrange, comme dans un songe dont elle ne s'était pas encore éveillée. Mais peut-être n'était-ce pas si étrange : Boo était juste un autre cheval sur une ligne fréquentée par ses congénères un siècle auparavant. Et, au fur et à mesure que la distance entre elle et la rive s'accroissait, sa respiration se calma et ses idées se firent plus claires, comme si elle s'extirpait d'une ombre immense. Le pick-up était sur la rive nord, ainsi que tout le chaos, l'angoisse et la peur qui l'avaient étouffée pendant des mois. Tout était assez simple à présent. Elle se surprit à sourire, sollicitant des muscles qui semblaient s'être atrophiés au cours des semaines précédentes.

— Tiens, dit-elle en donnant un autre morceau de biscuit à Boo. C'est l'heure pour nous d'y aller.

Ben lui tendit un autre morceau de papier : « Il a appelé Linda quatre fois ».

Natasha y jeta un coup d'œil tout en redressant sa perruque, essayant de pousser l'épingle à cheveux dans le filet. Les avocats solliciteurs s'étaient vu récemment accorder le privilège de porter une perruque ; elle était contre, mais les associés de son cabinet lui avaient recommandé avec insistance d'en porter une, arguant que ses adversaires la prendraient plus au sérieux. Elle soupçonnait en fait que la perruque leur permettait d'augmenter leurs honoraires.

— Rappelle-le, lui dit-elle en lui tendant son téléphone éteint. Son numéro est dans le répertoire. Explique-lui que je ne peux pas lui parler avant la pause.

— Elle m'a dit qu'il avait l'air paniqué. Quelque chose à voir avec... Sarah qui part ou un truc du genre.

À l'autre bout de la salle, Simpson essayait de démolir le témoignage d'Elsworth. Il allait avoir du pain sur la planche, songea Natasha. Elsworth était une pointure dans son domaine, les tarifs qu'il appliquait pour comparaître en tant que témoin expert ne laissaient aucun doute à ce sujet.

— Dis-lui que nous déciderons de la date de son départ après qu'il lui aura parlé de ma carte bleue. Et dis-lui que je ne peux prendre aucune communication, donc qu'il est parfaitement inutile de continuer de m'appeler.

Elle commença à prendre des notes, essayant de réfléchir.

— Vous l'avez eu, n'est-ce pas ? (Depuis l'autre côté du banc, Mme Persey lui avait saisi le poignet de ses doigts fins.) Tout ce que vous avez dit prouve qu'il l'a maltraitée.

Elle avait les yeux écarquillés, et sa tension était évidente, malgré son maquillage soigneux.

Natasha vit que le juge suivait leur échange d'un air réprobateur.

— Nous en parlerons dehors. Mais oui, ça s'est bien passé, chuchota-t-elle avant de se pencher en avant et de se concentrer sur Simpson.

Quelques minutes plus tard, Ben revint avec un mot manuscrit sur une feuille.

« Pas qui part : qui est partie. Disparue. »

Elle griffonna :

« ???!!! Où ? »

« Il ne sait pas. C'est quelqu'un de ta famille ? »

Natasha enfouit son visage dans ses mains.

— Maître Macauley, lança une voix devant elle. Vous vous sentez bien ?

Elle redressa sa perruque.

— Oui, monsieur le président.

— Avez-vous besoin d'une courte pause ?

Elle réfléchit à toute vitesse.

— Si monsieur le président le permet, un problème urgent vient de se présenter inopinément dont il conviendrait que je m'occupe.

Le juge se tourna vers Simpson qui la considérait avec une rage à peine dissimulée, comme si elle avait prévu son coup.

— Très bien. La séance est suspendue pour dix minutes.

Il décrocha avant qu'elle n'ait pu entendre sonner.

— Elle est partie, dit-il. Disparue, avec la moitié de ses affaires.

— Tu as appelé l'école ?

— Pour gagner du temps. J'ai appelé pour dire qu'elle était malade. Je me suis dit que, si en fait elle était en cours, je pourrais toujours prétendre m'être trompé.

— Mais elle n'y est pas.

— Elle est partie, Tash. Elle a emporté photos, brosse à dents, la totale.

— Elle est probablement à l'écurie. Ou avec son grand-père.

— J'ai appelé l'hôpital. Il n'a pas reçu de visite aujourd'hui. Ils en sont certains. Je suis en route pour l'écurie maintenant.

— Elle serait incapable de laisser son cheval, dit-elle, confiante. Réfléchis, Mac. Jamais elle ne partirait sans lui, pas plus qu'elle n'abandonnerait son grand-père. C'est la personne à laquelle elle tient le plus au monde.

— J'espère que tu as raison. Ça ne me plaît pas du tout.

Mac semblait nerveux, ce qui ne lui ressemblait pas.

Elle repensa soudain à Sarah, silencieuse et étonnamment tranquille, la veille au soir. Mais elle lui avait été tellement reconnaissante d'accepter la nouvelle des bouleversements à venir sans faire de drame qu'il ne lui était pas venu à l'idée de se méfier.

— L'audience va reprendre, je dois y retourner. Appelle-moi quand tu seras à l'écurie. Elle a ma carte, tu te rappelles ? Comme tu l'as dit, elle a dû aller acheter un pyjama neuf à son grand-père à mes frais.

Le cowboy était appuyé contre la voiture rouillée et parlait à un des gamins qui traînaient toujours là quand Mac ouvrit le portail, essayant d'ignorer le berger allemand qui lui adressa un grognement d'avertissement lorsqu'il entra. Mac jeta un coup d'œil sous la voûte. Le box de Boo était vide.

— Euh… Monsieur… euh… John ? Mac… Vous vous souvenez de moi ? L'ami de Sarah ?

Le cowboy ficha sa cigarette roulée au coin de sa bouche et serra la main de Mac. Il fit la moue.

— Oh, ça, j'me souviens de vous.

— Je cherche Sarah.

— Comme tout le monde, dit le vieil homme. D'ici à Tilbury Docks. Et j'aimerais bien savoir ce qui s'est passé pendant mon absence.

Le regard du garçon passa de John à Mac, puis revint à John.

— Comme je vous ai dit, John, j'ai pas beaucoup été là.

— Décidément, tu sers pas à grand-chose, toi.

— J'suis pas du genre à m'mêler de ce qui me regarde pas. Vous savez bien.

— Est-ce qu'elle est venue ici ? demanda Mac.

— Je l'ai vue qu'une seconde. Elle m'a jamais raconté ce qui se passait. Un beau gâchis, ça c'est sûr.

Cowboy John secoua tristement la tête.

— Attendez. Vous l'avez vue ? Aujourd'hui ?

— Ah, ça, j'l'ai vue. À 7 heures ce matin. J'l'ai vue décoller sur le pont comme si ce fichu cheval de cirque avait des ailes. Comment elle s'est pas fait tuer, c'est entre elle et le Tout-Puissant.

— Elle est partie faire du cheval ?

— Faire du cheval ? (Cowboy John le regarda comme s'il était stupide.) Vous savez pas ?

— Quoi ?

— Je l'ai cherchée toute la matinée. Elle est partie. Elle a sauté sur son canasson avant que personne ait eu le temps de réagir et elle a filé.

— Filé où ?

— Eh bien, si je l'savais, elle serait là, maintenant !

Cowboy John émit un petit bruit de succion irrité.

Le garçon alluma une cigarette en se penchant bas sur la flamme d'un briquet.

Mac marcha vers l'appentis de Sarah.

— Vous avez la clé ?

— C'est plus moi, le propriétaire. J'ai plus…

— J'en ai une, dit le garçon. Elle me l'a donnée pour que j'puisse nourrir son cheval quand elle pouvait pas venir, expliqua-t-il.

— Et tu es…

— Dean.

— Ralph, corrigea Cowboy John en poussant le gamin de ses longs doigts bruns. Il s'appelle Ralph.

Le garçon fouilla dans sa poche dont il sortit un énorme trousseau de clés. Il les passa soigneusement en revue et en isola enfin une qu'il utilisa pour ouvrir le cadenas. Mac poussa la porte. Le réduit était vide. Il n'y avait pas de selle sur le porte-selle, pas de bride, juste un licol couvert de toiles d'araignées et quelques brosses dans une boîte.

— John ? Êtes-vous en train de dire qu'elle s'est enfuie avec le cheval ?

Cowboy John leva les yeux au ciel et donna un coup de coude à Ralph, qui se tenait à ses côtés.

— Dis donc, c't'un rapide, celui-là. Oui, elle a pris ce fichu cheval et m'a laissé un bon gros tas de crottin à la place. En plus y a des gens qui sont pas du tout, du tout contents. J'ai l'impression qu'y s'est passé tout un tas de choses ici dont je sais rien. (Il lança un regard torve à Ralph.) Mais, pour commencer, y faut que je réfléchisse à comment je vais annoncer au Capitaine dans son hôpital, là, que j'ai pas la moindre idée d'où se trouve sa précieuse petite-fille.

Mac ferma les yeux un long moment et poussa un profond soupir.

— Comme ça, on est deux, dit-il.

Le soleil était arrivé à son point le plus élevé dans le ciel, ce qui, vu l'époque de l'année, n'était pas bien haut. Il s'était déplacé en restant en face d'elle, si bien qu'elle avait passé le voyage à plisser les yeux sous sa bombe. Elle fit un rapide calcul pour estimer où elle pourrait arriver avant la nuit. Avant que Boo soit trop fatigué pour continuer.

Elle avait lu qu'un cheval d'endurance pouvait parcourir entre soixante-cinq et quatre-vingts kilomètres en une journée. De tels animaux devaient être amenés progressivement à ce niveau, leurs muscles développés grâce à un travail lent et continu, leurs dos et leurs cuisses renforcés par des sorties régulières en côte et en descente. Leurs sabots devaient être contrôlés régulièrement et leurs jambes protégées.

Boo n'avait bénéficié d'aucune de ces préparations. Sarah lui parlait à présent qu'ils traversaient les banlieues en trot rapide, suivant la direction de Dartford. Elle sentait l'élasticité de ses pas se réduire, lisait dans la position de ses oreilles, dans sa démarche régulière, l'espoir qu'elle lui demanderait bientôt de ralentir.

Pas encore, lui dit-elle en silence d'une légère pression des jambes, une douce poussée du bassin. *Pas encore.*

L'endroit qu'ils traversaient était plus fréquenté, et la vue d'une fille sur un cheval attirait des regards curieux, lui valant même de se faire interpeller par le conducteur d'une camionnette ou des gamins faisant la queue devant une friterie. Mais elle gardait la tête baissée, en communion avec son cheval.

Elle attendit d'avoir trouvé une rue tranquille avant d'oser utiliser un distributeur. Elle mit pied à terre, fit traverser Boo, sortit la carte de Natasha de sa poche et tapa le code qu'elle connaissait par cœur. Il était gravé au feu en chiffres noirs dans son cerveau. La machine bourdonna et considéra sa demande pendant un instant qui lui parut interminable. Son cœur se mit à tambouriner dans sa poitrine. Ils s'étaient peut-être rendu compte de sa fuite à cette heure. Natasha aurait découvert ce qu'elle avait fait et pris la mesure de sa trahison. Elle avait voulu leur laisser un message pour leur expliquer, mais elle n'avait pu trouver les mots, l'esprit englué par la peur, le choc et un terrible sentiment de perte. De plus, elle ne pouvait courir le risque que quelqu'un sache où elle allait.

Enfin, le message apparut sur l'écran : quelle somme désirait-elle retirer ? Dix livres ? Vingt ? Cinquante ? Cent ?

Deux cent cinquante ? Après des semaines passées à grappiller la moindre livre, les nombres lui donnaient le vertige. Elle ne voulait pas voler, mais elle savait que, une fois que les Macauley auraient compris qu'elle l'avait prise, ils feraient opposition. Il n'y aurait plus d'argent.

C'était peut-être sa seule chance.

Sarah inspira un grand coup et posa les doigts sur le clavier.

Il attendait devant la salle d'audience quand Natasha en sortit à midi. Il lui tournait le dos et fit volte-face en entendant sa voix.

— Des nouvelles ?

— Elle a pris le cheval.

Il observa Natasha tandis qu'elle enregistrait peu à peu l'information : son visage inexpressif d'abord, comme si elle était incapable de digérer ce qu'il venait de dire, puis la même incrédulité qu'il avait ressentie. Une sorte de petit rire gêné face à l'absurdité de cette idée.

— Comment ça, elle a pris le cheval ?

— Je veux dire qu'elle s'est enfuie avec le cheval.

— Mais où pourrait-elle aller avec un *cheval* ?

Les yeux de Natasha quittèrent son visage et se posèrent derrière lui, sur Cowboy John qui s'avançait d'un pas nonchalant en fredonnant dans le couloir. Monter les marches lui avait pris un peu de temps.

— Je m'demande encore pourquoi vous pouviez pas téléphoner, dit-il d'une voix sifflante en enserrant l'épaule de Mac d'une main.

Il sentait le vieux cuir et le chien mouillé.

Mac fit un pas en arrière et poussa le vieil homme devant lui.

— Natasha, je te présente… Cowboy John. Il dirige l'écurie où Sarah garde son cheval.

— *Dirigeait.* Merde ! Si j'avais pas passé la main, on en serait jamais arrivés là.

Cowboy John lui serra brièvement la main, puis se plia en deux en toussant dans un mouchoir.

Natasha grimaça, le bras toujours tendu. Un petit groupe de gens les observait discrètement. Un peu plus loin dans le couloir, une femme mince et blonde élégamment habillée s'était tue, choquée.

— Alors qu'est-ce qu'on fait ?

— On pourrait commencer par la retrouver, répliqua le vieux Noir. Moi, je propose qu'on se sépare et on demande autour de nous. Une gamine sur un cheval, ça attire forcément l'attention.

— Mais vous m'avez dit l'avoir cherchée en vain toute la matinée ; John l'a vue près des marais, expliqua Mac.

John toucha le bord de son chapeau, ses yeux chassieux regardant au loin.

— Elle savait où elle allait, c'est tout ce que je dirai. Elle avait un sac à dos, et elle a filé à toute vitesse.

— Elle avait prévu son coup. Nous devrions appeler la police, Tash.

John secoua la tête avec véhémence.

— Vous allez pas impliquer ces fouineurs ! C'est ce qui l'a mise dans ce pétrin au départ. En plus, la police ? Non-non-non-non. Cette gosse a rien fait de mal. Elle a mis un beau bazar, pour sûr, mais elle a rien fait de mal.

Mac croisa le regard de Natasha. Aucun des deux ne parla. Il attendit, pris au dépourvu par sa réticence. Puis il lui rappela :

— C'est toi qui disais que nous sommes légalement tenus de signaler sa disparition.

Natasha regarda plus loin dans le couloir et cligna des yeux de toutes ses forces.

— Tash ?

Ce qu'elle dit ensuite lui fit pencher la tête, doutant d'avoir bien entendu.

— Écoute, je n'ai pas envie de signaler sa disparition tout de suite. Elle est réapparue la dernière fois, non ? (Natasha se tourna vers John.) Vous la connaissez. Où pourrait-elle être allée ?

— Le seul endroit où irait cette gamine, c'est à l'hôpital pour voir son grand-père.

— Alors allons-y, dit Mac. Nous parlerons avec lui. Peut-être aura-t-il des idées. Tash ? (Elle le regarda en silence.) Quoi ?

— Je ne peux pas vous accompagner, Mac. Je suis en pleine audience.

— Tash, Sarah a *disparu*.

— J'en suis bien consciente, mais ce n'est pas la première fois. Et je ne peux pas tout lâcher chaque fois qu'elle décide de fuguer quelques heures.

— Si vous voulez mon avis, elle a pas l'intention de revenir de sitôt, dit Cowboy John en ôtant son chapeau pour se gratter le crâne.

— Je ne peux pas partir au beau milieu de ce procès. (D'un geste, elle désigna la femme blonde debout au bout du couloir, à présent enveloppée dans un châle en cachemire, telle une victime d'accident.) C'est l'affaire la plus délicate de ma carrière. Tu le sais.

Elle ne put soutenir son regard et rougit légèrement. Mac sentit son estomac se tordre sous l'effet de la colère.

— Je ne peux pas tout laisser en plan, Mac, insista-t-elle.

— Alors excuse-moi de t'avoir dérangée, lâcha-t-il froidement. Je te passerai un coup de fil chez Conor quand on l'aura retrouvée, d'accord ?

— Mac ! protesta-t-elle, mais il s'était déjà détourné.

D'une certaine façon, rien de ce qu'elle avait pu faire jusque-là ne l'avait autant déçu.

— *Mac!*

Il entendait Cowboy John traîner les pieds et haleter bruyamment derrière lui.

— Ah, merde. Vous allez vraiment m'obliger à me retaper cet escalier ?

— « Un poitrail large est une disposition heureuse en termes de beauté et de force [...] le cou protégera le cavalier, et l'animal verra bien à ses pieds. »

Elle n'arrivait pas à se rappeler Papa la tenant dans ses bras ; pas comme Nana, qui l'étreignait aussi naturellement qu'elle respirait. Quand elle rentrait de l'école, elle marchait jusqu'au fauteuil de Nana qui la soulevait, l'attirant contre son peignoir en nylon ; elle se rappela son odeur chaude, sucrée et poudrée lui emplissant les narines, ce giron tel un édredon où se lover, source infinie d'amour et de sécurité. Quand Nana disait bonne nuit à Sarah, elle la serrait toujours plus longtemps que nécessaire tout en se réprimandant.

Après la mort de Nana, Sarah, accablée par le chagrin, se blottissait parfois contre Papa qui passait un bras autour de ses épaules et lui donnait de petites tapes. Mais ce n'était pas un geste qui lui venait naturellement, et elle avait toujours l'impression qu'il était soulagé quand elle s'écartait. Sarah avait souffert physiquement du manque de contact humain, douleur ressentie bien avant de comprendre ce qui lui manquait.

Il y avait un an de cela, à peu près, en rentrant plus tôt que d'habitude de l'écurie, elle avait trouvé son grand-père assis dans la cuisine et lui avait demandé ce qu'il était en train de lire. Le livre lui était si familier qu'il n'avait jamais éveillé sa curiosité jusque-là. Et son grand-père, le posant soigneusement sur la table en mélaminé, avait commencé à lui parler d'un homme qui avait le talent d'un poète et la connaissance des champs de bataille d'un général, un des premiers à prôner un partenariat avec le cheval qui ne se fonde pas sur la cruauté et la force. Il lui avait lu quelques passages. Les mots, en faisant abstraction du ton presque ésotérique de leur traduction, auraient pu provenir de n'importe quel manuel d'équitation moderne: « Et donc, chaque fois que vous le persuadez d'adopter les attitudes qu'il adopte naturellement quand il souhaite montrer sa prestance, vous le faites paraître comme s'il prenait plaisir à être monté et lui donnez une apparence noble, féroce et séduisante. »

Elle s'était rapprochée de lui sur le siège.

— Voilà pourquoi je te dis toujours que tu ne dois jamais perdre patience avec un cheval. Tu dois le traiter avec gentillesse, avec respect. Tout est écrit là. Xénophon est le père de l'équitation, avait-il conclu en tapotant son livre.

— Il devait vraiment aimer les chevaux, avait fait remarquer Sarah.

— Non.

Papa avait secoué vivement la tête.

— Mais il dit…

— Ça n'a rien à voir avec l'amour, avait-il insisté. Il n'est pas question une seule fois d'amour dans tout le livre. Il n'est pas sentimental. Tout ce qu'il fait, toute la *douceur** dont il fait preuve, c'est pour tirer le meilleur de l'animal. C'est comme ça que l'homme et le cheval excellent ensemble. Pas avec des bisous-bisous. (Il avait fait une grimace, et Sarah avait ri.) Pas avec toute cette émotion. Il sait que le mieux qui puisse arriver au cheval et à l'homme, c'est de se comprendre, de se respecter.

— J'ai peur de ne pas bien saisir.

— Un cheval ne veut pas être un petit chien, *chérie**. Il ne veut pas être orné de rubans, ni qu'on lui chante des chansons comme le font ces idiotes aux écuries. Un cheval est *dangereux**, puissant. Mais il peut faire preuve de bonne volonté. Tu donnes à un cheval une raison de travailler pour toi, de te protéger, en lui demandant ce qu'il veut faire lui-même, et alors tu réussis une prouesse magnifique.

Il l'avait regardée, essayant de s'assurer qu'elle comprenait. Mais elle s'était sentie déçue. Elle avait voulu croire que Boo l'aimait. Elle voulait qu'il la suive autour de l'écurie pas parce qu'elle allait peut-être lui donner à manger, mais parce qu'il avait besoin d'être avec elle. Elle ne voulait pas penser à lui comme à un moyen pour atteindre une fin.

Papa lui avait tapoté la main.

— Ce que Xénophon préconise est mieux. Il prône le respect, l'attention, la cohérence, la justice et la bonté. Le cheval serait-il plus heureux si Xénophon parlait d'amour ? Non.

Elle avait été déterminée à ne pas se laisser convaincre.

— Certainement, tu vois qu'il y a de l'amour dans ce qu'il fait, avait-il dit, des sillons se creusant au coin de ses yeux. Il y a de l'amour dans ce qu'il… propose. Ce n'est pas parce qu'il n'en parle pas que ce n'est pas là, dans chaque geste. C'est là, Sarah. Dans le moindre petit acte, avait-il affirmé en martelant chaque syllabe.

Elle le voyait à présent, même si elle n'avait pas été capable de comprendre à l'époque. C'était le moment où il avait été le plus près de lui dire combien il l'aimait.

Ils s'étaient reposés un peu une fois sortis de Sittingbourne, Sarah autorisant Boo à brouter les bordures luxuriantes des champs au bout d'une longue rêne, ayant elle-même enfin assez faim pour manger un des sandwichs qu'elle avait emportés. Elle était assise dans un chemin tranquille, sur un sac en plastique pour s'isoler de l'herbe mouillée, et regardait la tête de son cheval se dresser quand un croassement lointain le détournait de son repas, ou, à une occasion, un cerf derrière un taillis.

Sarah avait avancé rapidement en rase campagne, galopant le long de champs labourés, suivant des pistes cavalières dès qu'elle le pouvait, restant sur les accotements pour protéger les jambes de Boo. Tout ce temps, elle garda l'autoroute sur sa droite, le bourdonnement des voitures à portée d'oreilles, sachant ainsi qu'elle ne risquait pas de se perdre. Toute cette verdure avait donné à Boo un regain d'énergie. Il avait rué à plusieurs reprises la première fois qu'elle l'avait laissé parcourir une longue étendue plate, secouant sa grande tête d'excitation, la queue élevée. Elle s'était surprise à rire, le poussant à accélérer bien qu'elle sût qu'elle aurait dû économiser son énergie pour les heures suivantes.

Quand avait-il pu goûter à une telle liberté ? Quand ses yeux s'étaient-ils ainsi remplis d'horizons verdoyants ? Quand ses sabots avaient-ils rencontré un sol aussi tendre ? Quand Sarah avait-elle été libre ? Pendant plusieurs kilomètres glorieux, elle s'autorisa à oublier ce qu'elle laissait derrière elle et à se concentrer uniquement sur le pur plaisir de chevaucher ce magnifique étalon, partageant son ivresse face à leur environnement, comblée par l'idée de cette puissance supérieure acceptant de se confier à elle. Ils volèrent le long des champs, sautant par-dessus de petites haies et des fossés remplis d'eau saumâtre. Boo, gagné par son humeur, accéléra, refusant de ralentir quand ils croisaient des petits chemins, sautant par-dessus à la place, les oreilles tendues, ses longues jambes avalant le sol sous eux.

« Il me semble que, si je deviens cavalier, je serai un homme avec des ailes. »

Elle avait des ailes, comme Xénophon. Elle poussa Boo à accélérer encore, s'étranglant, riant, des larmes s'accumulant au coin de ses yeux avant de couler horizontalement vers ses tempes. Il prit le mors, se détendit et courut, comme les chevaux courent depuis la nuit des temps, par peur, par plaisir, pour la gloire de faire ce qu'ils font. Elle le laissa. Peu importait où il allait. Sarah sentait que son cœur se gonflait, qu'il éclatait. C'était de cela que Papa parlait, pas du temps infini passé à perfectionner un mouvement de jambes de Boo, des cercles, un passage, ou à évaluer attentivement ce qui pouvait être réalisé. Une phrase de Papa ne quittait pas ses pensées : « C'est comme ça que tu t'échappes », lui avait-il dit.

C'est comme ça que tu t'échappes.

— Encore une visite ! Il va être content.

L'infirmière venait de refermer la porte derrière elle quand ils arrivèrent devant la chambre du Capitaine. Elle hésita.

— Il faut que je vous prévienne. Les deux dernières journées ont été difficiles. Le médecin consultant va venir cet après-midi, mais nous pensons qu'il a eu une seconde attaque. Vous allez peut-être trouver difficile de le comprendre.

Mac lut la consternation sur le visage de John. Il avait déjà insisté pour faire une longue pause-cigarette dehors afin de se donner du courage avant l'épreuve qui allait suivre.

— Il a déjà reçu une visite ? demanda Mac. Sa petite-fille est-elle venue ?

— Sa petite-fille ? répéta joyeusement l'infirmière. Non… Un garçon. Il semblait le connaître. Un brave gosse.

Cowboy John ne parut pas entendre ce qu'elle disait. Il secoua légèrement la tête, comme pour reprendre ses esprits, et ils pénétrèrent dans la pièce.

La tête du Capitaine reposait sur l'oreiller ; sa bouche était légèrement ouverte. En quelques jours, il semblait avoir vieilli de dix ans.

Ils s'assirent de chaque côté du lit en prenant garde de ne pas le réveiller. Mac tambourina des doigts sur ses genoux en se demandant s'ils avaient bien fait de venir. John jeta un coup d'œil à son vieil ami, puis examina les photos de

Sarah et Boo, les guirlandes de Noël défraîchies accrochées aux murs autour de lui.

— J'aime bien ces photos, dit-il. C'est bien qu'il les voie.

Ils restèrent assis un moment, aucun des deux n'ayant envie de réveiller le vieil homme pour lui annoncer la nouvelle catastrophique et lui avouer qu'ils avaient tous deux trahi sa confiance de la pire des manières. La respiration du Capitaine était superficielle, comme si elle lui demandait un effort, une pensée après coup d'un corps trop fatigué pour faire beaucoup plus qu'exister. Sa main gauche, forte autrefois, était une serre atrophiée recroquevillée sur son torse à peine couvert par le drap. Ses joues étaient cadavériques, sa peau sèche et translucide, les veines mauves douloureusement visibles. Posé sur la table de chevet près de lui, il y avait un gobelet transparent à moitié rempli de thé au lait, un bec rigide émergeant tout droit de son couvercle.

Mac rompit le silence.

— Nous ne pouvons pas lui dire, John, murmura-t-il.

— Il *faut* lui dire. Elle est sa famille la plus proche et elle a disparu. Il a le droit de nous aider à la retrouver.

Comment les aiderait-il ? voulut demander Mac. De toute façon, la nouvelle allait l'anéantir. Il appuya ses coudes sur ses genoux et laissa pendre sa tête entre ses épaules. Il aurait préféré être n'importe où ailleurs. Il voulait ratisser les rues, questionner les gens. Entrer dans un commissariat pour confesser son échec et son incapacité à être parent. Interroger les amis de Sarah. Une fille et un cheval ne pouvaient tout de même pas se volatiliser. Quelqu'un devait l'avoir vue.

— Eh… Eh, Capitaine.

Mac leva les yeux. Cowboy John souriait.

— Comment ça va, espèce de fils de ? T'en avais pas marre de faire la grasse matinée ?

Le Capitaine tourna lentement la tête vers lui, ce qui lui coûta visiblement un effort surhumain.

— Tu veux quelque chose ? (John se pencha en avant.) De l'eau ? Un truc plus fort ? J'ai du Jimmy Beam dans ma poche, révéla-t-il avec un grand sourire.

Le Capitaine cligna des paupières. Peut-être pour manifester son amusement. Peut-être seulement par réflexe.

— Y paraît que ça va pas fort.

Le vieil homme le regarda fixement.

Mac s'aperçut que même John hésitait : il se tourna vers Mac, puis de nouveau vers le vieil homme.

— Capitaine, je… j'ai quelque chose à te dire. (Il avala sa salive.) Y faut que je te dise… Ta Sarah, elle a fait quelque chose d'un peu fou.

Les yeux bleu pâle du vieil homme ne le lâchaient pas, mais il ne cillait plus.

— Elle a filé avec le cheval. Et… Et peut-être bien que quand je vais arriver à l'écurie tout à l'heure elle sera rentrée et nous attendra. Mais y faut que je te dise… (Il prit une profonde inspiration.) Je crois qu'elle l'a pris et qu'elle est partie pour de bon.

Derrière lui, Sarah souriait en noir et blanc, penchée sur l'encolure de son cheval, une mèche de cheveux tombant devant sa bouche.

— Nous ne voulions pas vous inquiéter, poursuivit Mac. Et sachez qu'elle était bien chez nous. Vraiment. Elle était contente, enfin aussi contente qu'elle pouvait l'être sans vous. Elle ne nous a donné aucune raison de nous inquiéter. Mais ce matin je suis entré dans sa chambre, et il n'y avait plus votre livre ni son sac à dos, et quand j'ai regardé dans la salle de bains…

— Mac, l'interrompit John.

— … sa brosse à dents n'était plus là. Et peut-être que John a raison, qu'elle est là-bas à rire en pensant à nous, mais je me demandais si vous pouviez penser à un endroit où elle aurait pu aller, si…

— Mac, fermez-la.

Il se tut.

John désigna le vieillard du menton.

— Il essaie de parler, ajouta-t-il avant de se pencher, ôtant son chapeau de façon à approcher l'oreille de la bouche du vieil homme.

Ses yeux rencontrèrent ceux de Mac.

— Non ? dit-il, perplexe.

Mac se pencha à son tour, essayant de faire abstraction du bourdonnement des machines et des discussions des infirmières dans le couloir pour entendre le chuchotement voilé. Il se redressa.

— « Je sais », répéta-t-il.

Il s'aperçut que cette révélation laissait le vieil homme parfaitement indifférent. Son visage n'exprimait absolument aucune angoisse. Le regard de Mac croisa celui de John.

— Il dit qu'il *sait*.

Chapitre 19

« Un cheval désobéissant n'est pas seulement inutile, il risque fort de vous trahir. »

Xénophon, *De l'art équestre.*

La pluie s'était mise à tomber en milieu d'après-midi. Au début, ce ne furent que quelques gouttes éparses, mais les précipitations s'intensifièrent. Le ciel était devenu si noir que Sarah commença à s'inquiéter. Ce fut comme si la nuit était tombée en l'espace de quelques minutes : aucune transition progressive vers l'obscurité, pas de soleil couchant et de dégradé pastel, juste la lumière un moment et puis, soudain, le noir et les trombes d'eau.

La voiture fit une embardée et s'arrêta net devant elle. Sarah retint Boo, effrayée, mais l'homme sortit la tête par sa fenêtre.

— Espèce d'idiote ! Tu devrais porter une bande réfléchissante ! cria-t-il. J'aurais pu vous percuter, tous les deux.

Quand elle ouvrit la bouche pour parler, sa voix était rauque, tendue sous l'effet de la peur.

— Je suis désolée, s'excusa-t-elle. Je l'ai oubliée.

— Alors va sur la route principale, dit-il, au moins on te verra, nom de nom !

Il faisait nuit à présent. Cela faisait presque une heure qu'il pleuvait sans discontinuer, et Boo, son entrain anéanti par les kilomètres supplémentaires, alternait pas et trot comme au ralenti, la tête aussi basse que possible, la crinière collée à l'encolure. Sarah essaya de l'encourager, mais elle souffrait aussi. Les bretelles de son sac à dos, bourré d'affaires dont elle avait estimé ne pas pouvoir se séparer, lui sciaient les épaules depuis dix kilomètres. Elle changeait de position régulièrement, s'efforçant de trouver une posture confortable, sans succès. La selle mouillée avait noirci, et, malgré son blouson imperméable, son jean était trempé. Elle savait que si elle devait monter plus longtemps, le tissu rêche et mouillé irriterait sa peau glacée. Enfin, elle aperçut les lumières de la ville. Ils se reposeraient bientôt, lui promit-elle.

Quand elle rejoignit la quatre-voies, la circulation était intense. Elle resta au bord, faisant abstraction de l'éclat des phares, du rugissement assourdissant des voitures, doublant les camions alignés sur la bande d'arrêt d'urgence qui stationnaient le long de la dernière portion de voie rapide. Elle dépassa des cabines de poids lourds dont les rideaux tirés suggéraient des conducteurs endormis, d'autres où de petits postes de télévision projetaient des ombres dans des habitacles ornés de chintz et de guirlandes. Elle vit des camions tchèques, des camions polonais, des photos de famille et des affiches de femmes nues, des écriteaux peints à la main sur lesquels figuraient des avertissements comme « Ce camion est régulièrement surveillé » ou « Les immigrés illégaux seront poursuivis ». Deux conducteurs l'aperçurent. L'un d'eux lui cria quelque chose qu'elle n'entendit pas.

Boo était trop épuisé pour être perturbé par cet environnement chaotique. Sarah avait commencé à le sentir faiblir, ses jambes mises à mal par la distance parcourue. Et puis il apparut, le gigantesque panneau au-dessus de la route. L'adolescente se redressa légèrement sur sa selle, raffermit sa prise sur les rênes. Comme ils franchissaient le sommet de la colline, elle aperçut les ferries alignés dans le port avec leurs fenêtres illuminées, les boucles élégantes des autoponts qui descendaient vers eux.

Plus que trois kilomètres. Sentant poindre en elle quelque chose qui ressemblait à de l'excitation, elle fit glisser sa main sur l'encolure de son cheval épuisé, le suppliant d'aller encore un peu plus loin.

— Tu peux y arriver, murmura-t-elle. Emmène-nous jusque-là. Je te promets que je ne te quitterai plus jamais.

— Veuillez décliner vos nom et prénoms à la cour.

— Constance Devlin.

— Ainsi que votre profession, s'il vous plaît.

— Je suis enseignante à la Norbridge School. Je suis responsable des élèves de quatrième année, poste que j'occupe depuis onze ans.

Elle s'interrompit pour boire de l'eau, levant les yeux vers la lucarne sur laquelle tambourinait la pluie.

— Mademoiselle Devlin, depuis quand connaissez-vous Lucy Persey ?

— Eh bien, c'est une petite école. Je la connais depuis qu'elle a commencé en première année, et je l'ai eue dans ma classe l'année dernière. Je donne également des cours particuliers en langues, et Lucy a été mon élève pendant presque deux ans.

— Pourriez-vous parler un peu plus fort ? demanda le juge. J'ai du mal à vous entendre.

La femme rougit. Natasha lui adressa un sourire rassurant. Hors de la salle d'audience, Constance Devlin s'était révélée un témoin particulièrement nerveux. Se trouver mêlée à ce procès ne l'enchantait guère. Elle l'avait répété à plusieurs reprises à Natasha. Ce n'était pas son travail. Elle n'avait jamais mis les pieds au tribunal, et elle était presque sûre que l'école n'approuvait pas son implication dans une affaire de divorce. Natasha l'avait cernée en un rien de temps : vieille fille, à l'aise uniquement dans son monde peuplé de jeunes filles bien élevées dans un établissement scolaire sélect. Elle devait être entièrement dévouée à son travail et du genre à fondre en larmes si la salle des profs n'avait pas été ravitaillée en petits gâteaux.

— Je souhaiterais vraiment que vous me posiez le moins de questions possible, avait-elle déclaré fermement, sa détermination démentie par les tremblements qui agitaient ses mains.

— Diriez-vous que vous connaissez bien vos élèves, mademoiselle Devlin ?

Natasha s'adressait à elle d'une voix aussi douce que possible.

— Oui. Probablement mieux que la plupart des professeurs. (Elle regarda le juge en tordant nerveusement un mouchoir entre ses doigts dodus.) Nous avons des classes à effectifs réduits. C'est une bonne petite école…

— Et depuis que vous la connaissez, comment trouvez-vous Lucy Persey ?

Constance Devlin réfléchit un instant.

— Eh bien, elle n'a jamais été très communicative, dirions-nous. Même en première année, elle était déjà un peu timide. Mais ça a toujours été une enfant joyeuse. Elle est intelligente. Elle s'en sort bien en mathématiques, et est en avance en lecture et écriture. (Elle esquissa un petit sourire en pensant à son élève. Puis elle se rembrunit.) Néanmoins, l'année dernière… ses résultats ont un peu baissé.

— Baissé ?

— Oui, ses notes ont chuté. Elle a eu des difficultés à l'école.

— Avez-vous remarqué un changement dans son comportement ?

— Elle est – d'après moi – devenue de plus en plus réservée.

Ben pénétra dans la salle et s'assit silencieusement derrière Natasha. Elle s'était à moitié attendue à un message, mais au lieu de ça il lui tendit un dossier contenant des bulletins scolaires, et son esprit dériva. Mac devait être à l'hôpital à présent. S'il avait retrouvé Sarah, l'appellerait-il pour la prévenir?

—Il est noté ici, mademoiselle Devlin, que Lucy a beaucoup manqué l'école.

—Elle a effectivement été absente en plusieurs occasions, oui.

—Quinze jours d'absence par trimestre en moyenne. Ses parents étaient-ils au courant?

—Je l'ai supposé. En général, nous communiquions avec Mme Persey.

—En général, vous communiquiez avec Mme Persey. (Natasha laissa cette phrase un instant en suspens. Plus loin sur le banc, elle vit M. Persey chuchoter quelque chose d'un ton pressant à son avocat.) Et comment Mme Persey a-t-elle justifié les absences de sa fille à cette époque?

—Ce n'était jamais des motifs très précis. Elle disait que Lucy ne se sentait pas bien. Qu'elle avait mal à la tête. Il est arrivé parfois qu'elle ne donne pas d'explication.

—Et l'école a-t-elle émis des hypothèses au sujet de ces absences?

—Nous étions un peu préoccupés par leur fréquence. Ainsi que par… le changement de comportement de Lucy.

—Vous faites allusion à son attitude davantage renfermée et à la baisse de ses notes?

—Oui.

—Mademoiselle Devlin, depuis combien de temps enseignez-vous?

La respiration de la femme s'était calmée, et elle haussa légèrement la voix.

—Vingt-quatre ans, répondit-elle en jetant un regard circulaire dans la salle.

Natasha lui adressa un nouveau sourire d'encouragement.

— Forte de votre expérience, quand un changement s'opère chez un enfant, en termes de caractère et de résultats scolaires, associé à des absences répétées, que concluez-vous ?

— Objection. (Simpson avait bondi sur ses pieds.) Vous demandez au témoin d'extrapoler.

— Je crois que l'expérience de Mlle Devlin dans ce domaine est valable, monsieur le président.

— Veuillez reformuler votre question, maître.

— Mademoiselle Devlin, d'après votre expérience, de tels changements dans le comportement d'un enfant pourraient-ils suggérer des problèmes à la maison ?

— Objection, monsieur le président.

— Asseyez-vous, maître Simpson. Veuillez reformuler votre question, maître Macauley.

— Dans le cas de problèmes à la maison, mademoiselle Devlin, quels seraient selon vous les changements de comportement les plus courants observés à l'école ?

— Eh bien… (Mlle Devlin lança un coup d'œil gêné à M. Persey.)… je dirais des résultats médiocres… peut-être une attitude soit réservée, soit indisciplinée au contraire. L'une ou l'autre.

— Et, au cours de votre carrière, avez-vous connu beaucoup d'élèves vivant des moments difficiles chez eux ?

— Oh, oui, dit-elle d'un ton un peu las. Je crains que fréquenter une école privée n'épargne pas aux enfants les perturbations familiales.

— Mademoiselle Devlin. Si quelque chose de vraiment grave s'était produit chez elle – si, disons, Lucy avait subi un traumatisme plus sérieux que celui du divorce –, seriez-vous capable de le détecter ?

Un long silence s'installa. Si long que le juge interrompit sa prise de notes et tapota de la pointe de son stylo sur son bureau, impatient. En attendant que la femme rassemble ses pensées, Natasha griffonna un message à l'intention de Ben.

« Mac a-t-il téléphoné ? »

Il secoua la tête.

— Mademoiselle Devlin ? lança le juge. Avez-vous entendu la question ?

— Oui, répondit-elle d'une voix calme et posée. Je l'ai entendue, et la réponse est que je l'ignore.

Merde, pensa Natasha.

Mlle Devlin posa ses mains sur le bois devant elle.

— Je sais seulement que quand un enfant se tait, c'est qu'il souffre. Tout, chez Lucy – son silence, son manque d'enthousiasme pour des activités qui la rendaient heureuse autrefois, sa réserve vis-à-vis de ses amies –, me dit qu'elle est en souffrance. (Elle prit une profonde inspiration.) Mais je ne sais pas exactement ce qui fait souffrir les enfants comme Lucy, parce qu'ils ne nous font pas assez confiance pour se confier à nous. Ils ne parlent pas à leurs professeurs, et ils ne parlent pas non plus à leurs parents parce qu'ils redoutent qu'ils ne s'énervent en les entendant dire quelque chose qu'ils ne veulent pas entendre. Donc, non, maître, ils ne nous disent rien, parce que la plupart du temps personne ne les écoute de toute façon.

Le silence s'était fait dans la salle. L'enseignante s'adressait directement aux parents à présent, le visage rouge, la voix de plus en plus forte, de plus en plus pressante.

— Vous savez, je vois ça depuis des années. J'ai vu les mondes de ces enfants s'écrouler, leurs existences se dissoudre sans qu'ils aient leur mot à dire. Ils ne peuvent décider ni où ils vivent, ni avec qui ils passent leur temps, ni qui sont leur nouvelle maman ou leur nouveau papa – ni même leur nouveau nom de famille –, et nous, les enseignants, les supposés modèles, nous sommes censés leur dire que tout va bien, que c'est la vie, qu'il ne leur reste plus qu'à s'adapter. Oh, et nous assurer que leurs résultats ne baissent pas.

— Mademoiselle Devlin…, commença le juge.

C'était comme si une digue s'était rompue.

—Mais ce n'est pas vrai. C'est une trahison. C'est une trahison, et personne ne dit rien parce que… eh bien, parce que la vie est dure, et que parfois ces enfants doivent en faire l'apprentissage, n'est-ce pas ? C'est juste *la vie*. Mais si vous pouviez voir les choses depuis mon point de vue, ces enfants perdus – ces enfants *perdus* – errant de-ci, de-là, solitaires à un point que vous n'imaginez pas, tout ce potentiel gâché… Eh bien, franchement, que cette enfant ait été battue ou pas ne fait aucune différence à mes yeux. (Elle se passa une main charnue sur le visage.) Oh, oui, je sais ce que vous me demandez, maître. Oui, c'est bien ce que j'ai dit : que pour moi ça ne fait aucune différence. Et le fait que je me tienne là à répondre à des questions visant à déterminer à quel point cette enfant est en souffrance et qui est responsable, dans le but de décider qui mérite de gagner le plus dans cette affreuse mascarade matrimoniale, fait de moi une complice.

Mme Persey se tenait assise dans un silence glacial ; un peu plus loin sur le banc, son mari chuchotait furieusement à l'adresse de son avocat plaidant :

—Je refuse d'écouter des âneries pareilles ! Cette femme est clairement hystérique.

—Mademoiselle Devlin…, se hasarda Natasha, mais la main levée du témoin l'arrêta.

—Non, répliqua fermement celle-ci. Vous m'avez demandé de participer à ce procès, alors je vais vous dire le fond de ma pensée. Oh, oui, ils survivront, enchaîna-t-elle, sarcastique, en hochant la tête. Comme vous vous le dites sans aucun doute, ils grandiront un peu plus vite que les autres et finiront un peu plus sages. Mais vous savez quoi ? Ils ne feront plus jamais confiance à personne. Ils deviendront un peu plus cyniques. Ils passeront leur existence à attendre que tout s'écroule une fois de plus.

» Parce que rares – *rares* – sont les adultes capables de contenir leur propre souffrance pour donner à l'enfant le soutien et la compréhension dont il a besoin. D'après mon expérience, la plupart des parents n'ont ni le temps ni l'énergie de s'en assurer. Peut-être sont-ils trop égoïstes. Mais qu'est-ce que j'en sais ? Je n'ai pas d'enfants. Je ne suis même pas mariée. Je ne suis qu'une de ces malheureuses personnes payées pour recoller les morceaux.

Elle se tut. Le silence régnait dans la salle. Tout le monde attendait. Le greffier, qui tapait jusque-là à une certaine vitesse, s'interrompit, dans l'expectative. Mais Mlle Devlin prit une profonde inspiration et, quand apparemment elle se fut maîtrisée, elle se tourna vers le juge.

— Puis-je partir, je vous prie ? J'aimerais m'en aller maintenant.

Le juge parut complètement déconcerté. Il jeta un coup d'œil à Natasha, qui hocha la tête en silence, vaguement consciente que Simpson faisait de même.

Mlle Devlin prit son sac et marcha avec détermination vers la porte. En passant devant le banc où étaient assis les Persey, elle s'arrêta. Elle avait les oreilles rouges et la voix tremblante :

— Vous n'imaginez pas avec quelle facilité Lucy pourrait emprunter la mauvaise voie, dit-elle doucement. Tout ce que vous avez à faire, c'est cesser d'écouter.

Debout, parfaitement immobile, Natasha regarda la petite silhouette soigneusement vêtue disparaître derrière le lourd battant. Elle entendit un murmure mécontent sur sa droite. Soudain, la scène lui apparut comme vue par un spectateur, cadrée ainsi que Mac aurait pu le faire : les parents pour une fois unis dans la haine d'un ennemi commun ; son assistant hilare, secrètement ravi de la tournure inattendue prise par les événements ; le juge en conciliabule avec le greffier. Alors elle commença à retirer les épingles de sa perruque.

— Monsieur le président, lança-t-elle. J'aimerais demander un ajournement d'audience.

— Tu veux quoi ?

Elle se tenait devant le guichet des passagers à pied, sa veste dégoulinant sur le sol de l'énorme Portakabin. Elle avait ôté sa bombe, mais la vue d'une jeune fille en bottes et jean trempé ne pouvait qu'attirer l'attention. Elle sentit les regards brûlants des autres passagers dans son dos.

— Un billet, dit-elle doucement. Pour une personne et un cheval.

— Tu plaisantes ?

Le gros homme regarda derrière elle les gens dans la queue, cherchant une confirmation. « Vous voyez ce que nous avons là ? », semblait-il dire.

— Je sais que vous prenez les chevaux. Ils traversent tout le temps la Manche. (Sarah brandit le passeport de Boo.) Mon cheval vient de France.

— Et comment crois-tu qu'il est venu ici ?

— Sur un bateau.

— C'est lui qui ramait ?

Quelques rires indistincts retentirent derrière elle.

— Sur un ferry. Je sais qu'ils font tout le temps la traversée. Écoutez, j'ai de l'argent. Et nous avons tous les deux un passeport. J'ai seulement besoin de…

D'un geste, l'homme appela à la rescousse une collègue assise non loin de lui derrière la grande plaque de verre. La femme, vêtue du même uniforme, se leva et s'approcha du guichet. D'un coup d'œil, elle enregistra l'allure dépenaillée de Sarah, le passeport dans sa main.

— Tu ne peux pas embarquer un cheval avec les passagers sans véhicule, dit la femme quand l'homme lui eut expliqué la situation.

— Je sais bien. (L'anxiété avait durci sa voix.) Je ne suis pas stupide. Je veux juste savoir comment je dois faire pour lui acheter un billet.

— Il doit traverser avec un transporteur. Il faut que tu t'adresses à une entreprise spécialisée, et qu'il ait un certificat établi par un vétérinaire. Le transport de bétail est réglementé par le département de l'Environnement.

— Ce n'est pas du bétail. C'est un selle français.

— Il pourrait s'agir d'un pékinois, je m'en fiche. La traversée de la Manche par les animaux est strictement contrôlée, et à moins que tu n'arrives à me convaincre que deux de ses jambes sont en fait des bras, ça vaut pour lui.

— Pouvez-vous m'aider ? Pouvez-vous me dire où trouver une de ces compagnies ? C'est vraiment urgent.

La pièce humide saturée de lumière se refermait sur elle. Elle avait attaché Boo à la rampe blanche dehors et, par la fenêtre, elle pouvait le voir qui l'attendait debout docilement, malgré le petit attroupement qui s'était formé autour de lui, les enfants dans les bras de leurs parents tendant les mains pour le toucher.

— Il faut que je traverse ce soir, ajouta-t-elle, et sa voix se brisa.

— C'est tout à fait impossible. Pas sans papiers. Nous ne pouvons pas embarquer un cheval sur un ferry transportant des gens comme ça.

Quelqu'un émit un claquement de langue impatient. Sarah se sentit soudain épuisée. Des larmes lui piquaient les yeux. C'était inutile. Leur ton était définitif. Sans un mot de plus, elle tourna les talons et marcha vers la porte.

— Elle croit quoi, celle-là ? Que c'est l'arche de Noé ?

En sortant, elle les entendit rire. Dehors, la brise glaciale sembla vouloir l'arracher au sol.

Elle détacha Boo. Un transporteur ? Des papiers ? Comment était-elle censée savoir tout ça ? Elle regarda plus loin le ferry à quai. La rampe était descendue, et des véhicules comblaient lentement l'espace entre la terre et le bateau, guidés dans les files étroites par des hommes dotés de gilets jaune fluo. Elle n'avait aucune chance de faire passer Boo en douce. Aucune. Un gros sanglot contenu s'ouvrit un chemin dans sa poitrine. Comment avait-elle pu être aussi stupide ?

Un monsieur s'approcha d'elle. Il examina Boo de haut en bas avec le regard bienveillant et avisé du connaisseur.

— Est-ce que tu participes à une de ces courses solidaires ?

— Non. Oui, répondit-elle en s'essuyant les yeux. Oui, je suis inscrite à une course solidaire. Il faut que j'aille en France.

— Je t'ai entendue à l'intérieur. Toi, ce qu'il te faut, c'est une stabulation.

— Une stabulation ?

— C'est comme un hôtel pour les chevaux. Il y en a une à six kilomètres environ sur cette route. Ils pourront t'aider. Tiens. (Il griffonna un nom sur une carte de visite et la lui tendit.) Retourne au rond-point, prends la troisième sortie, et continue sur cinq ou six kilomètres. C'est un peu rudimentaire, mais c'est propre et ça ne te coûtera pas trop cher. De toute façon, ça ne fera pas de mal à ton cheval de se reposer.

Elle baissa les yeux sur la carte. « Willett's Farm », avait-il écrit.

— Merci ! cria-t-elle.

Mais l'homme avait déjà disparu, et sa voix fut emportée par la brise marine.

Natasha se laissa aller contre le dossier de sa chaise en faisant passer le cheval d'argent d'une main à l'autre. Le pendentif s'était un peu terni. Elle le frotta et regarda la tache grise qui maculait ses doigts.

Richard, l'associé principal, s'entretenait avec un client. Du fait de sa voix tonitruante et de l'acoustique délabrée du vieux bâtiment, leur conversation résonnait dans le couloir comme s'il s'était trouvé dans le bureau adjacent. Il riait à présent, et son mugissement chaleureux se répandit dans tout l'étage. Natasha se demanda brièvement ce que Linda avait entendu de ses propres conversations ces dernières années : rendez-vous de contrôles techniques, rendez-vous chez le gynécologue annulés, protestations bredouillées jalonnant sa crise conjugale... Elle n'avait jamais soupçonné qu'on puisse entendre si distinctement ses conversations.

Il était 15 h 45.

Les dossiers devant elle étaient impeccablement empilés et étiquetés. Elle posa précautionneusement le petit cheval sur le dessus. À sa façon, Sarah n'était pas différente d'Ali Ahmadi. Elle avait vu une opportunité et l'avait saisie : la voie de tous les enfants obligés dès leur plus jeune âge de ne compter que sur eux-mêmes. Son comportement, quoique imprévisible, n'était pas inexplicable.

Bien que Natasha fût en colère, elle savait qu'elle ne pouvait blâmer l'adolescente. Natasha ne pouvait s'en prendre qu'à elle-même d'avoir pensé qu'elle pourrait intégrer Sarah dans sa vie sans que cela lui coûte ni perturbe son existence soigneusement organisée. Et, comme avec Ali Ahmadi, elle avait été remboursée au centuple.

Elle avait mis à peu près vingt minutes à persuader Mme Persey que Richard était la personne indiquée pour reprendre l'affaire.

— Mais c'est vous que je veux, avait protesté sa cliente. Vous connaissez mon mari. Vous m'aviez dit que vous seriez là.

— Nous avons mandaté Michael Harrington pour une bonne raison. Il est le meilleur, le plus coriace dans ce domaine. Croyez-moi, madame Persey, mon absence ne vous sera en rien préjudiciable. Avec un peu de chance, je serai de retour dans un jour ou deux, et Richard est parfaitement informé et prêt à prendre le relais.

Elle avait été obligée de proposer une réduction d'honoraires pour compenser cet « inconvénient », laquelle, comme l'avait précisé laconiquement Richard, n'affecterait que la rémunération de Natasha. Celle-ci doutait que, qu'ils appliquent ou non la réduction, Mme Persey s'en rende compte au moment de régler la dernière facture ; en tout cas, elle remarquerait certainement moins la différence que Natasha, mais c'était le genre de femme qui avait besoin de sentir que tout échange lui rapportait quelque chose. S'il fallait en passer par là pour retenir le client, avait déclaré Richard, il n'y avait pas à hésiter. Son petit grognement contrarié quand elle avait invoqué une « urgence familiale » avait provoqué chez elle une soudaine compassion pour ses collègues qui avaient des enfants.

— Natasha ? C'est une plaisanterie ?

Conor entra sans frapper dans son bureau. Elle s'était doutée qu'il apparaîtrait.

— Pas du tout, répondit-elle en fouillant dans un tiroir en quête de ses clés. Oui, je passe la main pour le dossier Persey, et oui, tout le monde survivra sans moi un jour ou deux. Si tout va bien, je serai peut-être même de retour demain.

— Tu ne peux pas tout lâcher comme ça, bon sang ! C'est énorme, Natasha. La presse en parle.

— Richard sera aux manettes pendant mon absence. Elle a Harrington pour l'arrangement financier, et après la séance d'aujourd'hui je serais très surprise qu'ils ne se mettent pas d'accord pour les questions de garde. La petite demoiselle Devlin, pas si effacée, finalement, nous a peut-être rendu un grand service.

Conor se tenait de l'autre côté de son bureau, les paumes à plat dessus.

— Mme Persey te veut *toi*. Tu ne peux pas lui servir de baby-sitter pendant toute la préparation et l'abandonner en plein milieu du procès.

— J'en ai déjà discuté avec elle. Je n'ai pas d'autres témoins, et je peux laisser Harrington prendre la suite.

Comme il commençait à secouer la tête, elle poursuivit, furieuse :

— Conor, ni l'un ni l'autre ne se préoccupe vraiment du bien-être de Lucy. Dans ce procès, il n'est question que de remporter le plus d'argent et de marquer des points. C'est d'ailleurs le cas de la plupart des divorces, tu es bien placé pour le savoir.

— Mais où vas-tu ? demanda Conor.

— Je n'en suis pas sûre.

— Tu n'en es pas *sûre* ?

Linda venait d'entrer, une tasse de thé à la main, Ben sur les talons.

— Voilà qui est intéressant, murmura-t-elle.

— Urgence familiale, dit Natasha en fermant son attaché-case.

Conor la regarda fixement.

— La fille. Je croyais que les services sociaux devaient la récupérer. Quelqu'un d'autre était censé s'en occuper…

D'un regard, elle lui intima de se taire. Il avait éveillé la curiosité de Ben et Linda.

— Laisse Mac s'en charger.

— Impossible.

— Mac ? répéta Linda qui ne faisait même plus semblant de ne pas écouter. Ton ex ? Qu'est-ce qu'il vient faire là-dedans ?

Natasha l'ignora.

— Mac ne sait pas par où commencer, dit-elle. Il n'y arrivera pas tout seul.

— Bien sûr. Et, comme d'habitude, il faut tout lâcher pour Mac, après tout.

— Ça n'a rien à voir.

— Alors laisse la police s'en occuper !

Linda posa la tasse sur le bureau.

— Est-ce que je peux être utile ? demanda-t-elle.

Natasha ne répondit pas.

— Natasha, laisse-moi te prévenir : si tu abandonnes ce dossier maintenant, en ce qui concerne ce cabinet, c'est un vrai suicide professionnel, siffla Conor, la mâchoire serrée.

— Je n'ai pas le choix.

— Arrête de dramatiser.

— « Suicide professionnel » ? Qui de nous deux dramatise, là ?

— Natasha. C'est le divorce Persey dont nous parlons. Tu as mandaté Michael Harrington. L'issue de ce procès pourrait être déterminante pour ta promotion. Il pourrait faire la réputation de ce cabinet. Tu ne peux pas tout laisser tomber pour courir après je ne sais quelle gamine paumée, qui, soit dit en passant, t'a probablement manipulée dès le départ pour te convaincre de l'héberger.

Natasha se leva et marcha jusqu'à la fenêtre.

— Lin, Ben, vous voulez bien nous laisser une minute ?

Elle attendit qu'ils soient sortis pour poursuivre, tout en les soupçonnant d'écouter à la porte.

— Conor, je…, souffla-t-elle.

— Ne l'as-tu pas surprise en train de voler ? Et tu as toujours eu un doute à son sujet, depuis le premier jour.

— Tu ne connais pas toute l'histoire, Conor.

— Je me demande bien pourquoi.

— D'accord. Qu'est-ce que tu ferais s'il s'agissait d'un de tes enfants ?

— Mais *elle* n'est pas un de *tes* enfants. C'est justement ça, le problème, bon sang !

— Je suis légalement responsable d'elle. Elle a quatorze ans.

— Et, pas plus tard que ce matin, tu pestais parce que tu la soupçonnes d'avoir volé ta carte bleue.

— Le fait qu'elle vole ne me décharge pas de ma responsabilité.

— Mais est-ce qu'une petite voleuse mérite que tu mettes ta carrière en péril ? Natasha, il y a à peine quelques semaines, tu t'inquiétais de ce que ce gamin ruine ton avenir professionnel avec ses histoires de kilomètres, et aujourd'hui tu t'apprêtes à tout foutre en l'air pour une merdeuse que tu ne représentes même pas !

Elle entendit ses mots en se mettant à la place de ces enfants : *merdeuse, voleuse*, les condamnant. Elle attrapa son manteau.

— Écoute, dit-il. Je suis désolé. Je ne le pensais pas. J'essaie seulement de te protéger.

— Mais ce n'est pas de me protéger qu'il s'agit, n'est-ce pas, Conor ? Ni de protéger ma carrière.

— Qu'est-ce que tu sous-entends ?

— Ton problème, en fait, c'est Mac. Tu ne supportes pas que j'aie accueilli cette gamine avec lui, et que, maintenant qu'elle a disparu, on doive agir ensemble.

— Oh, bon sang, mais écoute-toi !

— Alors ?

— Je suis associé de ce cabinet, Natasha. Si tu disparais en plein milieu de ce procès, nous ne perdons pas seulement de l'argent : notre réputation en prend un sacré coup. Et comment crois-tu que nous arriverons à convaincre un avocat plaidant décent pour la prochaine grosse affaire, s'ils pensent tous que nous allons les planter en cours de route ?

— Qui a besoin de savoir ? Je serai peut-être de retour demain. Et j'expliquerai la situation à Harrington. Il comprendra.

— Non, trop, c'est trop. Tu vas *tout* foutre en l'air (il insista lourdement sur le mot) pour une gosse que tu n'apprécies même pas et un ex-mari qui a fait de ta vie un enfer. Eh bien, bonne chance, lâcha-t-il d'une voix glaciale. J'espère que ça en valait la peine.

L'immeuble n'avait jamais compté parmi les plus solides de la ville, mais cette fois le choc de la porte s'écrasant sur le chambranle suffit à faire tomber plusieurs livres de leur étagère.

Boo l'entendit avant elle. Il avait été si fatigué sur les derniers cinq cents mètres qu'elle avait failli pleurer de culpabilité à chaque pas. Il traînait chaque sabot, tête basse, la suppliant de chacun de ses muscles réticents de le laisser s'arrêter. Mais elle n'avait pas eu le choix : le corps douloureux, les os endormis par la fatigue, elle l'avait poussé à continuer. Enfin, quand elle avait vu le panneau indiquant Willett's Farm à un demi-kilomètre, elle avait mis pied à terre et avait marché pour lui accorder un peu de répit, des larmes d'épuisement se mêlant à la pluie qui dégoulinait sur son menton.

C'est alors qu'ils l'avaient entendu, porté par une bourrasque : un fracas distant, un grognement et un cri perçant ; des voix d'hommes retentirent, puis se turent comme le vent changeait de direction. Boo sembla avoir reçu une décharge électrique. Il dressa la tête, oubliant sa fatigue, et il s'immobilisa, en alerte. Les chevaux sont des animaux cyniques, lui avait dit Papa un jour. Ils s'attendent toujours au pire. Boo, aussi courageux fût-il, commença à trembler, et tandis qu'elle tendait l'oreille pour comprendre ce qui le mettait dans cet état, elle dut retenir un frisson. Le son, quoique faible, laissait présager quelque chose de terrible.

Ils avancèrent, Boo de la démarche délicate et hébétée d'une créature effrayée de découvrir un spectacle épouvantable sans pouvoir néanmoins s'empêcher de regarder : la version chevaline de la jolie fille en robe de soirée dans un film d'horreur.

Ils restèrent à l'entrée et regardèrent fixement la scène qui se déroulait devant eux. Un énorme poids lourd était garé au milieu d'une cour, l'arrière illuminé tourné dans leur direction, ses feux rouges trop vifs dans l'obscurité. Une femme portant un blouson matelassé hésitait au bord de la rampe, les mains plaquées sur le visage, pendant qu'à l'intérieur deux hommes luttaient pour contenir un cheval qui semblait étrangement entravé, sa croupe abaissée de force, son avant-main hors de vue. Une cloison s'était apparemment effondrée en travers de son corps, et les deux hommes, gesticulant et criant, essayaient de le libérer.

Il y avait du sang partout. Il recouvrait le sol, avait éclaboussé les cloisons métalliques du camion ; il volait vers Sarah sous forme de brume fine, si bien qu'elle sentait sur ses lèvres un léger goût métallique. Boo renâcla et recula, effrayé.

— Je n'arrive pas à l'arrêter. Il me faut une autre bande, Bob.

Un des deux hommes était agenouillé au niveau de l'encolure de l'animal et lui injecta un produit avant de jeter la seringue plus loin. Ses bras étaient écarlates, son visage barbouillé de rouge. Les jambes du cheval s'agitaient convulsivement, et l'homme plus trapu qui se tenait au niveau du dos de la bête jura quand un coup de sabot l'atteignit au genou.

— Le véto arrive, cria la femme, mais ça va lui prendre quelques minutes. Il est chez Jake.

Elle monta dans le camion et essaya de tirer la cloison loin du cheval.

— Nous n'avons pas quelques minutes.

— Est-ce que je peux faire quelque chose ?

La femme se retourna. Son regard balaya Boo, la bombe de Sarah : des symboles sténographiques de son utilité éventuelle. D'un mouvement de la tête, elle désigna un box.

— Mets-le là-dedans, mon chou, et aide-moi à soulever ça.

— Elle n'est pas assurée, Jackie, grogna l'homme le plus âgé tout en se débattant avec un boulon par terre.

— Nous n'arriverons pas à le dégager autrement, dit l'homme à l'arrière avec un fort accent irlandais. Bon sang, mon gars, comment as-tu fait pour te mettre dans un tel pétrin ? (Sa tête disparut derrière la cloison.) Ce calmant ne fait aucun effet. T'aurais pas une autre seringue, Jackie ?

Sarah poussa Boo dans le box et retourna au camion en courant.

— Il y a un petit placard dans le bureau, là ! aboya la femme à son intention. Il est ouvert. Trouve le flacon sur lequel il est écrit... Ah, merde, comment ça s'appelle, déjà ? Romifidine ! Et une seringue... Et rapporte tout, d'accord ?

L'adolescente repartit à toutes jambes, portée par l'atmosphère de catastrophe, et le fracas des coups de sabot qui retentissaient encore dans le camion. Elle fouilla fébrilement le contenu du petit placard jusqu'à ce qu'elle repère un flacon de couleur claire et une seringue enveloppée dans du plastique. Quand elle arriva, les mains de la femme étaient déjà tendues hors du camion.

— Ah, bon sang, Jackie, je crois qu'il l'a arraché ! lança une voix désespérée à l'intérieur.

Du sang gouttait des tapis en caoutchouc sur les pavés de la cour. Sarah le regarda se répandre en flaques ovales huileuses autour des pavés.

— Donne-lui quand même le sédatif. Si c'est le cas, ça ne changera rien pour lui, et s'il est limite, ça pourrait peut-être le calmer suffisamment longtemps. Mais qu'est-ce qu'il fout, le véto ?

— Viens là. (Jackie fit un signe à Sarah.) Essaie de tenir ça.

Sarah monta dans le camion et attrapa le bas de la cloison, très déformée. Ses mains glissèrent le long de sa base déjà couverte de sang. Elle tourna la tête vers la cour afin de ne pas voir le cheval à côté d'elle.

Jackie arracha l'emballage en plastique de la seringue avec les dents. Elle dévissa le bouchon du flacon, dans lequel elle plongea l'aiguille, puis elle tira le piston et tendit la seringue à l'homme. Sarah bondit quand une jambe postérieure se détendit violemment dans sa direction.

— Ça va, mon chou ?

Elle hocha silencieusement la tête. Les deux hommes étaient trempés de sang ; une nappe écœurante se formait autour de l'arrière-main du cheval. Sarah vit que son jean et son blouson étaient déjà souillés.

— Du calme, mon pote, du calme. Là... (L'Irlandais parlait doucement au cheval pour l'apaiser.) Voilà. Ses yeux se ferment, Jackie, je crois que cette fois ça a fonctionné. Mais je ne peux pas atteindre la jambe tant qu'on n'a pas dégagé la cloison.

Sarah avait mal au dos, mais elle se garda bien de le dire. Elle leva les yeux quand des phares illuminèrent soudain la cour, l'aveuglant. Elle entendit ensuite une portière claquer, des bruits de pas mouillés. Un homme roux montait la rampe en courant, sa mallette déjà ouverte.

— Ah, merde, ça n'a pas l'air beau à voir.

— On se demande si sa jambe n'y est pas passée, Tim.

— Eh ben, qu'est-ce qu'il a saigné ! Ça fait combien de temps qu'il saigne comme ça ?

— Plusieurs minutes. J'ai fait un garrot à sa jambe antérieure droite, mais je l'ai entendu craquer quand il est tombé.

Les jambes du cheval ne bougeaient plus, mis à part une faible secousse de temps en temps. Sarah regarda le vétérinaire s'agenouiller, dos à elle, et commencer son examen. Elle ne pouvait voir ce qu'il faisait, car l'Irlandais et le bout de la cloison qui ne s'était pas effondré le lui cachaient.

— Je serais incapable de te dire comment il s'y est pris. Il a paniqué quand nous avons fait descendre le poulain. Il s'est dressé et a passé sa jambe par-dessus je ne sais comment. En retombant en arrière, il a tout arraché, et la cloison s'est écroulée sur lui. Tout s'est produit tellement vite, je n'arrive pas à y croire.

— La capacité des chevaux à s'attirer des ennuis me stupéfiera toujours. Allez, dégageons cette cloison pour que je puisse l'examiner correctement. Mesdames, attrapez le bas. Nous la tirerons vers nous pour libérer l'avant.

Sarah se prépara à l'effort, trempée de sueur à présent, à côté de la femme aux cheveux frisés près d'elle, le visage congestionné par l'effort. Son blouson sentait le sang et la cigarette. Enfin, l'énorme cloison centrale fut dégagée. Ils l'inclinèrent et la détachèrent précautionneusement du camion, la transportèrent au bas de la rampe puis l'appuyèrent contre le flanc du véhicule.

Jackie s'essuya les mains sur le devant de son jean, manifestement indifférente aux traînées qu'elles y laissèrent.

— Ça va ?

Sarah hocha la tête. Son jean à elle était rouge foncé.

— Éloigne-toi, dit la femme. Tu peux plus rien faire maintenant. Allons dans le bureau. Je vais faire chauffer de l'eau. Tu veux un thé ?

L'idée d'un thé chaud était si tentante que Sarah resta un instant sans voix. Elle suivit Jackie dans la petite pièce et s'assit sur le siège que la femme lui indiqua. La chaise grise en plastique fut immédiatement zébrée du sang de ses vêtements.

— Sale affaire, déclara Jackie en remplissant la bouilloire. On n'en perd que deux par an à peu près, mais chaque fois ça me fout en l'air. Ce n'est pas la faute de Thom. Il est de ceux qui font le plus attention. (Elle jeta un coup d'œil par-dessus son épaule.) Je te mets du sucre ? C'est bon en cas de choc.

— Oui, s'il vous plaît, répondit Sarah.

Elle tremblait. Elle avait aperçu le cheval une fois la cloison dégagée : il ressemblait à Boo.

— Je t'en mets deux. Moi, je m'en mets deux aussi. Foutu canasson !

Sur un grand tableau blanc suspendu à un mur, Sarah compta quatorze noms de chevaux. À côté étaient punaisées les directives du département de l'Environnement et une liste de numéros d'urgence. Plusieurs transporteurs avaient accroché leurs cartes au mur, au milieu de quelques cartes de vœux et photographies de chevaux. Sarah reconnut Jackie à côté de l'un d'entre eux.

— Tiens.

Sarah accepta le thé, reconnaissante de sentir la chaleur de la tasse dans ses mains glacées.

— Je vais attendre qu'ils sortent pour leur préparer les leurs. S'il s'en tire, ils en ont encore pour un moment.

— Vous pensez qu'il va survivre ?

— Ça m'étonnerait. J'avais jamais vu un cheval se mettre dans un tel pétrin. Il a dû sacrément se bousiller les jambes pour déformer la cloison comme ça. Et ces pur-sang ont des jambes comme des brindilles… (Elle se laissa tomber lourdement dans le fauteuil derrière le bureau et jeta un coup d'œil à l'horloge. Puis elle regarda Sarah comme si elle la voyait pour la première fois.) Il est tard pour se balader à cheval. Tu n'es pas d'ici, n'est-ce pas ?

— On… On m'a envoyée chez vous. J'ai besoin d'un box pour la nuit.

Jackie l'examina attentivement.

— Tu vas quelque part ?

Sarah but une gorgée de thé et hocha la tête. Si elle avait appris quelque chose ces derniers mois, c'était qu'il valait mieux en dire le moins possible.

— Tu as l'air bien jeune.

Sarah la regarda dans les yeux.

— Tout le monde me le dit, affirma-t-elle en s'efforçant de sourire.

Jackie ouvrit un gros registre devant elle.

— Eh bien, nous pouvons certainement te préparer un box. On dirait qu'il y en a un de libre, finalement. Comment s'appelle ton cheval ?

— Baucher, répondit Sarah.

— Passeport ?

Sarah plongea la main dans son sac à dos et lui tendit le carnet.

— Ses vaccins sont à jour, précisa-t-elle.

Jackie le feuilleta, copia le numéro et le lui rendit.

— C'est vingt-cinq livres la nuit, foin et nourriture compris. Les aliments concentrés sont en supplément. Tu me dis ce dont il a besoin, et je lui trouverai ce qu'il faut.

— Pourrions-nous rester deux jours ? Il faut que j'organise la suite de mon voyage.

Jackie joua avec son stylo à bille.

— Reste aussi longtemps que tu veux, mon chou. Tant que tu paies. Laisse-moi juste un numéro de téléphone où te joindre.

— Je peux rester ici ?

— Uniquement si tu as envie de dormir sur du foin. (Jackie soupira.) Tu n'as pas réservé d'hôtel ?

— Je croyais que cet endroit était aussi pour les gens.

— Nous ne logeons pas les humains, mon chou. Ça n'en vaut pas la peine. Les chauffeurs dorment généralement dans leurs camions, et les autres prennent une chambre dans une des auberges du coin. Mais je peux te donner un contact si tu veux. Tiens. (Elle pointa une liste sur le mur.) Il reste souvent des chambres libres à *La Couronne*. Quarante livres la nuit, avec salle de bains privative. Kath s'occupera de toi. Elle n'a pas grand monde à cette époque de l'année. Je vais lui passer un coup de fil.

— C'est loin ?

— À un peu plus de cinq kilomètres sur la route.

Les épaules de Sarah se voûtèrent. Elle resta silencieuse un moment, durant lequel elle oublia de maîtriser sa voix.

— Je suis venue à cheval, finit-elle par dire, la bouche enfouie dans son col. Je n'ai aucun moyen d'aller jusque là-bas.

Elle était épuisée, incapable de faire un pas de plus. Elle supplierait cette femme de la laisser dormir par terre dans le bureau.

Une détonation retentit, assourdie.

Elles levèrent les yeux. Jackie sortit un paquet de cigarettes d'un tiroir devant elle, en fit jaillir une d'un mouvement sec du poignet, qu'elle tassa sur le bureau. Elle attendit un moment avant de reprendre la parole.

— Tu as dit que tu étais venue à cheval ? D'où ?

Sarah avait l'impression que le coup de feu résonnait encore dans les battements de son cœur.

— C'est... compliqué.

Jackie alluma sa cigarette, se laissa aller en arrière contre le dossier de son fauteuil et prit une grande bouffée.

— Des ennuis ?

Sa voix s'était durcie.

Sarah connaissait ce ton. C'était celui de quelqu'un qui vous soupçonne du pire.

— Non.

— Le cheval est à toi ?

— Vous avez vu le passeport.

La femme la regardait fixement.

— Mon nom est écrit dessus. Écoutez, il me connaît. Si ça peut aider, je peux le faire m'appeler. Je l'ai depuis qu'il a quatre ans.

À ce moment-là, le vétérinaire sortit du camion, sa sacoche fermée.

— Nous avons une chambre à l'arrière. Pour vingt-cinq livres, je te sers aussi de quoi dîner, vu que tu es coincée ici avec nous. J'avais promis à Thom que je lui préparerais de quoi manger ce soir, alors un de plus ou un de moins à table, ça fait pas grande différence. (Elle se pencha en avant.) Mais je t'inscris pas dans le registre. Ton histoire est louche. Je t'héberge, mais je veux pas de problèmes.

La porte s'ouvrit soudain, et elles se turent. Les deux hommes entrèrent, remplissant la petite pièce. L'Irlandais secoua la tête.

— Ah, c'est bien malheureux, marmonna Jackie. Allez, assieds-toi, Thom, je vais te faire un thé. Toi aussi, Bob. Assieds-toi à côté de…

— Sarah, termina l'adolescente.

Elle garda les mains autour de son mug, craignant, si elle en disait ou faisait trop, que Jackie ne change d'avis.

— Une fracture et une artère sectionnée. Le pauvre vieux n'avait aucune chance. (L'Irlandais était blême, sous le choc, le visage barbouillé de rouge.) Tim n'a même pas eu le temps de signer ses papiers. Il a une jument en train de mettre bas. Un qui part, un autre qui arrive, hein ?

— Ah, et puis merde ! Tant pis pour le thé. (Jackie rabattit d'un coup sec le couvercle de la bouilloire.) Là, il nous faut une goutte de remontant. (Elle tendit la main vers l'autre tiroir de son bureau et en sortit une bouteille contenant un liquide ambré.) Pas pour toi, par contre, Sarah.

Dans l'éclat de ses yeux, Sarah lut un avertissement. Elle avait deviné son âge. Elle ne s'impliquerait que le strict minimum.

L'adolescente garda la tête baissée.

— Je préfère le thé, dit-elle.

Chapitre 20

« Seule une main douce peut apaiser un cheval en colère. »
Xénophon, *De l'art équestre.*

Malgré la pluie, elle était déjà dans la rue, mal à l'aise dans son tailleur élégant et ses talons, allant et venant sur le trottoir à petits pas impatients. Dès qu'elle vit sa voiture, elle se précipita, sa serviette et son sac à main coincés sous le bras. Il se sentit soulagé : il restait encore chez Natasha une part qu'il comprenait. Il sourit en se penchant pour lui ouvrir la portière passager, et elle grimpa à l'intérieur, ignorant les coups de klaxon provenant des véhicules bloqués derrière eux.

— Je croyais que tu…

— Ne dis rien, l'interrompit-elle, la mâchoire serrée, les cheveux plaqués sur son crâne par la pluie. Et une fois que nous l'aurons retrouvée, rien ne nous obligera à nous revoir. Compris ?

Le sourire de Mac mourut sur ses lèvres. Alors qu'il s'apprêtait à se faufiler dans la circulation, il se ravisa.

— « Merci, Mac, d'avoir traversé toute la ville pour venir me chercher. »

— Tu veux que je te remercie ? OK. Merci, Mac. Tu n'imagines pas avec quelle hâte j'attendais cette petite sortie. C'est mieux, comme ça ? siffla-t-elle, rouge de colère.

— Rien ne t'oblige à venir, tu sais ? D'ailleurs, tu me l'as bien fait comprendre.

— Elle est sous ma responsabilité aussi. Tu me l'as bien fait comprendre toi-même.

La patience de Mac avait presque atteint ses limites.

— Tu sais quoi ? C'est déjà bien assez dur comme ça sans avoir en plus à me coltiner ton humeur merdique. Si tu veux venir avec moi, très bien, mais si tu dois te comporter ainsi, je te dépose à la maison tout de suite. Nous prendrons deux voitures.

— Toi, te coltiner mon humeur merdique ? Est-ce que tu as idée de ce que j'ai dû laisser en plan pour partir à sa recherche ? Ou des conséquences que ça peut avoir sur ma carrière ?

— Ravi de vous revoir. (Natasha sursauta quand la tête de Cowboy John jaillit entre les deux sièges avant.) Je voulais juste vous rappeler que vous aviez du public.

Il acheva d'allumer une cigarette.

Natasha se tourna vers Mac, bouche bée.

— Il s'y connaît en chevaux, expliqua celui-ci. Et il connaît Sarah depuis qu'elle est gosse.

Comme Natasha ne disait rien, il ajouta :

— Tu comptes t'occuper du cheval comment quand on les retrouvera, Tash ?

Elle fouilla dans son sac à main.

— Alors, où est-elle ? Vous avez appris quelque chose ? Il faut que je retourne travailler aussi vite que possible.

— Ouais, marmonna Mac en engageant enfin la voiture dans la circulation. Parce que, après tout, tu es la seule ici à avoir un vrai boulot.

— Je suis en plein milieu d'un gros procès, Mac.

— Ouais. On avait compris.

Elle pivota sur son siège pour lui faire face.

— Qu'est-ce que tu veux dire, exactement ?

— Je veux dire que tout ce que tu as fait jusqu'à présent, c'est répéter à quel point tout ça était difficile pour toi. À quel point tout ça perturbait ta vie. À quel point *moi* j'ai perturbé ta vie.

— Ce n'est pas juste.

— Mais c'est exact. As-tu envisagé la possibilité que ce qui est arrivé était peut-être ta faute ?

Cowboy John s'adossa à la banquette et baissa son chapeau sur son visage.

— Doux Jésus…

— *Ma* faute ?

La circulation était infernale. Mac sortit son bras par sa fenêtre, s'ouvrant un passage de force vers une file qui roulait au pas.

— Oui, dit-il.

Peut-être était-ce la colère d'avoir tourné en rond toute la journée au volant de sa voiture. Peut-être était-ce la peur de ne pas retrouver Sarah. Peut-être était-ce la vue de Natasha, guindée dans son tailleur impeccable, le traitant encore comme l'éternel ennemi, l'éternel coupable, un bouc émissaire commode.

— C'est toi qui l'as lâchée, Natasha. C'est toi qui t'es engagée à t'occuper d'elle, avant d'estimer finalement que c'était trop difficile. (Il sentit l'indignation dans son silence, mais il s'en fichait.) Tu crois que tu es la seule à subir les désagréments de la situation ? J'ai dû annuler deux missions, et John aussi a autre chose à faire.

Il donna un coup de volant et se glissa dans la file centrale. La voiture semblait rétrécir autour de lui.

— Peut-être que si tu étais restée et avais fait passer Sarah avant ton orgueil blessé, nous n'en serions pas là.

— Donc tout est ma faute ?

— Je dis juste que tu as joué un rôle.

Elle hurlait à présent :

— Ah oui ? Et qui a amené sa petite copine sexy à la maison et l'a exhibée en sous-vêtements devant Sarah ?

— Je ne l'ai pas exhibée !

— Elle se baladait pratiquement nue. Je rentre chez moi – chez *nous* – et je tombe sur ce putain de top model prépubère qui me toise d'un air narquois en petite culotte !

— Ça a l'air sympa chez vous, glissa John.

— Tu crois que c'était un spectacle agréable pour Sarah ? Alors qu'on jouait les familles Ricoré ?

— Oh, n'essaie pas de me faire croire que c'est *ça* qui a poussé Sarah à fuguer.

— En tout cas, ça n'a pas exactement favorisé l'harmonie générale, si ?

— Je me suis excusé. (Mac tambourina des doigts sur le volant.) Je t'ai dit que ça ne se reproduirait pas. Et puis, franchement, ce n'est pas comme si ton mec n'était jamais venu chez nous, si ? Dans *ma* chambre.

— Ce n'est pas *ta* chambre.

— Dans ce qui était autrefois *notre* chambre.

— De mieux en mieux, commenta John en tirant sur sa cigarette.

— Il n'a pas passé une seule nuit à la maison après ton installation. Alors ne viens pas…

— Uniquement parce que tu avais un autre endroit où aller.

— Oh. (Elle croisa les bras et se laissa aller en arrière contre son dossier.) Je me demandais combien de temps tu attendrais avant de mettre ça sur le tapis.

— Ça quoi ?

— Ma deuxième maison. On m'avait mise en garde à ce sujet. (Elle secoua la tête.) J'aurais mieux fait de ne rien dire.

Il lui jeta un coup d'œil.

— Qu'est-ce que ça signifie exactement ?

— Que tu n'hésiteras pas à utiliser ça contre moi quand il faudra négocier un accord.

— Oh, bon sang, tu es ridicule ! Tu crois vraiment que je me prends la tête avec ton putain de cottage de location ? Tu pourrais bien passer tes week-ends sur le *Queen Mary 2*, je m'en fous.

— Vraiment désolé de vous interrompre. (John se pencha de nouveau entre les sièges et souffla une longue colonne de fumée.) Et croyez-moi si je vous dis que je pourrais vous écouter pendant des *heures*, mais on serait pas en train de perdre le fil ?

Mac sentait son cœur battre à tout rompre contre ses côtes.

Elle se tenait assise le plus loin qu'elle le pouvait raisonnablement à l'avant de sa petite voiture un peu surchargée, comme s'il était un pestiféré, comme si elle aurait préféré être n'importe où ailleurs.

— Charmants comme vous êtes, tous les deux, vous pourriez pas faire une trêve ? demanda John. Seulement jusqu'à ce qu'on la retrouve ? Ce serait gentil.

Ils gardèrent le silence pendant que Mac leur faisait traverser la ville vers l'est, la mâchoire verrouillée.

— Ça me va, acquiesça-t-elle d'une petite voix avant d'attraper le vieil atlas abîmé. Où allons-nous, au fait ?

— Ça va lui plaire, gloussa John.

Mac ne détourna pas les yeux de la route.

— En France, dit-il en lui lançant son passeport sur les genoux. Elle est en route pour la France.

Expliquer ce qui s'était passé à l'hôpital les occupa jusqu'à la fin de l'embouteillage. Elle leur avait demandé plusieurs fois s'ils étaient sûrs d'avoir bien entendu, si d'ailleurs le vieil homme avait vraiment toute sa tête, jusqu'à ce que Cowboy John perde patience.

— Il est malade, mais il est aussi vif que vous, ma petite dame, grommela-t-il.

Mac voyait bien qu'il n'appréciait pas Natasha. Il lui lançait les mêmes regards soupçonneux qu'aux oies qui sifflaient dans l'écurie.

—Même si vous avez bien entendu, j'ai du mal à croire que Sarah elle-même puisse prétendre se rendre à cheval à… Où est-ce ?

—Regarde la carte. (Mac agita le doigt vers l'atlas sans quitter la route des yeux.) Plus ou moins au milieu de la France en descendant vers le sud.

Natasha fronça les sourcils.

—Mais elle n'arrivera pas jusque-là, si ?

—À moins que son cheval puisse traverser la Manche à la nage, elle ira pas plus loin que la côte anglaise.

—John et moi pensons qu'elle n'atteindra même pas Douvres.

Ils émergèrent dans un ciel d'encre. Le soir tombait, et Mac se sentit profondément découragé en s'apercevant que la circulation était aussi dense et ralentie de l'autre côté du tunnel. Il mit son clignotant à droite et s'engagea sur la quatre-voies.

—D'après John, le cheval devra se reposer bien avant.

Natasha toussa avec insistance et ouvrit sa fenêtre. Elle renifla, puis se tourna brusquement sur son siège. Il y eut un silence de mauvais augure.

—Est-ce que c'est ce que je crois ? s'exclama-t-elle.

—Aucune idée, répondit John. J'peux pas voir dans votre cerveau.

—C'est du cannabis ?

Il cueillit la cigarette roulée qui pendait à ses lèvres et l'examina attentivement.

—J'espère bien, vu le prix que je l'ai payée.

—Vous ne pouvez pas fumer ça dans cette voiture. Mac, dis-lui.

— Eh ben, j'peux difficilement sortir sur le balcon, ma petite dame, si ?

Natasha enfouit brièvement le visage dans ses mains. Dans le rétroviseur central, Mac échangea un regard complice avec John.

Natasha releva la tête et inspira un grand coup.

— Vous savez, monsieur Cowboy, ou peu importe votre nom. J'apprécierais vraiment que vous ne fumiez pas de drogue dans la voiture, et encore moins quand nous sommes coincés dans les bouchons.

Elle s'enfonça dans son siège, lorgnant les voitures de chaque côté de la leur.

— Ça soigne mon mal des transports. En plus, vous entendre vous disputer m'a stressé. Et c'est pas bon pour les vieux comme moi. Y a qu'à voir ce que ça a fait au Capitaine.

Natasha avala sa salive. Elle ressemblait à quelqu'un qui n'allait pas tarder à exploser.

— Donc, si j'ai bien compris, si nous ne vous laissons pas fumer des substances illégales dans la voiture de Mac, vous risquez de vomir ou de mourir d'un AVC.

— C'est à peu près ça.

Mac la regarda lutter pour contrôler sa respiration. Cela lui prit un peu de temps. Pour la première fois depuis des semaines, il eut envie de sourire.

D'après Cowboy John, il y avait eu un temps où l'heure de pointe à Londres avait mérité son nom et duré une heure. Désormais, la circulation commençait à ralentir, les files à s'allonger juste après l'heure de la sortie des écoles, puis restait dense pendant quatre heures. Ils n'auraient pas pu choisir de pire moment pour se mettre en route, fit-il remarquer avec le détachement de l'observateur désinvolte, ou peut-être de quelqu'un qui vient de fumer presque entièrement un joint bien chargé. Oh, et si ça ne les dérangeait pas, il avait envie de faire pipi. Une fois de plus.

Pour corser encore la situation, il s'était mis à pleuvoir des cordes. La voiture de Mac était à présent dans une longue file sur l'A2, et le flot des feux arrière évoquait la queue d'un gigantesque dragon rouge, visible par intermittence entre les essuie-glaces qui couinaient.

Natasha ne disait plus rien depuis une demi-heure, occupée à envoyer des messages de son téléphone, feuilleter des dossiers et prendre des notes. Elle s'entretint d'une voix basse et tendue avec quelqu'un au sujet du procès, et enchaîna sur une conversation houleuse avec un autre interlocuteur que Mac soupçonna d'être Conor. Quand elle referma l'appareil dans un claquement sec, il se sentit sournoisement satisfait. Il tripota le poste de radio pour la quinzième fois, en quête du dernier bulletin d'informations sur le trafic.

— Je ne comprends pas pourquoi tu continues de faire ça, dit-elle sèchement. Manifestement, nous sommes pris dans les bouchons.

Mac laissa couler. Il voyait bien que ses coups de téléphone l'avaient remontée. Lui expliquer qu'il guettait l'annonce d'un éventuel accident impliquant un cheval n'aurait rien arrangé.

— Elle doit être sortie de Londres à l'heure qui l'est, répondit-il en tambourinant des doigts sur le volant. Je propose que nous quittions l'A2 à la prochaine sortie et suivions peut-être une départementale. Elle a dû couper bien avant. Avec un peu de chance, nous pourrions peut-être même la dépasser. (Bravant la pluie battante, il baissa la vitre et sortit la main à l'intention d'un conducteur qui le laissa passer dans la file voisine.) Je suggère que nous allions aussi loin que nous pensons qu'elle aurait pu aller, et si à 20 heures nous ne l'avons pas retrouvée, nous appellerons la police.

Sur la banquette arrière, on ne voyait que le chapeau de John, dont le mouvement d'avant en arrière évoqua un hochement de tête.

— Ça me semble parfait, dit le chapeau. Même si je suis pas très chaud pour appeler la police.

— Parce que ça vous obligerait à jeter votre stock par la fenêtre ? lança Natasha.

— Mon cœur, cette herbe, faudra l'arracher des mains raides et froides de mon cadavre.

— Ça peut s'arranger aussi, rétorqua-t-elle d'une voix mielleuse.

Mac lui jeta un coup d'œil.

— J'ai pensé à autre chose. Si tu fais opposition pour ta carte, elle n'aura pas d'argent. Elle sera obligée de faire demi-tour et de rentrer.

Natasha réfléchit.

— Mais si nous la laissons sans argent, elle courra plus de risques.

La voix de Cowboy John retentit.

— Je crois pas que pas avoir d'argent l'arrête. Elle est assez déterminée, comme gamine.

— Tout dépend de combien elle t'a déjà pris, intervint Mac. Mais si elle est libre de continuer à s'en servir, elle pourrait aller n'importe où. Nous facilitons presque sa fuite.

— Vous êtes absolument certaine qu'elle vous a piqué votre carte ? demanda John. Je connais cette gosse depuis longtemps, et c'est pas le genre à voler.

Mac attendit que Natasha prenne la parole, relatant peut-être l'épisode des bâtonnets de poisson au supermarché, l'argent qui avait disparu chez eux. Mais, quand il la regarda, assise à côté de lui, elle parut plongée dans ses pensées.

— Tash ?

— Si elle continue de s'en servir, dit-elle, réfléchissant à voix haute, cela nous indiquera où elle a été. Je peux appeler ma banque pour demander les détails de ses dernières opérations. (Elle se tourna vers lui et, pour une fois, elle n'arborait pas une expression accusatrice.) Souvent, dans les heures qui suivent. C'est notre meilleure chance de la localiser sans impliquer la police. Et si elle a pris une chambre dans un hôtel, eh bien, super. Nous pourrons nous y rendre directement. (Elle s'autorisa un petit sourire.) Peut-être même que nous la retrouverons ce soir.

Cowboy John souffla une longue bouffée de fumée.

— Elle est moins idiote qu'elle en a l'air, vot' dame.

— Je ne suis pas sa dame ! protesta vivement Natasha avant de pianoter de nouveau sur son clavier. Entrouvrez votre fenêtre, Cowboy. Ça pue dans cette voiture.

Un quart d'heure plus tard, elle lança triomphalement :

— Dartford ! Elle a tiré cent livres à Dartford un peu avant midi. Nous sommes sur la bonne route.

Ça avait semblé si simple sur la carte, songea Natasha en faisant glisser son doigt le long de la fine ligne rouge. L'A2 se prolongeait en traçant un trait relativement droit à travers Sittingbourne, Gillingham et jusqu'à Canterbury. Mais tandis que la voiture la suivait dans la nuit, avançant, s'immobilisant, au rythme de la circulation, la pluie et la buée produite par la respiration de trois personnes opacifiant constamment les vitres, ils ne trouvèrent nulle trace d'une jeune fille et de son cheval, encore moins de son passage.

Natasha ne disait mot. Plus ils s'éloignaient de Londres, plus la masse solide qui s'était logée dans son ventre semblait se densifier. À chaque kilomètre qu'ils parcouraient, elle saisissait davantage l'ampleur de la tâche qui leur incombait. Sarah pouvait être n'importe où dans un rayon de quatre-vingts kilomètres. Elle aurait pu partir vers l'est après Dartford. Elle avait pu anticiper leurs recherches à Douvres et décider de gagner un port de moindre importance. Pire, peut-être se trompaient-ils complètement et ne cherchait-elle absolument pas à gagner la France.

Quand ils atteignirent Canterbury, Natasha était convaincue qu'ils étaient allés trop loin. Sarah ne pouvait pas être arrivée jusque-là, déclara-t-elle à ses compagnons. Regardez ce temps. Elle scruta l'obscurité, imaginant des silhouettes dans la pénombre, distraite par les gens, les rares voitures sous les lampadaires.

— Je crois que nous devrions faire demi-tour, dit-elle.

Mais Mac soutenait mordicus qu'elle avait suivi cette route, et que, puisqu'ils ne l'avaient pas vue, il fallait continuer.

— Elle est partie à 7 heures ce matin, insista-t-il. Elle a eu le temps de couvrir une sacrée distance.

Voûté sur le volant, il balayait des yeux l'horizon assombri.

John semblait hésitant. Le cheval était fort, et il ferait ce que la jeune fille lui demanderait…

— Quoi ? (Natasha se tourna vers lui.) Qu'alliez-vous ajouter ?

Il faisait noir dans l'habitacle à présent, et le visage de John disparaissait dans l'ombre.

— J'allais dire, à condition qu'ils n'aient pas eu d'accident.

À 19 heures, la circulation se fit légèrement plus fluide, les panneaux indiquant la direction de Douvres plus fréquents. Ils s'arrêtèrent quatre fois pour permettre à John de se soulager, ou parce que des pancartes signalaient des hôtels ou B & B à proximité. Mais quand Natasha demanda à la réception si une jeune fille et son cheval s'étaient présentés, on l'avait regardée comme si elle était folle, ce dont elle ne s'offusqua pas : cela lui semblait fou aussi.

Chaque fois qu'elle regagnait la voiture, elle demandait aux deux hommes s'ils étaient sûrs que le grand-père avait dit qu'elle allait en France, jusqu'à ce que Mac la prie de cesser de les traiter comme des imbéciles. Pendant tout ce temps, Ben la tint loyalement informée du déroulement de la réunion des associés qui avait lieu sans elle au même moment.

Linda dit qu'il ne faut pas t'inquiéter, la rassura-t-il.

Elle en déduisit qu'elle avait donc beaucoup de souci à se faire.

À un moment au cours de la dernière demi-heure, le découragement s'était abattu sur les trois passagers. Mac actualisait en permanence le calcul de son équation, essayant d'évaluer quelle distance une adolescente et un cheval pouvaient couvrir à une vitesse moyenne de vingt kilomètres à l'heure dans des conditions météorologiques défavorables et sans nourriture.

—Je pense qu'elle fera étape quelque part autour de Canterbury, conclut-il. Ou bien peut-être devrions-nous retourner à Sittingbourne.

—Y vont se faire tremper, marmonna John, lugubre, en essuyant sa vitre avec sa manche.

—Je vote pour que nous nous arrêtions quelque part et téléphonions à tous les hôtels du coin pour demander s'ils l'ont vue, déclara Natasha. Mais je vais avoir besoin que vous me prêtiez un téléphone. Le mien n'a presque plus de batterie.

Mac plongea la main dans sa poche et lui tendit le sien. En le prenant, elle se surprit à repenser à leur dernière année de vie commune, durant laquelle Mac, comme elle, avait dissimulé son téléphone, avec ses messages séducteurs compromettants, ou symptomatiques de ce qui se désintégrait.

—Merci, dit-elle.

Elle renonça finalement à l'utiliser, de peur de tomber sur des messages de cette femme ou des appels manqués parlant de toutes les autres choses qu'il aurait préféré faire.

—Il faut que je pisse, lança encore John.

— Ça tombe bien, nous allons devoir faire le plein. Bon, je propose d'aller à Douvres. Si c'est là qu'elle va, peu importe que nous l'ayons dépassée.

— Mais si elle s'est arrêtée à Canterbury, elle n'atteindra pas Douvres avant demain.

— Franchement, je ne sais pas quoi proposer d'autre, soupira Mac. On n'y voit rien. Nous pourrions parfaitement sillonner les environs toute la nuit en vain. Allons à Douvres et faisons ce que tu as dit, Tash. Trouvons un téléphone fixe. Nous pourrons passer nos coups de fil en mangeant un morceau. Nous sommes tous épuisés.

— Et ensuite ?

Natasha posa précautionneusement le portable de Mac sur le tableau de bord.

— Eh bien, nous prierons pour que ta carte bleue nous permette de découvrir où elle se cache, je suppose. Après ça… aucune idée.

Ils échouèrent dans un hôtel d'une chaîne bon marché, anonyme. Le bâtiment était composé de deux ailes trapues en briques rouges reliées par une passerelle en verre. Debout au milieu de la réception gigantesque, moite dans son tailleur fripé, Natasha fut prise d'une envie désespérée de s'asseoir quelque part pour manger et boire quelque chose. Devant elle, Mac discutait avec la réceptionniste qui lui adressait des sourires n'ayant clairement rien de professionnel. Agacée, Natasha se détourna. Cowboy John s'était assis dans un fauteuil près du mur, jambes écartées, la tête tombant bas entre ses épaules osseuses. Remarquant que les clients s'arrangeaient pour ne pas passer trop près, Natasha se sentit brièvement gênée pour lui. Puis, comme il relevait le visage et adressait un clin d'œil à une jeune femme, elle comprit qu'il valait mieux ne pas s'apitoyer sur ce drôle de bonhomme.

— OK, dit Mac en glissant son portefeuille dans sa poche. Nous avons une chambre double et une avec deux lits.

— Mais il nous faut trois chambres…

— C'est tout ce qui leur reste. Si tu veux essayer plus loin, fais-toi plaisir ; moi, je suis mort. Ça me va très bien.

Dans quelle chambre avait-il l'intention de dormir ? voulut-elle lui demander. Mais il avait les traits tirés et semblait épuisé ; elle le suivit en silence jusqu'aux ascenseurs.

Ce fut John qui trancha.

— Je vais prendre un bain et manger un morceau, dit-il en prenant une clé des mains de Mac quand les portes s'ouvrirent au deuxième étage. Vous autres, appelez-moi quand vous aurez décidé de la suite.

Il s'éloigna dans le couloir, laissant Mac et Natasha seuls, mal à l'aise, plantés dans l'ascenseur.

Comme chaque fois que Natasha passait une nuit dans un hôtel, curieusement, la chambre était tout au fond du bâtiment. Quand ils arrivèrent devant la porte, elle ouvrit la bouche pour parler, mais Mac lui tendit la clé.

— Tu t'occupes de passer les coups de fil. Moi, je vais faire un tour au terminal de ferries.

— Tu ne vas rien manger ?

— Je m'achèterai un truc en route.

En le voyant s'éloigner dans le couloir, étonnamment voûté, elle mesura le poids de la responsabilité qu'il éprouvait vis-à-vis de Sarah.

La vision de son désespoir la propulsa dans la chambre où elle resta assise un moment sans bouger, s'efforçant de ne pas penser à ce qui advenait de sa carrière en son absence, à son ex-mari parcourant les rues de Douvres sous la pluie, à tout ce qu'elle aurait dû ressentir à la place de cette irritation et qui lui faisait affreusement, honteusement défaut. Puis Natasha Macauley fit ce qu'elle faisait toujours quand la vraie vie devenait trop difficile : elle alluma la bouilloire.

Alors, munie d'un carnet et d'un stylo, elle s'assit devant le téléphone et se mit au travail.

Il était presque 22 h 30 quand Mac rentra. Natasha avait emprunté un annuaire à la réception et avait téléphoné non seulement aux hôtels de Douvres et sa banlieue, mais également aux hôtels et B & B dans un rayon de quinze kilomètres. Personne n'avait entendu parler de Sarah Lachapelle ni vu une jeune fille avec un cheval. Natasha avait hésité à appeler Mac, avant de renoncer. Il l'aurait certainement contactée s'il avait eu des nouvelles.

Cowboy John avait téléphoné de sa chambre une demi-heure plus tôt pour annoncer que, s'il ne se passait rien de plus, il allait s'offrir un petit somme. Elle lui avait donné sa bénédiction en priant pour qu'il ne mette pas le feu à sa chambre en s'endormant une cigarette aux lèvres. La nuque raide, épuisée, elle commanda à manger au service d'étage, ainsi qu'une bouteille de vin. Elle étirait les bras au-dessus de sa tête quand elle entendit frapper.

Mac se tenait dans le couloir. Il entra sans un mot et alla s'asseoir lourdement sur l'un des lits jumeaux. Il se laissa tomber en arrière, un bras sur les yeux pour se protéger de la lumière de la pièce.

— Rien, dit-il. C'est comme s'ils s'étaient volatilisés.

Natasha lui servit un verre de vin et le lui tendit. Il se redressa avec lassitude et le saisit. Son menton à la barbe naissante était gris, et ses vêtements portaient encore l'odeur piquante de l'air froid salé.

— J'ai sillonné Douvres dans tous les sens. Je suis même descendu sur les plages au cas où elle s'y serait réfugiée.

— Tu es passé aux bureaux du terminal ?

— J'ai demandé aux gars qui chargent les véhicules. Ils m'ont dit que tous les animaux étaient transportés dans des camions. Elle n'a pas pu traverser, Tash, c'est impossible.

Ils burent leur vin en silence. Puis Mac dit :

— Et si elle est allée jusqu'à un autre port ? Je suis parti du principe qu'elle viserait Douvres, mais pourquoi pas Harwich ? Ou Sittingbourne ?

— Si elle visait Harwich, elle n'allait pas dans la bonne direction.

— La situation nous échappe, soupira-t-il. Nous devrions appeler la police.

— Tu la sous-estimes. Elle a tout prévu. Elle a ma carte de crédit. Elle doit être en sécurité quelque part.

— Mais tu as téléphoné à tous les hôtels.

Elle haussa les épaules.

— Alors peut-être n'est-elle pas arrivée si loin. Je ne peux pas appeler tous les hôtels du sud de l'Angleterre. Merde ! Si ça se trouve, elle passe la nuit dans une ferme. Ou dans un centre équestre. Ou bien chez une amie qui vit près d'ici. Elle pourrait être n'importe où.

— C'est bien pour ça que nous devrions prévenir la police.

Natasha s'assit au bout de l'autre lit et poussa un grognement de frustration.

— Oh, bon sang, Sarah ! À quoi est-ce que tu joues ?

Les mots sortirent avant qu'elle n'ait eu le temps de s'apercevoir qu'elle les prononçait à voix haute.

— Je ne crois pas qu'elle joue, Tash.

— Tu crois vraiment qu'elle m'a volé ma carte par inadvertance ?

— Je crois qu'elle était désespérée.

— *Désespérée* ? Nous lui avons donné tout ce qu'elle nous a demandé. Nous avons pris en charge son cheval. J'allais l'emmener faire des courses pour son grand-père. (Elle secoua la tête.) Non, dit-elle, rendue sévère par l'inquiétude et l'épuisement. Je crois que ça lui demandait trop d'efforts. Elle n'aimait pas nos règles et nos habitudes. Elle n'aimait pas ne pas pouvoir rendre visite à son cheval quand bon lui semblait. Nous l'avons forcée à aller en cours, Mac, et empêchée d'errer à sa guise. Nous avons mis de l'ordre dans le chaos. C'est sa façon de nous rendre la pareille.

— Nous rendre la pareille ?

— Tu pars du principe qu'elle pense comme nous. Qu'elle *est* comme nous. Mais tu dois admettre qu'elle nous a tenus à distance dès le début. Nous n'avons aucune idée de qui est vraiment Sarah Lachapelle.

Quand elle leva les yeux, elle s'aperçut que Mac l'observait fixement.

— Quoi ? finit-elle par demander, importunée par son regard.

— Seigneur ! Tu es devenue bien dure.

Elle eut l'impression d'avoir reçu un coup.

— Je suis devenue dure, répéta-t-elle lentement.

Une boule se logea dans sa gorge, et elle se força à la ravaler. « Ça tient à quoi, tu crois ? avait-elle envie de lui demander. Qui m'a fait changer ? »

— D'accord, Mac. Pourquoi persistes-tu à penser que Sarah est la victime, dans cette histoire ?

— Parce qu'elle a quatorze ans ? Parce qu'elle est seule ?

Une image d'Ali Ahmadi surgit devant elle.

— Ça ne fait pas d'elle un ange. Elle nous a volé de l'argent, elle a pris ma carte, nous a menti. Et maintenant elle a fugué.

— Depuis le début, tu n'as vu que ses mauvais côtés.

— Non. Je la regarde simplement sans tes lunettes roses.

— Mais alors qu'est-ce que tu fais ici ? Pourquoi t'embêter à essayer de la retrouver ?

— La voir comme elle est ne m'empêche pas de me soucier de son bien-être.

— Est-ce vraiment son bien-être qui t'inquiète ? Ne serait-ce pas plutôt que tu refuses l'échec ?

— Alors ça ! Qu'est-ce que tu insinues exactement ?

— Ça fait un peu désordre dans ton CV, non ? L'avocate championne de la cause des enfants perdus infoutue de s'occuper de l'unique gamine dont elle a accepté la responsabilité. Je crois que c'est pour ça que tu ne tiens pas à ce que nous appelions la police.

— Comment oses-tu ? (Elle se retint de lui lancer son vin au visage.) J'en vois à longueur de journée, des gosses comme ça. Je les vois, sans défense et malheureux, sur les bancs du tribunal, et quarante minutes plus tard je dois les écouter m'insulter allégrement alors que je viens de leur éviter la prison pour mineurs ou de leur trouver un autre endroit où vivre. Je sais que la plupart du temps ils retournent aussitôt voler une autre voiture ou des fringues dans les magasins. Je connais ces enfants. Je me suis déjà laissé attendrir. Ils sont loin d'être stupides et ils ne sont pas toujours aussi vulnérables qu'ils paraissent. (Elle ôta ses chaussures et les abandonna sur la moquette.) À bien des égards, Sarah est une gamine honnête, mais elle n'est ni meilleure ni pire que les autres. Et ce n'est pas parce que je fais ce constat que je suis mauvaise, quoi que tu veuilles penser de moi.

Elle entra dans la salle de bains, claqua la porte et s'assit sur le couvercle de la cuvette des toilettes. Levant les mains devant ses yeux, elle s'aperçut qu'elles tremblaient. Dans un geste impuissant de fureur, elle jeta un tapis de bain et deux serviettes contre la porte.

Il n'y avait plus un bruit dans la chambre.

Elle resta assise là plusieurs minutes, s'attendant à entendre Mac se lever et quitter la pièce. Il ne devait pas avoir plus envie d'être en sa compagnie qu'elle en la sienne. Elle lui dirait qu'il vaudrait mieux qu'il partage la chambre de Cowboy John.

Mais le pire, c'est qu'il y avait eu un fond de vérité dans ses paroles. Elle refusait que la police soit impliquée. Elle ne voulait pas avoir à expliquer les circonstances dans lesquelles elle avait accueilli Sarah, comment elle avait échoué à s'occuper d'elle ou à assurer sa sécurité. S'ils la retrouvaient par leurs propres moyens, Sarah pourrait être discrètement confiée à quelqu'un de plus capable.

Natasha poussa un long soupir. Oh, comme c'était facile pour Mac de jouer l'indignation, de se donner le beau rôle une fois de plus. Facile d'être le gentil quand il ne risquait pas d'y laisser des plumes. Ça avait été ainsi durant toute leur vie commune. Natasha laissa tomber sa tête dans ses mains, respira le parfum du nettoyant de salle de bains bon marché et attendit que le calme revienne dans son esprit. Elle ne voulait pas qu'il voie à quel point ses paroles l'avaient affectée. Elle ne voulait plus qu'il voie quoi que ce soit d'elle.

Quand elle sortit après s'être composé une expression neutre et avoir répété quelques arguments, la chambre était plongée dans le silence. Mac s'était endormi, un bras toujours en travers du visage. Elle marcha silencieusement jusqu'à l'autre lit et le regarda – cet homme, ce presque ex-mari –, accablée par sa proximité et par l'aversion qu'il ressentait pour elle.

Elle s'aperçut qu'elle ne pouvait détacher les yeux de lui, et se rendit compte à quel point elle l'avait peu regardé pendant ces deux mois. Ses yeux étaient attirés par ses bras, son torse sous son tee-shirt délavé. Combien de fois s'était-elle extirpée de leur étreinte serrée ? Et combien de fois, se rappela-t-elle, lui avait-elle tourné le dos, fermant les yeux de toutes ses forces pour retenir ses larmes ? Comment pouvait-il la mépriser autant après tout l'amour qu'il lui avait témoigné ?

Natasha versa le reste de vin dans son verre et le but en une longue gorgée pleine d'amertume. Puis, presque à contrecœur, elle attrapa le dessus-de-lit posé au pied du lit de Mac et l'en couvrit jusqu'à la poitrine.

Elle éteignit la lumière et alla s'asseoir devant la fenêtre, d'où elle contempla le parking balayé par le vent, la mer d'un noir d'encre au loin, s'imaginant encore, contre tout espoir, apercevoir les silhouettes d'une jeune fille et de son cheval avançant dans la rue plongée dans l'obscurité.

Quand elle se réveilla, la nuque raide, les membres pliés inconfortablement dans le fauteuil, la pièce était baignée de la lumière bleue délavée de l'aube, et Mac était parti.

Chapitre 21

« Si vous voulez apprendre à un cheval à accomplir son devoir, la meilleure manière consistera, chaque fois qu'il fera ce que vous lui demandez, à manifester en retour de la bonté à son égard. »

Xénophon, *De l'art équestre.*

Sarah finissait juste de nettoyer le dernier box de Jackie ; elle sursauta en entendant la voix de Thom.

— Je ne voulais pas te faire peur, dit-il depuis l'autre côté de la porte.

— Je… Je ne vous ai pas entendu arriver.

Le bas de son visage était enfoui dans son écharpe, et elle sentit son souffle chaud se répandre dans son cou quand elle parla.

— Jackie m'envoie te demander si tu veux petit-déjeuner. Elle est contente comme tout que tu te sois occupée des chevaux pour elle.

Sarah plissa les yeux, éblouie par le soleil encore bas.

— Je me suis levée tôt. Et puis elle a lavé mon jean et mes affaires…

— Ah. Des bonnes manières *et* des valeurs éthiques au travail. Tes parents ont fait du bon boulot.

Il sourit. Il venait de passer une heure à nettoyer le grand camion. Elle avait vaguement entendu le bourdonnement du tuyau haute pression derrière l'écurie, l'eau giclant sur les surfaces métalliques, les frottements sporadiques et les sifflotements joyeux de Thom. La veille pendant le dîner, il s'était montré abattu, encore secoué par la mort du cheval. Il n'avait presque rien mangé, et les efforts de Jackie pour lui redonner le sourire avaient été vains. Sarah était restée tout aussi silencieuse, épuisée par les événements de la journée. Elle avait avalé son repas sans rien dire ou presque, puis, la vision brouillée par la fatigue, était allée se réfugier avec reconnaissance dans la chambre d'amis. De toute évidence, Jackie et son mari aimaient avoir de la compagnie : alors qu'elle glissait doucement dans le sommeil, elle les avait entendus rire et parler.

Elle s'était réveillée sur les coups de 6 h 30, et s'était demandé un instant, déroutée, où elle était. Puis, alors que la mémoire lui revenait, presque par réflexe, elle avait sauté de son lit et, encore en tee-shirt, s'était précipitée dehors pour retrouver Boo.

Quand il avait passé la tête par-dessus la porte du box et l'avait saluée d'un hennissement, elle avait pu respirer de nouveau. Frissonnant dans l'air froid du matin, elle s'était glissée dans le box où il se tenait calmement dans sa couverture d'emprunt ; rien dans son apparence ne trahissait le trajet qu'il avait enduré la veille. Elle avait examiné ses jambes, soulevé ses pieds, puis, rassurée, avait pressé son visage contre son encolure avant de regagner la maison où, incapable de se rendormir, elle s'était habillée pour ressortir nettoyer son box.

Elle n'avait pas nettoyé les autres par charité, contrairement à ce qu'avait semblé croire Thom : en l'absence d'un plan clair, elle devait faire son possible pour s'assurer le gîte et le couvert pour une nuit supplémentaire. Elle découvrait ce système d'hébergement provisoire dont elle n'avait jamais rien su : poneys en transit pendant l'émigration de leur famille ; chevaux de course ou de concours, dont le prix comportait quatre ou cinq zéros, en route vers de nouvelles écuries. Tous, comme elle, attendaient une nouvelle vie dont ils ignoraient encore tout. Les chevaux de moindre valeur, les usés et les infirmes, ceux qu'on envoyait sur le continent dans des camions à bestiaux, ne connaissaient pas un tel repos. Ils resteraient dans le camion jusqu'à leur arrivée à l'abattoir.

— Hier… Ça a dû être dur à voir pour toi. J'espère que ça ne t'a pas empêchée de dormir.

Les lignes au coin des yeux de Thom suggéraient qu'il avait passé beaucoup de temps à sourire ou à les plisser face au soleil. On devinait qu'il était irlandais avant même qu'il ouvre la bouche.

Sarah s'appuya sur sa fourche, repensant au cheval blessé.

— Vous croyez qu'il a beaucoup souffert ?

— Non. Ils entrent en état de choc. Comme les humains. Ensuite, le véto a assez vite mis fin à son calvaire.

— Vous êtes triste ?

Il haussa les épaules, l'air surpris.

— Oh, pas vraiment. Il n'était pas à moi. Les chevaux ne m'appartiennent pas. Je les transporte, c'est tout.

— Est-ce que son propriétaire sera triste ?

— Ne prends pas ça trop à cœur, petite, mais franchement ça m'étonnerait. C'était un coureur de *point-to-point* aux mauvaises jambes. Le propriétaire l'avait vendu dans un lot à un négociant français. Pour être honnête, ce matin, quand je l'ai appelé, il était plus préoccupé par la déclaration de sinistre que par la perte de son cheval.

De la pointe de sa botte, Sarah décolla un morceau de boue séchée du sol.

— Il s'appelait comment ?

— Le cheval ? Seigneur, maintenant que tu me demandes…

Il leva les yeux vers le ciel. Sarah en profita pour l'observer librement. Elle s'aperçut, avec une sorte de ravissement horrifié, que sa main gauche était une fausse, faite dans une sorte de caoutchouc de couleur chair.

— Diablo, lâcha-t-il soudain en la regardant de nouveau.

Elle rougit, gênée qu'il l'ait surprise en train de l'examiner.

— Non. Diablo Blue. Voilà, c'est ça. Bon. Est-ce que je dis à Jackie que tu vas prendre un petit déjeuner ? Moi, il faut que j'aille dare-dare à Douvres pour faire réparer la cloison.

Elle réfléchit. Peut-être était-ce parce qu'il avait paru beaucoup plus secoué la veille que Jackie et son mari, ou à cause de la façon dont il caressait presque sans s'en rendre compte le nez des chevaux en passant devant chaque box. Peut-être était-ce cette main. Mais quelque chose chez Thom lui disait qu'il ne représentait pas une menace.

— Je peux vous accompagner ? demanda-t-elle en enfilant son blouson. J'ai besoin d'aller retirer de l'argent.

Théoriquement, Thom Kenneally vivait en Irlande, mais il passait une bonne partie de la semaine à transporter des chevaux entre son pays, l'Angleterre et la France. Il lui raconta qu'il avait été jockey autrefois, jusqu'à ce qu'il perde une partie de son bras dans un accident de cheval. Ensuite, il avait enchaîné divers métiers, essayant de se stabiliser, jusqu'à ce qu'il se mette au transport.

Tout le monde ne pouvait pas faire ce boulot, lui expliqua-t-il. Beaucoup de chevaux refusaient de monter dans les camions, et la patience et le calme ne suffisaient parfois pas à les faire entrer et sortir sans heurts. Il fallait être capable de lire ce qui se passait dans leur tête, de deviner, avant qu'ils posent un sabot sur la rampe, s'ils allaient partir en arrière, ruer ou se cabrer en arrivant en haut. Il transportait de vieux poneys, des chevaux de concours expérimentés, de temps à autre des chevaux de course aux jambes délicates, d'une valeur telle que, pour ceux-là, il faisait le trajet trempé de sueur froide. Jusqu'à l'accident de la veille au soir, il n'avait perdu qu'un seul cheval en six ans. Mais non, cela ne le découragerait pas.

— Ce boulot me convient, conclut-il.

Ils avaient laissé la cloison à un soudeur qui avait promis qu'elle serait prête à midi. Thom partirait avec le reste de son chargement tout de suite après.

— J'aime les chevaux. En plus, ma petite amie est du genre indépendant. Elle a besoin de son espace.

— Est-ce qu'elle aime les chevaux ?

Il sourit.

— Pas beaucoup. Je pense qu'elle savait que c'était soit ça, soit je m'installais dans une écurie de course quelque part. Au moins, maintenant, elle n'a pas à se coltiner les animaux matin, midi et soir.

— J'adorerais, moi ! dit Sarah avant de rougir.

— Voilà ton distributeur.

Il freina et se gara devant une supérette. Sarah descendit du camion et traversa la rue en courant. Elle sortit la carte de sa poche, l'inséra dans la fente et composa le code, jetant un coup d'œil par-dessus son épaule pour voir s'il regardait, puis elle retint son souffle.

Elle s'était à moitié attendue à un refus strident, peut-être même, dans ses pires cauchemars, à une sirène d'alarme. Mais encore une fois la machine se montra étonnamment accommodante. Elle tira de nouveau cent livres et enfouit les billets au fond de sa poche, tout en s'excusant en silence auprès de Papa, Mac et Natasha. Elle s'apprêtait à retraverser la rue quand elle remarqua une cabine téléphonique à l'ancienne, rouge avec une porte à petits carreaux. Thom semblait plongé dans la lecture d'un journal ; elle en profita pour se glisser à l'intérieur, grimaçant en affrontant la prévisible puanteur d'urine. La machine acceptait les cartes bleues. Elle composa le numéro.

Le téléphone sonna un long moment au loin. Enfin, alors qu'elle s'apprêtait à raccrocher, elle entendit un déclic.

— Unité de neurologie vasculaire.

— Pourrais-je parler à M. Lachapelle ?

Elle dut crier pour dominer le vacarme d'un camion qui passait.

— Qui ça ?

— M. Lachapelle. (Elle se couvrit l'autre oreille de la main.) C'est Sarah, sa petite-fille. Pourriez-vous me le passer ? Il est dans la chambre quatre.

Il y eut un bref silence.

— Un instant.

Debout dans la petite cabine, elle regarda distraitement la rue animée. Dans le camion, Thom la vit et hocha la tête, comme pour lui dire qu'elle pouvait prendre son temps.

— Allô ?

Une voix différente.

— Oh. Je voudrais parler à M. Lachapelle. C'est Sarah.

— Bonjour, Sarah. Sœur Dawson à l'appareil. Je vais lui apporter le téléphone. Mais il faut que je vous prévienne, il a fait une rechute. S'il y a du bruit de votre côté, vous aurez peut-être un peu de mal à l'entendre.

— Il va bien ?

Son interlocutrice hésita un bref instant, suffisamment pour que Sarah sente son cœur se serrer.

— À quelle heure pensez-vous venir ? Je peux faire en sorte que quelqu'un soit là pour faire le point avec vous et votre famille d'accueil.

— Je ne peux pas, expliqua l'adolescente. Je ne peux pas venir aujourd'hui.

— OK. Eh bien, il va... bien. Mais il a un peu du mal à s'exprimer en ce moment. Parlez fort pour qu'il vous entende. La communication est assez mauvaise. Je vous le passe.

Un bruit de pas, le grincement d'une porte. Une voix étouffée :

— Monsieur Lachapelle, c'est votre petite-fille. Je vais tenir le combiné près de votre oreille, d'accord ?

Elle retint son souffle.

— Papa ?

Rien.

— Papa ?

Un long silence. Peut-être un son. C'était difficile à dire à cause du tumulte de la circulation derrière elle. Elle pressa davantage sa main sur son oreille. L'infirmière intervint.

— Sarah, il vous entend. Pour l'instant, il vaut mieux que vous lui parliez simplement, sans attendre de réponse.

Sarah avala sa salive.

— Papa ? répéta-t-elle. C'est Sarah. Je ne peux pas venir aujourd'hui.

Un bruit, puis un encouragement étouffé de l'infirmière.

— Il vous entend, Sarah.

— Papa, je suis à Douvres. J'ai dû emmener Boo. La situation devenait difficile pour nous. Mais je t'appelle pour te dire…

Sa voix se brisa. Elle ferma les yeux, s'enjoignant de rester forte, de ne pas laisser transparaître sa vulnérabilité dans son intonation.

— Boo et moi, nous allons à Saumur. Je ne pouvais pas te le dire avant d'être partie.

Elle attendit, essayant de saisir quelque chose, d'évaluer sa réaction. Le silence qu'elle reçut en réponse était douloureusement oppressant. Elle y entendit un million de choses et, tandis qu'il se prolongeait, elle sentit sa détermination faillir.

— Je suis désolée, Papa, cria-t-elle dans le combiné, mais je ne l'aurais jamais fait si je n'y avais pas été obligée. Tu sais ça. Tu le sais. (Elle s'était mise à pleurer, et de grosses larmes salées allaient s'écraser sur la dalle de béton à ses pieds.)

C'était le seul moyen pour qu'on soit en sécurité, lui et moi. Je t'en prie, ne sois pas fâché, chuchota-t-elle, sachant qu'il n'entendrait pas.

Il ne disait toujours rien.

Sarah pleura en silence jusqu'à ce que l'infirmière reprenne le combiné.

— Vous avez pu lui dire tout ce que vous vouliez ? demanda-t-elle gaiement.

Sarah s'essuya le nez sur sa manche. Elle le voyait si distinctement, allongé là, le visage figé en un masque d'anxiété, de colère à peine contenue. Même alors qu'il était coincé dans ce lit, et malgré les kilomètres qui les séparaient, elle sentait le souffle glacé de sa désapprobation. Comment aurait-il pu comprendre ?

— Sarah ? Vous êtes toujours là ?

Elle renifla.

— Oui, dit-elle d'une voix suraiguë. Je ne vous entendais pas, un camion vient de passer près de moi, je suis dans une cabine téléphonique.

— Bon, je ne sais pas ce que vous lui avez dit, mais il veut que je vous dise…

Sarah ferma les yeux de toutes ses forces pour retenir ses larmes.

— Il dit : « Bien. »

Un silence.

— Quoi ?

— Oui, c'est bien ça. Il dit : « Bien. » Là, il hoche la tête pour confirmer. D'accord ? Allez, à bientôt.

Quand elle remonta dans le camion, Sarah se tourna vers la vitre pour dissimuler ses yeux rouges et laissa ses cheveux dégringoler devant son visage, guettant le bruit de la clé dans le contact.

Bien.

Le mot silencieux de Papa résonnait à ses oreilles.

Thom ne fit pas démarrer le moteur. Quand, enfin, elle tourna la tête vers lui, elle s'aperçut qu'il la regardait fixement.

— OK, petite. Tu veux me dire ce qui se passe ?

Il ne croyait pas à son histoire de course solidaire. Ayant retrouvé son calme, les yeux secs, une expression neutre sur le visage, elle débita d'une voix égale l'explication qu'elle avait répétée mentalement une bonne partie de la matinée.

— En France. Tu participes à une course solidaire en France. Pour collecter de l'argent pour les victimes d'AVC. Et tu n'as aucun papier.

— Je pensais m'en occuper à Douvres. J'allais vous demander comment m'y prendre.

Ils étaient assis dans un café au bord de la route. Avec son thé, il lui avait acheté un muffin qui attendait sur une assiette devant elle, humide et compact dans son sachet en plastique.

— Et tu voyages seule.

— Je suis très indépendante.

— De toute évidence.

— Alors ? Vous pouvez m'aider ?

Il se laissa aller contre le dossier de son siège et l'examina attentivement pendant une minute. Puis il sourit.

— Eh bien, devine quoi, Sarah. Moi, je vais te parrainer. Donne-moi tes feuilles de parrainage.

Elle écarquilla brièvement les yeux avant de les détourner pour dissimuler son trouble, mais il s'en était rendu compte.

— Je crois… que je les ai laissées dans mon sac.

— Tiens donc…

— Mais vous voudrez bien m'expliquer comment obtenir les bons papiers pour faire voyager Boo ?

Il ouvrit la bouche pour parler, puis se ravisa et laissa son regard errer au-dehors, où des files de voitures aux galeries lourdement chargées se dirigeaient vers le terminal des ferries.

Sarah tripota le sachet du muffin. La date de péremption n'y était pas imprimée. Il aurait aussi bien pu avoir trois ans, pour ce qu'elle en savait.

— J'ai une belle-fille qui te ressemble un peu, dit Thom d'une voix douce. Quand elle avait à peu près ton âge, elle s'attirait sans arrêt des ennuis ; la plupart du temps, c'était parce qu'elle gardait tout pour elle et pensait pouvoir arranger la situation toute seule. Finalement, ajouta-t-il avec un petit sourire ironique, un instant perdu dans ses souvenirs, nous avons réussi à la convaincre que rien n'est jamais assez terrible pour ne pas pouvoir être raconté à quelqu'un. Tu entends ça ? Rien.

Mais il se trompait, Sarah le savait. C'était dire la vérité qui lui avait attiré tous ces problèmes au départ. Si elle ne s'était pas confiée à Natasha au sujet de Papa le premier soir…

— Sarah… Est-ce que tu as des ennuis ?

Elle maîtrisait désormais une expression indéchiffrable presque parfaite. Elle s'empressa de l'afficher, sentant curieusement, ce faisant, qu'elle aurait dû s'en excuser. Ça n'a rien de personnel, voulut-elle lui dire, mais vous ne voyez donc pas ? Ça risque d'être comme avec les autres. Vos intentions sont bonnes, mais vous pourriez causer beaucoup de dégâts.

— Je vous l'ai dit, répondit-elle calmement. Je fais une course solidaire.

Il fit la moue, et elle lut une légère résignation dans ses yeux. Il but une gorgée de café.

— Jackie a failli ne pas te laisser passer la nuit chez elle, tu sais. Elle renifle les embrouilles à des kilomètres.

— Je lui ai réglé ce qu'elle m'a demandé.

— Effectivement.

— Je ne suis pas différente des autres.

— Clairement. Juste l'adolescente habituelle qui débarque seule avec un cheval qu'elle veut faire passer de l'autre côté de la Manche.

— Je vous l'ai dit. Je peux vous payer, si c'est ce que vous voulez.

— Je n'en doute pas.

— Eh bien, alors… ?

Elle attendit qu'il interrompe la contemplation de son café qu'il semblait soudain trouver fascinant.

— Tu veux bien me donner cette carte bleue ?

— Quoi ?

— La carte avec laquelle tu as retiré de l'argent.

— Je vous paierai en liquide.

Sarah sentit son estomac se nouer.

— Si je dois t'aider, je préférerais la carte bleue. Pas vraiment un problème, si ? (Leurs regards se croisèrent.) À moins, bien sûr, que ce ne soit pas ton nom écrit dessus…

Sarah recula sa chaise et se leva.

— Vous savez quoi ? J'avais seulement besoin que vous m'ameniez au distributeur. Pas que vous vous mêliez de mes affaires. Ni que vous m'enquiquiniez, OK ? Si vous n'avez pas l'intention de m'aider, laissez-moi tranquille.

Là-dessus, elle sortit et traversa le parking à grandes enjambées en direction de la grand-route.

— Eh ! lança-t-il derrière elle.

Comme elle ne se retournait pas, il cria :

— Tu n'obtiendras aucun papier sans un véto. Ça prendra des jours, des semaines, même. Et tu dois avoir dix-huit ans pour les signer. Je doute que ce soit le cas, Sarah. Quant à Jackie, quel que soit le nombre de box que tu nettoieras, elle risque de ne pas être très à l'aise longtemps avec le fait de t'héberger. Réfléchis un peu.

Elle s'arrêta.

— À mon avis, petite, il est peut-être temps d'envisager de rentrer chez toi. (Il avait une expression bienveillante sur le visage.) Avec ton cheval.

— Mais je ne peux pas. Je ne peux pas. (Horrifiée, elle s'aperçut qu'elle avait les larmes aux yeux et battit des paupières pour les chasser.) Je n'ai rien fait de mal, OK ? Je ne suis pas quelqu'un de mauvais. Mais je ne peux pas rentrer.

Thom ne la quittait pas des yeux. Elle baissa la tête, essayant d'éviter son regard. C'était comme s'il pouvait tout voir, sa malhonnêteté, sa vulnérabilité ; pas à la manière de Sal le Maltais, qui avait semblé avoir le pouvoir de lui arracher tout ce qui en elle pouvait valoir quelque chose, mais avec une sorte de compassion. C'était pire.

— Écoutez. J'ai vraiment besoin d'y arriver.

Les voitures passaient à toute vitesse à côté d'eux sur la voie rapide. Elle songea brièvement combien il était injuste que ces chevaux de métal soient autorisés à traverser la Manche si facilement.

— Je ne peux rien dire de plus, poursuivit-elle. Mais je dois aller en France.

Elle avait laissé son blouson dans le camion. Debout au milieu du parking glacial, ses cheveux volant follement autour de son visage, agités par le vent du large, elle croisa les bras. Thom la considéra encore quelques secondes, puis se détourna. Elle se demanda s'il allait remonter dans son camion, mais il fit quelques pas et s'arrêta.

— Donc, si je ne t'aide pas, comment tu comptes t'y prendre ?

— Je trouverai quelqu'un qui le fera, répondit-elle sur un ton de défi. Je sais que je peux convaincre quelqu'un de m'aider.

— C'est bien ça qui m'inquiète, marmonna-t-il, résigné, puis il se tut, pensif. D'accord, dit-il. Je pourrais peut-être te faire passer en France. Oui, toi et ton cheval, précisa-t-il quand elle ouvrit la bouche pour l'interrompre. Mais je veux que tu parles. C'est ma seule condition, Sarah. Tu me racontes ce qui se passe.

« Diablo Blue » refusait de monter la rampe. Il renâcla, gardant les pieds antérieurs plantés devant la passerelle, les yeux écarquillés. Son encolure arquée et musclée tendue, ses oreilles s'agitant d'avant en arrière, l'animal trébuchait maladroitement, troublé par la sensation inconnue des bandes protectrices rembourrées que Thom avait enroulées autour de ses jambes.

L'Irlandais était imperturbable : il se tenait calmement à ses côtés, lui parlant doucement quand le cheval refusait de bouger, relâchant la tension de la longue corde dès que l'animal cessait de tirer. Il avait demandé à Sarah de lui mettre sa bride ; ensuite, devant elle, il avait passé la corde dans le mors, puis par-dessus sa tête, près de ses oreilles, pour la faire repasser dans le mors de l'autre côté.

— Quand il fait marche arrière, il sent une pression, qu'il reconnaît comme la conséquence d'un mauvais comportement, expliqua-t-il. C'est plus doux que certains accessoires utilisés généralement par les transporteurs. Eh, ça va. N'aie pas l'air si inquiète. On prendra le temps qu'il faut.

— Jackie a dit qu'elle serait de retour à 13 h 30.

— Ah, on sera déjà loin à cette heure-là.

Thom s'assit sur la rampe, tendant la main pour caresser le nez du cheval, l'air d'avoir la vie devant lui.

Sarah était loin de se sentir si détendue. Jackie poserait des questions, exigerait une explication. Pire, elle convaincrait peut-être Thom qu'il commettait une erreur.

— Elle est seulement partie se réapprovisionner en aliments. Écoutez, si j'essayais, moi ?

— Non, dit Thom. Tu es trop tendue. D'ailleurs, ta présence n'aide pas. Va attendre dans le camion.

— Je ne…

— Assieds-toi dans le camion. J'irai beaucoup plus vite.

Son ton était sans appel. Les chevaux déjà chargés hennirent anxieusement ; l'un tira sur un fétu de paille, avant de passer la tête par-dessus la cloison pour voir ce qui se passait dehors. Sarah lança un regard angoissé au grand cheval bai au bout de la corde de Thom avant d'obtempérer.

Elle grimpa sur le siège passager, puis glissa la main dans sa poche où elle gardait la carte bleue.

— Tu es prête à payer combien pour ton passage ? avait demandé Thom.

Elle avait fait un pas en arrière, craignant de s'être trompée sur lui.

— Retournons nous asseoir un moment dans le café.

Elle l'avait soudain méprisé, voyant en lui un autre escroc, un autre arnaqueur, jusqu'à ce qu'il sorte son téléphone de son blouson. Ils avaient repris place à la même table. Son muffin était toujours là dans son emballage en plastique.

— Clive ? C'est Thom Kenneally. Au sujet de ces chevaux...

Assise en face de lui à la table de Formica, elle l'avait écouté expliquer à son interlocuteur – qu'il connaissait suffisamment pour lui demander des nouvelles de ses enfants – qu'il y avait un problème avec son camion.

— Il faut que je te dise, mon pote, j'ai quelques ennuis avec l'assurance. D'après les soudeurs, il manquait un boulon dans la cloison. J'aurais pas pu le voir, mais pour eux, vis-à-vis de l'assureur, c'est délicat. Tu vois ce que je veux dire ? Du coup, tu risques d'avoir du mal à te faire dédommager, et moi, je vais me retrouver avec des mensualités de fou. Oui... Oui, exactement. Bon. Ton Diablo Blue, là... Je vois à ses papiers que ce n'était pas vraiment un Desert Orchid, je me trompe ? Ah oui ? Je me disais bien que, sans être un canasson... (Il rit.) Je me demandais si tu pourrais me rendre un service. Tu verrais un inconvénient à ce que je te dédommage en liquide et que l'incident reste entre nous ? Est-ce que ça te conviendrait ? Comme ça, on évite les tracasseries pour tout le monde.

Il avait bavardé encore cinq minutes, rassurant Clive quant à la qualité des réparations, concluant que oui, il serait ravi de prendre les deux chevaux vendredi. Il espérait qu'ils travailleraient ensemble encore longtemps, etc. Quand enfin il avait raccroché, son sourire déterminé avait mis quelques secondes à s'évanouir sur ses lèvres. Il avait rangé son téléphone dans sa veste.

— OK, petite. Tu dois à ce M. Clive trois cent cinquante balles pour son cheval mort. Si on retourne au distributeur, tu crois que cette carte bleue tiendra le choc ?

— Je ne comprends pas…

— C'est le prix pour les nouveaux papiers de ton cheval, avait-il expliqué. Que Dieu me pardonne de m'être impliqué, mais c'est le prix de ton billet pour la France.

Cela avait pris encore dix interminables minutes, durant lesquelles elle avait mâché les deux ongles qui lui restaient jusqu'au sang, puis elle avait entendu le bruit sourd des sabots, et un grincement étouffé lui avait appris que la rampe avait été remontée. Puis il y eut le claquement des verrous et des loquets de sécurité. La portière conducteur s'ouvrit, laissant entrer une grosse bouffée d'air froid, et Thom monta dans le camion.

— Il s'en est bien sorti, tout compte fait, non ? Les deux autres sont de grands voyageurs, ils l'aideront. (Il se fendit d'un grand sourire.) Tu peux respirer maintenant.

Il démarra. Le camion vibra, son énorme moteur s'éveillant en grondant. Sarah mit sa ceinture.

— Tu as laissé le mot à Jackie ? demanda-t-il en réglant le rétroviseur.

— Et l'argent. Je lui ai dit que j'avais changé d'itinéraire et que j'allais à Deal finalement.

— Bien. Oh, allez, gamine. Détends-toi. Le camion a des suspensions pneumatiques : c'est super confort pour les chevaux. Ils sont mieux installés que nous. Je te parie qu'il mangera tranquillement le foin de son filet avant qu'on arrive au bout de l'allée.

Elle ne pouvait pas lui avouer que ce n'était pas le comportement de « Diablo Blue » qui l'inquiétait. C'était l'idée que les douaniers lisent trop attentivement sa description, et que quelqu'un qui s'y connaisse en chevaux s'aperçoive que Diablo Blue avait pris six centimètres au cours des trois semaines qui avaient suivi l'émission de ses papiers d'identité.

— Tu es sûre de toi ? demanda Thom. Il n'est pas trop tard pour changer d'avis. Je suis certain que si je parlais avec ta famille d'accueil, on pourrait s'arranger.

« Bien », avait dit Papa. *Bien.* L'infirmière en était certaine.

— Je veux partir. Maintenant.

Elle jeta un coup d'œil dans le rétroviseur extérieur. Derrière les écuries, hors de vue, le cheval qui s'appelait désormais Baucher reposait sous une bâche, attendant que l'abattoir local vienne le chercher. Les passeports et les documents de voyage étaient rangés dans une vieille chemise sur le tableau de bord devant elle.

— D'accord. (Thom fit tourner l'énorme volant, et le camion prit la direction de la grand-route.) Alors pour toi, moi et Diablo Blue, ce sera le gros *bateau**.

CHAPITRE 22

« Il convient d'empêcher un cheval fougueux de se précipiter à toute vitesse, et surtout de se mesurer à la course avec un autre ; car, en règle générale, les chevaux les plus ambitieux sont les plus fougueux. »

Xénophon, *De l'art équestre.*

Cowboy John s'assit avec sa quatrième assiette d'œuf, bacon et pain frit, puis se frotta les mains.

— Pas mal, dit-il en coinçant sa serviette dans son col. Pas mal du tout pour de la nourriture d'autoroute.

Mac but une autre gorgée de café.

— Quatre petits déjeuners... Ça me dépasse, commenta-t-il en examinant le buffet dévalisé.

— J'ai payé pour un petit déjeuner à volonté, répliqua John. Autant rentabiliser mon investissement.

En fait, c'est moi qui ai payé, rectifia Mac en silence.

Mais se trouver en compagnie de quelqu'un de gai était un tel soulagement qu'il garda sa remarque pour lui. Autour d'eux, la salle à manger du *Tempest International* grouillait de voyageurs : représentants de commerce plongés dans des conversations téléphoniques, mères stressées contenant des bambins autour de tables couvertes de céréales renversées pendant que les pères disparaissaient derrière des journaux. De temps à autre, une jeune fille d'Europe de l'Est au visage rond s'approchait pour leur proposer de remplir leurs tasses de café, ce à quoi John s'empressait de répondre : « Ah, ça, oui ! Merci ! »

Il paraissait rajeuni ce matin-là, le sourire un peu plus facile sous son vieux chapeau brun, son col et ses manchettes soigneusement repassés. Mac, dont les vêtements semblaient toujours suggérer qu'il les portait depuis plusieurs jours, se sentit paradoxalement débraillé en comparaison. Il s'était réveillé avant l'aube, et, incapable de se rendormir et n'ayant rien de plus utile à faire, il était retourné arpenter le front de mer, d'où il regarda les premiers ferries aller et venir dans la lumière naissante. Au-dessus de lui, des mouettes tournoyaient en poussant des cris désespérés, et il s'était demandé avec appréhension où pouvait bien être Sarah.

Il avait regagné l'hôtel peu après 8 heures et s'était glissé dans la chambre où il avait retrouvé Natasha non pas dans le fauteuil près de la fenêtre, comme quand il était parti, mais roulée en boule dans l'autre lit. La pièce était plongée dans le silence, que troublait uniquement un murmure dans le couloir. Elle avait les genoux remontés sous le menton dans une position curieusement infantile, ses cheveux lui couvraient la moitié du visage, et elle fronçait les sourcils, même dans son sommeil. Sur le bureau, malgré l'heure matinale, un voyant de son téléphone clignotait, lui indiquant qu'elle avait reçu des messages. Il envisagea de les consulter, au cas où Sarah aurait décidé d'appeler, mais l'idée que Natasha puisse se réveiller et le surprendre en train de violer son intimité l'en dissuada. Au lieu de ça, il se doucha et fit de son mieux pour se laver avec le savon sans mousse de l'hôtel, avant de descendre au rez-de-chaussée pour petit-déjeuner. Il retrouva Cowboy John, qui visiblement profitait des bienfaits de la salle à manger depuis un moment.

— Alors ? C'est quoi, le plan, aujourd'hui, chef ?

John sauça une flaque d'œuf avec un bout de pain grillé.

— Aucune idée.

— Eh bien… J'ai réfléchi, et je parie qu'elle est dans le coin. Cette gamine a jamais été nulle part, pas depuis que je la connais. Et elle peut pas faire traverser la Manche à ce canasson à la nage. Donc, à mon avis, soit elle va trouver un endroit où le laisser et partir en France à pied, auquel cas l'un de nous pourrait faire le guet près de la billetterie, soit elle va piger rapidement qu'elle est coincée et rester dans les parages le temps de trouver comment retomber sur ses pattes.

— Je ne la vois pas abandonner le cheval, dit Mac en repensant à leur séjour écourté dans le Kent.

Le visage de John se fendit d'un grand sourire.

— Moi non plus, mon gars. Donc elle va probablement séjourner ici quelques jours. Alors attendons un peu avant de prévenir les flics. Faut juste qu'on soit sûrs qu'on a couvert toutes les options. On pourrait appeler les écuries, demander dans les hôtels si une gamine a payé avec la carte bleue de Natasha.

Mac se laissa aller contre son dossier.

— Dit comme ça, ça a l'air facile.

— C'est parce que les meilleurs plans le sont. Et à moins que vous ayez une autre idée…

Natasha apparut devant eux. Elle avait les cheveux humides et l'air méfiant, comme si elle craignait qu'on ne lui reproche d'être la dernière.

— Tiens. (Mac tira une chaise vers elle.) Tu veux du café ?

— Je ne voulais pas dormir si tard. Tu aurais dû me réveiller.

— Il m'a semblé que te reposer un peu ne te ferait pas de mal.

Une ombre fugace voila son regard, et il la vit essayer de la dissimuler, s'étonnant de la facilité avec laquelle une remarque innocente pouvait être mal interprétée tant chaque conversation était chargée d'arrière-pensées.

— Ton portable, dit-elle en le lui tendant. Tu l'avais laissé dans la chambre. Ta petite amie a essayé de te joindre.

— Probablement au sujet d'un boulot pour lequel je m'étais engagé ce matin…, commença-t-il, mais elle avait déjà quitté la table pour gagner le buffet.

John se pencha au-dessus de la table.

— J'ai pensé à autre chose.

Mac l'écoutait à peine. Debout près de la corbeille de pain, Natasha secouait la tête en parlant au téléphone.

— Nous nous inquiétons peut-être pour rien.

Mac se tourna de nouveau vers la table.

— Son grand-père. Le cheval, il l'a sacrément bien dressé. Jamais vu un animal aussi bien dressé, et j'en ai vu passer…

— Et alors ?

— Alors elle est en sécurité avec lui.

— En sécurité avec qui ?

Natasha s'assit en mordant dans une tranche de pain grillé.

— Le cheval. John pense qu'elle est en sécurité avec lui.

Natasha posa la tranche de pain sur son assiette.

— Ah bon, c'est Jolly Jumper ? Il écrasera les serpents qui essaieront de la mordre ? La préviendra si des Indiens approchent ?

Cowboy John releva son chapeau d'une pichenette et lui décocha un regard noir. Puis il se tourna ostensiblement vers Mac.

— Je veux dire qu'elle peut filer si elle se sent menacée. Et beaucoup de gens ont peur des chevaux. Ils vont la laisser tranquille ; des gars qui autrement seraient très contents d'approcher une petite fille toute seule. (Il but une gorgée de café.) À mon avis, elle est bien plus en sécurité sur ce cheval que sans lui.

— Elle pourrait aussi se faire éjecter. Ou tomber dessous. Ou se faire attaquer par quelqu'un qui veut le lui voler.

John l'examina avec méfiance.

— Ah, ça, vous êtes une marrante, vous. Je comprends que vous soyez avocate.

La jeune serveuse traînait près de leur table. Mac sourit et lui tendit sa tasse. Comme elle s'éloignait, il surprit le regard de Natasha sur lui : il n'avait rien de bienveillant.

— Je crois que Mac aurait préféré que je sois serveuse.

— Qu'est-ce que tu sous-entends, bon sang ?

Elle s'adressait à John.

— C'était le genre d'homme à prétendre aimer les femmes intelligentes. Jusqu'à ce qu'« intelligente » veuille dire « compliquée » et « avisée ». Alors il a décidé que finalement il préférait les serveuses et les mannequins de vingt-deux ans.

Elle rougit.

— Je vois pas le problème, moi ! gloussa John.

Mac piqua du nez dans sa tasse à café.

— Peut-être ai-je simplement trouvé plus facile de m'entourer de gens qui n'étaient pas perpétuellement en colère contre moi.

Touché. Il la vit s'empourprer davantage et eut honte.

John se leva d'un mouvement raide.

Eh ben, les tourtereaux, quand je vous vois, je me rappelle pourquoi j'ai préféré rester célibataire. Si vous voulez définir un plan d'action, je vais me brosser les dents. Je serai prêt dans cinq minutes.

Ils le regardèrent traverser le restaurant d'un pas nonchalant. Natasha mâchait son pain.

— Je suis désolée, s'excusa-t-elle, le nez plongé dans son assiette. Je n'aurais pas dû…

— Tash ?

Elle releva la tête.

— Que penserais-tu d'une trêve ? Jusqu'à ce qu'on la retrouve ? Je trouve tout ça un peu fatigant.

Il vit un éclat de colère briller fugitivement dans ses yeux et l'entendit penser : « Fatigant ? Tu crois que c'est ma faute ? »

— Tu as raison, soupira-t-elle. Comme je te l'ai dit, je suis désolée.

À l'autre bout de la salle, John ôta son chapeau devant la serveuse. Mac le regarda la saluer d'une courbette courtoise.

— OK. C'est quoi, le plan ? Parce que moi, je n'en ai pas.

— Elle ne peut pas être loin, dit Natasha. Donnons-lui jusqu'à 16 heures. Si nous ne l'avons pas trouvée d'ici là, nous appellerons la police.

Natasha et Cowboy John étaient assis sur un banc devant la billetterie du terminal de ferries, le menton enfoncé dans le col de leurs manteaux pour essayer de se protéger du vent. Au-dessus d'eux, les mouettes poussaient des cris perçants. Ils avaient appelé à peu près tout le sud de l'Angleterre ce matin-là depuis leurs chambres d'hôtel, puis, pris de claustrophobie et terrassés par l'anxiété, ils avaient décidé de sortir retrouver Mac. Le temps s'était écoulé tout doucement, chaque heure qui passait sans un signe de Sarah ajoutant à leur malaise croissant. Ils attendirent, assis devant le sinistre Portakabin, observant le flot continu de passagers qui descendaient de voiture et allaient acheter des billets ou simplement utiliser les toilettes. Ben appelait régulièrement pour lui poser une question, souvent de la part de Richard, et elle lui criait la réponse, haussant la voix contre la brise de mer. À intervalles réguliers, Cowboy John se levait et allait fumer, impassible, déambulant sur la portion de route goudronnée, tendant de temps à autre une main maigre pour enfoncer son chapeau sur son crâne.

— Ça me plaît pas, marmonna-t-il en tournant son regard vers la mer. C'est pas le genre de Sarah.

Natasha l'entendit à peine. Elle pensait à ce que Linda lui avait répondu quand elle avait demandé si Conor l'avait défendue pendant la réunion des associés de la veille au soir.

— Il a essayé, avait-elle dit d'une voix qui suggérait qu'il n'avait pas beaucoup insisté. Curieusement, c'est Harrington qui a vraiment pris ta défense. Pendant une conférence téléphonique. Je... euh... suis entrée à ce moment-là. Il a dit que ta stratégie était... innovante, et que le fait que tu partes à ce moment du procès ne ferait aucune différence.

Linda avait été étonnée que cette nouvelle ne réjouisse pas davantage Natasha.

L'audience de la matinée s'était bien passée. Richard avait interrogé le médecin de famille, et Harrington le comptable juridique, réduisant à néant les réclamations de M. Persey en matière de pertes financières. Il avait été tellement secoué, rapporta Ben, que Harrington avait ensuite déclaré qu'il serait surpris s'ils n'arrivaient pas à conclure un début d'accord le lendemain. Natasha lui dit que c'était fantastique, s'efforçant d'ignorer l'envie et le sentiment de perte que cette nouvelle suscitait en elle.

Mac marchait vers eux en frappant dans ses mains, les cheveux hérissés par le vent. En le regardant, elle prit conscience de son tailleur froissé, de la légère odeur de renfermé que dégageait son chemisier. Elle avait mal aux pieds à force d'arpenter la ville dans les chaussures qu'elle ne portait habituellement qu'au tribunal. Il lui faudrait qu'elle s'achète des vêtements de rechange s'ils ne retrouvaient pas bientôt Sarah.

— Rien ?

Natasha secoua la tête.

— Personne ne se rappelle avoir vu un cheval. Mais hier soir, c'était une autre équipe. Et ils ont refusé de nous laisser consulter les listes de passagers, loi sur la protection des données oblige.

Mac pesta dans sa barbe.

— Rien du côté de la carte bleue ?

— Ça ne veut rien dire. Le traitement des opérations peut parfois nécessiter plusieurs heures.

Ils étaient à court d'idées. En l'absence d'un plan défini, l'urgence de la veille s'était peu à peu éventée, remplacée par une mélancolie étrange.

La journée s'étira. Ils se séparèrent, sillonnant les rues chacun à leur tour, à pied ou en voiture, ou s'enfermant dans leur chambre d'hôtel pour s'attaquer de nouveau à l'annuaire. Le propriétaire d'une confiserie sur Castle Street jura avoir vu une fille sur un cheval l'après-midi de la veille, mais ne put pas dire grand-chose de plus.

De plus en plus frustré, Mac se mit à interroger des gens dans la rue, des commerçants, des employés des compagnies de ferries. Cowboy John regagna sa chambre et entreprit de rappeler tous les hôtels qu'ils avaient contactés la veille au soir, au cas où, s'assoupissant de temps à autre. Natasha répondit au pied levé à d'autres coups de téléphone du cabinet, expliquant que non, finalement, elle ne serait pas rentrée avant le soir, et parcourut les rues mouillées de Douvres, luttant contre un sentiment de désespoir croissant.

Ils étaient convenus de se retrouver dans un pub sur le front de mer à 18 heures. Natasha avait proposé de dîner à l'hôtel, mais John avait annoncé que s'il restait une minute de plus dans ce cagibi aseptisé, il allait devenir complètement dingue. Dans le pub, manifestement hermétique aux caprices de la mode, régnaient de fortes odeurs de bière et de tabac froid, et le vieux cowboy parut se détendre en s'asseyant.

— Ah, là, c'est mieux…, ne cessa-t-il de répéter en tapotant la banquette tapissée de velours usé, comme s'il s'était trouvé un foyer loin de chez lui.

Natasha attendit que les hommes se rendent au bar pour composer le numéro. Elle s'assit, une main sur son oreille libre pour assourdir le bruit de la télévision qui hurlait des résultats sportifs au-dessus de sa tête.

Il mit huit sonneries à décrocher. Elle se demanda si, voyant qui appelait, il avait hésité à répondre.

— Conor ?

— Ouais.

— Je me demandais juste comment tu allais.

— Vous l'avez retrouvée ?

— Non.

— Où es-tu ?

— À Douvres. C'était clairement sa destination, mais nous n'arrivons pas à la localiser.

À peine eut-elle fini sa phrase qu'elle regretta d'avoir dit « nous ».

— Mmm.

Le silence s'installa. Natasha jeta un coup d'œil derrière elle : Mac discutait avec la serveuse, expliquant peut-être ce que John et lui faisaient là. Elle vit la fille hausser les épaules et secouer la tête. On lui avait fait cette réponse tellement de fois au cours des dernières vingt-quatre heures qu'elle n'avait pas besoin de l'entendre.

— Conor ?

— Ouais.

— Je me demandais juste… (Elle se passa les doigts dans les cheveux.) Je voulais être sûre que tout allait bien entre nous. J'ai détesté partir en laissant les choses comme ça.

Il marqua une courte pause avant de répéter :

— Tu voulais être sûre que tout allait bien entre nous ?

— Je suis désolée d'avoir dû partir aussi brusquement, mais je ne pouvais pas laisser Mac la chercher tout seul, tu comprends.

Elle l'entendit soupirer par-dessus le vacarme de la télévision.

— Tu ne piges toujours pas, Championne, hein ?

— Je t'ai donné mon point de vue au sujet du boulot. Il paraît que Harrington a été excellent au tribunal aujourd'hui. Mon absence…

— Non. Tu ne comprends pas.

Sa voix était plus douce.

— Comprendre quoi ?

— Tu n'as pas demandé une seule fois, Natasha. Pas une seule fois, alors que tu t'apprêtais à foutre toute ta vie en l'air, tu n'as pensé à me demander de t'aider.

— Quoi ?

— Tu ne l'as pas envisagé une seconde, n'est-ce pas ? Qu'est-ce que ça dit sur nous ?

Mac riait avec la fille à présent.

— Je ne pensais pas que tu…, commença-t-elle. Étant donné que…

— Non. Tu n'as pas pensé à me demander. J'ignore ce qui se passe entre toi et Mac, mais je n'ai pas envie d'être avec quelqu'un qui n'est même pas capable d'être honnête vis-à-vis de ses propres sentiments.

— C'est injuste. Je…

Mais il avait déjà raccroché.

Sarah était en train d'agiter un morceau de pain, inconsciente du fait que sa voix aiguë et son anglais attiraient l'attention des dîneurs français assis aux tables voisines.

— C'est un genre de fraternité. Ils ont des chapeaux noirs, des uniformes noirs…

— Ah. Je savais que ce serait une histoire de fringues, la taquina Thom.

Sarah l'ignora.

— … et ils arrivent à faire faire à leurs chevaux absolument n'importe quoi. Par exemple sauter par-dessus une chaise. Vous savez à quel point c'est difficile de sauter par-dessus une chaise ?

— Je peux imaginer.

— Papa disait toujours que, dès son arrivée au Cadre noir, il s'était senti compris pour la première fois de sa vie. Comme s'il n'y avait que peu de gens dans le monde qui parlaient la même langue que lui, et qu'ils étaient tous rassemblés là, au même endroit.

— Je connais ce sentiment.

— Mais ils travaillaient très dur. Il commençait à 6 heures du matin et n'arrêtait parfois pas de la journée, montant plusieurs chevaux, travaillant plusieurs figures. Des plus élémentaires jusqu'à celles de niveau haute école. Les chevaux se spécialisaient tous dans des figures différentes. Son cheval préféré s'était spécialisé en capriole. Vous savez ce que c'est ?

— Non.

— C'est une des choses les plus difficiles à demander à un cheval. À l'origine, c'est une manœuvre de combat, qui remonte à plusieurs milliers d'années. Le cheval saute en prenant appui sur ses postérieurs, et ensuite, quand il est en quelque sorte suspendu en l'air, il décoche une ruade. Il m'est arrivé de penser à ce que ça pouvait donner sur un champ de bataille : vous allez embrocher quelqu'un, et voilà que ce cheval se dresse et paf !

Elle mima le coup porté par ses sabots postérieurs.

— Assez effrayant.

— Eh bien, ça devait marcher, sinon ils n'auraient pas continué à le faire pendant aussi longtemps.

Elle avait insisté pour payer. Il ne s'était pas senti très à l'aise à l'idée que son dîner soit financé avec une carte bleue volée, mais elle lui avait assuré qu'elle rembourserait sa propriétaire jusqu'au dernier penny dès que Papa serait rétabli, et il s'aperçut qu'il ne pouvait pas s'empêcher de la croire.

Une fois qu'ils furent arrivés en France et qu'ils eurent rejoint l'*autoroute**, elle s'était animée à tel point qu'il lui était difficile de reconnaître la jeune fille méfiante et taciturne de la veille au soir dans cette adolescente bavarde et pleine d'assurance.

— John, l'ami de Papa, plaisante toujours en disant que nous faisons des numéros de cirque, mais ce ne sont pas des numéros. Il faut le voir pour comprendre. Les chevaux adorent. Et il s'agit justement de les dresser pour qu'ils en aient envie. De cette façon, quand ils exécutent la figure, il n'y a pas de pression, pas de tension. Et c'est pour cela qu'on les entraîne très progressivement, afin qu'ils comprennent comment faire leur travail sans résister. (Elle prit une cuillerée de mousse au chocolat.) C'est comme ça aussi qu'on les entraîne pour la course ?

Thom faillit s'étrangler avec sa gorgée de café.

— Non. Pas vraiment, non.

La porte du café de la station-service s'ouvrit et se referma sur une autre famille française. Tout en mangeant, ils regardèrent la mère parler aux deux enfants, leur désignant les plats du buffet dont ils pouvaient se servir.

— Ça fait combien de temps que vous n'êtes que tous les deux, ton grand-père et toi ?

— Quatre ans.

— Tu n'as jamais gardé contact avec ta mère ?

— Elle est morte avant Nana.

— Je suis désolé.

— Pas moi. Je ne veux pas avoir l'air horrible, mais c'était le genre de personnes qui causent des problèmes. J'étais vraiment petite quand elle m'a abandonnée. Ma grand-mère me manque, par contre. (Sarah ramena ses pieds sous elle et cassa un morceau de chocolat.) Ma grand-mère, mon grand-père et moi étions vraiment heureux. Les gens ne me croient pas quand je dis que ma mère ne me manque pas, mais c'est vrai : elle ne me manque jamais. Tous mes souvenirs de l'époque où j'étais avec elle sont douloureux.

Je ne me souviens pas de grand-chose, à part la peur. Quand mes grands-parents m'ont accueillie chez eux, je n'ai plus jamais eu peur. Un jour, dit-elle en désignant d'un geste le paysage autour d'eux, j'amènerai Papa ici. Nous avions prévu de venir ensemble en novembre. Il en avait vraiment envie. Mais ensuite il a eu cette attaque, et tout… (Sa voix se brisa, puis elle sembla se maîtriser.) Quand il va apprendre que je suis ici, je crois que ça va l'aider. Quand il sera rétabli, il pourra venir. Il sera heureux.

— Tu m'as l'air bien sûre de pouvoir réaliser tout ça.

— Mon grand-père était l'un des meilleurs cavaliers de France. Il était capable de faire flotter un cheval dans l'air, de lui faire accomplir des choses que le cheval ne pensait pas possibles. (Elle glissa le bout de chocolat dans sa bouche.) Moi, j'essaie seulement de parcourir quelques kilomètres.

Thom la regarda : cette enfant, avec son cheval, passager clandestin. Quand on l'écoutait, tout cela était parfaitement logique.

Natasha referma son téléphone d'un geste sec et jura. Il faisait sombre. Ils sillonnaient Douvres au hasard dans la voiture, après être allés jusqu'à un distributeur situé dans une zone industrielle endormie à la périphérie de la ville, pleine de garages et de banals immeubles de bureaux. D'après sa banque, c'était le dernier endroit où sa carte avait été utilisée pour un retrait. Être si proche sans pourtant trouver la moindre trace de Sarah exacerbait la tension dans la voiture. Personne ne fit allusion à la nécessité de prévenir la police : elle était tout près, ils le *savaient*. Ce petit morceau de plastique en était la preuve. Mais pourquoi une gamine sur un cheval finirait-elle dans un lieu pareil ?

Natasha se retourna sur son siège pour faire face à Cowboy John.

— Dites-moi, John. Comment le grand-père de Sarah a-t-il été amené à vivre dans cet appartement ? Ce n'est pas… Eh bien, il y a plus agréable, non ?

— Vous croyez que c'est ce qu'il avait prévu ? Vous croyez que c'est comme ça qu'il voyait sa vie ?

Mac haussa les épaules.

— Nous ne savons rien de lui, à part qu'il semble avoir élevé une enfant capable de défier les lois de la gravité.

John se renfonça dans la banquette avec une expression d'intense satisfaction.

— OK. Je vais vous dire qui était Henri. Il vient d'un milieu dur, d'une famille d'agriculteurs du sud de la France. Ça n'allait pas avec son père, alors Henri a pris ses cliques et ses claques dès qu'il l'a pu. Il s'est enrôlé tout jeune dans l'armée.

Natasha ne s'était pas trompée : John était un conteur-né, et elle était ravie de l'écouter, car cela l'empêchait de penser. Quant à Mac, cela ne le dérangerait sûrement pas : après des années à apprivoiser les gens qu'il photographiait en les poussant à la confidence, il adorait écouter les récits de vie.

— De là, il a fini à cheval, dans la cavalerie ou quelque chose du genre. Dans les années 1950, il a gravi les échelons jusqu'à intégrer le Cadre noir, à l'époque où l'école se reconstituait après avoir été dissoute pendant la guerre. (Il regarda son auditoire.) C'est pas rien, vous savez. On y retrouve les meilleurs cavaliers du pays. C'est une académie d'élite. Ah, il aimait cet endroit. Quand il en parlait, on sentait à quel point il était fier.

— Mais alors comment a-t-il pu atterrir à Sandown ?

— Une histoire de femme. (John lança un regard de travers à Natasha, comme si c'était un peu sa faute, d'une certaine façon.) Il est tombé amoureux.

Le Cadre noir effectuait une de ses premières tournées internationales en 1960 quand Henri Lachapelle avait remarqué une jolie brunette dans les premiers rangs du public. Elle assista aux trois représentations. Le plus drôle, c'est qu'elle n'aimait pas particulièrement les chevaux. Elle accompagnait seulement une amie, mais était restée pétrifiée devant le jeune homme en noir qui donnait à croire que monter à cheval relevait de la magie.

Il était venu à sa rencontre, un soir, après une représentation, et, d'après le récit qu'il en fit à John des années plus tard, ça avait été comme si toute sa vie, avant ce moment, n'avait été qu'une répétition.

— Je crois pas qu'il avait eu beaucoup d'expériences en amour jusque-là, et le coup a été violent, marmonna John en allumant une autre cigarette. Après ça, ils se sont encore vus trois soirs, et puis pendant six mois ils se sont écrit et rendu visite dès qu'ils le pouvaient. Le problème, apparemment, c'est qu'être séparé d'elle l'a rendu grincheux. Vous savez comment sont les jeunes quand ils sont amoureux, et Henri n'était pas du genre à faire les choses à moitié. Il a commencé à être moins attentif, et ses performances en ont pâti. Il a aussi commencé à remettre en question l'autorité de ses professeurs, l'enseignement de l'école. À la fin, on lui a dit que s'il ne rentrait pas dans le rang, il serait viré. Un jour, il a piqué une colère et il a claqué la porte. Il est parti en Angleterre, a épousé sa dulcinée et…

— … ils vécurent heureux jusqu'à la fin des temps, conclut Natasha en repensant au portrait de la femme comblée qu'elle avait vu dans l'appartement.

John lui lança un regard noir plein de mépris.

— Vous voulez rire ? Vous en connaissez beaucoup, vous, des gens qui vivent heureux jusqu'à la fin des temps ?

Chapitre 23

« Il est des chevaux qui, par mauvaise éducation, s'échappent de la carrière lorsqu'ils rencontrent le chemin de l'écurie. »

Xénophon, *De l'art équestre*.

Henri Lachapelle mit moins d'un an à s'apercevoir qu'il avait commis une grave erreur. Florence n'y était pour rien : elle l'aimait, continuait de se faire belle et essayait d'être une bonne épouse. Ce n'était pas sa faute si l'angoisse qu'elle éprouvait vis-à-vis de son bonheur à lui n'inspirait guère plus à Henri que de la culpabilité, ou si cela se manifestait le plus souvent sous forme d'une légère irritation.

Il avait demandé à Florence de l'épouser le soir du Carrousel, hors d'haleine, encore couvert de sang. Les gens assis autour d'elle dans les gradins s'étaient levés et avaient applaudi. Ils avaient parcouru les rues de Saumur pendant des heures, évitant les ivrognes et les motos, planifiant leur avenir, cimentant leur passion, étourdis par leurs rêves. Le lendemain, il ne s'était pas présenté à l'entraînement matinal, mais avait rassemblé ses maigres possessions dans son sac et avait demandé à voir le Grand Dieu, qu'il avait informé de son souhait d'être libéré de ses obligations militaires.

Le Grand Dieu avait examiné avec attention l'œil au beurre noir d'Henri, sa joue enflée, puis avait posé son stylo sur son bureau. Un long silence s'était installé.

— Savez-vous pourquoi nous ôtons les fers des sabots postérieurs de nos chevaux, Lachapelle ? demanda-t-il.

Henri cligna douloureusement des yeux.

— Pour empêcher qu'ils ne blessent d'autres chevaux ?

— Et aussi pour que, en attendant qu'ils prennent confiance en eux, quand ils battent l'air, frappent et donnent des coups de pied, ce qu'ils feront inévitablement, ils ne se blessent pas eux-mêmes accidentellement. (Il posa les mains sur la table.) Henri, si vous partez, vous vous blesserez plus profondément que vous ne pouvez le concevoir.

— Sauf votre respect, monsieur, je ne crois pas que je puisse être heureux ici.

— *Heureux* ? Vous croyez que le fait que je vous libère vous rendra heureux ?

— Oui, monsieur.

— Il n'y a pas de bonheur ici-bas en dehors de ce que l'on accomplit grâce à l'amour du travail. Ici, vous êtes dans votre élément, Henri. N'importe quel idiot s'en apercevrait. Personne ne peut pousser un homme hors de son monde et s'attendre à ce qu'il soit heureux.

— Sauf votre respect, monsieur, j'ai pris ma décision. J'aimerais être libéré.

Être déterminé et voir son avenir si clairement lui avait procuré une intense satisfaction. Le seul moment où il avait failli changer d'avis avait été quand il avait traversé l'écurie pour aller voir Gerontius pour la dernière fois. Le grand cheval avait henni en le voyant et donné un petit coup de nez dans ses poches, puis il avait appuyé sa tête sur l'épaule d'Henri pendant que celui-ci lui chatouillait les naseaux. Henri avait cligné des paupières pour chasser ses larmes. Jamais il n'avait eu à se séparer de quelqu'un qu'il aimait auparavant. Avant de connaître Florence, il n'avait jamais aimé personne. Seulement ce cheval magnifique et doux.

Il ferma les yeux, respirant l'odeur familière de la peau chaude de l'animal, effleurant la douceur veloutée de ses narines, étreint par l'immuable sentiment de grâce qu'il éprouvait chaque fois qu'il se trouvait en sa présence. Et puis, serrant les dents et hissant son sac sur son épaule, Henri Lachapelle se détourna et marcha vers les grilles de l'École de cavalerie.

Les premiers mois en Angleterre avaient été supportables, les vicissitudes de leur relation masquées par la douce satisfaction qu'il ressentait à être jeune marié. Toute son attention était portée sur Florence, qui rayonnait. Il ne cessait de voir en elle des petites choses qui lui permettaient de justifier sa décision. Sa famille, bien qu'évidemment méfiante à l'égard de ce jeune homme qui avait fait tourner la tête de leur fille, était polie. Pas aussi hostile que son père l'aurait été, quelle que soit la personne qu'il aurait ramenée chez lui. Florence avait eu l'intelligence de lui dire de porter son uniforme le jour des présentations. Les souvenirs de la guerre étaient encore frais dans les mémoires, et les gens de la génération de ses parents voyaient d'un bon œil les hommes en uniforme.

— J'espère que vous n'envisagez pas de vous installer en France, avait insisté son père à plusieurs reprises. Florence est très attachée à sa famille, elle serait malheureuse loin de chez elle.

— Chez moi, c'est ici, avait assuré Henri, sincère.

Assise à ses côtés, Florence avait rosi de plaisir.

Il avait trouvé un logement et, quelques semaines après son arrivée en Angleterre, ils s'étaient mariés au bureau de l'état civil de Marylebone, si rapidement que, les mois qui suivirent, les voisins avaient lancé des regards suspicieux au tour de taille de Florence chaque fois qu'ils les croisaient. Il se mit en quête d'un travail, traversant Londres jusqu'à la banlieue, cherchant un poste de professeur d'équitation, mais monter pour le plaisir restait le privilège des gens aisés, et les rares fois où il avait été pris à l'essai, son anglais rudimentaire, son accent à couper au couteau et ses opinions arrêtées en matière d'équitation n'eurent pas beaucoup de succès. De son côté, il trouva incompréhensible l'attitude des Anglais vis-à-vis des chevaux. Il jugeait défaillante leur approche de l'équitation, fondée sur celle de la chasse, superficielle, inexacte et, pire, insensible. Ils semblaient se préoccuper davantage de dompter le cheval que de l'encourager à se montrer sous son meilleur jour.

L'Angleterre le déçut. On y mangeait moins bien qu'à la caserne. Les gens paraissaient heureux de se nourrir de boîtes de conserve. Il y avait peu d'endroits où acheter des aliments frais et bon marché, le pain était spongieux, insipide, la viande hachée en une sorte de gruau marron qu'on utilisait dans des plats aux noms étranges : *faggots*, *rissoles* et *shepherd's pie*. En quelques occasions, il acheta des aliments frais et les prépara lui-même : salade de tomates, poisson relevé avec les quelques herbes aromatiques qu'il put trouver. Mais les parents de Florence écarquillèrent alors les yeux en examinant la table, comme si son initiative avait quelque chose de subversif.

— Un peu trop fort pour moi, fit remarquer sa mère, mais merci, Henri. C'est très gentil de votre part d'essayer.

— Pas ma tasse de thé, je le crains, dit son père en poussant son assiette vers le centre de la nappe.

Il avait l'impression d'étouffer face à la ligne grise et austère des toits, et regagnait l'étroite maison de Clerkenwell pour annoncer qu'il avait encore été « congédié », souvent sans qu'on lui ait payé son dû. Il lui était impossible de faire valoir ses droits dans une langue qu'il ne maîtrisait pas encore. Les repas en famille étaient tendus. Le père de Florence, Martin, lui demandait au dîner s'il avait trouvé du travail et, quand la réponse était négative, s'il avait envisagé d'améliorer un peu son anglais de façon à en trouver un « convenable », ce qui consistait, apparemment, à rester assis derrière un bureau.

Florence lui agrippait la main sous la table.

— Henri a beaucoup de talent, papa, disait-elle. Je sais que quelqu'un lui trouvera quelque chose à faire bientôt.

Il avait fini par être reconnaissant que la barrière de la langue lui épargne toutes les conversations autres que superficielles.

La nuit, il rêvait de Gerontius. Il sortait sur la place du Chardonnet, dans un petit galop lent et cadencé, pressant son brave cheval de changer de pied ici, là de lancer ses pieds pour un passage. Il dansait, pirouettait, s'élevait sur son dos en une parfaite levade et voyait le monde qui s'étendait sous lui. Et puis, invariablement, il se réveillait dans la chambre d'enfant exiguë de Florence, avec ses meubles tristes, sa vue sur la grand-rue, et sa femme qui ronflait doucement, la tête pleine de bigoudis.

Au bout d'un an, il ne put plus se mentir sur l'ampleur de son erreur. Les Anglais étaient pires que les Parisiens, soupçonneux aussitôt qu'il ouvrait la bouche, marmonnant des remarques désobligeantes sur la guerre en croyant qu'il ne les comprenait pas. Son entourage n'avait aucune envie d'apprendre ni de s'améliorer. Les gens semblaient se préoccuper uniquement d'amasser de l'argent et se précipitaient au pub le vendredi soir avec une détermination sinistre. Ou bien ils restaient enfermés chez eux, même quand le temps était splendide, les rideaux tirés, hypnotisés par leur poste de télévision.

Florence sentait qu'il n'était pas heureux. Elle essayait de compenser en l'entourant de son amour, en lui faisant des compliments et en lui assurant que tout finirait par s'arranger. Mais il ne voyait plus que la détresse dans ses yeux, sentait son adoration se transformer en une forme de nécessité suppliante, et annonçait que la semaine suivante il repartirait en quête d'un emploi, même s'il savait que c'était vain. Les tentatives de Florence de dissimuler sa déception ne faisaient qu'alimenter le malaise et le ressentiment de son jeune époux.

On était en avril – presque quinze mois après son arrivée –, quand il trouva le courage d'écrire à Varjus. La communication n'étant pas son fort, il fut concis :

Mon cher ami,
Me reprendraient-ils ? Vivre seulement soumis à la gravité est trop pénible.

Il posta la lettre, submergé par la culpabilité, mais également empli d'espoir. Florence comprendrait. Elle ne pouvait pas vouloir d'un mari qui ne gagnait pas sa vie et serait incapable de subvenir à ses besoins ou de lui offrir un toit. Elle finirait par s'adapter à la France. Et sinon – là, il sentait la honte se loger profondément en lui –, serait-ce si grave s'il ne rentrait jamais ? Elle ne pouvait pas être heureuse dans l'état actuel des choses. Elle comprenait certainement qu'aucun homme ne peut être tenu éloigné aussi longtemps de ce qu'il aime.

Il s'accrocha à l'idée de cette lettre voyageant vers le continent pendant un autre dîner interminable. Ce soir-là, il y avait du poulet. Mme Jacobs l'avait cuit comme une semelle et accompagné d'une sorte de sauce au fromage. À côté, des légumes non identifiables avaient été réduits en un petit tas de dés.

Henri ne disait rien, se contentant de porter diligemment des fourchetées de nourriture à sa bouche, pendant que M. Jacobs, la mine sombre, marmonnait quelque chose au sujet de « ce Russe » catapulté dans l'espace. Il semblait considérer comme un affront personnel la mission d'exploration de M. Gagarine.

— Je ne comprends pas pourquoi ils envoient des hommes dans le ciel, déclara-t-il pour la troisième fois. Ça va à l'encontre de toutes les lois de la nature.

Henri n'avait pas mis longtemps à comprendre que M. Jacobs avait une dent contre le changement, et il était presque sûr que le mariage de sa fille avec un Français entrait dans la catégorie des « événements regrettables ».

— Moi, je trouve ça excitant, hasarda Florence.

Henri la regarda, surpris : il était rare qu'elle exprime une opinion allant à l'encontre des idées de son père.

— C'est romantique, poursuivit-elle en découpant soigneusement un morceau de poulet. J'aime l'idée qu'il y a quelqu'un là-haut, parmi les étoiles, qui nous regarde.

Elle lui adressa un sourire énigmatique. C'est alors qu'il s'aperçut que la mère de Florence leur souriait à tous les deux.

— Florence a quelque chose à vous annoncer, Henri, dit-elle, percevant sa perplexité.

Florence s'essuya la bouche et reposa sa serviette sur ses genoux. Elle rougit légèrement.

— Quoi ? s'enquit-il.

— Je voulais garder le secret un peu plus longtemps, mais je n'ai pas pu, je l'ai dit à mère. Nous allons devoir mettre un couvert de plus à notre table.

— Pourquoi ? demanda M. Jacobs en s'arrachant à la lecture de son journal. Qui vient dîner ?

Florence et sa mère éclatèrent de rire.

— Personne, père. Je… La famille va s'agrandir… (Elle prit la main d'Henri sur la nappe.) Nous allons avoir un bébé.

Eh bien, cela ne faisait plus aucun doute, la culture française était vraiment différente, fit remarquer Mme Jacobs à son mari plus tard, bien après que le jeune couple se fut réfugié dans sa chambre. Parce que, on avait beau parler de la sophistication des Français, elle ne pensait pas avoir jamais vu un homme aussi choqué de toute sa vie.

Henri sortait de l'appartement quand il croisa le facteur sur le palier. Varjus, fidèle à sa nature, lui avait répondu dans la semaine. Impassible, Henri déchira l'enveloppe et lut les mots griffonnés à la hâte.

Le Grand Dieu est un homme bon et compréhensif. Je pense que si tu t'adressais à lui humblement, il pourrait te pardonner ton erreur. Surtout, il sait que tu es un cavalier. J'ai hâte de te voir revenir, mon ami.

— Les nouvelles sont bonnes, mon gars ? demanda le facteur en glissant une revue pliée dans la boîte aux lettres du numéro quarante-sept.

Henri froissa la lettre et en fit une boule qu'il fourra dans sa poche.

— Désolé, je ne parle pas anglais, dit-il.

« Deux voies », avait dit le Grand Dieu. Pourquoi ne l'avait-il pas prévenu de la vitesse à laquelle les deux voies se réduiraient à une seule ?

Il ouvrit la porte d'entrée et se glissa dans le vestibule étroit. Une odeur de chou trop cuit flottait dans l'air, et il ferma brièvement les yeux en pensant, plein d'appréhension, au repas qui serait servi ce soir. Puis un bruit le fit s'immobiliser. Dans le salon, de l'autre côté du mur tapissé de papier peint, il entendit des sanglots bruyants.

La porte de la cuisine s'ouvrit, et Florence apparut. Elle traversa le couloir et posa une paume sur son épaule pour l'embrasser.

— Que se passe-t-il ? demanda-t-il en espérant qu'elle ne détecterait pas l'odeur d'alcool dans son haleine.

— Je leur ai annoncé que, après la naissance du bébé, nous partirions en France.

Elle s'était exprimée calmement, les bras soigneusement croisés devant elle. Au mot « France », les sanglots reprirent de plus belle.

Henri regarda sa femme, confus.

Elle lui prit les mains.

— Cela fait très longtemps que j'y pense. Tu m'as tout donné : *tout*. (Elle baissa les yeux vers son ventre.) Mais je sais que tu n'es pas heureux ici, Henri. Et je ne peux pas m'attendre à ce que tu le sois, au milieu de tous ces gens à l'esprit borné. Ton expérience avec les chevaux est si différente là-bas… Donc, j'ai dit à mes parents que, une fois que je serai remise de la naissance du bébé, nous partirons et tu subviendras à mes besoins là-bas. Comme tu peux t'en rendre compte, ma mère n'a pas très bien pris la nouvelle. (Elle scruta son visage.) Est-ce que le Cadre noir te reprendrait, mon chéri ? Je suis sûre qu'une fois que j'aurai pris le coup de main, je pourrai tenir une petite maison, non loin de l'académie. J'apprendrai le français. Je m'occuperai du bébé. Qu'en penses-tu ? (Peut-être déconcertée par son absence de réaction, elle se mit à jouer avec ses manchettes.) J'ai envisagé de partir tout de suite, mais l'idée d'être enceinte sans être capable de parler aux médecins me fait un peu peur… Et ma mère serait hors d'elle si elle n'était pas auprès de moi. Mais je leur ai dit que nous partirions après la naissance. J'espère que j'ai bien fait… Henri ?

Cette femme anglaise, si belle, si courageuse… Bouleversé, Henri resta sans voix. Il ne la méritait pas. Elle n'avait pas idée combien il avait été proche de… Il s'avança et enfouit son visage dans ses cheveux.

— Merci, murmura-t-il. Tu n'imagines pas ce que cela représente pour moi. Je vais m'assurer que nous ayons un meilleur futur… pour nous et notre bébé.

— Je n'en doute pas une minute, dit-elle doucement. Je veux que tu voles de nouveau, Henri.

Il entendit le bébé pleurer avant même d'avoir atteint la petite maison, un cri qui résonna dans la rue tranquille. Et avant même d'ouvrir la porte de leur chambre, il sut ce qu'il allait trouver.

Penchée au-dessus du berceau, Florence susurrait des mots doux, sa main s'agitant vainement au-dessus de l'enfant. Entendant Henri approcher, elle se tourna. Elle était pâle, et ses yeux trahissaient de longues heures d'angoisse.

— Depuis combien de temps pleure-t-elle ?

— Pas longtemps. (Elle se redressa et fit un pas de côté.) Seulement depuis que ma mère est partie.

— Alors pourquoi… ?

— Tu sais bien que j'ai peur de la porter quand tu n'es pas là. Mes mains sont de nouveau faibles. Cet après-midi, j'ai laissé tomber une tasse, et…

Il serra les dents.

— *Chérie**, tes mains n'ont rien du tout. Le médecin l'a dit. Tu as juste besoin de prendre confiance en toi.

Il cueillit Simone dans son lit d'enfant, serrant adroitement le petit corps contre son torse, et le bébé se calma immédiatement. Sa petite bouche s'ouvrait et se fermait contre sa chemise, en quête de lait. Florence s'assit dans le fauteuil au coin de la pièce, tendit les bras pour la recevoir et ne les referma autour d'elle qu'une fois certaine qu'elle était bien installée.

Pendant qu'elle nourrissait le bébé, Henri se déchaussa et aligna soigneusement ses bottes près de la porte. Il ôta sa veste et mit de l'eau à chauffer dans la bouilloire sur la cuisinière. Il avait enfin trouvé un emploi aux chemins de fer. Ce n'était pas si mal. Rien n'était si mal, à présent qu'il savait que c'était temporaire. Ni l'un ni l'autre ne parla, et seuls les bruits de succion avides du bébé et l'occasionnel vrombissement d'une voiture passant dans la rue rompaient le silence.

— Tu es sortie aujourd'hui ?

— J'en ai eu envie. Mais, comme je te l'ai dit, j'ai eu peur de la porter.

— Tes parents nous ont acheté un landau. Tu aurais pu la mettre dedans.

— Je suis désolée.

— Ne dis pas ça.

— Mais je le suis… Henri…

— Ne t'excuse pas. Essaie de ne pas te poser trop de questions. D'être moins angoissée vis-à-vis de l'enfant. Et si tu pouvais cesser ces plaintes ridicules au sujet de tes mains dont tu prétends qu'elles ne fonctionnent plus, et de supposés étourdissements…

« Les nerfs », avait diagnostiqué le médecin quand, quelques semaines après la naissance de Simone, Florence avait commencé à se plaindre de ce que son corps ne répondait pas comme il aurait dû. Cela arrivait parfois avec les jeunes mamans, avait-il confié à Henri et à sa mère, debout dans l'étroit couloir après qu'il l'eut auscultée. Elles voient des menaces, des dangers qui n'existent pas. Elles peuvent même avoir des hallucinations.

— Au moins, elle s'est attachée à l'enfant, fit-il remarquer. Le bébé et elle devraient passer quelque temps avec la grand-mère. Seulement jusqu'à ce qu'elle se sente un peu plus à l'aise avec la maternité.

Qu'aurait pu dire Henri ? Il avait hoché la tête pour signifier son assentiment, s'étonnant de ce qu'ils ne voient pas que chaque cellule de son corps le tirait vers la Manche.

Florence pleurait de nouveau. Il la regarda essayer d'essuyer les larmes tombées sur la robe en coton de Simone, la tête penchée, et sentit un poids s'abattre sur ses épaules. « Encore combien de temps ? » voulait-il lui crier. Il pensa à Gerontius, peut-être en train de l'attendre, la tête penchée au-dessus de la porte du box.

— Je suis désolée. Je sais que tu pensais que la France résoudrait tous nos problèmes, souffla-t-elle.

Et voilà. Elle était là. Cette réalité suspendue, qu'ils s'étaient bien gardés de formuler pendant des semaines. Elle ne pouvait s'en sortir seule, et il ne pouvait risquer qu'il arrive quoi que ce soit à l'enfant. Il ne pouvait pas retourner au Cadre noir et être là pour l'aider. Il n'avait pas de famille à qui la confier, pas d'argent pour payer une nourrice.

Il leur faudrait rester là, à proximité des parents de Florence.

Il se leva et marcha jusqu'à son fauteuil.

— J'écrirai à M. Varjus, annonça-t-il.

Elle leva les yeux.

— Tu veux dire…

— Nous resterons encore un peu en Angleterre. (Les dents serrées, il haussa les épaules.) Ce n'est pas grave. Je t'assure.

Quelqu'un d'autre monterait son cheval.

Les doigts du bébé s'ouvraient et se fermaient contre sa peau nue, exigeants, extatiques.

— Peut-être quand je me sentirai un peu mieux…

Et l'année d'après, il y aurait de nouveaux écuyers prêts à occuper sa place.

Quand elle passa un bras autour de son cou, sanglotant de désespoir contre le torse de son mari, il s'aperçut, honteux, qu'il ne ressentait que du désespoir. Il fut traversé par une pensée encore plus redoutable : comment une femme incapable d'utiliser ses mains pouvait-elle s'agripper si fort à lui ?

— C'était un an à peu près avant que je fasse sa connaissance. Il travaillait sur les voies au-dessus de mon écurie. Depuis qu'il avait quitté le pays, c'était la première fois qu'il voyait des chevaux, en dehors de ceux qui tiraient des chariots en tout cas. (Cowboy John inclina son chapeau vers l'arrière.) J'ai levé les yeux, un après-midi, et je l'ai vu en train de regarder fixement ma vieille jument comme si c'était un mirage. Nous étions tous les deux nouveaux dans le quartier, tous les deux étrangers… Je lui ai fait signe de descendre, et il a mangé son sandwich devant ce box, là, sans cesser un seul instant de caresser le nez de ma vieille jument. Les gens le trouvaient un peu guindé, mais moi, je l'aimais bien. On s'entendait bien. Pendant des années, on s'est retrouvés dans mon bureau à boire du thé en parlant de la petite ferme qu'il aurait en France un jour et de l'école d'équitation qu'il ouvrirait une fois qu'il aurait mis un peu d'argent de côté.

— C'est ce que Florence voulait ? demanda Natasha.

L'histoire l'avait tellement captivée qu'elle s'aperçut que, pendant un bref instant, elle avait oublié la raison de leur présence dans cette voiture.

— Oh, Florence aurait plus ou moins accepté tout ce que cet homme lui aurait demandé. Je crois qu'elle se sentait vraiment coupable du fardeau qu'elle lui avait mis sur les bras. Elle savait, comme lui, qu'avec sa maladie elle s'en sortirait pas en France. Elle consacrait toute son énergie à essayer de compenser son sacrifice.

— Je ne comprends pas. Sa maladie… ?

John les regarda en fronçant les sourcils.

— Vous êtes pas au courant, tous les deux ?

— Au courant de quoi ?

— Sarah vous a pas dit ? Sa mamie avait… Oh, comment c'est, déjà ? La sclérose en plaques. Elle a passé des années en chaise roulante. Sarah a aidé son grand-père à s'occuper de la vieille dame dès qu'elle a été en âge de marcher.

Ils avaient décidé d'abandonner leurs recherches à Douvres et de remonter la côte vers Deal. Mac conduisait dans la nuit, lisant à voix haute les noms d'hôtels qu'ils croisaient au cas où il y en aurait eu un que Natasha n'avait pas encore appelé. Ou rappelé. Natasha discutait toujours avec John, captivée par le récit des épreuves traversées par Henri Lachapelle.

— Quand Sarah parle de ses grands-parents… Ils semblaient si unis.

John étouffa un petit rire.

— Ça, c'est sûr, ils étaient proches, mais la vie de cet homme est faite de regrets.

— Vous voulez parler de la mère de Sarah ?

— Oh, ça… Simone était complètement paumée. C'était une gosse téméraire, querelleuse, tout le contraire de lui. Lui, il gardait tout en dedans ; elle, elle était explosive. Florence s'en sortait pas avec elle, elle avait pas la force. Lui, il a essayé de lui serrer la bride, comme il le fait avec Sarah. Il est de la vieille école. Un peu trop au goût de certains. Il aimait pas qu'elle traîne avec les gars du quartier, ni qu'elle sorte tard. La situation avec Florence l'a probablement rendu plus protecteur qu'il l'aurait été naturellement. Mais Simone l'entendait pas de cette oreille. Oooh, non. Elle lui résistait systématiquement. S'il la tirait dans un sens, elle tirait dans l'autre. (Il alluma une cigarette.) Le plus triste, c'est que maintenant, il sait qu'il s'y est très mal pris. Il aurait dû donner du mou. En fait, ils se ressemblaient plus qu'ils le pensaient, tous les deux. Mais c'est dur, vous savez… Quand vous croyez que vous allez perdre quelqu'un, vous vous comportez pas toujours de la manière la plus intelligente.

Natasha lança un regard à Mac. Il était fasciné par le récit de John.

— Quand il a fini par comprendre ce qu'il faisait mal, c'était trop tard, elle était accro à la drogue depuis trop longtemps, et il a pas pu l'en sortir. Après, elle a disparu à Paris, et ils n'ont plus eu de nouvelles pendant quatre ou cinq ans. Sauf quand elle avait besoin d'argent, bien sûr. Bon Dieu ! Elle leur a brisé le cœur. Je sais qu'il pense que c'est sa faute.

» Et puis, un jour, il y a dix ou onze ans, voilà que Simone sonne à leur porte avec une gamine et leur annonce qu'elle s'en sort pas. Elle avait eu un bébé en France. Elle leur avait jamais rien dit. Ça leur a fait un sacré choc.

» Elle leur dit qu'elle va se reprendre en main là-bas, et elle commence à leur laisser la gosse. Chaque fois un peu plus longtemps. Ensuite, elle revient plus quand elle est censée le faire, et ils ont fini par obtenir la garde exclusive. Simone s'est jamais présentée au tribunal. Lui, au début, il était furieux ; il était extrêmement protecteur vis-à-vis de Florence, il avait peur que le fait de s'occuper d'une petite soit une charge trop lourde pour elle. Mais en fait, pour dire la vérité, ils étaient vraiment heureux d'avoir Sarah avec eux. (Le visage du vieux cowboy se fendit d'un grand sourire.) Le jour où ils ont obtenu sa garde, c'est comme si on leur avait donné un nouveau souffle. Le Capitaine s'est remis à penser aux chevaux, et ils étaient heureux. En tout cas, plus heureux que je les avais jamais vus ensemble. Ça leur a fichu un coup quand ils ont appris que Simone était morte, mais je suppose que ça a dû les soulager aussi, d'une certaine façon. Combien de fois était-il parti à sa recherche ? Pendant des années, il lui a donné de l'argent, l'a sortie du pétrin, essayant de la remettre sur les rails. Sarah sait rien de tout ça, vous comprenez. Il voulait protéger la gamine… Y avait des choses… (John frissonna.) Rien qu'une petite fille ait besoin de savoir sur sa mère.

» Enfin. Florence est morte il y a, quoi… quatre ans à peu près. Après l'enterrement, ils ont reçu une offre du conseil municipal, une sorte d'incitation financière à céder leur appartement en rez-de-chaussée dont la ville avait besoin pour d'autres handicapés. Eh bien, il a pris l'argent, les a fait déménager dans cet appartement de Sandown et a acheté Baucher, la Rolls-Royce des chevaux. À partir de là, je crois qu'il est redevenu un peu lui-même. Tout ce qu'il voulait, c'était que Sarah ait une vie meilleure.

— Il voulait que Sarah soit comme lui, fit remarquer Natasha, songeuse.

Cowboy John secoua la tête.

— Vous savez quoi, madame l'avocate ? Il voulait exactement l'inverse. Oh, vous pouvez penser d'elle ce que vous voulez, mais Sarah, déclara-t-il, les yeux perdus dans le vague, était sa seule réussite.

La fille s'était endormie, roulée en boule sur le siège passager, la tête appuyée contre la vitre. Thom conduisait son camion dans la nuit, jetant un coup d'œil de temps en temps, presque par réflexe, à l'écran de vidéosurveillance qui montrait son cheval, encadré par les deux autres, debout, vigilant, comme s'il ne pouvait se permettre de se détendre et se préparait à la prochaine étape de son voyage.

Il n'avait pas révélé à Kate ce qu'il faisait. Il savait parfaitement ce qu'elle lui aurait dit : qu'il était dingue, complètement irresponsable, qu'il mettait en danger la vie d'un enfant. Il était conscient que si sa belle-fille, Sabine, avait fugué et s'était fait conduire par un inconnu à l'étranger, ils seraient morts d'inquiétude.

Mais comment pouvait-il expliquer qu'il avait été obligé de laisser l'adolescente venir ? Et même, à force de l'entendre bavarder ces dernières heures, qu'il l'enviait un peu ? Combien de gens avaient la chance de poursuivre un rêve ? Combien de gens savaient même ce qu'ils voulaient ? Quand elle parlait de son voyage, de son amour pour le cheval, de la vie simple qu'elle imaginait pour elle, de son grand-père, il voyait combien il était facile de se laisser cerner, enterrer dans la routine et les préoccupations matérielles.

Ce qui ne l'empêcha pas de s'inquiéter, ni d'envisager plusieurs fois de garer le camion sur le bas-côté et de prévenir la police. Il jeta de nouveau un coup d'œil à l'écran de surveillance. Le cheval leva légèrement la tête et, pendant un moment, il parut regarder droit vers la caméra.

— Veille sur elle, mon vieux, souffla Thom. Dieu sait qu'elle va avoir besoin d'aide.

À 20 h 15, ils s'arrêtèrent dans un fast-food pour passer aux toilettes. John commanda un café noir allongé avec deux sucres – Natasha lui fit remarquer qu'avec ça il aurait besoin de pauses deux fois plus fréquentes –, puis partit appeler l'hôpital d'une cabine. « La routine », annonça-t-il gaiement. Il aimait appeler ou passer tous les jours. Le vieux voulait certainement savoir ce qui se passait.

— Qu'allez-vous lui dire ? lui demanda-t-elle.

— La vérité. Qu'elle est pas loin, mais qu'on sait pas encore où, exactement. Cela dit, il est têtu, Henri. Je serais pas étonné qu'il lui ait dit où aller pour qu'on la trouve pas.

Cette pensée le fit rire, et Natasha le suivit des yeux tandis qu'il marchait vers la cabine téléphonique.

Elle gagna la table et glissa le plateau en plastique en face de Mac, essayant d'ignorer le fait qu'il avait refermé son téléphone comme s'il avait été en train de consulter ses messages.

— Si je dis qu'elle cachait bien son jeu, est-ce que tu vas me répéter que tu me l'avais bien dit ?

— Elle n'a jamais rien dit.

— Nous n'avons jamais demandé.

— Mais elle n'a jamais rien dit. Nous avons parlé ensemble de ses grands-parents, et tout ce qu'elle m'a jamais raconté, c'est qu'ils étaient heureux.

— Peut-être, conclut Mac en versant de la crème dans son café, que c'était tout ce qui comptait à ses yeux.

Voyant revenir John, elle lui tendit sa tasse de café, mais il secoua la tête, la mine sombre.

— Les gars, va falloir que je vous laisse. Henri va pas fort. Si Sarah refait pas surface... Eh bien, quelqu'un devrait être à ses côtés.

— Qu'est-ce qui se passe ?

— Y m'ont demandé de venir. Enfin, ils ont demandé Sarah, mais je leur ai dit que c'était pas possible pour le moment.

Il fouillait au fond de ses poches en quête de monnaie, pour voir combien d'argent il avait sur lui. Il semblait soudain diminué par la fatigue.

Natasha se leva, plongeant la main dans son sac, le café oublié.

— Nous allons vous conduire jusqu'à la gare. Tenez. (Elle lui tendit du liquide.) Prenez ça pour le train.

— Je n'ai pas besoin de votre argent, ma petite dame, protesta John, irrité.

— Ce n'est pas pour vous, c'est pour lui. Pour qu'il ne soit pas seul. Oh, pour l'amour du ciel, et prenez donc un taxi depuis la gare, à Londres ! Vous l'avez mérité.

Il baissa les yeux vers les billets qu'elle lui tendait et, pour la première fois, son expression narquoise déserta son visage tanné. Il accepta l'argent et inclina son chapeau à son intention.

— Eh bien, merci, dit-il. Je vous appellerai dès que j'aurai des nouvelles.

Ils étaient dans la voiture avant qu'elle comprenne que l'absence soudaine de son humour mordant l'avait déconcertée presque davantage que tout ce qui s'était passé jusque-là.

Ils entraient sur le parking de la gare quand le portable de Natasha sonna. Elle l'ouvrit.

— Oui, c'est moi, dit-elle en lançant un coup d'œil à John, qui était en train de sortir de la voiture. Excusez-moi, pouvez-vous répéter ? (La communication était mauvaise, et elle agita la main pour signifier à Mac de couper le contact.) Vous êtes sûr… ? Je vous remercie de m'en avoir informée… Oui, je vous tiens au courant.

— Tout va bien ? demanda John, penché par la portière arrière ouverte.

Il avait clairement hâte de partir, mais quelque chose dans l'expression de Natasha l'avait arrêté.

Elle referma son téléphone.

— Quoi ? s'enquit Mac. Tu veux bien…

— C'était ma banque. Vous n'allez pas le croire, dit-elle. Elle est en France.

Chapitre 24

« La meilleure garantie contre l'échec [...] repose dans la connaissance approfondie des capacités de votre cheval. »

Xénophon, *De l'art équestre.*

Sarah avait rêvé de chevaux, de sang et d'autoroute. Elle fut réveillée par un courant d'air froid et vit Thom qui la regardait par la portière conducteur ouverte. Elle poussa sur ses bras pour se redresser. L'écran du tableau de bord indiquait 7 h 45.

— B'jour, lança-t-il.

Il était habillé et rasé de frais, comme s'il était debout depuis longtemps.

— Où sommes-nous ?

Il faisait curieusement clair, comme si le monde entier était plus lumineux qu'en Angleterre. Un peu plus loin, elle vit des écuries immaculées, aux murs couleur miel et au toit bas en tuiles rouges, flanquées d'une haie touffue. Des ifs soigneusement taillés plantés dans d'énormes pots encadraient le portail, et un homme était occupé à nettoyer un box, balançant avec sa fourche des paquets de paille souillée dans une brouette, avec aisance et entrain.

— Juste à côté de Blois, répondit Thom. J'ai comme l'impression que tu as bien dormi.

— Où est Boo ?

Toujours la même panique.

— Tu veux dire M. Diablo ? À l'écurie. (Du pouce, il montra le bâtiment derrière lui.) Nous sommes arrivés hier soir tard, mais tu étais crevée et je me suis dit que c'était pas juste de vous débarquer tous les deux au beau milieu de la nuit. Il est dans le troisième box à gauche. Il va bien. Il transpirait un peu quand nous sommes arrivés, mais il est en forme.

Clignant des yeux, Sarah vit à ce moment-là le nez de Boo se tendre vers un filet à foin.

— Pour cette nuit, je me suis arrangé avec l'écurie. Mais il faut que j'aille à Calais, Sarah. Je crains donc que nos chemins se séparent ici.

L'adolescente essaya de rassembler ses pensées tandis que Thom l'aidait à équiper Boo. Il lui tendit deux croissants qu'il avait quémandés auprès du propriétaire de l'écurie de pension, puis déplia une petite carte sur laquelle il avait tracé l'itinéraire qu'il lui conviendrait de suivre.

— C'est à une centaine de kilomètres d'ici en allant vers le sud-ouest, expliqua-t-il en désignant une route marquée par une ligne rouge. Je te conduirais, si je pouvais, malheureusement je ne peux pas me permettre de perdre encore quatre heures. Mais il fait un temps magnifique pour monter, et ces routes sont assez peu fréquentées. Tu ne devrais pas avoir de problème. Prends ton temps, d'accord ?

Elle se rendit compte, avec un frisson d'excitation, qu'elle était tout près. Elle voyait le nom sur la carte. Comparé à la taille de la France, ils étaient à quelques centimètres de leur destination.

— Il y a une autre pension ici. (Il avait entouré le nom du village avec un stylo à bille.) Voilà leur numéro de téléphone. Je les ai déjà appelés, et ils t'attendent. Tu devrais pouvoir y dîner ce soir, mais tu ferais mieux de manger un morceau en route, au cas où. Et n'oublie pas qu'ils attendent un cheval qui s'appelle…

— Diablo Blue.

— Bien. Ça va aller ? demanda-t-il avec une expression sérieuse.

— Très bien.

En effet, elle en était presque sûre. Elle avait traversé la Manche, non ? Elle voyageait avec le meilleur cheval de France et la bénédiction de Papa.

— Ça, c'est mon numéro. Appelle-moi si tu as des ennuis, d'accord ? Et merde, passe-moi un coup de fil quand tu arriveras à destination. (Il lui fourra la carte pliée dans la main.) Appelle-moi tout court. Je serai content d'avoir de tes nouvelles et de savoir que tu vas bien.

Elle hocha le menton en glissant la carte tout au fond de sa poche.

— Et ne parle à personne. Surtout pas à des gens comme moi. Contente-toi de garder la tête baissée et ne t'arrête pas jusqu'à ce que tu sois arrivée.

Elle acquiesça, avec un petit sourire, cette fois.

— Tu as les euros qu'on a changés ?

Elle plongea la main dans son sac à dos et tâta l'enveloppe.

Thom soupira.

— Que Dieu me vienne en aide. Tu es l'auto-stoppeuse la plus bizarre que j'aie jamais rencontrée. Mais bonne chance à toi, et à ton merveilleux cheval.

Il hésita, comme s'il craignait de commettre une erreur.

— Tout ira bien, Thom, le rassura-t-elle.

Elle ressentit un pincement au cœur à l'idée de le quitter. Elle s'était sentie en sécurité avec lui. Rien ne pouvait leur arriver, à elle et Boo, sous son aile. Brièvement et de façon inattendue, elle éprouva de l'envie vis-à-vis de sa belle-fille, dont il insistait pour faire siens les problèmes. Au bout d'un moment, elle finit par ajouter :

— Mais merci.

— Bah, c'est rien, dit Thom.

Il fit un pas en avant et lui tendit sa main valide. Elle la serra, un peu empruntée. Ils se sourirent, comme si cette pensée les avait effleurés tous les deux.

— Ça a été un plaisir de voyager avec toi, jeune Sarah. (Il attendit qu'elle ait enfourché Boo, puis se remit en marche vers son camion.) Et ton grand-père m'a l'air de quelqu'un de bien, lança-t-il en se retournant soudain. Il sera très heureux quand il saura que tu es arrivée à destination.

Les champs en France étaient plus vastes que ceux qu'ils avaient vus en roulant vers Douvres, s'étendant à perte de vue, plats et sans aucune délimitation. La terre, cependant, avait le même aspect qu'en Angleterre : d'un marron argileux intense, elle s'étalait en mottes accidentées, formant comme une mer agitée. Revigoré, Boo marchait d'un pas joyeux sur l'accotement herbeux, les oreilles tendues vers l'avant, visiblement ravi d'avoir retrouvé la terre ferme. Du fait de son élevage, son poil d'hiver était à peine plus épais que son poil d'été. Thom devait l'avoir brossé pendant qu'elle dormait, parce qu'il était immaculé. Ils traversaient un pays étranger, et pourtant elle ne s'y sentait pas étrangère : c'était celui des histoires de Papa, dont elle entendait parler la langue depuis son plus jeune âge. En lisant les panneaux d'affichage et de signalisation, elle avait l'impression que ce pays lui parlait. Comme s'il s'attendait à ce qu'elle comprenne.

Elle traversa de petits villages aux rues paisibles, ordonnées, le long desquelles s'alignaient des maisonnettes uniformes en pierre grise, avec parfois une jardinière soignée ou des volets peints de couleur vive. Un homme passa avec deux baguettes et un journal coincé sous le bras. Il hocha la tête en l'apercevant, comme si voir passer une fille sur un cheval n'avait rien d'inhabituel.

— *Bonjour**, la salua-t-il.

— *Bonjour**, répondit-elle, sentant s'allumer en elle une étincelle de joie.

C'était le premier mot en français qu'elle prononçait depuis son arrivée en France. Sur une place, elle s'arrêta devant un abreuvoir où Boo se désaltéra à longs traits ; elle s'amusa à regarder ses oreilles glisser d'avant en arrière chaque fois qu'il avalait. Elle mit pied à terre et resta là une demi-heure, s'aspergeant le visage d'eau froide, mangeant ses croissants. Elle autorisa une maman accompagnée de ses deux enfants aux visages graves à s'approcher de Boo pour qu'ils puissent le caresser. La femme fit remarquer que Boo était magnifique, et Sarah répondit, en français, que les chevaux de la race selle français étaient réputés pour leur beauté. Elle avait grandi en écoutant son grand-père s'exprimer dans cette langue, mais s'entendre la parler lui parut étrange.

— *Ah*, dit la femme. *Comme au Cadre noir**.

Entendre ce nom prononcé avec une telle familiarité encouragea Sarah. La femme l'avait évoqué comme d'autres auraient mentionné le centre sportif du quartier ou sa cité, à Londres.

Elle remonta à cheval, et ils se remirent en route, passant devant un panneau qui indiquait la direction de Tours. Elle sortit du village, dépassa un moulin à vent, puis franchit un pont. Quelques minutes plus tard, elle était de nouveau en pleine campagne. Elle passa sous des autoroutes, traversa un vaste champ d'éoliennes vrombissantes, le battement de leur ample rotation résonnant en elle comme une pulsation. Le cœur léger, Sarah entonna une comptine que lui chantait Papa quand elle était petite : « *Ah, ah, monsieur Chocolat ! Oh, oh, monsieur Cacao** ! » Sa voix portait loin au-dessus des champs couverts de givre. Boo mâchonnait son mors et secouait la tête : il voulait aller plus vite. Impatiente d'arriver, consciente de n'être qu'à quelques heures de sa destination, elle lui signifia d'accélérer d'une pression des jambes. L'air froid lui tendait la peau, son corps s'imprégnait de l'énergie de Boo. Il lui semblait que ses sens étaient plus aiguisés, comme si elle absorbait le nouveau paysage par toutes ses cellules. Il n'y avait qu'elle et son cheval, loin des regards, libres ; elle éprouvait probablement le même sentiment de liberté qu'un autre voyageur à cheval mille ans auparavant.

Je suis en France, Papa, lui dit-elle en pensée, *et c'est magnifique !*

Elle imagina le vieil homme dans son lit d'hôpital, rêvant des routes qu'elle parcourait, songeant, satisfait, à ce qu'elle allait faire. Et, comme si elle avait entendu sa voix, une instruction de sa part, elle se redressa légèrement, corrigea l'angle de ses jambes, raccourcit les rênes et se lança au petit galop, les pieds de Boo touchant rythmiquement, élégamment l'accotement herbeux, de telle sorte que, si le vieil homme les avait vus, il aurait certainement hoché la tête d'un air approbateur.

Petite, déjà, Natasha détestait les longs trajets en voiture. Elle n'avait gardé aucun souvenir des allègres campements, caravanes garées sur le front de mer, fêtes foraines et autres cornets de glace en joyeuse compagnie qu'évoquaient ses sœurs. Quand on lui demandait de raconter les voyages de son enfance ne lui revenaient que les autoroutes interminables, les kilomètres séparant les sorties, ponctués de « On arrive bientôt ? », ses parents qui se chamaillaient à l'avant, les coups et pincements que lui infligeaient subrepticement ses sœurs, entre lesquelles elle était écrasée à l'arrière. Elle se rappelait aussi l'odeur de vomi qui imprégnait l'habitacle quand, inévitablement, quelqu'un finissait par se sentir mal.

Près de trente ans avaient passé depuis, mais ni la joie qu'était supposée procurer la vue d'une route s'étendant à perte de vue au-delà du pare-brise ni l'excitation à la perspective d'atteindre une nouvelle destination n'avaient jamais surpassé son effroi. Durant leurs vacances ensemble, alors que Mac adorait avaler les kilomètres, s'arrêter sur un coup de tête, conduire toute la nuit si le cœur lui en disait, elle avait rêvé secrètement d'un itinéraire. Ne pas savoir s'ils trouveraient où se nourrir et se loger la déconcertait ; Mac se moquait de sa mentalité de banlieusarde, si bien qu'en plus de ne pas se sentir à la hauteur elle culpabilisait de lui gâcher son plaisir. Les deux dernières années, ils s'étaient mis d'accord – sans que ce choix en satisfasse aucun – sur des séjours tout compris. Elle allait lire près de la piscine, essayant de camoufler les dossiers qu'elle avait apportés en douce, pendant qu'il arpentait le complexe hôtelier, comme quelqu'un qui aurait égaré un objet, puis finissait au bar à boire avec ses nouveaux copains.

La carte bancaire de Natasha avait été utilisée la veille au soir dans une station-service le long d'une autoroute française. La difficulté, l'avait prévenue son interlocuteur à la banque, venait de ce que l'intitulé de l'opération précisait seulement « La Bonne Route, Paris », ce qui renvoyait à sept établissements dans le nord de la France.

— Bon, je pense que nous devrions viser directement l'école d'équitation, avait déclaré Mac sur le ferry la nuit précédente.

Ils avaient réussi à embarquer avec la voiture sur l'un des derniers bateaux de la journée. Elle était restée assise presque sans dire un mot, le regard perdu par la fenêtre à double vitrage, vers les eaux noires et agitées, essayant de concilier ce qu'elle avait appris grâce à la banque avec ce qu'elle avait cru possible. Comment Sarah avait-elle pu traverser la Manche avec un cheval ? Comment s'y était-elle prise ? Tout cela paraissait insensé.

— Et si ce n'était pas elle ? avait-elle demandé.

Mac lui avait tendu une bouteille d'eau. Il avait posé ses pieds sur le siège à côté du sien ; elle s'était aussitôt décalée de quelques centimètres.

— Comment ça ? (Il avait dévissé le bouchon et bu.) Bon sang, qu'est-ce que j'ai soif !

Il ne s'était pas rasé, et son menton était couvert d'une barbe naissante.

— Et si elle avait vendu la carte, ou qu'on la lui avait volée ? Et si nous suivions la mauvaise personne ?

— C'est une possibilité, mais ce serait une sacrée coïncidence que cette personne veuille justement aller en France. Et puis, en plus, nous n'avons pas d'autre piste, si ?

Natasha avait désigné la carte sur la table entre eux.

— Regarde les distances, Mac. John a dit qu'un cheval était capable de parcourir cinquante, soixante-cinq kilomètres en une journée, maximum. Atteindre Douvres aurait été difficile, déjà. Comment pourrait-elle avoir traversé la Manche avec Boo, puis traversé à cheval près de la moitié de la France ? Et regarde, la ville de Saumur est située à plus de cinq cents kilomètres de Calais. Elle n'a aucun espoir d'arriver si loin.

— Où veux-tu en venir ?

Elle s'était renversée contre le dossier de son siège.

— Nous devrions faire demi-tour, avait-elle dit d'une voix hésitante. Ou peut-être appeler la police.

Mac avait secoué la tête.

— Écoute. Nous avons pris une décision, autant nous y tenir. Au point où nous en sommes, je pense que nous devrions aller à Saumur.

— Et si nous nous trompions ?

— Et si nous avions raison ? Ce serait assez logique qu'elle ait décidé d'aller là-bas. C'est ce que son grand-père pense. Et ta carte bleue le suggère aussi.

Natasha avait jeté un coup d'œil par la fenêtre.

— Je crois… Je crois que nous avons eu tort. Nous aurions dû prévenir la police hier matin. Tu as raison : je ne souhaitais pas faire appel à eux pour éviter de me compromettre. Je l'admets. Mais nous n'en sommes plus là, Mac. Nous sommes soi-disant responsables d'une enfant de quatorze ans qui est perdue, probablement à l'étranger. Je suggère que nous contactions la police après avoir débarqué. C'est la décision la plus raisonnable.

— Non, avait-il refusé, inflexible. À l'instant où nous les appelons, elle perd le cheval. Elle perd tout. Non. Elle n'est perdue que dans la mesure où nous ne savons pas où elle est. Elle, il se pourrait qu'elle sache parfaitement où elle va. Je suis prêt à lui faire confiance et à croire qu'elle va bien.

— Cette décision ne t'appartient pas.

— Je sais. Mais j'en assumerai la responsabilité si ça tourne mal.

— Je suis son parent d'accueil aussi.

Il l'avait regardée droit dans les yeux, ce qui avait encore le pouvoir de la troubler.

— Tu sais quoi ? Si tu avais vraiment eu envie d'appeler la police, tu l'aurais fait hier. Tu sais parfaitement, Tash, que ni toi ni moi ne voulons l'impliquer, même si c'est pour des raisons très différentes.

Elle ne l'avait jamais vu aussi déterminé à propos de quoi que ce soit du temps de leur mariage.

— De toute façon, nous sommes là, maintenant. Et nous avons une idée de l'endroit où elle va. Allons jusqu'à cette académie de chevaux et attendons-la là-bas.

L'amertume avait durci la voix de Natasha plus qu'elle ne l'aurait voulu.

— Et si tu te trompes, si elle est en danger, si finalement elle n'est pas là où nous le pensons, tu n'auras aucun problème pour vivre avec ça, bien sûr…

Depuis, ils s'étaient à peine adressé la parole. Une fois à Calais, ils étaient remontés en voiture, avaient débarqué et roulé dans la nuit. Mac n'avait pas pris l'autoroute, préférant les petites départementales le long desquelles un cheval aurait pu marcher, conduisant sans cesser de sonder l'obscurité.

Natasha s'assoupit, et fut réveillée par le son de sa voix. Il chuchotait au téléphone, d'un ton insistant.

— Ce n'est pas ça…, disait-il. Non, non, mon chou, je ne crois pas que ce soit une bonne idée. Je sais, je sais…

Éveillée et mal à l'aise, Natasha garda le visage détourné, les yeux fermés, veillant à maintenir sa respiration lente et régulière jusqu'à ce qu'il ait raccroché. Elle attendit encore dix minutes avant de bâiller ostensiblement. Il suggéra alors de s'arrêter quelque part pour faire un petit somme. Il était plus de 1 heure du matin, et il y avait peu de chances qu'ils trouvent un hôtel.

— Nous ne dormirons pas longtemps. Deux heures maximum. Nous reprendrons la route après.

Après le silence tendu de la dernière heure, Natasha fut ravie d'accepter. Ils quittèrent la route déserte et se garèrent sur le parking d'une station-service, partiellement illuminé par un lampadaire solitaire. Il n'y avait pas d'autre voiture, et derrière une haie basse et hirsute, les champs plats de la Somme plongés dans l'obscurité offraient un spectacle lugubre, imprégnés du poids de leur histoire. Le moteur ronronna un moment, puis le silence s'installa.

Assis l'un à côté de l'autre, empruntés, ils évoquaient une parodie de deux adolescents avant un premier baiser.

Percevant peut-être aussi l'étrangeté de la situation, Mac se montra distant et poli. Il lui offrit la banquette arrière, qu'elle accepta courtoisement avant de se glisser entre les deux sièges avant pour s'installer. Elle plia son manteau pour en faire un oreiller et s'allongea, consciente que le lendemain son tailleur serait encore plus froissé qu'il ne l'était déjà.

— Tu veux mon blouson ? Je n'ai pas froid.

— Non, merci.

Il s'endormit aussitôt, ainsi qu'elle l'avait toujours vu le faire durant leur vie commune. Il avait incliné son siège en arrière, si bien qu'elle distinguait son visage de profil dans la pénombre, détendu, un bras posé en travers du front, et entendait le bruit léger de sa respiration régulière.

Natasha eut du mal à s'endormir. Allongée dans une voiture qui ne lui appartenait pas en pays étranger, ses pensées défilaient à toute allure comme les véhicules sur la route au loin. Elle songeait à sa carrière perdue, à un homme à Londres qui ne l'aimait plus, à une jeune fille qui devait se trouver non loin de là, quelque part sous le même ciel, une toile de tristesse et de solitude dont elle occupait le centre. Bientôt, elle eut froid et, regrettant le blouson de Mac, elle se rappela un garçon qu'elle avait représenté autrefois, et qui avait dormi pendant des mois dans un parking. Elle avait remporté l'affaire, déterminée, mais n'avait pas souvenir de s'être interrogée à aucun moment sur ce qu'il avait enduré.

Pendant tout ce temps, l'homme avec qui elle avait autrefois espéré partager sa vie, l'homme qu'elle avait promis d'aimer, l'homme contre qui, dans un univers parallèle, elle aurait dû être blottie dans un lit double, écoutant leurs enfants dormir, remua en marmonnant sur le siège avant, à des millions de kilomètres. Rêvant, peut-être, à une amante aux longues jambes. Allongée dans le noir, Natasha s'aperçut à sa plus grande surprise qu'il lui restait des recoins de la douleur du divorce à explorer.

— Linda ? C'est Natasha.

— Comment ça va ? As-tu réglé tes problèmes familiaux ?

Ils savaient. Conor avait dû vendre la mèche. Natasha examina sa jupe froissée, son collant filé, l'accroc tristement visible dans la lumière crue du matin.

— Non. Pas encore.

— Où es-tu ? Quand rentres-tu ?

Ils avaient dormi plusieurs heures et s'étaient réveillés peu après l'aube. Mac avait passé le bras entre les sièges pour lui secouer l'épaule. Quand elle avait ouvert les yeux, confuse et désorientée, elle avait mis plusieurs secondes à se rappeler où elle était. Ils avaient roulé deux heures dans un silence pâteux avant de s'arrêter dans une station-service pour se rafraîchir.

— Je ne… Je ne sais pas encore. C'est plus long que prévu. Peux-tu me passer Ben ?

— Il est sorti. Avec Richard.

— Richard ? Pourquoi est-il sorti avec Richard ?

— Personne ne t'a téléphoné ?

— Non. Pourquoi ?

— Les Persey. Ils ont trouvé un arrangement. Ses avocats nous ont contactés ce matin pour mettre une nouvelle offre sur la table. Plus que ce à quoi elle s'attendait. Et elle a accepté un droit de visite. Dieu sait si elle s'y tiendra, dit Richard, mais pour le moment ils sont d'accord.

— Merci, mon Dieu.

— Il est sorti fêter ça avec elle. Et il a emmené Michael Harrington et Ben. Ils sont au *Wolseley* pour un petit déjeuner au champagne. On ne la reconnaît plus. J'ai dit à Ben de faire attention : elle le lorgnait comme un lion regardant passer un gnou.

Richard n'avait pas pris la peine de l'appeler. Le soulagement qui l'avait brièvement envahie en apprenant que l'affaire avait été réglée par un accord satisfaisant s'évapora, tempéré par la certitude qu'elle n'en tirerait aucun crédit. Pour Richard, elle n'était plus partie prenante.

Elle sut à cet instant qu'elle ne serait pas nommée associée. Pas cette année. Ni peut-être les suivantes.

— Lin ? dit-elle. Est-ce que… ? (Elle soupira.) Oh, laisse tomber.

Une douleur sourde lui vrilla la tempe. Elle se trouvait sur le parking d'une station-service française, vêtue des mêmes vêtements depuis deux jours, qu'elle époussetait tout en suivant distraitement des yeux les véhicules passant à toute allure sur la route. Comment en était-elle arrivée là ? Pourquoi n'avait-elle pas appliqué les principes qu'elle recommandait à tous ses stagiaires et gardé son client à distance ? Comment n'avait-elle pas deviné que le chaos qui régnait dans la vie de ces enfants était contagieux ?

— Alors ? Comment ça va ?

— Bien, mentit-elle.

— Personne ici ne sait très bien comment réagir, dit Linda prudemment. Tu as bien caché ton jeu.

— Et maintenant je le paie, n'est-ce pas ?

— Certains estiment que tu aurais dû t'y prendre autrement.

Natasha ferma les yeux.

— Il faut que j'y aille, Lin. Je rappellerai plus tard.

Mac traversait le parking dans sa direction.

Quel enfer, songea-t-elle.

Sa carrière était fichue, sa vie privée en lambeaux, et elle semblait condamnée à passer le reste de son existence enfermée avec son ex dans une petite voiture, à se quereller pour justifier toutes leurs mauvaises décisions.

— Oh, Natasha. J'ai failli oublier ! Nous avons eu de la visite, ce matin à la première heure. Tu ne devineras jamais qui c'était.

Mac s'était arrêté pour parler à deux femmes plus âgées qui venaient de sortir d'une voiture. Il dit quelque chose qui les fit rire, et elle distinguait sur son visage le grand sourire qu'il ne lui avait plus adressé depuis bien longtemps. Son cœur se serra.

— Mmm ?

— Ali Ahmadi.

Natasha s'arracha à la contemplation de Mac.

— Qu'est-ce que tu as dit ?

— Ha ! Je savais que j'aurais toute ton attention ! Ali Ahmadi.

— Mais ce n'est pas possible ! Il est en détention préventive. Comment a-t-il pu être libéré avant que l'affaire soit jugée ?

Linda rit.

— Le gosse dont il était question dans la presse était un *autre* Ali Ahmadi. Figure-toi qu'Ahmadi est un des noms les plus répandus en Iran. Apparemment, Ali Ahmadi est l'équivalent de notre John Smith national. En tout cas, *ton* Ali Ahmadi est passé pour t'annoncer qu'il a été accepté dans un lycée et qu'il commence en septembre. Adorable, le gosse. Il t'a apporté un bouquet de fleurs. Je l'ai mis dans ton bureau.

Natasha s'assit sur un muret, le téléphone collé à l'oreille.

— Mais…

— Je sais. Nous aurions dû vérifier. Qui aurait pensé qu'ils étaient deux ? Mais c'est plutôt chouette, non ? Ça redonne de l'espoir en la nature humaine. J'avais du mal à le ranger dans la catégorie des violents. Oh, et je lui ai rendu ce petit pendentif en forme de cheval que nous voulions lui renvoyer. J'espère que tu n'y vois pas d'inconvénient. Il était si heureux de le récupérer.

— Mais… Mais il a menti au sujet de la distance qu'il a parcourue. À cause de lui, j'ai défendu un dossier en déformant la réalité.

— C'est exactement ce que j'ai dit à Ben. Comme l'interprète était là, nous avons ressorti le dossier et lui avons demandé de jeter encore un coup d'œil à la traduction. Et elle a découvert quelque chose d'intéressant.

Natasha attendit en silence.

— Ali Ahmadi a bien dit qu'il avait parcouru mille cinq cents kilomètres en treize jours, mais il n'a pas précisé *à pied*. Ce que nous avons tous supposé, y compris l'interprète. Avant qu'il s'en aille, Ben lui a demandé… Oh, tu n'as pas idée à quel point son anglais s'est amélioré ! Incroyable ! Enfin, bref, Ben lui a demandé comment il avait fait pour parcourir une telle distance. Ali a expliqué qu'il avait marché, puis fait une partie en camion, et ensuite il a brandi le petit cheval : il a aussi voyagé à dos de mule, ou une bestiole du genre. En tout cas, il ne t'a jamais menti !

Après ça, Linda lui expliqua où elle avait mis les fleurs, quand elle ferait mieux de rappeler, mais Natasha ne l'écoutait plus. Soudain lasse, elle enfouit son visage dans ses paumes et songea à un garçon qui avait serré ses mains entre les siennes dans un geste sincère de reconnaissance, un garçon qui avait parcouru mille cinq cents kilomètres en treize jours. Un garçon qui lui avait toujours dit la vérité.

Quand elle releva la tête, Mac se tenait à quelques pas de là, deux gobelets en polystyrène dans les mains. Il détourna précipitamment le regard, comme si cela faisait un moment déjà qu'il l'observait. Elle referma son téléphone.

— OK, lança-t-elle en saisissant un des deux cafés. Tu as gagné. Direction Saumur.

Elle n'avait pas dû tourner au bon endroit. Elle examina de nouveau la petite carte, déjà ramollie à force d'être manipulée, qui ne semblait pas pouvoir expliquer pourquoi la route qui aurait dû lui faire dépasser Tours et arriver, au bout de quelques kilomètres, à la pension où Thom avait effectué une réservation, l'avait en fait conduite à une zone industrielle interminable. Elle avait parcouru quelques kilomètres en suivant plus ou moins une voie de chemin de fer, mais comme celle-ci n'apparaissait pas sur la carte de Thom, elle ignorait complètement si elle était dans la bonne direction. Elle avait suivi son instinct, certaine qu'à tout moment un panneau indiquant Tours ou un autre point de repère finirait par apparaître. Mais rien ne vint, et au lieu de ça le paysage verdoyant se transforma lentement en quelque chose qui lui rappela la périphérie de Londres, une étendue de béton recouverte de vastes hangars vides, de parkings, d'énormes affiches, dont les coins pendaient pitoyablement, faisant de la réclame pour des hypermarchés. De temps à autre, un train passait en rugissant, faisant sursauter Boo, puis le silence retombait, troublé par de rares voitures.

Le soleil était plus bas sur l'horizon, la température avait baissé, et Sarah commençait à douter d'être dans la bonne direction. Elle s'arrêta, examina de nouveau la carte, puis le ciel, essayant de définir si elle avançait toujours vers le sud-ouest ou bien vers le sud-est. Des nuages s'étaient accumulés devant le soleil, si bien qu'il lui était difficile de lire les ombres. Elle avait faim et regretta de ne pas avoir acheté quelques provisions dans un des sympathiques marchés qu'elle avait traversés. Elle avait été tellement impatiente. Et tellement sûre qu'elle aurait atteint l'écurie à cette heure.

Le décor était de plus en plus sinistre. Autour d'elle, les bâtiments apparemment inoccupés depuis longtemps semblaient la suivre de leurs yeux vides. Elle devait se diriger dans une voie de garage : les rails s'étaient divisés, et sur chacun s'alignaient de vieux wagons aux fenêtres condamnées et aux parois couvertes de graffitis ; au-dessus de sa tête s'étalait un réseau complexe de pylônes et de câbles. Mal à l'aise, Sarah décida de revenir sur ses pas. Elle poussa un soupir las et commença à faire tourner Boo.

— *Oh ! Qu'est-ce que tu viens faire ici* ?*

Elle se retourna vivement sur sa selle et vit cinq motos, scooters et vélomoteurs, dont deux avec un passager à l'arrière. Deux des jeunes gens étaient coiffés d'un casque, les autres étaient tête nue. Cigarettes. Regards durs. Ils ressemblaient aux garçons de sa cité.

— *Ohé! Tu fais quoi*?*

Elle ne voulait pas parler. Elle savait que son accent la trahirait immédiatement. Elle se détourna et reprit sa route en dirigeant Boo vers la gauche. Son instinct lui soufflait qu'il valait mieux ne pas passer au milieu d'eux. Elle espérait qu'ils finiraient par se désintéresser d'elle.

— *T'as perdu tes vaches, cowboy*?*

Ses jambes se fermèrent involontairement sur les flancs de Boo. Un cheval bien dressé détectait la moindre tension chez son cavalier, et ce mouvement, associé à une très légère pression sur les rênes, éveilla l'attention de Boo.

— *Eh*!*

Une moto passa en grondant à côté d'elle. Elle entendit les autres s'élancer à sa suite. Leurs conducteurs sifflaient, s'interpellaient. Une expression impassible sur le visage, elle s'aperçut qu'elle n'avait aucun moyen de savoir si elle était dans un cul-de-sac. La zone industrielle était immense et comprenait des bâtiments de la taille d'entrepôts et des parkings déserts. Les graffitis rouges et noirs qui couvraient les surfaces témoignaient d'un manque d'activité, et peut-être aussi d'un manque d'espoir.

— *Eh! Je te parle*!*

Elle entendit un rugissement de moteur, et son cœur se mit à battre la chamade.

— *Eh! Je te parle, putain*!*

— *Allez-vous-en*!* dit-elle en s'efforçant de paraître plus sûre d'elle qu'elle ne l'était en réalité.

Laissez-moi tranquille! pensa-t-elle.

Ils éclatèrent de rire, et l'un d'eux singea son accent en criant: « Allez-vous-en! »

Il faisait plus sombre, à présent. Boo se mit au trot. Sarah se redressa autant qu'elle put, tendant l'oreille. Derrière elle, les motards faisaient vrombir leurs moteurs. Au loin, devant, elle apercevait des lumières. Si elle arrivait à rejoindre la grand-route, ils seraient obligés de renoncer.

— *Putain, tu te prends pour qui* !*

L'une des motos arriva à sa hauteur, avant de repasser derrière elle. Elle sentit Boo se crisper, vit ses oreilles bouger d'avant en arrière, en attente de son signal. Elle posa une main sur son encolure pour le réconforter, essayant de lui dissimuler son sentiment de panique croissant.

Ils vont bientôt partir, lui dit-elle en silence. *Ils finiront par se lasser et nous laisseront tranquilles.*

Mais la moto tourna brusquement devant eux. Boo pila, ses hanches s'affaissèrent, sa tête se dressa haut. Deux autres motos les doublèrent, si bien qu'elles étaient trois désormais à leur faire face. L'écharpe de Sarah lui cachait la partie inférieure du visage, et sa bombe était bien enfoncée sur ses yeux.

L'un des motards jeta sa cigarette par terre. Immobile sur sa selle, elle caressait inconsciemment d'une main l'épaule de Boo.

— *Putain, tu sais pas que ça se fait pas d'ignorer les gens* ?*

Le garçon pencha la tête en l'examinant.

— *Je... Je dois aller au Tours**, dit-elle en essayant d'empêcher sa voix de trembler.

— *Tu veux aller au Tours...*, répéta-t-il avec un ricanement. *Viens, je vais t'emmener au Tours, moi. Monte**, ajouta-t-il en tapotant sa selle.

Ses compagnons éclatèrent de rire.

— *Il y a quoi dans ce sac* ?*

Le regard de Sarah passa de l'un à l'autre.

— *Rien**, répondit-elle.

C'était donc son sac qui les intéressait...

— *Il est un peu gros pour un sac vide**.

Un autre, le teint pâle, tête rasée coiffée d'une casquette de base-ball, était descendu de sa moto. Elle essaya de contrôler sa respiration.

Ils sont comme les gars du quartier, se rassura-t-elle. *Ils font les malins pour impressionner les autres. Tu dois juste leur montrer que tu n'as pas peur.*

Le garçon marcha lentement vers elle. Il portait un blouson kaki cradingue. Un paquet de cigarettes dépassait de sa poche de poitrine. Il s'immobilisa à quelques pas d'elle, la regarda, puis, sans prévenir, bondit en avant en criant :

— Rah !

Boo renâcla et bondit en arrière. Les garçons éclatèrent de rire.

— Doucement, chuchota-t-elle en resserrant les jambes autour de lui. Doucement.

Le garçon avec la casquette tira sur sa cigarette et s'avança encore de quelques pas. Ils n'avaient pas l'intention de la lâcher. Ils avaient trouvé un nouveau jeu, une nouvelle forme de torture. Discrètement, elle évalua les distances, tentant de déterminer quelle était la meilleure option pour les contourner et se tirer de cette situation. Ils connaissaient forcément les environs, ayant probablement passé des heures à faire ce qu'ils faisaient à présent, sillonnant les routes sur leurs motos, tuant le temps, cherchant des endroits à détruire et piller pour décharger leur frustration et leur ennui.

— Rah !

Cette fois, elle était prête, et Boo tressaillit mais ne sauta pas. Elle le tenait fermement de la jambe à la main, lui intimant en silence de ne pas bouger, l'empêchant de ressentir de la peur. Mais il hésitait. Elle voyait qu'il essayait de regarder en arrière, contractant son encolure arquée, et sentait au bout des rênes sa bouche jouer nerveusement avec le mors. Comme les motards continuaient à la suivre, elle sut ce qu'elle devait faire.

— *S'il vous plaît*, dit-elle, *laissez-moi tranquille**.

— *Balance ton sac, et on te laissera tranquille**, répliqua le garçon à la casquette en désignant son sac à dos.

— *Allez, putain ! Balance, ou j'en fais de la pâtée pour chien, de ton cheval**, gronda celui qui défiait Boo.

Cette réflexion acheva de la convaincre que le moment était venu de prendre la fuite. Elle rassembla son cheval, ses jambes lui communiquant doucement ses instructions. Pendant quelques secondes, il resta immobile, pétrifié par l'angoisse ; puis le dressage prit le dessus, et il commença docilement à trotter sur place, levant attentivement les jambes, en rythme, deux par deux dans une version exagérée du piaffer.

— *Regardez ! Un cheval qui danse** !

Les garçons se mirent à siffler et firent vrombir leurs moteurs, s'approchant encore, distraits par ce qu'elle faisait. Sarah dompta sa peur et s'efforça de faire abstraction du bruit, se concentrant, construisant l'impulsion de Boo, créant un noyau d'énergie en son centre. La tête de Boo tomba sur son poitrail, ses jambes montèrent plus haut. Elle sentit son anxiété, et son cœur se serra en voyant combien il lui faisait confiance. Il avait beau être terrorisé, il était prêt à faire ce qu'elle lui demanderait. Elle entendit un des garçons lui crier autre chose, mais ses paroles se noyèrent dans la pulsation du sang à ses tempes.

— *Alors comme ça tu veux valser, hein** ? lança le garçon debout devant Boo en avançant encore.

Il avait un sourire dur, moqueur. Il lui rappela Sal le Maltais. De sa jambe droite, elle fit discrètement s'éloigner Boo de lui. Boo, se balançant désormais au terre-à-terre, enflammé par l'impulsion croissante qu'elle lui transmettait, absorbait également la tension ambiante, si bien qu'elle arrivait tout juste à le maîtriser. Entre les garçons, la tension montait aussi ; le danger était palpable. Elle percevait leur soif de chaos. Elle les entendait presque penser, calculer les possibilités.

S'il te plaît, exhorta-t-elle à Boo. *Juste une fois. Fais-le pour moi.*

— *Faites-la descendre* !* cria un des garçons.

Elle sentit une main sur sa jambe. Il ne lui en fallut pas plus : les talons serrant les flancs de Boo, ses hanches lui indiquant de se lever plus haut, encore plus haut, puis elle cria « Hop ! », et il bondit dans les airs, se dressant au-dessus d'eux tandis que, dans un rebond sismique, il détendit ses postérieurs horizontalement derrière lui. Capriole ! Le monde autour d'eux s'immobilisa, et pendant une seconde elle vit ce que les hommes avaient dû voir sur les champs de bataille, deux mille ans auparavant : le visage de leurs adversaires empli de terreur tandis que les grands animaux se dressaient, défiant les lois de la gravité, leurs jambes, leur corps tout entier devant une arme redoutable.

Un cri de peur et d'indignation retentit. Deux motos tombèrent, et le garçon qui s'était posté devant elle se jeta en arrière. Quand les sabots antérieurs de Boo touchèrent le sol, elle se plaqua sur son encolure et lui laboura les flancs des talons.

— Vas-y ! ordonna-t-elle. Vas-y.

Et l'étalon bondit en avant, dépassa les motos, tourna au coin et se lança à toute allure sur la route goudronnée par laquelle ils étaient arrivés.

À plusieurs centaines de kilomètres de là, dans une chambre d'hôpital plongée dans la pénombre, Henri Lachapelle, la tête inclinée du côté où l'infirmière de l'équipe du soir l'avait reposée, se réveilla et posa les yeux sur l'image floue du cheval près de lui, attendant qu'il se clarifie, se solidifie. L'animal avait dû s'approcher pendant qu'il dormait, et lui rendait à présent son regard, son œil iridescent rivé au sien avec une expression rassurante, où il lut une patience infinie. Dans une confusion croissante, Henri cligna plusieurs fois des paupières sur ses yeux secs et douloureux. Puis : « Gerontius ! », s'exclama-t-il avec gratitude. Le cheval cligna lentement des yeux, abaissant son nez comme en signe de reconnaissance, et le vieil homme essaya de se rappeler comment ils avaient terminé là. Plus grand-chose n'avait de sens désormais. Il était devenu plus facile de se laisser porter par ces nouvelles marées, d'accepter les soins sans résister, les visages inconnus.

Il sentait le cuir rigide de ses bottes autour de ses mollets, la douce serge noire de son col autour de son cou, entendait au loin les rires de ses compagnons écuyers qui se préparaient. L'odeur de feu de bois, de caramel et de foin s'infiltra dans ses narines, tandis que la brise de la vallée de la Loire lui caressait la peau. Et puis il fut à cheval, franchit le rideau rouge, ses mains gantées légères sur les rênes, ses yeux calmement dirigés entre les oreilles dressées de son cheval. Il se remémora la sensation des jambes longues et puissantes de Gerontius, ses pas élégants, aussi familiers pour lui que sa propre foulée, et une joie profonde monta en lui. Gerontius ne le laisserait pas tomber ; il ferait ses preuves, et Henri, enfin, serait « un homme avec des ailes ».

Parce que, cette fois, quelque chose était différent : il avait à peine besoin de transmettre ses requêtes au cheval. Ils communiquaient par télépathie, dans une compréhension immédiate dont aucun Grand Dieu ne lui avait jamais parlé. Avant que ses éperons n'aient effleuré les flancs du cheval, avant qu'il n'ait déplacé son poids ou prononcé un mot, Gerontius l'avait anticipé.

Quelle noble créature, songea Henri, émerveillé. *Comment ai-je pu l'abandonner aussi longtemps ?*

Le cheval arqua l'encolure, se plaça au centre de la carrière, sa robe soyeuse chatoyant sous les lampes à arc, ses sabots se soulevant sous lui, cheval et cavalier désormais au centre d'un tourbillon d'attente. Et puis, soudain, il fut sur ses postérieurs, à une hauteur impossible, sans tituber ni lutter, la tête fièrement dressée, parfaitement immobile, dominant le public comme s'ils se devaient de se glorifier de sa réussite. Et Henri, incliné derrière lui, jambes serrées autour de ses flancs, le dos droit, se retenait d'exulter quand il comprit que oui, ils flottaient, et que rien ne l'obligerait plus à redescendre.

Et c'est à ce moment-là qu'il la vit : la fille en robe jaune, assise devant lui, ses mains minces levées au-dessus de sa tête. Elle applaudissait, émue aux larmes, le visage fendu d'un grand sourire.

« Florence ! cria-t-il. Florence ! » Les applaudissements qui retentirent autour de la carrière lui emplirent les oreilles, le cœur, assourdissants, les lumières qui explosèrent devant lui – Florence –, le remplissant, l'élevant encore plus haut, noyant la sonnerie stridente des machines, les voix pressantes, la porte de l'unité ouverte à la volée.

Mac frappait à la porte de sa chambre.

— Tu es prête ? Madame sert le dîner à 20 heures, n'oublie pas.

Natasha avait enfilé le pantalon mal coupé et le chemisier rouge en coton fin acheté dans un supermarché du coin, les seuls articles qu'elle avait jugé lui aller à peu près. Elle répondit avec lassitude :

— Donne-moi cinq minutes. Je te rejoins en bas.

Elle entendit le bruit de ses pas résonner dans le couloir, rebondissant sur les boiseries, et fouilla dans son sac en quête de mascara, n'importe quoi qui égaie un peu son visage pâle et épuisé.

Ils étaient arrivés à Saumur peu après 17 heures et s'étaient d'abord arrêtés à l'École nationale d'équitation, foyer du Cadre noir, dont ils avaient trouvé le portail fermé.

Une voix, apparemment irritée par les coups de sonnette insistants de Mac, avait répondu par l'interphone que l'école était fermée au public la première semaine de janvier. Et que, non, aucune jeune fille anglaise ne s'était présentée avec un cheval. Malgré leur français plus qu'approximatif, Mac et Natasha n'avaient eu aucun mal à percevoir l'incrédulité sardonique dans la voix de l'homme.

— De toute façon, elle n'aurait jamais pu arriver avant nous, avait fait remarquer Natasha. Commençons plutôt par nous trouver une base opérationnelle.

Elle avait rappelé la banque, mais il n'y avait aucune nouvelle opération à signaler. Sarah n'avait pas retiré d'argent depuis la veille. Natasha ne savait pas si elle trouvait cela rassurant ou inquiétant.

Le château de Verrières se situait au cœur de la cité médiévale. L'arrière donnait sur l'École de cavalerie. Le château en lui-même était vaste, très orné : une splendeur. Le genre d'endroit où ils avaient séjourné au début de leur relation, à l'époque où ils essayaient de se séduire mutuellement. Mac mettait de l'après-rasage et la complimentait sur toutes les tenues qu'elle portait, et elle trouvait dans son comportement quelque chose de drôle ou d'attachant dont elle se plaindrait deux ans plus tard.

— Je suppose que nous pouvons aussi bien loger dans un bel endroit que dans une chaîne, dit Mac.

Il essayait d'être gai, mais elle savait que, depuis qu'ils étaient sur le sol français, ses peurs s'étaient intensifiées, tout comme les siennes. Ils s'étaient traités avec prudence les dernières heures, comme si la situation avait pris tellement d'ampleur, tellement de poids, qu'il ne restait plus de place pour d'autres sentiments. Peut-être aussi que, désormais, ni l'un ni l'autre n'étaient plus aussi confiants qu'au début quant à l'issue de leur périple.

En arrivant au rez-de-chaussée, Natasha trouva Mac assis devant un feu de cheminée crépitant ; il exposait la situation à la propriétaire du château, qui écouta son histoire avec une incrédulité polie.

— Vous croyez que cette enfant est venue de Calais jusqu'ici à cheval ? demanda-t-elle.

— Nous savons qu'elle se rendait au Cadre noir, dit Mac. Nous avons juste besoin de parler à quelqu'un de là-bas, pour savoir si elle y est allée.

— Monsieur, si une jeune fille anglaise de quatorze ans s'y était présentée à cheval et seule, tout Saumur serait au courant. Êtes-vous sûr qu'elle ait pu parcourir une telle distance ?

— Nous savons qu'elle a retiré de l'argent aux environs de Paris hier après-midi.

— Mais cela représente plus de cinq cents kilomètres…

— C'est possible, affirma Natasha d'un ton ferme en pensant à Ali Ahmadi. Nous savons que c'est possible.

Elle échangea un regard avec Mac.

— Il n'y aura personne à cette heure, dit la femme. Si vous le souhaitez, je pourrai appeler la gendarmerie demain et demander si une telle chose a été rapportée.

— Cela nous serait très utile, approuva Mac. Merci. Toute aide est la bienvenue.

Puis, comme la châtelaine s'éloignait pour se renseigner au sujet de leur dîner, il demanda :

— Ça va ?

— Oui.

Natasha regarda par la fenêtre, priant pour que l'adolescente émerge de derrière les arbres surplombant la haie de lauriers. Elle avait commencé à voir Sarah partout : ombre fugace derrière les voitures garées, au bout de ruelles étroites… Quand elle se rappelait l'histoire d'Ali Ahmadi, elle ne pensait pas au courage et à l'obstination du garçon, au bouquet de fleurs qui l'attendait sur son bureau, mais à ses propres échecs. Elle sentait, terrassée par l'effroi, qu'elle avait commis une erreur monumentale.

Dîner en tête à tête avec Mac dans un décor aussi romantique lui coupa l'appétit, et elle décida de se rabattre sur le vin. Elle but trois, quatre verres sans même s'en rendre compte. Par un accord tacite, ils décidèrent de ne pas parler de Sarah, mais elle ne savait absolument pas quoi dire, ni où regarder. Assise face à Mac, elle ne pouvait empêcher ses yeux de se poser sur ses mains, sur sa peau, sur ses cheveux bruns en bataille. Contrairement à son habitude, il ne fut pas très bavard, se contentant d'engloutir son dîner en émettant de temps à autre un petit grognement approbateur.

— Délicieux, non ? dit-il avant de s'apercevoir qu'elle s'était contentée de pousser la nourriture autour de son assiette.

— Absolument, répondit-elle.

Embarrassé, il se tut, et sa gêne accrut celle de Natasha, si bien que, quand il annonça qu'il ne voulait pas de dessert et qu'il allait prendre un bain, ils se détendirent un peu, soulagés.

— Je crois que je vais aller faire un petit tour, annonça-t-elle.

— Tu es sûre ? Il fait assez frisquet.

— J'ai besoin d'air.

Elle essaya de sourire, mais n'y parvint pas.

Quand elle sortit, l'air froid lui coupa le souffle, et elle resserra les pans de son manteau autour d'elle ; il flottait une légère odeur de feu de bois. Sur sa droite, elle distinguait l'énorme façade à l'architecture classique de l'académie, et, un peu plus loin, les rues de Saumur, bordées de bâtiments en pierre couleur miel.

Elle marcha jusqu'à un marronnier. Une fois dessous, elle s'arrêta et leva la tête pour regarder le ciel entre ses branches élégantes, admirant la vaste étendue d'encre que ne polluaient pas les lueurs de la ville et où scintillaient des millions de minuscules points lumineux. Elle ne pensait plus à son travail, à son procès perdu, à sa relation fichue. Elle n'osait pas penser à Sarah. Elle songea plutôt à Ahmadi, qui ne lui avait pas menti. Elle avait honte de la rapidité avec laquelle elle avait changé d'opinion sur lui.

Elle ignorait depuis combien de temps elle était là quand elle entendit des bruits de pas sur les graviers de l'allée. C'était Mac. Son cœur se serra.

— Qu'est-ce qui se passe ? C'est la police ? demanda-t-elle en voyant qu'il tenait son téléphone. Ils l'ont trouvée ?

Ses cheveux étaient secs, il n'avait donc pas pris de bain.

— C'était Cowboy John, annonça-t-il, le visage grave. Le vieil homme… le grand-père de Sarah. Il est mort ce soir.

Incapable de prononcer le moindre mot, elle attendit qu'il éclate de rire et s'excuse de cette blague de mauvais goût, mais il n'en fit rien.

— Bon sang, Tash, finit-il par dire. Qu'est-ce qu'on va faire maintenant ?

Elle entendit les légers craquements des branches d'un platane dans la brise et sentit, avec une netteté exquise, le froid sur son visage.

— On n'a pas le choix, il faut la retrouver, déclara-t-elle d'une voix étrangement ténue. Il le faut. Je ne vois pas quoi d'autre…

Quelque chose enflait dans sa poitrine, une sensation d'étouffement inédite, horrible, qui la remplit brièvement de panique. Passant devant lui, elle s'éloigna d'un pas vif, puis se mit à courir vers le château. Elle traversa l'immense vestibule et gravit quatre à quatre les marches en acajou pour se réfugier dans sa chambre. Les larmes jaillirent avant même qu'elle n'ait atterri à plat ventre sur le grand lit, les bras au-dessus de la tête. Elle laissa l'épais couvre-lit les absorber, sans savoir très bien pourquoi elle pleurait : était-ce pour Sarah, seule dans un pays inconnu, dont le dernier lien avec sa famille venait d'être rompu ? Pour l'orphelin qu'elle avait mal jugé ou pour le désastreux gâchis qu'était devenue sa vie ? À présent, libérés peut-être par l'alcool, l'étrangeté de son environnement, ce pays qui n'était pas le sien, les bouleversements des deux derniers jours, les sanglots de Natasha lui ravageaient le corps, semblant remonter des profondeurs de son être. Elle pleura en silence, en se demandant comment elle s'arrêterait.

Elle entendait les motos derrière elle. Elle galopait à fond à présent, haletante, saisie par la peur. Boo courait, l'encolure droite comme un piquet, ses sabots projetant des étincelles sous elle dans le jour déclinant. Elle tira violemment sa tête sur la droite, volant vers ce qui ressemblait à une route, entendit des pneus crisser dans son dos, un autre cri menaçant – « *Putain* !* » –, et découvrit qu'elle était sur le parking d'un supermarché.

Elle traversa les places de stationnement au galop, vaguement consciente des couples éberlués poussant leurs chariots et d'un conducteur qui interrompit sa marche arrière. Les motos s'étaient dispersées ; elle les voyait du coin de l'œil. Elle essaya de retenir Boo – si elle se dirigeait vers le supermarché, il y aurait trop de monde pour que ses poursuivants osent lui faire quoi que ce soit –, mais son encolure était rigide, insensible. Terrifié, Boo était perdu dans un monde à lui.

Elle s'assit en arrière, tandis que les marquages au sol disparaissaient sous lui.

— Du calme ! Oh ! s'écria-t-elle, avant de comprendre, paniquée, qu'elle ne parviendrait pas à l'arrêter.

Consciente que désormais elle devait juste s'efforcer de rester en selle, elle sauta par-dessus une petite rampe, un nid-de-poule, traversa comme dans un rêve un autre parking vide et vit qu'elle avait atteint la limite de la zone industrielle, que le néant obscur au-delà du muret au bout était la campagne déserte. Elle se leva sur ses étriers, se tenant à une rêne, un vieux truc qui aurait dû projeter Boo dans un cercle serré et tuer sa vitesse.

Mais elle avait mal évalué la distance qui la séparait du mur. L'angle qu'elle lui avait imposé était impossible. Pas plus que le cheval, elle n'avait vu la dénivellation de l'autre côté, si bien que quand Boo décolla, toujours aveuglé par la peur, elle se cramponna à lui. Ce n'est qu'une fois ses antérieurs lancés en l'air que cheval et cavalier s'aperçurent de leur erreur.

Le bruit des motos disparut. Sarah vola dans le ciel noir, vaguement consciente d'un cri qui pouvait être le sien. Puis Boo trébucha, et Sarah tomba. Elle eut une vision fugitive de la surface de la route illuminée, entendit un craquement terrible, puis tout devint noir.

Le coup léger qu'il avait frappé à la porte étant resté sans réponse, Mac tourna la poignée tout en redoutant de provoquer une nouvelle dispute. Mais il n'avait pu se résoudre à retourner dans sa chambre : elle avait paru si perdue, si pâle dans le clair de lune, son assurance habituelle envolée.

— Tash, appela-t-il doucement.

Il l'interpella de nouveau, puis ouvrit lentement la porte.

Elle était allongée sur le lit à baldaquin, les bras croisés sur sa tête. Un instant, il la crut endormie. Puis, alors qu'il reculait pour ressortir sans faire de bruit, il vit le tressautement de ses épaules et entendit un sanglot étouffé. Il se figea. Il n'avait pas vu Natasha pleurer depuis des années. Longtemps après avoir quitté leur maison, quinze mois plus tôt, il s'était rappelé ses mâchoires serrées, l'expression de son visage parfaitement calme, pendant que, debout et droite dans son tailleur, elle le regardait depuis le seuil charger ses affaires dans la voiture.

Mais des siècles avaient passé.

Mac traversa d'un pas hésitant les quelques mètres de plancher qui le séparaient du lit. Elle tressaillit quand il posa une main sur son épaule.

— Tash ?

Elle ne réagit pas. Il se demanda si elle était incapable de répondre ou si elle attendait simplement qu'il s'en aille.

— Qu'est-ce qui se passe ? Qu'est-ce qui ne va pas ?

Elle finit par relever la tête, révélant son visage bouffi de larmes. Ce qui restait de son mascara avait coulé, et il dut se retenir d'essuyer les traînées qui maculaient ses joues.

— Et si nous ne la trouvons pas ? demanda-t-elle, les yeux brillants.

L'intensité de sa douleur le frappa ; il avait presque du mal à la reconnaître. Incapable de détourner le regard d'elle, il ne sut que répondre.

— Nous la retrouverons. Je ne comprends pas, Tash…

Elle se redressa et s'assit en ramenant les genoux sous son menton avant d'y enfouir le visage, si bien qu'il eut du mal à entendre ce qu'elle disait.

— Il nous a fait confiance.

Mac s'assit à côté d'elle sur le lit.

— Oui, mais…

— Tu avais raison. Tout est ma faute.

— Non… Non… C'était une bêtise, je n'aurais jamais dû dire ça. Ce n'est pas ta faute.

— Si, insista-t-elle, la voix déformée par le chagrin. J'ai trahi la confiance de son grand-père. J'ai trahi Sarah. Je ne me suis jamais occupée d'elle comme j'aurais dû le faire. Mais c'était trop…

— Tu t'en es bien sortie. Comme tu l'as dit, tu as fait de ton mieux. Nous avons tous les deux fait de notre mieux. Nous ne pouvions pas deviner ce qui allait se passer.

Il était stupéfait que ses paroles aient pu provoquer une telle réaction chez Natasha. Il la croyait depuis longtemps imperméable à ce qu'il pouvait dire ou faire.

— Eh… Voyons, ce n'étaient que des mots… J'étais en colère.

— Non. Tu avais raison. Je n'aurais pas dû partir. Si j'étais restée… Si j'avais essayé de faire en sorte qu'elle s'ouvre un peu plus à moi… Mais je ne supportais plus ta présence. Je ne supportais plus *sa* présence.

Il distinguait ses bras minces dans le chemisier rouge maculé de taches noirâtres laissées par son maquillage. Il aurait voulu la consoler, mais craignait qu'elle ne se ferme encore.

— Tu ne supportais plus la présence de Sarah ? répéta-t-il doucement, prudemment.

Son visage se figea, ses larmes se tarirent.

— Elle m'a démontré que je n'aurais jamais été une bonne mère. Avoir Sarah à la maison m'a fait comprendre… que peut-être ce n'est pas un hasard si je n'ai pas pu avoir d'enfants. (Elle avala sa salive avec difficulté.) Et ce qui lui est arrivé ensuite en est la preuve.

Sa voix se brisa, et elle sanglota de nouveau, son corps recroquevillé parcouru de frissons.

Mac était sidéré par l'intensité de sa douleur pour les bébés qu'ils avaient perdus.

— Non, Tash, souffla-t-il en lui saisissant la main (ses doigts étaient trempés de larmes). Ça n'a rien à voir… Allons…, protesta-t-il en sentant aussi les mots se coincer dans sa gorge.

Il l'attira contre lui, passa les bras autour d'elle et la berça, sans savoir très bien ce qu'il faisait.

— Oh, bon sang, non… Tu aurais fait une mère formidable, je le sais.

Il appuya le visage sur le haut de son crâne, respirant l'odeur familière de ses cheveux, et s'aperçut que la larme qui roulait le long de sa joue était la sienne. Puis il sentit les bras de sa femme glisser autour de lui, l'agripper, message silencieux lui signifiant qu'il avait peut-être été attendu, voulu, qu'il avait peut-être eu quelque chose à lui offrir, après tout. Ils restèrent assis dans la pénombre, enlacés, pleurant les enfants qu'ils avaient perdus, la vie à laquelle ils avaient renoncé.

— Tash…, murmura-t-il. Tash…

Ses sanglots s'apaisèrent et, à leur place, une question tacite emplit l'air autour d'eux, écrite dans leur peau là où ils se touchaient. Il prit son visage dans ses mains et le leva vers lui, scrutant ses paupières gonflées, sa peau mouillée, essayant de lire en elle, et ce qu'il vit anéantit toute pensée.

Mac inclina sa bouche vers celle de Natasha et, avec un murmure, embrassa sa lèvre inférieure en lui caressant le visage, à la fois inconnu et pourtant familier. Pendant une seconde, il la sentit hésiter, et tout au fond de lui quelque chose freina aussi – *Qu'est-ce qui se passe ? On arrête ?*–, et puis ses doigts fins se refermèrent sur les siens, et elle poussa de petits gémissements tout en cherchant ses lèvres des siennes.

Alors Mac la renversa en arrière, et un soupir de soulagement lui échappa. Il embrassa son cou, ses cheveux, s'attaqua aux boutons de son chemisier froissé, respira l'odeur musquée de sa peau, rendu maladroit par le désir. Il sentit les jambes de Natasha s'enrouler autour de sa taille, et une part de son cerveau encore capable de penser remarqua qu'il ne l'avait jamais vue ainsi. Pas depuis des années, en tout cas. Qu'il découvrait cette Natasha, et que les sentiments que cela éveillait en lui étaient trop compliqués pour qu'il s'y confronte maintenant.

Il ouvrit les yeux et la regarda dans la faible lumière qui filtrait par la fenêtre : le mascara coulé, les cheveux emmêlés, la légère pulsation sur sa gorge pâle. La tendresse qu'il avait éprouvée fut étouffée par une pulsion obscure et masculine, qui répondait à un instinct possessif qu'il n'avait pas été capable de lui accorder du temps de leur relation. Il ne s'agissait pas de revenir sur le même territoire. Car il ne reconnaissait même pas cette personne.

— J'ai envie de toi, lui souffla Natasha à l'oreille, comme surprise par l'audace de ses mots.

Sa voix était rauque, entravée par ses propres émotions, une supplique avide et désespérée.

— J'ai envie de toi, répéta-t-elle.

Mac se débarrassa de sa chemise, comprenant que, bien qu'il n'y ait pas eu de question à proprement parler, il n'y avait qu'une seule réponse possible.

Chapitre 25

« Le cavalier court un grand danger s'il arrive quoi que ce soit à son cheval. »

Xénophon, *De l'art équestre.*

Un oiseau blanc volait en décrivant de grandes spirales paresseuses au-dessus d'elle, accompagné d'un bourdonnement de plus en plus sonore. Puis, quand le bruit devint étourdissant, il s'éloigna. Sarah cligna des yeux, éblouie par la lumière qui l'empêchait d'en distinguer clairement la source, le suppliant en silence de se calmer.

Elle resta allongée, parfaitement immobile, tandis que le bruit s'amplifiait. Cette fois, le sol sous elle se mit à vibrer, et elle fronça les sourcils, consciente de la douleur dans sa tête et dans son épaule droite.

S'il vous plaît, supplia-t-elle, *arrêtez. C'est trop fort.*

Elle ferma les yeux de toutes ses forces, comme pour se protéger de cet assaut brutal sur ses sens. Enfin, au moment où il devenait insupportable, le bruit cessa. Elle se sentit vaguement reconnaissante, avant d'être alarmée par un autre son. Une portière qui s'ouvrait. Une exclamation.

Ouille, songea-t-elle. *Mon épaule. J'ai si froid. Je ne sens plus mes pieds.*

Derrière ses paupières, la lumière se fit moins intense, et elle ouvrit brièvement les yeux, le temps de voir une silhouette sombre penchée sur elle.

— *Ça va* ?

La panique prit le contrôle avant même que son cerveau comprenne pourquoi. Quelque chose n'allait pas. Pas du tout. Elle cligna des yeux, oubliant sa douleur à mesure qu'elle voyait se dessiner les contours d'un homme qui la regardait depuis quelque part au-dessus d'elle. Elle s'aperçut qu'elle était étendue au fond d'un fossé d'écoulement. Elle se redressa péniblement, reculant, assise, jusqu'à ce que son dos rencontre une paroi en béton.

Les hommes. Les motos. La peur.

L'inconnu se tenait à quelques mètres d'elle. L'inquiétude se lisait sur son visage. Non loin de lui, il y avait une énorme machine agricole jaune dont il avait dû sauter précipitamment, laissant la portière ouverte.

— *Qu'est-ce que je vais faire* ?* dit-il.

Les yeux de Sarah refusaient de faire le point. Elle jeta des regards autour d'elle et commença à distinguer l'étendue de champ labouré, ainsi que les hangars de la zone industrielle au loin. La zone industrielle. Un saut dans le noir.

— Mon cheval, s'exclama-t-elle en bondissant sur ses pieds, si bien qu'elle ne put retenir un petit cri de douleur. Où est mon cheval ?

Le fermier recula en lui indiquant de rester où elle était.

— *Je vais appeler la gendarmerie*, dit-il. *D'accord* ?*

Mais déjà elle titubait sur la route, essayant de rassembler ses pensées et de clarifier sa vision.

— Boo ! cria-t-elle. Boo !

Elle ne vit pas la méfiance du fermier tandis que ses gros doigts carrés hésitaient sur les touches de son téléphone portable. Sinon, elle y aurait peut-être lu ses questions muettes : drogue ? Folie ? Tout un côté de son corps était couvert de boue, et son visage était contusionné. Avait-elle des ennuis ?

— *Tu as besoin d'aide* ?* demanda-t-il prudemment.

Elle ne l'entendit pas.

— Boo ! cria-t-elle en escaladant un poteau en ciment.

L'effort qu'elle dut fournir pour conserver son équilibre lui arracha une grimace. Tout son corps était douloureux. Sa vision demeurait trouble, mais elle voyait tout de même que le champ était désert, mis à part quelques corneilles et les petits nuages que formait sa respiration. Sa voix se perdait dans l'air immobile du matin.

Elle se tourna vers l'homme.

— *Un cheval ?* implora-t-elle. *Un cheval brun ? Un selle français* ?*

Elle tremblait sous le coup à la fois du froid et de la peur. Ce n'était pas possible. Pas maintenant. Pas après tout ça. La panique la saisit brutalement et la réveilla d'une secousse, l'énormité de ce qui venait de se produire lui coupant les jambes. Cette perspective était terrifiante, et elle était incapable d'y faire face. Il ne pouvait pas avoir disparu. Bien sûr que non.

L'agriculteur se tenait debout devant la portière de sa machine.

— *Tu as besoin d'aide* ?* répéta-t-il, mais d'une voix moins pressante, cette fois, comme s'il espérait que cette étrangère lui répondrait que non, tout allait bien, le libérant de toute obligation.

En fait, Sarah s'éloignait déjà en boitillant sur la route, se demandant par où elle commencerait ses recherches, trop occupée à crier le nom de son cheval pour l'entendre. Le choc fulgurant causé par la découverte de la disparition de Boo surpassait la douleur dans son épaule et le martèlement incessant sous son crâne.

Elle avait presque fini de longer le champ quand elle s'aperçut que son cheval n'était pas la seule chose qui lui manquait.

À une cinquantaine de kilomètres de là, Natasha se réveilla aussi avec une impression de manque inattendue. Avant même d'avoir compris que le son qui l'avait tirée du sommeil provenait de Mac disparaissant dans la salle de bains, elle avait eu conscience de l'absence de son corps à côté du sien. Elle sentait encore le poids de son bras sur elle, la longueur solide de sa jambe appuyée contre l'arrière de la sienne, son souffle chaud sur sa nuque. Sans lui, elle était sans attache, avec l'impression de flotter dans l'espace au lieu d'être confortablement bordée dans un grand lit double.

Mac.

Elle l'entendit lever la lunette des toilettes et s'autorisa un petit sourire face à cette autre manifestation d'intimité. Elle s'enfonça plus profondément sous les draps, submergée par l'odeur de renfermé qui évoquait des heures de plaisir, de désirs assouvis et partagés. Elle pensa à lui, à ses lèvres sur elle, à ses mains, à son torse, à l'intensité avec laquelle il l'avait scrutée, comme si l'année qui s'était écoulée n'avait pas seulement été balayée, mais avait perdu toute son importance face à la force de leurs sentiments. Elle songea à sa propre attitude, à sa désinhibition, au désir, ce besoin qui avait surgi sans prévenir, comme séparé de celle qu'elle avait pensé être. C'était comme si leurs disputes passées, leurs cruautés, les limites qui les avaient empêchés d'être eux-mêmes l'un avec l'autre avaient intensifié ces retrouvailles. Elle savait qu'elle l'avait surpris ; d'ailleurs, elle s'était surprise aussi. Depuis combien de temps ne s'était-elle pas sentie la meilleure version d'elle-même sous son regard ?

Elle glissa de son côté du lit, respirant la marque encore chaude laissée par sa peau. Elle entendit le bruit de la chasse, l'eau coulant dans le lavabo pendant qu'il se lavait les mains. Serait-il mal de s'enrouler encore autour de lui avant qu'ils se lèvent et reprennent leurs recherches ? Serait-il mal de se servir de ses lèvres, de ses mains, de sa peau pour prendre des forces et se préparer à affronter la journée qui s'annonçait ? Elle se demanda à quoi ressemblerait un bain dans cette imposante baignoire à pattes griffues, où elle reconquerrait ce grand corps centimètre carré par centimètre carré savonneux ?

Je l'aime, songea-t-elle.

Et cette pensée s'accompagnait d'un profond soulagement, comme si admettre cette évidence l'autorisait à cesser de lutter.

Elle poussa un soupir d'aise. Puis, plus prosaïque, elle se frotta les yeux, consciente des traînées de maquillage de la veille au soir, essaya de se lisser les cheveux, emmêlés à l'arrière de son crâne. Son corps rayonnait et la picotait, impatient, et en silence elle pressa Mac de se dépêcher. Elle le voulait contre elle, autour d'elle, en elle. Elle éprouvait pour lui un désir puissant dont elle ne soupçonnait pas l'existence. Elle n'avait jamais ressenti cela avec Conor. Elle avait éprouvé du désir, certes, mais il s'était plus agi d'un appétit à satisfaire que de cette sensation étourdissante et viscérale d'être la moitié d'un tout. Cette sensation qui lui donnait l'impression d'avoir subi une amputation quand l'autre s'absentait.

C'est à ce moment-là qu'elle entendit la voix. Elle crut d'abord à quelqu'un passant dans le couloir, mais, tendant l'oreille, elle comprit que c'était Mac qui parlait. Elle descendit du lit en s'enveloppant dans le couvre-lit, trottina pieds nus jusqu'à la porte de la salle de bains, hésita un moment puis colla l'oreille contre le vieux panneau en chêne.

— On en parlera plus tard, mon chou. Tu… tu es impossible. (Il riait.) Non, pas du tout… Maria, je n'ai pas l'intention d'avoir cette conversation maintenant. Je t'ai expliqué que nous la cherchions toujours. Oui, je te verrai le 15… Moi aussi. (Il rit de nouveau.) Il faut que j'y aille, Maria. Je t'appelle quand je rentre.

Pendant des années ensuite, Natasha lutterait pour dissocier l'odeur de la cire d'abeille de l'annonce d'un désastre. Elle s'éloigna de la porte à reculons ; le sourire sur ses lèvres avait disparu, le feu dans son sang s'était transformé en glace. Elle avait juste eu le temps de réintégrer le lit quand il émergea de la salle de bains. Elle se força à respirer lentement, se frotta le visage, ne sachant pas comment se présenter à lui.

— Tu es réveillée, fit-il remarquer d'une voix rendue râpeuse par le manque de sommeil.

Elle sentait ses yeux sur elle.

— Quelle heure est-il ? demanda-t-elle.

— Il est 8 h 15.

Natasha sentait son cœur battre la chamade.

— Nous ferions mieux d'y aller, dit-elle en scrutant le sol en quête de ses vêtements, prenant soin de ne pas le regarder.

— Tu veux te lever ?

Il parut surpris.

— Ça me semble une bonne idée. Il faut que nous parlions à la police, tu te souviens ? Madame allait leur téléphoner.

Elle repéra sa culotte sous l'imposante commode en noyer. Elle rougit en se rappelant comment elle avait atterri là.

— Tash ?

— Quoi ?

Elle l'enfila dos à lui, le dessus-de-lit dissimulant son corps nu.

— Ça va ?

— Oui.

Elle se tortilla pour remonter le sous-vêtement sur ses hanches et se tourna vers lui. Elle veilla à garder un regard brillant, neutre. Au fond d'elle, elle lui souhaita une mort lente et douloureuse.

— Pourquoi ? Qu'est-ce qui te fait croire que ça ne va pas ?

Il essayait d'interpréter son humeur. Il sourit, haussa les épaules, incertain.

— Je crois juste que nous devrions nous activer. N'oublie pas pourquoi nous sommes ici.

Et avant qu'il puisse ajouter quoi que ce soit, elle avait attrapé ses affaires et s'était précipitée dans la salle de bains.

Le gendarme s'était entretenu avec quelqu'un de l'équipe administrative du Cadre noir avant de se rendre au château.

— Aucune jeune fille correspondant à votre description ne s'est présentée à l'académie, déclara-t-il.

Ils étaient assis au salon avec des cafés qu'avait apportés Madame avant de s'écarter discrètement.

— Mais ils m'ont assuré que, dans le cas où elle apparaîtrait, ils ne manqueraient pas de vous en informer. Comptez-vous rester à Saumur ?

Natasha et Mac échangèrent un regard.

— Je suppose que oui, dit Mac. C'est la destination la plus probable de Sarah. Nous resterons jusqu'à ce qu'elle arrive.

Leur histoire avait provoqué la même réaction chez le gendarme que chez Madame, à savoir une légère incrédulité, et la question implicite : comment des parents pouvaient-ils tolérer l'idée d'une enfant voyageant si loin toute seule ?

— Puis-je vous demander pourquoi vous la croyez en route pour le Cadre noir ? Vous avez conscience qu'il s'agit d'une académie d'élite ?

— Son grand-père en a été membre il y a longtemps. C'est lui qui souhaitait qu'elle y aille.

Le gendarme parut satisfait de sa réponse. Il griffonna quelques remarques supplémentaires dans son calepin.

— Et elle s'est servie de ma carte de crédit. Nous savons qu'elle a retiré de l'argent en France, ajouta Natasha. Tout indique qu'elle suit cette direction.

Le militaire demeura impassible.

— Nous placerons les gendarmes en état d'alerte dans un rayon de soixante-dix kilomètres. Si quelqu'un la voit, nous vous préviendrons. (Il haussa les épaules.) Il ne va pas être facile, cela dit, d'identifier une jeune fille sur un cheval par ici : aux environs de Saumur, les cavaliers sont nombreux.

— Bien sûr, dit Natasha.

Une fois le gendarme parti, ils restèrent un moment assis en silence. Natasha examina la pièce autour d'elle, les lourdes tentures et les oiseaux empaillés dans des vitrines.

— Nous pourrions sillonner le coin en voiture, proposa Mac. Ça vaut mieux que de rester assis là toute la journée. Madame a dit qu'elle appellerait s'il y avait des nouvelles.

Il voulut lui toucher le bras, mais elle l'esquiva en faisant mine de chercher quelque chose dans son sac.

— À mon avis, il est inutile que nous partions tous les deux, objecta-t-elle (elle avait envie de lui envoyer son poing dans la figure quand il affichait cette expression vaguement peinée). Je vais aller jusqu'à l'académie. Toi, pars avec la voiture. On se tient au courant.

— C'est ridicule. Pourquoi nous séparer maintenant ? Natasha, nous irons ensemble.

Il y eut un bref silence. Elle rassembla ses affaires, évitant toujours son regard.

— D'accord, finit-elle par concéder.

Et elle quitta la pièce.

Il y avait des empreintes de sabots tout au bout du champ. Les apercevant, elle avait voulu le traverser en courant, mais un épais manteau de boue, lourd et collant, s'était formé autour de ses bottes, entravant complètement sa progression. Enfin, elle avait atteint l'extrémité du champ, mais après quelques mottes terreuses sur le goudron, la piste de Boo disparaissait.

Elle marcha encore une heure en zigzaguant entre les champs, s'enfonçant dans les taillis, la voix enrouée à force de crier, jusqu'à ce qu'elle arrive dans un village. Elle tremblait, le corps vide et transi. Elle avait mal à l'épaule et des crampes à l'estomac, tant elle avait faim. Des voitures passaient à côté d'elle à toute vitesse, sans remarquer ni se préoccuper de son état, klaxonnant de temps à autre si elle s'approchait trop près de la chaussée.

En atteignant le village, elle vit une petite rangée de magasins. L'intense parfum du pain provenant de la *boulangerie** la réconforta, bien que l'aliment soit inaccessible. Elle glissa une main glacée dans sa poche et en sortit trois pièces. Des euros. Impossible de se rappeler ce qu'ils faisaient là. Thom avait mis l'argent dans une enveloppe au fond de son sac à dos perdu. De la monnaie. Probablement les restes d'une transaction la veille. Elle regarda fixement les pièces, puis la boulangerie, puis la cabine téléphonique sur la place en face d'elle. Elle avait tout perdu : son passeport, les papiers de Boo, son argent et la carte de crédit de Natasha.

Il n'y avait qu'une personne susceptible de l'aider. Elle plongea la main dans la poche intérieure de son blouson et en sortit la photo de Papa. Elle était complètement froissée, et elle essaya de la lisser avec ses pouces.

Elle traversa la place d'un pas raide, entra dans le bar-tabac et demanda le téléphone.

— *Tu es tombée* ?* lui demanda la femme derrière le comptoir avec bienveillance.

Sarah hocha le menton, prenant conscience du fait qu'elle était couverte de boue.

— *Pardonnez-moi**, s'excusa-t-elle en se retournant pour voir si ses bottes n'avaient pas laissé des traces.

La femme examina son visage et fronça les sourcils d'un air inquiet.

— *Assieds-toi, ma chérie. Tu veux boire quelque chose* ?*

Sarah secoua la tête.

— Anglaise, dit-elle d'une voix à peine audible. Il faut que j'appelle chez moi.

La femme jeta un coup d'œil aux trois pièces dans la paume de Sarah. Elle tendit une main et lui effleura un côté du visage.

— *Mais tu t'es fait mal à la tête, hein ? Gérard** !

Un instant plus tard, un homme moustachu apparut derrière le bar, serrant dans ses mains deux bouteilles d'un sirop couleur cerise, qu'il posa sur le comptoir. La femme lui murmura quelques mots à l'oreille en désignant Sarah d'un geste.

— Téléphone, dit-il.

Comme elle se levait et marchait vers l'appareil réservé au public, il agita le doigt.

— *Non, non, non. Pas là. Par ici**.

Elle hésita, se demandant si c'était dangereux de le suivre, puis décida qu'elle n'avait pas le choix. Il souleva une planche du bar pour qu'elle puisse passer et la guida dans un couloir obscur, jusqu'à un téléphone qui trônait sur une petite commode.

— *Pour téléphoner*, lui dit-il.

Quand elle lui tendit ses pièces, il secoua la tête.

— *Ce n'est pas nécessaire**.

Sarah réfléchit un moment, le temps de se rappeler l'indicatif à composer pour l'Angleterre.

— Unité de neurologie vasculaire.

Entendre une voix anglaise eut un effet inattendu sur elle : elle eut soudain le mal du pays.

— Sarah Lachapelle à l'appareil, dit-elle d'un ton tendu. J'aimerais parler à mon grand-père.

Il y eut un silence.

— Pouvez-vous patienter un instant, Sarah ?

Elle entendit des murmures, de ceux qu'on échange en posant une main sur le combiné, et jeta des regards anxieux à la pendule, ne voulant pas coûter trop cher au couple de Français. Elle voyait la femme par l'embrasure de la porte : elle servait un café à un client en discutant avec animation. Ils devaient probablement parler d'elle, la petite Anglaise qui avait fait une chute de cheval.

— Sarah ?

— John ?

Entendre sa voix la désarçonna, s'étant attendue à celle d'une infirmière.

— Où es-tu, petite ?

Sarah se raidit. Elle ne savait pas quoi lui répondre. Papa serait-il d'accord pour qu'elle révèle à John où elle se trouvait ? Ou souhaiterait-il qu'elle continue à garder le secret ? Elle avait suffisamment eu l'occasion ces derniers temps de constater que dire la vérité avait souvent l'effet inverse de celui recherché.

— J'ai besoin de parler à Papa. Tu peux lui passer le combiné, s'il te plaît ?

— Sarah, y faut me dire où tu es. Y a des gens qui te cherchent.

— Non, dit-elle d'un ton ferme. Je ne veux pas te parler. Je veux parler à Papa.

— Sarah…

— C'est important, John. Vraiment important. S'il te plaît, fais-le pour moi. S'il te plaît, ne me complique pas les choses…

Elle était au bord des larmes.

— Je ne peux pas, mon chou.

— Si, tu peux. Je lui ai parlé avant-hier. Si tu lui mets le combiné près de l'oreille, il entend ce que je…

— Sarah, mon petit, ton grand-père est parti.

Elle regarda fixement le mur. Quelqu'un avait allumé la télévision dans le bar, et elle entendait les rugissements distants et les commentaires excités d'un match de football.

— Parti où ?

Un long silence.

— Sarah, ma chérie, il est mort.

Une nouvelle vague de froid l'engloutit, remontant du sol. Elle secoua la tête.

— Non, dit-elle.

— Ma chérie, il faut que tu reviennes à la maison, maintenant. Il est temps de rentrer.

— Tu mens, bredouilla-t-elle en claquant des dents.

— Je suis vraiment désolé…

Elle raccrocha violemment. Tout son corps tremblait, elle avait besoin de s'asseoir. Elle se laissa glisser tout doucement sur le sol couvert de linoléum et resta prostrée là, tandis que les murs dansaient doucement autour d'elle.

— *Alors* !*

Elle ignorait combien de minutes s'étaient écoulées, mais elle eut vaguement conscience de la femme appelant son mari, puis de deux mains qui la hissaient pour la remettre sur pied. Elle fut conduite dans la salle du bar où on la fit asseoir sur l'une des banquettes rouges en similicuir. Puis la femme lui apporta une tasse de chocolat chaud fumant qu'elle posa devant elle avant de jeter dedans plusieurs morceaux de sucre.

— *Regardez-la*, murmura un client. *Elle est affreusement pâle**.

Quelqu'un marmonna quelque chose sur le choc. Leurs voix semblaient provenir de très loin. Elle remarqua de nouveaux visages, des sourires compatissants. On la débarrassa de sa bombe, et elle eut honte de ses cheveux sales, de la boue sous ses ongles. Il ne lui restait plus rien. Papa était parti. Boo avait disparu.

La femme lui frottait la main à présent, l'encourageant à boire un peu de chocolat chaud. Elle en prit quelques gorgées poliment en se demandant si elle allait vomir.

— *Tu as perdu ton cheval* ?* questionna quelqu'un dans la salle, et son cerveau semblait tellement engourdi qu'elle eut du mal à hocher la tête.

— *De quelle couleur est-il** ?

— *Brun**, répondit-elle d'une voix sourde.

Elle avait l'impression de ne plus rien peser, les sons lui parvenaient comme à distance. Si jamais ils lui lâchaient les mains, se demanda-t-elle distraitement, s'élèverait-elle dans l'air et disparaîtrait-elle dans l'atmosphère ? Pourquoi pas… Il ne lui restait plus aucune attache ici-bas, personne qui l'aime. Il n'y avait rien à quoi se raccrocher. Boo gisait probablement mort dans un fossé comme celui où elle s'était réveillée. Les garçons l'avaient peut-être poursuivi sur des kilomètres. On le volerait, il se ferait renverser, il serait englouti par ce vaste pays et ne réapparaîtrait jamais. Et Papa… Papa était mort en son absence. Elle ne reverrait plus jamais ses mains, ni son dos solide tandis qu'il pansait, étrillait et brossait, la mâchoire contractée sous l'effort. Plus jamais ils ne s'installeraient ensemble devant la télévision et n'échangeraient de commentaires au sujet des informations. Rien n'avait de sens.

Soudain, elle se vit : un petit point complètement seul dans l'univers. Il n'y avait plus aucune place pour elle désormais, aucune personne, aucune maison qui lui appartiennent. Se rendre compte de cela était tellement monumental qu'elle craignit de s'évanouir. Puis elle s'aperçut que les gens la regardaient, et elle voulut qu'ils disparaissent. Tout d'un coup, elle se dit qu'elle allait s'allonger sur cette banquette et s'endormir pour cent ans.

Autour d'elle, les clients discutaient à voix basse, préoccupés. Elle sentit ses paupières s'abaisser, et la femme poussa de nouveau la tasse vers ses lèvres.

— *Elle est secouée**, dit quelqu'un avant de lui soulever les paupières pour examiner ses yeux.

— Je vais bien, protesta-t-elle en se demandant comment on pouvait dire quelque chose d'absolument vrai et pourtant faux en même temps.

— *Mademoiselle.* (Un homme mince avec une cigarette se tenait devant elle.) *Votre cheval est brun* ?*

Sarah leva les yeux vers lui.

— *Il fait quelle taille ? Comme ça* ?* demanda-t-il encore en tendant sa main à peu près à hauteur d'épaule.

Soudain, elle était parfaitement concentrée. Elle hocha la tête.

— Venez, venez, dit-il. Venez, s'il vous plaît.

Elle sentit le bras de la femme sous le sien, et soudain elle lui fut reconnaissante de la soutenir : ses jambes ne semblaient plus la porter. Elles étaient faibles, ployant sous la moindre pression. Elle cligna des yeux dans la lumière matinale, éblouissante après la pénombre du bar. Ensuite, la femme la fit monter à l'arrière d'une voiture et s'assit à côté d'elle, pendant que l'homme mince s'installait au volant.

Ils pourraient m'emmener n'importe où, songea Sarah.

Elle était en train de faire tout ce que Papa lui avait recommandé de ne jamais faire. Mais elle n'arrivait pas à mobiliser l'énergie suffisante pour s'en préoccuper.

Papa est parti.

Elle fit rouler les mots dans son esprit, mais rien ne se produisit.

Je ne ressens plus rien, songea-t-elle.

Au bout de deux ou trois kilomètres, ils se garèrent dans la cour d'une ferme, après avoir suivi une allée jonchée de machines agricoles rouillées et d'énormes tours de balles de foin emballées dans du plastique noir brillant. Une oie siffla furieusement quand ils descendirent du véhicule, et l'homme la chassa.

Puis, tournant au coin d'un immense hangar, elle le vit : il se tenait dans une étable, sa selle et sa bride soigneusement rangées au bout de la barrière.

— Boo ? dit-elle, incrédule, la douleur dans son épaule oubliée.

— *Il est à vous** ? demanda l'homme qui l'avait conduite là.

Boo hennit, comme pour répondre de façon concluante.

— *Le fermier l'a trouvé ce matin là-haut, dans son verger. Il tremblait comme une feuille, apparemment**.

Elle l'entendit à peine. S'arrachant à leurs mains, elle se précipita vers lui. Elle escalada la barrière et tomba à moitié de l'autre côté, les bras autour de son encolure, le visage maculé de larmes pressé contre sa peau.

« Qui aurait cru qu'une gamine pourrait pleurer autant pour un cheval ? » dirait-il un peu plus tard au bar-tabac, bien après que Sarah eut été remise sur la route avec un autre chocolat chaud et une demi-baguette dans le ventre. Elle avait pleuré sans discontinuer pendant une demi-heure, le temps de bander les pauvres genoux ensanglantés du cheval, tout en le caressant et lui murmurant des mots doux, refusant de le quitter. Il leur semblait étrange qu'on se mette dans un état pareil pour un animal.

— Ah, ces gamines, vous les connaissez, commenta la patronne en passant un plumeau sur les bouteilles. À cet âge, elles adorent les bêtes. J'étais pareille. (Elle s'interrompit et, d'un mouvement du menton, désigna son mari, momentanément distrait de la lecture de son journal.) Je le suis toujours, bien sûr, ajouta-t-elle en réprimant un gloussement.

Là-dessus, escortée par les rires de ses clients, elle regagna la cuisine.

Mac attendit que Natasha soit montée dans la voiture avant de mettre le contact. Elle lui avait à peine adressé la parole de la matinée. Chaque fois qu'il avait essayé d'engager la conversation, de faire allusion à ce qui s'était passé entre eux, elle avait adopté ce qu'il appelait son expression de femme bafouée, où il lisait sa désapprobation et ses récriminations refoulées. Il n'arrivait pas à savoir comme il était censé réagir : elle avait eu envie de lui la veille ; ce n'était pas comme s'il l'avait forcée à quoi que ce soit. Alors, bon sang, pourquoi le traitait-elle ainsi ?

Mac ne regrettait rien, mais il trouvait difficile de concilier la créature passionnée, assoiffée de tendresse de la nuit précédente avec la femme froide et renfermée assise à ses côtés. Il s'était réveillé enroulé autour d'elle, la bouche pressée sur sa nuque, et la première chose qu'il avait ressentie avait été une sorte d'excitation. Des possibilités s'offraient à eux : une barrière avait cédé, une porte s'était ouverte entre eux, révélant un éventuel avenir commun. Peut-être, avait-il pensé, n'était-il pas trop tard. Ce n'était pas que le sexe, quoique, franchement, leurs ébats l'aient laissé stupéfait. C'était comme si elle avait ôté sa carapace, comme si elle l'avait autorisé – lui seul – à voir un aspect de sa personnalité qu'elle avait jusque-là gardé pour elle. Ensuite, elle avait encore pleuré, mais ça avait été des sanglots libérateurs, cette fois, et, en l'étreignant, en chuchotant à son oreille, il avait senti qu'elle lui accordait sa confiance. Il lui avait paru effarant qu'ils aient passé tant de temps séparés.

« J'ai envie de toi. »

Mais alors, comment expliquer son attitude ce matin-là ? Mac savait qu'il aimait cette épouse changeante et compliquée, mais il n'était pas sûr d'avoir l'énergie de continuer à abattre les murailles qu'elle semblait si décidée à élever entre eux.

Tu as raison, lui dit-il en silence. *Les hommes se lassent des femmes « difficiles », et laisse-moi t'expliquer pourquoi : tu prends une situation magnifique et tu injectes à l'intérieur un poison toxique.*

— Est-ce que tu m'as entendu parler au téléphone, ce matin ? demanda-t-il soudain.

Elle n'avait jamais su mentir. Ses joues s'empourprèrent.

— Non, répondit-elle.

— Maria et moi ne sommes pas ensemble, si c'est ça qui te contrarie. Nous sommes amis. Nous devions travailler tous les deux aujourd'hui. J'ai dû annuler.

Elle agita une main.

— Regarde, nous sommes arrivés.

— Elle a un nouveau petit ami, poursuivit-il en se garant devant l'École nationale d'équitation.

Mais Natasha était déjà sortie de la voiture.

Mac la suivit dans les bureaux où une jeune femme, les cheveux lissés en arrière en une queue-de-cheval, le teint lumineux de ceux qui vivaient au grand air, les accueillit en leur serrant la main. Elle leur présenta ses excuses pour le malentendu de la veille : ils n'avaient pas compris la situation, déclara-t-elle, ni ce qu'ils venaient faire au Cadre noir.

Pendant que Natasha lui expliquait ce qui les amenait, Mac prit un moment pour examiner les photographies sépia de chevaux immortalisés en train de flotter dans l'air dans des positions impossibles, des hommes en bicorne et uniforme à galons perchés sur leur dos, parfaitement calmes, comme s'il n'y avait rien de plus normal que de monter un animal en équilibre sur ses jambes arrière, formant un angle de quarante-cinq degrés avec le sol. Plus haut, il aperçut un tableau d'honneur noir où figuraient tous les noms des écuyers du Cadre noir depuis le début du XIXe siècle, en lettres d'or, un ou deux par an seulement. L'un d'eux lui sauta aux yeux : « Lachapelle, 1956-1960 ». Il pensa au vieil homme qui n'avait probablement jamais su que le temps qu'il avait passé ici avait été commémoré, qu'un hommage lui avait été ainsi rendu, et il fut triste que quelqu'un dont la vie aurait pu être consacrée à la poursuite de la beauté, de l'excellence, ait dû passer ses dernières années là où il avait vécu. Il comprenait un peu mieux à présent le désir fervent du vieil homme, l'acharnement avec lequel il avait enseigné à

Sarah ce qu'il savait. Que pouviez-vous désirer d'autre pour vos enfants que l'excellence et la beauté ?

— Tenez, dit-il en sortant de sa sacoche une chemise contenant des photographies. Voici Sarah et son cheval. Vous verrez mieux son visage sur ce portrait.

La femme les examina en hochant la tête.

— Elle monte très bien.

Il était difficile de savoir si elle cherchait à leur faire plaisir.

— Le nom de son grand-père est Lachapelle. C'est lui, ajouta-t-il en indiquant le tableau d'honneur.

— Est-il avec vous ? Nous organisons de nombreuses réunions. Nous publions une revue, *Les Amis du Cadre n…*

— Il est mort cette nuit, intervint Natasha.

— Est-ce pour cette raison qu'elle a fugué ?

— Non, dit Natasha en jetant un coup d'œil à Mac. Nous pensons qu'elle n'a pas encore appris la nouvelle.

La femme rendit les clichés à Mac.

— Je suis désolée de ne pas pouvoir vous aider davantage dans l'immédiat. Mais si nous apprenons quelque chose, nous ne manquerons pas de vous en informer. Souhaitez-vous en profiter pour visiter l'école ?

Un jeune homme fut désigné pour leur faire faire le tour des lieux, et ils sortirent dans la carrière d'honneur, un vaste manège de sable à ciel ouvert où un homme coiffé d'un képi noir montait un alezan alerte sous les yeux d'une dizaine de chevaux qui les observaient depuis une rangée de box impeccables. Il galopa dans un sens, puis dans l'autre, sa monture renâclant sous l'effort.

Tout en marchant, le jeune homme leur expliqua que c'était là qu'étaient situés les box des chevaux de concours, là-bas les chevaux de dressage, là encore les chevaux de saut d'obstacles. En tout, ils étaient à peu près trois cents. C'était un monde d'ordre, d'exigences satisfaites et maintenues.

Mac se sentit curieusement rassuré d'apprendre que de tels endroits existaient encore.

— Pourquoi faisons-nous du tourisme ? grognait Natasha de temps à autre, alors qu'ils suivaient une avenue bordée d'arbres jusqu'aux écuries suivantes ou une autre carrière, découvrant un monde consacré à la poursuite d'un idéal que ni l'un ni l'autre ne comprenait.

Mais il savait qu'elle ressentait la même chose que lui : qu'auraient-ils pu faire d'autre ? Au moins, ici, ils apprenaient à comprendre davantage ce à quoi Sarah aspirait. Ils étaient à plusieurs centaines de kilomètres de chez eux, et pourtant, paradoxalement, ils n'avaient jamais été aussi proches d'elle.

Natasha ouvrit son téléphone.

— Je vais réessayer la banque. Deux heures se sont écoulées depuis la dernière fois, on ne sait jamais.

— Vous êtes en vacances ici ? demanda leur guide avec un fort accent français alors que Natasha s'éloignait.

— Pas exactement, répondit Mac.

— Photographe, dit le jeune homme en désignant le sac de Mac.

— Oui. Mais je ne suis pas ici pour le travail.

— Vous devriez photographier le Carrousel. C'est le spectacle qui clôt l'année. Tous les écuyers y participent.

La sonnerie du portable de Mac retentit.

— Excusez-moi un instant.

— Qu'est-ce que c'est ? demanda Natasha en coupant sa communication.

Mac se détourna, et elle le vit se passer une main sur le crâne tout en écoutant.

— Oh, bon sang ! souffla-t-il en raccrochant.

— Elle est au courant, devina Natasha. Elle sait qu'il est mort.

Mac hocha la tête.

Natasha se plaqua une main sur la bouche.

—Alors elle sait qu'il ne lui reste plus rien.

Mac se demanda s'il avait blêmi, lui aussi. Ils se regardèrent, indifférents désormais aux chevaux et à la beauté du décor.

—Fais opposition sur ta carte, Tash, finit-il par dire. Si elle décide finalement de ne pas venir ici, il faut l'empêcher d'aller n'importe où ailleurs.

—Si on fait ça, on l'expose à d'autres dangers. On doit être sûrs qu'elle a assez d'argent pour manger et dormir quelque part. Les nuits sont glaciales.

—Dans ce cas, on pourrait passer des semaines à la chercher dans toute la France. Il y a des milliers d'endroits où elle pourrait garder un cheval. Il faut l'arrêter.

—Je sais, mais lui couper les vivres n'est pas la solution.

—Si nous l'avions fait en Angleterre, elle ne serait jamais arrivée aussi loin.

Il semblait la rendre responsable. Il n'avait pu s'en empêcher.

—Elle aurait trouvé un autre moyen.

—Mais, merde, cela fait deux jours et deux nuits que nous la cherchons, et nous n'avons toujours aucune idée de…

—*Monsieur?* (Leur jeune guide pressait son talkie-walkie contre son oreille.) *Monsieur? Madame? Attendez, s'il vous plaît**.

Il parla rapidement en français avec son interlocuteur, puis annonça:

—Une jeune Anglaise est arrivée avec un cheval. Mlle Fournier m'a chargé de vous emmener.

Ce n'était pas comme ça qu'elle s'était imaginé son entrée triomphante. Durant les deux premières journées de son périple, elle s'était représenté la scène à de nombreuses reprises: l'exaltation en arrivant dans cet endroit qui lui semblerait certainement comme une deuxième maison.

C'était son destin. Elle le portait en elle, lui avait dit son grand-père.

Sur les cinq derniers kilomètres, Sarah s'était répété ses mots pour tenir bon, pour continuer d'avancer. Elle avait traversé Saumur en se traînant, indifférente aux rues larges et élégantes, aux bâtiments couleur miel, à la beauté sans âge des rives du fleuve. Boo, épuisé, attirait des regards curieux avec ses genoux bandés, des passants manifestant même leur désapprobation par des claquements de langue, lui signifiant qu'elle n'aurait pas dû monter un animal blessé. Elle savait que son apparence n'était guère plus reluisante, avec son visage contusionné et ses vêtements boueux. Douze kilomètres, huit kilomètres, quatre kilomètres… Elle l'avait pressé de continuer, elle-même déployant des efforts surhumains pour retenir ses larmes, tant son épaule et sa tête la faisaient souffrir.

Un sanglot avait failli lui échapper quand elle avait vu le panneau indiquant l'École de cavalerie, puis reconnu, le long d'une rue résidentielle, la façade du bâtiment en forme de fer à cheval. Mais il n'y avait nulle trace de chevaux : les hommes qui traversaient la place du Chardonnet ne portaient pas d'uniforme noir, mais la tenue de camouflage de la guerre moderne.

— Le Cadre noir ? avait-elle demandé à l'un d'eux.

— *Non !* (Il l'avait regardée comme si elle était folle.) *Le Cadre noir ne se trouve plus ici depuis 1984, mais à Saint-Hilaire-Saint-Florent.* (Du doigt, il avait désigné un rond-point.) *Ce n'est pas loin. Cinq kilomètres* ?*

Elle avait failli renoncer, incapable d'aller plus loin. Puis elle s'était ressaisie et avait suivi les indications du soldat, dépassant plusieurs ronds-points, traversant un petit village, et enfin, si loin qu'elle avait craint de s'être perdue, remontant une longue allée verdoyante flanquée de champs où broutaient des chevaux.

Et soudain elle l'avait vu, plus vaste et plus moderne d'aspect qu'elle l'avait cru. Elle ne retrouva pas l'antique élégance des photos de Papa, la cour remplie d'hommes en uniforme. Il y avait des portails sécurisés, plusieurs carrières de dimensions olympiques, des restaurants, des parkings, une boutique de souvenirs. Elle franchit les grilles ouvertes sans qu'on lui prête attention. Ses yeux se fermaient presque, tant elle était épuisée, jusqu'à ce qu'elle repère le panneau « Grand manège des écuyers » qui lui indiquait qu'elle était arrivée à destination.

Elle fit contourner à Boo le manège couvert, puis ils passèrent devant l'entrée principale où étaient annoncés les prochains spectacles et le prix des billets ; ils longèrent ensuite des bâtiments, les contournant par l'arrière, là où des empreintes de sabots en sciure de bois et une allée en béton laissaient deviner un itinéraire emprunté par des chevaux. De l'autre côté des énormes portes en chêne, elle entendit une voix masculine. Elle se redressa légèrement, prit une profonde inspiration, puis se pencha en grimaçant et frappa plusieurs coups sur le battant. Un bref silence se fit à l'intérieur, rompu par quelqu'un lançant l'ordre : « Hop ! » Sarah inspira de nouveau et abattit encore son poing avec insistance sur le panneau de bois.

Elle entendit pousser un verrou, puis la porte s'ouvrit, révélant un intérieur immense : une cathédrale moderne au sol couvert de sable. Tout autour de la piste s'alignaient des chevaux et leurs cavaliers en uniforme noir et or. Un silence solennel régnait, chaque cavalier étant concentré sur les mouvements de sa monture.

L'homme qui lui avait ouvert la regarda fixement, puis se mit à la sermonner en français en agitant les bras. Elle était tellement épuisée qu'elle comprit à peine ce qu'il lui disait, et elle lui coupa la parole :

— Il faut que je parle au Grand Dieu, dit-elle d'une voix brisée par la fatigue. *Je dois parler au Grand Dieu**.

Il y eut un bref silence sidéré, et elle profita de la passivité momentanée de son interlocuteur pour lui passer devant. Boo agita les oreilles.

— *Non ! Non** !

Un jeune homme muni d'un talkie-walkie la poursuivit.

— *Que se passe-t-il** ?

Un vieil homme coiffé d'un képi se dirigeait vers eux depuis l'autre bout du manège. Il avait un visage creusé de rides et des yeux aux paupières gonflées. Son uniforme était immaculé, amidonné, à tel point qu'il aurait pu soutenir à lui seul le corps qui se trouvait à l'intérieur.

— *Désolé, monsieur.* (Le jeune homme avait saisi les rênes de Boo et lui faisait faire demi-tour pour le diriger vers la sortie.) *Je ne sais pas ce que**...

— *Non** ! (Sarah poussa Boo en avant et défit la prise du jeune homme sur les rênes d'une tape de la main.) Lâchez-le. Je dois parler au Grand Dieu.

Le vieil homme la rejoignit à grandes enjambées. Il regarda les genoux bandés de Boo, puis Sarah.

— *Je suis le Grand Dieu**.

Elle se redressa légèrement.

— *Mademoiselle,* dit-il d'une voix basse et grave, *vous ne pouvez pas entrer ici. Vous êtes au Cadre noir. Ce n'est pas**...

— Il faut que je monte pour vous, l'interrompit-elle. *Je dois monter mon cheval pour vous**.

Elle prit conscience que les autres cavaliers avaient interrompu leurs exercices et qu'elle était au centre de l'attention.

— Je ne peux pas revenir en arrière, insista-t-elle. Vous devez me laisser ma chance.

Il leva une main pour lui signifier de partir.

— Mademoiselle, je suis désolé, vous n'avez rien à faire ici. Ni vous ni votre cheval n'êtes en état...

Elle vit un autre homme parler dans un talkie-walkie ; peut-être appelait-il la sécurité. Prise de panique, elle fouilla dans la poche de son blouson et en sortit la photographie de Papa.

— *Monsieur ! Regardez ! C'est Henri Lachapelle**. Vous le connaissez. Il était ici. (Elle brandit le cliché devant lui d'une main tremblante.) Vous le connaissez.

Il s'arrêta net et prit la photo. L'autre homme parlait d'un ton pressant et gesticulait dans sa direction.

— Henri Lachapelle ? répéta le Grand Dieu en l'examinant attentivement.

— *Mon grand-père**. (Une boule s'était logée dans sa gorge.) S'il vous plaît. S'il vous plaît. C'est lui qui m'a dit de venir. Je vous en prie, laissez-moi monter pour vous.

Le vieil homme jeta un coup d'œil derrière lui aux autres cavaliers, puis regarda de nouveau la photo. Pendant ce temps, le jeune homme retraversa vivement le manège, tenant toujours son talkie-walkie. Il murmura quelques mots à l'oreille du Grand Dieu et désigna son appareil du menton.

Les deux hommes levèrent les yeux vers elle.

Le Grand Dieu l'observa avec intérêt.

— Vous… vous êtes venue à cheval depuis l'Angleterre ? demanda-t-il lentement.

Elle hocha le menton, osant à peine respirer.

Il secoua imperceptiblement la tête, comme s'il avait du mal à comprendre.

— Henri Lachapelle, murmura-t-il.

Puis il s'éloigna à grandes foulées, ses bottes noires brillantes projetant des nuages de sable. Sarah resta parfaitement immobile sur son cheval, n'étant pas sûre de ce qu'elle devait faire. Était-ce sa façon de la congédier ? Elle regarda l'homme au talkie-walkie lui emboîter le pas. Puis elle vit qu'ils faisaient signe aux autres cavaliers de reculer et de s'aligner sur les côtés du vaste manège.

Le Grand Dieu alla se poster à une extrémité. Il la regarda un long moment, puis hocha la tête.

— *Commencez**.

Il y avait d'abord eu un moment de confusion. Ayant mal compris les indications qu'on lui avait données, leur guide les avait emmenés jusqu'à l'une des carrières, à l'extérieur. Après un nouvel échange pressant, il les fit revenir sur leurs pas. Toujours chaussée de ses escarpins de tribunal, et malgré ses ampoules, Natasha avait accéléré le pas derrière Mac, essayant de ne pas s'emballer.

— Ce n'est peut-être pas elle, lui avait-elle dit en tentant de garder une expression impassible, malgré son excitation.

Il avait haussé un sourcil.

— Combien de jeunes Anglaises à cheval crois-tu qu'ils voient débarquer ici ?

Suivant toujours leur guide, ils avaient traversé des cours et de longues écuries, passant à toute allure devant des alignements de box où des chevaux mangeaient paisiblement, avant d'émerger dans la fraîcheur de cette journée hivernale devant un grand bâtiment blanc, au pied duquel les attendait la jeune femme à la queue-de-cheval qui les avait reçus un peu plus tôt.

— *Par ici, madame**, appela celle-ci en leur faisant signe de la rejoindre. Elle est dans le grand manège des écuyers. C'est le manège qui accueille les représentations publiques.

Comme Natasha passait devant elle, elle ajouta avec un sourire, les yeux écarquillés :

— Elle a fait tout le chemin depuis l'Angleterre ? Toute seule ? *C'est incroyable, non** ?

— Oui, incroyable, acquiesça Natasha.

Ils étaient revenus dans le vestibule, sous les photographies et le tableau d'honneur des anciens membres de l'académie. Une autre porte s'ouvrit. Devant elle, Mac s'arrêta net.

Personne ne parla. Dans ce vaste bâtiment dédié à l'art équestre, on entendait l'écho des voix des cavaliers en uniforme, montant des chevaux somptueux. C'était comme de se retrouver nez à nez avec un vieux maître, songea Natasha. Ou d'être catapulté cinq siècles en arrière. Un homme équipé d'un talkie-walkie murmura quelque chose à la jeune femme qui les accompagnait, et elle leur fit signe de la suivre vers les gradins.

Elle sentit Mac tirer sur sa manche.

— Tash, regarde !

Natasha suivit son regard tout en descendant les marches derrière lui jusqu'au bord de la piste.

Sarah s'avançait très lentement vers le centre. Son cheval, l'animal turbulent, brillant, en si grande forme dans le Kent, était à présent égratigné et boueux. Des bandages lui couvraient grossièrement les genoux, et des teignes de bardane étaient emmêlées dans sa queue. Il avait les yeux creusés par l'épuisement. Mais elle ne vit que Sarah, d'une pâleur spectrale qui lui donnait une apparence éthérée. Un énorme hématome lui fermait à moitié un œil. Son dos et sa jambe droite transportaient un continent de boue. Elle semblait trop petite pour l'immense cheval, ses mains minces étaient rougies par le froid. Mais tout cela paraissait lui être parfaitement égal : elle était complètement concentrée sur ce qu'elle faisait.

Un peu plus loin se tenait un vieil homme en manteau et culotte de cheval noirs, droit comme un piquet. Il observait Sarah, qui demanda à Boo de trotter, puis galoper, dessinant de petits cercles élégants devant les hommes qui l'observaient, impassibles, depuis leurs propres montures. Natasha ne pouvait détacher les yeux de l'adolescente, qu'elle reconnaissait à peine tant elle lui paraissait plus frêle, plus âgée. Le cheval ralentit, passa au trot, puis traversa en diagonale le vaste espace, avançant rapidement ses sabots dans un enchaînement digne d'une chorégraphie de ballet ; chaque pas paraissait brièvement suspendu, lui donnant l'air de flotter. Et puis, se redressant, il ralentit jusqu'à poursuivre le même mouvement sur place.

La concentration se lisait sur le visage de Sarah ; seules les ombres autour de ses yeux et sa mâchoire contractée trahissaient la tension qui l'habitait. Natasha guettait les moindres mouvements de ses talons, les discrets messages qu'elle envoyait à Boo grâce aux rênes. Elle voyait l'animal écouter, obéir en dépit de sa fatigue, et comprit, malgré sa méconnaissance des chevaux, que ce à quoi elle assistait était magnifique, une prouesse uniquement réalisable après des années d'entraînement acharné. Jetant un coup d'œil à Mac, elle vit qu'il était aussi subjugué qu'elle. Penché en avant, il ne quittait pas Sarah des yeux, comme pour l'encourager.

Les jambes du cheval montaient et descendaient dans une danse rythmée. Il maintenait la tête baissée, tout à sa tâche. Seules les mouchetures de salive qui jaillissaient de sa bouche témoignaient de l'effort que ce mouvement lui demandait. Puis il se mit à tourner, dansant en cercle autour de son arrière-main, une manœuvre contrôlée et fluide dont Natasha eut envie d'applaudir l'élégance. Sarah murmura quelque chose à Boo et posa une petite main sur lui. Natasha eut les larmes aux yeux en surprenant ce geste infime. Puis, comme le cheval se dressait brusquement sur ses postérieurs, vacillant, absorbé par l'effort de combattre la loi de la gravité, elle pleura, les larmes dévalant le long de ses joues devant l'enfant perdue et le cheval brisé donnant tout ce qui leur restait, sentant s'éveiller en elle un instinct protecteur.

Soudain, la main de Mac enveloppa la sienne et la serra. Absorbant sa chaleur et sa force avec gratitude, elle fut aussitôt effrayée à l'idée qu'il puisse la lâcher. Sarah se lança ensuite dans un petit galop autour du manège : un pas magnifique, lent, contrôlé, presque trop lent pour un mouvement, le corps aussi immobile que celui d'une statue. En jetant un coup d'œil au vieil homme, Natasha remarqua que les autres cavaliers, toujours à cheval, avaient ôté leurs chapeaux et les faisaient glisser au bas de leur torse dans un geste solennel, tête basse, pour saluer sa prouesse.

Mac lâcha la main de Natasha pour attraper son appareil et se mit à prendre des photos. Tout en fouillant dans son sac en quête d'un mouchoir, elle s'aperçut qu'elle s'en réjouissait. Ce que Sarah avait accompli était prodigieux. Elle méritait que quelqu'un immortalise ce moment.

Le cheval ralentit, passant au trot, puis au pas. Les hommes recoiffèrent leurs chapeaux en échangeant des regards, comme surpris par leur propre geste. Quand l'adolescente remonta vers le centre du manège, face au vieil homme, ils se décalèrent pour regarder. Sarah, blême après l'effort qu'elle venait de fournir, arrêta son cheval juste devant lui. Boo se dressait, à bout de forces, ses quatre pieds parfaitement alignés sous lui, ses épaules en sueur.

— Elle l'a fait, murmura Mac. Sarah, ma belle, tu as réussi.

La jeune fille, haletante, s'inclina, saluant le vieil homme, une guerrière de retour du combat. Le vieil homme ôta son képi et hocha la tête en retour. Même de sa place, Natasha voyait l'intensité avec laquelle Sarah le regardait, tous les atomes de son être attendant son verdict. Retenant son souffle, elle tendit la main pour saisir celle de Mac.

Le Grand Dieu fit un pas en avant. Il scruta Sarah comme s'il essayait de déceler chez elle quelque chose qu'il n'avait pas déjà vu. L'expression de son visage était sombre, son regard bienveillant.

— *Non**, dit-il. Je suis désolé, jeune fille, mais c'est *non**.

Il tendit une main et caressa l'encolure de Boo.

Sarah écarquilla les yeux, comme abasourdie par ce qu'elle entendait. Elle s'agrippa à la crinière de Boo, puis lança un coup d'œil en direction des gradins, apercevant Mac et Natasha peut-être pour la première fois. Puis, avec un soupir à peine perceptible, elle s'évanouit et tomba.

Chapitre 26

« L'excès de chagrin à l'égard des morts est une folie : il blesse les vivants, et les morts n'en savent rien. »

Xénophon, *De l'art équestre.*

Sarah ne prononça pas un mot durant tout le trajet de retour au château, acceptant sans protester que Natasha garde ses mains dans les siennes ; peut-être pour la rassurer, peut-être de peur qu'elle ne disparaisse encore. Ils ne la poussèrent pas à parler, conscients que le moment était mal choisi pour poser des questions.

Quand ils arrivèrent au château, Natasha emmena Sarah dans sa chambre à l'étage, où elle la déshabilla comme elle l'aurait fait avec un petit enfant et l'allongea dans le grand lit. À peine avait-elle remonté la couette sur les épaules menues de Sarah que celle-ci ferma les yeux et sombra dans un profond sommeil. Natasha resta assise au bord du lit, une main posée sur l'arc formé par son corps assoupi, comme si ce contact humain pouvait lui être d'un réconfort quelconque. Elle n'était pas sûre d'avoir jamais vu quelqu'un d'aussi pâle, quelqu'un qui était si manifestement à bout de forces. À présent qu'elle s'autorisait à y penser et qu'elle mesurait ce que Sarah avait traversé, elle en fut bouleversée.

Après que le Grand Dieu eut donné son verdict, le chaos avait régné un moment. Voyant Sarah chuter, Mac et elle s'étaient précipités comme un seul homme sur la piste. Mac avait soulevé son corps inanimé pendant que le Grand Dieu saisissait les rênes de son cheval. Vaguement consciente des exclamations autour d'elle, de Mlle Fournier plaquant ses mains sur sa bouche pendant que Mac passait devant elle, Natasha se rappelait avoir été surprise de la facilité avec laquelle il avait porté Sarah, comme si elle ne pesait rien, et troublée par la façon dont il l'avait serrée contre lui dans un réflexe protecteur. Quelques minutes plus tard, tandis que Sarah revenait peu à peu à elle dans un bureau à proximité, ils s'étaient assis chacun d'un côté de son corps allongé, Natasha lui soutenant la tête. Son périple épique l'avait brièvement séparée d'eux, la transformant en une jeune fille face à qui ni l'un ni l'autre ne savait comment se comporter.

Sarah avait alors levé des yeux incrédules vers Mac, avant de les fermer de nouveau, comme si interpréter sa présence était au-dessus de ses forces.

— Tout va bien, Sarah, avait murmuré Natasha en caressant ses cheveux emmêlés et trempés de sueur. Tu n'es pas seule. Tu n'es plus seule, maintenant.

Mais l'adolescente n'avait pas semblé l'entendre.

Le médecin résident, qu'on fit venir de l'École nationale, avait diagnostiqué une fracture de la clavicule et de sévères contusions, avant de déclarer que ce dont la jeune fille avait le plus besoin, c'était de repos. On apporta du thé, du soda, des gâteaux. On pressa Sarah de manger, de boire, et elle s'exécuta sans enthousiasme. Autour d'elle, les commentaires en français fusaient. Natasha les entendit à peine. Elle soutenait la jeune fille, qui semblait incapable de tenir assise toute seule, essayant de lui transmettre force et courage. Essayant de s'excuser de l'avoir abandonnée de tant de manières.

« *C'est incroyable**. » L'histoire avait déjà fait le tour de l'école, et quelques curieux, dont certains en culotte et bicorne, passaient la tête dans le bureau pour voir la jeune Anglaise qui avait traversé la moitié de la France à cheval.

« *C'est incroyable** », entendit murmurer Natasha tandis que Mac portait Sarah jusqu'à la voiture. Elle remarqua, comme à distance, que les regards qui les suivaient étaient un peu moins admiratifs. Comme si le triomphe de Sarah n'était dû qu'à une défaillance de leur part. Elle n'en tint absolument pas rigueur à ces inconnus, estimant qu'ils avaient probablement raison.

Boo fut conduit au centre vétérinaire où l'on soignerait ses blessures, et il dormirait à l'écurie. C'était, avait fait remarquer le Grand Dieu, le moins qu'ils pouvaient faire pour un animal aussi admirable. Mac raconta ensuite qu'il était resté un moment devant le box, regardant par-dessus la porte comment Boo avait mangé et bu, puis, une fois ses blessures nettoyées et bandées, s'était allongé dans la paille épaisse avant de se rouler avec un grognement de plaisir dans la litière moelleuse et dorée.

— *Eh bien**, avait dit le vieil homme sans regarder Mac. Chaque fois que je crois tout savoir sur les chevaux, quelque chose se produit et me surprend.

— Je ressens la même chose à l'égard des humains, avait répondu Mac.

Le Grand Dieu avait posé une main sur son épaule.

— Nous parlerons demain. Venez me voir à 10 heures. Elle mérite une explication.

À présent, Sarah dormait, et Natasha la veillait, comme si le prix à payer pour la garder près d'elle était une vigilance de chaque instant. La fin d'après-midi s'étira, puis vint le soir, et le ciel vira au noir. Natasha avait mangé une barre de chocolat, bu une bouteille d'eau prise dans le minibar et lu quelques pages d'un livre oublié par un ancien occupant. Sarah ne bougea pas. Régulièrement, alarmée par son immobilité, Natasha s'approchait à pas de loup pour vérifier qu'elle respirait bien, avant de regagner son fauteuil.

Quand elle sortit dans le couloir, peu après 20 heures, elle trouva Mac qui l'attendait, probablement depuis un moment déjà. De nouvelles rides creusaient des sillons sur son visage, remarqua-t-elle, révélant la tension de ces dernières journées. Il se leva en la voyant refermer doucement la porte de sa chambre derrière elle.

— Elle va bien, le rassura-t-elle. Mais elle dort à poings fermés. Tu veux la voir… ?

Il secoua la tête, puis poussa un long soupir en essayant de sourire.

— Nous l'avons retrouvée, dit-il.

— Oui.

Elle se demanda pourquoi ni l'un ni l'autre ne semblait ressentir l'intense soulagement auquel ils auraient pu s'attendre.

— Je n'arrête pas de penser à… (Il s'interrompit.) Elle avait l'air tellement… Elle aurait pu…

— Je sais.

Ils restèrent debout au milieu du couloir, immobiles. Une odeur de cire flottait dans l'air ; les tapis anciens étouffaient les bruits.

Natasha ne pouvait détacher ses yeux de lui.

Il fit un pas vers elle et désigna la porte de sa chambre du menton.

— Tu veux dormir dans ma chambre ? Je veux dire, si elle dort dans ton lit, tu n'as nulle part…

Il y aura toujours une Maria.

Quand elle prit la parole, ce fut d'un ton neutre, professionnel.

— Je… Je préfère ne pas la laisser seule. Je vais dormir dans le fauteuil. Je ne me sentirais pas…

— Tu as sûrement raison.

— Ça vaut mieux.

— Je suis à côté, si tu as besoin de quoi que ce soit.

Il essaya de sourire, une expression de tristesse et de compréhension sur le visage, comme si le retour de Sarah lui avait aussi permis de réfléchir à combien ils avaient frôlé le triomphe et la catastrophe. Pendant un bref instant, elle ne put se retenir : ses doigts caressèrent les nouvelles rides sous ses yeux.

— Toi aussi, tu as besoin de te reposer, souffla-t-elle.

À la façon dont il la regarda alors, Natasha comprit qu'elle était perdue. Toute cette vulnérabilité, tout cet amour... Une porte blindée s'entrouvrait pour révéler quelque chose qu'elle croyait disparu depuis longtemps.

Mais la porte se referma aussitôt. Il contemplait ses pieds, les mains enfoncées dans les poches.

— Ça va, dit-il en évitant son regard. Dormez bien, toutes les deux. Passe me prendre demain matin.

Sarah dormit si profondément que, quand elle se réveilla, il lui fallut un moment pour se rappeler où elle était. Elle souleva la tête des oreillers, puis, ouvrant avec difficulté ses yeux aux paupières collées, elle aperçut au loin par la haute fenêtre les feuilles d'un marronnier. Une voiture passa, et le bruit acheva de la tirer du sommeil.

Elle se redressa, sentant l'odeur rance que dégageait sa peau sous son tee-shirt sale. C'est alors qu'elle aperçut Natasha, lovée dans le fauteuil, le corps dissimulé sous une couverture tirée jusque sous son menton, et dont seuls ses pieds nus dépassaient.

Sarah se souvint vaguement de la sensation de ses mains lui caressant les cheveux, de la peur et du soulagement qu'elle avait été surprise d'entendre dans sa voix quand elle avait prononcé son prénom. Puis elle repensa à la carrière, au regard triste du Grand Dieu quand il lui avait dit « *non** ».

Une boule douloureuse se logea dans sa poitrine. Elle se laissa retomber sur les oreillers moelleux et leva les yeux vers le haut, très haut plafond, unique barrière visible entre elle et un monde gigantesque et vide.

« *Non** », avait-il dit.

« *Non**. »

— Si elle ne veut pas parler, ne la forçons pas.

Natasha patientait dans le grand vestibule pendant que Mac réglait la note. Elle jeta un coup d'œil en bas des marches, en direction de la voiture où attendait Sarah, assise à l'arrière, la tête appuyée contre la vitre, le regard éteint.

— Le problème, ce n'est pas qu'elle refuse de parler de son grand-père, Mac. Le problème, c'est qu'elle ne veut pas parler du tout.

La police avait retrouvé son passeport, son portefeuille vide et quelques affaires sur la route de Blois. Même récupérer son précieux exemplaire de Xénophon ne l'avait pas tirée de sa léthargie.

Mac reprit sa carte bleue et remercia Madame, qui avait insisté pour préparer un en-cas pour Sarah. Tout le monde pressait l'adolescente de manger, comme si la nourriture pourrait colmater les énormes trous qui avaient englouti sa vie.

— Elle est épuisée, insista-t-il. Ce rêve l'a portée pendant des années, peut-être plus longtemps encore que nous le croyons, et on vient de lui apprendre qu'il ne se réalisera pas. Son grand-père est mort. Elle a parcouru plus de sept cents kilomètres à cheval. Elle est choquée, fatiguée et déçue. Et c'est une adolescente. N'importe quel manuel t'expliquera qu'il n'y a rien d'anormal à ce que des ados passent de longues périodes sans dire un mot.

Natasha serra les bras contre son buste.

— Tu as sans doute raison.

Le soleil apparaissait sporadiquement, comme s'il jouait à cache-cache avec les lourds nuages noirs, mais aucun des trois ne prêta attention au paysage pittoresque qu'ils traversèrent en se rendant du château au Cadre noir. Le garde à l'entrée avait manifestement été prévenu de leur visite. Natasha le vit jeter un coup d'œil curieux à l'arrière quand ils passèrent.

Mlle Fournier les attendait devant l'écurie principale. Elle embrassa Natasha et Mac pour les accueillir, comme si les événements de la veille les avaient rapprochés, puis tint Sarah par les épaules en souriant.

— Comment te sens-tu aujourd'hui, Sarah ? Un peu de sommeil n'a pas dû te faire de mal.

— Ça va, marmonna l'adolescente.

— Tu veux venir voir ton cheval pendant que nous attendons M. Varjus ? Baucher a passé une bonne nuit. Il a été installé dans un endroit confortable. C'est un cheval très résistant. Il est juste là…

Elle avait fait quelques pas pour les mener jusqu'à Boo quand Sarah l'arrêta :

— Non, dit-elle.

Il y eut un court silence gêné.

— Je ne veux pas. Pas maintenant.

— Sarah est probablement impatiente de parler au Grand Dieu, intervint Mac, une pointe d'excuse dans la voix.

Le sourire de Mlle Fournier ne faiblit pas.

— Bien sûr. J'aurais dû y penser. Si vous voulez bien me suivre…

Le bureau était tapissé de photographies, certificats et médailles. Natasha regarda Mac qui examinait chaque cliché avec attention.

M. Varjus entra d'un pas vif, donnant l'impression qu'il venait de s'acquitter d'une autre tâche autrement plus importante. Il était accompagné d'un certain M. Guinot, qui faisait partie de l'administration du Cadre noir… Sarah s'assit entre Natasha et Mac. Elle donnait à voir une version diminuée d'elle-même, comme si elle avait décidé d'occuper le moins d'espace possible. Natasha était sur le point de poser sa main sur la sienne, mais elle se ravisa. Depuis son réveil, Sarah avait de nouveau érigé des murs autour d'elle. La vulnérabilité de la veille avait disparu.

Le Grand Dieu portait son uniforme noir, ses bottes lustrées, et ses cheveux aplatis indiquaient qu'il avait déjà passé plusieurs heures à cheval. Il s'assit à son bureau et contempla Sarah un moment, encore surpris qu'une gamine aussi frêle puisse accomplir les prouesses auxquelles il avait assisté la veille. Il expliqua en anglais, avec un fort accent français, que le Cadre noir n'acceptait en théorie pas plus de cinq nouveaux membres par an, mais en pratique plutôt un ou deux. Les candidats devaient être majeurs pour passer l'examen d'entrée, supervisé par quelques-uns des meilleurs cavaliers du pays. Pour être acceptée, il lui faudrait aussi avoir la nationalité française.

— Si tu es née en France, Sarah, tu l'obtiendras sans difficulté, la rassura Natasha.

L'adolescente s'abstint de tout commentaire.

— Cela étant dit, mademoiselle, j'aimerais ajouter que la démonstration que vous et votre cheval nous avez faite hier était absolument remarquable. « Un bon cheval rend les kilomètres plus courts. » Savez-vous qui a dit ça ? Votre George Eliot. (Le vieil homme se pencha au-dessus de son bureau.) Si vous remplissez nos conditions, je ne vois aucune raison pour que, d'ici quelques années, vous et votre cheval ne puissiez vous représenter ici. Vous avez tous deux le talent et le courage requis. Réussir ce que vous avez fait à votre âge est… quelque chose que j'ai encore du mal à croire. (Il baissa les yeux et examina ses mains.) Je voulais également vous dire que votre grand-père était un cavalier extrêmement talentueux. Son départ m'a profondément attristé. Il aurait dû être maître écuyer. Il serait extrêmement fier de ce que vous avez accompli.

— Mais vous ne me prendrez pas pour autant.

— Mademoiselle, il m'est impossible d'intégrer une jeune fille de votre âge ici. Vous devez comprendre.

Sarah détourna les yeux en se mordant la lèvre.

Mac prit la parole.

— Sarah, tu as entendu ce qu'a dit M. le Grand Dieu. Il ne lui a pas échappé que tu avais beaucoup de talent. Nous pourrions réfléchir à la meilleure manière pour toi de poursuivre ton entraînement, et peut-être qu'un jour tu reviendras ici. Tash et moi, on veut t'aider.

Sarah regardait fixement les tennis d'un blanc éclatant que Mac lui avait achetées le matin, en même temps qu'une nouvelle tenue. Il y eut un long silence.

Dehors, Natasha entendit des sabots cliqueter sur le béton et un hennissement au loin.

Sarah, s'il te plaît, dis quelque chose.

Sarah leva les yeux vers le Grand Dieu.

— Accepteriez-vous de garder mon cheval ? demanda-t-elle.

— Pardon ?

Le vieil homme battit des paupières.

— Accepteriez-vous de garder mon cheval ? Baucher ?

Natasha jeta un coup d'œil à Mac. La stupéfaction se lisait sur son visage.

— Sarah, tu ne peux pas abandonner Boo.

— Je ne vous parle pas, dit-elle fermement. C'est à lui que je m'adresse. Est-ce que vous le voulez ?

Les yeux du vieil homme cherchèrent un instant ceux de Natasha.

— Est-ce que vous pensez qu'il a du talent ? *Est-ce que vous pensez qu'il est bon* ?*

— *Mais oui. Et aussi que c'est un cheval très courageux**.

— Alors je vous le donne. Je n'en veux plus.

Le silence s'abattit dans la pièce. L'homme du service administratif s'inclina pour murmurer quelques mots à l'oreille du Grand Dieu.

Natasha se pencha vers eux.

— Messieurs, je pense que Sarah est encore très fatiguée. Je ne crois pas qu'elle…

— Arrêtez de me dicter ce que je suis censée penser ! (Sa voix résonna dans le bureau.) Je vous dis que je n'en veux plus. Monsieur peut le garder. Acceptez-vous ? demanda-t-elle d'une voix insistante, impérieuse.

Le Grand Dieu regarda Sarah attentivement, comme pour vérifier qu'elle était sérieuse. Il fronça les sourcils.

— Est-ce vraiment ce que vous souhaitez ? Faire don de votre cheval au Cadre noir ?

— Oui.

— Alors, oui. J'accepte avec reconnaissance, mademoiselle. Il est évident que c'est un cheval exceptionnellement doué.

Quelque chose chez Sarah sembla se relâcher. Elle avait gardé les mâchoires si contractées que Natasha distinguait la ligne des muscles de ses joues. L'adolescente se redressa et se tourna vers elle.

— Bien. On peut y aller, maintenant ?

Ils étaient tous paralysés. Mac resta un moment la bouche ouverte. Natasha crut se sentir mal.

— Sarah… Ce n'est pas une décision à prendre à la légère. Tu aimes ce cheval. Même moi, je le sais. Prends le temps d'y réfléchir, s'il te plaît. Tu viens de traverser une…

— Non. Je n'ai pas besoin de temps. Pour une fois, je voudrais juste que quelqu'un prenne la peine de m'écouter. Boo reste ici. Et si nous rentrons, je veux partir maintenant. *Maintenant*, répéta-t-elle comme personne ne bougeait. Sinon, je pars seule.

Il ne leur en fallut pas davantage pour les sortir de leur hébétude, et ils se levèrent d'un bond. Mac jeta un regard sidéré au vieil homme, tout en suivant Sarah dehors dans la lumière du soleil.

— Madame, dit le Grand Dieu à Natasha en prenant sa main dans les siennes quand il fut sûr que Sarah ne pouvait pas l'entendre. Si elle veut venir le voir, ou si elle change d'avis, ce n'est pas grave. Elle est jeune, et il s'est passé tant de choses…

— Merci, répondit Natasha.

Elle aurait voulu en dire plus, mais elle avait la gorge nouée.

L'homme jeta un coup d'œil par la fenêtre : debout dans le soleil, bras croisés, Sarah donnait un coup de pied dans un caillou.

— Elle me rappelle tellement son grand-père…

Il se mit à pleuvoir des trombes d'eau peu de temps après qu'ils eurent quitté Saumur. Les nuages noirs s'étaient rassemblés en un bloc menaçant à l'horizon, avant de se précipiter dans leur direction. Ils roulèrent en silence, la voiture de Mac projetant des panaches d'eau à la surface de la route.

Natasha l'enviait presque de pouvoir se concentrer sur sa conduite : le silence dans l'habitacle exigu était devenu oppressant, et elle n'avait vraiment aucune envie d'être livrée à ses pensées. De temps à autre, elle jetait un coup d'œil dans le miroir de son pare-soleil pour lorgner la silhouette menue sur la banquette arrière. Le visage obstinément tourné vers la vitre et le paysage qui défilait dehors, Sarah affichait une expression impassible, mais la tristesse qui irradiait d'elle remplissait toute la voiture. Natasha avait essayé à deux reprises de lui dire qu'il n'était pas trop tard, qu'ils pouvaient faire demi-tour et organiser le rapatriement de son cheval, mais la première fois Sarah l'avait ignorée, et la seconde elle avait plaqué ses mains sur ses oreilles, ce qui troubla tant Natasha que les mots finirent par mourir sur ses lèvres.

Laisse-lui du temps, ne cessa-t-elle de se répéter. *Mets-toi à sa place. Elle a perdu son grand-père, son foyer.*

Pourtant, elle n'arrivait pas à comprendre : comment cette enfant qui avait lutté si durement pour conserver son cheval, le seul être cher qui lui restait au monde, son unique lien avec le passé et peut-être avec son avenir, pouvait-elle y renoncer soudain aussi facilement ?

Elle repensa aux derniers moments de leur visite au Cadre noir. Le Grand Dieu les avait accompagnés aux écuries.

— J'aimerais que vous voyiez votre cheval avant de partir, Sarah, avait-il dit, afin de m'assurer que vous êtes satisfaite de son installation.

Natasha avait deviné qu'il avait pensé que voir Boo inciterait Sarah à changer d'avis, à prendre la mesure de sa décision.

Elle les avait suivis à contrecœur, restant quelques pas en retrait, trop loin pour voir par-dessus la porte du box.

— S'il vous plaît, la pressa-t-il. Voyez comme il se porte déjà mieux ce matin, et combien notre vétérinaire a soulagé ses blessures.

Allons, Sarah, l'avait mentalement suppliée Natasha. *Réveille-toi. Regarde ce que tu t'apprêtes à faire.*

Elle aurait été ravie de prendre en charge l'entretien de Boo. À ce stade, elle aurait fait n'importe quoi pour soulager la douleur de cette enfant. Mais Sarah n'avait jeté qu'un coup d'œil rapide au travail du vétérinaire. Même quand le cheval avait passé la tête par-dessus la porte et l'avait accueillie avec un son de reconnaissance comme viscéral, elle était restée à distance. Elle avait contracté les épaules, enfoncé les mains plus profondément dans ses poches, puis, avec un hochement de tête imperceptible à l'intention du Grand Dieu, elle s'était détournée et était partie vers la voiture pendant que le cheval, les oreilles dressées, la suivait des yeux.

Natasha n'était pas seulement préoccupée par Sarah et tout ce à quoi elle était sur le point de renoncer. Tandis que les trombes d'eau se déversaient autour d'eux, voilant les feux stop des véhicules qui les précédaient, dissimulant la route, elle s'était surprise à observer les mains de Mac alors qu'ils se rapprochaient de Calais. Quand ils sortiraient de cette voiture en Angleterre, ce serait terminé pour elle aussi. Ils se mettraient d'accord pour savoir qui occuperait la maison jusqu'à la vente, régleraient les derniers détails financiers, puis il partirait s'installer dans son nouveau chez-lui, et elle se retrouverait seule pour ramasser les miettes de sa vie. Elle n'avait plus rien. Elle allait devoir quitter sa chère maison, avait compromis sa carrière, gâché sa relation avec Conor. Elle avait perdu l'homme qu'elle aimait. Il était désespérant de se rendre compte qu'on n'avait aucune envie de vivre l'existence insipide qui vous attendait.

Elle ferma les yeux un moment. Quand elle les rouvrit, une ville s'étendait au-delà de la route. Elle aperçut une adolescente penchée sur une bicyclette, remontant une rue vide avec une grâce paisible et inattendue sous l'averse. Alors lui revint en mémoire son trajet en train quelques mois auparavant, quand elle avait vu une fille juchée sur un cheval cabré dans une ruelle de Londres. Ce n'était pas tant l'invraisemblance de la scène qui l'avait gravée dans son esprit que la paix qui s'en dégageait, l'impression que la cavalière et l'animal travaillaient en harmonie. Une fraction de seconde avait suffi pour qu'elle le perçoive.

Soudain une voix résonna dans sa tête, celle, tendue et suraiguë, de Constance Devlin, son témoin : « Vous n'imaginez pas avec quelle facilité Lucy pourrait emprunter la mauvaise voie. Tout ce que vous avez à faire, c'est cesser d'écouter. »

— Mac, arrête la voiture, dit-elle brusquement.

— Quoi ?

— Gare-toi.

Elle n'était sûre que d'une chose : elle ne pouvait pas laisser ce voyage se poursuivre dans ces conditions. Mac s'exécuta et, sous son regard perplexe, elle descendit de voiture et ouvrit la portière arrière.

— Allez, viens, lança-t-elle à Sarah. Toi et moi, il faut qu'on parle.

L'adolescente se recroquevilla plus loin sur la banquette.

— Allez, assena Natasha sans savoir très bien d'où lui venait une telle détermination. Nous ne ferons pas un mètre de plus tant que toi et moi n'aurons pas eu une discussion. Viens avec moi.

Elle lui prit la main et la tira hors de la voiture, puis l'entraîna malgré la pluie battante jusque sous l'auvent d'un café en face. Mac protesta, et elle s'entendit lui répondre d'un ton qui n'admettait pas de réplique de les laisser tranquilles.

— Bon.

Natasha tira une chaise et s'assit. Il n'y avait pas d'autres clients. Elle n'était même pas sûre que l'établissement soit ouvert. À présent qu'elle avait Sarah là, avec elle, elle n'était plus trop sûre de ce qu'elle voulait dire. Tout ce qu'elle savait, c'est qu'elle ne pouvait aller plus loin dans cette voiture, enveloppée de ces vagues de douleur, de souffrance silencieuse, sans faire *quelque chose.*

Sarah lui jeta un regard méfiant et prit place à côté d'elle.

— OK, Sarah. Je suis avocate. Je passe ma vie à essayer de deviner le jeu des gens et à anticiper leur prochain coup. Je suis plutôt bonne pour cerner les personnalités, et en général je parviens assez bien à définir la motivation des gens. Mais là, je patauge.

Sarah gardait les yeux baissés sur la table.

— Je n'arrive pas à comprendre pourquoi une jeune fille prête à mentir et voler pour conserver son cheval, une jeune fille qui n'avait qu'un objectif dans la vie, lequel impliquait son animal, tirerait soudain un trait sur tout ce qu'elle a de plus cher.

Sans rien dire, Sarah se détourna, les mains crispées sur les genoux.

— Cherches-tu à provoquer une réaction ? Espères-tu que quelqu'un finira par intervenir et changer les règles pour toi ? Parce que si c'est ton idée, laisse-moi te dire tout de suite que ça n'arrivera pas. Ces hommes se plient à des règles établies il y a trois siècles. Ils ne les modifieront pas pour toi.

— Je ne leur ai jamais demandé de changer quoi que ce soit pour moi, rétorqua-t-elle.

— Très bien. Mais alors tu ne les crois pas quand ils te disent qu'un jour tu seras suffisamment talentueuse pour être acceptée ? Voyons, n'as-tu pas envie de faire l'effort d'essayer ?

L'adolescente ne répondit pas.

— Est-ce que ça a quelque chose à voir avec ton grand-père ? As-tu peur de ne pas pouvoir t'occuper de Boo sans son aide ? Parce que nous pouvons t'aider, Sarah. Je sais que toi et moi avons eu des débuts difficiles, mais… c'est parce que nous avons manqué d'honnêteté l'une envers l'autre. C'est quelque chose que nous pouvons améliorer.

Natasha attendit. Elle était consciente d'avoir eu l'air de s'adresser à un client. Mais elle ne pouvait s'en empêcher.

C'est ma voix, se dit-elle. *Je fais de mon mieux.*

Sarah garda le silence encore un moment, puis lança :

— On peut y aller maintenant ?

Natasha ferma fort les yeux.

— Quoi ? C'est tout ce que tu as à dire ?

— Je veux juste partir.

Natasha sentit une vague de colère enfler en elle. « Pourquoi faut-il que tu rendes les choses si difficiles, Sarah ? »

eut-elle envie de crier. « Pourquoi es-tu si décidée à te faire du mal ? » Au lieu de ça, elle prit une profonde inspiration et dit calmement :

— Non, c'est impossible.

— Quoi ?

— Je sais reconnaître quand quelqu'un ment, et c'est ce que tu es en train de faire. Donc non, je ne t'emmènerai nulle part tant que tu ne m'auras pas dit ce qui se passe.

— Vous voulez la vérité.

— Oui.

— *Vous*, vous voulez parler de la vérité.

— Oui.

— Parce que vous dites *toujours* la vérité.

Le ton de Sarah était moqueur à présent.

— Qu'est-ce que tu sous-entends ?

— Euh… Que vous aimez toujours Mac, mais que vous ne le lui avouez pas. (Du menton, Sarah désigna la voiture où Mac, derrière le rideau de pluie, semblait perdu dans la lecture de la carte.) Ça crève tellement les yeux que c'en est pathétique. Même dans la voiture, on voit que vous ne savez pas quoi faire de vous-même en sa présence. Je vous ai vue lui jeter des regards en coin. La façon dont vous ne cessez de vous frôler accidentellement tout le temps… Mais vous ne lui dites rien.

Natasha avala sa salive avec difficulté.

— C'est compliqué.

— Oui. C'est compliqué. Tout est compliqué. Parce que vous savez comme moi… (Sa voix se brisa.) Vous savez comme moi que parfois dire la vérité ne fait qu'empirer la situation.

Natasha jeta un coup d'œil de l'autre côté de la route, vers Mac.

— Tu as raison, concéda-t-elle. D'accord ? Tu as raison. Cela dit, quoi que je ressente pour Mac, je peux vivre avec.

Mais quand je te regarde, Sarah, je vois quelqu'un qui est en train de brûler sa seule planche de salut. Je vois quelqu'un en train de créer plus de douleur. (Elle se pencha en avant.) Pourquoi, Sarah ? Pourquoi t'infliger ça ?

— Parce que je n'avais pas le choix.

— Mais si. D'après cet homme, dans quelques années, tu seras peut-être assez talentueuse pour…

— Dans quelques années.

— Oui, dans quelques années. Je sais que ça peut sembler une éternité à ton âge, mais tu verras à quel point elles passeront vite.

— Est-ce que vous ne pouvez pas laisser tomber tout ça ? Vous me croyez incapable de prendre la bonne décision ?

— Ce n'est pas la bonne décision, ça crève les yeux ! Tu es juste en train de saboter ton avenir.

— Vous ne comprenez pas.

— Je comprends que tu n'es pas obligée de mettre tout le monde à distance simplement parce que tu as mal.

— Vous ne comprenez pas !

— Oh, si, crois-moi.

— J'étais obligée de le laisser.

— Et moi, je soutiens le contraire. Qu'est-ce que tu crois que ton grand-père désirait plus que tout au monde pour toi ? Que dirait-il s'il savait ce que tu as fait ?

Sarah se tourna brusquement vers elle. Elle affichait une expression farouche. Elle criait à présent :

— Il comprendrait !

— Je ne suis pas sûre qu'il…

— Il *fallait* que je le laisse. C'était la seule façon que j'avais de le protéger !

Il y eut un silence. Natasha ne bougeait plus.

— Le *protéger* ?

Sarah avala sa salive. C'est alors que Natasha vit les larmes qui brillaient au coin de ses yeux, le tremblement de ses mains, ses jointures blanches. Quand elle reprit la parole, ce fut d'une voix douce.

— Sarah, que s'est-il passé ?

Soudain, l'adolescente fondit en larmes en poussant un cri de douleur déchirant. Elle pleura comme Natasha avait pleuré deux soirs plus tôt, secouée par des sanglots désespérés. Natasha hésita un instant, puis attira la jeune fille contre elle, la serrant fort en lui murmurant des mots de consolation.

— Tout va bien, Sarah. Tout va bien…

Ses sanglots se calmèrent peu à peu, remplacés par des hoquets sporadiques. Alors Sarah se mit à chuchoter, hésitante, une histoire de solitude, de secrets, de dette, de peur et d'un chemin obscur qu'elle avait failli emprunter, et ce furent les yeux de Natasha qui se remplirent de larmes.

À travers le pare-brise flou, Mac regarda Natasha serrer Sarah contre elle si fort qu'il perçut une possessivité féroce dans son geste. Elle parlait à présent, hochant la tête, et quoi qu'elle fût en train de dire, l'adolescente semblait d'accord avec elle. Il ne savait pas quoi faire. Natasha avait clairement une idée en tête. Il ne voulait pas les interrompre, au cas où elle aurait été en train d'obtenir une explication concernant les trois derniers jours.

Il resta donc dans la voiture à regarder, attendre et espérer qu'elle avait trouvé un moyen d'arranger la situation. Parce que lui-même se sentait complètement impuissant.

Une femme s'approcha de leur table, probablement la propriétaire. Natasha commanda quelque chose, puis se tourna vers lui. Leurs yeux se rencontrèrent, les siens étaient brillants soudain, et elle lui fit signe de les rejoindre.

Il descendit de voiture, la verrouilla et les rejoignit sous l'auvent. Elles souriaient toutes deux, timidement, comme gênées d'être surprises aussi proches l'une de l'autre. Sa femme, sa presque ex-femme, était, songea-t-il douloureusement, très belle. Presque triomphante.

— Mac, annonça-t-elle. Il y a un changement de programme.

Il jeta un coup d'œil à Sarah, en train de piocher dans la corbeille à pain devant elle.

— Est-ce que par hasard ce changement de programme implique un cheval ? demanda-t-il en attrapant une chaise.

— Certainement.

Mac s'assit. Derrière lui, le ciel se dégageait.

— Merci, mon Dieu !

Natasha passa le reste du voyage jusqu'en Angleterre à l'arrière avec Sarah. Elles s'entretinrent à mi-voix, interpellant parfois Mac pour l'inclure dans la conversation. Ils ne retourneraient pas à Saumur aujourd'hui. Sarah connaissait un homme, leur dit-elle, le seul en qui elle avait confiance pour lui ramener Boo. Ils avaient téléphoné au Cadre noir, où, pour le plus grand soulagement de Sarah, on avait attendu leur appel. Le cheval allait bien. Il resterait en sécurité là-bas jusqu'à ce que quelqu'un aille le chercher. Non, dit Natasha, elle doutait que Sarah s'y rende en personne : « Je crains que nous n'ayons des funérailles à organiser », expliqua-t-elle doucement.

De temps à autre, Mac jetait un coup d'œil aux deux têtes penchées l'une vers l'autre, planifiant, discutant, apparemment en parfaite communion désormais. Sarah resterait avec Natasha. Elles envisageaient toutes les possibilités : internat – Natasha téléphona à sa sœur qui lui apprit qu'elle en connaissait peut-être un où l'on acceptait les chevaux – ou pensions pour chevaux éloignées de l'écurie de Sal. Même si celui-ci ne serait plus un problème, lui assura Natasha. Sans la signature de Sarah sous les termes et conditions du contrat, il ne pouvait légalement s'approprier Boo. Natasha l'en informerait par courrier officiel et le mettrait en garde, au cas où il s'aviserait de s'approcher de Sarah. Boo serait en sécurité, quelque part où il pourrait s'ébattre dans de vertes prairies.

Natasha, songea Mac, faisait ce pour quoi elle était le plus douée : organiser. Occasionnellement, quand Henri Lachapelle était évoqué, le visage de Sarah se froissait, et aussitôt Natasha lui prenait la main et la serrait, ou bien lui tapotait l'épaule. De petits gestes attentionnés pour lui signifier, encore et toujours, qu'elle n'était pas seule.

Mac observa tout cela dans le rétroviseur central, son sentiment de gratitude parfois entamé par une vague impression d'exclusion. Il savait que Natasha ne le tenait pas délibérément à l'écart, que, quoi qu'il advienne, lui aussi garderait Sarah dans sa vie. Peut-être était-ce la façon dont Natasha lui faisait doucement comprendre que la nuit qu'ils avaient passée ensemble avait été une erreur, qu'une fois sortie de l'intense atmosphère de ces journées de quête elle souhaitait retrouver une existence plus stable avec Conor. De quoi s'était-il agi, au fond ? D'un chant du cygne ? Ou d'un moment de réconciliation avant de tourner la page une bonne fois pour toutes ? Il n'osait pas poser la question. Il se dit que, parfois, les actes en disent plus long que les mots, et qu'alors ce message qu'elle lui transmettait était assez clair.

Quand ils atteignirent Calais, Sarah téléphona enfin à l'homme qu'elle voulait charger de ramener Boo en Angleterre. Elle prit le portable de Natasha et s'éloigna de l'autre côté de la route, comme si elle avait besoin que cette conversation soit privée. Mac était surpris de la tranquillité avec laquelle elle acceptait de laisser Boo dans un pays étranger, puis il réfléchit : à part à ses côtés, il n'y avait pas d'autre endroit au monde où elle aurait préféré qu'il soit.

— Tu es bien silencieux, fit remarquer Natasha tandis que Sarah s'éloignait en marchant entre les voitures qui faisaient la queue pour embarquer dans le ferry, la main gauche pressée sur l'oreille.

— Je n'ai pas grand-chose à dire. Il semblerait que vous ayez réglé l'affaire, toutes les deux.

Elle le regarda bizarrement, percevant peut-être une note d'amertume dans sa voix.

— Tiens, dit Sarah qui revenait avant que ni l'un ni l'autre n'ait pu ajouter autre chose. Thom veut te parler.

Elle resta au côté de Natasha quand celle-ci prit le téléphone, comme si la distance entre elles avait été comblée.

Mac observa Natasha tandis qu'elle parlait, ses pensées désormais si denses et si compliquées qu'il fut incapable de suivre ce qu'elle disait. Un changement s'était opéré en elle. Ses traits s'étaient adoucis, son visage éclairé. Elle avait été privée de l'expérience de la maternité, mais c'était comme si elle avait trouvé un nouvel élan. Il se détourna, conscient soudain de ne plus pouvoir dissimuler ce qu'il ressentait.

— Non, ce n'est vraiment pas… Vous êtes sûr ? s'enquit-elle après une pause. Oui. Oui, je sais.

Il se tourna de nouveau vers elle quand elle raccrocha. Elle regardait Sarah.

— Il refuse d'être rémunéré, annonça-t-elle. Il ne veut pas en entendre parler. Apparemment, il doit faire ce trajet en milieu de semaine et il ramènera Boo à ce moment-là.

Le sourire de Sarah fut bref et surprenant, comme si elle était aussi étonnée que Natasha par cet acte de générosité.

— Mais il y a une condition, ajouta Natasha. En échange, il a demandé que tu l'invites à ta première représentation.

La beauté de la jeunesse, songea Mac, résidait dans la facilité avec laquelle l'espoir pouvait être ravivé. Parfois, il suffisait d'une parole pour rallumer une étincelle de confiance, la promesse que le futur pouvait être merveilleux, au lieu de cette succession implacable d'obstacles et de déceptions.

— Ça me paraît une proposition honnête, conclut Natasha.

Sarah hocha la tête.

Si seulement il en allait de même pour les adultes, soupira intérieurement Mac en regagnant la voiture.

Natasha tourna la clé dans la serrure et poussa la porte d'entrée qui s'ouvrit sur le vestibule plongé dans l'obscurité. Elle alluma la lumière. Il était un peu plus de 1 heure du matin, et Sarah, à moitié endormie, monta les marches en pilote automatique, comme chez elle. Natasha la suivit, vérifia que son lit était fait et lui donna une serviette propre. Enfin, quand elle fut sûre que la jeune fille s'endormirait, elle redescendit à pas de loup au rez-de-chaussée.

Pour la première fois en quarante-huit heures, elle était certaine que Sarah ne disparaîtrait pas de nouveau. Quelque chose avait changé. Une secousse sismique avait modifié leur relation. Malgré ses nouvelles responsabilités et la perspective de montagnes russes émotionnelles, et bien qu'elle sache qu'elle venait de s'engager financièrement pour plusieurs années, elle ressentait, tout au fond d'elle-même, une forme d'excitation qu'elle n'avait pas éprouvée depuis bien longtemps.

Mac était assis dans le canapé du salon, ses longues jambes étirées, les pieds sur le pouf tapissé de lin, ses clés de voiture encore à la main. Elle profita de ce qu'il avait les yeux fermés pour laisser son regard s'attarder sur ses vêtements froissés et son incontestable charme. Puis elle se força à se détourner : elle se serait fait du mal en l'observant plus longtemps.

Il bâilla et se redressa. Aussitôt, Natasha s'empressa de feindre d'être occupée, redoutant d'avoir été surprise en train de l'observer à la dérobée. Elle s'aperçut alors que le sol était jonché de photos : des rangées de tirages en vingt-cinq sur trente centimètres alignés sur le parquet verni où il avait dû les laisser quelques jours plus tôt, le matin de la disparition de Sarah. Elle promena son regard sur les séries de prises de vue en noir et blanc montrant des chevaux en mouvement, les contrastes sur le vieux visage malicieux de Cowboy John, toutes annonçant l'appétit renouvelé de Mac pour ce qu'il faisait le mieux. Soudain, l'une d'elles retint son attention.

La femme était au téléphone. Prise sur le vif, elle souriait, entourée de branches nues, debout au milieu d'un jardin, baignée d'une lumière basse et douce venant de derrière elle. Elle était très belle : le soleil d'hiver se reflétait sur sa peau, son regard était adouci par un éclat de joie paisible. La photo n'avait pas la froideur d'une prise de vue mise en scène : le regard de l'objectif était intime et suggérait une complicité secrète avec son sujet.

Elle contempla le portrait un moment avant de s'apercevoir que la femme sur la photo, c'était elle. Ou plutôt une version idéalisée d'elle-même, une personne qu'elle ne connaissait plus, qu'elle avait crue enterrée depuis longtemps dans l'amertume de la séparation. Elle sentit quelque chose en elle se tendre, puis se rompre.

— Quand as-tu pris cette photo ?

Il ouvrit les yeux.

— Il y a quelques semaines. Dans le Kent.

Elle ne pouvait détacher son regard du portrait.

— Mac ? Est-ce que c'est comme ça que tu me vois ?

Elle finit par oser le regarder et vit que la tristesse avait creusé de nouveaux sillons sur son visage. Il avait le teint gris de fatigue, la bouche pincée d'un homme résigné. Il hocha la tête.

Le cœur de Natasha battait la chamade. Elle songea à Henri, à Florence, à Sarah, qui lui avait courageusement révélé la vérité, perdue entre la pluie et l'inconnu.

— Mac, murmura-t-elle, les yeux toujours baissés sur la photographie. Il faut que je t'avoue quelque chose. Il faut que je te le dise, même si cela devient la chose la plus stupide, la plus humiliante que j'aie jamais dite. (Elle prit une profonde inspiration.) Je t'aime. Je n'ai jamais cessé de t'aimer, et même si c'est trop tard pour nous, j'ai besoin que tu saches que je suis désolée, et que te laisser partir a été la plus grave erreur de ma vie.

Sa voix se brisa ; elle avait du mal à respirer. Elle tenait la photo entre ses mains tremblantes.

— Voilà, tu sais, maintenant. Et si tu ne m'aimes plus, ce n'est pas grave, parce que j'ai dit la vérité. Je saurai que j'ai fait tout ce que j'ai pu, et que rien n'aurait pu changer ça, conclut-elle précipitamment.

Puis elle ajouta :

— Si, en fait, c'est grave. Ça va probablement me tuer à petit feu. Mais il fallait quand même que je te le dise.

Le charme désinvolte légendaire de Mac avait disparu.

— Et Conor ? demanda-t-il presque brusquement.

— C'est fini. Ça n'a jamais été…

— Putain, s'exclama-t-il avant de se mettre debout. Putain.

— Pourquoi… ? (Elle se releva, choquée par cet éclat, cette explosion de jurons inhabituelle.) Qu'est-ce que tu…

— Tash, dit-il en la rejoignant, sans se préoccuper des photos qu'il piétinait et faisait glisser sur le parquet.

Il n'était plus qu'à quelques centimètres d'elle. Elle retint son souffle. Il était si proche qu'elle sentait la chaleur de sa peau.

Ne me repousse pas, songea-t-elle. *Épargne-moi l'horrible plaisanterie précédant l'excuse diplomatique pour t'en aller. Je n'ai pas la force de revivre ça.*

— Tash, répéta-t-il d'une voix basse, cassée, en lui prenant le visage dans les mains. Femme.

— Tu veux dire…

— Ne me tiens plus jamais à distance, murmura-t-il, presque avec colère. Ne me rejette plus.

Elle avait commencé à s'excuser, mais ses mots se perdirent dans leurs baisers, leurs larmes. Il la prit dans ses bras, et elle enroula les jambes autour de lui, sa peau contre la sienne, son visage niché dans son cou.

— Nous avons encore du chemin à parcourir, dit-elle, bien plus tard, serrant deux de ses doigts entre les siens tandis qu'ils montaient les marches pour gagner leur chambre. Tu crois vraiment que nous…

— Chaque chose en son temps, Tash. (Il leva la tête vers la chambre au-dessus d'eux, où dormait l'adolescente.) Au moins, nous savons que c'est possible.

Épilogue

« Le cheval incarne une forme de beauté… Nul ne peut se lasser de l'admirer tant qu'il se manifeste dans toute sa splendeur. »

Xénophon, *De l'art équestre.*

Le trajet depuis la maison que Mac avait construite jusqu'à la petite rue transversale derrière Gray's Inn Road nécessitait quarante-cinq minutes en journée, trente de plus aux heures de pointe. Natasha jeta un coup d'œil à la pendule : il ne lui restait que quelques minutes pour achever la relecture de ses dossiers.

— Tu penses réussir à éviter les bouchons ? demanda Linda en entrant avec une pile de formulaires d'aide juridictionnelle à lui faire signer.

— Probablement pas. Pas un vendredi.

— Eh bien, passe un bon week-end tout de même. Et n'oublie pas que le nouveau gars vient lundi à 9 heures. Tu sais, le spécialiste de l'immigration.

Natasha s'était levée et rassemblait ses affaires dans son sac.

— Je n'ai pas oublié. Ne travaille pas trop tard, d'accord ?

— Je vais rester encore un peu. Je veux remettre de l'ordre dans mes dossiers. L'intérimaire de la semaine dernière a complètement fichu en l'air mon classement.

Macauley et associés avait connu des débuts difficiles, mais, après presque dix-huit mois, Natasha commençait à voir qu'elle ne s'était pas trompée en décidant de se mettre à son compte. Rester chez Davison Briscoe n'avait plus eu grand sens ; pas seulement parce que Conor avait affreusement mal pris la nouvelle – croyant peut-être que Mac et elle avaient renoué bien avant leur rupture officielle –, mais aussi parce que son retrait de l'affaire Persey avait laissé des traces. Richard ne l'avait ensuite plus traitée comme une associée potentielle. D'ailleurs, après son retour, il avait même cessé de la considérer comme un atout dans son équipe. Quand elle avait découvert qu'il invitait plus souvent Ben à déjeuner qu'il ne lui adressait la parole, elle avait compris qu'il était temps qu'elle aille voir ailleurs.

Et que Dieu bénisse Linda. Avoir été suivie dans l'aventure par son assistante de confiance, qui avait accepté d'administrer le cabinet, l'avait sauvée non seulement professionnellement, mais aussi émotionnellement. Davison Briscoe devait avoir davantage regretté le départ de Linda Blyth-Smith que le sien.

— Passe un bon week-end, Lin !

Elle jeta son manteau sur son bras, prête à dévaler les marches.

— Toi aussi. Je croise les doigts !

La circulation sur Gray's Inn Road se faisait déjà plus dense. Les files de voitures serpentaient jusqu'à West End. Elle mit deux minutes à le repérer, qui se garait de l'autre côté de la rue. Elle regarda à droite, puis à gauche avant de traverser entre les véhicules qui progressaient lentement, son paquet de dossiers plaqué contre sa poitrine.

— Pile à l'heure, déclara Mac tandis qu'elle se penchait pour l'embrasser. Qu'est-ce que tu dis de ça ?

— Tu es merveilleux. (Elle déposa ses papiers à ses pieds.) Et toi, ajouta-t-elle en regardant derrière Mac le bébé qui lui souriait depuis son siège auto, tu as tartiné la veste de ton père de banane.

— Tu plaisantes, dit Mac en s'examinant dans le rétroviseur intérieur. Franchement pas cool, mon pote.

— Elle va être tellement fière de nous, gloussa Natasha en bouclant sa ceinture tout en jetant un coup d'œil à la poubelle roulante de Mac.

Les apparitions de Mac et Natasha à ces événements étaient devenues un sujet de plaisanterie. Ils arrivaient invariablement dans la voiture de Mac dont l'état se dégradait à vue d'œil, arborant des taches de vomi sur les épaules ou répandant dans leur sillage une légère odeur de couche sale après une regrettable explosion sur le trajet. Au milieu des véhicules étincelants, des rutilantes Mercedes des autres parents, ils se faisaient chaque fois l'effet d'écoliers espiègles. Le jour où ils avaient amené Cowboy John en visite (pas d'herbe, lui avaient-ils fait promettre. Non, même pas un tout petit peu…), Mac avait pris un malin plaisir à le présenter à l'épouse du directeur comme « l'ancien professeur de Sarah ».

— Vous enseignez beaucoup de numéros de cirque, ici ? avait innocemment demandé Cowboy John.

Puis, comme la femme le regardait d'un air ébahi, il avait ajouté :

— Dites-moi, ma bonne dame, je vends des avocats vraiment délicieux. Ça vous intéresserait que je vous mette quelques cageots de côté ?

John vivait à une heure en voiture de l'école de Sarah, dans un cottage en bois blanc donnant sur un champ où il avait installé ses deux vieux chevaux. Il continuait à vendre des produits d'origine incertaine aux gens qui passaient par là. Au retour de Sarah, il s'était excusé, anormalement gêné, disant qu'il l'avait laissée tomber, ainsi que son grand-père. Il n'arrivait toujours pas à comprendre à quoi avait joué Sal, nom d'un pétard ! John avait payé la dette du Capitaine, et Sal le savait. Sarah avait alors jeté un coup d'œil à Natasha et dit doucement : « J'aurais dû t'en parler. J'aurais dû le dire à quelqu'un. » Par un accord tacite, ils n'avaient jamais plus reparlé des écuries de Sparepenny Lane.

— Tu peux me rappeler ce qui se passe aujourd'hui ? demanda Mac.

Le flot des voitures remontait doucement le Westway pour se déverser dans la verdure des banlieues et au-delà.

— C'est un… (Natasha fouilla dans son sac en quête du courrier.)… une fête de fin d'année en l'honneur des élèves les plus doués et les plus talentueux. Il y aura des concerts, des récitations de poésies… (Grognement de Mac.) Et Sarah chantera. Mais non, dit-elle en le voyant tourner brusquement la tête. Sarah…

— … Sarah fera ce que Sarah fait. Elle ne remarquera même pas à quoi nous ressemblons, déclara Mac en s'insérant dans la circulation. Dès qu'elle est avec Boo, elle a la tête dans les nuages.

Tout le monde connaît le sempiternel refrain des mères qui travaillent.

Le plus dur, c'est de trouver un équilibre entre les enfants et la vie professionnelle, songea Natasha alors qu'ils traversaient lentement la ville.

Mais, avant de l'avoir vécu, personne ne pouvait prendre la mesure de l'effort mental et physique qu'exigeait ce numéro de jonglage. En ce qui la concernait, en l'espace de neuf mois, Natasha s'était soudain retrouvée avec deux enfants et un cheval. L'ironie, là-dedans, c'était qu'après toutes ces années à entendre qu'elle devait à tout prix réduire son niveau de stress, boire moins, nourrir des pensées positives et avoir des rapports sexuels planifiés, elle avait conçu son fils durant les trois jours les plus éprouvants, chaotiques et alcoolisés de sa vie.

Mais c'était ça qui était beau, comme ils aimaient se le répéter chaque fois qu'ils l'allongeaient entre eux pour admirer ses bras et ses jambes dodus, ses bonnes joues et la tignasse héritée de son papa. Il était venu parce qu'il devait venir.

La maison du Kent avait depuis longtemps disparu, remplacée par un autre cottage de location ; quant à celle de Londres, elle avait été retirée du marché. Mac, Natasha et le bébé y passaient la semaine, pendant que Sarah étudiait dans son pensionnat sélect, l'un des rares établissements en Angleterre qui non seulement acceptaient les chevaux, mais proposaient aussi des cours d'équitation. Le coût en était effarant, même avec la bourse qui lui avait été allouée.

— Mais bon, disait Mac à chaque fin de trimestre, lorsqu'ils recevaient la facture suivante et s'affaissaient un peu au-dessus de la table de la cuisine, quand on aime, on ne compte pas !

Et ils payaient sans hésiter. Sarah s'était épanouie dans son nouvel environnement, se fondant dans la masse d'adolescents dont les familles étaient absentes pour des raisons variées. Et, bien qu'elle ne montre pas de dispositions particulières pour les études, elle avait travaillé dur, s'était fait des amis et, surtout, elle semblait heureuse.

Le week-end, quand ils se rendaient dans leur cottage situé à cinq kilomètres de son école et qu'elle les y rejoignait, elle ne leur parlait pas uniquement du comportement de Boo dans la carrière, des progrès de son cheval ou de déceptions mineures relatives à leur entraînement, mais aussi de ses camarades de classe. Elle n'était pas très sociable, mais avait déjà invité deux copines pour les leur présenter. Des adolescentes agréables, polies, concentrées sur l'avenir et la vie qu'elles s'imaginaient après le lycée.

Sarah ne serait jamais très ouverte ni affectueuse non plus : de nature méfiante, elle était prompte à se retrancher derrière un mur si elle se sentait triste ou vulnérable. Mais, quand elle se sentait à l'aise avec eux dans la petite maison, elle parlait volontiers de David, Helen et Sophie, ou de tel cheval qui n'avait pas voulu sortir de son box quand ils étaient allés participer à cette épreuve hippique à Evesham. Alors Natasha et Mac échangeaient un regard complice et satisfait par-dessus la table de la cuisine. Ils revenaient de loin. Tous.

Les voitures avaient envahi les terrains de sport, les carrosseries resplendissantes formant un patchwork brillant d'un côté du terrain de cricket. Les familles traversaient la pelouse, et les femmes dont les hauts talons s'enfonçaient dans la terre riaient en s'accrochant au bras de leur mari. Sarah les repéra avant même que l'homme chargé d'orienter les visiteurs ne leur ait désigné une place où se garer. Elle courut à leur rencontre, lumineuse dans sa culotte de cheval immaculée et sa chemise blanche.

— Vous êtes venus ! s'exclama-t-elle tandis que Natasha s'extirpait de la voiture en essayant de décoller sa jupe de l'arrière de ses cuisses.

— Nous n'aurions raté ça pour rien au monde, dit Mac en l'embrassant sur la joue. Comment vas-tu, mon chou ?

Mais Sarah s'était précipitée vers la portière arrière qu'elle ouvrit à la volée.

— Salut, Henry, mon petit soldat ! Non, mais regarde-toi ! (Après avoir bataillé avec la boucle de sa ceinture de sécurité, elle le tint à bout de bras devant elle, tandis que, aux anges, il essayait de lui attraper les cheveux.) Il a encore grandi !

— Tu vas finir couverte de banane... Bonjour, ma chérie.

Natasha l'embrassa, et nota que le bébé n'était pas le seul à avoir grandi. Chaque semaine, quand ils la retrouvaient, il lui semblait voir Sarah se transformer subtilement en femme. Il ne restait presque plus rien de l'adolescente maigre qu'ils avaient connue deux ans auparavant. Elle était désormais plus grande que Natasha, aussi robuste et chatoyante que son cheval.

— Alors ? Tu es prête ?

— Ouais. Boo fait un travail magnifique. Oooh, tu m'as manqué ! Mais oui !

Sarah serrait Henry dans ses bras, et celui-ci manifestait son ravissement avec le même enthousiasme que chaque fois qu'il la voyait.

Encore une fois, Natasha songea que Henry avait cimenté leur nouvelle famille. Quand, une fois remis du choc initial, ils avaient décidé d'annoncer la nouvelle de la grossesse de Natasha à Sarah, l'assistante sociale s'était inquiétée de ce que la jeune fille puisse se sentir exclue, que cette perspective accentue son instabilité. Mais Natasha et Mac avaient espéré exactement l'inverse, et la suite des événements leur avait donné raison. Tout avait été beaucoup plus simple quand était apparue cette petite personne que Sarah avait pu aimer d'un amour inconditionnel.

Ils se mirent en route vers la carrière, dont les gradins se remplissaient déjà. Un garçon en uniforme leur tendit un programme de la soirée. L'interprétation du Carrousel par Sarah se trouvait en tête d'affiche, remarqua Natasha, toute fière.

— Est-ce que vous voulez que je garde Henry, ce week-end ? demanda Sarah en libérant habilement une mèche de cheveux enroulée autour d'un doigt du petit bonhomme. Ça ne me dérange pas. Je n'ai rien de prévu.

— Tu n'avais pas une fête ? s'enquit Natasha en fouillant dans son sac en quête d'une lingette. (Les traînées de banane progressaient déjà sur l'épaule du chemisier blanc de Sarah.) Je croyais que tu devais sortir avec ces filles de terminale…

Sarah lui jeta un coup d'œil fugace qui n'échappa pas à Mac.

— Oh, oh. Que se passe-t-il ?

— Quoi ? Je n'ai pas le droit de vous offrir mes services ?

— Qu'est-ce que vous mijotez, jeune demoiselle ? demanda Mac d'une voix faussement sévère.

— Je vous ai réservé de très bonnes places. Bon, pas pour Henry, mais je me suis dit que vous le prendriez sur vos genoux.

Mac attendit un moment avant d'insister :

— Oh, allez. De quoi s'agit-il ?

Il avait toujours été plus doué que Natasha pour deviner quand elle avait une idée derrière la tête.

Sarah essaya d'avoir l'air embarrassée, mais elle ne put se retenir de sourire jusqu'aux oreilles.

— J'ai été acceptée.

— Acceptée où ?

— À Saumur. À l'entraînement d'été. Six semaines avec M. Varjus. J'ai reçu la lettre ce matin.

— Sarah, c'est merveilleux ! s'exclama Natasha en la serrant dans ses bras. Quel exploit ! Toi qui pensais n'avoir aucune chance…

— Nos professeurs ont envoyé un DVD de notre travail et des lettres de soutien. Dans son courrier, M. Varjus dit avoir clairement constaté mes progrès. Il m'a écrit en personne, figurez-vous.

— Eh bien, c'est fantastique.

— Je sais. (Elle hésita.) Mais c'est vraiment très cher.

Elle chuchota le montant.

Mac siffla.

— Eh ben, ça fait beaucoup de baby-sitting…

— Mais il faut absolument que j'y aille. Si je m'en sors bien, ça jouera en ma faveur au moment de présenter ma candidature. Je vous en supplie ! Je ferai n'importe quoi.

Natasha repensa au break sur lequel Mac et elle s'étaient renseignés chez le concessionnaire la semaine précédente et le vit disparaître en fumée.

— Nous y arriverons. Ne t'inquiète pas. Et puis il reste peut-être un peu de l'argent de ton grand-père…

— Vraiment ? *Vraiment ?*

Quelqu'un criait son nom, sa voix dominant le brouhaha de la foule. Sarah regarda par-dessus son épaule, puis consulta sa montre, jurant doucement entre ses dents.

— Tu ferais mieux d'y aller.

Les musiciens de l'orchestre accordaient leurs instruments. Sarah fourra Henry dans les bras de Natasha, s'excusa dans un souffle et se précipita vers les écuries.

— Merci ! cria-t-elle en agitant le bras au-dessus des têtes des spectateurs. Merci mille fois ! Je vous revaudrai ça un jour. Vraiment !

Natasha serra fort son fils contre elle et la regarda s'éloigner.

— Tu l'as déjà fait, murmura-t-elle pour elle-même.

Sarah ajusta sa bombe et se redressa, caressant d'une main légère les nattes qu'elle avait passé la matinée à tresser dans la crinière de Boo. De là où elle était, derrière les rideaux installés pour l'occasion, elle pouvait regarder la foule s'installer. Elle vit Natasha tendre Henry à Mac et plonger une main dans son sac, dont elle sortit un appareil photo. Mac le lui prit en secouant la tête tendrement.

Elle adorait les photos de Mac : les murs de sa chambre en étaient couverts. Après la mort de Papa, Mac avait rassemblé toutes les vieilles photographies qu'ils avaient trouvées dans l'appartement de Sandown – des portraits d'elle et Nana, de vieux clichés sépia de Papa montant Gerontius – et il les avait retirées ; grâce à une manipulation astucieuse que permettait le numérique, les images étaient plus nettes, plus grandes, le visage de Papa plus visible. Il en avait fait encadrer certaines et, le jour de l'enterrement, Natasha et lui les avaient disposées dans sa chambre afin qu'elle les y trouve en rentrant.

— Nous savons que nous ne sommes pas ta première famille, lui avaient-ils dit ce soir-là, mais nous aimerions être la seconde.

Elle ne leur avait jamais demandé pourquoi ils avaient nommé leur fils Henry, mais elle avait une petite idée sur la question. Le bébé reliait ensemble les deux pans de sa vie. Parfois, il lui semblait même voir quelque chose de Papa chez lui. Même si ça n'avait aucun sens. Elle voyait encore Papa partout, notamment dans les figures que Boo apprenait à faire ; elle entendait sa voix chaque fois qu'elle montait.

Regarde-moi bien, Papa, lui disait-elle en pensée.

Dans l'air du soir flottait un puissant parfum d'herbe fraîchement coupée, au milieu duquel se détachait une légère note de fraise provenant de la tente installée près de la carrière où l'on servait le thé. On réclama brièvement le silence, puis l'orchestre commença à jouer le morceau de violon sur lequel ils avaient passé des semaines à travailler. Elle vit Boo dresser les oreilles en reconnaissant la musique, sentit son poids se déplacer sous elle tandis qu'il se préparait à la tâche qui l'attendait.

Ce soir, ils partageraient probablement un plat à emporter dans le petit cottage à l'autre bout du village. Mac la taquinerait au sujet de garçons, et Natasha lui proposerait de l'aider à donner son bain à Henry. Elle lui demandait ça comme une faveur, même si elles savaient toutes les deux que Sarah adorait ça. Dans deux mois, elle serait en France.

Elle eut soudain l'impression, peut-être pas d'être là où elle aurait dû être, mais en tout cas quelque part où elle avait une place. Et c'était déjà beaucoup.

Elle jeta un coup d'œil à M. Warburton, son instructeur d'équitation, qui comptait les temps dans sa barbe tout en tenant les rênes de Boo.

— Tu es prête ? demanda-t-il en levant les yeux vers elle. Rappelle-toi ce que je t'ai dit : calme, assurée, droite et aérienne.

Sarah se redressa légèrement, referma les jambes autour de son cheval et sortit sur la piste.

Remerciements

Ce livre n'aurait pas vu le jour sans l'aide et le soutien de nombreuses personnes. J'aimerais remercier particulièrement l'avocat John Bolch. Toute erreur dans le domaine juridique est de mon fait, ainsi que tout ajustement réalisé afin de servir les besoins de l'intrigue.

Merci à Yolaine et Thierry Auger du château de Verrières à Saumur, aux photographes Mark Molloy et Andrew Buurman, à Sheila Crowley de Curtis Brown, Carolyn Mays, Auriol Bishop, Eleni Fostiropoulos et Lucy Hale de Hachette UK, Linda Shaughnessy et Rob Kraitt d'APWatt.

Je remercie aussi Annabel Robinson de FMCM, Hazel Orme et Francesca Best, Cathy Runciman pour la traduction française, le remplissage des verres de vin et l'amitié éternelle, et Hannah Mays, Chris Luckley et Sonya Penney pour leurs précieuses informations durant ma première visite du Cadre noir. Merci encore à Drew Hazell, Cathy Scotland et Jeannie Brice, ainsi qu'à Barbara Ralph.

Aux membres de Writersblock, vous vous reconnaîtrez.

Merci aussi à Simon et Charlotte Kelvin, dont les dons généreux à des associations caritatives leur vaudront d'apparaître dans un prochain roman.

À ma famille, Lizzie et Brian Sanders, Jim Moyes, et surtout à Charles, Saskia, Harry et Lockie. Mes séances d'équitation entraient dans la catégorie « recherches ». Juré.

Achevé d'imprimer en septembre 2021
Par CPI Brodard & Taupin à La Flèche
N° d'impression : 3044341
Dépôt légal : septembre 2021
Imprimé en France
38122118-1